U0115762

唐詩選注評鑒

十卷本

三

刘学锴 撰

中州古籍出版社

·郑州·

目 录

李 白

古风五十九首(其一) ·· 2

古风五十九首(其十) ·· 14

古风五十九首(其三十四) ·································· 19

蜀道难 ··· 27

梁甫吟 ··· 52

乌栖曲 ··· 66

将进酒 ··· 73

行路难三首(其一) ·· 86

长相思 ··· 92

日出入行 ··· 98

北风行 ··· 105

关山月 ··· 113

杨叛儿 ··· 118

长干行 ……………………………………………………… 123

塞下曲六首(其一) …………………………………………… 133

玉阶怨 ……………………………………………………… 138

清平调词三首 ……………………………………………… 144

静夜思 ……………………………………………………… 160

子夜吴歌·秋歌 …………………………………………… 169

襄阳歌 ……………………………………………………… 176

梁园吟 ……………………………………………………… 185

永王东巡歌十一首(其二) …………………………………… 195

峨眉山月歌 ………………………………………………… 199

江夏赠韦南陵冰 …………………………………………… 205

闻王昌龄左迁龙标遥有此寄 ……………………………… 212

庐山谣寄卢侍御虚舟 ……………………………………… 216

梦游天姥吟留别 …………………………………………… 223

金陵酒肆留别 ……………………………………………… 236

黄鹤楼送孟浩然之广陵 …………………………………… 242

渡荆门送别 ………………………………………………… 249

灞陵行送别 ………………………………………………… 256

送陆判官往琵琶峡 ………………………………………… 260

宣州谢朓楼饯别校书叔云 ………………………………… 263

答王十二寒夜独酌有怀 …………………………………… 271

下终南山过斛斯山人宿置酒 ……………………………… 282

把酒问月 …………………………………………………… 287

陪侍郎叔游洞庭醉后三首(其三) ················· 293

陪族叔刑部侍郎晔及中书贾舍人至游洞庭五首(其一) ········· 298

登金陵凤凰台 ···························· 303

望庐山瀑布水二首(其一) ···················· 314

望庐山瀑布水二首(其二) ···················· 320

秋登宣城谢朓北楼 ························· 323

望天门山 ····························· 330

早发白帝城 ···························· 334

宿五松山下荀媪家 ························· 342

苏台览古 ····························· 347

越中览古 ····························· 351

谢公亭 ······························ 356

夜泊牛渚怀古 ··························· 361

月下独酌四首(其一) ······················ 367

与史郎中钦听黄鹤楼上吹笛 ···················· 372

独坐敬亭山 ···························· 376

忆东山二首(其一) ······················· 381

听蜀僧濬弹琴 ··························· 386

劳劳亭 ······························ 390

春夜洛城闻笛 ··························· 394

哭晁卿衡 ····························· 400

题戴老酒店 ···························· 403

李　白

　　李白（701—762），字太白，号青莲居士，祖籍陇西成纪（今甘肃天水附近）。先世窜于中亚碎叶（今吉尔吉斯斯坦托克马克）。五岁随父迁居绵州昌隆县（今四川江油）。二十四岁以前，在蜀中读书、任侠，"五岁诵六甲，十岁观百家""十五观奇书，作赋凌相如"，曾跟"任侠有气，善为纵横术"的赵蕤学习，少任侠，好神仙。开元十二年（724），出蜀漫游，历江汉、洞庭、金陵、扬州等地，后于安陆（今属湖北）入赘故相许圉师家，娶其孙女，"酒隐安陆，蹉跎十年"。约开元十八年初入长安，结交张垍等人，后失意归。开元二十四年寓居东鲁任城，与孔巢父等游，号竹溪六逸。天宝元年（742），由玉真公主推荐，应诏入京，供奉翰林。三载春，因遭谗毁，被"赐金还山"。后漫游梁宋，与杜甫、高适同游。复游齐鲁、吴越。十一载，北游幽蓟。翌年秋，又南游宣城，后至金陵、广陵。安史乱起时在梁园，后隐于庐山。永王璘经略南方军事，召李白入幕。至德二载（757），李璘被杀，李白系浔阳狱，后定罪长流夜郎（今贵州桐梓）。乾元二年（759）三月，于流放途中遇赦。东归江夏，游洞庭，下金陵，至当涂依族叔李阳冰。上元二年（761），闻李光弼自临淮率军平叛，曾请缨从军，半道病还。代宗宝应元年（762）病卒于当涂。李阳冰受托编其集为《草堂集》，并作序。李白为盛唐诗歌最杰出的代表，中国文学史上继屈原之后最伟大的浪漫主义诗人。儒、道、纵横诸家及任侠精神对他均有显著影响，而极为强烈的用世要求、建功立业的宏伟抱负与不屈己、不干人、蔑视权贵、蔑视礼法、追求自由解放的精神则是其思想性格的基本方面。其诗歌创作举凡对日趋腐朽的统治集团的强烈抨击与批判，对自己高昂热烈的爱国感情的抒写，对理想与现实的尖锐矛盾和蔑视权贵、反抗封建束缚精神的表现，对祖国壮伟秀丽山川的描绘和对盛唐时代生活美的反映，都贯串着他的思想性格。其诗歌风格兼有豪放与飘逸、壮丽与明秀之美，而统一于"清水出芙蓉，天然去雕饰"的自然真率。想象丰富奇特，瞬息万变，极具浪漫色彩。诸体中除七律现仅存八首外，各种体裁均有佳作，七言古诗、五七言绝句尤称圣手。历代注本中以清王琦《李太白集辑注》较善。近人注本有瞿蜕园、朱金城合编之《李白集校注》，安旗主编之《李白全集编年注释》，詹锳主编之《李白全集校注汇释集评》等。今人郁贤皓有《李太白全集校注》。

古风五十九首 (其一)①

大雅久不作②，吾衰竟谁陈③？王风委蔓草④，战国多荆榛⑤。龙虎相啖食⑥，兵戈逮狂秦⑦。正声何微茫⑧，哀怨起骚人⑨。扬马激颓波⑩，开流荡无垠⑪。废兴虽万变，宪章亦已沦⑫。自从建安来⑬，绮丽不足珍。圣代复元古⑭，垂衣贵清真⑮。群才属休明⑯，乘运共跃鳞⑰。文质相炳焕⑱，众星罗秋旻⑲。我志在删述⑳，垂辉映千春。希圣如有立㉑，绝笔于获麟㉒。

[校注]

①《古风五十九首》，内容涉及政治、社会、历史、人生、文艺等诸多方面，非一时一地之作。多用比兴寄托、咏史讽时、游仙寓怀等手法，间用赋体直陈。是继承诗骚、阮籍《咏怀》、陈子昂《感遇》讽时伤世、抒发人生感慨传统的重要作品。本篇是第一首。从"吾衰竟谁陈"之语看，有可能是晚年之作。②大雅，《诗经》由风、雅、颂三部分组成，雅分《大雅》《小雅》。《诗大序》云："雅者，正也。言王政之所由废兴也。政有大小，故有《小雅》焉，有《大雅》焉。"《大雅》共三十一篇，多为西周时期的作品，内容多讽慨时政。作，兴起。③《论语·述而》："子曰：'甚矣吾衰也！久矣吾不复梦见周公。'"陈，陈诗。《礼记·王制》："命大师陈诗，以观民风。"郑玄注："陈诗，谓采其诗以视之。"孔颖达疏："此谓王巡守见诸侯毕，

乃命其方诸侯大师是掌乐之官，各陈其国风之诗，以观其政令之善恶。"陈诗，指采集删选并进献能观民风和政之善恶的诗歌。④王风，《诗经》十五国风之一，为周平王东迁后，东都洛邑一带的民歌。委蔓草，委弃于野草之中。形容其衰颓。此言春秋时期诗歌已经衰落。平王东迁，周王室之尊与诸侯无异，其诗不能复雅，故贬之，谓之王国之变风，见郑玄《诗谱》。此句"王风"实系平王东迁或春秋时期的代称。⑤荆榛，泛指丛生灌木，形容荒芜情景。此言战国时代诗坛荒芜。⑥龙虎，喻指战国七雄。班固《答宾戏》："曩者王涂芜秽，周失其驭，侯伯方轨，战国横骛。于是七雄虓阚，分裂诸夏，龙战虎争。"相啖食，互相吞并。⑦兵戈，指战争。逮，及。句意谓七雄之间互相争斗的战争局面，一直到狂暴的秦国统一天下方才止息。⑧正声，雅正之声，即《大雅》的优秀传统。⑨骚人，指屈原。《史记·屈原贾生列传》："屈平之作《离骚》，盖自怨生也。"《礼记·乐记》："治世之音安，以乐其政和；乱世之音怨，以怒其政乖；亡国之音哀，以思其民困。声音之道，与政通矣。"此谓骚人之作所抒发的是乱世的哀怨之音。"起"字指"哀怨"之音言，不指骚人之"起"。⑩扬马，指汉代赋家扬雄、司马相如。激颓波，进一步激发推动诗赋衰颓的趋势。⑪开流，扩大颓波之流，扩大颓势。荡无垠，激荡冲决，浩无际涯。⑫宪章，指诗赋的法度，即雅正之道。沦，沦丧。⑬建安，指建安（汉献帝年号，196—220）时期以曹氏父子和建安七子为代表的诗歌。⑭圣代，圣明之朝，指唐代。元古，上古，远古。⑮垂衣，本谓定衣服之制，示天下以礼。后用作称颂帝王无为而治。《易·系辞下》："黄帝、尧、舜垂衣裳而天下治，盖取诸乾坤。"韩康伯注："垂衣裳以辨贵贱，乾尊坤卑之义也。"王充《论衡·自然》："垂衣裳者，垂拱无为也。"清真，纯真朴素，与上"绮丽"相对。⑯属，正好遇上。休明，美好清明的盛世。⑰乘运，乘美好的时运。跃鳞，指鱼之腾跃，喻指才人各自施展自己的才能。⑱文质，指诗歌的形式与内容、词采与思想感情。《论语·雍也》："质胜文则野，文胜质则史。

文质彬彬，然后君子。"⑲秋旻（mín），秋空。⑳删述，孔安国《尚书序》："先君孔子……删《诗》为三百篇，约《史记》而修《春秋》，赞《易》道以黜《八索》，述职方以除《九丘》。"《史记·孔子世家》："古者《诗》三千余篇，及至孔子，去其重，取可施于礼义……三百五篇，孔子皆弦歌之。"《论语·述而》："子曰：'述而不作，信而好古，窃比我于老彭。'"句意谓自己的志向在效法孔子之删《诗》著述。㉑希圣，仰慕追踪圣人孔子。立，建树。㉒获麟，《春秋·哀公十四年》："西狩获麟，孔子曰：'吾道穷矣。'"杜预《春秋左传集解序》："麟凤五灵，王者之嘉瑞也。今麟出非其时，虚其应而失其归，此圣人所以为感也。绝笔于'获麟'之一句者，所感而起，因所以为终也。"传孔子修《春秋》，至"西狩获麟"一句即搁笔。此句只取效法孔子之修《春秋》，成传世之经典之意。

[笺评]

朱熹曰：李太白诗不专是豪放，亦有雍容和缓底，如首篇"大雅久不作"，多少和缓！（《朱子语类》卷四十）

杨齐贤曰：《诗·大雅》凡三十六篇。《诗序》云："雅者，正也。言王政之所由废兴也。"《大雅》不作，则斯文衰矣。平王东迁，《黍离》降于《国风》，终春秋之世，不能复振。战国迭兴，王道榛塞，干戈相侵，以迄于祖龙，风俗薄，人心浇，中正之声，月迨日微。一变而为《离骚》。《史记》曰："《离骚》之作，盖自怨生也。"适汉司马相如、扬雄，激扬其颓波，疏导其下流，遂使闳肆，注乎无穷，而世降愈下，宪章乖离。建安诸子，夸尚绮靡，摘章绣句，竞为新奇，而雄健之气，由此萎薾。至于唐，八代极矣。扫魏晋之陋，起骚人之废，太白盖以身任乎？览其著述，笔力翩翩，如行云流水，出乎自然，非由思索而得，岂欺我哉！（《分类补注李太白诗》）

葛立方曰：李太白、杜子美诗皆掣鲸手也。余观太白《古风》、子美《偶题》之篇，然后知二子之源流远矣。李云："《大雅》久不作，吾衰竟谁陈……"则知李之所得在《雅》。（《韵语阳秋》卷十一）

萧士赟曰：观此诗则太白之志可见矣，斯其所以为有唐诗人之称首者欤！（《分类补注李太白诗》）

刘克庄曰：此古今诗人之断案也。（《唐诗品汇》卷四引）

严评（?）曰：初声所噫，便悲慨欲绝。又曰："秋旻"有眼，若读《尔雅》太熟，便认作有来历，非知诗者矣。（严羽评《李太白诗集》）按：学者多以为此评系明人伪托。下均用"严评曰"。

范德机曰：观太白历叙雅道之意，则韩公所称李、杜文章者，岂无为哉！然非韩公则亦未足以知二公之深也。又曰：此《古风》为集首。杜用《龙门寺》《望岳》等篇，编唐诗者之识趣，与编宋风者，已有大径庭矣。（《批选李翰林诗》）

刘履曰：愚按此篇："自从建安来"五字浅俚，而"跃鳞""秋旻"及"映千春"等语，尚多点缀，似未得为纯全。特以其居《古风》之首，有志复古，姑存之。且太白所论夸大，殊过其实。其亦孔子所谓狂简者欤？（《风雅翼》卷十一）

徐祯卿曰：此篇白自言其志也。（郭云鹏刊本《分类补注李太白集》引）

朱谏曰：（"大雅"八句）谓夫《大雅》之诗，乃成周盛时，言王者之事。自王者之迹熄，而《大雅》之不作，亦已久矣。今欲陈其大义，而继其绪馀，舍我其谁欤？又恐老之日侵，而力所不及也。周既东迁，王室同于诸侯。《黍离》之诗，本言王者之事，而乃降为《国风》，而《雅》亡矣。逮夫战国，而多荆榛，王道沦丧，强弱相吞，而至于狂秦。战斗日兴，上无一王之法，下无乐官之陈。《大雅》正声，遂泯然而无闻矣。夫治世之声和以平，乱世之声哀以怨，故王风既微，骚辞继作，而多哀怨之声矣。（"扬马"六句）言自秦而汉，屈原以下工辞赋者，则有司马相如，继相如者则有蜀之扬雄，皆能激扬骚人之颓波，开导其下流，使之浩荡无涯，茫然而宏肆也。然自秦汉以来，其间有废有兴，或绝成继，而万有不齐，虽变态不同，要之皆非《大雅》之正声。先王之宪章，至是沦没而无闻矣。及夫东汉之季，去古愈远，士子之作，不过绮丽而已，何足贵乎！是则文章之衰，日趋于陋，古作不可复见矣。（"圣代"十句）迨至我朝，始复古作，无为而治，贵尚清真。适属休明，而群才并出，文章际嘉会之期，多士沐作人之效，文质彬彬，昭若众星列于秋旻之上，光辉发越，而人皆仰之。我亦得荷于陶钧，将欲垂芳于后世，如孔子之作《春秋》，绝笔获麟，成一代之典，垂百王之法，吾之素志也。若夫秦汉以来，徒绮丽于文辞者，夫岂吾志之所有乎！（《李诗选注》）

梅鼎祚选辑、屠隆集评《李杜二家诗钞评林》：此诗自负，良亦不浅。

胡震亨曰：统论前古诗源，志在删订垂后。以此发端，自负不浅。（《李诗通》）

唐汝询曰：此太白以文章自任，而有复古之思也。言《大雅》既绝，而宣尼又衰，时以无复陈诗者。王风则随蔓草消亡，世路则皆荆榛蔽塞。当七雄相啖之际，正声已微，即骚人哀怨之作，不足以追风雅。而扬、马广骚之末流，又恶足法乎！是以宪章日就沦没。至建安已后，绮丽极矣。惟我圣朝，倡复古道，变六朝之习而尚清真，于是群才并兴，如鳞之跃文，文质相杂，如星之罗。我亦欲乘时删述，垂光辉于千秋，以续获麟之统耳。夫太白以辞章之学而欲空千古而绍素王，亦夸矣哉！（《唐诗解》卷三）

《李诗直解》曰：此太白志复古道，而以作述自任也。……仲尼曰："文王既没，文不在兹乎？"将复古道，舍我其谁？我故师之，如《春秋》之绝笔于获麟也。有所感而起，固有所为终也。太白盖以自任矣。（卷一）

丁谷云曰：此八代诗评，又自述立言意也。（《李诗纬》卷一引）

应时曰：措辞简洁，矜贵，且转换无痕。（《李诗纬》）

周珽曰：枉魏晋之陋，起骚人之废，太白盖以自任矣。览其著述，笔力翩翩，如行云流水之出乎自然，非思索而得，岂欺我哉！（《删补唐诗选脉笺释会通评林·盛五古四》）

周敬曰：朱子谓太白诗不专是豪放，如"大雅久不作"多少和缓。今诵之，和缓中实多感慨激切，发一番议论，开一番局面，真古韵绝品。结二句有胆有志。（同上）

吴乔曰："大雅久不作"诸诗，非太白断不能作，子美亦未有此体。（《围炉诗话》）

吴昌祺曰：此诗起手音节悲壮，而晦翁又以为和缓。（《删订唐诗解》）

王琦曰："吾衰竟谁陈"，是太白自叹吾之年力已衰，竟无能陈其诗于朝廷之上也。杨氏以斯文衰萎为释，殊混。唐仲言《诗解》引孔子"吾衰"之说，更非。徐昌谷谓首二句为一篇大旨，"绮丽不足珍"以上是申第一句意，"圣代复元古"以下申第二句意，其说极为明了。学者试一玩味，前之二解，不待辩而确知其误矣。（《李太白全集》卷二）

沈德潜曰：昌黎云："齐梁及陈隋，众作等蝉噪。"太白则云："自从建安来，绮丽不足珍。"是从来作豪杰语。"不足珍"，谓建安以后也。《谢朓楼饯别》云："蓬莱文章建安骨"一语可证。（《重订唐诗别裁集》卷二）

《唐宋诗醇》曰：《古风》诗多比兴，此篇全用赋体，括风雅之源流，明著作之意旨。一起一结，有山立波回之势。昔刘勰《明诗》篇略云："两汉之作，结体散文，直而不野，为五言之冠冕。"又云："建安之初，五言腾踊，不求纤密之巧，惟取昭晰之能。何晏之徒，率多浮浅，惟嵇志清峻，阮旨遥深，故能标焉。晋世群才，稍入轻绮，采缛于正始，力柔于建安。"观白此篇，即刘氏之意。指归《大雅》，志在删述，上溯风骚，俯视六代，以绮丽为贱，清真为贵。论诗之意，昭然明矣。举笔直书所见，气体实足以副之。阳冰称其驰驱屈宋，鞭挞扬马，千载独步，唯公一人，洵非阿好。其纂《草堂集》，以《古风》列于卷首，又以此篇弁之，可谓有卓见者。枕上授简，同不朽矣。（卷一）

宋宗元曰："正声"六句，识高论卓。"建安来"，指建安以后言。末二句志在夫子删述以垂教也。（《网师园唐诗笺》）

赵翼曰：青莲一生本领，即在五十九首《古风》之第一首。开口便说，《大雅》不作，骚人斯起，然词多哀怨，已非正声；至扬、马益流宕，建安以后，更绮丽不足为法。迨有唐文运肇兴，而己适当其时，将以删述继获麟之后。是其眼光所注，早已前无古人，后无来者，直欲于千载后上接《风》《雅》。盖自信其才分之高，趋向之正，足以起八代之衰，而以身任之，非徒大言欺人也。（《瓯北诗话》卷一）

宋大樽曰：李仙、杜圣固已。李则曰："我志在删述，垂辉映千春。"杜则曰："别裁伪体亲《风》《雅》。"遐哉邈矣！学语仙、圣语，当思仙、圣何所有。有仙、圣胸中所有，称心而言，不已足乎！（《茗香诗论》）

方东树曰：此专主文体文运。（《昭昧詹言·小谢附李白》）又曰：李太白诗，不专是豪放，亦有雍容和缓底。如《古风》首篇"大雅久不作"，多少和缓。（又《附论诸家诗话》。按：此录朱熹之评）

延君寿曰：才不足以雄一代者，不能代兴。太白之"大雅久不作"一首，是以一代作者自期也。人生读书，一面要埋头苦攻，一面要放开眼孔，方有出息。（《老生常谈》）

陈仅曰：首章以说诗起，若无与于治乱之数者。而以《王风》起，以《春秋》终，已隐自寓诗、史。自后数十章，或比或兴，无非《国风》《小雅》之遗。（《竹林答问》）

近藤元粹编《李太白诗醇》：严沧浪曰：初声所噫，便悲慨欲绝。又云："王风"以下，是申前语，是递起语；"正声"二句，又是一慨。又云：当郑重炫赫处，着"清真"二字，妙。又云："秋旻"具眼，若读《尔雅》太熟，但认作有来历，非知诗者。

王闿运曰：李纯学刘公幹，非其至者。侠艳诗则佳。《古风》数十首，皆能成章，则陈、张、杜或不逮也。宜其以五言自负。（《手批唐诗选》卷一）

周中孚曰：太白云："自从建安来，绮丽不足珍。"昌黎云："齐梁及陈隋，众作等蝉噪。"二公俱有鄙弃六朝之意。严久能注云：鄙意谓太白、昌黎诗亦自六朝出。此云云者，英雄欺人语耳。少陵云："李侯有佳句，往往似阴铿。"亦以六朝评之。（《郑堂札记》）

俞平伯曰：本篇大意，只是《孟子》上的两句话："王者之迹熄而《诗》亡，《诗》亡然后《春秋》作。"（《李白〈古风〉第一首解析》）

王运熙曰："自从建安来，绮丽不足珍"，亦包括建安诗歌在内。"我志在删述"之意是删述、编选诗歌，而非俞平伯所云通过作史以显褒贬。（《李白〈古风其一〉篇中的两个问题》，载《天府诗论》1988 年第 1 期）又曰：李白推崇《诗经》的风雅正声，主要是重视《诗经》的风雅比兴传统，他表示仰慕孔子作《春秋》的事业，实际上还是要继承《诗经》的美刺和褒贬传统。（《略谈李白的文学思想》，载王运熙《中国古代文论管窥》）

裴斐曰：这是一首论诗诗，又是一首言志诗……诗中对《诗经》以后历代制作之贬抑，与平时言论亦多不相合，窃疑此诗当属早期"大言"之作。（《李白与历史人物》，载《文学遗产》1990 年第 3 期）

[鉴赏]

本篇向列《古风五十九首》首篇。五十九首《古风》虽非同时同地之作，但编集时将这首诗冠首，显然有其用意。有学者认为：这是一首论诗诗，又是一首言志诗。但李白之志，是"申管、晏之谈，谋帝王之术，奋其智能，愿为辅弼，使寰区大定，海县清一。事君之道成，荣亲之义毕，然后与陶朱、留侯浮五湖、戏沧洲"（《代寿山答孟少府移文书》），即辅佐君主建立安邦定国的不世功业，然后效仿范蠡、张良之功成身退。并不把文学创作上的成就当作自己的人生追求。和这首诗所抒写的志仅限在文学创作的范围内，显然有很大的区别。从诗中"吾衰竟谁陈"的口吻看，这很可能是李白晚年衰病时期的作品。大约自上元二年（761）秋因病未能从李光弼出征之后，诗人才彻底断了实现上述志愿的念头，而将自己的"志"缩小为效孔子删《诗》著述以"垂辉映千春"上来，正如他在《临终歌》中所慨叹的那样，"大鹏飞兮振八裔，中天摧兮力不济"，只能退而求其次，变"立功"为"立言"了。如果这个推断大体符合实际，则这首诗很有可能是上元二年秋病还居当涂依李阳冰期间，打算编辑自己的诗文集时，通过对诗歌史的回顾与评论，表达自己对诗歌创作的见解，抒写自己晚年之志——效仲尼作删述的一首诗，论诗的目的是为了引出删述之志。

开头两句，开宗明义，揭出全篇主旨。《大雅》，或引《古风》三十五"《大雅》思文王，颂声久崩沦"之句，谓实兼指《雅》《颂》。此解有据。尽管无论是就《古风五十九首》来看，或是就李白全部诗歌创作来看，都看不出有多少继承《诗经》颂的传统的地方，正如唐人每倡美刺兴比之义，实际上对"美"的一面并不感兴趣，但《大雅》本身，也是美刺兼而有之，并不单纯是刺时伤世。当然，说单指《大雅》也好，说兼包《大雅》与《颂》也好，诗人的主意在强调《大雅》中伤世刺时的一面，应该是没有问题的。"吾衰"句或谓指孔子，恐非。此承上句"大雅久不作"而言，与下边"王风委蔓草""正声何微茫""扬马激颓波""绮丽不足珍"等句一意贯串，自指诗人自身而言。两句盖叹《大雅》之正声久已不兴起于诗坛，我今年迈力衰，究竟还有谁能采集删选诗歌进献朝廷呢！"吾衰"是自慨，"竟谁陈"则是在自慨中有自负，有"舍我其谁"的意味。孟启《本事诗·高逸》云："白才逸气高，与陈拾遗齐名，先后合德。其论诗云：'梁陈以来，艳薄斯极，沈休文又尚以声律，将复古道，非我而谁与！"主攻的对象为梁、陈以来绮艳的诗歌，与此诗批评的范围扩大到东周以来的所有诗赋，虽有不同，但复古的主旨与舍我而谁能担此重任的口吻完全一致。两句起势高远，在慨叹中蕴含宏大的抱负和气势，"意"与"势"均足以笼盖全篇。

从"王风"句以下十句，均紧承首句"大雅久不作"加以阐述发挥。《王风》是周代东迁后、王室衰微时期东都洛邑一带的诗歌，诗人认为这一时期的诗歌已经衰微，诗坛上荒芜如蔓草丛生，实际上这一句也可理解为对整个春秋时期诗歌衰颓情况的一种形容。及至战国时期，诗坛更是荆榛丛生，与"龙虎相啖食，兵戈逮狂秦"的互相杀伐吞并的战乱现实相终始。在论及战国诗歌时，诗人特意标举楚骚来加以评论。"正声何微茫"是对整个春秋战国时期以《大雅》为代表的和平雅正之声隐没的一种概括，"哀怨起骚人"是对屈宋骚体诗歌内容风格的一种评论。对骚人的"哀怨"，诗人用"起"字来形容，似乎对其内容风格上的创新有所肯定，但"哀怨"本身既与战乱之世紧密关联，也与和平雅正的《大雅》正声有本质区别，故从总体上说，诗人对骚人的哀怨之辞仍持批评的态度。

"扬马"二句，是对汉代以司马相如、扬雄为代表的辞赋家的创作的批判与否定。"激颓波"，是说他们进一步激发推动了诗赋业已衰颓的趋势，扩大其颓波洪流，至于荡决无涯的地步。如果说对"骚人"的"哀怨"在内容与风格上的新变多少还有所肯定，则对扬、马为代表的袭楚骚之辞貌而铺张扬厉的汉代辞赋则采取全盘否定的态度。汉代是大一统的繁荣昌盛时代，但李白对这个时期的文学创作评价很低，说明他并不单纯以时代的治乱来评论诗赋的兴衰，与儒家的诗学观并不完全相同。

"废兴"二句，对以上八句作一小结，认为自春秋战国迄于两汉，诗赋创作虽内容、形式与风格，此废彼兴，变化多端，但就总体上看，文学创作的"宪章"已经沦没。所谓"宪章"，指文学创作的根本法则，联系上下文，当指寓含美刺兴比的和平雅正之音，其典型就是

《大雅》。扬、马所擅为赋，与《诗》《骚》并论，这是因为古人认为"赋者，古诗之流也"（班固《两都赋序》）。

"自从"二句，是对魏晋南北朝诗歌的评论。对这一历史时期诗歌的特征，用"绮丽"二字概括，应该说是抓住了总的发展趋势的，即此前的古诗，比较质朴，不追求文辞的华美，而自建安以来，则有意识地追求"绮丽"，这在建安文学的代表人物曹植的诗歌创作中就体现得相当明显，其后如太康之陆机，刘宋之谢灵运、鲍照，齐之谢朓，至于梁陈宫体，追求绮丽的趋向更臻于极致。这与文学走向自觉以后的自然发展趋势是相符的。但李白用"不足珍"三字一笔否定，则显然偏激，也并不符合他的创作实际和他在其他场合对这一时期诗歌的看法。李白之所以发此偏激之论，是因为照他看来，这些诗歌都不符合《大雅》的和平雅正之音，不符合"清真"的标准。这两句是在上两句小结之后进一步推衍出的余论。这也说明，建安以来的诗歌，是"宪章亦已沦"后的产物。

以上是诗的前段，对西周以后，迄于陈隋的诗歌，从总体上作了否定性的评论。评论的标尺，就是认为它们均非和平雅正的《大雅》之音。

"圣代"以下六句，总论唐代建国以来的诗歌，认为唐代建国以来，政治上追求无为而治，文学上提倡"清真"，迎来了群星璀璨、文质彬彬的繁荣局面。所谓"清真"，指真淳朴素之美，与上"绮丽"相对而言。实际上，"清真"与"绮丽"并不矛盾，正如李白所说的"文质相炳焕"一样，"文"与"质"是可以和谐统一的，盛唐诗歌就是这种"文质相炳焕"的最佳体现，李白本人的诗歌，也是"清水出芙蓉"的自然真率之美和文采纷披的词采之美的统一。这几句形容"圣代"诗歌之盛，形象鲜明，"乘运共跃鳞""众星罗秋旻"的比喻更极生动而贴切地表现了盛唐诗坛人才之盛和诗歌之盛。而在李白看来，这一切的根源在于"复元古"所致，即恢复了《大雅》的和平雅正的诗歌传统。

"我志"四句，是全诗的结穴，李白纵论自东周以来直至当代的诗歌，无论是批判否定，还是称扬肯定，其目的就在引出对自己志向的抒发。这四句表明的意思很清楚：自己的志向就是效法圣人孔子，对古往今来的诗歌发展进行"删述"，并希望自己能有所建树，像孔子作《春秋》那样，绝笔于获麟，留下"垂辉映千春"的"删述"之作。问题的关键在于对"删述"二字的正确理解。孔子删《诗》，其去取标准是"思无邪"和"可施于礼义"；李白效法孔子删《诗》，则是要对东周以来直至唐代的诗歌，按照《大雅》这块样板，和平雅正和"清真"这个标准进行一番严格的删选。联系盛唐时期选诗之风甚盛，《国秀》《河岳英灵》诸选纷出的情况，李白可能在晚年打算选一部自东周至唐代的通代诗歌选本来表明自己的文学观点。而所谓"述"，则很可能是根据上述观点和标准来编一部诗歌发展史。这首诗不妨说就是这部诗歌发展史的提纲。

作为一论诗诗，李白对东周以来直到陈隋的诗歌的总体评价显然过于偏颇。陈子昂的《修竹篇序》，推崇汉魏风骨，批判齐梁以来"彩丽竞繁""风雅不作"的颓靡诗风，对建安诗歌不但高度肯定，而且愚为标准；李白则连建安诗歌亦一概否定，其彻底与大胆远超前辈。如果从论诗的角度去评价这首诗，它不但不符合诗歌发展史的实际，也不符合李白自己的思想实际和其他有关诗论。但作为一首述志诗，则反映了李白晚年的一个重要志向，就是要用雅正的标准对东周以来的诗歌进行一番总清理和总阐述。而且以当代的孔子自命，自信这是一项可以"垂辉映千春"的事业。尽管由于不久去世而未能竟此事业，但仍表现了诗人晚年在政治上已经绝望的情况下将志向移于删述、立言的宏伟抱负。以垂暮之年、卧病之身而有此宏大志向，正表现出诗人的强大生命活力和壮盛气势。从这一点看，这首诗同样闪烁着人性的光辉而可"垂辉映千春"。

以复古为革新，是唐代诗文革新的共同趋向，陈子昂、李白、韩愈乃至白居易无不如此。只不过李白的复古比起陈子昂、韩愈、白居易都走得更远，对前代文学的批判和否定也更彻底，以致使人觉得他有些大言欺人。实则对他的这种偏激言论，根本不必当作严肃的文学评论来对待，而只需理解他所要达到的革新目的。孟启所引述的李白对梁陈艳薄诗风的批判，可能更接近李白的思想实际。

古风五十九首（其十）

齐有倜傥生^①，鲁连特高妙^②。明月出海底^③，一朝开光曜。却秦振英声，后世仰末照^④。意轻千金赠，顾向平原笑^⑤。吾亦澹荡人^⑥，拂衣可同调^⑦。

［校注］

①倜傥，卓越超异，不同寻常。司马迁《报任安书》："古者富贵而名摩灭，不可胜纪，惟倜傥非常之人称焉。"或解为洒脱不为世羁，疑非。参注②引《史记·鲁仲连邹阳列传》。②鲁连，即鲁仲连，战国时齐国著名策士。《史记·鲁仲连邹阳列传》："鲁仲连者，齐人也。好奇伟俶傥之画策，而不肯仕宦任职，好持高节，游于赵……会秦围赵，闻魏将欲令赵尊秦为帝，乃见平原君曰：'事将奈何?'平原君曰：'胜也何敢言事。前亡四十万之众于外，今又内围邯郸而不能去。魏王使客将军新垣衍令赵帝秦，胜也何敢言事!'鲁仲连……见新垣衍……曰：'彼秦者，弃礼义而上首功之国也，权使其士，虏使其民，彼则肆然而为帝，过而为政于天下，则连有蹈东海而死耳，吾不忍为之民也。所为见将军者，欲助赵也。'新垣衍曰：'先生助之将奈何?'鲁连曰：'吾将使梁（按：即魏）及燕助之，齐、楚则固助之矣。'新垣衍曰：'燕则吾请以从矣。若乃梁，则吾乃梁人也，先生恶能使梁助之?'鲁仲连曰：'梁未睹秦称帝之害故也……今秦万乘之国也，梁亦万乘之国也，俱据万乘之国，各有称王之名，睹其一战而胜，欲从而帝之，是使三晋之大臣不如邹、鲁之仆妾也。且秦无已称帝，则且

变易诸侯之大臣。彼将夺其所不肖而与其所贤，夺其所憎而与其所爱，彼又将使其子女谗妾为诸侯妃姬，处梁之宫，梁王安得晏然而已乎？而将军又何以得故宠乎？'于是新垣衍起，再拜谢曰：'始以先生为庸人，吾乃今日知先生为天下之士也。吾请出，不敢复言帝秦。'秦将闻之，为却军五十里。适会魏公子无忌夺晋鄙军以救赵，击秦军，秦军遂引而去。"高妙，美善之至。唐苏鹗《苏氏演义》卷上："汉朝又悬四科取士：一曰德行高妙，二曰通经学，三曰法令，四曰刚毅多略。"按：《史记·鲁仲连传》谓其"好奇伟俶傥之画策"，司马贞索隐引《广雅》云："俶傥，卓异也。"俶傥，义同"倜傥"，皆卓异不凡之义，可证"齐有倜傥生"即齐有卓异之士，亦即新垣衍所称"天下之士"。指品德才能言，不指风采个性。③明月，指明月珠，即夜光珠。《楚辞·九章·涉江》："被明月兮佩宝璐。"王逸注："言己背被明月之珠。"李斯《谏逐客书》："有随和之宝，垂明月之珠。"因其出于海蚌之中，故云"出海底"。但"明月出海底"之句亦可双关明月出于海底，升起于海上之意，故下句云"一朝开光曜"，既可指明月珠之光耀一朝为世人所识，又可指海底升起之明月光照人间。④却秦，使秦军退去，见注②。末照，余光。⑤顾，回首。平原，指平原君赵胜，战国时四公子之一。《史记·鲁仲连邹阳列传》："于是平原君欲封鲁连，鲁连辞让者三，终不肯受。平原君乃置酒，酒酣起前，以千金为鲁连寿。鲁连笑曰：'所贵于天下之士者，为人排患释难解纷乱而无取也。即有取者，是商贾之事也，而连不忍为也。'遂辞平原君而去，终身不复见。"⑥澹荡，放达。⑦拂衣，振衣而去，指不恋荣禄而决然归隐。《后汉书·杨震列传》："融曰：'……孔融鲁国男子，明日便当拂衣而去，不复朝矣。'"晋殷仲堪《解尚书表》："进不能见危授命，忘身殉国；退不能辞粟首阳，拂衣高谢。"南朝宋谢灵运《述祖德》诗："高揖七州外，拂衣五湖里。"同调，指志趣相投。谢灵运《七里濑》诗："谁谓古今殊，异代可同调。"

[笺评]

杨齐贤曰：此篇盖慕鲁仲连之为人，排难解纷，功成无取也。（《分类补注李太白诗》）

严评曰：倜傥与澹荡，绝不相类，而看作一致。始知有意倜傥者，非真倜傥人，惟澹荡人乃可与同耳。（严评《李太白诗集》）

萧士赟曰：太白平生豪迈，藐视权臣，浮云富贵，此诗盖有慕于仲连之为人也。（同上）

朱谏曰：（"齐有"四句）言齐国有一士倜傥不羁者，鲁仲连也，为人特然高妙，出于稠人之上，固非势利之所能拘者，譬如明月之珠，出于海底，一朝开发其光辉，则有昭然而不可掩者矣。（"却秦"四句）言仲连之倜傥高妙者，以不苟仕而苟取也。却秦解围，而有芳声，馀光照乎后世，而人皆仰之。轻千金而不受，顾平原而一笑，虽有救人之功，不肯受人之赏，此所以振英声而有馀光也。所谓倜傥高妙者，岂易及乎！（"吾亦"二句）我亦澹荡之人，于势利无所嗜好，闻仲连之风，即欲拂衣以相从，期与异世而同调。惜乎！时不我知，徒托空言已矣。（《李诗选注》）

唐汝询曰：此慕鲁连之为人也。言鲁连立谈而名显，犹明珠乍出而扬光。彼却秦之英声，既为后世所仰，又能轻千金，藐卿相，以成其高，故我慕其风而愿与其同调也。（《唐诗解》卷三）

《唐宋诗醇》卷一：曹植诗："大国多良材，譬海出明珠"，即"明月出海底"意。白姿性超迈，故感兴于鲁连，后篇子陵、君平，亦此志也。

赵翼曰：青莲少好学仙，故登真度世之志，十诗而九，盖出于性之所嗜，非矫托也。然又慕功名，所企羡者，鲁仲连、侯嬴、郦食其、张良、韩信、东方朔等。总欲有所建立，垂名于世，然后拂衣还山，学仙以求长生。（《瓯北诗话》卷一）

方东树曰：此托鲁连起兴以自比。（《昭昧詹言》卷七）

吴昌祺曰：以"澹荡"目鲁连，最妙。（《删订唐诗解》）

瞿蜕园、朱金城曰：以鲁连功成不受赏自比，为李诗中常用之调。例如：《在水军宴幕府诸侍御》："所冀旄头灭，功成追鲁连。"《留别王司马》："愿一佐明主，功成返旧林。"《五月东鲁行》："我以一箭书，能取聊城功。"皆是。此盖受左思《咏史诗》之影响，即以下第十二、十三首亦不出左诗之范围。（《李白集校注》）

[鉴赏]

这是一首借咏史以抒怀的古风。左思《咏史八首》（其三）云："吾希段干木，偃息藩魏君。吾慕鲁仲连，谈笑却秦军。当世贵不羁，遭难能解纷。功成耻受赏，高节卓不群。临组不肯绁，对珪宁肯分？连玺耀前庭，比之犹浮云。"李诗在取材、立意上显然受到左诗的影响，但李诗无论在思想或艺术上，较之左诗，又有明显的超越，特别是在咏史抒怀之中既塑造了鲁仲连的鲜明形象，又凸显了李白自己的鲜明个性。篇幅虽短，却疏宕明快，潇洒俊逸，极具神采。

作为一个历史人物，鲁仲连身上集合了策士、纵横家、游侠、高士等多种类型人物的特征。这些特征，在李白身上，也有鲜明的表现。因此，他将鲁仲连作为自己的偶像加以崇拜，就是十分自然的了。毋宁说，是在鲁仲连身上看到了自己的影子。但这首仅有十句的短章，却没有（实际上也不大可能）去表现鲁仲连诸多方面的特征，而是集中笔墨突出其功成不受赏的高士风标，以寄托自己的人生理想。

开头两句是对鲁仲连的热情赞颂。"倜傥"是卓越超异之意，这已经是对其非凡品格才能的极赞，但诗人觉得仍不足尽其意，又加上"特高妙"三字作加倍的渲染。"高妙"是至美至善之意，从汉代设"德行高妙"一科可知它主要指人物的德行。这就为全诗对鲁仲连的赞颂定下了主调，即突出其高士的品格。

接下来四句，用一个鲜明生动的比喻进一步赞颂其品格才能的显露，就像沉埋于海底的明月宝珠，一朝闪烁出耀眼的光辉。"海底""一朝"之语，强调的是其品格才能本不为人所知，却因其突然显露而名扬天下。这一点在《史记·鲁仲连传》中并没有明确记载，李白这样写，正反映了他自己的人生理想。他在许多诗中描绘过类似的情景，如《驾去温泉馆后赠杨山人》："少年落魄楚汉间，风尘萧瑟多苦颜。自言管葛竟谁许，长吁莫错还闭关。一朝君王垂拂拭，剖心输丹雪胸臆。忽蒙白日回景光，直上青云生羽翼。"正可移作"明月"二句的注脚，值得玩味的是，"明月"二句，从字面上还不妨理解为：一轮明月，从海底升起，顿时清光照耀，天地增辉。这情景也许更能生动地表现鲁仲连的光明皎洁品格，以及他的出现所带来的巨大影响。文学作品中这种可以相容的诠释，不仅不会引起理解上的紊乱，而且可以进一步丰富它的意蕴内涵。

以上四句，均从虚处着笔，极力赞叹，至五、六二句，势必转叙实事，否则诗就会显得空泛。诗人却以高度概括之笔出之："却秦振英声，后世仰末照。"十个字中，其主要的事迹（鲁连一生大事唯"却秦"与一箭书解聊城之围二件），以及在当世和后代的影响，均囊括无遗，"后世仰末照"中也自然包含了诗人自己对鲁连品格才能的敬仰。"仰末照"之语，又切第三句之"明月"，照应自然入妙。

如果说五、六两句主要是突出鲁连的事功，那么七、八两句便着重描写并赞颂其品格的高尚："意轻千金赠，顾向平原笑。"虽同样极简约，却有鲜明生动的形象，特别是下面的那个"顾"字，更是画龙点睛式地写出了人物不慕荣利的品格和潇洒脱俗的风神。"轻千金赠"之"意"，正是通过"顾向平原笑"的神情意态得到传神的表达。之所以如此，鲁仲连自己的话已经作了最明确的解答："吾与富贵而诎于人，宁贫贱而轻世肆志焉。"与其富贵而受制于人，宁愿贫贱而轻视世俗、肆意适志。这里包含了重视个人自由甚于名利荣华的思想。这正是鲁连思想性格中最具人性光辉，也最为李白所钦慕的一面，也是诗人与他所歌颂的历史人物精神上高度契合之处。

末二句乃就势结出全诗的主旨。"澹荡"，意即放达不受拘束，亦即鲁连所谓"肆志"，正因为彼此都是重视个人意志、个人自由甚于名位荣利的"澹荡人"，因此虽相隔千载，却异代同心，在功成拂衣而归隐的行动上，正可引为知音同调。这里，既交代了借咏古以抒怀的写作动机，又点明了诗的主旨。李白一生的最高人生理想，就是功成身退，具体地说，就是"申管晏之谈，谋帝王之术，奋其智能，愿为辅弼，使寰区大定，海县清一。事君之道成，荣亲之义毕，然后与陶朱、留侯，浮五湖、戏沧洲"，而鲁仲连正是"功成不受赏"而身退的完美典型。李白将鲁连作为完美典型来赞颂，正是为了表达自己最高的人生理想。

这首诗歌咏自己所钦慕的历史人物，重点凸显歌咏对象与诗人自己精神性格的高度契合的方面，即既建不世之功，又不慕荣利，保持个人自由的"澹荡"性格。因此，歌咏对象与诗人自己融为一体，正是这首诗的突出特点，从鲁仲连身上能鲜明看到诗人自己的影子，寄托着诗人自己的人格理想和人生理想。在表现手法上，不取详尽的叙述，而是用赞叹的笔调和生动的比喻对其品格才能进行渲染形容。于其事功，仅以极概括的笔墨稍加点染；于其精神风貌，则用画龙点睛式的笔法加以表现。最后将自己与歌咏对象合而为一。整首诗既疏宕明快，又潇洒俊逸，体现出诗人一贯的风格。

古风五十九首 (其三十四)

羽檄如流星①，虎符合专城②。喧呼救边急，群鸟皆夜鸣③。白日曜紫微④，三公运权衡⑤。天地皆得一，澹然四海清⑥。借问此何为，答言楚征兵⑦。渡泸及五月⑧，将赴云南征⑨。怯卒非战士，炎方难远行⑩。长号别严亲⑪，日月惨光晶⑫。泣尽继以血，心摧两无声⑬。困兽当猛虎⑭，穷鱼饵奔鲸⑮。千去不一回，投躯岂全生⑯？如何舞干戚，一使有苗平⑰。

[校注]

①羽檄，插鸟羽以示紧急的军事文书。《史记·韩信卢绾列传》："吾以羽檄征天下兵。"裴骃曰："以鸟羽插檄书，谓之羽檄，取其急速若飞鸟也。"如流星，极言其迅疾，转瞬即逝。②虎符，古代征调军队的凭证，铜制，刻为虎形，剖作两半，右半留中央，左半付将帅或州郡长官。调发军队时，朝廷使臣须持符验对，符合始能发兵。唐代已改用鱼符。专城，指州郡长官。《文选·潘岳〈马汧督诔〉》："剖符专城。"张铣注："专，擅也，谓擅一城也。谓守宰之属。"③《庄子·在宥》："鸿蒙曰：乱天之经，逆物之情，玄天弗成，解兽之群而鸟皆夜鸣，灾及草木，祸及昆虫。""群鸟"句用典，正示此次征兵赴边的军事行动是"乱天之经，逆物之情"的不义之战。④白日，象征皇帝。紫微，即紫微垣，星官名。《晋书·天文志上》："紫宫垣十五星，其西蕃七，东蕃八，在北斗北。一曰紫微，大帝之座也，天子之常居也。"⑤三公，古代中央政府三种最高官衔的合称。周以太师、太傅、太保为三公（一说以司马、司徒、司空为三公）；西汉以丞相、太尉、御史大夫为三公；东汉以太尉、司徒、司空为三公，但已非实职。此处实泛指宰相。运权衡，运用权力。《晋书·潘岳传》："虽居高位，飨重禄，执权衡，握机秘，功盖当时，势侔人主，不得与之比逸。"权、衡，原指秤锤、秤杆，用以称量物体轻重，转喻权力。⑥《老子》："昔之得一者，天得一以清，地得一以宁。"一指道。澹然，安定貌。《文选·扬雄〈长杨赋〉》："使海内澹然，永忘边城之灾。"李善注："澹，安也。"⑦楚征兵，一作"征楚兵"。查慎行《初白诗评》："当天宝之世，忽开边衅，驱无罪之人，置之必死之地，谁为当国运权衡者？'白日'以下四句，国忠之蒙蔽殃民，二

罪可并案矣。"沈德潜《唐诗别裁》注："言天下清平，不应有用兵之事，故问之。"按："楚征兵"，指为讨南诏而征发楚地之兵。《通鉴·天宝十载》："四月……剑南节度使鲜于仲通讨南诏蛮，大败于泸南。时仲通将兵八万，分二道出戎、巂州，至曲州、靖州。南诏王阁罗凤遣使谢罪，请还所俘掠，城云南而去，且曰：'今吐蕃大兵压境，若不许我，我将归命吐蕃，云南非唐有也。'仲通不许，囚其使。进军至西洱河，与阁罗凤战，军大败，士卒死者六万人，仲通仅以身免。杨国忠掩其败状，仍叙其战功。……制大募两京及河南北兵以击南诏，人闻云南多瘴疠，未战，士卒死者什八九，莫肯应募。杨国忠遣御史分道捕人，连枷送诣军所……于是行者愁怨，父母妻子送之，所在哭声振野。"《旧唐书·杨国忠传》："南蛮质子阁罗凤亡归不获，帝怒甚，欲讨之。国忠荐阆州人鲜于仲通为益州长史，令率精兵八万讨南蛮，与罗凤战于泸南，全军陷没。国忠掩其败状，仍叙其战功，仍令仲通上表请国忠兼领益部。十载，国忠权知蜀郡都督府长史，充剑南节度副大使，知节度事……国忠又使司马李宓率师七万再讨南蛮。宓渡泸水，为蛮所诱，至和城，不战而败，李宓死于阵。国忠又隐其败，以捷书上闻。自仲通、李宓再举讨蛮之军，其征发皆中国利兵，然于土风不便，沮洳之所陷，瘴疫之所伤，馈饷之所乏，物故者十八九。凡举二十万众，弃之死地，只轮不还，人衔冤毒，无敢言者。"此诗所反映的当是天宝十载（751）征兵讨云南事。⑧泸，即泸水，即今雅砻江下游及金沙江会合雅砻江以后的一段江流。《水经注·若水》："泸峰最为杰秀，孤高三千丈，是山于晋太康中崩，震动郡邑。水之左右，马步之径裁通，而时有瘴气，三月、四月有迳之必死，非此时犹令人闷吐。五月以后，行者差得无害。故诸葛亮表言：五月渡泸，并日而食，臣非不自惜也，顾王业不可偏安于蜀故也。《益州记》曰：泸水源出曲罗巂下三百里，曰泸水。两峰有杂气，暑月旧不行，故武侯以夏渡为艰。"及，趁。⑨据《新唐书·南蛮传上》，开元末，皮逻阁并六诏为一，破吐蕃，浸骄大，以破弥蛮功，驰遣中人册为云南王。

云南征，即征南诏。以地处云岭之南，故曰云南。⑩炎方，炎热的南方地区，此指南诏所在的云南地区。⑪长号，大声号哭。严亲，指父母。参注⑦引《通鉴》。⑫惨光晶，日月惨淡无光。晶，光亮。⑬摧，悲痛、哀伤。两无声，指出征者和送行的父母均悲痛失声。⑭当，值，遇上。⑮饵，饲。⑯投躯，舍身、献身。⑰《书·大禹谟》："三旬，苗民逆命……帝乃诞敷文德，舞干羽于两阶。七旬，有苗格。"孔传："干，楯；羽，翳也。皆舞者所执。修阐文教，舞文舞于宾主阶间，抑武事。"《帝王世纪》："有苗民负固不服，禹请征之。舜曰：'我德不厚而行武，非道也。吾前教由未也。'乃修教三年，执干戚而舞之，有苗请服。"干，盾牌；戚，大斧。

[笺评]

刘辰翁曰：（"群鸟皆夜鸣"）非蹊涉是境，不知其妙，若模写及此，则入神矣。（《唐诗品汇》卷四引）

萧士赟曰：此诗盖讨云南时作也。首四句，即见征兵时景象而言。五句至八句，是设难谓当时君明臣良，天清地宁，海内澹然，四郊无警之时，而忽有此举，果何为哉！九句至十二句，乃白问之于人，始知征兵者讨云南质子亡去之罪也。十三句至二十二句，乃白逆知当时所谓之兵，不甚受甲，如以困兽当虎，穷鱼饵鲸，吾见师之出不见师之入也。末二句则比南诏为有苗，而深叹当国之大臣不能如益之赞禹，禹之佐舜，敷文德以来远人，致有覆车杀将之耻也。（《分类补注李太白诗》卷二）

朱谏曰：（"羽檄"四句）言朝廷以羽檄而征兵者，如流星之速；虎符之调发者，有专城之威。急则不容于少缓，专则独擅于一人。敕令救边之急，哄然传递而惊呼，群栖之鸟尽皆夜鸣，兆之先见者，其不宁也若此。（"白日"八句）言朝廷以羽檄、虎符征兵，而骚扰边方，是观兵而不耀德也。夫君相以道化人，则天下自服。若天子垂拱于九五之上，则白日耀于紫微，三公运筹于台辅之间，以佐乎天子，君相各尽其职，则天地清宁，而四海无危矣，何必以耀兵为哉！今而羽檄虎符，喧呼救边，欲何为乎！乃为楚而征兵也。以阁罗凤据云南而叛于楚地，朝廷命师以讨之，及此五月暑毒之时，渡于泸水，深入瘴疠之乡。夫远人之不服，则当修文德以来之，何至穷兵黩武之若是？（"怯卒"十句）言此南征之人，虽曰中国之师旅，其实怯弱之懦夫，不能受甲，非战士也。临岐恸哭，以别父母，日月为之而无光，泣尽而继之以血，彼此心摧，呜咽而不能言也。夫驱市人而使之战，是弃之也。譬如困兽之当于猛虎，穷鱼之饵乎奔鲸，乃投身殒躯于馋吻之中，适足以恣其一饱而已，岂所以全其生乎！（"如何"二句）上言用兵以征云南，师行无功，是君相失于自修，所以不能致远人之服也。当如大舜之战有苗，一舞干戚，而有苗自格。盖君德耀乎紫微，三公运乎权衡，四海自清矣。又何必勤兵于远方，以至于丧师辱国若是乎！（《李诗选注》）

唐汝询曰：此刺明皇之征南也。言发卒救边，骚及鸟兽，我始闻而疑之，以为明主当阳，大臣奉职，海内澹然，曷为有此？既而与人问答，乃知楚地征兵，以讨云南也。我想五月非出师之时，云南乃苦热之地，且以怯卒而可当战士乎！观其别亲之际，涕泣流连有足悲者，以此御敌，正犹困兽穷鱼而当猛虎奔鲸也，必无生还之理矣。然此皆因庙堂之臣，不能如禹、益之佐舜，敷文德以来远人，卒至疲弊中国而莫之惜也，悲夫！按：南诏丧师，皆国忠之罪，太白乃以有苗讽之，亦可谓怨而不怒矣。（《唐诗解》卷三）

胡震亨曰：此篇咏讨南诏事，责三公非人，黩武丧师，有慕禹、益之佐舜。（《李诗通》）

周珽曰：穷兵黩武原非国家之福，况无事生事，而驱失练之卒以殉战；又师出非其时，则丧师辱国，理必致也。太白此诗，与刘湾《云南曲》俱得感讽之体。按：南诏丧败，皆由杨国忠。刘以既败北言，李以方发兵言，使当时明皇闻此两诗，宁无恻然动心乎！（《删补

唐诗选脉笺释会通评林·盛五古四》）

查慎行曰：当天宝之世，忽开边衅，驱无罪之人，置之必死之地，谁为当国运权衡者？"白日"以下四句，国忠之蒙蔽、殃民，二罪可并案矣。（《初白庵诗评》）

吴昌祺曰：用意自佳，尚欠深婉之致。（《删订唐诗解》）

沈德潜曰：时征兵讨云南而大败，杨国忠掩败为功，诗应作于是时。"借问此何为？"言天下清平，不应有用兵之事，故因问之。"渡泸及五月，将赴云南征"，炎月出师，而又当炎方，能无败乎！"如何舞干戚"，"如何"作"何如"解，古人每有之。"干羽"改"干戚"，本渊明"刑天舞干戚"句。（《重订唐诗别裁集》卷二）

《唐宋诗醇》卷一："群鸟夜鸣"，写出骚然之状。"白日"四句，形容黩武之非。至于征夫之凄惨，军势之怯弱，色色显豁，字字沉痛。结归德化，自是至论。此等诗殊有关系，体近《风》《雅》。杜甫《兵车行》《出塞》等作，工力悉敌，不可轩轾。宋人罗大经作《鹤林玉露》，乃谓：白作为歌诗，不过狂醉于花月之间，社稷苍生，曾不系其心膂，视甫之忧国忧民，不可同年语。此种识见，真"蚍蜉撼大树"，多见其不知量也。

陈沆曰：《唐书》：南诏本乌蛮别种，天宝中册为云南王。因云南太守张虔陀激变，剑南节度使鲜于仲通讨之，以兵八万人败没于泸川。杨国忠掩其败，不以实闻，更使以十万兵讨之，复败没。先后丧师二十万人。集中《书怀赠常赞府》诗云："云南五月中，频丧渡泸师。毒草杀汉马，张兵夺云旗。至今西洱河，流血拥僵尸。将无七擒略，鲁女惜园葵。咸阳天下枢，累岁人不足。虽有数斗玉，不如一盘粟。"与此同旨。（《诗比兴笺》卷三）

《李太白诗醇》引严云："长号"一段，写得惨动。

方东树曰：言穷边之事。（《昭昧詹言·小谢附李白》）

曾国藩曰：此首似讽天宝末征兵讨阁罗凤，即白太傅《新丰折臂翁》之诗意。（《求阙斋读书录》卷七）

[鉴赏]

唐王朝为了牵制吐蕃，力助南诏统一了六诏。但统一后的南诏却与唐王朝产生矛盾。天宝九载（750），宰相杨国忠荐鲜于仲通为剑南节度使。仲通性褊急，少方略，"失蛮夷心。故事：南诏帝与妻子俱谒都督，过云南。云南太守张虔陀皆私之。又多所征求，南诏王阁罗凤不应。虔陀遣人詈辱之，仍密奏其罪，阁罗凤忿怨，是岁发兵反，攻陷云南，杀虔陀，取夷州三十二"（《通鉴》卷二百十六），故有天宝十载鲜于仲通将兵八万讨南诏之举（见注⑦引《通鉴》）。其时南诏王阁罗凤曾谢罪，请还所俘掠，城云南而去，唐朝如趁此机会与南诏和好，可以免去这场战争。鲜于仲通却拒绝南诏之请求，囚其使者，至有丧师六万于西洱河的败绩。而杨国忠掩其败绩，仍叙其战功，进一步扩大对南诏的战争，此诗就是在这一背景下写作的，它鲜明地表现出对唐王朝决策者发动这场带有黩武性质的战争的愤激之情，对被驱使进行战争、无辜遭受痛苦牺牲的人民表达了深切的同情。

诗的开头四句，是对朝廷紧急向地方征调军队情景的描写。告急的军事文书像流星一样疾速驰送，朝廷调集地方军队的虎符立即发往州郡长官手中；送羽书的使者、握虎符的使臣一面驱马疾驰，一面喧呼着边境上有紧急军情，急需前往救援，弄得沿途夜宿的鸟都惊恐不安，发出尖厉的鸣叫声。前三句用"如流星""喧呼""救""急"等词语反复渲染，意在突出一种紧急的气氛。光看这几句，可能会认为这是一场外敌入侵，边境告急的自卫性军事行动，但"群鸟"句却通过用典，暗示这原是一场"乱天之经，逆物之情"的违背广大人民意愿的不义之战。李白的诗，常有这种虽用典却自然天成，宛若信口而出的句子。不了解典故出处的读者，虽也能从中品味出这种紧急调兵军事行动对百姓的骚扰，但了解其典故出处，则可深刻领会诗人反对这场黩武战争殃民的用意。

紧接着开头四句的"急","白日"四句所描绘的却是完全相反的另一种景象。"白日曜紫微",用天象喻示皇帝安居京城皇宫,光辉照耀;"三公运权衡",谓秉政的大臣在有效地运转国家机器,行使自己的权力。正因为如此,故天地广宇、四海之内都呈现出既统一又清平的局面。"澹然"和"清"是这四句的核心。实际上也就是李白自己所说的"寰区大定,海县清一"。这样来形容当时的政局,虽是为了反跌出上四句所写情况的反常,但也大体上符合天宝年间表面上繁荣安定的局势。

"借问"四句,由"得一""澹然"逼出诗人的反问,揭出紧急征调军队的原因与目的:原来羽檄星驰、虎符急征、喧呼救边,弄得禽鸟夜惊的原因就是为了"将赴云南征"。"楚征兵",指在楚地征调军队。楚地离云南较近,故征调这一带的军队救边比较迅疾。相传渡泸水五月比较适宜,故用"及"字,以显示朝廷赶在这个季节讨南诏,实际上还是为了突出军事行动的紧急。"及"字正透露出朝廷的军队赶时间、抢速度的意图。

"怯卒"六句,写被迫征调去讨伐云南的士兵与家人离别时的惨痛情景。史载其时"人闻云南多瘴疠,未战,士卒死者什八九,莫肯应募。杨国忠遣御史分道捕人,连枷送诣军所……于是行者愁怨,父母妻子送之,所在哭声振野"。将史籍记载与李白此诗对读,可以看出诗中所写完全是生活的真实反映。用"怯卒"来形容被强征的士卒,不仅透露出他们是在毫无训练的情况下被绑送战场,而且反映出战争的违背人民意愿。人民不愿为黩武战争卖命,故心存畏怯,更何况炎方远行,路途险阻,作战之地又多瘴疠,更使他们毫无斗志。一"怯"字蕴含着多重意涵,可称精练而富于表现力。"长号"四句所描绘的惨状,则可与杜甫《兵车行》"耶娘妻子走相送,尘埃不见咸阳桥。牵衣顿足拦道哭,哭声直上干云霄"相对照,而杜诗主于叙事,偏于客观写实;李诗主要抒情,偏于主观感情的抒发,带有更强烈的感情色彩。而"泣尽继以血,心摧两无声"的惨状,则可与杜诗"眼枯即见骨，天地终无情"比美，诗人的人道主义同情和对当权决策者的愤慨溢于言表。

"困兽"四句，通过形象、生动的比喻，显示被驱使去征讨云南的士卒，犹如陷入绝境的野兽正遇上凶猛的老虎，无路可逃的鱼儿投饲横暴奔突的巨鲸，此去万无生理。用"千去不一回"的夸张笔墨来形容"投躯岂全生"的必然后果，给人以触目惊心的感受，却完全符合征云南之师全军覆没的事实。高度的夸张与高度的真实在这里得到和谐的统一。至此，对当权者穷兵黩武、驱民死地的愤激之情达于极致。

末二句忽作转折，收归正意："如何舞干戚，一使有苗平。""如何"即"何如"之意。与其穷兵黩武、丧师辱国，使无辜的百姓遭受无谓的巨大牺牲，何如效舜之敷文德、修政教，使远人心悦诚服地归附呢？这是因批判黩武战争自然引出的主意，其中也自然包含了对当权决策者不能修明政治，只知滥用武力的尖锐批判。

唐代的三位大诗人李白、杜甫、白居易都针对唐王朝征南诏，给人民造成巨大的牺牲和痛苦的事件写过充满人道主义精神的杰出诗篇。白居易是事后追溯，痛定思痛的反省；李、杜则是直接针对眼前正发生的事实。其政治责任感与对人民的同情尤为突出。而由于三位诗人艺术个性的不同，三首诗又各具鲜明的特色。白作系叙事诗，主要通过新丰折臂翁的独特经历反映黩武战争的罪恶；杜作则虽偏于叙事，却触及黩武战争所造成的动摇国本的严重危害，思致更为深刻；李诗则将批判的矛头指向当权决策者，揭露其黩武战争给人民造成的巨大牺牲，感情更为愤激。

蜀道难①

噫吁嚱②！危乎高哉！蜀道之难，难于上青天。蚕丛及鱼凫③，开国何茫然④！尔来四万八千岁⑤，不与秦塞通人烟⑥。

西当太白有鸟道⑦，可以横绝峨眉巅⑧。地崩山摧壮士死⑨，然后天梯石栈相钩连⑩。上有六龙回日之高标⑪，下有冲波逆折之回川⑫。黄鹤之飞尚不得过⑬，猿猱欲度愁攀援⑭。青泥何盘盘⑮！百步九折萦岩峦⑯。扪参历井仰胁息⑰，以手抚膺坐长叹⑱。问君西游何时还，畏途巉岩不可攀⑲。但见悲鸟号古木⑳，雄飞雌从绕林间。又闻子规啼夜月㉑，愁空山。蜀道之难，难于上青天！使人听此凋朱颜㉒。连峰去天不盈尺㉓，枯松倒挂倚绝壁。飞湍瀑流争喧豗㉔，砯崖转石万壑雷㉕。其险也如此，嗟尔远道之人胡为乎来哉？剑阁峥嵘而崔嵬㉖，一夫当关，万夫莫开。所守或匪亲㉗，化为狼与豺㉘。朝避猛虎，夕避长蛇。磨牙吮血，杀人如麻㉙。锦城虽云乐㉚，不如早还家。蜀道之难，难于上青天，侧身西望长咨嗟㉛。

[校注]

①《蜀道难》，乐府旧题，《乐府诗集》卷四十相和歌辞瑟调曲载梁文帝《蜀道难二首》，题解云："《古今乐录》曰：'王僧虔《技录》有《蜀道难行》，今不歌。'《乐府解题》曰：'《蜀道难》备言铜梁、玉垒之阻，与《蜀国弦》同。'《尚书谈录》曰：李白作《蜀道难》，以罪严武。后陆畅谒韦南康皋于蜀郡，感韦之遇，遂反其词作《蜀道易》云：'蜀道易，易于履平地。'按铜梁、玉垒在蜀郡西南，今永康是也。非入蜀道，失之远矣。"《乐府诗集》于梁简文帝之作后又录刘孝威、阴铿及唐张文琮之作，内容均言蜀道之险阻，刘作即有"玉垒高无极，铜梁不可攀"之句，可证《乐府解题》谓"《蜀道难》备言铜梁、玉垒之阻"之言不虚。李白此作，亦极言蜀道之险阻。据诗中"问君西游何时还""其险也如此，嗟尔远道之人胡为乎来哉""锦城虽云乐，不如早还家"等句，当为在长安送人入蜀而作。作者另有《送友人入蜀》五律云："见说蚕丛路，崎岖不易行。山从人面起，云

傍马头生。芳树笼秦栈，春流绕蜀城。升沉应已定，不必问君平。"与《蜀道难》或为同时之作。此诗收入殷璠选编之《河岳英灵集》，此集收诗终于天宝十二载癸巳（753），则《蜀道难》当作于此前。今之学者或系此诗于开元十八九年（730、731）李白初游长安期间，亦有主张作于天宝初年者，当以后者为是。②宋庠《宋景文公笔记》卷上："蜀人见物惊异，辄曰：'噫吁嚱。'李白作《蜀道难》，因用之。"按：噫、吁、嚱均为叹词，可单独用，此则连用表强烈的惊叹。宋庠谓是蜀方言，可参。相当于今之"啊唷嗨"。③蚕丛、鱼凫，传说中古蜀王名。《文选·左思〈三都赋〉》注引扬雄《蜀王本纪》曰："蜀王之先名蚕丛、柏濩、鱼凫、蒲泽、开明。是时人萌，椎髻左言，不晓文字，未有礼乐。从开明上到蚕丛，积三万四千岁。"④茫然，模糊不清的样子。此处形容年代久远。⑤尔来，从那时以来。四万八千岁，极言年代久远，与《蜀王本纪》所谓"三万四千岁"，同为传说中的数字，不必拘实。⑥秦塞，犹秦地。秦地四面皆有险阻关隘，为四塞之国，故称。通人烟，指人烟相接，相互往来交通。⑦太白，山名，秦岭主峰，在今陕西眉县南。鸟道，只有飞鸟可以度越的通道。"有鸟道"，谓无人可行走的道路。⑧横绝，横度，飞越。峨眉，山名，在四川峨眉山市的西南。⑨《华阳国志·蜀志》："秦惠王知蜀王好色，许嫁五女于蜀。蜀遣五丁迎之。还到梓潼，见一大蛇入穴中。一人揽其尾，掣之，不禁，至五人相助，大呼拽蛇，山崩时压杀五人及秦五女并将从，而山分为五岭。"⑩天梯，喻高峻的山路如登天的梯。石栈，在悬崖峭壁上凿洞架木铺板而成的栈道。钩连，连接。⑪六龙回日之高标，极言山之高峻。古代神话传说，日神乘六龙为驾、羲和为御的车。左思《蜀都赋》："羲和假道于峻岐，阳乌回翼乎高标。"《初学记》卷一天部三："《淮南子》云：'爰止羲和，爰息六螭，是谓悬车。'注曰：'日乘车，驾以六龙。羲和御之。日至此而薄于虞渊，羲和至此而回六螭。'"螭即龙。高标，指高峻的山峰可以作为标志者，犹诸峰中之最高峰。句谓仰视则有连六龙所驾的日车也不能不为之回转的高峰。⑫冲波逆折，激浪撞击崖壁，形成倒流漩涡。回川，曲折的河流。⑬黄鹤，即黄鹄。善于高飞远举的鸟。古"鹤""鹄"二字通。《商君书·画策》："黄鹄之飞，一举千里。"⑭猱：猕猴。善攀援。⑮青泥，岭名，在今甘肃徽县南，陕西略阳县北。《元和郡县图志·山南道·兴州》：长举县："青泥岭，在县西北五十三里，接溪山东，即今通路也。悬崖万仞，山多云雨，行者屡逢泥淖，故号青泥岭。"盘，形容山路曲折盘绕。⑯萦，绕。岩峦，山峰。⑰扪，摸。历，经。参（shēn）、井，星宿名。古天文学将天上星宿的位置与地上的区域相对应，以测该对应地区的吉凶灾变，称分野。参为蜀之分野，井为秦之分野。胁息，屏住呼吸，形容因紧张而屏息。⑱膺，胸。⑲巉岩，险峻的山岩。宋玉《高唐赋》："登巉岩而下望兮。"李白《北上行》："磴道盘且峻，巉岩凌穹苍。"⑳悲鸟，叫声凄厉的鸟。号，号叫。㉑子规，即杜鹃鸟，蜀中多杜鹃。《文选·左思〈蜀都赋〉》："鸟生杜宇之魄。"刘渊林注："《蜀记》曰：'昔有人姓杜，名宇，王蜀，号曰望帝。宇死，俗说云，宇化为子规。子规，鸟名也。蜀人闻子规鸣，皆曰望帝也。'"㉒凋朱颜，红润的容颜为之憔悴失色。㉓去，距离。㉔湍，急流。瀑流，瀑布。喧豗（huī），水石相击发出的喧闹声。㉕砯（pīng）：本指水冲击山崖发出的声音，这里用作动词"冲击"之意。转，转动，翻转。㉖剑阁，此指险峻的剑阁道。《华阳国志》卷二："梓潼郡有剑阁道三十里，至险。"《水经注·漾水》："白水又东南迳小剑戍北，西去大剑三十里，连山绝险，飞阁通衢，故谓之剑阁也。"剑阁道在今四川剑阁县东北大小剑山之间。峥嵘，险峻貌。崔嵬，高峻貌。㉗匪亲，不是亲信可靠的人。㉘狼与豺，指凶恶的叛乱者。以上四句，本左思《蜀都赋》："一人守隘，万夫莫向。"张载《剑阁铭》："一夫荷戟，万夫趑趄，形胜之地，匪亲勿居。"㉙猛虎、长蛇，喻凶恶的叛乱者。吮，吸。杀人如麻，极言杀人之多。《旧唐书·刑法志》："遂至杀人如麻，流血成泽。"㉚锦城，指成都。成都旧有大城、少城，少城古为掌织锦官员之官署，因称锦官城。后遂用作成都之别称。唐时成都为全国除长安、洛阳两都及扬州以外的繁华都会，有"扬一益二"之称，故云"锦城虽云乐"。㉛咨嗟，叹息。

[笺评]

殷璠曰：白性嗜酒，志不拘检，常林栖十数载，故其为文章，率皆纵逸。至如《蜀道难》等篇，可谓奇之又奇，然自骚人以还，鲜有此体调也。(《河岳英灵集》卷上)

姚合《送李馀及第归蜀》：李白《蜀道难》，盖为无成归。尔今称意行，所历安觉危。(《全唐诗》卷四百九十六)

孟启曰：李太白初自蜀至京师，舍于逆旅，贺监知章闻其名，首访之。既奇其姿，复请所为文。出《蜀道难》以示之。读未竟，称叹者数四，号为谪仙。解金龟换酒，与倾尽醉。期不间日，由是称誉光赫。(《本事诗·高逸》)

李绰曰：陆畅尚为韦南康作《蜀道易》，首句曰："蜀道易，易于履平地。"南康大喜，赠罗八百匹……《蜀道难》，李白罪严武也。畅感韦之遇，遂反其词焉。(《尚书故实》)

范摅曰：(严武)拥旄西蜀，累于饮筵，对客骋其笔札。杜甫拾遗乘醉而言曰："不谓严挺之乃有此儿也。"武恚目久之……房太尉琯亦微有所忤，忧怖成疾……李太白为《蜀道难》，乃为房、杜之危也……李翰林作此歌，朝右闻之，疑严武有刘焉之志。(《云溪友议》卷上)

王定保曰：李太白始自西蜀至京，名未甚振。因以所业贽谒贺知章。知章览《蜀道难》一篇，扬眉谓之曰："公非人世之人，可不是太白星精邪?"(《唐摭言》卷七)

《新唐书·韦皋传》：天宝时，李白为《蜀道难》以斥严武，(陆)畅更为《蜀道易》以美皋焉。

沈括曰：前史称严武为剑南节度使，放肆不法，李白为之作《蜀道难》。按孟启所记，白初至京……时乃天宝初也，此时李白已作《蜀道难》。严武为剑南乃在至德以后肃宗时，年代甚远。盖小说所记各得于一时见闻，本末不相知，率多舛误，皆此文之类。李白集中称刺章仇兼琼，与《唐书》所载不同，此《唐书》误也。（《梦溪笔谈》卷四）

洪驹父曰：《新唐书·严武传》云："武在蜀放肆，房琯以故宰相为部内刺史，武踞慢不为礼；最厚杜甫，然欲杀甫数矣。李白作《蜀道难》乃为房与杜危之矣。"《新唐书》据范摅《云溪友议》言之耳。按《唐书》《摭言》载李白始自西蜀至京，道未甚振，因以所业赞谒贺知章，知章览《蜀道难》一篇，曰："子谪仙人也。"案白本传："天宝初，因吴筠被召，亦至长安，时往见贺知章。"则与严武帅蜀岁月悬远。尝见李集一本于《蜀道难》题下注："讽章仇兼琼也。"考其年月，近之矣。谓危房、杜者非也。《新唐书》第弗深考耳。（《洪驹父诗话》）

严评曰：（"噫吁嚱"三句）提"蜀道难"，篇中三致意。用"噫吁嚱"三字起，非无谓，后人学袭，便成恶道。（"地崩"二句）天工人力，四语尽之。（"又闻"至"难于上青天"）此中着二语，本《阳关三叠》。（"连峰"句）有"扪参历井"，白此不必。（"枯松"句）一幅好画。（"磨牙"二句）雄语说难佳。（"锦城"二句）只此十个字，是一篇之主。（结尾三句）言尽意无尽。（严羽评本《李太白诗集》）又严评《李太白诗集》载明人批：蜀道本险，此只是就题直赋，更不必曲为解说。磊落豪肆，真前此所未有。然所以佳处，则正缘构法严密，此乃所谓真太白，不然便恐汗漫无收拾。又曰：起三句，陡然狂呼，振起一篇精神。喑哑叱咤，千山皆靡，非太白力量，后面如何应得转。又曰：（"西当"四句）大概以文入诗是太白偏技，然要不可为常物说。（"连峰去天"四句）一说高、一木、一水、一石，更不乱下语。（"锦城"二句）两语小收。（结尾三句）三重语是篇法，大概相顾盼处最跌荡有态。

刘辰翁曰：妙在起伏。其才放肆，语次崛奇，自不待言。（《唐诗品汇》卷二十六引）

萧士赟曰：洪驹父《诗话》云……沈存中《笔谈》云……予曰：以臆断之，其说皆非也。史不足征，小说、传记反足信乎？所谓尝见李集一本于《蜀道难》题下注"讽章仇兼琼"者，黄鲁直尝于宜州用三钱买鸡毛笔，为周维深作草书《蜀道难》，并于题下注云："讽章仇兼琼也。"然天宝初天下乂安，四郊无警，剑阁乃长安入蜀之道，太白乃拳拳然欲严剑阁之守，不知将何所拒乎？以此知其不为章仇兼琼也。尝以全篇诗意与唐史参考之，盖太白初闻禄山乱华，天子幸蜀时作也。若曰为房琯、杜甫、章仇兼琼而作，何至始引蚕丛开国，终言剑阁之险，复及所守匪亲，化为豺狼等语哉！引喻非伦，是以知其不为章与房、杜也。唐史：哥舒翰兵败，潼关不守，杨国忠首倡幸蜀之策，当时臣庶皆非之。马嵬父老谏曰：宫阙，陛下家居；陵寝，陛下坟墓。今舍此欲何之？又告太子曰：若殿下与至尊皆入蜀，中原百姓谁为主？建宁王倓亦曰：今殿下从至尊入蜀，若贼兵烧绝栈道，则中原之地拱手授贼。既上至扶风，士卒潜怀去就，往往流言不逊。比至成都，从官及六军至者千三百人而已。太白深知幸蜀之非计，欲言则不在其位，不言其爱君忧国之情不能自已，故作诗以达意也。（《分类补注李太白诗》）

胡震亨曰：兼琼在蜀御吐蕃著绩，无据险跋扈迹可当此诗；而严武出镇在至德后，玄宗幸蜀在天宝末，与此诗见赏贺监在天宝入都初者年岁亦皆不合。则此数说似并属揣摩。愚谓《蜀道难》自是古相和歌曲，梁、陈间拟作者不乏，讵必尽有为始作？白蜀人，自为蜀咏耳。言其险更著其戒，如云"所守或非亲，化为狼与豺"，风人之义远矣。必求一时一人事实之，不几失之细乎！何以穿凿为也？（《李诗通》）又曰：《蜀道难》自是古曲，梁、陈作者，止言其险，而不及其他。白则兼采张载《剑阁铭》"一人荷戟，万夫趑趄，形胜之地，匪亲弗居"等语用之，为恃险割据与羁留佐逆者著戒。惟其海说事理，故苞

括大，而有合乐府讽世立教本旨。若第取一时一人事实之，反失之细而不足味矣。诸解者恶足语此！（《唐音癸签·诂笺六》）

朱谏曰：起四句此白用乐府《蜀道难》之题而敷其义。先之以发叹曰“噫吁嚱”者，不一叹而足也。曰“危”曰“高”者，不一辞而止也。此二句总序以发。（“蚕丛”八句）此言蜀国自有国以来，至秦时乃得通道于中国也。夫天之生民，必立之君。蚕丛、鱼凫，蜀之先君开国者也。开国以来，以迄于今，则有四万八千余岁，虽与秦而接壤，然山川修阻，绝不往来，各国其国，人烟未尝得相通也。秦塞之外，有太白之山，鸟道四百余里，横绝于峨眉之颠，盖鸟可度，而人不得以度也。秦惠王之时，则以金牛欺蜀王，蜀使五丁凿山开道以迎牛，地崩山摧，而五丁死矣，然后路得稍通，架天梯，连石栈，钩索贯引，夤缘跻拔，乃可以与中国相往来也。（“上有”八句）承上言蜀虽有金牛之迹，可通中国，然其险峻总是畏人。山标之特起者，上碍日车，六龙以之而回辔；回川之旋逆者，倒折反冲，波流盘桓而不去。峰峦之高者，黄鹤飞而不能度；岩崖之险者，猿猱欲度而难援。青泥之岭，屈曲而上；百步之间，而有九折。左萦右绕，出于岩峦之下，何峻险也！仰逼象纬，以手抚膺，坐而长叹。蜀道之难，有如此哉！（“问君”十五句）此设为问之之词，言蜀道之险如此，君游于此，何时还乎？盖畏途之巉岩不可以跻拔，游者宜暂时而不宜久。但见悲鸟之鸣于古木，子规之啼于空山。蜀道难行，鸟声悲怨，闻者多愁而易老矣。其山之高也，连峰去天不盈一尺，枯松依崖而倒挂，湍瀑交流而乱鸣。近人亦且畏之，况远道之人乎？嗟尔远人胡为来此，自取辛苦恐惧也！（“剑阁”十一句）承上言蜀地之险如此，剑阁之间尤为要害。若使一人荷戟，当关而立，虽有万人亦不敢进。是剑阁乃全蜀之门户，得失安危所由系也。使守关者苟非朝廷素所亲信之人，或一旦怀不轨之心，据险以叛，呼吸之间，变为虎狼，皆敌国也。故至险之地当择守地之官，不可不慎。且至险之中又有至毒之物，长蛇猛虎，吮血杀人，尤所当避。是锦城之地，殷富繁华，虽云可乐，然倚险则易于为乱，毒物又多而伤人，宜暂处而不宜久居，不如还家之为乐也。嗟尔远道之人来游此者，胡不及早而言旋乎！又曰：首二句以难辞而发其端，末二句以叹辞而结其意，首尾相应，而关键之密也。白此诗极其雄壮，而铺叙有条，起止有法，唐诗之绝唱者。杜子美谓其长句之好，盖亦意醉而心服之者欤！（《李诗选注》卷二）

谢榛曰：江淹有《古离别》，梁简文、刘孝威皆有《蜀道难》。及太白作《古离别》《蜀道难》，乃讽时事。虽用古题，体格变化。若疾雷破山，颠风簸海，非神于诗者不能道也。（《四溟诗话》卷一）又曰：九言体……惟太白长篇突出两句，殊不可及，若"上有六龙回日之高标，下有冲波逆折之回川"是也。（同上卷二）

胡应麟曰：乐府则太白擅奇古今……《蜀道难》《远别离》等篇，出鬼入神，惝恍莫测。（《诗薮·内编》卷二）又曰：太白《蜀道难》……无首无尾，变幻错综，窈冥昏默，非其才力学之，立见颠踬。（同上卷三）

陆时雍曰：《蜀道难》近赋体，魁梧奇谲，知是伟人。（《唐诗镜》卷十八）

唐汝询曰：按天宝十五载，禄山临潼关，玄宗惧，用杨国忠计幸蜀，太白闻而忧之，故作是诗。首称蜀道之难，非天子所宜幸。次述中途之险，为己所深忧。末言蜀中险恶，非王者所宜居，盖欲乘舆速返耳。言危哉此蜀道也，非所谓难于上天者！自蚕丛等开国以来，历年多矣，未尝与秦塞通，独太白之西有鸟道，可以横绝而度峨眉之表。于是蜀王使五丁力士开山，山崩压，力士死，而栈道竟以此通。然上有碍日之高山，下有逆折之湍险，以猿鹤之狡健，尚不能逾，况行者经青泥之九折，扪星而度，其劳悴之状可想矣。今君西游，当以何时返国乎？我恐巉岩难越，民人又稀，所见者，悲鸟；所闻者，怨鸟，天子畴能堪此哉！故我一闻是举，颜色为之凋谢也。夫山行则有连峰林木之阻，水行则有飞湍奔壑之患，彼远道之人，孰肯相随而来耶？则从行者又寡矣。天子所以欲幸蜀者，为可以避兵也。今居剑阁之中，亲臣既寡，倘一夫作难，外不能救，所守之人皆豺狼也。不惟民俗暴悍，即猛虎长蛇，亦是可虞，天子居此，安乎？我以为锦城虽乐，不如疾还旧都耳。每念及此，未尝不侧身西望而兴叹也。是篇三称蜀道之难，慨叹弥切，虽三闾系心怀王，亦不过此。青莲可不谓忠乎！然世称老杜一饭不忘君，而不及李者，正以其诗托兴高远，非俗辈所能窥。今余闻其旨，不惟辞义粲然，即孤忠愤激之意，庶可暴扬天地间矣。令逝者有知，亦千秋一快哉！（《唐诗解》卷十二）

桂天祥曰：辞旨深远，雄浑飘逸，杜子美所不可到。欧阳子以《庐山高》方之，殊为晒。（《批点唐诗正声》）

李沂曰：太白创体，空前绝后。诸说纷纷不一。然细观此诗，定为明皇幸蜀而作。萧说是。（《唐诗援》）

郝敬曰：太白长歌，森秀飞扬，疾于风雨，本其才性独诣，非由人力。人所不及在此，诗教大坏亦在此。后生学步，奋猛亢厉之音作，而温柔敦厚之意尽。露才扬己，长傲负气，辞人所以多轻薄，由来远已。嗟乎！西日东流，又岂人力哉！但可谓之唐体而已矣。（《批选唐诗》）

许学夷曰：屈原《离骚》本千古辞赋之宗，而后人摹仿盗袭，不胜厌饫……至《远别离》《蜀道难》《天姥吟》，则变幻恍惚，脱尽蹊径，实与屈原互相照映。（《诗源辩体》）

邢昉曰：变幻神奇，仙而不鬼，长吉魔语，视之何如？亘百代无能仿象，才涉意即入长吉魔中矣，通篇奇险，不涉旁意，不参平调，其胜《天姥》《鸣皋》以此。（《唐风定》）

顾炎武曰：李白作《蜀道难》，乃为房与杜危之也，此宋人穿凿之论。李白《蜀道难》之作，当在开元、天宝间，时人共言锦城之乐，而不知畏途之险，异地之虞，即事成篇，别无寓意。及玄宗西幸，升为南京，则又为诗曰："谁道君王行路难，六龙西幸万人欢。地转锦江成渭水，天回玉垒作长安。"一人之作，前后不同如此，亦时为之矣。（《日知录》卷二十六）

应时曰：（首四句）此唤法。（"西当"四句）好形胜！天工人力，四语尽之。（"扪参"句）奇语。（"其险也"二句）文章中顿挫之法。（"剑阁"三句）上言险难行，此言险不足恃，意不相蒙，此文章家断续之法。（"锦城"二句）二语为篇中之主。总评：才气挥霍，顿宕不休，如南海明珠，随地倾出万斛也。（《李诗纬》卷一）

沈寅、朱崑补辑《李诗直解》卷三：此太白初见禄山乱华，杨国忠首倡幸蜀之策，当时臣庶皆非之，公亦深知幸蜀非计，欲言则不在其位，不言则爱君忧国之情不能自已，故作《蜀道难》以达意也。（按：此数语全袭萧士赟）是以开口即作叹声，而曰"噫吁嚱！危乎高哉！"蜀道极险，当时从君于难者，至蜀之难，甚于上青天也。且蕞尔之蜀，僻在一隅，自蚕丛以及鱼凫，开国茫然。尔来四万八千岁，声教所不暨，虽秦塞之近且不相通，非可为中国帝王之都矣。五丁未开道之先，惟长安在西太白有一线鸟道，可以横绝峨眉之巅，而人迹岂易往来哉！五丁壮士开道之后，身死然后梯栈相连，始与秦通。今若安处于蜀，倘烧绝栈道，则中原非吾有矣。况其险峻，上际于天，而有六龙回日之高标；下极于地，而有冲波逆折之回川。黄鹤之飞尚不得过，猿猱欲度亦愁攀援，是鸟兽犹惮而人可知也。青泥高岭盘行于烟雨之中，百步而九折，以萦绕岩峦之所。又以天星言之，参与井为蜀分野，扪参历井，环蜀之境，道路险难，到处皆然，令人胁敛屏气而息，惟有抚膺长叹而已。今玄宗西幸，何时可还中原而为生灵之主也？且忠臣义士，虽欲从君于难，奈道路巉岩，不可以猝为攀附。但见悲鸟子规飞鸣于空山丛林，则人迹之稀少可知，故复申之曰："蜀道之难，难于上青天。"一言之不足，而再言之，使人听此，即少壮之朱颜亦为之凋谢矣。连峰去天，不盈一尺，枯松飞湍，水石喧击，而成万壑之雷声，其险也如此哉，嗟尔远道之人，胡为乎能来也？今日之幸蜀，不过依剑阁之险耳。虽一夫当关，万夫莫开，然守关者任非其人，恐化为豺狼反噬，为可危也。夫蜀与羌夷杂处，如虎与蛇，朝夕皆当避之，或变生不测，杀人如麻，是又可忧之大者。帝在锦城，虽云可乐，又不如早还长安之家为可乐也。故复申之曰："蜀道之难，难于上青天。"再言之不足，复三言之。令我侧身西望，长为咨嗟叹息，以致眷恋之意云尔。诗意亦微而显矣。

贺裳曰：《蜀道难》一篇，真与河岳并垂不朽。即起句"噫吁嚱！危乎高哉！"七字，如累棋架卵，谁敢并于一处？至其造句之妙，"连峰去天不盈尺，枯松倒挂倚绝壁。飞湍瀑流争喧豗，砯崖转石万壑雷"。每读之，剑阁、阴平，如在目前。又如"一夫当关，万夫莫开。所守或匪亲，化为狼与豺"。不惟刘璋、李势恨事如见，即孟知祥一辈，亦逆揭其肺肝。此真诗之有关系者，岂特文词之雄！纷纷为明皇、为房杜，讥严武、讥章仇兼琼，俱无烦聚讼。（《载酒园诗话又编》）

田雯曰：太白以纵横之才，俯视一切。《蜀道难》等篇，长短句奇而又奇，可谓极才人之致。然亦惟青莲自为之，他人不敢学，亦不能学也。沧溟谓"太白往往于强弩之末，间杂长语，英雄欺人耳"。此言论诗极当，而以之诋太白，无乃太过耶！（《古欢堂集杂著》）

徐增曰：王者所宜居，劝其速归，其忠于君有如此。不然，太白蜀人，何故不为桑梓之邦存地步一至此，噫，伤痛声；吁，负重物以出气；嚱，长叹也。"危乎高哉"，口中未说蜀出，而先痛嗟其高危。高，故危。此二字，为一篇之骨。"蜀道之难，难于上青天"，上青天，是形容其难。"蚕丛及鱼凫，开国何茫然！尔来四万八千岁，不与秦塞通人烟。"蜀为西戎之极边，自周以前，不通于中国，见古圣王之所弃置。通自秦始。初秦伐蜀，不知道，遂作五石牛，以金置尾下，言能粪金，欲以遗蜀，蜀王负力而贪，乃令五丁开道引之。秦惠王九年，因使张仪、司马错引兵寻路灭蜀，谓之石牛道。扬雄《蜀王本纪》："蜀王之先，名蚕丛、柏濩、鱼凫、蒲泽、开明，是时，人民椎髻咙言，不晓文字，未有礼乐。从开明上到蚕丛，积三万四千岁。""开国何茫然"，言其不可考。蜀至秦始通，何从知其开国及岁数哉！扬雄云"三万四千"，此云"四万八千"总非实据也。人言文人无实语，而不知文章家妙在跌顿，故每说到已甚，太白加出一万四千岁来，此正跌顿法也。"西当太白有鸟道，可以横绝峨眉颠。"独西有太白山之鸟道，一线可通，亦止望峨眉之颠。峨眉山，蜀山之最高者。鸟道，空中鸟飞之迹，是极高人所不到，犹云除是飞鸟得过也。太白山，在洋州真符县，山面隶凤翔府，山背属真符。大峨山，峨眉县南百里，两山相对如峨眉。"地崩山摧壮士死，然后天梯石栈相钩连。"自五丁开道后，人始为栈道以相往来……"上有六龙回日之高标，下有冲波逆折之回川。黄鹤之飞尚不得过，猿猱欲度愁攀援。"蜀虽可通，去来毕竟不易。《春秋命历序》："皇伯登出扶桑日之阳，驾六龙以下上。"回日，日不能过而回。高标，如插竿为标，远可望见……冲波，冲即横，逆是倒，折是曲。川之回转有如此。黄鹤遐举，尚未能过；猿猱矫捷，善于攀援，欲度还愁。此栈道不通之处。"青泥何盘盘，百步九折萦岩峦。"青泥岭乃入蜀所必由之路，在勉州长举县西北五十里，悬崖万仞，上多云雨，行者多逢泥淖。盘盘，路只在此盘转，不能径去，行一百步，却有九个折，萦绕于岩峦之间。"扪参历井仰胁息，以手抚膺坐长叹。"蜀分野星，参十星，王井四座，在参左足下。扪，摸也；历，经历也；仰，以手向上扪历；胁，敛也，屏气而息；膺，胸也。以手在胸前抚摩，坐而长叹，言其怯力。过去有如此之难。"问君西游何时还"，君已在蜀，尚不要他去，故特问其还，问得妙。"畏途巉岩不可攀"，畏途巉岩，言无立脚之处，必须手着力，而又不可攀援。一似少去得一步为便宜者。"但见悲鸟号古木，雄飞雌从绕林间。又闻子规啼夜月，愁空山。"并无有人迹，空山古木间，日之所见者，但是悲鸟雌雄成群而起；夜之所闻者，但是子规月下啼血，最苦。"蜀道之难，难于上青天"，再一提此句，妙有关锁。上来笔气纵横逸宕，不如此则散无统束矣。"使人听此凋朱颜"，人听去尚凋朱颜，而况身历其境者哉！"连峰去天不盈尺"，申言"危乎高哉"四字。"枯松倒挂倚绝壁"，绝壁之间，乃路仄之处，无人樵采，枯松横塞，所行多碍。"飞湍瀑流争喧豗"，湍是水下激而上飞，瀑自上而下垂，上下相迫谓之争。豗，击也。木华《海赋》："磊匒匌而相豗。"

"砯崖转石万壑雷"，砯，水击岩之声。郭璞《江赋》："砯崖鼓作。"岩为之砯，不为之转，万壑相应，轰若雷霆。"其险也如此"，又作一顿，妙。上来青泥岭，只是难行，所闻所见，只是子规悲鸟；此则耳目炫乱，惊心动魄，险至此极矣。"嗟尔远道之人胡为乎来哉？"人生长此处，出于无奈，远道之人，乃冒险而来。夫居蜀者，习惯成自然，尚畏其险，不知远道人，的是何心！此一宕更妙。人不畏险而至蜀也，得无以"剑阁峥嵘而崔嵬，一夫当关，万夫莫开"，可凭险以自守耶！峥嵘，高峻也；崔嵬，高不平也，又石山带土也。郦道元《水经注》："小剑去大剑三十里，连山绝险，飞阁相通，故谓之剑阁。"左思《蜀都赋》云："一夫守隘，万夫莫向。""所守或匪亲，化为狼与豺。"张载《剑阁铭》云："形胜之地，匪亲勿居。"剑阁虽可守，而所守之人，亦须要择，必我之亲方可。《史记·韩安国传》："语云：虽有亲父，安知其不为虎；虽有亲兄，安知其不为狼。"至亲且然，而况匪亲，须虑其化为豺狼，反为害，以见人心难测，险不足恃。"朝避猛虎，夕避长蛇。磨牙吮血，杀人如麻。"所守之人，即不可恃，其中又多猛虎长蛇，日夕思食人须刻刻防它。"锦城虽云乐"，上面说蜀，如此可惊可畏，而忽下一"乐"字，妙极。譬如恶人，亦有一二端好处，若说他恶到底，而抹杀其好处，则其人不心服，今论蜀亦然。蜀道虽可惊可畏，而成都却使人乐，名为锦城。《广舆记》云："成都沃野千里，天府之国。玄宗西幸，定为南京。"入蜀何等艰险，见锦城风土，定然欢喜。"不如早还家"，此虽是乐，然不可久居，不如早还家之尤乐也。文势至此甚紧，必须一放，方得宽转，所谓"一张一弛，文武之道也"。"蜀道之难，难于上青天"，复提此句为结束，妙。篇中凡三见，与《庄子·逍遥游》叙鲲鹏同。吾尝谓作长篇古诗，须读《庄子》《史记》。子美歌行，纯学《史记》；太白歌行，纯学《庄子》。故两先生为歌行之双绝，不诬也。三言"蜀道之难"，叮咛告诫至矣。"侧身西望长咨嗟"，太白蜀人，说着蜀犹有戒心焉，蜀之不可去也如是夫！蜀之不可居也如是夫！一片纯是忠君报国至性语。（《而

庵说唐诗》卷五）

朱之荆曰：倏起倏落，忽虚忽实，真如烟水杳渺，绝世奇文也。
（《增订唐诗摘抄》）

钱良择曰：篇中三言蜀道之难，所谓一唱三叹也。突然以嗟叹起，
嗟叹结，创格也。（《唐音审体》）

焦袁熹曰：《蜀道难》，旧题也。太白为之，加奇肆耳。此千古绝
调也。后人妄意学步，何其不知量也。"噫吁嚱！危乎高哉！"七字二
句。是"连峰去天不盈尺"，无理之极。俗本作"连峰入烟几千尺"，
有理之极。无理之妙，妙不可言。有理之不妙，其不妙亦不可胜言。
举此一隅，即是学诗家万金良药也。（《此木轩论诗汇编》）

沈德潜曰："其险也如此，嗟尔远道之人胡为乎来哉！"总束三
语，千钧笔力。"锦城虽云乐，不如早还家。"恐蜀地有发难之人，则
乘舆危也，故望其早还帝都也。通篇结穴……笔阵纵横，如虬飞蠖
动，起雷霆于指顾之间。任华、卢仝辈仿之，适得其怪耳。太白所以为仙
才也。"锦城虽云乐，不如早还家"是其主意。（《重订唐诗别裁集》
卷六）

《唐宋诗醇》卷二：解此诗者，几如聚讼，惟萧士赟谓为禄山乱
华，天子幸蜀而作者得之。盖其诗笔势奇崛，诗旨隐跃，往往求之不
得，则妄为之说……"蚕丛及鱼凫"至"以手抚膺坐长叹"，极言山
川道途之险，以还题意，而其非寻常游幸之地已见言外。"问君西游
何时还"，正指幸蜀事，当日仓皇西幸，扈从萧条，栈道崎岖，霖铃
愁感，鸟号鹃啼，写出凄凉之状，故曰"使人听此凋朱颜"，此为明
皇悲也。以下重写"难"字，而以"其险也若此"三句束之。"远道
之人"盖指从者而言，故承以"剑阁峥嵘"六句。楚芮贾云："我能
往，寇亦能往。"蜀之险必不可恃，故为危之之词，以致其忠爱之意。
若如诸说所云，为守蜀者发，于义为不伦矣。"猛虎"六句，直言避
乱，而祝其早还，通篇结穴在此……若徒赏其文章之奇，而不审其深
情远意，未为知白者也。胡震亨谓其泛说事理，故包括大而有合乐府

讽世立教本旨，盖亦穷于解矣。

乔亿曰：太白诗"蜀道之难，难于上青天"句凡三叠。管子曰："使海于有蔽，渠弥于有渚，纲山于有牢。"穀梁氏曰："梁山崩，壅遏河三日不流。"一篇之中，三番叙述，愈见其妙，所谓"闭户造车，出门合辙"者也。（《剑溪说诗》卷上）

宋宗元曰：（"地崩"二句）造语奇险。（"问君"句）玩此，为明皇幸蜀作无疑。（"其险"句）兜来何等力量。（"磨牙"二句）高文险语，动魄惊心。（"不如"句下）主意在此。（《网师园唐诗笺》）

方东树曰："朝避猛虎"四句，同屈原《招魂》。收句主意。（《昭昧詹言》卷十二）

陈沆曰：按萧氏此说迥出诸家之上。彼《唐摭言》谓贺知章曾见此诗者，亦犹陈子昂《感遇诗》刺武后时事，见于杜陵忠义之褒，而《旧唐书》顾谓其少作，见许于王适，皆道听途说，未尝真读其诗者也。至胡震亨谓此题本乐府古曲，太白蜀人，自为蜀咏，不必实有所指，此则以明七子无病之呻，体古人失声横涕之什。殆聋夫闻弹《寡鹄》，谓抚枯枝者已。（《诗比兴笺》卷三）

曾国藩曰：按《乐府题解》曰："《蜀道难》备言铜梁、玉垒之阻，与《蜀国弦》颇同尚。"《书谈录》曰："李白作《蜀道难》以罪严武，后陆畅作《蜀道易》以颂韦皋。"而公自注则曰"讽章仇兼琼"，或故乱其辞邪？（《求阙斋读书录》卷七）

王闿运曰：入蜀既险，居蜀又危，此与明皇情事不合，只是照题作文，未顾前后照应耳。格调仍是本色。（《手批唐诗选》卷八）

詹锳曰：综上诸家之说，可得四种：一、罪严武；二、讽玄宗幸蜀；三、讽章仇兼琼；四、即事成篇别无寓意。其间一、二两说与《本事诗》及《唐摭言》所载相抵牾，而三、四说则否。按此诗与《远别离》并见于《河岳英灵集》，集序云："……诗二百三十四首，分为上下卷。起甲寅，终癸巳。"……癸巳年为天宝十二载……是《蜀道难》与《远别离》二诗至晚亦当作于天宝十二载之前，而一、二两说之不可信无庸置辨矣。……兼琼为人……殊无拔扈之迹可寻，太白《答杜秀才五松山见赠》诗云："闻君往年游锦城，章仇尚书倒屣迎。飞笺络绎奏明主，天书降问回恩荣。"是太白亦断不致以兼琼比诸豺狼也。讽章仇兼琼之说，疑自《云溪友议》误传……而诿之为"即事成篇，无所取意"，亦不尽然。《蜀道难》，敦煌唐写本诗选残卷作《古蜀道难》，则其本为规模古调当可想见。阴铿《蜀道难》云："蜀道难如此，功名讵可要！"……今诗中称"其险也如此，嗟尔远道之人胡为乎来哉"，即取阴铿"蜀道难如此，功名讵可要"之意也……安旗……与郁贤皓……同引姚合《送李馀及第归蜀》"李白《蜀道难》，羞为无成归"之说，以为此诗寄寓功名无成之意，近年来亦未得读者首肯。……吴庚舜谓："《蜀道难》可能写于友人赴蜀之后，李白期待他的归来，所以篇末除了咏叹'蜀道之难难于上青天'之外，还说自己'侧身西望长咨嗟'"，这个意思可以考虑，从李白与贺知章的关系来看，《蜀道难》的写作时间，还是应在天宝元年。把它的写作时间上推到开元十八九年是没有根据的。(《李白全集校注汇释集评》)

[鉴赏]

关于《蜀道难》的写作年代，有两条时间底线。一是根据《河岳英灵集》载李白此诗及集序，可断定此诗最晚的写作时间不会超过天宝十二载（753）；二是根据《本事诗》及《唐摭言》的记载，可进一步断定其写作时间在初入长安时。李白初入长安，有天宝元年及今人所倡开元十八年（730）两说。从李阳冰《草堂集序》、魏颢《李翰林集序》等白之同时代人叙及李白与贺知章的交往情形看，当在天宝元年。杜甫《寄李十二白二十韵》亦云："昔年有狂客，号尔谪仙人。笔落惊风雨，诗成泣鬼神。声名从此大，汩没一朝伸。"所谓"汩没一朝伸"，当指其供奉翰林事。写作年代既定，则举凡诸穿凿之旧说（忧房、杜，讽严武，讽玄宗幸蜀）均可不攻自破。讽章仇之说在时间上虽与诗之写作时间并无矛盾（章仇镇剑南西川，在开元二十七年至天宝五载），但其人并无跋扈割据之任何迹象，故此说亦可排除。

今人所倡功名无成说，其依据仅为姚合诗中"李白《蜀道难》，羞为无成归"之语及阴铿《蜀道难》中"蜀道难如此，功名讵可要"之句。然前者仅为姚合对李白《蜀道难》主题之理解，或当时诗坛上曾流传此种说法，这种理解和说法是否正确，还要依据李白作品本身进行检验并作出判断。至于后者，更仅属阴铿个人一时的感触的联想，并不能得出《蜀道难》古题有此传统的寓意。实际上梁简文帝、刘孝威及张文琮诸人之作即仅言蜀道之难而无阴铿式的感触。自然更不能证明李白之《蜀道难》有功名难成的寓意。从李白《蜀道难》本身的内容看，诗中用主要篇幅描绘渲染了蜀道的险阻高峻，难以攀登度越。同时又因蜀道的险阻而联想到其地易于割据，如所守非人，将酿成祸患。其中没有任何地方提到或暗示仕途艰险、功名难成。这一点，只要将《蜀道难》和《行路难三首》对读，就能判断出《蜀道难》并无"欲渡黄河冰塞川，将登太行雪满山""行路难，行路难，多岐路，今安在""大道如青天，我独不得出"式的寓意。

《蜀道难》是乐府古题，古辞"备言铜梁、玉垒之阻"，可见写蜀道山川的险阻并非李白的新创造，李白的创造在于将这险阻的蜀道描绘渲染得十分雄奇壮美、神秘幽深，具有巨大的能量，令人惊心动魄。一开头，就如风雨骤至，连用三个充满强烈感情色彩的叹词将诗人对蜀道险峻的惊奇感受突出强调出来，接着又用"危乎高哉"四个字，概括对蜀道的总体印象。正是这"危"而"高"的蜀道造成了蜀道之"难"。为了强调蜀道之难，又糅合夸张和比喻，发出了"难于上青天"的慨叹。可以说，开头三句，就为全诗定下了基调。

"蚕丛"以下八句，写蜀道的开辟。却从追溯茫昧的远古开始，说自古蜀先王开国以来，经历了漫长的历史年代，蜀地与秦塞之间始终隔绝不通；直到五丁力士开山，秦蜀之间才出现了一条由险峻如天梯的山路和凿石架木而成的栈道勾连起来的道路。这里用了历史传说、神话故事来分别渲染上古时代蜀地与中原的隔绝和战国时代蜀道的开通，前者既见蜀地的险阻，又增添了古蜀地的神秘色彩，后者则渲染了蜀道开辟的神奇和蜀道的险峻。中间又插入"西当太白有鸟道，可以横绝峨眉巅"二句，以反衬蜀道开辟之前，秦蜀之间唯有飞鸟可以度越，而人迹所不能至。从"不与秦塞通人烟"到"天梯石栈相钩连"，写蜀道的从不通到通，神秘与神奇、雄奇与艰险兼而有之。"地崩"二句，更将蜀地先民开山辟道的壮举伟功神话化，写得气势磅礴，惊心动魄。

"上有"以下八句，极写蜀道之高峻险阻。"上有六龙回日之高标"，运用神话传说作夸张之渲染，系虚写其"高"；"下有冲波逆折之回川"，则实写其"危"。上句仰视，下句俯瞰。"黄鹤"二句分承，用善高飞的黄鹤、善攀越的猿猱反衬山高、水险难以度越。"青泥"二句，则以"百步九折"形容道路的盘纡曲折难行。"扪参"二句又用高度夸张的笔法渲染登上高峰之顶时的真切感受。登高峰者感到天上星辰仿佛伸手可触，"扪参历井"正传达出这种真切的错觉；而"仰胁息"则是登峰顶时下视万丈深谷，魂惊魄动、屏息凝气的真实写照；"以手抚膺坐长叹"则正是对这"高"而"危"的蜀道履历的深长叹息。

"问君"以下六句，是对蜀道之难的另一侧面的描写。"问君"句说明这首诗的写作可能和送人入蜀有关，因蜀道艰险、畏途嶔岩难以攀越而有"西游何时还"的发问。所送之人不必深考，因为在这首诗中，送人只是描绘渲染蜀道之难的契机，诗的主题与送人并无实质性的联系。"但见"四句，描绘了蜀道上所见所闻的幽深凄厉的境界：叫声凄厉的鸟在古树上哀鸣，雌雄相随，在密林中飞翔；杜鹃鸟在月夜悲啼，使空旷的深山更显得凄清。蜀道由于险阻高峻，故人烟稀少，空旷凄寂，它的"高""危"正与空旷萧森有着密切的联系。

"蜀道之难，难于上青天！使人听此凋朱颜"三句，遥承篇首，开启下一节对蜀道之"险"的描写。"连峰"四句，融高度的夸张与真切的写实于一体，展现出连峰插天，直与天接，枯树倒挂，斜倚绝壁，激湍飞瀑，争相喧闹，撞崖转石，犹如万壑雷鸣。和"扪参历井"的夸张形容相似，说"连峰去天不盈尺"同样是极度的夸张，但行人仰视高峰插天时又确有"不盈尺"的真切感受。前人或赞"枯松"句逼真如画，其实这四句都形象鲜明，极富画意。但这画却是蕴含着大自然生机律动，释放出巨大能量，响彻万壑雷鸣般的声音的元气淋漓的画。在这种图画面前，王维的《辋川集》中所描绘的境界便不免显得渺小了。在尽情描绘渲染之后，又用"其险也如此，嗟尔远道之人胡为乎来哉"作一收束，以回应前面的"问君西游何时还"，用一"险"字概括以上的描绘渲染给人的奇险感受。

"剑阁"以下直至篇末，由蜀道的奇险引出另一层意蕴：形胜之地易于割据的隐忧。"剑阁"五句，虽本左思《蜀都赋》与张载《剑阁铭》，但浑化无痕，且出新意。张载只说"形胜之地，匪亲勿居"，李白则改为"所守或匪亲，化为狼与豺"，理性的告诫化为感性直观的形象，用"豺狼"喻割据叛乱者，正形象地显示出其贪婪与残暴的野心家本性。接着，又连用四个四字句，以"猛虎""长蛇"重叠设喻，揭露其"磨牙吮血，杀人如麻"的凶残本质和百姓遭受残害的悲惨局面。"锦城"二句，乃顺势就送客西游回应前面的"问君西游何时还"和"嗟尔远道之人胡为乎来哉"，逼出"不如早还家"的劝诫。最后，再提"蜀道之难，难于上青天"，以"侧身西望长咨嗟"的感叹作结。

正如杜诗所形容的那样，这首诗的确给人以"笔落惊风雨"之感。题名"蜀道难"，但诗人用笔的重点显然放在对蜀道雄奇险峻的描绘渲染上。无论是"地崩山摧壮士死，然后天梯石栈相钩连"的蜀道开辟之神奇，还是"上有六龙回日之高标，下有冲波逆折之回川"，以及"飞湍瀑流争喧豗，砯崖转石万壑雷"的巨大能量的显现；无论是"扪参历井仰胁息"，还是"连峰去天不盈尺"的描写，都给人一种魂悸魄动的强烈感受。诗中一再用惊叹的口吻表达对蜀道高危奇险的种种感受，正传达出诗人在奇险壮美的蜀道山川面前心灵上所受到的强烈震撼。所谓"蜀道难"，在李白笔下，实际上成了对蜀道充满惊奇感的赞叹。自然界的美多种多样，从大的类别来说，有阳刚之美和阴柔之美。阳刚之美中又包含各种不同的类型。同属五岳之一的泰山和华山，就一则偏于雄伟，一则偏于奇险。而蜀道山川，则兼具雄壮奇险之美。它高危险峻，令人"仰胁息""凋朱颜""愁攀援"，但它那特有的雄奇险峻之美就寓于这种惊心动魄的感受之中。人们从这雄奇险峻的蜀道山川中感受到大自然的神奇、壮丽和生命力，享受着一种心惊魄动的快感和美感。总之，它的特有的壮美就寓于奇险之中。

美感是主客观的统一，是和人们的社会实践分不开的。对于蜀道，在相当长一段时间里，人们很可能只是单纯惊畏于它的险阻高峻，难以度越，而没有感受、发现它的美。李白之所以能将蜀道描绘得如此奇险壮丽，具有惊心动魄的美感，是和他所处的盛唐时代生产发展、交通发达，人们征服自然的力量增强，视野进一步扩大，因而美感观念也有了相应的变化发展等情况密切相关的。惊险的自然界在人们眼中不再仅仅是畏途，而是一种观赏的对象，并在观赏的同时感到一种精神上的满足。爱奇务险，以艰险为美，在盛唐诗中具有相当大的普遍性，边塞诗中对塞漠奇丽风光的欣赏赞美同样是这种变化了的美感观念的反映，李白的《蜀道难》正典型地反映了这种美感观念。殷璠用"奇之又奇"称赞《蜀道难》，同样是具有时代特征的审美观念在诗歌批评上的反映。

但描绘赞美蜀道山川的奇险壮丽，虽是这首诗内容的主要方面，却非它的全部。诗的末段，由蜀道的险阻联及形胜之地，匪亲勿居，明显地表现了对恃险割据局势的忧虑。赞美与忧虑，都统一于诗人的爱国感情。正因为热爱祖国奇险壮丽的山川，因而不愿意看到它为野心家所占据，造成国家分裂、生灵涂炭的局面。这两方面的内容完全可以统一，而且可以在一首诗中同时出现，不妨看杜甫歌咏相似题材的《剑门》：

> 唯天有设险，剑门天下壮。连山抱西南，石角皆北向……并
> 吞与割据，极力不相让。吾将罪真宰，意欲铲叠嶂。

对"剑门天下壮"，杜甫是赞美的。但想到历史上经常发生恃险割据的事，因此又责备"设险"的天帝，要铲除剑门天险，以免"并吞与割据，极力不相让"的战争局面发生，祸害百姓。尽管李白在诗中没有说要"铲叠嶂"，但由杜诗可以说明，一个怀有爱国感情的人，在面对奇险壮丽的山川时，既热爱它，赞美它，又担心它为野心家所利用，所窃据，是非常自然的。李、杜都是爱国诗人，因此在面对剑门天险时，都同样想到了割据叛乱的问题，可谓"心有灵犀一点通"。但在李白诗中，这方面的内容是次要的，这不仅从篇幅上可以看出，而且从诗的基调也可看出。这是因为，李白写这首诗的天宝初年，封建割据叛乱还仅仅是一种隐患（开元末沿边设节度使，掌握军政大权，逐步造成尾大不掉的局面），处在萌芽状态之中。李白的可贵之处，正在于当割据势力初萌时就比较敏锐地觉察到了它的危险性，并且在这样一首描绘山川景物的诗里把这个问题鲜明地提了出来，引起人们对它的注意。但也正因为这个问题在当时还只是隐患，因此在诗里就没有将它作为重点。而杜甫的《剑门》，写于安史之乱正在继续的时代，蜀中的形势也很不平静，军阀徐知道正在酝酿一场叛乱。因此，《剑门》诗中就明显地将反对恃险割据作为主要内容，而对剑门天险的描绘则退居次要地位。

自然的性格化（或者说主观化、写意化），是这首诗的突出特点。这首诗从它的描写对象来说，应该属于山水诗。但它又和一般的山水诗侧重描绘山水的形貌、情状不同，而是着重显示蜀道山川的"神"，着重抒写自己的主观感受。诗人借助高度的艺术概括力，抓住蜀道山川最突出的特点——雄奇险峻，充满原始的神秘、神奇色彩，充满巨大的生命活力，予以集中、反复的描绘渲染，并在描绘中渗透自己那种强烈的惊奇感、那种惊心动魄的感受。读这样的诗，也许对入蜀道

路上的具体胜迹风景并无图经式的了解，但对蜀道山川之"神"，它那雄奇险峻的特征，它那"冲波逆折之回川"，那壁立千仞，可以扪参历井的高峰，那砯崖转石、万壑雷鸣的声响，却印象极为鲜明深刻，使我们感受到这是一个充满生命活力的自然界。而在传蜀道山川之神的同时，这首诗也展现了诗人自己的精神性格、神采个性，他那豪迈不羁的气概、磊落不平的胸襟、爱奇务险的性格、热爱祖国山川的感情也都隐现于字里行间。正是由于诗人的精神性格与蜀道山川的自然性格完全契合，他才能在诗中既传蜀道山川之神，又传诗人自己的神采个性。李白的这种山水诗，既和谢灵运那种专工客观描摹、细致刻画的山水诗显著有别，也和王维那种以情景交融的意境为特色的山水诗不同，而杜甫入蜀途中创作的那些图经式的山水诗更与此迥异。主要的区别，就在于李白的这类山水诗，主观色彩要浓得多，他着重抒写自己的主观印象、感受，他笔下的山水，是一种性格化了的山水。

为了充分表现蜀道山川雄奇险峻的特点，淋漓尽致地抒写自己的主观感受，诗人将丰富的想象、高度的夸张和运用神话传说等一系列浪漫主义手法融为一炉。"蚕丛"四句，通过对渺茫无稽的历史传说的追溯，展现出远古时代秦蜀之间群山莽莽、高入云天、飞鸟难度、人烟断迹的原始面貌，为现实的蜀道提供了深远的历史背景。紧接着，又运用了一个极富浪漫色彩的五丁开山的神话传说，有声有色地展现了蜀道的诞生，如同霹雳一声巨响，一个神奇的不平凡的景象突然涌现于眼前，使现实的蜀道带上了浓厚的传奇色彩。写山的高峻奇险，或用高度的夸张与反衬，如"黄鹤"二句；或将高度的夸张与奇特的想象结合起来，如"扪参"二句。而且这种夸张与想象又和"仰胁息"和"以手抚膺坐长叹"的细节描写结合，从而极真切地传达出登上险峰之巅时上顶青天、下临深渊的那种惊心动魄的感受，达到了幻与真的辩证统一。值得注意的是，在突出蜀道雄奇险峻的同时，诗中还插入了一段悲鸟号鸣、子规啼月的描写，展现了雄奇险峻的蜀道在月夜中所显示的另一种境界：幽深、凄清，带有某种神秘朦胧的色彩，使全诗的情调、色彩更加丰富。而在奇异这一点上又和全诗的基调和谐地统一。这一节也暗用了有关杜鹃的神话传说。

回环往复的抒情和参差变化的句式韵律，也是这首诗的突出特点。"蜀道之难，难于上青天"的诗句，在诗中三次出现，像一条贯串的纽带，将全诗连贯在一起，给人以波澜起伏之感。围绕着这个主旋律，诗一个波峰接一个波峰，回环往复中将诗的内容情感不断推向前进。诗一开头就将诗人对蜀道的种种强烈的主观感受凝聚成两声长叹和一句诗，拔地而起，破空而来，给人以神奇突兀之感，就像一场威武雄壮的戏开场前，突然响起的震撼人心的开场锣鼓，营造出紧张热烈的气氛，定下豪迈雄放的基调。第二次出场，是在一大段淋漓尽致的描绘渲染之后，起着承上启下的作用。既是对上一段描写的小结，又是一个暂时的间歇与停顿，好让读者紧张的神经松弛片刻，回味一下刚刚经历的惊心动魄的情景，准备迎接下面新的高潮。第三次出现，是在全诗的结尾处，为全诗作了总结，也留下了深长的回味。三次出现，都不是简单的重复和单纯的加深印象，而是和内容的发展紧密联系。它就像一部五音繁会的大型交响乐中的主旋律，将全诗的内容、感情和强烈的感染力都凝聚起来了。这种在回环往复中层层递进的抒情手法，是李白对《诗经》中民歌抒情手法的创造性运用和发展，使全诗在雄奇奔放中别具一种一唱三叹的韵味。

为了充分表现描写对象雄奇险峻的特点，自由抒写自己豪放不羁的情怀，诗人对传统的诗体也作了前所未有的大胆改造。传统诗歌，从《诗经》到楚辞，从五言到七言，从古体到新体、近体，一直是以齐言为主要特征。少数乐府诗句或长短参差不一，是由于音乐的需要。按照过去的诗体分类，这首诗仍归入七古一体，但说它是杂言，也许更准确。除二十一句七言这一基本句式外，有三言、四言、五言、九言，最长的句子达十一言。长短错综，极尽变化之能事。为了造成纵横驰骤的气势，诗中又大量运用散文化的句法，用了许多语助词、叹词。全诗的韵律也随着内容的变化而不断变化。这一切艺术因素的综合，造成了这首诗雄奇豪放、淋漓恣肆、跌宕多姿的风格，这种诗体，除了押韵这一点之外，可以说就是古代的自由诗。这是李白诗体解放的成功尝试，这种诗体，不但与初唐张若虚的《春江花月夜》、盛唐高适的《燕歌行》齐言体七古不同，与岑参的破偶为奇的《走马川行》也显有差别，李白豪放不羁的性格和"笔落惊风雨"的创作风貌，在诗体的改造与解放上也充分体现出来了。

梁甫吟①

长啸梁甫吟，何时见阳春②？君不见，朝歌屠叟辞棘津，八十西来钓渭滨③。宁羞白发照清水④，逢时吐气思经纶⑤。广张三千六百钓⑥，风期暗与文王亲⑦。大贤虎变愚不测⑧，当年颇似寻常人。君不见，高阳酒徒起草中，长揖山东隆准公。入门不拜逞雄辩，两女辍洗来趋风⑨。东下齐城七十二，指挥楚汉如旋蓬⑩。狂客落魄尚如此⑪，何况壮士当群雄⑫！我欲攀龙见明主⑬，雷公砰訇震天鼓⑭。帝旁投壶多玉女⑮，三时大笑开电光⑯，倏烁晦冥起风雨⑰。阊阖九门不可通，以额扣关阍者怒⑱。白日不照吾精诚⑲，杞国无事忧天倾⑳。猰貐磨牙竞人肉㉑，驺虞不折生草茎㉒。手接飞猱搏雕虎㉓，侧足焦原未言苦㉔。智者可卷愚者豪㉕，世人见我轻鸿毛㉖。力排南山三壮士，齐相杀之费二桃㉗。吴楚弄兵无剧孟，亚夫咍尔为徒劳㉘。梁甫吟，声正悲。张公两龙剑，神物合有时㉙。风云感会起屠钓，大人岠屼当安之㉚。

[校注]

①《梁甫吟》，古乐府相和歌辞楚调曲名。《乐府诗集》卷四十一诸葛亮《梁甫吟》解题："《古今乐录》曰：王僧虔《技录》有《梁

甫吟行》，今不歌。谢希逸《琴论》曰：诸葛亮作《梁甫吟》。《陈武别传》曰：武常骑驴牧羊，诸家牧竖十数人，或有知歌谣者，武遂学《泰山梁甫吟》《幽州马客吟》及《行路难》之属。《蜀志》曰：诸葛亮好为《梁甫吟》。然则不起于亮矣。李勉《琴说》曰：《梁甫吟》，曾子撰。《琴操》曰：曾子耕泰山之下，天雨雪冻，旬月不得归，思其父母，作《梁山歌》。蔡邕《琴颂》曰：梁甫悲吟，周公越裳。按梁甫，山名，在泰山下。《梁甫吟》，盖言人死葬此山，亦葬歌也。又有《泰山梁甫吟》，与此颇同。"诸葛亮所撰《梁甫吟》，系咏齐相晏婴二桃杀三士之事。《乐府诗集》所录陆机、沈约、陆琼之《梁甫吟》，或咏"年命时相逝，庆云鲜克乘"之慨，或抒"怀仁每多意，履顺孰能禁"之感，或写名倡歌尘绕梁之美，内容各不相同，均非古辞之义。《文选·张衡〈四愁诗〉》："我所思兮在太山，欲往从之梁父艰。"李善注："太山以喻时君，梁父以喻小人也。"刘良注："太山，东岳也，愿辅佐君王致于有德而为小人谗邪之所阻难也。"李白此篇，当即取此义。詹锳《李白诗文系年》系此诗于天宝九载（750），谓："《冬夜醉宿龙门觉起言志》诗云：'富贵未可期，殷忧向谁写。去去泪满襟，举声《梁甫吟》。青云当自致，何必求知音？'此诗寓意亦多与上首相合，疑是同时之作。"瞿蜕园、朱金城《李白集校注》则谓："此诗有'张公两龙剑'之语，与《古风》第十六首'雌雄终不隔，神物会当逢'语意不能无关……詹氏所引《龙门言志》诗有'傅说板筑臣，李斯鹰犬人'之语，与此诗以太公郦生为喻，皆是未遇时口吻。若已被召入京，即使遭谗被放，亦与未遇者不同。"郁贤皓《李白集选注》谓："按瞿、朱说甚是。《梁甫吟》相传为诸葛亮出山前所吟，本诗入手即以阳春喻明主，知其时未遇君主。所用吕望、郦食其事亦为渴望君臣遇合，末以张公神剑遇合为喻，深信君臣际遇必有时日。则此诗必未见君主前所作无疑。前人因诗中有'雷公''玉女''阍者'喻奸佞，以为被谗去朝后作，殊不知开元年间初入长安求取功业，亦为张垍等奸佞阻碍而无成，此诗正切合当时情事，与待诏翰林被放还山时事不侔……诗当作于开元二十一年即初入长安被张垍所阻而未见明主之后。"詹、郁二说不同，各有所据。然谓"未见君主"，则与诗中"白日不照吾精诚"之语似未合。诗中所写政局昏暗景象，亦与开元之时情况不符。②阳春，阳光明媚的春天。语本宋玉《九辩》："食不偷而为饱兮，衣不苟而为温。窃慕诗人之遗风兮，愿托志乎素餐。蹇充倔而无端兮，泊莽莽而无垠。无衣裘以御冬兮，恐溘死不得见乎阳春。"李白以"阳春"象喻政治上得到遇合之时。③朝歌屠叟，指吕望（即姜太公吕尚）。《韩诗外传》卷七："吕望行年五十，卖食棘津，年七十，屠于朝歌；九十，乃为天子师，则遇文王也。"又卷八："太公望少为人婿，老而见去，屠牛朝歌，赁于棘津，钓于磻溪，文王举而用之，封于齐。"朝歌，殷商都城，今河南淇县；棘津，在今河南延津县东北。渭滨，渭水边。指钓于磻溪（今陕西宝鸡市东南）事。《史记·范雎蔡泽列传》："臣闻始时吕尚之遇文王也，身为渔父而钓于渭滨耳。"④宁，岂。清，《全唐诗》校："一作绿。"⑤吐，李集诸本，《文苑英华》《乐府诗集》《全唐诗》均同，《乐府诗集》校云："一作壮。"经纶，喻治理国家。《易·屯》："君子以经纶。"⑥三千六百钓，旧注谓指吕望钓于渭滨几十年。然"广"字无解。此但泛言其广设钓而志在天下。吴昌祺《删订唐诗解》："予思地有三千六百轴，言太公会天下而钓之也。"瞿蜕园、朱金城《李白集校注》引黄本骥《痴学》："太白《梁甫吟》：'广张三千六百钓，风期暗与文王亲'，言渭水之钓，志在天下，非一丘之壑之比，即《鞠歌行》'虎变磻溪中，一举钓六合'之意。三千六百，偶举其数，无所取义。历来诠释皆近于凿。"⑦风期，风度品格。《晋书·习凿齿传》："其风期俊迈如此。"《世说新语·言语》"贫道重其神骏"刘孝标注引《高逸沙门传》："（支道林）少而任心独往，风期高亮。"⑧《易·革》："大人虎变。象曰：其文炳也。"孔颖达疏："损益前王，创制立法，有文章之美，焕然可观，有似虎变，其文彪炳。"虎变，指虎皮上的花纹变化，以喻大人物的行为经历变化莫测。

愚不测，为愚人所难以测度。⑨高阳酒徒，指西汉初郦食其。《史记·郦生陆贾列传》："郦生食其者，陈留高阳人也。好读书，家贫落魄，无以为衣食也，为里监门史。然县中贤豪不敢役，县中皆谓之狂生……沛公（刘邦）至高阳传舍，使人召郦生。郦生至，入谒。沛公方倨床使两女子洗足，而见郦生。郦生入，则长揖不拜，曰：'足下欲助秦攻诸侯乎？且欲率诸侯破秦也？'沛公骂曰：'竖儒！夫天下同苦秦久矣，故诸侯相率而攻秦，何谓助秦攻诸侯乎？'郦生曰：'必聚徒合义兵诛无道秦，不宜倨见长者。'于是沛公辍洗，起摄衣，延郦生上坐，谢之……初，沛公引兵过陈留，郦生踵军门上谒曰：'高阳贱民郦食其，窃闻沛公暴露，将兵助楚讨不义，敬劳从者，愿得望见，口画天下便事。'使者入通，沛公方洗，问使者曰：'何如人也？'使者对曰：'状貌类大儒，衣儒衣，冠侧注。'沛公曰：'为我谢之，言我方以天下为事，未暇见儒人也。'使者出谢……郦生瞋目按剑叱使者曰：'走！复入言沛公，吾高阳酒徒也，非儒人也。'……沛公遽雪足杖矛曰：'延客入！'"草中，草泽之中，犹民间。长揖，指拱手高举，自上而下行礼而不拜。山东隆准公，指刘邦。《史记·高祖本纪》："高祖，沛丰邑中阳里人……高祖为人，隆准而龙颜。"古以太行山以东地区为山东，沛县地处太行山之东，故云。隆准，高鼻。趋风，疾行至下风，以示恭敬。《左传·成公十六年》："郤至三遇楚子之卒，见楚子，必下，免胄而趋风。"刘向《新序·善谋一》："是故虞卿一言，而秦之震惧趋风，驰指而请备。"或解"趋风"为疾行如风，亦通。⑩《史记·郦生陆贾列传》："汉三年秋，项羽击汉，拔荥阳，汉兵遁保巩、洛……郦生因曰：'……方今燕、赵已定，唯齐未下……臣请得奉明诏说齐王，使为汉而称东藩。'上……使郦生说齐王……田广以为然，乃听郦生，罢历下兵守战备，与郦生日纵酒。淮阴侯闻郦生伏轼下齐七十余城，乃夜度兵平原袭齐。"如旋蓬，如蓬草随风飞旋。此状其轻而易举。⑪狂客，指郦食其。郦食其被称为狂生。⑫壮士，李白自指。当群雄，对着群雄。⑬扬雄《法言·渊骞》：

"攀龙鳞，随凤翼，巽以扬之，勃勃乎其不可及也。"《汉书·叙传下》："舞阳鼓刀，滕公厩驺，颍阳商贩，曲周庸夫，攀龙附凤，并乘天衢。"攀龙，喻依附帝王以成就功业，亦喻指依附显贵而实现自己的志向。此处似指后者。⑭雷公，司雷之神。砰訇，状宏大之声响。天鼓，指雷声。《初学记》卷一天部引《抱朴子》："雷，天之鼓也。雷神曰雷公。"⑮《神异经·东荒经》："东王公……恒与一玉女投壶，每投千二百矫，设有入不出者，天为之哐嘘。矫出而脱误不接者，天为之笑。"张华注："言笑者，天口流火烙灼，今天不下雨而有电火，是天笑也。"⑯三时，指早、中、晚三时。⑰倏烁，电光迅速闪烁的样子。《楚辞·九思·悯上》："云蒙蒙兮电倏烁。"晦冥，昏暗。⑱阊阖，天门。《楚辞·离骚》："吾令帝阍开关兮，倚阊阖而望予。"王逸注："阍，王门者也。阊门，天门也。"九门，天宫中的九重门。⑲白日，喻皇帝。精诚，至诚，忠诚之心。⑳《列子·天瑞》："杞国有人，忧天地崩坠，身亡（无）所寄，废寝食者。"此谓自己深怀对国事的忧虑，如杞人之忧天地崩坠。㉑猰㺄，传说中吃人的凶恶野兽。《尔雅·释兽》："猰㺄类貙，虎爪，食人，迅走。"竞人肉，争食人肉。㉒驺虞，传说中不吃生物、不踏生草的仁兽。《诗·召南·驺虞》："于嗟乎驺虞。"毛传："驺虞，义兽也。白虎，黑文，不食生物，有至信之德则应之。"㉓《文选·曹植〈白马篇〉》："仰手接飞猱。"李善注："凡物飞迎前射之曰接。猱，猿属也。"《尸子》卷下："中黄伯曰：'余左执太行之獶，而右搏雕虎……夫贫穷，太行之獶也，疏贱，义之雕虎也，而每日遇之，亦足以试矣。'"獶或作猱。雕虎，虎身上有斑纹，似雕画而成，故曰雕虎。㉔张衡《思玄赋》："执雕虎而试象兮，阽焦原而跟趾。"《尸子》卷下："莒国有石焦原者，广长五十步，临百仞之谿，莒国莫敢近也。有以勇见莒子者，犹却行剂踵焉。此所以服莒国也。夫义之为焦原也，亦高矣，贤者之于义，必有剂踵，此所以服一世也。"焦原，山名，在今山东莒县南。㉕《论语·卫灵公》："蘧伯玉邦有道则仕，邦无道则卷而怀之。"智者可卷，指清醒的才士遇上邦无道之时，则深藏不露，待时而动。愚者豪，愚蠢的人则逞强好胜。㉖轻鸿毛，轻如鸿毛。言自己为世人所轻。李白《上李邕》："时人见我恒殊调，见余大言皆冷笑。"㉗排，推开。诸葛亮《梁父吟》："步出齐城门，遥望荡阴里。里中有三坟，累累正相似。问是谁家冢？田疆古冶子。力能排南山，文能绝地纪。一朝被谗言，二桃杀三士。谁能为此谋？国相齐晏子。"二桃杀三士事，详《晏子春秋·内篇谏下二》。春秋时，公孙接、田开疆、古冶子事齐景公，以勇力搏虎闻。晏子过而趋，三子不起，晏子见景公，谓此三人上无君臣之义，下无长率之伦，不若去之。因使景公以二桃赐三人，令其论功而食。公孙接、田开疆先各叙己功而取二桃，古冶子叙己功最大，让二人还桃，二人羞愧自杀，古冶子也认为自己不仁不义无勇而自杀。㉘《史记·游侠列传》："吴、楚反时，条侯（周亚夫）为太尉，乘传车将至河南，得剧孟，喜曰：'吴、楚举大事而不求孟，吾知其无能为已矣。'天下骚动，宰相得之，若得一敌国云。"吴楚弄兵，指汉景帝三年（前154），以吴王刘濞为首的吴、楚等七国叛乱。剧孟，西汉洛阳人。《史记·游侠列传》："田仲已死，而洛阳有剧孟。周人以商贾为资，而剧孟以任侠显诸侯……剧孟行大类朱家，而好博，多少年之戏。然剧孟母死，自远方送丧盖千乘。及剧孟死，家无舍十金之财。"亚夫，周亚夫，西汉景帝时名将，曾奉命平七国之乱。事详《史记·绛侯周勃世家》。哈（hāi），讥笑。尔，指吴、楚七国叛乱者。二句意谓，吴、楚七国叛乱没有罗致剧孟这样的人物，周亚夫讥笑他们根本不可能成事。此盖以剧孟自比，谓朝廷用己，则可在事关国家存亡的时候发挥巨大作用。㉙《晋书·张华传》："初，吴之未灭也，斗牛之间常有紫气……及吴平之后，紫气愈明。华闻豫章人雷焕妙达纬象，乃要焕宿……焕曰：'宝剑之精，上彻于天耳。'……即补焕为丰城令。焕到县，掘狱屋基，入地四丈余，得一石函，光气非常，中有双剑，并刻题，一曰龙泉，一曰太阿……遣使送一剑并土与华，留一自佩……华得剑，宝爱之……报焕书曰：'详观剑文，乃干将也，莫邪何复不至?虽然,天生神物,终当合耳。'……华诛,失剑所在。焕卒,子华为州从事。持剑行经延平津,剑忽于腰间跃出堕水,使人没水取之,不见剑,但见两龙各长数丈,蟠萦有文章。没者惧而反。须臾光彩照水,波浪惊沸……华叹曰:'先君化去之言,张公终合之论,此其验乎!'"此以龙剑自喻,谓己遇合终当有时。着意处在"神物合有时"。㉚风云感会,指风与云感应相会,喻君臣遇合,亦称风云际会、风云会。《后汉书·朱景王杜马刘傅坚马列传·附二十八将论》:"咸能感会风云,奋其智勇。"起屠钓,指起于屠夫渔钓之草野民间,用吕望事,详注③。大人,犹君子,自指。岠岖,不安貌。当安之,应当安守以待时,不必因暂时未遇而不安。

[笺评]

葛立方曰:尝观其所作《梁父吟》,首言钓叟遇文王,又言酒徒遇高祖,卒自叹己之不遇。有云:"我欲攀龙见明主,雷公砰訇震天鼓。帝旁投壶多玉女,三时大笑开电光,倏烁晦冥起风雨。阊阖九门不可通,以额扣关阍者怒。"人间门户尚不可入,则太清倒景,岂易凌蹑乎!太白忤杨妃而去国,所谓玉女起风雨者,乃怨怼妃子之词也。(《韵语阳秋》卷十一)

萧士赟曰:此篇意思转折甚多,盖太白借取此以言志也。"长啸梁甫吟,何时见阳春",是叹三士之不可复生,亦以喻有志之士何时而遇主也。"君不见"两段乃太白聊自慰解之辞,谓太公之志,食其之狂,当时视为寻常落魄之人犹遇合如此,则为士者终有遇合之时也。"我欲攀龙见明主",于时事有所见而欲告于君也。"雷公砰訇震天鼓。帝旁投壶多玉女,三时大笑开电光,倏烁晦冥起风雨。"以喻权奸女谒用事而政令无常也。"阊阖九门不可通,以额扣关阍者怒",以喻言路壅塞,下情不得以上达,而言者往往获罪于权近也。"白日不照我精诚,杞国无事忧天倾",太白灼见当时贵妃、国忠、林甫、禄山窃弄权柄等事，祸已胎而未形，欲谏则言无证而不信，倘使其君不鉴吾之诚，则正所谓杞人忧天之类耳。"猰貐磨牙竞人肉，驺虞不折生草茎"，此乃深叹当时小人在位，为政害民，有如猰貐磨牙，竞食人肉。使有道之朝，则当仁如驺虞，虽生草不履，况肯以人肉为食哉！况肯轻杀一士哉！"手接飞猱搏雕虎，侧足焦原未言苦。智者可卷愚者豪，世人见我轻鸿毛。力排南山三壮士，齐相杀之费二桃。"白意盖谓当有道之朝，得君佐之，为国出力，刺奸击邪，不惮勤劳，如接搏猱虎，虽侧足焦原未足言苦耳。今时事若此，则唯当卷其智而为愚，乃为人豪。世不我知，谓为真愚，而轻我如鸿毛，然白亦卒不改行者，思古来三壮士，勇力如此，一忤齐相，用计杀之，特费二桃，殊不劳力。白也倘不卷其智而怀之，适足使权近得以甘心焉耳。又何补哉！"吴楚弄兵无剧孟，亚夫咍尔为徒劳"，此又白深自慰解之词，当国者终须得人为用，必有遇合之时也。"梁甫吟，声正悲。张公两龙剑，神物合有时。风云感会起屠钓，大人峣屼当安之。"此乃申言有志之士终当如太公、食其之感会风云，犹神剑之会合有时也。则夫大人君子遭时屯否，峣屼不安者，且当安时以俟命可也。（《分类补注李太白诗》卷三）

郝敬曰：感叹呜咽，豪雄之气勃勃。（《批选唐诗》）

陆时雍曰：气魄驰骤，如风云凭陵，惊起四座。（《唐诗镜》）

严评曰：（首二句）此一呼，下二应。（"狂客落魄"二句）缴起是二应，仍是一应，看结句更知用意之妙。（《严评李太白诗》）

严评本载明人批：篇法不甚稳密，句亦多直多俗，不为佳。此题竟不知义何取。旧解谓亦系葬歌，则是就三坟生感。但邓州去齐远，梁父亦不在齐门外，孔明何为忽悲三士？三士与梁父有何干涉，终未明快。

朱谏曰：按《梁甫吟》辞意错乱而无序，用事或涉于妖妄，如吕望、郦食其等事，方言贫贱而遇明主，即继以雷公天鼓、玉女投壶，非惟上下文义之不相蒙，而又鄙俗无稽之可笑。杞国、驺虞、齐相、吴楚，纷纭并见，意未有归，而又继之以张公之神剑、屠钓之大人，如不善于治馈者，徒夸饤饾之多，不调适合之味，甘苦或失其中，人亦不欲食之矣。易牙岂为之乎？……此等繁乱错杂之辞，稍知文理者将羞道之。白之雄才高论，宁有是乎！或又疑为李益尚书、李赤厕鬼之所作。曰：益非病狂，安得为是？是必厕鬼为之也。曰：然则厕鬼亦能知古今乎？曰：唐人云：赤能诗辞，想赤未遇厕鬼之先，亦尝学诗矣。所得虽浅，非全然一白丁也。及至神衰气乱，乃若是耳。（《李诗辨疑》卷上）

唐汝询曰：此伤不遇时，赋以见志也。言我长啸而为此吟者，以良时难值也。彼太公之隐屠钓，郦生之溷酒徒，当时人莫之识，及一遇贤君，皆得奋其智勇，我岂不能效狂客所为耶？欲见明主而患其威灵不测，且有投壶之嬖在傍，能为电光风雨，是以遏言路而不通，强欲求见则为阍者所怒。此盖指杨妃、力士也。因言君虽不鉴我之忠诚，然我不能无杞人之忧者，正以忠逆无分也。彼邪臣之肆虐如獌狿之啖人，贤者之爱才如驺虞之惜草，君苟能择用之，则我当剪除奸暴，不避险难，如接飞猱、搏雕虎、履焦原而不辞矣。如其君之不用邪，则如韬藏其智为愚中之豪耳。世人见我行藏落落，遂真以为愚，因忽之如鸿毛而谋陷之。以二桃杀三士，计亦巧矣。然独不念朝无贤人将何以为国，徒为亚夫所笑耳。于是吟成而声益凄楚，则又自慰曰：龙剑尚有合，君臣岂无遇。观太公起屠钓而树勋，则我当安于困厄可也。（《唐诗解》卷十二）

王夫之曰：长篇不失古意，此极难。将诸葛旧词二桃三士撺入夹点，局阵奇绝。苏子瞻取此法作"燕子楼空"三句，便自托独得。（《唐诗评选》卷一）

沈寅、朱崑补辑《李诗直解》：此篇太白为《梁甫吟》，屡借古人以言其志也。言长啸《梁甫吟》，以叹三士之不可复生也，以喻有志之士，何时遇主而见阳春乎？君不见太公之志，食其之狂，当未遇时众人视为寻常落魄之人，后犹遇合如此，则为士者岂无得志时哉！今见时事可议，而欲攀龙以见唐主，奈权奸女谒用事，如雷公振鼓，玉女投壶，开电光，起风雨，以致政令之无常也。此时使言语得达，犹可救药，何天门不通，门者见怒，而言者往往获罪于权近矣。有识者，灼见贵妃、国忠、林甫、禄山窃弄国柄，祸胎已萌，我欲谏净，则无征不信，倘君不鉴吾之精诚，正所谓杞人忧天之类矣，况唐小人在位，剥民脂膏，有若獯猶磨牙竞食人肉，使有道之朝，则当仁如驺虞，虽生草不履，乃肯食人肉而轻杀一人哉！使得君而佐之，为国击奸，不惮勤劳，如接搏猱虎，虽侧足焦原，未云苦耳。今唐事如此，则当卷其智而为愚，即世不我知，而轻我如鸿毛，然我亦卒不改素行者，因思古来三壮士之功力不少，一朝齐相，用计杀之，时费二桃，不劳馀力。白也倘以智自豪，适足使权近甘心焉，又何补哉！吴楚弄兵，不求剧孟，亚夫得之，嗤笑为徒劳者，见当国者须得人以为用也。今为《梁甫吟》而声正悲者，乃申言有志之士，终当如太公、食其之感遇风云，犹神剑之会合有时也。维彼大人君子，遭时屯否，峣崅不安者，自当安时以俟命可矣。（卷三）按：此解多袭萧士赟而稍加改动。

吴昌祺曰：此诗虽雄豪而不为佳。又曰：此诗以梁甫起，而又以晏子、剧孟并说，前以太公、郦生并说，而又结屠钓，皆不可为法。（《删订唐诗解》卷七）

沈德潜曰：始言吕尚之耄年，郦食其之狂士，犹乘时遇合，为壮士者，正当自奋。然欲以忠言寤主，而权奸当道，言路壅塞。非不愿剪除之，而人主不听，恐为匪人戕害也。究之论其常理，终当以贤辅国，惟安命以俟有为而已。后半拉杂使事，而不见其迹，以气胜也。若无太白本领，不易追逐。（《重订唐诗别裁集》卷六）又曰：（"广张"二句）地有三千六百轴，太公合而天下钓之，得与文王相遇也。（"何况壮士当群雄"句）自谓。（"吾欲攀龙"至"阊阖九天"一段）见朝之权贵女子小人，拥遏主听，忠言不得上陈也。（"杞国"句）忧时之将乱。（"獯猶磨牙"至"世人见我"一段）见君子小人并列，而人主不知。我欲起而除去邪恶，犹接飞猱、搏雕虎，不自言苦也。以愚自谓。（"力排南山"二句）言众人害己之易。（"吴楚弄兵"二句）

言朝无贤人，何以为国？仍望世之用己也。（"梁甫吟"至末）言己安于困厄以俟时。（同上旁批）

《唐宋诗醇》曰：此诗当亦遭谗被放后作，与屈平睠睠楚国，同一精诚。"三千六百钓"，迄无定论。按《说苑》云：吕年七十，钓于渭滨。《孔丛子》云：太公勤身苦志，八十而遇文王。以百年三万六千场计之，七十至八十，约三千六百钓也。或又以八十始钓，九十始遇为十年，殆未知《楚辞》所云"太公九十乃显荣"，盖指封国时言也。（卷二）

赵翼曰：《梁甫吟》专咏吕尚、郦生，以见士未遇时为人所轻，及成功而后见。（《瓯北诗话》）

余成教曰：太白《梁父》《玉壶》两吟，隐寓当时受知明主、见愠群小之事于其内，读之者但赏其神骏，未觉其自为写照也。（《石园诗话》卷一）

方东树曰：此是大诗。意脉明白，而段落迷离莫辨。二句冒起。"朝歌"八句为一段，"大贤"二句总太公。"高阳"八句为一段，"狂客"二句总郦生。"我欲"句入己。以下奇横，用《骚》意。"帝旁"句，指群邪也。"三时"二句，言喜怒莫测。"阊阖"句归宿，如屈子意，承上一束；"以额"句奇气横肆，承上一束。"白日"二句转。"猰㺄"句断，言性如此耳。"驺虞"句再束上顿住。"手接"句续。"力排"二句，解上"手接"二句。"吴楚"二句，解上"智者"二句。以上十九句，为一大段。"梁甫吟"以下为一段，自慰作收。（《昭昧詹言》卷十二）

曾国藩曰：诸葛武侯之《梁甫吟》，似吊贤士之冤死。太白此诗，则抱才而专俟际会之时。（《求阙斋读书录》卷七）

吴闿生曰：雄奇俊伟，韩公所谓光焰万丈者也。通体设喻，所以错落雄深。（《古今诗范》卷九）

王闿运曰：既未见明主，何以欲卷又欲杀耶？此亦泛言，非自赋，所谓就京腔下笔，不能自休，学其开合承接而已，不必论理也。（《手

批唐诗选》卷八)

王运熙、杨明曰：《梁甫吟》《远别离》此二诗迷离惝恍，多惊心骇目之语……当是天宝五六载间或稍后因李林甫弄权而作……"雷公砰訇震天鼓……倏烁晦冥起风雨"之句，应即是影射李林甫专政，朝政黑暗；而"猰㺄磨牙竞人肉""力排南山三壮士，齐相杀之费二桃"，则是写酷吏肆虐和李林甫手段之恶毒。篇末"大人峣屼当安之"句中"峣屼"一词，系危而不安之意……《梁甫吟》用此语，也正是指政治局势之动荡险恶。（《李白研究论丛·关于李白〈蜀道难〉、〈将进酒〉、〈梁甫吟〉、〈远别离〉的写作年代》）

[鉴赏]

《梁甫吟》是李白七古和乐府歌行有代表性的名篇。它的突出特点是：感情愤慨激越，充满对政治现实的猛烈抨击，而又始终保持着对理想的执著和对前途的自信。

开头两句，破空而来，声情激越。"长啸"是形容感情激愤抑郁，不吐不快，唯借此方能一抒积愤的状态。而诗人之所以"长啸梁甫吟"，原因即在"何时见阳春"。"阳春"本指自然界中美好明媚的春天，这里作为政治象喻，象征着政治上清明美好的时代，也象征着自己政治上的美好遇合，与下面的"倏烁晦冥起风雨"的昏暗政局正成鲜明对照，和篇末的"神物合有时"则正相吻合。"阳春"的这两层象征含义，是统一的。诗人所期盼的就是政治上清明美好、自己政治上获得遇合的"阳春"之时。或谓"阳春"指明主，恐非，诗中用以喻指君主的意象是"白日"。如果说，首句是点题，则次句便是对全诗内容旨意的揭示。因此这个开头起着提挈统领全篇的作用。

紧接着篇首，下十六句，用两个"君不见"分别领起。通过对吕望、郦食其两个历史人物经历遭际的叙写，来说明有杰出才能的人终能遇合明主，施展抱负。吕望的特点是地位微贱、老而未遇，年八十方遇文王而得重用，成为周代的开国功臣。诗人用笔的重点便放在他年虽老而志弥笃，"宁羞白发照清水，逢时吐气思经纶"，不以"白发"照清水为羞，而是因"逢时"而经纶之志弥增。诗人用"广张三千六百钓，风期暗与文王亲"来形容他虽身隐渔钓，却志存天下，虽身处微贱，风度品格却暗与文王相亲，说明他所钓的是整个天下。历史的传说通过诗人生花妙笔的点染，将吕望的形象塑造得充满积极用世的精神和蓬勃的朝气。"大贤虎变愚不测，当年颇似寻常人"二句，是对吕望经历的总结，意在强调，有杰出才能的人在未遇时虽"颇似寻常人"而为愚者所不识，但一旦逢时而施展经纶之才略，则如虎变而显荣于世。这既是对自己安心待时的一种鼓励，对自己终能得遇的一种自信，也是对世俗之世不识自己才能的一种嘲笑。而郦食其的特点则是"狂"而"雄辩"。这二者实际上又都是对自己才能谋略高度自信的一种表现。诗人抓住这两个特点，不仅生动地展现了他谒见刘邦时长揖不拜、高驰雄辩、自称"高阳酒徒"的狂傲不羁风度和刘邦前倨后恭的态度变化，而且赞颂了他"东下齐城七十二，指挥楚汉如旋蓬"的杰出才能事功。在郦食其身上，显然有李白自己的影子。"狂客落魄尚如此，何况壮士当群雄"，是对郦食其经历的总结，也是对自己强烈自信心的抒发。一个被视为"狂客"，落拓不遇的人物尚且能建立不朽事功，何况是像我这样的"壮士"，又何况是壮士而面对群雄，更加壮怀激烈呢！以上两层一大段，都是通过对历史人物经历的歌咏来抒发自己的政治自信心的。感情昂扬乐观，语调潇洒豪爽，节奏跌宕起伏。叙郦食其一节，描写尤见生动，郦食其的风采个性被描绘得虎虎有生气，可以体味出诗人在其中所贯注的感情。如果说，司马迁通过细节的描写将郦食其见沛公的场面小说化了，那么李白则进一步将它诗化了。

"我欲"以下十九句，转入对污浊黑暗政治现实的揭露抨击，感情也由上段的昂扬乐观，转为愤慨激越。十九句也分为前后两节。第一节七句，仿效《离骚》上天求女一段笔意，运用神话和象征手法，对自己在"攀龙见明主"的过程中受阻的情形作了淋漓尽致的描绘：雷公擂响了震天的鼓声，天帝旁围绕着以投壶为戏的玉女，从早到晚，电光闪烁，风雨晦冥，天宫的门户闭塞不通，自己愤而用额头去打门，却遭到守门的阍人的怒喝。"雷公""玉女"不必寻究其具体所喻，但显指围绕在皇帝身旁的邪恶势力。而电闪雷鸣、风雨晦冥的景象，则无疑是昏暗险恶政治局面的象征。"白日"以下十二句，则分别运用神话、寓言、历史传说进一步渲染政治环境之险恶和自己面对这种环境时的感情反应。"白日"二句，说皇帝根本不鉴察自己的忠诚，反而认为自己所陈述的政治忧患是杞人忧天、危言耸听。然则，所谓"明主"，在群小的包围下已经成了"昏主"。在这种主昏臣邪的政局中，一些凶恶的小人就像吃人的野兽一样，张开血盆大口，磨牙竞食人肉。力排南山的勇武之士，为齐相的阴谋伎俩所杀害，显得轻而易举。自己虽像神话中的仁兽，连生草茎也不忍践踏，却根本不被信任，尽管有手接飞猿、搏猛虎的本领，有"侧足焦原未言苦"的心志，却无从施展。自己原是真正的智者，却因政治形势而不得不"卷而怀之"，被那班逞豪于时的愚者看得轻如鸿毛。可是国家一旦遇上吴楚七国弄兵那样的危急局面，又怎能没有自己这种剧孟式的人才呢？这十二句，叙述不大讲究次第，旁见杂出，无一定的章法，可以看出诗人在下笔时纯任自己感情的激流，随处横溢奔迸。这种不加修饰近乎感情原始状态的倾泻，正说明诗人写作时感情已到极为激愤而不加控制的程度。拉杂错乱，诚或有之，不必为之讳饰，但这正是诗人感情状态的真实反映。沈德潜说："后半拉杂使事，而不见其迹，以气胜也。"这个评语，倒是说明了一个事实，在"拉杂"的使事和叙事抒情中潜藏着一股贯通一切的气（诗人的思想感情凝聚而成的精神力量），从而使它在散乱中呈现出内在的统一。

最后一段，紧承上段，先点明这首《梁甫吟》所抒写的是诗人政治上忧愤悲慨之情。"声正悲"三字是对"我欲攀龙见明主"以下一大段的内容和思想感情的概括。然后却遥承篇首，突作转折，将自己比作神剑，坚信自己的政治遇合终当有时，就像出身于屠钓的吕望一样，总能在时代的风云感会中得遇明君，施展才能，实现抱负，不必为一时的挫折而惴惴不安。从而不但为"君不见"以下一大段作了精练的概括，而且回答了一开头提出的"何时见阳春"的问题。尽管诗人也难以明确指出具体的时间，但坚信必有遇合之时。看来，诗人对当时的政局虽充满愤激、深感忧虑，却未失去对时代的信心。

这首诗的写作年代，或有主张作于开元十八年（730）初入长安无成而归之后者。但从诗中"我欲攀龙见明主"一大段所描绘的政治局面看，无疑更像在天宝六载（747）以后，奸相李林甫专权，打击陷害一大批忠良贤能之士时期所呈现的景象。像"馋烁晦冥起风雨"的昏暗局面，"猰貐磨牙竞人肉""力排南山三壮士，齐相杀之费二桃"的黑暗危险景象，以及诗人"忧天倾"的强烈政治忧患感，都不大可能出现在开元中期那样一个政治上仍然比较清明的时期。李白对时代的感受和认识，或有过于乐观之时，而这样愤慨激越、充满忧患的感情，似乎只能出现在天宝中期那个危机逐渐显露的时代。

乌栖曲①

姑苏台上乌栖时②，吴王宫里醉西施③。吴歌楚舞欢未毕，青山欲衔半边日④。银箭金壶漏水多⑤，起看秋月坠江波。东方渐高奈乐何⑥！

[校注]

①《乌栖曲》，乐府《清商曲辞·西曲歌》旧题。《乐府诗集》卷四十七《乌夜啼八曲》解题引《唐书·乐志》曰："《乌夜啼》者，宋临川王义庆所作也。"又引《乐府解题》曰："亦有《乌栖曲》，不知与此同否？"按：《乌夜啼八曲》及梁简文帝、刘孝绰、庾信所作《乌夜啼》，又梁简文帝、梁元帝、萧子显、徐陵所作《乌栖曲》，内

容多咏男女爱情，背景则多为夜间。李白此首亦然，诗中男女主角为吴王夫差及宠姬西施。萧士赟注："《乐录》：'《乌栖曲》者，鸟兽二十一曲之一也。'"胡震亨注："梁人辞云：'芳树归飞聚俦匹，犹有残光半山日，金壶夜水岂能多，莫持奢用比悬河。'又徐陵云：'绣帐罗帏隐灯烛，一夜千年犹不足。惟憎无赖汝南鸡，天河未落犹争啼。'皆白诗所本也。但六朝用两韵，韵各二句，此用三韵，前二韵各二句，后一韵三句，为稍异。无调。"②姑苏台，亦作姑胥台，相传为吴王夫差所筑。《墨子·非攻中》："（夫差）遂作姑苏之台，七年不成。"孙诒让间诂："按《国语》以筑姑苏为夫差事，与此书正合……《越绝》以姑苏为阖闾所筑，疑误。"袁康《越绝书·外记传吴地传》："胥门外有九曲路，阖闾造以游姑胥之台，以望太湖。"《述异记》卷上："吴王夫差筑姑苏之台，三年乃成。周旋诘屈，横亘百里，崇饰土木，殚耗人力，宫妓数千人。上别立春宵宫，为长夜之饮，造千石酒钟。夫差作天池，池中造青龙舟，舟中盛陈妓乐，日与西施为水嬉。"据《吴郡志》，姑苏台在姑苏山上，故址在今江苏苏州市西南。③西施，春秋时越国美女。公元前494年，越王勾践兵败于会稽，向吴王夫差求和。范蠡取西施献夫差，使其迷惑荒政。后越终亡吴。事见《吴越春秋·勾践阴谋外传》。《越绝书·越绝内经九术》则云："越乃饰美女西施、郑旦，使大夫种献之于吴王。"④山欲衔半边日，指太阳将要落山。⑤银箭金壶，古代计时器。以铜为壶，底穿孔，壶中立一有刻度之箭形浮标，壶中水滴漏渐少，箭上度数即渐次显露，视之可知时刻。箭与壶均用金属制成，故云"银箭金壶"。漏水多，谓夜已深。⑥汉乐府《有所思》："东方须臾高知之。"东方渐高，指东方日出渐高。或谓"高"通"皜"（hào），白。奈乐何，谓寻欢作乐之事又能怎么办。有乐难久长的感叹。汉武帝《秋风辞》："少壮几时兮奈老何！"

[笺评]

范传正曰：在长安时，秘书监贺知章号公为谪仙人，吟公《乌栖

曲》云："此诗可以哭鬼神矣。"（《唐左拾遗翰林学士李公新墓碑并序》）

孟启曰：李太白初自蜀至京师，舍于逆旅。贺监知章闻其名，首访之。既奇其姿，复请所为文，出《蜀道难》以示之……贺又见其《乌栖曲》，叹赏苦吟曰："此诗可以泣鬼神矣。"故杜子美赠诗及焉。（《本事诗·高逸第三》）

胡仔曰：此诗与《乌夜啼》之作当在太白入京之前。此诗起句云："姑苏台上乌栖时，吴王宫里醉西施。"或太白游姑苏时怀古而作，《苏台览古》诗可以为证。是时白方求功名之未遑，刺晏朝之说恐不可信。（《苕溪渔隐丛话·前集》卷五）

萧士赟曰：盛言其乐，而乐不可长之意自见，深得《国风》刺诗之体。（《分类补注李太白诗》）

范德机曰：汉魏诗多不可点，所以为好者，盖其气象自不同耳。李诗妙处亦复难点，点之则全篇有所不可择焉。若此二咏（按：指《乌夜啼》及《乌栖曲》），则实精金粹玉耳。（范氏批。又见《唐诗品汇》卷二十六引）

朱谏曰：（首四句）此《乌栖曲》也，以吴王、西施之事言之。言吴王筑姑苏之台，立春宵之宫，与西施嬉宴于其中。日晚乌栖之时，而王正在宫中乐西施之歌舞，饮酒而醉也。吴歌楚舞，欢娱未毕，日薄西山，而又晚矣。是言其为乐之无厌也。（次三句）言吴王与西施醉于姑苏台之上，乌栖而日晚矣。自晚至夜，银箭传更，金壶滴漏，漏水多下，而夜深矣。起看明月，月亦坠于江波矣。月既落而日将升，东方明矣，其奈此乐何哉！盖自昼至夜，自夜达旦，其乐之荒淫无厌足也。赋也，按白为此诗，无有讥刺之辞，旧说以为盛言其美而不美者自见，正所以刺之也。意或得之。（《李诗选注》卷二）

严评本载明人批：上云"乌栖"，则已是黄昏，乃复云"欲衔半边日"，亦是倒插。又曰：未暮领起，直至天明，乃叙得如此从容自在。"未毕""欲衔""起看""渐高"，是节奏。

钟惺曰：哀乐含情，妙在都不说破。"东方渐高奈乐何"，缀此一语，便成哀响。(《唐诗归》卷十六)

唐汝询曰：此因明皇与贵妃为长夜饮，故借吴宫事以讽之。言台上乌栖而酣饮方始，时歌舞未终，西山尚有馀照，及漏水浸多，则秋月沉江矣。东方渐高，奈此欢乐何哉！按李、杜乐府皆有所托意而发，非若今人无病而强呻吟者。但子美直赋时事，太白则援古以讽今，读者鲜识其旨。若谓此诗无关世主而追刺吴王，何异痴人说梦邪！(《唐诗解》卷十二)

陆时雍曰：从容高雅。(《唐诗镜》卷十八)

桂天祥曰：风格音调，万世之祖。"吴歌"以下，便觉吴有败亡之祸。至"起看秋月"二句，意思委婉，反复讽诵，为之泪下。(《批点唐诗正声》)

周珽曰：此借吴宫事以讽明皇与贵妃为长夜饮。熔炼缔构，变化自成，便可掷斥置削。(《删补唐诗选脉笺释会通评林·盛七古》)

邢昉曰：情思亦诸家所有，吐辞缥缈，语带云霞，则俱不及。(《唐风定》)

王夫之曰：艳诗有述欢好者，有述怨情者，《三百篇》亦所不废，顾皆流览而达其定情，非沉迷不反，以身为妖冶之媒也。嗣是作者，如"荷叶罗裙一色裁""昨夜风开露井桃"，皆艳极而有所止。至如太白《乌栖曲》诸篇，则又寓意高远，尤为雅奏。(《姜斋诗话》) 又曰：蛩尾钩，结构特妙。总上数语，由人卜度，正使后人误解，方见圈馈之大。"青山"句天授，非人力。(《唐诗评选》)

应时曰：摹写荒乐，风致天然，真可泣鬼神。(《李诗纬》卷一)

王尧衢曰：此太白借吴王以讽明皇之于贵妃也。夫山衔日而欢未毕，月坠波而乐无极，吴王得此日月，浸淫乎歌舞之场，以至亡国，世主可不以为戒哉！太白特于前后用"欢"字、"日"字、"乐"字、"月"字作章法，以寓微意为讽，人鲜识其意也。此篇七句三韵转，而以首二句为根。(《古唐诗合解》卷三)

沈寅、朱崐补辑《李诗直解》：此诗因玄宗之嬖贵妃，而极言吴王之乐以讽警也。言姑苏台上，天将暮而乌欲栖矣。吴王宫里肆筵设席，正醉西施之时也。其筵前歌舞未毕，而青山欲衔日之半边。方其乐之未已，夜以继日。听更漏之多，而起看秋月落于江波之间，彼吴王溺爱西施婉媚，正欢娱以嫌夜短也。东方白而日渐高矣，奈乐何哉！此诗极言其美，而不美者自见矣。（卷三）

沈德潜曰：末句为乐难久也，缀一单句，格奇。（《重订唐诗别裁集》卷六）

《唐宋诗醇》曰：乐极悲生之意写得微婉，未几而麋鹿游于姑苏矣。全不说破，可谓寄兴深微者。胡应麟以杜之《七哀》隽永深厚，法律森然，谓此篇斤两稍轻，咏叹不足。真意为谤伤，未足与议也。末缀一单句，有不尽之妙。（卷二）

袁枚曰：刺明皇与贵妃为长夜饮，借古以慨今也。此七言七句三韵短古风。（《诗学全书》卷一）

宋宗元曰：音节寥亮，摇摇曳曳，言简味长。（《网师园唐诗笺》）

吴敬夫曰：杜甫气悲，李白调爽，体裁虽异，而悯时忌俗之意则同。读《乌栖曲》而卜唐祚之衰，殆不减于吴宫秋矣。（《唐诗归折衷》引）

陈沆曰：《诗·鸡鸣》"东方明矣"，刺晏朝也。反言若正，《国风》之流。（《诗比兴笺》卷三）

方东树曰：太白层次插韵，此最迷人，真太史公文法矣。玩《乌栖曲》可悟。（《昭昧詹言》卷十二）

陈仅曰：鲍照《代白纻舞歌》、李太白《乌栖曲》、郎士元《塞下曲》结体用韵各异，可以为法。（《竹林答问》）

吴汝纶曰：此喻明皇荒淫。（《唐宋诗举要》卷二引）

[鉴赏]

詹锳《李白诗文系年》系此诗于天宝二年（743），略云："按本诗已见于《河岳英灵集》，必为天宝十二载以前所作。范传正《唐翰林李公新墓碑》：'在长安时，贺知章号公为谪仙人，吟公《乌栖曲》云：此诗可以哭鬼神矣。'《本事诗·高逸第三》：'李白初自蜀至京师……贺知章……又见其《乌栖曲》，叹赏苦吟曰：此诗可以泣鬼神矣！'……或言是《乌夜啼》，二篇未知孰是。……是此诗与《乌夜啼》之作当在太白入京之前。此诗起句云：'姑苏台上乌栖时，吴王宫里醉西施。'或太白游姑苏时怀古而作，《苏台览古》诗可以为证。是时白方求功名之未遑，刺晏朝之说恐不可信。"郁贤皓《李白选集》则谓："此诗作年无考，疑亦为初次游姑苏时作。"系开元十五年（727）由越州回苏州时，与《苏台览古》同编。按：《越中览古》《苏台览古》乃漫游吴越时览古迹咏叹之作，而《乌栖曲》所写景象全为凭虚想象之景，未必为游览苏台时所作。据范传正《唐左拾遗翰林学士李公新墓碑》，此诗当是李白天宝初入长安时贺知章叹赏之作，很有可能即是李白之近作。

《乌栖曲》为乐府《清商曲辞·西曲歌》旧题。现存南朝梁简文帝、徐陵等人的古题，内容大都比较靡艳，形式则均为七言四句，两句换韵。李白此篇，不但内容从旧题的歌咏艳情转为讽刺宫廷淫靡生活，形式上也作了大胆的创新。

相传吴王夫差耗费大量人力物力，用三年时间，筑成横亘五里的姑苏台，上建春宵宫，与宠妃西施在宫中为长夜之饮。诗的开头两句，不去具体描绘吴宫的豪华和宫廷生活的淫靡，而是以洗练而富于含蕴的笔法，勾画出日落乌栖时分姑苏台上吴宫的轮廓和宫中美人西施醉眼蒙眬的剪影。"乌栖时"，照应题面，又点明时间。诗人将吴宫设置在昏林暮鸦的背景中，无形中使"乌栖时"带上某种象征色彩，使人们隐约感受到包围着吴宫的幽暗气氛，联想到吴国日暮黄昏的没落趋势。而这种环境气氛，又正与"吴王宫里醉西施"的纵情享乐情景形成鲜明对照，暗含乐极生悲的意蕴。这层象外之意，贯串全篇，但表现得非常隐微含蓄。

"吴歌楚舞欢未毕，青山欲衔半边日。"对吴宫歌舞，只虚提一笔，着重写宴乐过程中时间的流逝。沉醉在狂欢极乐中的人，往往意识不到这一点。轻歌曼舞，朱颜微酡，享乐还正处在高潮之中，却忽然意外地发现，西边的山峰已经吞没了半轮红日，暮色就要降临了。"未"字"欲"字，紧相呼应，微妙而传神地表现出吴王那种惋惜、遗憾的心理。而落日衔山的景象，又和第一句中的"乌栖时"一样，隐约透出时代没落的面影，使得"欢未毕"而时已暮的描写，带上了为乐难久的不祥暗示。

"银箭金壶漏水多，起看秋月坠江波。"续写吴宫荒淫之夜。宫体诗的作者往往热衷于展现豪华颓靡的生活，李白却巧妙地从侧面淡淡着笔。"银箭金壶"，指宫中计时的铜壶滴漏。铜壶漏水越来越多，银箭的刻度也随之越来越上升，暗示着漫长的秋夜渐次消逝，而这一夜间吴王、西施寻欢作乐的情景便统统隐入幕后。一轮秋月，在时间的默默流逝中越过长空，此刻已经逐渐黯淡，坠入江波，天色已近黎明。这里在景物描写中夹入"起看"二字，不但点醒景物所组成的环境后面有人的活动，暗示静谧皎洁的秋夜中隐藏着淫秽丑恶，而且揭示出享乐者的心理。他们总是感到享乐的时间太短，昼则望长绳系日，夜则盼月驻中天，因此当他们"起看秋月坠江波"时，内心不免浮动着难以名状的怅恨和无可奈何的悲哀。这正是末代统治者所特具的颓废心理。"秋月坠江波"的悲凉寂寥景象，又与上面的日落乌栖景象相应，使渗透在全诗中的悲凉气氛在回环往复中变得越来越浓重了。

诗人讽刺的笔锋并不就此停住，他有意突破《乌栖曲》旧题偶句收结的格式，变偶为奇，给这首诗安上了一个意味深长的结尾："东方渐高奈乐何！"东方日出渐高，寻欢作乐难道还能再继续下去吗？这孤零零的一句，既像是恨长夜之短的吴王所发出的欢乐难继、好梦不长的喟叹，又像是诗人对沉溺不醒的吴王敲响的警钟。诗就在这冷冷的一问中陡然收煞，特别引人注目，发人深省。

这首诗在构思上的显著特点，是以时间的推移为线索，写出吴宫淫逸生活中自旦至暮，又自暮达旦的过程。诗人对这一过程中的种种场景，并不作具体描绘渲染，而是紧扣时间的推移、景物的变换，来暗示吴宫荒淫的昼夜相继，来揭示吴王的醉生梦死，并通过寒林栖鸦、落日衔山、秋月坠江等富于象征暗示色彩的景物隐寓荒淫纵欲者的悲剧结局。通篇纯用客观叙写，不下一句贬辞，而讽刺的笔锋却尖锐、冷峻，深深刺入对象的精神与灵魂。《唐宋诗醇》评此诗说："乐极生悲之意写得微婉，未几而麋鹿游于姑苏矣。全不说破，可谓寄兴深微者。……末缀一单句，有不尽之妙。"王尧衢说："太白特于前后用'欢'字、'日'字、'乐'字、'月'字作章法，以寓微意为讽，人鲜识其意也。"对本篇的寄兴深微的特点作了相当中肯的评价。

李白的七言古诗和歌行，一般都写得雄奇奔放，恣肆淋漓，这首《乌栖曲》却偏于收敛含蓄，深婉隐微，成为他七古中的别调。前人或以为它是借吴宫荒淫来托讽唐玄宗的沉湎声色，迷恋杨妃，这是可能的。玄宗早期励精图治，后期荒淫废政，和夫差先发愤图强，振吴败越，后沉湎声色，反致覆亡有相似之处。据范传正《唐左拾遗翰林学士李公新墓碑并序》载："在长安时，秘书监贺知章号公为谪仙人，吟公《乌栖曲》云：'此诗可以哭鬼神矣！'"看来贺知章的"哭鬼神"之评，也不单纯是从艺术角度着眼的。杨玉环虽然直至天宝四载方被正式册立为贵妃，但自开元二十八年度为女道士，居太真宫以来，实际上已是玄宗的宠妃，李白天宝初入京时，正是杨玉环备受玄宗宠幸之时。

将进酒①

君不见黄河之水天上来，奔流到海不复回。君不见高堂明镜悲白发，朝如青丝暮成雪。人生得意须尽欢②，莫使金樽空对月。天生我材必有用，千金散尽还复来。烹羊宰牛且为乐，会须一饮三百杯③。岑夫子④，丹丘生⑤，将进酒，君莫停⑥。与君歌一曲⑦，请君为我倾耳听⑧。钟鼓馔玉不足贵⑨，但愿长醉不愿醒⑩。古来圣贤皆寂寞，惟有饮者留其名。陈王昔时宴平乐，斗酒十千恣欢谑⑪。主人何为言少钱，径须沽取对君酌⑫。五花马⑬，千金裘，呼儿将出换美酒⑭，与尔同销万古愁。

[校注]

①《将进酒》，乐府旧题。《乐府诗集》卷十六《鼓吹曲辞·汉铙歌》解题云："《古今乐录》曰：'汉鼓吹铙歌十八曲，字多讹误……九曰《将进酒》。'"又《将进酒》古辞解题曰："古词曰：'将进酒，采大白。'大略以饮酒放歌为言。宋何承天《将进酒篇》曰：'将进酒，庆三朝。备繁礼，荐嘉肴。'则言朝会进酒，且以濡首荒志为戒。若梁昭明太子云'洛阳轻薄子'，但叙游乐饮酒而已。"将（qiāng），请。②得意，称心。③会须，应当。④岑夫子，岑勋。詹锳《李白诗文系年》系此诗于《酬岑勋见寻就元丹丘对酒相待以诗见招》之下，谓系同时之作。《文苑英华》卷八百五十七有岑勋撰《西京千福寺多宝感应碑》。⑤丹丘生，元丹丘，李白之友。李白《上安州裴长史书》云："故交元丹，亲接斯议。"《冬夜随州紫阳先生多霞楼送烟子元演隐仙城山序》云："吾与霞子元丹、烟子元演气激道交，结神仙友。"魏颢《李翰林集序》："与丹丘因持盈法师达，白亦因之入翰林。"持盈法师即玉真公主。李白集中酬赠元丹丘诗甚多，郁贤皓《李白丛考》有《李白与元丹丘交游考》。⑥将进酒，君莫停，《河岳英灵集》无此六字。宋蜀本作"进酒君莫停"。《文苑英华》《乐府诗集》作"将进酒，杯莫停"。⑦与君，敦煌写本《唐人选唐诗》作"为君"。⑧倾耳，《河岳英灵集》无此二字。⑨此句《河岳英灵集》作"钟鼎玉帛不足贵"，《文苑英华》作"钟鼎玉帛岂足贵"，敦煌残卷作"钟鼓玉帛岂足贵"。瞿蜕园、朱金城《李白集校注》云："按钟鼓馔玉不

成对文，疑当作鼓钟馔玉，即钟鸣鼎食之意。"钟鼓，指古代豪贵之家进膳时奏乐鸣钟。馔玉，珍美的食物。馔，食。玉，形容食物之珍奇。梁戴暠《煌煌京洛行》："挥金留客坐，馔玉待钟鸣。"⑩不愿醒，《文苑英华》《乐府诗集》作"不复醒"，宋蜀本作"不用醒"。⑪陈王，指曹植。《三国志·魏书·曹植传》："陈思王植，字子建，太和六年，封植为陈王。"《文选·曹植〈名都篇〉》："我归宴平乐，美酒斗十千。"李善注："平乐，观名。"恣欢谑，肆意欢乐戏谑。⑫沽取，买来。⑬五花马，唐人喜将骏马鬃毛修剪成瓣以为饰。分为五瓣者，称五花马。杜甫《高都护骢马行》："五花散作云满身，万里方看汗流血。"仇兆鳌注引郭若虚曰："五花者，剪鬃为瓣，或三花，或五花。"然从杜诗"五花散作云满身"之语看，五花似指马身上有五色花纹。此泛称骏马。⑭儿，僮儿。将，取、持。

[笺评]

严评曰：一往豪情，使人不能句字赏摘。盖他人作诗用笔想，太白但用胸口一喷即是。此其所长。（严评《李太白集》）

谢枋得曰：此篇可与子美《曲江》高兴并驰，虽似放达，亦以不遇而自慰之意。（近藤元粹《李太白诗醇》卷一引）

萧士赟曰：此篇虽似任达放浪，然李白素抱用世之才而不遇合，亦自慰解之词耳。（《分类补注李太白诗》卷三）

朱谏曰：兴也……按《将进酒》之曲，古人皆以颂武功、美君德，白借题以言目前燕饮之乐，用其名而不述其义，时出新意，如化工生物于枯根朽柈而发鲜葩，白之材，殆所谓天授者欤！又曰：（起六句）言黄河之水自天而来，奔流到海，无有回波，岂为河水为然哉？人生岁月之云迈，一去而不可回者，亦犹是也。故镜中之发朝如青丝而暮如白雪，既白而不复青者，与彼河水何以异哉！人生易老如此，安可不及时而为欢乎！当得意之时，或遇良朋而逢美景，须饮酒以相乐，不可使金樽之空对乎明月也。（"天生"十四句）承上言人生易老，须当饮酒，以尽其欢。天生我材，岂无用乎！千金之产，散而复来，是天以财而养我也。天既以财而养我，我又安可以有无自计，同于愚氓之惜费者乎！须置馔买酒以为乐，一饮而尽三百之杯，醉而后已，斯可也。饮必相知而后为乐，与我相知而可同领者，抑何人欤？乃岑参之夫子也，丹丘之元生也。进酒于君，毋停杯，我将为君而歌此《将进酒》之曲，君须为我侧耳而听，此曲乃汉短箫之铙歌也……音调节奏，殊为可听。我将歌之以侑杯酒，可以使人感慨于古今，知英雄富贵之不足恃，诚不如饮酒之为真乐也。君宁不侧耳而一听乎？……钟鼓馔玉，虽极富贵之态，不过一时骄奢而已矣，何足贵乎！吾所不愿也。惟愿长醉而不愿醒，终日昏昏，陶然身世两忘之为愈也。且自古以来，虽圣贤之人能建功而立业者，今皆寂寞而无闻矣，惟有饮者能留其名于后世，世虽久而名不泯也，何必拘拘于事功乎！（"陈王"八句）昔者陈思王曹子建游于洛阳，而宴于平乐之观，美酒一斗，其直十千，费虽广而不吝，恣其欢乐而已矣。吾与尔曹今得同饮于此，当以古人为法。为主人者，何为自言其钱之少，不及十千之赀而缺此斗酒乎？吾当与尔有无相通，直须沽酒对酌，君勿以主人钱少而遽已也。我有五花之马，又有千金之裘，价虽贵重，亦不自惜，呼儿将去，以换美酒，同销万古之愁，以罄一日之欢，又乌可以钱少而遽已乎！（《李诗选注》卷二）

杨慎曰：太白狂歌，实中玄理，非故为狂语者。（《唐诗广选》引）

唐汝询曰：此怀才不遇，托于酒以自放也。首以河流起兴，言以河之发源昆仑，尚入海不返，以人之年貌，倏然而改，非若河之迴也，而可不饮乎？难得者时，易收者金，又可惜费乎？我友当悟此而进酒矣。我诚为君歌之。夫我所谓行乐者，非欲罗钟鼓、列玉馔以称快也，但愿醉以适志耳。观古圣贤皆已寂寞，惟饮者之名独存。若陈王之宴平乐，非游于酒人乎？何千秋之名皎皎也。酒既不可废，则不当计有无，虽以裘马易之可也。不然，何以销此穷愁哉！旷达如此，而以销

愁终之，自有不得已之情在。（《唐诗解》卷十二）

陆时雍曰：宋人抑太白而尊少陵，谓是道学作用，如此将置风人于何地？放浪诗酒乃太白本行；忠君忧国之心，子美乃感辄发。其性既殊，所遭复异，奈何以此定诗优劣也？太白游梁、宋间，所得数万金，一挥辄尽，故其诗曰："天生我才必有用，黄金散尽还复来。"意气凌云，何容易得？（《诗镜总论》）又曰：豪。一起掀揭。"天生我材必有用，千金散尽还复来""仰天大笑出门去，我辈岂是蓬蒿人"，浅浅语，使后人传道无已，以其中有灵气。（《唐诗镜》卷十八）

凌宏宪集评《唐诗广选》：（"岑夫子"二句）转折动荡自然。

沈寅、朱崑补辑《李诗直解》：此篇虽任放达，而抱才不遇，亦自慰解之词也。君不见黄河之水自天上来乎？奔流到海，去而不复回者，以兴起人老而不复少之意也。故又言君不见高堂明镜，照白发而悲乎？朝如青丝，转瞬已成雪矣。见人生贵及时行乐，富贵何与乎？人当得意时，须尽欢娱，莫使金樽空对皎月，以辜美景也。天生我材，必有所用，千金散尽，还为复来，何必戚戚以计贫哉！且宰烹牛羊以为乐，会须一饮三百杯，势如鲸吞矣。又必与同调同心之友互相劝酬。故岑夫子、丹丘生，进酒而莫停也。今试与君歌一曲，请君侧耳为我听之。钟鼓之乐，珍玉之肴，俱不足贵，但愿长醉而不愿醒者，岂独沉湎于酒哉！因思古来圣贤，同归于尽，惟有饮者尚留其名而已。忆昔陈王宴于平乐之观，即斗酒十千，以恣欢谑，今主人何为言少钱，而不沽酒对君酌也？虽五花之马可以代步，千金之裘可以御寒，皆珍重不可少者，而囊橐无钱，即呼儿将出以换美酒，因与岑夫子、丹丘生念明镜之白发，圣贤之寂寞，相与对酌而销万古之愁也。而富贵遇合，何庸心哉！

周珽曰：首以"黄河"起兴，见人之年貌倏改，有如河流莫返。一篇主意全在"人生得意须尽欢，莫使金樽空对月"两句。（《删补唐诗选脉笺释会通评林·盛七古》）

焦袁熹曰："惟有饮者留其名"，乱道故妙，一学便俗。（《此木轩

论诗汇编》)

徐增曰："君不见"，是点醒人语。太白此歌，最为豪放，才气千古无双。"黄河之水天上来，奔流到海不复回。"此言人有生，必有死，喻如黄河之水，从天而来，其势如奔，到海则不能复还于天。又不见，"高堂明镜悲白发，朝如青丝暮成雪"。此言人既生之后，未死之前，光阴能有几时？昨日少年，今成白首。"人世得意须尽欢，莫使金樽空对月。"俗谚云："人世难逢开口笑。"人生得意之日，能有几何？须恣意欢乐。金樽，乃盛酒之器，以供人饮者，若不去尽欢，则"金樽空对月"，枉此金樽矣。如此劝人饮酒，妙矣。然世间有一种拘守的人云：我今虽有千金在此，我材未必有用，一朝散去，亦如黄河之水"到海不复回"，奈何！太白特为开豁之："天生我材必有用，千金散尽还复来。"金之为物也，有去必有来，不用，也不见得多，即用，也不见其少，竟是落得用者。天既与我有用之材，何愁千金之不复来而预为之计，小哉！"烹羊宰牛且为乐"，大作乐事。"会须一饮三百杯"，饮便饮三百杯，少一杯不得，方是为乐。岑夫子，或云岑参，丹丘生，或云元丹丘。此二公，想是打不破此关者。"进酒君莫停"，或自进酒，只顾进将来；或人进酒，只顾饮将去，莫暂时停杯。"与君歌一曲"，畅谈饮酒之妙。"请君为我倾耳听"，须侧耳切听，勿以我言为狂，只算春风吹过耳边去也。"钟鼓馔玉不足贵"，太白归重饮酒上，人若不饮，即大排筵宴无益；若饮酒，即不大排筵宴尽妙。因此，见钟鼓馔玉之不足为贵。"但愿长醉不愿醒"，将钟鼓馔玉之贵，都去买酒，日日痛饮，以至老死，身化酒糟，快活也，平生之愿始足。"古来圣贤皆寂寞，惟有饮者留其名。"太白又去开悟他，把古来圣贤与他看：他一生修己孳孳，唯日不足，生前不饮，死后何其寂寞；唯有饮者，生前快乐，而旷达之名，垂千载之下，人犹津津称之不置。"陈王昔时宴平乐，斗酒十千恣欢谑。"遂寻出陈思王来……恣肆欢谑，是其饮酒为乐也。"主人何为言少钱，径须沽取对君酌。"言人当学陈思王，破其悭囊，何乃以钱少为言哉！囊中所积，尽须倾出，以对酒家，取酒以对君酌。"径"字是不信他言钱少，直道其有。假真少钱，君家所骑之五花马，所衣之千金裘，何不快呼儿将此二物以换酒，与尔终日痛饮，不惟一时之愁可蠲，连万古之愁，一齐销尽。酒之妙也如此，吾辈何可不饮，而使陈王笑人哉！五花马，言其毛色也，如九花、三花之类，其义出隋丹元子《步天歌》，曰："五个吐花王良星。"注："王良五星，其四星曰天驷，旁一星曰王良，亦曰天马。"千金裘，孟尝君有一狐白裘，直千金，天下无双。(《而庵说唐诗》卷六)

王尧衢曰：此篇用长短句为章法。篇首用两个"君不见"领起，亦一局也。"君不见黄河之水天上来，奔流到海不复回。君不见高堂明镜悲白发，朝如青丝暮成雪。人生得意须尽欢，莫使金樽空对月。"通篇主意，是劝人及时为乐，尽兴饮酒。连用两个"君不见"，是提醒人语。以黄河水为兴，高堂白发为承，黄河之水来自天上，其势奔趋到海而止，不能复回天上，犹之人生有死，死安能生，至于光阴无几，高堂明镜之中，朝青丝而暮白发矣。君能见止，则得意之日尽宜欢笑，以倒金樽于己下。若复错过，是枉此金樽而空对月矣。"人生得意"二句，一篇之主。"天生我材必有用，千金散尽还复来。烹羊宰牛且为乐，会须一饮三百杯。"此承上言尽欢也，尽欢则眼界必宽，胸襟不滞，以为天下无无用之材，千金散尽无不来之理。不愁无用，不患无钱，而一心只是欢乐，烹羊宰牛，而侑觞之具，会须饮到三百杯。"五花马，千金裘，呼儿将出换美酒，与尔同销万古愁。"承上云若果少钱，有君家裘马，尚可换酒销愁也。五花言毛色之美，裘马皆非常物，销愁亦非常愁，俱故为已甚之词，总归重于酒也。太白此歌，豪放极矣。(《古唐诗合解》卷三)

吴煊曰：此诗妙在自解，又以劝人。"主人"是谁？"对君"是谁？骂尽窃高位、守钱虏辈。妙，妙！(《唐诗选胜直解》)

袁枚曰：此有及时行乐，岁不我与之意。(《诗学全书》卷一)

吴汝纶曰：("人生"二句)驱迈淋漓之气。(末句)豪健。(《唐

宋诗举要》卷二引）

近藤元粹编《李太白诗醇》：一起奇想亦自天外来。又曰：慷慨淋漓，有老骥伏枥之感。外间选本，多不载此首，盖以为任达放浪之言耳，未足以伺作者言外之旨意也。（卷一）

[鉴赏]

如果要从近千首李白诗中找出一首最能体现其精神性格和艺术风貌的代表作，可能大多数人会不约而同地选《将进酒》。"李白斗酒诗百篇"，李白的许多好诗，大都与酒有关，而在一大批咏酒的诗中，这首《将进酒》也是最突出的作品。题为"将进酒"，实际上就是一首劝酒歌，既劝朋友，更劝自己。全篇的内容，从表层看，就是举出各种理由，强调必须痛饮尽欢。

这首诗的写作时间，有天宝十一载（752）（黄锡珪《李太白编年诗集目录》）、开元二十四年（736）（安旗《李白年谱》）、开元二十三年（郁贤皓《李白选集》）等说，其中涉及与岑勋、元丹丘的交往与时间。从诗中抒写的忧愤之深广来看，作于天宝三载赐金放还以后的可能性更大一些，从诗中描写的情景看，这首诗有可能是在靠黄河边的一座酒楼里和朋友岑勋、元丹丘一起喝酒喝得半醺的情况下挥笔写成的。诗中不但有酒友，而且有店主人，有僮儿。这样来读，诗就有生动的现场感和浓郁的生活气息，也可以避免一些误解（例如，把"主人"误解为指招待他喝酒的友人，把"儿"误解为李白自己的儿子，并据此来考订作诗的年代），对诗的开头以"黄河"起兴也就会更有亲切的感受体会。

"君不见黄河之水天上来，奔流到海不复回。"旧说黄河源出昆仑，因其地势极高，故说"天上来"。这自然是对"天上来"这种夸张形容的地理学解释。但李白这样写，当缘于其亲眼所见的实际感受。诗人和朋友坐在酒楼上，一边喝酒，一边望着奔腾咆哮的黄河从上游的远处天际滚滚而来，又滚滚而去，一直奔向大海，不禁感慨万端。这感慨，就集中寓含在"不复回"三字当中。以河水的流逝象征时间、生命流逝是古老的象喻。古诗中更有"百川东到海，何时复西归？少壮不努力，老大徒伤悲"（《长歌行》）这样的诗句，可能在潜意识中诱发诗人由黄河的入海不复回联想到生命的流逝。但用黄河之水奔流入海来象喻生命的流逝，却打上了李白自身的特殊印记。诗人从眼前那奔腾咆哮，挟千里之势，具有磅礴气势和冲决一切阻碍的伟力的黄河身上看到了自己，所以才自然由它的"奔流到海不复回"联想起自己的年华易逝的感慨。这里的黄河，有诗人自己的影子。诗人笔下的黄河，不妨说就是自身豪迈不羁精神性格的象征，巨大的精神力量的象征。正因为这样，诗人所兴起的感慨虽然是人生易逝之悲，却不给人以低沉感伤的感受。

"君不见高堂明镜悲白发，朝如青丝暮成雪。"这两句是由黄河奔流到海不复回所引起的感慨，却同样用"君不见"来领起，好像面对着高堂上悬挂的明镜，照见自己的白发而向朋友倾诉生命流逝之悲一样。一个胸怀大志的人常感时光流逝之快，所谓"志士惜日短"；一个胸怀大志而又怀才不遇，屡遭挫折的人就更感到光阴虚掷，年华易逝，所谓"功业莫从就，岁光屡奔迫"（《淮南卧病书怀寄蜀中赵征君蕤》），正可说明"悲白发"的实际内涵。把从青春到衰老的过程说成是朝暮之间的事，自然是极度的夸张，但由于感情的强烈，却使人不觉其为夸张。而这种强烈的感情背后，又隐含着诗人在人生道路上所遇到的重大挫折，天宝三载被赐金放还，便是这种重大挫折，就像传说中的伍子胥过昭关，一夜间愁白了头一样。

以上四句，连用"君不见"领起。构成一气直下，两两对称的长句，本身就给人以一种黄河落天走东海的气势，形式与内容取得了和谐的统一。题为《将进酒》，篇中除"天生"二句外，句句不离酒，但开端这四句，却一句没有涉及酒，而是从"黄河"发兴，以明镜白发承接抒慨，显得起势特别高远而突兀。这样的起势，正是为下面的反复强调痛饮尽欢蓄势。

"人生得意须尽欢，莫使金樽空对月。"诗意至此，突然大力兜转，从"悲白发"到"得意须尽欢"。猛一看，似乎是另一极端，但细一想，前者正是后者的"理由"。正因为人生苦短，人生悲多乐少，因此，称心快意的时候就要尽情地欢乐，尽情地享受人生。而"尽欢"的最佳方式，对于李白来说，自然莫过于酒，这就合乎逻辑地引出了"莫使金樽空对月"的结论，也就是李白为痛饮找到的第一个"理由"。酒对李白来说，是诗化人生的重要内容。"唯愿当歌对酒时，月光长照金樽里。""花间一壶酒，独酌无相亲。举杯邀明月，对影成三人。"酒、月和诗，成了李白最亲密的人生伴侣。明乎此，才能真切地感受和理解"莫使金樽空对月"这句话的感情分量。在他看来，人生乐事，是"当歌对酒时，月光长照金樽里"，则"金樽空对月"正是人生极大的缺憾。为了强调这一点，特意用了"莫使""空"这种双重否定的句式。

孤立地看"人生"二句，似乎在公开宣扬纵酒和及时行乐的人生观。但颓废消极的享乐主义人生观与在积极有为的前提下诗意地享受人生，自是泾渭分明。接下来的两句诗"天生我材必有用，千金散尽还复来"，就使我们的一切怀疑涣然冰释。尽管因人生苦短、功业无成而悲，为怀才不遇而愤，但诗人并没有因此而消沉颓废，而是执著地追求理想抱负的实现，坚信自己的才能必能得到施展，有用于世。在唐代繁荣昌盛的开元、天宝年间，士人普遍对时代、对个人才能的发挥持有乐观的看法，但像李白这样，用不容置疑的口吻公开宣称"天生我材必有用"，却再无别人。这里起码包含了几层意思：第一，对自己才能的高度自信乃至自负，强调"天生"我材，不同凡响；强调"必有用"，必能有用于世。第二，对自己所处时代的乐观信心，坚信时代必定能为自己才能的发挥提供机会。第三，说"材必有用"，自然包含了材必为世所用的前提，说明诗人的人生观的核心内容是积极用世，他的"人生得意须尽欢，莫使金樽空对月"的享乐观正是建立在积极用世的基础之上。在全篇乃至在李白全部诗歌中，这称得上是最闪光的诗句，最能体现李白豪迈、乐观、自信个性和积极用世精神的诗句。刘熙载说"眼乃神光所聚，故有通体之眼，有数句之眼，前前后后无不待眼光照映"（《艺概·诗曲概》）。"天生我材必有用"一句，正是全诗之眼，有了它，前面的"悲白发""得意须尽欢"，后面的"恣欢谑""万古愁"均受到它的照映而一扫低沉颓唐之气而呈现出豪旷的色调。

与"天生我材必有用"相伴的另一豪语"千金散尽还复来"也值得玩味。尽欢豪饮，是要钱的，何况是"烹羊宰牛""一饮三百杯"的"美酒"。豪饮既须"天生我材必有用"的强大精神支撑，亦须"千金"的物质基础，因此他满怀自信地宣称"千金散尽还复来"。李白出身富商，家道殷实，《上安州裴长史书》自豪地宣称"曩者游维扬，不逾一年，散金三十余万"，可以看出他说这种豪语并非任意夸张。李白诗中有许多极度夸张的话，换别的诗人来说，会感到他在吹牛，对李白却往往深信不疑，一是因为其气势之盛，感情之强烈、之真率，二是由于他确实有说这种豪语的条件。这"千金散尽还复来"就兼有这两种缘由。这是李白鼓吹喝酒的第二个"理由"。

"烹羊宰牛且为乐，会须一饮三百杯。"材必有用，金散复来，则完全是在一种充满自信和豪兴的精神状态下喝酒，故喝就要喝得淋漓痛快，一醉方休。"烹羊宰牛""一饮三百杯"的豪饮，与后来那些细腻纤弱的文人雅士的浅斟慢酌、细细品味完全异趣，虽出语粗豪，却气势豪雄，完全是李白式的豪饮乃至狂饮。诗情发展至此，达到第一个高潮。

"岑夫子，丹丘生，将进酒，君莫停。与君歌一曲，请君为我倾耳听。"这几句是前后两段之间的过渡，起着承上启下的作用。由于这里点出"岑夫子，丹丘生"，读者便知道这首诗原是有具体的作诗背景与场景、人物的。这里特意连用四个三字短句，与一开头的以"君不见"领起的长句形成鲜明对照，诗也就显出鲜明的节奏感。如果把整首诗看成一大段唱腔，那么前面一段好像是在锣鼓、丝竹伴奏下气势豪迈的演唱，以下四句便像是无伴奏的清唱。

"钟鼓馔玉不足贵，但愿长醉不愿醒。"这两句要联系起来品味，才能理解"但愿长醉不愿醒"这句诗中所包含的感情。在诗人看来，历史上、现实中那些鸣钟列鼎而食的权贵显宦，大都是一批逢君之恶、误国害民的奸邪，尸位素餐、无所事事的废物，一群"得志鸣春风"的"蹇驴"和"鸡狗"，他们除了以富贵骄人以外，一无所长。对于他们，诗人连正眼瞧一下他们都感到是多余的，因此说"但愿长醉不愿醒"。这里蕴含的是对权贵显宦的极大轻蔑。为了表示对他们的蔑视，也必须饮酒，而且是"长醉不愿醒"。这是鼓吹喝酒的"理由"之三。

"古来圣贤皆寂寞，惟有饮者留其名。"这两句是鼓吹喝酒的"理由"之四。从表层意思看，好像是说，因为古代的圣贤不仅在当世不遇于时，身后也寂寞无闻，只有刘伶一类嗜酒如命的狂士才留名后世。因此，与其学圣贤而寂寞，不如效饮者而留名。实际上这当然是发牢骚、讲反话。"孔圣犹闻伤凤麟""大圣犹如此，小儒安足悲"，这正是"古来圣贤皆寂寞"的注脚。连圣贤都不遇于时，一般的士人怀才不遇，寂寞枯槁而没世更属常事。这种贤者不遇、遇者不贤（钟鼓馔玉不足贵者）的不合理现象正是李白强调要痛饮狂歌的又一理由，是对封建社会埋没压抑人才甚至毁灭人才的一种强烈抗议。

"陈王昔时宴平乐，斗酒十千恣欢谑。主人何为言少钱，径须沽取对君酌。"这四句转押入声韵，举出历史上一个著名的诗人兼豪饮者曹植来作榜样。之所以在历史上的众多饮者中独举曹植，除了同是诗人，同样"才高八斗"而又嗜酒成性、挥金如土这些相似之处以外，同为怀才不遇之士应当是另一个重要原因。既然怀才不遇的曹植尚且"斗酒十千恣欢谑"，与其怀有同样才情命运的自己何不命主人"径须沽取对君酌"呢？插入"主人何为言少钱"一句，仿佛面对店主人作善意的调侃，承以"径须沽取对君酌"，则又如同面对岑夫子、丹丘生而豪语毕肖，一时情景如画，而神情口吻如见。

"五花马，千金裘，呼儿将出换美酒，与尔同销万古愁。"喝得兴起，干脆连珍爱的五花马、千金裘也一齐让僮儿牵取奉上，以为"斗十千"的美酒之资，畅快淋漓，尽醉而休，来消解胸中积郁的万古愁。在这首劝酒歌的结束，诗人还不忘再补上一个必须豪饮的重要"理由"——"与尔同销万古愁"。前面说到"悲白发"，还是一己的人生苦短、功业未成之悲，中间插入"古来圣贤皆寂寞"，已经扩展到历史上的圣贤亦皆同遭怀才不遇之悲。然则，这"万古愁"，既纵贯古今，也包括尔我，乃是古今举世同此感慨，非美酒千斛何以消愁！这一结，既豪纵酣畅，又深沉厚重，因为它已经越出了个人穷通得失的范围，而镕铸了古往今来一切才人志士的共同的遭遇与悲慨。如果说起首如黄河奔流冲决，一泻千里，则结尾已是汪洋大海，深广浩瀚了。

总括李白在这首劝酒歌中所强调的种种理由，无非是深感古往今来的志士圣贤怀才不遇、寂寞当时，而又愤慨于权贵显宦之气焰熏天、以富贵骄人，悲愤之情，积郁于胸，必须借酒宣泄。在诗人看来，功名富贵既如过眼云烟，千金之财更为身外之物，他对权贵借以骄人者投以轻蔑的眼神，对世俗看重者更挥之如土。自己既深信"天生我材必有用"，有积极用世的强大精神支撑，则当酣畅淋漓地痛饮狂歌，适意尽欢，享受诗意的人生。透过这种种喝酒的理由，李白的怀才不遇的愤懑，愤世嫉俗的情感，蔑视权贵的气概，狂傲不羁的个性，以及对自己才能的高度自信，对前途的乐观展望，都自然地充溢于字里行间。李白的精神性格，在这首诗中得到了集中的展现。

读李白的这首诗，会使人自然联想到同时代的伟大诗人杜甫作于天宝后期的那首《醉时歌》。杜甫以"诸公衮衮登台省，广文先生官独冷。甲第纷纷厌梁肉，广文先生饭不足"的不平现象生发开去，发出"德尊一代常坎坷，名垂万古知何用"的深沉感慨，联系自己，联系历史，进一步引出"儒术于我何有哉，孔丘盗跖俱尘埃"的结论。这和李白诗中从悲人生易逝、功业难成引出"古来圣贤皆寂寞，惟有饮者留其名"何其相似！而二诗也都因此而强调"烹羊宰牛且为乐，会须一饮三百杯""忘形到尔汝，痛饮真吾师"。同样是酒后狂言，高歌抒愤，李白的诗，更多地表现了诗人的狂傲不羁、豪迈自信；而杜甫的诗，则更多地表现了诗人在愤激牢骚之中那种痛切骨髓的沉悲和对时代的深深失望。两人的不同个性于此可见。不过，杜甫的诗似乎从来没有遭到过后人的误解，包括像"儒术于我何有哉，孔丘盗跖俱尘埃"这种诗句；李白的诗却经常受到不应有的贬抑和误解，这其中的缘由，值得我们进一步思索。

行路难三首 (其一)①

金樽清酒斗十千②，玉盘珍羞直万钱③。停杯投箸不能食④，拔剑四顾心茫然⑤。欲渡黄河冰塞川，将登太行雪满山⑥。闲来垂钓碧溪上⑦，忽复乘舟梦日边⑧。行路难！行路难！多岐路，今安在⑨？长风破浪会有时⑩，直挂云帆济沧海⑪。

[校注]

①《行路难》，乐府《杂曲歌辞》旧题。《乐府诗集》卷七十录鲍照《行路难十八首》，解题曰："《乐府解题》曰：'《行路难》，备言世路艰难及离别悲伤之意，多以君不见为首。'按《陈武别传》曰：'武常牧羊，诸家牧竖有知歌谣者，武遂学《行路难》。'则所起亦远矣。唐王昌龄又有《变行路难》。"按：《行路难》古辞现存最早者为鲍照之《行路难十八首》，其内容即抒写世路艰难及人生悲慨。李白《行路难三首》，显仿鲍作。《晋书·袁山松传》："山松少有才名，博学有文章，著《后汉书》百篇。衿情秀远，善音乐。旧歌有《行路难》曲，辞颇疏质，山松好之，乃文其辞句，婉其节制，每因酣醉纵歌之，听者莫不流涕。初，羊昙善唱乐，桓伊能挽歌，及山松《行路

难》继之，时人谓之‘三绝’。"可证郭茂倩谓《行路难》"所起亦远"之言不虚，此曲及古辞当更早于袁山松所处时代。李白此组诗共三首，此为第一首。詹锳《李白诗文系年》系此三首于天宝三载（744）；郁贤皓《李白选集》谓前二首系开元十八九年（730、731）李白初入长安时作，第三首作年莫考；裴斐《太白乐府举隅》则谓此三首为太白辞官之初陈情述怀之作，作于天宝三载辞官之后。②清，《文苑英华》作"美"。清酒，指美酒。酒分清、浊，清酒为上。辛延年《羽林郎》："就我求清酒。"曹植《名都篇》："美酒斗十千。"十千，即万钱。③珍羞，珍贵的菜肴。羞，通"馐"。直，通"值"。④箸，筷子。⑤鲍照《行路难十八首》（其六）："对案不能食，拔剑击柱长叹息。"⑥太行，山名，绵延于今山西、河北、河南之间。雪，《文苑英华》作"云"。满山，宋蜀本、《乐府诗集》作"暗天"。按：《文苑英华》作"满山"。⑦碧，宋蜀本、《乐府诗集》作"坐"。按：此句暗用吕望钓于渭滨事。参《梁甫吟》注③。⑧乘舟梦日边，《宋书·符瑞志上》："伊挚将应汤命，梦乘船过日月之傍。"⑨岐，通"歧"。今安在，指要走的路究竟在哪里。⑩《宋书·宗悫传》："叔父炳高尚不仕，悫年少时，炳问其志，悫曰：'愿乘长风，破万里浪。'"⑪云帆，白色的船帆。济，渡。沧海，大海。

[笺评]

刘辰翁曰：结得不至鼠尾，甚善，甚善。（《唐诗品汇》卷二十六引）

朱谏曰：（起八句）言虽有美酒而不能饮，虽有珍羞不能食。四顾茫然，若无所之者，以道路之难行也。夫黄河与太行，水陆之要冲，天下之达道也。将欲渡黄河欤，则冰塞而不可渡；将欲登太行欤，则雪满而不可登，然则何所归乎？（"行路难"六句）承上言世路难行如此，以多岐也。东西南北，旁午不一。所谓多岐者，今安在乎？盖自都邑以至山林，纷纭交错，莫可适从，所以难行，非惟黄河、太行而已也。世路难行如此，惟当乘长风，挂云帆，以济沧海，将悠然而远去，永与世而相违，不蹈难行之路，庶无行路之忧耳。（《李诗选注》）

胡震亨曰：《行路难》，叹世路艰难及贫贱离索之感。古辞亡，后鲍照拟作为多，白诗似全学照。（《李诗通》）

应时曰：太白纵作失意之声，亦必气概轩昂，若杜子则不然。（《李诗纬》卷一）

丁谷云曰：气似古诗，词调是乐府，然去鲍参军远矣。（《李诗纬》卷一丁批）

《唐宋诗醇》：冰塞雪满，道路又难甚矣。而日边有梦，破浪济海，尚未决志于去也。后有二篇，则畏其难而决去矣。此篇被放之初，述怀如此，真写得"难"字意出。（卷二）

刘咸炘曰："停杯""长风"二联振动易学，"欲渡"四句排宕则不易，后人但学"停杯"以为豪。渡河、登太行，济世也。冰雪，譬小人，犹《四愁诗》之水深雪雾也。溪上梦日边，身在江湖，心存魏阙也。（《风骨集评》）

近藤元粹编《李太白诗醇》：句格长短错综，如缚龙蛇。（卷一）

裴斐曰：道路交错，若无所之，实谓无路可走，所以才盼望乘风破浪远济沧海，去和神仙打交道了（沧海，传说神仙所居之北海仙岛，见《海内十洲记》）。"济沧海"比起"垂钓碧溪"来，其与世决绝之意是更彻底了。这自然是激愤之语，不可当真，但可见诗人悲感之深。悲感至极而以豪语出之，这正是典型的李白风格，而有人竟说这证明了诗人的"乐观"和"信心"云云，直可入笑林矣。（《李白诗歌赏析集》第 71 页）

[鉴赏]

此诗作年，有天宝三载（744）、开元十八九年（730、731）二说。虽均各有所据，但从诗中所抒写的苦闷之强烈、感情之激愤看，作于天宝三载赐金还山之后的可能性似乎更大。

从诗中所写的情景看，这首诗大约就写在离开长安前朋友为他送行的宴席上。这和《晋书·袁山松传》所说"每因酣醉纵歌之"的情景正相吻合。开头两句，先用华美字面、夸张笔法极力渲染宴席的豪华丰盛，用以反跌三、四两句的强烈苦闷。李白素善豪饮，"斗酒十千恣欢谑""会须一饮三百杯""但使主人能醉客，不知何处是他乡"等诗句，正表现出他的嗜酒天性。但这一次，面对"斗十千"的"金樽清酒"，"直万钱"的"玉盘珍羞"，竟然一反常态。"停杯投箸不能食，拔剑四顾心茫然。"两句中连用"停杯""投箸""拔剑""四顾"四个写动作的词语，连续而下，动作的强度一个比一个大，反映出的苦闷情绪一个比一个强烈。"停杯"是喝着喝着，突然一阵苦闷涌上心头，就不知不觉停下了酒杯，是苦闷刚袭来的无意识动作。紧接着的"投箸"这个动作，则是苦闷强烈到无法承受、抑制的程度时，重重地撂下筷子，动作的强烈正反映出内心痛苦的强烈。"拔剑"这个动作，是人的情绪强烈到必须用猛烈的动作加以发泄时的表现，正如他在《南奔书怀》诗中所写："拔剑击前柱，悲歌难重论。"但"拔剑"之后，却找不到发泄的对象，只能茫然"四顾"，不知所措，不知所适。因此，在"拔剑""四顾"之后又用"心茫然"三个字点明此时诗人那种在强烈的苦闷中失落、彷徨、茫茫然不知所之的感情状态。这几句虽从鲍照《行路难》（其六）"对案不能食，拔剑击柱长叹息"脱化，但鲍诗中简单的"案"变成了"金樽清酒斗十千，玉盘珍羞直万钱"，对此而"不能食"其内心苦闷之强烈便比"对案不能食"更有震撼力；而鲍诗中的"拔剑击柱长叹息"在李诗中衍化为"停杯投箸""拔剑四顾"，将苦闷的发生、强化、宣泄和茫然失落描绘得更有层次，更有深度，可谓青出于蓝。

"欲渡黄河冰塞川，将登太行雪满山。"五、六两句，紧承"不能食""心茫然"，揭示所以如此苦闷彷徨的原因，正面点醒"行路难"

的题意。这两句虽明显带有象喻色彩，即用"冰塞川""雪满山"来象喻仕途和人生道路上的艰难险阻，但也不排除带有某种赋的意味，即诗人离开长安之后预设的行程。其《梁园吟》也说："我浮黄河去京阙，挂席欲进波连山。"虽一主象喻，一主赋实，但二者也并不绝对排斥，而可相容。这两句不但是对人生未来道路上艰难险阻的想象，也是对过去已历的人生道路上艰难险阻的痛苦回顾与总结。两句用对偶句式，正表现出在为理想奋斗的征途中处处都横着艰难险阻。

"闲来垂钓碧溪上，忽复乘舟梦日边。"这两句暗用了两个大有作为的开国元勋的典故。"垂钓碧溪"用吕望钓于渭滨、隐居待时的故事，"乘舟梦日"用伊尹受聘于汤之前，梦见自己乘舟经过日月之边的故事。诗人将这两个典故巧妙地串联在一起，意谓闲来垂钓碧溪，隐居待时，忽然又梦见自己乘舟经过日边。看来自己又将受到君主的征聘任用了。这说明，诗人尽管深慨世路险阻，隐居待时，但内心深处却时刻企盼着君主的聘用，而且希望能像伊尹辅成汤那样，成就不朽的功业。两句景象明丽，格调轻快，透露出对未来充满希望。

"行路难！行路难！多岐路，今安在？"这是感情在激烈的矛盾中又一次回旋反复。想到历史上的吕望、伊尹的遇合，固然增强了对未来的信心，但当他的思路回到眼前的现实中来时，再一次感到人生道路的艰难多岐。所谓"多岐路"，当有所指。摆在李白面前的路无非是这样两条：一条是遭受挫折后失望沉沦从此含光混世；另一条是继续追求，待时而动。在这两条道路中，李白是有过思想矛盾和斗争的，《行路难》的第三首就说过"含光混世贵无名，何用孤高比云月""且乐生前一杯酒，何须身后千载名"，但李白那种极为强烈、执著的用世要求，终于使他摆脱歧路彷徨的苦闷，唱出充满信心与展望的强音。

"长风破浪会有时，直挂云帆济沧海。""长风破浪"用刘宋时代名将宗悫的典故。在原来的典故中，"愿乘长风破万里浪"是用来象喻自己远大志向、宏伟抱负的，李白将宗悫的原话概括为"长风破浪"，而紧接"会有时"三字，显然是指自己的宏伟抱负终有实现的一天，而下句"直挂云帆济沧海"则正是对"长风破浪"的进一步渲染形容。两句一意贯串，意谓：坚信总会有那么一天，高挂云帆，乘长风破万里浪，克服重重险阻，横渡沧海，到达理想的彼岸。或将"济沧海"理解为孔子的"道不行，乘桴浮于海"，或将其理解为"悠然而远去，永与世违"，或将"沧海"理解为北海中仙岛，都是不顾及"长风破浪"典故的原意，也不顾及末二句一意贯串的句法，更不顾及诗的形象、意境、气势的误解。

这是在感情的矛盾旋涡中挣脱出来以后，精神得到解放，满怀激情地唱出理想的赞歌。它是全篇感情发展的高潮，也是全篇感情的归宿。这两句，无论是形象的鲜明饱满，感情的昂扬激越，气势的豪放健举，以及比喻的生动贴切，用典的自然妥帖，如同己出等方面，都堪称李白诗中著名的警句。

这首诗给人最突出的印象和感受，是感情的大起大落、瞬息突变，以及由此形成的诗的格调的抑扬起伏、激荡生姿。全篇虽只有十二句，却经历了三次大起大落。开头二句，极状宴席之豪华、酒肴之珍贵，给人以淋漓尽醉的预示，是一扬；三、四两句，连用"停杯""投箸""拔剑""四顾"来渲染内心极端的苦闷和茫然，是重重的一抑；"欲渡"二句，承上对人生道路的艰难作象征性描写，是对苦闷原因的说明，也是进一步的抑；"闲来"二句，却忽然转出碧溪垂钓、乘舟梦日的明丽意境，透出对未来的希望，又是一扬；"行路难"四个短句，从梦想回到现实，发出歧路彷徨的感慨，是第三次重抑；"长风"二句再次上扬，扶摇直上，达到高潮。感情的大起大落，瞬息突变，正是理想与现实尖锐矛盾的反映，也是诗人力图摆脱彷徨苦闷情绪，执著追求理想抱负的精神历程的表现。诗人的感情，不是在苦闷彷徨中走向绝望与幻灭，而是走向希望和光明，走向"长风破浪会有时，直挂云帆济沧海"这种无限壮阔浩瀚的理想境界。这正是这首诗最显著也最可贵的思想艺术特色。李白一系列表现理想与现实尖锐矛盾的抒情诗，都表现出诗人不屈服于黑暗环境的思想性格，但从感情发展变化的归趋来说，却并非没有区别，像"五花马，千金裘，呼儿将出换美酒，与尔同销万古愁""人生在世不称意，明朝散发弄扁舟"以及前面所引的"且乐生前一杯酒，何须身后千载名"，就不免在激愤中流露出无奈与颓唐，而这首诗，则更多地表现出诗人对理想抱负的执著追求和对前途的乐观信念。从这一点看，它也就更具有盛唐之音的典型品格。

长相思①

长相思，在长安。络纬秋啼金井阑②，微霜凄凄簟色寒③。孤灯不明思欲绝④，卷帷望月空长叹。美人如花隔云端⑤。上有青冥之长天⑥，下有渌水之波澜⑦。天长路远魂飞苦，梦魂不到关山难。长相思，摧心肝⑧。

[校注]

①《长相思》，乐府旧题，《乐府诗集》列入杂曲歌辞。解题曰："古诗曰：'客从远方来，遗我一书札。上言长相思，下言久离别。'李陵诗曰：'行人难久留，各言长相思。'苏武诗曰：'生当复来归，死当长相思。'长者，久远之辞，言行人久戍，寄书以遗所思也。古诗又曰：'客从远方来，遗我一端绮。相去万余里，故人心尚尔。文彩双鸳鸯，裁为合欢被。著以长相思，缘以结不解。'谓被中著绵以致相思绵绵之意，故曰长相思也。又有《千里思》，与此相类。"《乐府诗集》卷六十九，载刘宋吴迈远、梁昭明太子、张率、陈后主、徐陵、萧淳、陆琼、王瑳、江总及唐郎大家宋氏、苏颋等人之作多首，李白之作三首（另两首为"日色已尽花含烟""美人在时花满堂"在该集中分置卷六、卷二十五）。其内容均咏男女离别相思。②络纬，昆虫名，一名莎鸡，俗称纺织娘。《尔雅翼·释虫》："莎鸡……振羽

作声，连夜札札不止，其声如纺织之声，故一名梭鸡，一名络纬，今俗人谓之络丝娘。"此前崔豹《古今注》则云："莎鸡一名促织，一名络纬，一名蟋蟀，促织谓鸣声如急织，络纬其鸣声如纺绩也。"将络纬与蟋蟀混同，非。络纬秋夜露凉风冷，鸣声凄紧，故曰"秋啼"。金井阑，装饰精美的井边栏杆。吴均《杂绝句四首》："络纬井边啼。"③微，《全唐诗》校："一作凝。"簟（diàn），竹席。④明，《全唐诗》校："一作寐。"思欲绝，谓思念之情深刻强烈至极。⑤美人如花，《文苑英华》作"佳期迢迢"。《古诗·兰若生春阳》："美人在云端，天路隔无期。"⑥青冥，青天。长，宋蜀本作"高"。⑦渌水，清澈的水。⑧摧，崩裂。摧心肝，形容极度伤心。

[笺评]

严评曰：（"簟色寒"）他人不能着"色"字。（严评《李太白诗集》）

谢枋得曰：此篇戍妇之词。然悲而不伤，怨而不诽，可以追《三百篇》之旨矣。（近藤元粹编《李太白诗醇》卷一引）

唐汝询曰：此太白被放之后，心不忘君而作。不敢明指天子，故以京都言之，意谓所思在此。而当秋虫鸣号，微霜凄厉之夕，孤灯耿耿，愁可知矣。于是望月长嗟，而思美人之所在，杳然若云表，而不可至也。以此天路辽远，即魂梦犹难仿佛，安能期其会面乎！是以相思益深，五内为之摧裂也。（《唐诗解》卷十二）

桂天祥曰：音节哀苦，忠爱之意蔼然。至"美人如华"之句，尤足惊绝。（《批点唐诗正声》）

胡震亨曰：开口即曰"在长安"，其意已见。（《李诗通》）

梅鼎祚选辑屠隆集评《李杜二家诗钞评林》：（"络纬"二句）缀景幽绝。又曰：如泣如诉，怨而不悱。（梅鼎祚《李诗钞》亦有此评，似为梅氏评）

《唐诗训解》：千里不忘君，可为孤臣泣血。

陆时雍曰：意气咆勃，才大使然。(《唐诗镜》卷十八)

王夫之曰：题中偏不欲显，象外偏令有馀，一以为风度，一以为淋漓。乌呼！观止矣！(《唐诗评选》卷一)

《唐宋诗醇》：络纬秋啼，时将晚矣。曹植云："盛年处房室，中夜起长叹。"其寓兴则同，然植意以礼义自守，此则不胜沦落之感。《邶风》曰："云谁之思，西方美人。"《楚辞》曰："恐美人之迟暮。"贤者穷于不遇，而不敢忘君，斯忠厚之旨也。辞清意婉，妙于言情。(卷二)

沈德潜曰："美人"，指夫君言，怨而不怒。(《重订唐诗别裁集》卷六)

陈沆曰：此篇托兴至显。(《诗比兴笺》卷三)

王闿运曰：此女思男耳。而以男为如花，不接上气，当作为男思女，以承上文。(《手批唐诗选》卷八)

[鉴赏]

这首诗写一个秋天的深夜，一位多情的男子对远在长安的如花女子的悠长思念。写得情深意挚，思苦语婉，情景交融，韵味悠长。

开头两个三字句，开门见山，点明题目，点出"长相思"的对象即在长安。"在长安"三字，对理解诗的意旨至关重要。或解为诗人身居长安，恐非。这一点到探寻诗的托寓时再来讨论。

"络纬秋啼金井阑，微霜凄凄簟色寒。"三、四两句写抒情主人公秋夜所闻所感。在雕饰华美的井栏边，纺织娘在发出凄清的啼鸣声；夜深了，微霜凄凄，散发出萧瑟的寒意，在月色孤灯的映照下，床上的竹席泛着寒光。这两句似纯为写室内外之景物，却透露出抒情主人公的听觉、视觉、触觉感受。在霜寒露冷的秋天深夜，络纬的啼鸣听来更为凄紧，而床上的竹席在凄冷的霜夜也显得寒光荧荧，寒气逼人。

"簟色寒"三字，写出了视觉通于触觉以至心灵的凄寒感受，似不着力而精细工妙。

"孤灯不明思欲绝，卷帷望月空长叹。"五、六两句，出现了抒情主人公的身影。他独对黯淡的孤灯，耿耿不寐，愁思欲绝，卷起窗帷，遥望明月，空自叹息。这是一个因为怀人而愁思绵绵、孤单寂寞、心绪黯淡凄清的男子。"孤灯不明"的景物描写，"卷帷望月"的情态描写，正透露出抒情主人公的处境和心绪。在"望月空长叹"中又正透露出所思远隔、杳不可即的怅恨，于是就自然引出了全诗中最关键的一句——"美人如花隔云端"。这位如花的美人，正是抒情主人公思慕的对象，此刻她正高居天上宫阙之中，身处云端，可望而不可即。抒情主人公之"思欲绝"，之"空长叹"，都是由于"美人如花隔云端"的缘故。诗人特意将这位美人描绘得如此虚无缥缈，杳远难即，除了引出下面的追寻之难以外，主要目的还是将思慕的对象虚化，以便寄托深层的情思。

"上有青冥之长天，下有渌水之波澜。天长路远魂飞苦，梦魂不到关山难。"接下来四句，承"隔云端"，写抒情主人公对所思慕的美人作魂牵梦绕的无望追寻。美人高居云端，欲追寻则上有青冥高天之阻隔；美人远在长安，欲追寻则下有渌水波澜关山重叠的间阻，此即所谓"天长路远"。如此高远之所，唯梦魂可以度越，然而如今却连梦魂也难以到达。叠用"魂飞苦""梦魂不到"，正见所思慕的对象永无相见之期。这就逼出诗的最后两句："长相思，摧心肝。"从一开头的"长相思"，到中间的"思欲绝"，再到结尾的"摧心肝"，从思绪绵绵到思念之情欲绝，最后发展到摧心裂肺式的痛苦，相思之情经历了一个逐步深化强化的过程。最后两句，是抒情主人公发自心底的强烈呼喊，具有震撼心灵的力量。

作为一首抒写离别阻隔相思之情的诗，这首诗情感真挚而热烈，缠绵而执著，情景相生，意境杳远，称得上是一首优秀的情诗。但细加吟味，又明显感到它不同于一般的情诗。最明显而突出的表征是，诗人似乎有意将所思慕的对象虚化甚至仙化，不仅没有任何对所思对象身份、容饰、情态的具体描写，而且将她写成一个遥隔云端，高居天上的虚无缥缈的仙子，一个可望而不可即的美好对象，一个带有象征色彩的人物。这就为寄寓象外之意创造了条件。联系一开头点出的"长相思，在长安"，其寓意便更加明显。为了说明问题，不妨引诗人在天宝三载（744）所作的《单父东楼秋夜送族弟沈之秦》诗的后半：

> 遥望长安日，不见长安人。长安宫阙九天上，此地曾经为近臣。一朝复一朝，发白心不改。屈平憔悴滞江潭，亭伯流离放辽海。折翮翻飞随转蓬，闻弦坠虚下霜空。圣朝久弃青云士。他日谁怜张长公！

将《长相思》与此诗参较，可以明显发现《长相思》中所怀念的遥隔云端的如花"美人"，就是这首诗中高居"长安宫阙九天上"的圣朝天子唐玄宗。诗中所抒发的"长相思，摧心肝"之情，就是"此地曾经为近臣"而此刻处于被放逐境地，类似"屈平憔悴滞江潭"的诗人自己对玄宗、对朝廷的一片惓惓眷恋之情。两首诗的时令均在秋天，《长相思》诗中又写到"天长路远"和"梦魂不到关山难"，与单父（今山东单县）离长安遥远，关山阻隔正复相类。可以推断，两首诗系同时同地之作，思想内容也大体相同。只不过，《单父东楼秋夜送族弟沈之秦》采取赋的直叙写法，而《长相思》则以比兴象征手法表达。李白对玄宗的"恩遇"，在很长的一段时间里，始终怀着感激之情，对自己"曾经为近臣"的经历，也始终视为荣耀。刚被放逐后的一段时间，对玄宗仍抱有眷恋和幻想，是完全可以理解的。或以为《长相思》是"寄寓追求理想不能实现之苦闷"，这自然也可以讲得通，与"美人如花隔云端"的虚拟特征也非常吻合。在封建时代，志士才人常将自己理想抱负的实现寄托在君主身上，因而两种说法也并不矛盾。李白对玄宗的眷恋，正是因为他当时仍将自己理想抱负的实现寄托在曾对自己深加恩遇的玄宗身上。这种感情，随着政局的变化，其后有所改变。在《古风》（其五十一）中他就将玄宗喻为"乱天纪"

的殷纣王和昏愦的楚怀王，指斥其时"夷羊满中野，菉葹盈高门。比干谏而死，屈平窜湘源"的腐朽黑暗政局，感情由怨慕转为愤慨。这说明，李白绝非愚忠式的人物。

用"美人"象喻所思慕眷恋的君主，是屈原辞赋所开创的优良传统。解者或引《离骚》"恐美人之迟暮"为说，但这句诗中的"美人"乃是屈原自喻而非喻君。与《长相思》中的"美人"有直接渊源关系的乃是屈原《九章·思美人》一篇。它一开头就说："思美人兮，擥涕而伫眙。媒绝路阻兮，言不可结而诒。"这里的"美人"，指的就是楚君。而"擥涕而伫眙"亦即《长相思》中的"长相思，摧心肝"；"媒绝路阻"，亦即《长相思》中的"天长路远""梦魂不到关山难"。两相对照，《长相思》的渊源所自便十分明显了。

日出入行①

日出东方隈②，似从地底来。历天又入海③，六龙所舍安在哉④！其始与终古不息⑤，人非元气⑥，安得与之久徘徊？草不谢荣于春风，木不怨落于秋天⑦。谁挥鞭策驱四运⑧？万物兴歇皆自然⑨。羲和⑩，羲和，汝奚汩没于荒淫之波⑪。鲁阳何德，驻景挥戈⑫？逆道违天，矫诬实多⑬。吾将囊括大块⑭，浩然与溟涬同科⑮。

[校注]

①《全唐诗》题原作《日出行》校："一作《日出入行》。"按：蜀刻本及本集诸本作《日出入行》。而《文苑英华》卷一百九十三、《乐府诗集》卷二十八《相和歌辞》收此诗，均作《日出行》。又卷一《郊庙歌辞》有《日出入》，古辞云："日出入安穷？时世不与人同。故春非我春，夏非我夏，秋非我秋，冬非我冬。泊如四海之池，遍观是邪谓何？吾知所乐，独乐六龙，六龙之调，使我心若。訾黄其何不

徕下。"则古辞原名《日出入》。细审《文苑英华》及《乐府诗集》，此诗之前或载沈约、萧子荣（显）、卢思道、殷谋（原作李白，当从《乐府诗集》作殷谋）、萧拯等人之《日出东南隅行》或《日出行》，或载陆机、谢灵运、沈约、张率、萧子显、陈后主、徐伯阳、殷谋、王褒、卢思道、萧拯等人之《日出东南隅行》或《日出行》，而以上诸人之《日出东南隅行》或《日出行》之内容均从汉乐府《陌上桑》变化而来，与李白此作内容了不相关。可见乃二书之编者误将源于《陌上桑》之《日出东南隅行》或《日出行》与源于《日出入》古辞之李白《日出入行》混编而脱去"入"字（李白《日出入行》之后，有李贺同题之作，内容与李白相近，亦系混编所致）。故当从本集及《乐府诗集》卷一所载《日出入》古辞补题内之"入"字。胡震亨注："汉郊祀歌《日出入》，言日出入无穷，人命独短，愿乘六龙，仙而升天。太白反其意，言人安能如日月不息，不当违天矫诬，贵放心自然，与溟涬同科也。"②隈，隅、角落。《陌上桑》："日出东南隅。"③《文苑英华》此句作"历天又复入西海"。④六龙，神话传说日神乘车，六龙为驾，羲和为御。此处即以六龙代指太阳。郭璞《游仙诗》："六龙安可顿，运流有代谢。"舍，止宿之地。⑤《文苑英华》此句作"其行终古不休息。"终古，久远。《庄子·大宗师》："日月得之，终古不息。"按文义，似以《文苑英华》为长。⑥元气，指天地未分时的混沌之气。《汉书·律历志上》："太极元气，函三为一。"颜师古注引孟康曰："元气始起于子，未分之时，天地人混合为一。"古人将元气视为天地之始，万物之祖。⑦《庄子·大宗师》："凄然似秋，暖然似春。喜怒通四时。"郭象注："圣人之在天下，暖焉若春阳之自和，故蒙泽者不谢；凄乎若秋霜之自降，故凋落者不怨也。"《汉书·律历志》："春秋迭运，草木自荣自落，何谢何怨。"⑧四运，指春夏秋冬四时的运行更迭。陆机《梁甫吟》："四运循环转，寒暑自相承。"⑨兴歇，兴衰生死。⑩羲和，日御。此亦代指太阳。《后汉书·崔骃传》："氛霓郁以横厉兮，羲和忽以潜晖。"李贤注："羲和，日也。"《抱朴子·任命》："昼竞羲和之末景，夕照望舒之馀耀。"⑪奚，何。汩没，淹没。荒淫，广大浩瀚貌。荒淫之波，指大海。即篇首"历天又入海"之"海"。《山海经·大荒东经》："东海之外，甘水之间，有羲和之国。有女子名曰羲和，方浴日于甘渊。"⑫《淮南子·览冥训》："鲁阳公与韩搆难，战酣，日暮，援戈而抐（挥）之，日为之反三舍。"鲁阳，神话中之大力士。驻景，使太阳停住不动。郭璞《游仙诗》："愧无鲁阳德，回日向三舍。"⑬矫诬，虚妄。《魏书·崔浩传》："浩……性不好老庄之书……曰：'此矫诬之说，不近人情。'"《通鉴·宋营阳王景平元年》引此文，胡三省注曰："托圣贤以伸其说谓之矫；圣贤无是事，寓言而加诬谓之诬。"⑭大块，大自然。《庄子·齐物论》："夫大块噫气，其名为风。"成玄英疏："大块者，造物之名，亦自然之称也。"⑮溟涬，天地未形成时，自然之气混沌之状。《庄子·在宥》："大同乎溟涬，解心释神。"司马彪注："溟涬，自然元气也。"科，类、等。

[笺评]

萧士赟曰：此篇大意，全是祖《庄子》内云将、鸿濛问答之意（按：见《在宥》篇），语多不能尽录，试索观之，则见矣。谓日月之运行，万物之生息，皆元气之自然，人力不能与乎其间也。（《分类补注李太白诗》卷三）

胡震亨曰：《汉郊祀歌》言：日出入无穷，人命独短。愿乘六龙，仙而升天。此反其意，言人安能如日月不息，不当违天矫诬，贵放心自然，与溟涬同科也。（《李诗通》）

朱谏曰：（第一段）言将旦之时，日出东海之隅，似从地底而来。上升于天，历天而行，自旦而昼，自昼而晚，复入于海。日之出入者，随天而升降也。古人谓六龙驾日车，羲和御之，至于虞渊而止者，乃妄语也。夫日出而始，日入而终，昼夜循环，万古不息，是天地一元之气，为之根柢，生生运转，无穷尽也。是气也，人得之而为人，物得之而为物。禀有厚薄，命有寿夭，惟能保合泰和，以养元气者，庶几寿与日而俱增，不至于速化也。（第二段）承上文元气而言天地以一元之气，化生万物，荣悴开落，一皆相忘于大道之中。草荣于春而不谢于春，不知春之生之也；木落于秋而不怨乎秋，不知秋之催之也。秋来春去，果孰驱之而使之迭运乎？乃一气之流行，时序之推迁，自然而然者。草荣而木落者，又孰宰之而使之兴歇乎！乃岁功之终始，天运之一周，亦自然而然者也。是日之出入者，天地之元气，亘万古而不息者也。按《庄子·天运》曰："天其运乎？地其处乎？日月其争于所乎？孰主张是？孰维纲是？孰居无事而推行是？意者其有机缄而不得已邪？意者其运转而不能自止邪？"白诗意与此略同。（第三段）言古人谓羲和御六龙而舍于虞渊者，乃荒唐之言；谓鲁阳挥戈而返日者，亦无稽之论。皆不足以取信。其迭言乱道，矫诬上帝者，实多矣。夫天地之道，广大高明，非浅陋胸襟所能测，粗疏学而所能知。吾得廓宏其度量，包罗乎宇宙，以游元气之中，浑浑噩噩，将与滨涬同等，返乎太始之道，庶几与此日久相徘徊也，乌可自取矫诬之罪乎！（《李诗选注》）

周珽曰：精奇玄奥，出天入渊。又曰：必用议论，却随游衍，得屈子《天问》意。千载以上人物呼之欲出。（《删补唐诗选脉笺释会通评林·盛七古》）

沈德潜曰：言鲁阳挥戈之矫诬，不如委顺造化之自然也。总见学仙之谬。（《重订唐诗别裁集》卷六）

《唐宋诗醇》曰：《易》曰："原始反终。"故知生死之说，不如自然之运。而意于长生久视者，妄也。诗意似为求仙者发，故前云"人非无气，安得与之久徘徊"，后云"鲁阳挥戈，矫诬实多"，而结以"与滨涬同科"，言不如委顺造化也。若谓写时行物生之妙，作理学语，亦索然无味矣。观此，益知白之学仙，盖有托而然也。（卷二）

陈沆曰：此篇萧氏谓全祖《庄子》"云将""鸿濛"之意，胡震亨谓人安能如日月不息，当放心自然云云，皆见其表，未见其里。夫叹羲和之荒淫，悲鲁阳之回戈，此岂无端之泛语耶！盖叹治乱之无常，兴衰之有数，姑为达观以遣愤激也。日从地出，似将自幽而之明；历天入海，又已由明而入暗。气运递嬗，终古如斯。但我生之初，我身以后，皆不及见耳。既皆气运盛衰之自然，则非人力所能推挽。犹草木荣落有时，无所归其德怨，以无有鞭策驱使之者也。不然，羲和照临八极，胡忍泪于洪波？鲁阳回天转日，胡卒无救于桑榆？盖以羲和喻君德之荒淫，鲁阳悯诸臣之再造。苌弘匡周，左氏斥为违天；变《雅》诗人，亦叹天之方虐。皆愤激之反词也。汉以来乐府皆以抒情志达讽喻，从无空谈道德，宗尚玄虚之什，岂太白而不知体格如诸家云云哉！（《诗比兴笺》卷三）

近藤元粹编《李太白诗醇》：严羽云：不信释典须弥之说，但言其疑似。（"草不谢荣"四句下）诘难得好。（"羲和"六句下）奇语错落，琢句奇秀，匪夷所思。一结高超横绝，非太白不能道。（结句下）

[鉴赏]

李白是一位极富感性色彩的诗人，但他这首《日出入行》却极具哲理意趣，不仅在李白诗中别具一格，在唐诗优秀作品之林中亦属别调，是一首《天问》式的作品。

诗分三段。第一段从开头到"安得与之久徘徊"，从日之出入运行不息说到人的生命短促。前三句说，太阳每天从东南角升起，好像是从地底出来似的，它经过中天，又每天傍晚沉入西海。这里所描叙的太阳东升西落的现象，是农耕社会中的人们日出而作、日落而息最常见的现象，一般人都习而不察，李白却因神话中六龙驾日车的传说，天真地发问道：每天夜里，六龙所驾的太阳究竟在哪里停息止宿呢？这一问中实际上包含了对神话传说的怀疑。在诗人的想象中，太阳东升西落，昼夜不停，周而复始，它实在是没有时间、也没有地方可以停息的。诗人凭他超常的想象力，似乎天才地猜测到了太阳的运行是一刻不停的。这也正是下一句所说的"其始与终古不息"，意思是说，从太阳开始运转以来，它就伴随着久远的时间永不停息。正因为这样，人并非自然界的元气，而是有生命的事物，而生命总有终结之时，又如何能够和终古长存、运行不息的太阳长久相伴呢？古人视元气为天地未分时的混沌之气，它是天地之始，万物之祖，元气有聚有散，却不会消灭，人非元气，自然不能长存了。诗人用了"徘徊"这个词语，来形容人不能和太阳久久盘桓，可谓语新意惬。

上一段用"终古不息"的太阳与有生有死的人作对照，说明人的生命较之自然界的事物，是短暂的。接下来"草不谢荣"四句为一段，进一步阐说"万物兴歇皆自然"的客观规律，就像太阳东升西落、昼夜不息一样，自然界的春夏秋冬更迭代序，也是自然规律。正因为这样，草不因春天到来生长繁茂，而感谢春风的煦育；树不因秋天到来凋落飘零，而怨恨秋天。四时更迭，万物荣衰，各有各的规律，根本就没有什么造物主在挥鞭驱赶鞭策四时的运行，万物的生与灭都是自然而然的。这四句可以说是对古代朴素唯物论的自然观最简括、最形象的诗意化表述。《荀子·天论》曾说："天行有常，不为尧存，不为桀亡。"认为自然与社会各有自己的客观运行规律，这里更进一步，认为自然界的各种事物也各有自己的运行规律。为了强调这一点，诗人在前两句连用两个表示否定的"不"字，以强调"春风""秋天"存在的目的并不是为了使"草荣""木落"，因而草、木既不必谢，亦不必怨。在第三句以"谁"字反问喝起，第四句随即用一"皆"字作出斩钉截铁的回答。"万物兴歇皆自然"，是全诗的核心和灵魂。第一段以日之出入运行与人的生死作对照，第二段以草木的衰荣与四时的更迭运行对照，都是为了说明这样一个结论。

由"万物兴歇皆自然"的结论出发，诗人在第三段中进一步引出了对"逆道违天"的"矫诬"行动的批判。"羲和，羲和，汝奚汨没于荒淫之波"，这是对神话传说中日入于西海，止宿于虞渊（或甘渊）的说法的怀疑与否定，上承"历天又入海，六龙所舍安在哉"。诗人认为这种"汩没于荒淫之波"的说法，是与太阳终古不息的运行规律相违背的。接着，又对神话中大力士鲁阳挥戈退日的传说表示更直接而强烈的批判，认为鲁阳这种行动乃是"逆道违天"之举，是根本不可信的。这里在表面上虽是对鲁阳挥戈传说的否定，实际上是对人类社会一切"逆道违天"之举的全面彻底否定。

那么，人和自然之间究竟应该怎样相处呢？李白的答案是："吾将囊括大块，浩然与溟涬同科。"要怀抱整个大自然，和充盈于其中的宇宙中的自然之气融为一体。这正是对庄子"万物与我同一""大同乎溟涬"的思想的诗意化表述。

屈原《天问》中对古往今来的一系列有关宇宙起源、自然现象和历史现象的神话、传说及历史记载提出了强烈的质疑，表现了可贵的怀疑批判精神。这对李白的《日出入行》的写作显然有启示。但《天问》提出的一百七十多个问题，其中涉及宇宙生成、自然现象的问题，诗人只是表示怀疑与不解，并没有实际上也不可能得出答案。而李白这首诗，在吸取屈原的怀疑批判精神的同时，还吸取老、庄的"天法道，道法自然"和"万物与我同一"的思想，在肯定"人非元气，安得与之久徘徊""万物兴歇皆自然"的基础上，对人与自然的关系，明确反对"逆道违天"，主张"囊括大块，浩然与溟涬同科"。类似的思想表述，在陶渊明的诗文中也出现过，如他的《神释》说："甚念伤吾生，正宜委运去。纵浪大化中，不喜亦不惧。应尽便须尽，无复独多虑。"《归去来兮辞》中也说："聊乘化以归尽，乐夫天命复奚疑。"不过陶渊明的这种自然观似乎更偏重在对生死的达观态度上；而李白的诗却试图对人与自然的关系给出一个整体性的答案，即不能"逆道违天"，而要顺应并回归自然。这就超越了生死观的范畴，而包含着人与自然和谐相处的可贵思想。道家的自然观、天人观，包括李白在这首诗中所包蕴的思想，自然和当代的人与自然环境和谐的思想有重要区别，但不能否认李白这首诗确实能给我们这方面的启示。历代有些评者为了强调此诗的针对性，认为"总见学仙之谬""似为求仙者发"。强调"万物兴歇皆自然"，反对"逆道违天"，客观上自然具有否定求仙学道的意义，但这首诗的意涵却比反求仙要宽泛得多。它表现的是人与自然的关系究竟应该如何处理这样一个大命题、大判断。至于陈沆之牵扯政治，谓喻君德之荒淫，则更远离诗人的本意了。

这是一首哲理色彩很浓的诗，但它首先是诗，而非用韵语写的哲理。其中不但有对日出入运行情况的诗意想象，有"草不谢荣于春风，木不怨落于秋天"这样新颖生动的描述，而且有"吾将囊括大块，浩然与溟涬同科"这种李白式的浪漫主义夸张。全诗既贯注着一股怀疑批判精神，又渗透着一种李白诗中特有的"气"，具有鲜明的李白个性。因此尽管此前的玄言诗、此后的道学诗曾经受到历代评论者的一致责难，李白的这首诗却没有遭到此类批评。

从李白的自然观可以明显看到，他的"清水出芙蓉，天然去雕饰"的诗歌主张及创作风格是有深刻的哲理思想基础的。

北风行①

烛龙栖寒门②，光耀犹旦开③。日月照之何不及此④？惟有北风号怒天上来。燕山雪花大如席⑤，片片吹落轩辕台⑥。幽州思妇十二月⑦，停歌罢笑双蛾摧⑧。倚门望行人，念君长城苦寒良可哀。别时提剑救边去，遗此虎文金鞞靫⑨。中有一双白羽箭，蜘蛛结网生尘埃。箭空在，人今战死不复回。不忍见此物，焚之已成灰。黄河捧土尚可塞，北风雨雪恨难裁⑩！

[校注]

① 《北风行》，乐府《杂曲歌辞》旧题。《乐府诗集》卷六十五收

鲍照、李白《北风行》各一首，解题曰："《北风》，本卫诗也。《北风》诗曰：'北风其凉，雨雪其雱。'传曰：'北风寒凉，病害万物，以喻君政暴虐，百姓不亲也。'若鲍照'北风凉'，李白'烛龙栖寒门'，皆伤北风雨雪，而行人不归，与卫诗异矣。"萧士赟《分类补注李太白诗》："乐府有时景二十五曲，中有《北风行》。"胡震亨《李诗通》："鲍照本辞，伤北风雨雪，行人不归。此与照诗意同。"詹锳《李白诗文系年》云："诗云：'幽州思妇十二月，停歌罢笑双蛾摧。'当是写实。此诗盖天宝十一载严冬太白于幽州作。"郁贤皓《李白选集》，同意詹说，并引《资治通鉴》所载范阳节度使安禄山天宝四载（745）以来屡启边衅之事以证之。《通鉴·天宝十载八月》："安禄山将三道兵六万，以讨契丹……奚复叛，与契丹合，夹击唐兵，杀伤殆尽。"诗中所写幽州思妇之丈夫提剑救边之事，当即指此次战事。作诗时离其夫战死已有一段时间，故定为天宝十一载严冬。②烛龙，古代神话中的神名。传说其张目（亦有谓其驾日、衔烛或衔珠者）能照耀天下。《山海经·大荒北经》："西北海之外，赤水之北，有章尾山。有神，人面蛇身而赤，直目正乘，其瞑乃晦，其视乃明。不食不寝不息，风雨是谒。是烛九阴，是谓烛龙。"《楚辞·天问》："日安不到，烛龙何照？"王逸注："言天之西北有幽冥无日之国，有龙衔烛而照之也。"《淮南子·墬形训》："烛龙在雁门北，蔽于委羽之山，不见日。其神人面龙身而无足。"高诱注："龙衔烛以照太阴，盖长千里。视为昼，瞑为夜。吹为冬，呼为夏。"又："北方北极之山，曰寒门。"高诱注："积寒所在，故曰'寒门'。"又有称烛龙为烛阴者，《山海经·海外北经》："钟山之神，名为烛阴。视为昼，瞑为夜，吹为冬，呼为夏。"郭璞注："烛龙也。是烛九阴，因名云。"③因烛龙张开眼即为明亮的白昼，故说"光耀犹旦开"。④此即《楚辞·天问》"日安不到"之意。句中"此"字指下文之幽州。⑤燕山，《元和郡县图志》阙卷遗文卷一河北道蓟州渔阳县："燕山，在县东南六十里。"燕山山脉，自蓟县东南绵延而东直至海滨，蓟州渔阳县之燕山为其中一段。

⑥轩辕台，本古代传说中台名。《山海经·大荒西经》："有轩辕之台，射者不敢西向射，畏轩辕之台。"因传说中黄帝与蚩尤曾战于涿鹿之野，故后人认为轩辕台在汉上谷郡涿鹿县，今河北怀来县乔山上。其地与幽州邻近。⑦幽州，唐河北道州名，天宝初改称范阳郡，系范阳节度使府所在地。治所在今北京市大兴区。《旧唐书·地理志二·河北道》：幽州大都督府，"天宝元年，改范阳郡，属范阳、上谷、妫川、密云、渔阳、顺义、归化八郡"。⑧双蛾摧，双眉低垂，愁苦之状。⑨金鞞靫，金属的盛箭器。鞞，又作鞴。⑩裁，抑止。

[笺评]

严评曰："燕山雪花大如席"不知者以为夸辞，知者以为实语。（严评《李太白诗集》）

谢榛曰：太白曰："燕山雪花大如席，片片吹落轩辕台。"景虚而有味。（《四溟诗话》卷一）

桂天祥曰：独太白有此体，哀苦萧散，字句无难处，人便阁笔。（《批点唐诗正声》）

朱谏曰：（第一段）言烛龙栖于寒门之山，居于极北之地，其光明开发者，犹日之将旦也。寒门至阴，日所不照，惟有北风自天而来，悲号震怒，极其凄惨，吹彼燕山之雪，落于轩辕之台。（第二段）上言边地之苦，此言戍边之苦。幽州之人，远居边塞。岁暮之时，室家怀思，蹙眉而愁，倚门而望，念其远行而冒此风寒也。仗剑救边，志存敌忾，遗下箭囊，中有白羽之箭，挂于壁间，蜘蛛结网而生尘埃。其箭虽在，其人死于边城，不复回家，我又何忍见此物乎？亦将焚之而已矣。夫黄河虽深，捧土可塞，惟此别离之恨，因北风雨雪而愈增者，不可得而减矣。此北风之曲，所以使人多愁思也。（《李诗选注》）

唐汝询曰：此因塞外苦寒，故为戍妇之词以讽上也。言寒门幽冥，藉烛龙之光以开旦，彼日月何不照此，惟使北风号怒，从天而来乎？是覆载之偏也。以此寒苦之地，而当严冬之时，雪片如席，人谁堪此？是以征戍之妇为之停歌笑，凋形容，以念其夫。既忧其寒，又疑其死，而焚其所备之箭，正以物在人亡，情不能堪耳。然夫之生死未可知，则又不能无念。故言黄河虽汹涌，尚可捧土而塞，北风雨雪，恨不能裁去之，以解征人之患也。（《唐诗解》卷十二）

周珽曰：此篇主意全在"念君长城苦寒良可哀"一句生情，调法光响，意多含蓄。（《删补唐诗选脉笺释会通评林·盛七古》）

邢昉曰：摧肝肺，泣鬼神，却自风流淡宕。（《唐风定》）

王夫之曰：前无含，后亦不应，忽然及此，则虽道闺人，知其自道所感。（《唐诗评选》卷一）

吴瑞荣曰：雪花如席，自属豪句。看下句接轩辕台，另绘一种舆图，另成一种义理。严仲甫訾为无此理致，是胶柱鼓瑟之见。太白诗如"白发三千丈""愁来饮酒二千石"，俱不当执文义观。（《唐诗笺要续编》）

王琦曰：鲍照有《北风行》，伤北风雨雪，行人不归，太白拟之而作。（《李太白集辑注》）

《唐宋诗醇》：悲歌激楚。

曾国藩曰：鲍照、太白皆言北风雨雪，而行人不归。（《求阙斋读书录》卷七）

王闿运曰：转接无不如意。（《手批唐诗选》卷八）

鲁迅曰："燕山雪花大如席"是夸张，但燕山究竟有雪花，就含有一点诚实在里面，使我们立刻知道燕山原来有这么冷。如果说"广州雪花大如席"，那就变成笑话了。（《漫谈"漫画"》）

[鉴赏]

中唐新乐府运动主将之一元稹在《乐府古题序》中标榜"寓意古

题，刺美见（现）事"，成为其乐府诗创新精神的一种重要表现形式。其实，借乐府古题来反映时事的创作手段，在李白许多乐府诗中都有出色的表现。这首《北风行》，从表面上看，是模仿鲍照的《北风行》伤北风雨雪，行人不归，但实际上，它却融入了时代的社会政治内容，成为一篇具有强烈政治批判精神和人道主义精神光辉的作品。

这首诗的创作背景，涉及唐玄宗天宝年间东北边境一系列对奚、契丹的战争。安禄山得到唐玄宗的信任，天宝元年（742）任平卢节度使，三载起兼任范阳节度使。十载，又兼任河东节度使，正积极策划反叛。为了邀宠，在这段时间内，安禄山多次发动对奚、契丹的战争。《通鉴·天宝四载》：九月，"安禄山欲以边功市宠，数侵掠奚、契丹，奚、契丹各杀公主以叛"。又《天宝九载》：十月，"安禄山屡诱奚、契丹，为设会，饮以莨菪酒，醉而院之，动数十人，函其酋长之首以献，前后数四"。又《天宝十载》：八月，"安禄山将三道兵六万以讨契丹，以奚骑二千为向导，过平卢千余里……奚复叛，与契丹合，夹击唐兵，杀伤殆尽"。可以看出，这些战事都是安禄山为了邀功而挑动的，而战争的惨痛后果则为广大的人民，特别是参加战争的唐军士兵及其家属所承担。为了控诉安禄山挑动边衅给幽州人民所带来的灾难，这首诗特意设置了一个在战争中牺牲的幽州士兵的妻子作为主角，通过她的视角和心理来表达对这种战争的怨愤。

诗的前六句，是对抒情主人公所处的严酷自然环境的描写。但一开头并不直接写幽州，而是用一个古老的神话传说起兴："烛龙栖寒门，光耀犹旦开。"意思是说，在极北的寒门地区，幽冥晦暗，不见阳光，但烛龙一睁眼睛，还能带来早晨的光耀。第二句的"犹"字值得特别注意，说明头两句写寒门地区的情景，是为了引出并反衬下文。果然，三、四两句就转写女主人公身处之地："日月照之何不及此？惟有北风号怒天上来。"第三句末尾的"此"字，不是上承"寒门"，而是下启"燕山""幽州"，指的就是幽州。前人或今人有将"此"解为"寒门"（即幽州）者，则第二句的"犹"字就无着落。三、四两句是将幽州与传说中的寒门作对照，说传说中的寒门犹有光耀旦开之时，幽州却暗无天日，只有北风怒号之声从天上不断袭来。"日月照之何不及此"是一个问句，既像是身处幽州的女主人公发自心底的呼号，又像是诗人对造物者的一种质问。这种呼号的句式，使诗中所写的景象带上了某种象征意味：这是一片"日月"光耀所照不到的黑暗寒冷、只有"北风"逞威肆虐的地区。五、六两句，由"北风"进一步写到"雪"。"燕山"点明女主人公身处之地在幽燕，"燕山雪花大如席"虽然是极度的夸张，而且完全是李白式的夸张，但读者却从不计较它是否合乎事实，而是从那推向极致的夸张渲染中得到强烈的感受，想象到那硕大如席的雪花密集飘洒、遮天蔽地的情景。而"片片吹落轩辕台"的"轩辕台"固然在地理上与幽州邻接，但诗人特意选用这个字面，似乎也不无用意。往日轩辕黄帝与蚩尤作战的地方，如今已是暗无天日，北风肆虐，冰雪苦寒之地，这里的百姓又该过着怎样的生活呢！总之，前六句对幽州自然环境的描绘渲染，在有意无意之中，已经隐隐透露出某种象征意味，能引发读者的联想。特别是"日月照之何不及此"这种显然有悖生活事实的诗句，就不能单纯用艺术的夸张来解释，而是要和李白其他诗中诸如"日惨惨兮云冥冥"（《远别离》）、"白日不照吾精诚"（《梁甫吟》）一类句子对照来读，才能更明显地体味到它的象外之意。

"幽州思妇"以下十四句，全是对女主人公的描写，除"停歌罢笑双蛾摧"和"倚门望行人"二句是对她的形容和行动的客观描写外，其他各句全是对她的心理描写，也可以视为女主人公的心理独白。"幽州思妇"点醒女主人公的身份，"十二月"点时，以与北风雨雪的环境相应。"停歌罢笑双蛾摧"一句，连用三个写动作、表情的词语，表现女主人公愁肠哀思百结的内心世界。接着，用"倚门望行人"一句，点出她所以如此愁苦的原因，是因为远征的丈夫至今未归，不免日日倚门而望。"念君长城苦寒良可哀"，想到丈夫远戍长城苦寒之地，其处境实在可哀。长城一带，正是唐军与奚、契丹的军队进行战斗的地方。"念"字领起了以下各句的心理活动。

"别时提剑救边去，遗此虎文金鞞靫。中有一双白羽箭，蜘蛛结网生尘埃。"这四句将"念"的内容集中到一个点——丈夫"提剑救边去"时留下的一个箭筒和两支白羽箭上。"救边"之语，说明当时战局已经相当危急，丈夫此去遇到的危险也就可以想见。他临走时无意中留下的箭筒和羽箭，从此就成了女主人公日夜思念的触发物。但日日倚门而望，日日对箭而思，却根本不见丈夫的归来，甚至连丈夫的音讯也一点都得不到，如今箭筒和羽箭上，蜘蛛已结成了网，堆满了灰尘，暗示丈夫去前线的时间已经很久。天宝十载八月发生的讨契丹的那场战争，应该就是思妇的丈夫"提剑救边去"参加的战争，而写这首诗的"十二月"则已经是第二年的严冬了。如此长的时间得不到丈夫的音讯，则其战死沙场的命运实已可以断定。只是这位思妇长期以来总是心存希望，不愿相信丈夫已经牺牲。等到这时，终于清醒意识到，丈夫临走时留下的箭筒和羽箭，已经成了永远的遗物了。以下六句，便是女主人公在意识到这一残酷的事实以后内心迸发出的强烈悲愤和无穷的怨恨。

"箭空在，人今战死不复回。不忍见此物，焚之已成灰。黄河捧土尚可塞，北风雨雪恨难裁！"箭在人亡，目睹丈夫留下的遗物，更增对丈夫的思念，但战死沙场的丈夫是永远回不来了，着"空"字，"不复"字，突出了睹物思人、物在人亡的绵绵长恨。与其日日睹物思人，倍感伤神，不如焚之成灰，以免触动内心的怨愤。但焚箭的行动真能烧掉心头的长恨吗？回答是绝不可能。诗人用了又一个极度夸张的典故性比喻"黄河捧土尚可塞"来有力地反衬"北风雨雪恨难裁"，造成了惊心动魄的艺术效果。在《汉书·朱浮传》中"捧土以塞孟津"的黄河边上的人，本就是被嘲笑为"多见其不知量"的，说明滔滔黄河绝不可塞，这里反用其意，说奔腾咆哮的黄河尚且可以阻塞，但幽州思妇在北风怒号、雨雪纷纷的环境中失去丈夫的怨愤却永远难以抑止！上句将绝不可能之事说成可能，以之反衬下句北风雨雪之恨永难消释，就不但更有力地强调了恨之永恒，而且使幽州思妇之恨带上了比奔腾咆哮的黄河还要有力度的视觉形象。最后这六句，从睹物思人、空添悲恨到不忍见物、焚之止恨，最后到河虽可塞、恨永难消，两句一层，层层转折，最后逼出"北风雨雪恨难裁"的悲愤呼号，具有极强烈的控诉力量和批判力量，其矛头所指，显然是轻启边衅的边地主帅和他的背后的支持者。

《乐府诗集》解题说："《北风》，本卫诗也。《北风》诗曰：'北风其凉，雨雪其雱。'传曰：'北风寒凉，病害万物，以喻君政暴虐，百姓不亲也。'若鲍照'北风凉'，李白'烛龙栖寒门'，皆伤北风雨雪，而行人不归，与卫诗异矣。"虽引《诗·卫风·北风》以释《北风行》，但认为李白诗与《诗·北风》意异。这意见恐怕值得商榷。细味诗语及诗意，诗中的"北风号怒天上来"和"燕山雪花大如席，片片吹落轩辕台"的环境气候描写中已隐隐透露某种比兴象征意味，而"日月照之何不及此"一句更点醒幽州地区是日月所不照临之暗无天日、北风肆虐之地，则诗中除了抒发对安禄山轻启边衅，驱使百姓为之卖命的暴政的愤恨之外，也流露了对宠信安禄山的最高统治者的不满乃至怨愤情绪。这种诗的风格，已经远离传统诗教怨而不怒的温柔敦厚之旨，而呈现为极强烈的怨愤，具有震撼人心的艺术力量。而其中所流露的对幽州思妇心情的深情体贴和曲折细致的心理描写，则又表现了李白对受迫害的妇女深厚的人道主义同情，而闪耀着人性的光辉。

诗人在《经乱离后天恩流夜郎忆旧游书怀赠江夏韦太守良宰》这首自叙生平的长诗中提及天宝十一载的幽州之行的感受时说："十月到幽州，戈鋋若罗星。君王弃北海，扫地借长鲸。呼吸走百川，燕然可摧倾。心知不得语，却欲栖蓬瀛。"主意虽在渲染安禄山的跋扈气焰和蓄意反叛的态势，但对安禄山的专横及"君王"的养痈遗患均明显流露出或愤慨或痛切的情绪，可与此诗相参。

关山月^①

明月出天山^②，苍茫云海间。长风几万里，吹度玉门关^③。汉下白登道^④，胡窥青海湾^⑤。由来征战地^⑥，不见有人还。戍客望边色^⑦，思归多苦颜。高楼当此夜^⑧，叹息未应闲。

[校注]

①《关山月》，乐府旧题，《乐府诗集》列此曲于横吹曲辞，于梁元帝《关山月》诗下引《乐府解题》曰："《关山月》，伤离别也。"按唐吴兢《乐府古题要解》卷下："《关山月》，皆言伤离别也。"李白此首，沿旧题抒写戍边战士久戍思归和对家室的思念之情。②天山，《元和郡县图志》卷四十陇右道伊州："天山，一名白山，一名折罗漫山，在州北一百二十里。春夏有雪。出好木及金铁。匈奴谓之天山，过之皆下马拜。"在今新疆中部。此谓"明月出天山"，则戍客戍守之地当在天山之西。或谓天山即今甘肃、青海两省边界之祁连山，恐非，与下"长风几万里，吹度玉门关"之语似未合。岑参边塞诗中之"天山"与李白此诗同指。③玉门关，见王之涣《凉州词》"春风不度玉门关"句注。④下，出，指出兵。《战国策·秦策一》："（张仪）对曰：'亲魏善楚，下兵三川，塞辕辕、缑氏之口，当屯留之道。'"姚宏注："下兵，出兵也。"白登，山名，在今山西大同市东北，匈奴冒顿单于曾围攻汉高祖于此。《史记·匈奴列传》："是时汉初定中国，徙韩王信于代，都马邑。匈奴大攻围马邑，韩王信降匈奴。匈奴得信，因引兵南逾句汪，攻太原，至晋阳下。高帝自将兵往击之。会冬大寒雨雪，卒之堕指者十二三。于是冒顿详（佯）败走，诱汉兵。汉兵逐击冒顿，冒顿匿其精兵，见其羸弱。于是汉悉兵，多步兵，三十二万，北逐之。高帝先至平城，步兵未尽到。冒顿纵精兵四十万骑围高帝于白登，七日，汉兵中外不得相救饷。"⑤窥，伺机图谋、觊觎。青海

湾，青海湖沿岸一带地区。⑥由来，自来、从来。⑦边色，边地的景色。色，《全唐诗》校："一作邑。"⑧高楼，指远在中原故乡、住在楼上的戍客妻子。

[笺评]

吕本中曰：李太白诗如"明月出天山，苍茫云海间。长风几万里，吹度玉门关"，及"沙墩至梁苑，二十五长亭。大舶夹双橹，中流鹅鹳鸣"之类，皆气盖一世。学者能熟味之，自然不褊浅矣。（《童蒙诗训》）按：萧士赟《分类补注李太白诗》用宋杨齐贤引《吴氏语录》曰："太白诗如'明月出天山，苍茫云海间。长风几万里，吹度玉门关'皆气盖一世，学者皆熟味之，自不褊浅矣。""吴氏"或"吕氏"之误。下又云："天山在唐西州交河郡天山县，天山至玉门关不为太远，而曰'几万里'者，以月如出于天山耳，非以天山为度也。"此数语或为杨氏之解。

严评曰："天山"亦若"云海"皆虚境，若以某处山名实之，谓与玉门关不远，即曲为解，亦相去万里矣。又曰："由来"二句，极惨，极旷。又曰：似近体，入古不碍，真仙才也。（严评《李太白诗集》）又严评本载明人批曰：纯是响调，绝俊快，但微近律，全与古乐府别。

胡应麟曰："千山鸟飞绝"二十字，骨力豪上，句格天成，然律以《辋川》诸作，便觉太闹。青莲"明月出天山，苍茫云海间。长风几万里，吹度玉门关"，浑雄之中，多少闲雅！（《诗薮·内编》卷六）

唐汝询曰：绝无乐府气。（《汇编唐诗十集》）

朱谏曰：（第一段）言明月出于天山之上，苍茫于云海之间，长风吹月，远度玉门边塞。岑寂而关山迢递，明月所照，皆凄然而可悲者。（第二段）夷夏之交，关山阻塞，白登、青海，尤为要害，乃中国与胡虏来往征战之所也。征夫戍役相继丧亡，得生还者亦少矣。如汉高祖之被围，哥舒翰之破败，其迹皆可见也。（第三段）言关山月出之时，戍客之在边者思归而愁，戍妇之在家者登楼而叹。明月所照，彼此怀忧，关山迢递，情可知也。（《李诗选注》）

丁谷云曰：无承接照应，自耐人思想，真乐府之神。（《李诗纬》卷一）

《李诗直解》：此悯征戍者之苦情，而叹其不得归也。言月出于天山，而苍苍茫茫于云海之间；长风几万里，而吹月以度玉门之关。盖天山与玉门不甚远，而曰几万里者，以月如出于天山耳，非以天山为度也（按：上数语似袭杨齐贤解）。诚以战地言之，汉下白登，而曰冒顿为难。得窥青海，而有吐蕃之变。从来征战之地，士皆丧于沙尘，而不见有人还也。今我戍卒望边色之杳杳，致劳心之切切，而颜因归思而憔悴矣。因念室家在高楼之中，而当此良夜迢迢，征夫未还，口念心惟应叹息未应闲也。彼此相思，两情脉脉，何日得平胡虏而罢远征乎！（卷一）

《唐宋诗醇》：朗如玉山行，可作白自道语。格高气浑。双关作收，弥有逸致。（卷三）

吴昌祺曰：去后四句，竟似五言律矣。（《删订唐诗解》卷二）

应时曰：（首四句）飘忽如仙。（结句）静远。总评：浑化无阶，可想其落手时。（《李诗纬》卷一）

宋长白曰：徐孝穆《关山月》二首；其一曰："关山三五月，客子忆秦川。思妇高楼上，当窗应未眠。星旗映疏勒，云阵上祁连。战气今如此，从军复几年。"李太白五言佳境俱从此出。不止"似阴铿"而已也。（《柳亭诗话》）

宋宗元曰：（首四句）飘举欲仙。（《网师园唐诗笺》）

詹锳曰：按此诗拟齐梁体《关山月》，写久戍不归之人思念家室之苦。初唐诗人崔融《关山月》云："月生西海上，气逐边风壮。万里度关山，苍茫非一状。汉兵开郡国，胡马窥亭障。夜夜闻悲笳，征人起南望。"对本诗影响尤为明显。（《李白全集校注汇释集评》）

[鉴赏]

《关山月》这一乐府旧题，仅《乐府诗集》所载，在李白之前，就有梁元帝、陈后主、陆琼、张正见、徐陵、贺力牧、阮卓、江总、王褒、卢照邻、沈佺期、崔融等十二人的作品十四首，其内容均抒写戍客思归伤离之情，其主要诗歌意象则多为关、山、月。这正是因为迢递的关山，是阻隔戍客和思妇，使他们长期离别，不能相聚的自然障碍，而月则是远隔的戍客、思妇共同面对，引起对对方的怀念的自然物。在表达戍客伤离思归的主题和借以表达这一主题的主要诗歌意象上，李白这首拟作和以前诸人之作可以说没有任何不同，且前人如徐陵、崔融的两篇优秀作品更对李白这首诗产生了明显而直接的影响。但李白此作的成就却远超包括徐、崔二人之作在内的所有前人之作，也为其后的许多诗人的同题拟作所不及。其中一个突出的方面，就是李白这首诗，展现了极为广阔悠远的历史、现实时空，创造了雄浑苍茫而又渺远深邃的诗歌意境，兼有豪放与飘逸、流畅而闲雅的风格。

诗分三层，每四句为一层。开头四句，起势阔远，以明月、天山、云海、长风、玉门关等极富边塞景物特征的诗歌意象组合成一幅壮阔辽远的关山明月图。唐代在玉门关西有极广阔的疆域版图，戍边将士所戍守的地方远在玉门关乃至今新疆中部的天山之西，故望见明月升起于东边的天山。这"明月出天山"，正是西部边塞特有的景象，与中原或海滨的人所常见的月出东山或"海上生明月"的景象完全不同，故阔远明朗之中自然给人一种新鲜感。次句"苍茫云海间"，是写明月逐渐升高，浮现于苍茫的云海之上的情景。这使首句所展现的阔远境界中又增添了苍茫的色彩。境虽同属阔远，色调则有变化。三、四两句，在前两句阔远苍茫的静境的基础上展现出万里长风，自西向东，一直度越远处的玉门关的景象。"几万里"固是夸张，"吹度玉门关"亦属想象，但它却展现了比开头两句更为阔远的空间，且引导人们去想象玉门关以东更阔远的地域。由于万里长风吹度，整个画面上便增添了动态感。诗的意境也显得既雄浑阔远而又飘逸流畅。前人或以为"长风""吹度"者，指月。崔融的《关山月》前四句"月生西海上，气逐边风壮。万里度关山，苍茫非一状"也容易被误解为指月度关山系边风吹送所致。此解有悖事理。月东升至中天而西下，岂能因万里长风之吹送而东复东。且"长风几万里，吹度玉门关"，主语是长风，"吹度玉门关"者也显然是长风。两句一气直下，自然浑成。如"吹度"者指月，则句法扞格难通。以上四句，展现的虽是苍茫阔远的关山明月图，画面上并没有出现人物，但实际上，这一切均为远戍玉门关、天山之西的"戍客"望见和感触到的边塞物色。"长风"二句，更隐含着对远在玉门关东的万里之外的中原故乡的想象与思念，只是没有明显点出而已。

中间四句为一层，是由眼前雄浑阔远的边塞景象引发的对悠远的历史空间的想象。唐人常借汉喻唐，但这里的"汉下白登道"却是实指汉高祖被匈奴冒顿单于围困于白登的战争，不过它的内涵已经被泛化了，意思是说自古以来，北部边地一带，就经常进行着胡汉民族之间的战争。唐时青海湖边沿地区，常是吐蕃与唐互相争夺、交战之地，说"胡窥青海湾"，自然是有感于唐代西部边地胡汉民族不断进行交战的现实态势。二句中"汉下""胡窥"相对互文，实际上，概括了自汉至唐，在广阔的北边、西边，胡汉民族间经常进行着战争的历史。而这一系列战争，给人民带来的是长期的痛苦和牺牲，自古至今，边塞征战之地，出征的战士少有生还者。上两层的意蕴，略同于王昌龄《出塞》的"秦时明月汉时关，万里长征人未还"。绝句贵简约含蓄，而乐府古诗则可稍事展衍，故上一层展现雄浑阔远的现实空间，下一层展现悠远的历史空间；前者主绘景，后者主叙述议论；前者只描绘征戍者所处的环境，后者则写到自古及今的长期征战带来的牺牲。中间几句，既可看作是诗人对边地长期战争历史的回顾与沉思，也可理解为"戍客"面对广远的关山明月图景时引发的历史沉思。由于有这四句，诗的意境便既雄浑苍茫而又深邃悠远。对于自古迄今的胡汉民族间长期的战争，诗人并没有作简单的肯定或否定结论，这是因这一系列战争的性质非常复杂。但战争带来惨重的牺牲则是事实，诗人着重揭示的正是这一点。然则它所隐含的结论——"乃知兵者是凶器，圣人不得已而用之"（《战城南》）也就不难推出了。

最后四句，又由对历史的回顾回到现实的环境中来。"戍客望边色"一句，实际上是对第一层四句的总括，"边色"即前四句所描绘的关山明月、长风万里的边塞景色。但"望"中有"思"，则第二层的意蕴也隐寓其中。"思归多苦颜"则是戍客此际面对迢递关山阻隔和一轮明月时所引发的思念家乡而难归的感情。"高楼当此夜，叹息未应闲"，是戍客对远在中原家乡的妻子此时独居高楼，怀念远人，不停地叹息的情景的遥想，采取的是从对面着笔的写法，更深一层地表现出对家人的思念怀想和深情体贴。由于中间一段对悠远历史的回顾与沉思，戍客的"思归"之情和高楼思妇的"叹息"也变得更加深沉了。

全诗内容，虽可以戍客望边色而思归一语概括，但这种概括永远不可能替代诗人所创造的涵盖历史时空的雄浑苍茫、悠远深邃的诗歌意境。如果没有开头四句那种阔远苍茫的关山明月的图景，长风万里、吹度玉关的磅礴气势，以及由它们所组成的雄浑阔远意境，这首诗便要大为减色，而且显示不出李白诗歌的个性。

杨叛儿①

君歌杨叛儿，妾劝新丰酒②。何许最关人③？乌啼白门柳④。乌啼隐杨花，君醉留妾家。博山炉中沉香火⑤，双烟一气凌紫霞。

[校注]

①《杨叛儿》，六朝乐府《西曲歌》曲调名。杜佑《通典》卷一

百四十五:"《杨叛儿》,本童谣也,齐隆昌时,女巫之子曰杨旻,随母入内,及长,为太后所爱。童谣云:'杨婆儿共戏来。'语讹遂成《杨叛儿》。"《旧唐书·音乐志》:"《杨伴儿》,本童谣歌也。齐隆昌时,女巫之子曰杨旻。旻随母入内,及长,为后所宠。童谣云:'杨婆儿,共戏来。'而歌语讹,遂成《杨伴儿》。"《乐府诗集》卷四十九《清商曲辞·西曲歌》收《杨叛儿》古辞八首,其一首云:"暂出白门前,杨柳可藏乌。欢作沉水香,侬作博山炉。"李白之作,即据此首展衍发挥而成。詹锳《李白诗文系年》系此首于开元十四年(726)游金陵时,云:"诗中有句云:'何许最关人?乌啼白门柳。'虽衍古词而亦即景,盖少年浪游金陵时作。"②新丰酒,新丰所产之名酒。王维《少年行》"新丰美酒斗十千,咸阳游侠多少年"之新丰美酒指长安东新丰镇(今西安市临潼区东北)所产之美酒。而清钱大昕《十驾斋养新录》卷十一云:"丹徒县有新丰镇,陆游《入蜀记》:六月十六日,早发云阳,过夹冈,过新丰小憩。李太白诗云:'南国新丰酒,东山小妓歌。'又唐人诗云:'再入新丰市,犹闻旧酒香。'皆谓此,非长安之新丰也。然长安之新丰亦有名酒,见王摩诘诗。"钱氏所引李太白诗题为《出妓金陵子呈卢六四首》(其二),谓"南国新丰酒",自非指长安之新丰。丹徒在南京附近,与此诗作于游金陵期间正合。③何许,犹何所、何处。关人,牵动人的感情、思绪。④《杨叛儿》古辞:"暂出白门前,杨柳可藏乌。"白门,南朝宋都城建康(今江苏南京市)宣阳门的俗称。《南史·宋纪下·明帝》:"宣阳门谓之白门,上以白门不祥,讳之。尚书右丞江谧尝误犯,上变色曰:'白汝家门!'"宣阳门系建康之正南门。或说,指建康西门。《通鉴·齐中兴元年》胡三省注:"白门,建康城西门也。西方色白,故以为称。"⑤博山炉,古香炉名,因炉盖上的造型类似传闻中的海中名山博山而得名。《西京杂记》卷一:"长安巧工丁缓者……又作九层博山香炉,镂为奇禽怪兽,穷诸灵异,皆自然运动。"梁吴均《行路难》:"博山炉中百和香,郁金苏合及都梁。"沉香,一种名贵香木。晋嵇含《南方草木状·蜜香沉香》："交趾有蜜香，树干似柜柳，其花白而繁，其叶如橘。欲取香，伐之，经年，其根干枝节，各有别色也。木心与节坚黑，沉水者曰沉香。"《南史·夷貊传上·林邑国》："沉木香者，土人斫断，积以岁年，朽烂而心节独在，置水中则沉，故名曰沉香。"古代亦用沉香作熏香用。

[笺评]

谢枋得曰：太白此诗盖衍古乐府义，而声调愈畅。（近藤元粹编《李太白诗醇》引）

严评曰："乌啼"二句：赋、比、兴俱现。（同上引）

杨慎曰：古乐府："暂出白门前，杨柳可藏乌。欢作沉水香，侬作博山炉。"李白用其意，衍为《杨叛儿》……古人谓李诗出自乐府古选，信矣。其《杨叛儿》一篇，即"暂出白门前"之郑笺也。因其拈用，而古乐府之意益显，其妙益见。如李光弼将子仪军，旗帜益精明。又如神僧拈佛祖语，信口无非妙道，岂生吞义山，拆洗杜诗者比乎！（《升庵诗话·太白用古乐府》）

朱谏曰：（第一段）言君歌《杨叛儿》之曲，姜劝君以新丰之酒。当此歌曲劝酒之时，何所最关于吾之心情乎？惟白门之柳可以藏乌，乌啼柳间，时物之变最关情也。（第二段）承上言乌啼白门之柳者，隐于柳花之中。斯时也，君则饮酒至醉，留宿于贱妾之家，博山炉中火焚沉香，双烟一气，上凌紫霞。烟虽有二，而气则一也，以见醉留之意，亦无彼此之殊。此《杨叛儿》之曲含淫昵之辞，亦本于童谣也。（《李诗选注》）

严评本载明人批：就古辞演出，若袭若不袭，清脱圆妙，最有风致。

陆时雍曰：《杨叛儿》本词昵亵，此词转入高华。（《唐诗镜》卷十八）又曰：诗言穷则尽，意亵则丑，韵软则庳。杜少陵《丽人行》、

李太白《杨叛儿》，一以雅道行之，故君子言有则也。（《诗镜总论》）

周珽曰：《杨叛儿》，艳而亵。（《删补唐诗选脉笺释会通评林·盛七古》）

《李诗直解》卷三：此咏乐府之童谣而致情艳之词也。言君歌《杨叛儿》之谣曲，妾劝新丰之美酒。何许《杨叛儿》之古曲最为关人，而春色已深，乌啼白门之柳矣。乌啼则隐于杨花，君遇知己，酣歌而醉，则留妾之家而不去也。古云："欢作沉水香，侬作博山炉。"今博山炉中，用沉香之火，双烟含为一气，而袅凌紫霞之上，妾与君亦若此，愿其长留而不去可矣。

沈德潜曰：即《子夜》《读曲》意，而语不嫚亵，故知君子言有则也。（《重订唐诗别裁集》卷六）

王琦曰："沉水""博山"之句，非太白以"双烟一气"解之，乐府之妙亦隐矣。（《李太白全集校注》）

陈沆曰：诗中杨花与其篇题皆寓其姓也。"君醉留妾家"寓其旨也。香化成烟，凌入紫霞，而双双一气，不少变散，两情固结深矣。其寓长生殿七夕之誓乎？（《诗比兴笺》卷三）

[鉴赏]

六朝《杨叛儿》古辞，现有八首，均为以女子声口写的情诗，多用隐喻手法。李白所拟的这一首写女子偶出白门之外，春色深浓，杨柳繁茂已可藏乌之所，与所爱男子幽会。写得朴素而含蓄。李白的拟作，对古辞中的主要意象（白门、杨柳、乌、沉水香、博山炉）及兴喻手法均加以利用，内容亦仍写男女欢爱，且仍用女子口吻，取第一人称写法。篇幅则较古辞展衍了一倍。它给读者带来的艺术感受却远超古辞，显得炽烈而浪漫，特别是抒写男女欢会方面，更创造出极富象征色彩的诗意境界，使此前及以后的许多同类描写相形失色。

一开头就展现出一对青年男女唱歌劝饮的热烈场景："君"（女子

所爱的男子）纵情高唱《杨叛儿》的歌曲（此《杨叛儿》或谓指童谣，但理解为指乐府《杨叛儿》古辞似乎更贴近现实情境），而"妾"（女主人公）则频频向对方劝酒以助兴。可以看出，这对青年情侣此刻已经进入一种两情欢洽的热烈而忘情的境界。

三、四两句，用设问口吻引出青年情侣欢会所在地——"乌啼白门柳"。这显然是化用古辞"暂出白门前，杨柳可藏乌"的诗句和意象。在古辞中，"白门"（建康宣阳门）作为一个具体地名，指男女欢会之地，历经南朝至唐，它的内涵已经泛化，成为男女欢会之地的一种代称；而"杨柳可藏乌"在古辞中原用以形容春色渐浓的物候特征，以关合男女之情的深浓，李白诗中成了"乌啼白门柳"，仿佛被简化了，只成了一个男女相约欢会之地的代称。但就回答"何许最关人"的设问来说，这已经足够了。因为对于当事的男女双方来说，白门柳色和乌啼就足以唤起他们对已历的一切美好情事的甜蜜回忆。古辞以叙事写景开始，显得起势较为平衍，李白将它拓展为六句，一开头就进入热烈欢洽的唱歌劝酒场景，再引出欢会之地，就使起势显得不平衍而气氛热烈，而三、四句一问一答，又显得灵动飘逸，风神摇曳。

五、六两句，在古辞"杨柳可藏乌"的基础上加以生发，将表现春意深浓的物象景色演化成一个带有隐喻色彩的诗句——"乌啼隐杨花"，而隐喻的内容则是"君醉留妾家"。"杨柳可藏乌"只表现春深柳浓，可以藏乌，它所显示的是季候特征，但"乌啼"则通常与日落相关，因此"乌啼隐杨花"也就自然成了"君留妾家"的隐喻，妙在两句之间，似兴似比似赋，若即若离，意虽明朗，而调则极为灵动跳脱。第六句着一"醉"字，不但上承"劝"字、"酒"字，暗示两情由开始时的热烈欢洽而发展到陶醉乃至沉醉，最后两句的欢会高潮也就呼之欲出了。

"博山炉中沉香火，双烟一气凌紫霞。"这两句承古辞"欢作沉水香，侬作博山炉"加以生发。可以看出，古辞的"沉水香""博山炉"之喻，当是寓意男方投入女方怀抱之后将升腾起爱情之火。南朝乐府中每多女方作热烈真率的主动之态，此喻亦带有这种色彩。李白这诗将古辞的"欢作沉水香，侬作博山炉"简括为一句"博山炉中沉香火"，不仅将"沉水香"的静止状态变成燃烧着的"沉香火"，直接点明了双方由"醉"而至迸发出爱情之"火"，而且将单方的主动变成双方的交融。更奇妙的是紧接着的一句"双烟一气凌紫霞"，将男女欢会的高潮写得既淋漓尽致，又含蓄隽永；既炽热浪漫，又极富象征色彩和浓郁的诗情。男女在真挚热烈情感基础上的欢会，是灵肉一体的纯美境界。但古往今来，能将性爱场景写得极艳而不亵的却很少见。李白的这句诗可以说真正达到了这种纯美的诗的境界。香炉中点燃沉香，升腾起丝丝的香烟，烟气时有互相交叉缠绕之状，诗人从这一现象生发出"双烟一气"的极富象征色彩的隐喻，寓意男女双方精神心灵在极度欢洽中的交融，而"凌紫霞"的夸张渲染则成了双方精神心灵无限升华的绝妙象征。《红楼梦》中的贾宝玉，对心灵的知己黛玉说：咱们一起化烟、化灰如何？被看成是痴话。殊不知"化烟"之语早被李白用过了。"双烟一气凌紫霞"之写欢情，其艳可谓入骨，极浓极烈，却丝毫没有亵狎浮薄的气息，写欢情至此，可叹为观止了。

长干行①

　　妾发初覆额②，折花门前剧③。郎骑竹马来④，绕床弄青梅⑤。同居长干里，两小无嫌猜⑥。十四为君妇，羞颜未尝开⑦。低头向暗壁，千唤不一回。十五始展眉⑧，愿同尘与灰⑨。常存抱柱信⑩，岂上望夫台⑪？十六君远行，瞿塘滟滪堆⑫。五月不可触⑬，猿声天上哀⑭。门前迟行迹⑮，一一生绿苔。苔深不能扫，落叶秋风早。八月蝴蝶来⑯，双飞西园草。感此伤妾心，坐愁红颜老⑰。早晚下三巴⑱，预将书报家。相迎不道远⑲，直至长风沙⑳。

[校注]

①《长干行》，乐府《杂曲歌辞》旧题。长干，里名。《文选·左思〈吴都赋〉》："长干延属，飞甍舛互。"刘逵注："建邺之南有山，其间平地，吏民杂居之，故号为干。中有大长干、小长干，皆相属。"据郁贤皓《李白选集》，大长干巷在今南京市中华门外；小长干巷在今南京市凤凰台南，巷西达长江。《乐府诗集》卷七十二《杂曲歌辞》收《长干曲》古辞一首，崔颢《长干曲》四首、崔国辅《小长干曲》一首，又收李白《长干行》二首（第二首"忆妾深闺里"系张潮之作误入），张潮《长干行》（婿贫如珠玉）一首。内容多写船家青年男女爱情或商人妇的生活与感情。《李白选集》系此诗于开元十四年（726）游金陵时。②妾，古代妇女自称。发初覆额，头发长得刚刚覆盖前额，表示年尚幼小。古代女子十五始笄（绾起头发，加上簪子，表示已成年）。年幼时不束发。③剧，戏耍、玩耍。④郎，称自己的丈夫，也就是昔日的童年伴侣。竹马，将竹竿放在胯下当马骑。⑤床，古称坐具为床。或谓"床"指井床，井旁的栏杆。弄，玩。⑥无嫌猜，不避嫌疑。⑦开，舒展，放开。⑧展眉，犹眉开眼笑，喜悦之情直接流露于眉眼之间。⑨愿同尘与灰，希望像灰尘那样凝为一体。灰与尘为同类，易于凝合，故云。王琦注："言其合同而无分也。"或谓指愿同生共死。⑩抱柱信，《庄子·盗跖》："尾生与女子期于梁（桥）下，女子不来，水至不去，抱梁柱而死。"句意为常存终身相守的信誓。⑪望夫台，《初学记》卷五引刘义庆《幽明录》："武昌北山上有望夫石，状若人立。古传云：昔有贞妇，其夫从役，远赴国难，携弱子饯送此山，立望夫而化为石。"望夫石之传说，各地多有。此句谓岂料竟有丈夫远行，自己时时盼夫归来的离别之苦。⑫瞿塘，即瞿塘峡，长江三峡的头一个峡，在今重庆市奉节县境。滟滪堆，亦作"淫预堆"，系瞿塘峡口突起于江中之大礁石。长江三峡中行船最危险之

处。《水经注·江水》："（白帝城西）江中有孤石，为淫预石，冬出水二十余丈，夏则没。"《太平寰宇记·山南东道·夔州》："滟滪堆周回二十丈，在州西南二百步蜀江中心瞿塘峡口。冬水浅，屹然露百馀尺，夏水涨，没数十丈，其状如马，舟人不敢近……谚曰：'滟滪大如襆，瞿塘不可触。滟滪大如马，瞿塘不可下。滟滪大如鳖，瞿塘行舟绝。滟滪大如龟，瞿塘不可窥。'"⑬五月不可触，指夏天水涨季节，滟滪堆为水淹没，行舟极险，不可触碰礁石。参上句注引民谚。⑭三峡一带，两旁山高林密，时有哀猿长啸，故云。《水经注·江水》："自三峡七百里中，两岸连山，略无阙处。重岩叠嶂，隐天蔽日……常有高猿长啸，属引凄异，空谷传响，哀转久绝。故渔者歌曰：'巴东三峡巫峡长，猿鸣三声泪沾裳。'"⑮迟（zhì），等待。迟行迹，因为等待丈夫来往徘徊而留下的足迹。迟，《全唐诗》校："一作旧。"⑯来，《全唐诗》校："一作黄。"《李太白诗醇》引谢枋得曰："'蝴蝶来'，《文粹》作'蝴蝶黄'。蝶以春来，八月非来时。秋蝶多黄，感金气也。白乐天诗：'秋花紫燕濛，秋蝶黄茸茸'，此可证也。"王琦曰："以文义论之，终以'来'字为长。"⑰坐，殊、甚、深。见张相《诗词曲语辞汇释》。⑱早晚，多早晚、何时。三巴，指巴郡、巴东、巴西。见《华阳国志·巴志》。宋王应麟《小学绀珠》卷三："三巴：巴郡，今重庆府；巴东，今夔州；巴西，今合州。"下三巴，从三巴乘船顺长江而下。⑲不道，有"不知""不顾"二解。前者，如李白《幽州胡马客歌》："虽居燕支山，不道朔风寒。"后者，如李白《忆旧游寄谯郡元参军》："五月相呼度太行，推轮不道羊肠苦。"义均可通。张相《诗词曲语辞汇释》谓此句之"不道"犹云不管或不顾。然细味诗意，似以作"不知"解为长。⑳长风沙，地名，在今安徽安庆市东长江中。本为江中沙洲，现已与北岸相连。《太平寰宇记》卷一百二十五淮南道舒州怀宁县："长风沙在县东一百九十里，置在江界，以防寇盗，元和四年入图经。李白《长干行》云：'相迎不道远，直至长风沙。'即此处也。"陆游《入蜀记》卷三谓自金陵至长风沙七百里，地属舒州，旧最号湍险。

[笺评]

胡震亨曰：长干在金陵，贾客所聚。篇中长风沙在池阳，金陵上流地也。清商吴声《长干曲》，乃男女弄潮往来之词。而此咏贾人妇望夫情，其源出自清商四曲，与吴声《长干曲》不同。（《李诗通》）

杨慎曰：蝴蝶或白或黑，或五彩皆具，惟黄色一种，至秋乃多，盖感金气也。太白诗“八月蝴蝶黄”，深中物理。今本改“黄”为“来”，何其浅也！（《升庵诗话》卷十）

严评曰：（低头向暗壁，千唤不一回）常情羞生，此却羞熟。（五月不可触，猿声天上哀）不可触、天上哀，或近或远难为情。（严评《李太白诗集》）

严评本载明人批：此段意态飞动，是太白本色，与《白头吟》同。

钟惺曰：（首四句）写出小儿女来。（“同居”二句）有许多情在里面，不专是小不解事。（“十四”四句）解事又似太早了，可见“低头向暗壁”，不是一味娇痴。（“相迎不道远”句）酷像，妙，妙！总评：古秀，真汉人乐府。（《唐诗归》卷十五）

谭元春曰：（“同居”二句）《关尹子》“两幼相好”，不如此情深。（“低头”二句）娇痴可想。（“早晚”四句）太白绝句妙口，此四语亦可截作一首矣。人负轻捷妍媚之才者，每于换韵疾佻，结句疏宕，太白尤甚。（同上）

丁谷云曰：《西厢》曲从此脱化。（按：似指“十四”四句）（《李诗纬》卷一）

应时曰：（“同居”二句）二语虽结上，实反起下。（“低头”二句）娇甚，又是反起下。（“门前”二句）烦乱中有条理。（“八月”二句）是急调，方合节奏。（“感此”二句）使全章愈醒。（末二句）有神致。总评：娓娓不尽，曲尽商妇之情，转折有法。（同上）

陆时雍曰：古貌唐音。（《唐诗镜》卷十七）

《李诗直解》：此商人之妇，夫久不归，叙其颠末而致悬望之切也。言我与君子，自小而结为夫妇者。妾发初覆额之时，门前折花而嬉，郎骑竹马，绕床而弄青梅。皆不识不知以乐此春光者。同居长干里，我与郎两小也，有何嫌疑猜忌哉！十四归为君妇，含羞之娇颜，未尝得开，每低头以面暗壁，郎千唤而不一回也。同室相聚一年，而至十五岁矣。常有抱柱之信，虽死不易，岂上望夫之台而伤离别乎！余十六君则远行矣，往瞿塘峡之滟滪堆，五月水涨，不可触犯。妾愁君之历险也，君得无闻猿声而泪堕耶？自君之出也，门前径路久无往还，而当日临行迟回之迹，皆生绿苔。妾亦无心于此，任其深而不能扫也。然春而夏，夏而秋风又早矣。八月蝴蝶秉金气而黄，且双飞西园之草而不孤戏也。感此以伤妾心，而独坐深闺之中，愁肠脉脉，红颜自老，为何也？若得早晚之间以下三巴，计三巴与我长干尚有四千里之遥，预得书报，毋使妾长愁也。我则相迎，不畏道远，直至池阳风沙，上君之舟同还长干，偕老终身而毋令其再行也。此我之愿也，不知何日得如此哉？（卷一）

黄周星曰：虽是儿女子喁喁，却原带英雄之气，自与他人闺怨不同。（《唐诗快》）

焦袁熹曰：写他贞信处极其妖邪，句句小家气，方是此题神理。又曰：化《西洲曲》。（《此木轩论诗汇编》）

沈德潜曰："蝴蝶"二句，即所见以感兴。"长风沙"在舒州，金陵至舒州七百余里，言相迎之远也。（《重订唐诗别裁集》卷二）

《唐宋诗醇》：儿女子之情事，直从胸臆间流出。萦纡回折，一往情深，尝爱司空图所云："道不自器，与之圆方。"为深得委曲之妙，此篇庶几近之。（卷三）

李锳曰：此篇音节，深得汉人乐府之遗，当熟玩之。（《诗法易简录》）

范大士曰：青莲才气，一瞬千里，此篇层折，独有节制。（《历代

诗发》)

章燮曰：首六句，从少时叙起。"十四"四句，言初嫁也。"十
五"四句，叙合卺时满望偕老也。"十六"四句，言远别也。"门前"
八句，言久别感伤也。末四句，妾想归音，使其迎夫有日，路虽远亦
不辞其劳苦也。(《唐诗三百首注疏》)

王闿运曰：明艳娇憨，盖有所指。（《手批唐诗选》卷一）

[鉴赏]

乐府中以"长干"地名为题的有《长干曲》《小长干曲》和《长
干行》。前两者系五言四句的抒情小诗，内容多写江南水乡青年男女
弄潮采莲的生活和爱情，后者则为篇幅较长的带有叙事色彩的五言古
诗，内容多写商人妇对远赴外地经商的丈夫的深长思念。李白这首
《长干行》和另一首《江夏行》，内容均写商妇的离别相思之情，且均
用第一人称的抒写方式。但这首《长干行》却在抒写商妇的离别相思
之情以前，用占全诗一半的篇幅展示了女主人公的爱情从萌生到发展、
到成熟的历程。正是由于这一大段极为出色的叙写，全篇充溢着动人
的真挚爱情的光彩，女主人公的形象也显得相当鲜明和丰满。

诗的前六句，从童年的追忆叙起。女主人公现在的丈夫，就是童
年时期一起嬉戏的伙伴。记忆中的第一个镜头，就是自己的头发刚刚
覆盖前额的孩提时代，折了花枝正在门前游戏，而邻家男孩的你，则
骑着竹马跑来，两人一起绕着井栏，以投掷青梅为戏。古代井栏边常
种有桃李一类果树，"折花""弄青梅"，正是小伙伴们"就地取材"，
互相追逐为戏的情景。而一则"折花门前"，一则"骑竹马"，则又显
示了女童和男孩游戏的不同兴趣。"同居"二句，在点明男女主人公
从小一起在长干里长大的事实和背景的同时，给童年时期两人的亲密
关系作了定位和总结——"两小无嫌猜"。尽管性别不同，但两位童
年伴侣彼此之间却浑沌未凿，毫不避嫌，整天在一起追逐嬉闹。这是

对童年时代异性伙伴间亲密而纯真关系和童年欢乐生活的生动写照。"青梅竹马，两小无猜"的童幼关系当然不等于爱情，却可以为日后的爱情提供最适宜的土壤。

"十四为君妇，羞颜未尝开。低头向暗壁，千唤不一回。"接下来四句，从童幼阶段的回忆忽然跨到对新婚时情景的追忆，笔意跳脱，不黏不滞。"羞颜未尝开"是说在新婚之夕，自己的羞涩表情一直没有消除（羞涩是一种含蓄内敛的表情，故用"未尝开"来形容其未曾消解）。为了进一步渲染"羞颜未尝开"的情景，又回忆起新婚之夜的鲜明细节：自己低着头，面对着暗壁，任新婚丈夫千呼万唤，也不转过脸来。尽管相互之间早就熟悉，似乎没有必要羞涩，但从两小无猜的童真友谊到灵肉交融的新婚夫妇，却是一个大的转折。这种相互间关系性质的突然改变，带来的是一种既熟悉又陌生的新鲜感和羞涩感。不久前还在一起嬉闹的玩伴现在突然成了自己的丈夫，尽管对方的面孔那样熟悉，但今夜面对却突然感到有些陌生；想到两小无猜时的种种亲昵举动，此刻又即将变为夫妇间的亲密行为，更不由得羞涩难持。而"低头向暗壁，千唤不一回"的举动本身，又包含着对原是熟悉玩伴的新郎一种撒娇式的反应，娇柔妩媚，兼而有之。因此，这个极生动传神的细节，将双方关系的变化所引起的心理变化和表情变化，描写得极其真切微妙，准确到位。

"十五始展眉，愿同尘与灰。常存抱柱信，岂上望夫台？"记忆的窗口又打开新的一幕。这已经是婚后的第二年，羞涩的表情才从脸上消失，热烈的情感在眉眼间充分表露出来。从"羞颜未尝开"到"展眉"，是一个由犹存少女的矜持到少妇的炽热爱恋的变化，而"愿同尘与灰"正是对这种炽热爱恋感情的誓言式表达：希望和对方像尘之于灰，永远黏附，结为一体。"常存抱柱信"，是说希望丈夫像传说中的尾生那样，坚守信约，永不离弃；"岂上望夫台"，是说自己也坚信彼此永远相守，永不分离，哪里会料想到夫妇别离，上望夫台引领眺望丈夫归来的痛苦呢？"岂上"句语气陡转，开启下一大段对离别相思之情的抒写。

"十六君远行，瞿塘滟滪堆。五月不可触，猿声天上哀。"婚后的第三年，丈夫外出经商，开始了远行的生活，而女主人公自己也开始了商人妇与丈夫长离，"愁水又愁风"的既怀念思恋又担惊受怕的日子。江南水乡的商人多循江而行，远至巴蜀，而"瞿塘滟滪堆"正是入蜀水程中最为危险的地方，因此她的思绪和想象就聚焦在这一段行程上。她想象丈夫经过瞿塘峡一带时，正是五月水涨，滟滪如襆，舟行至为艰危之时，更何况两岸高山上又有哀猿长啸，在旅途的惊险艰危中又倍感远行的孤子凄清呢。这四句在对丈夫行程的悬想中，流露了女主人公对丈夫的关切和焦虑。

"门前迟行迹，一一生绿苔。苔深不能扫，落叶秋风早。"从这里开始，由对过去的回忆、对丈夫远行的想象转到对当前情景的描写：门前因等待丈夫归来不断徘徊留下的行迹，已经一一长满了绿色的苔藓。绿苔长得越来越深，却没有心思去打扫，转眼间又到了秋风落叶的季节了。等待的足迹一一长满绿苔，暗示等待的时间已经很长，也暗示因为盼归的失望，已经有一段时间没有在门前迟回等待了。而"不能扫"自非因"苔深"之故，而是由于心绪落寞，无心打扫。这几句化景物为情思，将长期的等待写得很美，在电影上是一串极富诗意的镜头组接：长久的相思等待留下的足迹，化为一片绿苔；在绿苔渐次加深的过程中，不断飘洒秋风吹下的落叶，最后在绿苔上堆满了黄叶。长期的等待和失望，心绪的孤寂无聊，都在时序的变换和景物的变化中含蓄而又鲜明地表现出来。

"八月蝴蝶来，双飞西园草。感此伤妾心，坐愁红颜老。"八月的蝴蝶，已经到了它们生命的秋天，但依然双双对对，在西园的草丛上翩翩起舞，呈现着生命的欢乐。面对这种景物，女主人公不禁联想起自己与丈夫长久别离，孤居独处的生活，和在怀念、忧伤中容颜凋伤的情状，因而深深地为自己的红颜变老而惆怅。上面"落叶秋风早"的"早"字，已经暗透在伤离的氛围中容颜早衰的意蕴，到这里更直接挑明愁红颜之易老的伤感。正因为如此，才越发盼望着丈夫的归来。

于是便自然引出下面四句。

"早晚下三巴，预将书报家。相迎不道远，直至长风沙。"盼归的急切，引出对丈夫归期的切盼，希望远行的丈夫在下三巴之前，预先将归期写信相告；而方盼归期，却又预想自己的相迎，思绪跳跃，瞬息变化，正透露出情绪的急切和激动。尤为出人意料的是，女主人公不是设想自己在江边楼头迎候归帆，而是逆水沿江而上，远道相迎。远迎之中，不知路之远近，一直到离金陵七百里的长风沙。这几句全是天马行空的悬想和幻设，说的几乎全是虚语甚至傻话，但流露的却是一片至情，一片缠绵的柔情。

这首诗用第一人称的叙事、抒情方式，追溯了女主人公自己从童年时代与玩伴的天真嬉戏、两小无猜，到新婚时的羞涩幸福、娇柔妩媚，再到婚后的炽热爱恋、誓同尘灰，展现了她的爱情从萌芽到发展、到成熟的历程。在此基础上，叙写了丈夫远赴三巴经商，迟迟未归的长期等待中对他的深情关切和深长思念，以及由此引发的魂飞千里的迎归悬想。全诗塑造了一位在南方商业经济比较发达的地区市民社会普通小家女子的生活经历和感情经历，展现了她的爱情心史，表现了她对真挚爱情和幸福生活的热烈期待和执著追求。从具有较为完整的故事情节和鲜明的人物形象这方面看，它具有叙事诗的基本格局（尽管篇幅不长，仅三十句）。长江中下游一带，南朝以来商业经济就比较发达，尽管传统文人诗中极少涉及这方面的题材，但在江南民歌中对商人及商妇的生活、感情却颇有反映和表现，像《懊侬歌》《莫愁乐》《三洲歌》等吴歌、西曲的曲辞，就带有这方面的内容，但均为五言数句的抒情小诗。用叙事诗的体裁来写商人妇的生活经历、感情经历，特别是她们的爱情生活，李白这首诗无疑是个创举。特别是初试锋芒，就塑造了鲜明的人物形象，更对叙事诗体的发展具有重要意义。李白的成功，除了他年青时代漫游长江中下游地区、"混迹渔商"、对市民社会和商人生活比较熟悉以外，艺术手段的创新应该是一个极其重要的原因。从表面看，诗的前段，是学习民歌中常用的年龄序数写法来叙写女主人公的生活经历，后段则采用民歌中类似四季相思的抒情手法来写女主人公的怀远相思之情。但李白却在年龄序数写法的外壳下注入极具叙事文学特征的元素——经过提炼的典型化细节，来塑造鲜明的人物形象，表现人物的心灵活动，从而使这些描写既具有每一具体生活阶段的鲜明特征和生活气息，又具有鲜明的叙事性质和浓郁的抒情色彩。像童幼时期的青梅竹马、两小无猜的叙写，就不仅生动地展现了儿童的天真活泼，而且显示了异性童年伙伴之间那种心灵毫不设防的纯真和亲密关系，以致使历代的人们用它来概括类似的生活经历和美好的感情记忆。这正是这段描写具有典型性和叙事、抒情紧密结合特征的突出表现。新婚时期的羞涩和矜持、娇柔妩媚中流露的幸福与甜蜜，更是画笔难到的化工之笔。后段从丈夫出发远行，到设想中的五月过瞿塘，再到落叶秋风、八月西园、蝴蝶双飞，时序的变换中有人物的活动（丈夫的行踪、自己的门前伫候），叙事的格局仍隐然可见，并结合时序变换，不断变换景物，且在景物描写中注入了真挚强烈的相思怀远之情，于叙事、写景、抒情的结合中着重抒写人物的心灵活动，使人物的内心情感表现得更为细腻委婉、深刻动人。而篇末的魂飞天外、远道相迎的设想更使人物的感情活动达到高潮，为塑造人物、表现心灵添上了最光彩的一笔。

这首诗的浓郁抒情色彩，和通篇采用第一人称的叙事抒情写法有密切关系。六朝民歌本多用女子的口吻抒情，李白将它运用到叙事诗中，是一种创举。全篇就像是女子的心灵独白，又像是一封充满缱绻柔情的诗体书信，在和想象中的远方丈夫进行心灵的交流。当女主人公追忆童幼时期青梅竹马的嬉戏和新婚之夕"低头向暗壁，千唤不一回"的情景时，就不仅仅是重温心灵深处难以忘却的记忆，而且是在和远方的丈夫共同享受昔时的欢乐和甜蜜。由于心灵中有亲密的倾诉对象，这一切回忆、思念和对自己长期伫望情景的叙写，便变得特别亲切感人。特别是篇末四句，更像是和远在千里之外的丈夫进行直接的对话，忘情之语中正溢出一份至真至诚的感情，一种令人解颐的谐趣，这种"儿女子情事，直从胸臆间流出"的艺术效果，如果改成第三人称的客观叙述方式，恐怕要削弱不少。从这里，也可窥见诗人真率自然的个性和他所歌咏的对象之间的天然密合程度。

诗分前后两段，每一段中随着年龄和时序的变化又自然形成小的层次和转折。但读来却一气流注，转折自如，具有鲜明的整体感。这是因为诗人紧紧把握住了女主人公感情发展的脉络，将叙事（包括细节描写）、写景和抒情紧密结合、融为一体的缘故。前后两段，一则侧重叙事，一则侧重写景，如不注意，也易造成脱节。诗人则先用"岂上望夫台"句为下段写离别预作逗引，继又在"十六君远行"四句中，参用年龄序数的写法和季候物景的写法，从而形成极自然的衔接过渡，使读者仿佛在不经意之间就从前段的回忆过渡到了后段的怀思，这种行云流水式的无缝对接，也显示了诗人高超的艺术才能。

塞下曲六首（其一）①

五月天山雪②，无花只有寒。笛中闻折柳③，春色未曾看。晓战随金鼓④，宵眠抱玉鞍⑤。愿将腰下剑，直为斩楼兰⑥。

[校注]

①《乐府诗集》卷二十一汉横吹曲《乐府解题》："汉横吹曲，二十八解，李延年造。魏、晋已来，唯传十曲：一曰《黄鹄》，二曰《陇头》，三曰《出关》，四曰《入关》，五曰《出塞》，六曰《入塞》，七曰《折杨柳》，八曰《黄覃子》，九曰《赤之扬》，十曰《望行人》。后又有《关山月》《洛阳道》《长安道》《梅花落》《紫骝马》《骢马》《雨雪》《刘生》八曲，合十八曲。"又于《出塞》下解题曰："《晋书·乐志》曰：'《出塞》《入塞》曲，李延年造。'……按《西京杂记》曰：'戚夫人善歌《出塞》《入塞》《望归》之曲。'则高帝时已有之，疑不起于延年也。唐又有《塞上》《塞下》曲，盖出于此。"李

白《塞下曲六首》，除第四首为五排外，其余五首均为五律；且第四首写思妇远忆边城之丈夫，与其他五首均写征戍之士的征战生活，内容亦有别。故詹锳《李白乐府集说》谓第四首"本是《独不见》诗，后世编太白集者误入《塞下曲》中耳"。《乐府诗集》将此六首列入《新乐府辞》。郁贤皓《李白选集》谓："这组诗作年莫考。从诗中多写朝廷出兵推测，疑为天宝初在长安所作。"安旗等《李白全集编年注释》则系于天宝二年（743），均无显证。②天山，在今新疆境内。详李白《关山月》注②。③折柳，指《折杨柳》曲。系乐府鼓角横吹曲之一，参见注①。《乐府诗集》鼓吹曲辞《折杨柳》解题曰："梁乐府有胡吹歌云：'上马不捉鞭，反拗杨柳枝。下马吹横笛，愁杀行客儿。'此歌辞出之北国，即鼓角横吹曲《折杨柳枝》是也。"④金鼓，指进军作战时用以激励士气的战鼓。《左传·僖公二十二年》："三军以利用也，金鼓以声气也。"又《庄公十年》："一鼓作气。"或谓指钲，其形似鼓，故名金鼓。然钲系行军时用以节制步伐之乐器，与鼓之用以激励进军士气者不同，恐非。《诗·小雅·采芑》"钲人伐鼓"毛传："钲以静之，鼓以动之。"⑤宵眠，夜间睡眠。抱玉鞍，形容夜不敢安睡，时时警备敌情。⑥将，持。直，径。楼兰，汉西域国名，在今新疆罗布泊西。《汉书·西域传》："元凤四年，大将军霍光遣平乐监傅介子往刺其（指楼兰国）王。介子……既至楼兰，诈其王，刺杀之。"又见《汉书·傅介子传》。

[笺评]

朱谏曰：言天山之地，盛夏之时而雪未消，草木无花而寒气未解，惟闻折柳于笛声，而花柳之色实未尝见也。朝则随金鼓以出战，不敢以少纪律；夜则抱马鞍以就寝，不得枕席之宴安。所以忍寒而忍苦者，亦何为哉？欲斩楼兰之首以献阙下，以取封爵之荣，使吾天子无有外顾之忧也。此征戍之出塞者其志如此。（《李诗选注》）

唐汝询曰：此为边士求立功之词，言处苦寒之地，晓则出战，夜不解鞍，欲安所表树乎？思斩楼兰以报天子耳。雪入春则无花，五月可知，是真春光不到之地也。（《唐诗解》卷三十三）

严评本载明人批：是律诗。意不为奇，只是道得妙。太白公前后《塞下》三首，足敌老杜前后《出塞》。

朱之荆曰：三、四一气而下，妙极自然，故不用对。另是一体，究非常格。（《增订唐诗摘抄》）又曰：两截格。前半塞下之地，后半塞下之人。此首言立功者之劳苦。次首见立功未必及己。西域天山冬夏常有雪。（《闲园诗抄》）

沈德潜曰：太白"五月天山雪，无花只有寒。笛中闻折柳，春色未曾看。"一气直下，不就羁缚……此皆天然入妙，未易追攀。（《说诗晬语》卷上）又曰：（前二联）四语直下，从前未具此格。（《重订唐诗别裁集》卷十）

应时曰：（颔联）二句言塞外耳目之凄，又承"寒"字。（颈联）叙事。（尾联）叙志。总批：前凄极，后不如此转则索矣。（《李诗纬》）

屈复曰：雪入春则无花。前言塞下寒苦若此。五、六言其苦更甚。两层逼出"直为斩楼兰"，言外见不再来塞下受此苦也。意甚含蓄。（《唐诗成法》）

《唐宋诗醇》：高调入云。于声律中行俊逸之气，自非初唐可及。

黄叔灿曰：天山积雪，五月犹寒，搭上"无花"二字，便觉惨然。塞上无春，不见杨柳，添出笛中闻得，更极悲凉。"随金鼓""抱玉鞍"，言无休息，语似壮而情实迫也，四十字中不假雕镂，自然情致。（《唐诗笺注》）

陈德公曰：前半爽逸高凉，后亦稳亮。（《闻鹤轩初盛唐近体读本》）

卢㻞曰："晓""随""宵""抱"正欲立功境外耳，故落句自可直接。（同上）

李锳曰：前四句全用单行法。又曰：前四句一气直下，不用对偶，

倍见超逸。此以古诗格力运于律诗中者。（《诗法易简录》）

李调元曰："五月天山雪，无花只有寒。"随手拈来，俱如奇峰峭壁，插地倚天。才人固无所不可，若他人有此句，必用入腹联矣。（《雨村诗话》）

梅成栋曰：四语直下，从前未见此格（按：此袭沈德潜评）。忽从天外落笔，想见用笔之先已扫尽多少。（《精选五七言律耐吟集》）

吴汝纶曰：（"五月天山雪，无花只有寒"）淡语便自雄浑。（《唐宋诗举要》卷四引）

近藤元粹曰：声律尽协，严沧浪以为近乎近体律诗，洵然。（《李太白诗醇》）

[鉴赏]

前人或谓李白长于乐府歌行而短于律诗。但他的五言律共有七十余首，且颇多能见李白艺术个性的佳作。这首《塞下曲》便写得纵逸豪宕，一气呵成，雄浑自然，极具神骏之致。

起句语平而意奇。"五月天山雪"，似信口道出，朴素平易，不稍修饰，却给人以惊奇突兀之感。这种感受，缘于它所揭示的自然现象。五月仲夏，在内地已是炎威初显之时，而在天山一带，竟然白雪皑皑，寒威逼人。这就和岑参笔下的"胡天八月即飞雪"同样给人以惊奇感。妙在次句接以"无花只有寒"，顿觉逸气横生，诗趣盎然。"无花"妙语双关，既暗示这"天山雪"并非洒空飘舞的雪花，而是终年不消的天山上的皑皑积雪；又兼指春天开放的花卉。一句而兼绾二意，而这两层含义又都突出了"只有寒"。"无"与"有"的对照，突出了天山之地的苦寒和不见春色。"无花"是视觉感受，"只有寒"是触觉感受。"只有"二字，意似强调"寒"字，但全句的语调却显得轻松平常，和首句的风调一致。

颔联出句转写听觉感受。军营中传来了羌笛的声音，吹奏的正是征人熟悉的《折杨柳》曲调。杨柳是春天的标志，春色的代称，《折杨柳》的曲调，使征人很自然地联想到春光烂漫的景象，可是眼前的五月天山，竟是积雪皑皑，寒威逼人，既不见春花之烂漫，又不见杨柳之袅娜，故说"春色未曾看"。两句中"闻"与"看"的矛盾，构成了耐人寻味的略带遗憾的苦涩和幽默。

整个前幅，均写边塞苦寒景象。确如前人所评，"一气直下，不受羁缚""不用对偶，倍见超逸"。但包含在这种风调中的内在感情意蕴，则未见有人揭出。细加吟味，便不难感受到在平易朴素、流畅自如的格调中，流注着一种对上述自然景象坦然面对、不以为苦的感情和态度。尽管面对"无花只有寒""春色未曾看"的环境，也会有遗憾与苦涩，但这本来就是边地的本色。"羌笛何须怨杨柳，春风不度玉门关"，既"何须怨"，那就淡然面对了。将艰苦的环境用轻松流畅的语调来表达，正缘于诗人的感情是朗爽而充沛的，"一气直下"的"气"当中就蕴含了这种朗爽而充沛的感情。

腹联方由自然环境的描写转到征战之事上来，但只出以极概括之笔，以"晓战""宵眠"概写无数个日日夜夜的征战生活。清晨随擂响的战鼓上阵，奋力拼杀，而一日之紧张战斗已寓其中。而夜间睡眠，犹抱马鞍而憩。这个细节，既渲染了军情的紧张，也烘托出战士的高度警觉，较之枕戈待旦的成语似更为生动形象。"随""抱"二字，已隐隐透出征戍将士行动之习惯与自觉，逗下"愿"字。一路写来，至此方用工丽的对仗作一转折顿宕，使诗显示出分明的节奏感，不致直泻而下，一览无余。特意选用"金鼓""玉鞍"这种华美的字面，是为了表现对战争的感情、态度并非厌恶与逃避，而是抱着一种豪迈的感情勇敢地投入。这就自然引出诗的尾联对报国之志的表达。

"愿将腰下剑，直为斩楼兰。"这一联用了傅介子用计斩楼兰国王的典故，但舍弃原典故中傅介子利用楼兰王贪财的本性，设计刺杀的权谋机诈内容，化为战场上光明正大的搏杀决斗，突出将士持腰下宝剑，勇往直前斩取敌酋的英雄形象，为全诗作了淋漓尽致、笔酣墨饱的收束。"直为"二字，即勇往直前为国之意，语气斩截，气概豪雄，是表达报国豪情的着意之笔；或解为"只为"，不免意味大减，顿失豪雄之气。

全诗主旨，集中体现在尾联。但如果没有前面三联对自然环境、战斗生活的艰苦紧张的出色渲染，则尾联的正面主题表达便会因失去有力的衬垫而显得平淡苍白。但如果在前六句的描写中渗透贯注的是一种悲凄怨苦、畏惧逃避的感情，则尾联的主旨表达亦成无源之水。

赵翼《瓯北诗话》评李白五律说："盖才气豪迈，全以神运，自不屑束缚于格律对偶，与雕绘者争长。然有对偶处，仍自工丽，且工丽中别有一种英爽之气，溢出行墨之外。"这段话用来评这首诗，也是非常恰当的。

玉阶怨①

玉阶生白露②，夜久侵罗袜。却下水晶帘③，玲珑望秋月④。

[校注]

①《玉阶怨》，乐府旧题。《乐府诗集》卷四十三《相和歌辞·楚调曲》载齐谢朓、虞炎《玉阶怨》，均五言四句抒情小诗。谢朓之作显为宫怨诗，李白此篇，显受小谢诗影响。胡震亨曰："班婕妤失宠，供养太后长信宫，作赋自悼，有'华殿尘兮玉阶苔'之句，谢朓取之作《玉阶怨》，白又拟朓作。"按谢朓《玉阶怨》云："夕殿下珠帘，流萤飞复息。长夜缝罗衣，思君此何极！"②玉阶，玉石砌成或装饰的宫中台阶，亦为台阶的美称。《文选·班固〈西都赋〉》："玄墀扣砌，玉阶彤庭。"张铣注："玉阶，以玉饰阶。"李善注："白玉阶。"③却，还，仍。下，放下。水晶帘，用水晶串制成的帘子。④玲珑，明亮澄澈貌。此处形容秋月。

[笺评]

刘辰翁曰：矜丽素净可人，自愧前作。（《唐诗品汇》卷三十九引）

萧士赟曰：太白此篇无一字言怨，而隐然幽怨之意见于言外。晦庵所谓圣于诗者，此欤？（《分类补注李太白诗》卷五）

桂天祥曰：怨而不怒，可入风雅。后之作者多少，无此浑雅。（《批点唐诗正声》）

郭濬曰：怨而不怒，浑然风雅。（《增定评注唐诗正声》）

李沂曰：从未有过下帘望月者，不言怨而怨自深。（《唐诗援》）

钟惺曰：一字不怨，怨深。（《唐诗归》卷十六）

唐汝询曰：玉阶，天子之后庭。宫人失宠，对之而怨，故以名篇。露生既深，故下帘而入室。犹不能寐，而望月徘徊。是岂无感而然耶？注谓无一字言怨，怨乃独深。（《唐诗解》卷二十一）

《李诗直解》：此拟宫词。不言怨而怨之意隐然于言外也。言玉阶之上，白露生矣。夜久而徘徊阶际，零露瀼瀼，湿侵罗袜，不得不入屋内，却下水晶之帘，而月光与水晶，相映玲珑，以望秋月。则迢迢长夜，寂坐以守之，安忍孤眠也。（沈寅、朱崑补辑）

应时曰：（前二句）不露骨。（末二句）一转更深。总评：只二十字，藏无数神情。（《李诗纬》）

徐增曰：《相和歌》楚调十曲有《玉阶怨》。宫人望幸，伫于玉阶，不觉已夜深矣。露侵罗袜，已见立不耐烦。则走入宫中，倚于水晶帘下，不强立于露中。却性急，把帘子放下，于是去睡便了。而望幸之心尚未断绝，却又在帘缝里望月，真是绝倒。玲珑，正指帘隙处而言。夫在玉阶，且见白露，在帘下，止见秋月，而君王之消息杳然，那得不怨。（《而庵说唐诗》卷七）

王尧衢曰："玉阶生白露。"宫人望幸，伫立玉阶不觉夜深而白露生矣，"生"字有意。"玲珑望秋月"，却又不忍便睡，倚着帘儿，从帘隙中望玲珑之月，则望幸之情，犹未绝也。虽不说怨，而字字是怨。（《古唐诗合解》卷四）

沈德潜曰：妙在不明说怨。（《重订唐诗别裁集》卷十九）

《唐宋诗醇》：妙写幽情，于无字处得之。"玉颜不及寒鸦色，犹带昭阳日影来。"不免露却色相。（卷四）

蒋杲曰：玉阶露生，望之久也；水晶帘下，望之绝也。怨而不怨，唯玩月以抒其情焉。此为深于怨者，可以怨矣。（《唐宋诗醇》卷四引）

黄叔灿曰：始在阶前，继居帘内，当夜永而不眠，藉望月而自遣。曰"却下"，曰"玲珑"，意致凄恻，与崔国辅"浮扫黄金阶"诗意同。一曰"不忍见秋月"，一曰"玲珑"见秋月，各极其妙。彼含"不忍"字，此含"望"字。（《唐诗笺注》）

杨逢春曰：首二是写望月之久，却不说破，只言夜久侵露，转出下帘意味。第四转从"下帘"逆折清夜望月，则其辗转凝眄，清夜不眠之况如见矣。悲凉凄婉，含"愁"字之神于字句之外。（《唐诗偶评》）

吴敬夫曰：是"玉阶怨"，而诗中绝不露"怨"意，故自佳。（《唐诗归折衷》引）

李锳曰：无一字说到怨，而含蓄无尽，诗品最高。"玉阶生白露"，则已望月至夜中，落笔便已透过数层。次句以"夜久"承明，露侵罗袜，始觉露深夜重耳。然望恩之思，何能遽止？虽入房下帘以避寒露，而隔帘望月，仍彻夜不能寐，此情复何以堪！又直透到"玉阶"后数层矣。二十字中，具有如许神通，而只淡淡写来，可谓有神无迹。（《诗法易简录》）

吴文溥曰："玲珑"二字最妙，真是隔帘见月也。（《南野堂笔记》）

李慈铭曰："玲珑"二字，冷寂可想。其取神乃在"却下"二字，

有清宫长夜，惝怳无眠光景。(《唐人万首绝句选》评)

严评曰：上二句，行不得，住不得；下二句，坐不得，卧不得。赋怨之深，只二十字可当二千言。(《李太白诗醇》引)

俞陛云曰：其写怨意不在表面，而在空际。第三句云"却下水晶帘"，则羊车之绝望可知。第四句之隔帘望月，则虚帷之孤影可知。不言怨而怨自深矣。(《诗境浅说》续编)

刘永济曰：初则伫立玉阶，立久罗袜皆湿，乃退入帘内，下帘望月。未尝一字及怨情，而此人通宵无眠之状，写来凄冷逼人，非怨而何！(《唐人绝句精华》)

刘拜山曰：谢朓同题诗云："夕殿下珠帘，流萤飞复息。长夜缝罗衣，思君此何极！"可谓工于言情矣。然明说"思君"，尚觉意尽言内。此诗则情在景中，神传象外，真严羽所谓"不涉理路，不落言铨"者矣。(《千首唐人绝句》)

[鉴赏]

李白是一位感情极其浓烈而且常在诗中作爆发式倾泻的诗人，即使在一些五七言绝句中，也常以自然真率的表达见长。但这首抒写宫怨的小诗，却一反常态，写得极其含蓄蕴藉、细腻委婉，不但诗中女主人公的感情表达得极其隐微，而且诗人自身的感情倾向也自始至终没有正面的流露，通篇都像是不动声色的纯客观描写。

诗的前幅写女主人公夜间久立玉阶。"玉阶"是宫殿中玉石的台阶，它和第二句的"罗袜"、第三句的"水晶帘"等物象的组合，暗示主人公的身份是宫中的女性。至于这位女子究竟是望幸的妃嫔，抑或失宠的宫妃，甚至是连望幸的奢望都没有的普通宫人，则不必细究，可以任人自行推想。"玉阶生白露"，似乎只是纯客观地写夜间物象，但句中那个似不经意的"生"字，却暗透了时间的推移、景象的变化和女主人公感受的变化。原来这位女子在玉阶上伫立、徘徊已久，不知不觉间已经到了深夜，玉阶上已经滋生了晶莹的露水，女主人公在目接身受之际，也感到了一阵沁人的凉意。

次句更进一步，用"夜久"既点醒上句的"生"字，且暗示玉阶白露既生之后，女主人公仍伫立徘徊其间，以致白露由"生"而浓，久立其间，不觉凉露侵湿罗袜，感到侵肤沁骨的寒凉。"侵"字和上句的"生"字，虽一则侧重写触觉感受，一则侧重写客观物象，但都带有渐进的意味，非常细腻地传达出女主人公对凉露的感受由浅至深的变化过程。"罗袜"的意象，或与曹植《洛神赋》"凌波微步，罗袜生尘"之语有些瓜葛，令人自然联想到这位女子的姿容仪态之美。

后幅更换场景，由室外回到室内。两句写了前后相续的两个动作：放下水晶帘，望玲珑之秋月。于"下水晶帘"之前着一"却"字，便让人感到有多少无奈、无限幽怨含蓄其中。女主人公由伫立徘徊玉阶而返回室内，最直接的原因当是由于感到不胜寒意之袭人，故返室后一个自然的动作便是放下帘子，似乎要借此稍隔外界寒凉的侵袭，稍减心头的凄寒孤寂之感。这"却"字正透露了女主人公此刻这种聊欲排遣凄寒孤寂感受的心态。按照常情，下帘之后，当准备就寝，然而接下去的行动却是"望秋月"。这便暗示女主人公由于凄寒孤寂，根本就无法入睡。而且像这样伫立玉阶、痴痴望月，中宵不眠的情景已经不知重复过多少次。这"望"不是玩赏，亦非望月怀远，而是怀着长夜无眠的孤寂凄寒，怀着满腔的幽怨与无奈，带着茫然的神情，痴痴地、长久地望月。"玲珑"二字，自是形容秋月的明澈皎洁的，但由于是隔着水晶帘望月，这"玲珑"也就似乎兼具形容水晶帘的晶莹透明的意味，这正是诗歌语言模糊性的妙用。

读到这里，会恍然发现这首诗所展示的所有物象，几乎全都具有莹洁透明的特征。玉石砌成的台阶，晶莹透明的白露和水晶帘，乃至轻薄透明的罗袜，明净莹洁的月光，构成一色的清莹皎洁的境界。但这清莹皎洁的物象和境界，却又都成为女主人公凄寒孤寂处境与心境的一种衬托乃至象征，似乎在它们身上都散发出一股寒凉凄冷之意，弥漫于整个室内室外的空间，而女主人公那莹洁而又寂寞凄清的风神也就自然浮现在我们面前了。同时，玉阶、罗袜、水晶帘等物象，又都带有华美的色彩，而这一切，也都成了女主人公凄寒孤寂处境与心境的有力反衬。

通篇展现的是一个无言而凄然神伤的境界。除前两句暗透的伫立徘徊玉阶的行动，后两句明写的下帘与望月的行动外，女主人公始终默默无言。她的全部感受、心绪和幽怨都借助物象与行动曲曲传出。处此孤寂凄寒之境，她的无限幽怨又能向谁诉说！不但女主人公无言，诗人亦无言，而诗人的无言正透露出对女主人公最深切的同情。比较之下，他的另一首题为《怨情》的小诗："美人卷珠帘，深坐颦蛾眉。但见泪痕湿，不知心恨谁？"就不免落于言筌，难称高格了。

清平调词三首①

云想衣裳花想容②，春风拂槛露华浓③。若非群玉山头见④，会向瑶台月下逢⑤。

一枝秾艳露凝香⑥，云雨巫山枉断肠⑦。借问汉宫谁得似？可怜飞燕倚新妆⑧。

名花倾国两相欢⑨，长得君王带笑看。解释春风无限恨⑩，沈香亭北倚阑干⑪。

[校注]

①清平调，唐大曲名。《乐府诗集》卷八十列此三首于近代曲辞，题内无"词"字。唐李濬《松窗杂录》载此诗本事云："开元（当作"天宝"）中，禁中初重木芍药，即今牡丹也。得四本红、紫、浅红、通白者，上因移植于兴庆池东沈香亭前。会花方盛开，上乘月夜召太真妃以步辇从。诏特选梨园弟子中尤者，得乐十六色。李龟年以歌擅一时之名，手捧檀板，押众乐前欲歌之。上曰：'赏名花，对妃子，

焉用旧乐词为？'遂命龟年持金花笺宣赐翰林学士李白，进《清平调》词三章。白欣承诏旨，犹苦宿醒未解，因援笔赋之……龟年遽以词进，上命梨园弟子约略调抚丝竹，遂促龟年以歌。太真妃持颇黎七宝杯，酌西凉州葡萄酒，笑领意甚厚……上自是顾李翰林尤异于他学士。"此三首当作于天宝二年（743）春李白供奉翰林时。②想，想象。或解"想"为似、如、像，虽可道，未免乏韵。③槛，栏杆。露华，露水。④群玉山，神话传说中的仙山，西王母所居。《穆天子传》卷二："癸巳，至于群玉之山。"郭璞注："即《西山经》玉山，西王母所居者。"⑤会，应当、总会。向，在。瑶台，传说中的神仙居处。屈原《离骚》有"望瑶台之偃蹇兮，见有娀之佚女"之句，故此处以瑶台女仙喻杨妃。⑥一枝秾艳，指牡丹花。⑦宋玉《高唐赋序》谓楚怀王"尝游高唐，怠而昼寝，梦见一妇人曰：'妾巫山之女也，为高唐之客，闻君游高唐，愿荐枕席。'王因幸之。去而辞曰：'妾在巫山之阳，高丘之阻。旦为朝云，暮为行雨。朝朝暮暮，阳台之下。'"枉断肠，谓楚怀王只能在梦中与神女相会，醒后则不复见，故空自想念而肠断。⑧可怜，可爱。飞燕，汉成帝皇后赵飞燕。《汉书·外戚传》："孝成赵皇后，本长安宫人……学歌舞，号曰飞燕，成帝尝微行出，过阳阿主作乐。上见飞燕而乐之，召入宫，大幸。有女弟复召入，俱为婕妤，贵倾后宫。许皇后之废也，乃立婕妤为皇后……后宠少息，而弟绝幸，为昭仪，居昭阳舍。"倚新妆，形容赵飞燕新妆甫就时的明艳照人。《西京杂记》卷上："赵后体轻腰弱，善行步进退。"⑨名花，指牡丹。倾国，指杨妃。《汉书·外戚传·李夫人》："延年侍上起舞，歌曰：'北方有佳人，绝世而独立。一顾倾人城，再顾倾人国。宁不知倾城与倾国，佳人难再得。'上（武帝）叹息曰：'善。世岂有此人乎？'平阳因言延年有女弟，上乃召见之。"两相欢，两相赏爱。⑩解释，消释。此句系"春风解释无限恨"之倒文。⑪沈香亭，用沉香木制造的亭，在兴庆宫龙池西。清徐松《唐两京城坊考》卷一兴庆宫："宫之正门西向，曰兴庆殿，殿后为龙池，池之西为文泰殿，殿西北为沈香亭。"阑干，即栏杆。

[笺评]

李濬曰：上自是顾李翰林尤异于他学士。会高力士终以脱乌皮六缝为深耻，异日太真妃重吟前诗，力士戏曰："始谓妃子怨李白深入骨髓，何拳拳如斯！"太真妃因惊曰："何翰林学士能辱人如斯！"力士曰："以飞燕指妃子，是贱之甚矣。"太真颇深然之。上尝欲命李白官，卒为宫中所捍而止。（《松窗杂录》）

严评曰：（第一首）想望缥缈，不得以熟目忽之。（第三首）旖旎动人。

谢枋得曰：（第一首）褒美中以寓箴规之意。（第二首）以巫山夜梦，昭阳祸水入调，盖微讽之也。（第三首）敬贤必远色，明皇释恨，惟在玉环，则张九龄、韩休辈不容于朝不远矣。（《李太白诗醇》卷二引）

萧士赟曰：传者谓力士指摘飞燕之事以激怒贵妃，予谓使力士而知书，则"云雨巫山"岂不尤甚乎！《高唐赋序》谓神女常荐先王以枕席矣。后序文曰"襄王复梦遇焉"。此云"枉断肠"者，并讥其曾为寿王妃。使寿王而未能忘情，是"枉断肠"矣。诗人比事引兴，深切著明，特读者以为常事而忽之耳。（《分类补注李太白诗》）

严评本载明人批：（第二首）此首一仙一人。"巫山"作寿王解，太着迹，只是谓神女不如耳。贬仙褒人，亦非有意。大抵兴趣有馀，随便凑来，头头是道。

胡应麟曰："明月自来还自去，更无人倚玉阑干。""解释春风无限恨，沈香亭北倚阑干。"崔鲁（橹）、李白同咏玉环事，崔则意极精工，李则语由信笔。然不堪并论者，直是气象不同。（《诗薮·内编》卷六）

朱谏曰：明皇贵妃于沈香亭同赏木芍药，白应诏作《清平调》之词，其意归美贵妃。首章言其衣服容貌之美。于此春日花开之时，侍宴于沈香亭上，秀丽绝人之姿出于尘表，宛若群玉山头之王母与瑶台月下之仙娥也。（次章）"一枝秾艳露凝香"者，即所赏之芍药以状贵妃之貌娇丽而润泽也。襄王神娥空自断肠，然恐涉于荒芜，不足为异。惟汉宫之飞燕，靓妆初就，其娇姿逸态或可与之仿佛而比拟耳。（三章）言贵妃之对乎芍药，则名花与夫国色两皆相宜而相欢爱，非惟人之爱花，而花亦爱乎人也。名花国色岂徒自相欢爱自己，吾君亦长爱之。带笑而看之，殊无致也。当此春风之时，解释万机之虑，能使吾君胸次怡然，无有可恨者，其在沈香亭北倚阑干之时乎！对妃子赏名花，相忘于宵旰之外，其乐固无涯矣，又何有于留恨乎！又曰：按明皇与贵妃游乐淫佚之情无由宣泄，托李白以发之，白则迎合为靡靡之辞以助其欢，不能因其情而导以正，乃欲藉此取媚固宠。（《李诗选注》）

唐汝询曰：（首章）言明皇思得美人，见云而想其衣，见花而想其貌。春风滴露之际，良不胜情矣。此非群玉之王母，即瑶台之佚妃，岂易睹乎，盖谓未得时也。（次章）言既得如花之容，觉襄王之梦为徒劳矣。吾想汉宫谁可似者，必飞燕新妆而倚，差为可怜，其他无足齿耳……一云"依"，谓倚藉也。飞燕必须倚藉新妆，然后得似。（三章）此见妃之善媚也。人与花交相为欢，并蒙天子顾盼矣。乃妃心解春风无限之恨，故方倚阑而求媚于君，盖恐恩宠难长也。春风易歇，故足恨。汉武云："欢乐极兮哀情多。"太白于极欢之际加一"恨"乎，意甚不浅。（《唐诗解》卷二十五）又曰：（首章）声响调亮，神彩焕发，喉间有寒酸气者读不得。（《汇编唐诗十集》）又曰：三诗俱砾金石，此篇（指三章）更胜，字字得沈香亭真境。（同上）

梅鼎祚曰：萧注谓神女刺明皇之聚麀，飞燕刺贵妃之微贱，亦太白醉中应诏想不到此。但巫山妖梦，昭阳祸水，微文隐意，风人之旨。（刘文蔚《唐选合选评解》卷四引）

蒋仲舒曰：（首章）"想"，妙，妙，难以形容也，次句下得陡然，

令人不知。(《唐诗绝句类选》引)

《李杜二家诗钞评林》：(首章)"想"字妙，得恍惚之致。(梅鼎祚选辑屠隆集评)

周敬曰：(三章)"带笑"字下得有情。第三句描贵妃心事。(《删补唐诗选脉笺释会通评林》)

郭濬曰：(三章)婉腻动人，"解释"句，情多韵多。(同上引)

周珽曰：太白《清平调》三章，语语浓艳，字字葩流，美中带刺，不专事纤巧，家澹翁谓以是诗合得是语。所谓破空截石，旱地擒鱼者。近《诗归》选极当，何故独不收，吾所不解。(《删补唐诗选脉笺释会通评林·盛七绝》)

陈继儒曰：三诗俱戛金石，此篇(指第三首)尤胜，下字得沈香亭真境。(《唐诗三集合编》) 按：此袭唐汝询评，见上引。

潘耒曰：(第三首)有名花不可无倾国，有倾国不可无君王，三者更拆开不得。(《李太白诗醇》卷二引)

《李诗直解》：(首章)此词极美其容貌而比之以仙也。言云之华彩想其衣裳，花之娇艳，想其容色，而妃之国色天姿不可以想象为真也。当春风而拂槛，玩之露华之中，花之妖媚，倍为浓至，而妃如是矣。此岂人间之所有哉！若非群玉山头见之，则瑶台月下逢耳。真王母天妃之属也，而可易言哉！(次章)此词赞其美而寓讽刺之意也。言一枝浓艳之花，露华凝之，而天香喷发。今妃子亦非凡品，巫山神女始足当之，云雨之行，枉断肠矣。又以后来之国色拟之，借问汉宫谁得似乎？飞燕之美而倚新妆，愈觉其佳冶，故汉帝爱而怜之宜矣。此白以巫山妖梦，昭阳祸水，微文隐讽，风人之旨也。又"枉断肠"者，讥之必不能令终，使异日不能忘情，是"枉断肠"矣。谪仙抑具先见之明与！

丁谷云曰：第二首起句拈花，下三句指贵妃。因转接隔碍，故先生删之。然词气流动可喜，或者首句借花比人稍可耳。(《李诗纬》引)

应时曰：（首章）"想"字妙入天际。以贵妃为主，以花为客，使情景俱现。（三章）（首句）花与人并起。（三句）侧注。（尾句）写出娇态。总评：太白七绝第三句反承，随意所出，皆为警句。（《李诗纬》）

吴昌祺曰：（首章）愚谓首句李言衣如云容如花，用倒装句法加"想"字，则超矣。即指目前，非未得之谓（按：此针对唐汝询之解而发）。此章只言太真。（次章）此章言花而影太真。"枉断肠"者，襄王不遇而今相遇也。按宋玉赋止是王梦，于襄王无与。（萧）注以拟寿王事，非也。（三章）此章合花与人言之。下二句言能消天子无穷之怅者，在亭边一倚，所以带笑而看也。极写妃之媚。（《删订唐诗解》卷十三）

徐增曰：（首章）"云想衣裳花想容"一句，当作四顿语。"云想衣裳"，言唐皇见云即想妃子之衣裳。"花想容"，言唐皇见花即想妃子之容貌。"春风拂槛"承上"云"字来，"露华浓"承上"花"字来。夫云得风则愈见其轻飏，即无云在，有风便可想出云来。花得露则愈觉其鲜妍，即无花在，有露亦可想出花来，而况真有云有花在也，较首句更深一层。此句须略重花上。"风拂"喻妃子之摇曳，"露浓"喻君恩之郑重。唐皇宠爱妃子，觉无处不是妃子，云也是妃子，花也是妃子，即风也是妃子，露也是妃子，即无处不同妃子。若非群玉山头见云，即于瑶台月下逢花，总是极形容君王、妃子一步不相离也。玩"若非"二字口气，亦何曾不在群玉山头见云哉！此仙才摇摆处。会，是逢其会之谓，若无意者然，偏又来得凑巧也。（次章）此首言妃子之得宠于君王，前代无有及者。"一枝秾艳"，即花，以比妃子。"露凝香"，言唐王留恋妃子之色，犹露凝定花之香也。"云雨巫山"……言阳台神女，荐楚襄王先王之寝，此乃是梦，非实际也。就如妃子，朝朝暮暮，在君王之侧也。"枉断肠"，"枉"字是笑神女，言其不能望妃得君之万一，亦徒为之断肠耳。"借问汉宫谁得似？可怜飞燕倚新妆。"夫人臣对君之言，自当有体。若以神女比贵妃，则是以楚王比明皇矣。以神女比妃子，犹可言也；以楚王比唐皇，则不可言也。故于汉宫借得一人来，太真是贵妃，飞燕是后，此白以后重妃子处。"谁得似"，言汉家后妃，其得宠无有如妃子者，庶几还是赵飞燕，一似寻不出人来，而以飞燕来搪塞者，妙，妙。"倚新妆"，言飞燕之色，亦万不及妃子，其所倚借者，在新妆耳。夫女子必须妆饰以见好，毕竟颜色有不如之处。"可怜"二字，是轻飞燕之词。飞燕之色，原不十分足以结成帝之爱，特自成帝之谬宠耳。稗史载：成帝曾私语合德曰："夜愈觉其妍。"则日间不甚妍可知。又载，飞燕矜贵，有微疾，必帝亲匕而后食，此皆其可怜处也。人问：太白既借飞燕来喻，为何又示之以不满？盖飞燕，本长安人，属阳阿主家学歌舞，成帝尝微行出，过阳阿主作乐，见而悦之，召入宫，后立为后。太白因其出身微贱，恐轻妃子，故特示之以不满。士君子立乎人之本朝，口笔岂可不慎。太白细密乃尔，人何得以狂目之哉！后力士虽以此谮白于贵妃，而不知白早已计及此矣，然白立言之妙，尚不止于此也，妙在为唐皇回护。言飞燕之色，不及贵妃，又极微贱，成帝使之正位中宫；妃子之色，远逾飞燕，而唐皇只敕为贵妃。然则唐皇之德，愈成帝远甚。（三章）此首方作唐王与妃子在沈香亭赏木芍药也，《开元遗事》：唐皇时，沉香亭木芍药，一枝二头，朝则深碧，暮则深黄，夜则粉白，昼夜之间，香艳各异，得人主之爱，花也献媚，目为花妖。"名花倾国两相欢"，夫名花生在世间，而不得绝代佳人之赏花，则枉却名花；夫绝代之佳人，而不得在沈香亭赏名花，则亦枉却绝代矣。今妃子、木芍药合在一处，又得风流天子为证明，两不辜负，故云"两相欢"也。"带笑看"，不可唐皇帝笑看妃子，又看名花。盖言唐皇此时眼睛单看妃子，看妃子者，看妃子之看木芍药也。解释，"解"字不可作去声读，解乃解数之解，释即消释之释。自古红颜多薄命，几个能得见天子？即能得见天子备后宫矣，又几个能得宠？即得宠矣，又几个能得宠到底？或怨西宫之夜静，或斸长门之赋金，怀春风之恨者无限。盖女子生性易恨，有一分不如意处便恨。今妃子承宠，于沈香亭北倚栏杆看花之顷，唐皇如此媚他，妃子胸中岂尚有纤微之恨未化耶？写妃子之乐，到十分十厘地位。如今提起"沈香亭"三字，使我犹为妃子欢喜也。真字字飞舞。竟陵辈以为非为太白至处，不入选。从来解此三首诗者，多不得其肯綮，那得使人有好诗作出来，则余之恨又几时得尽能释哉！(《而庵说唐诗》卷十)

毛先舒曰：太白《清平调词》"云想衣裳花想容"，二"想"字已落填词纤境。"若非""会向"，居然滑调。"一枝秾艳""君王带笑"，了无高趣。《小石》跻之坦途耳。此君七绝之豪，此三章殊不厌人意。(《诗辩坻》卷三)

叶燮曰：李白天才自然，出类拔萃。然千古与杜甫齐名，则犹有间。盖白之得此者，非以才得之，乃以气得之也……如白《清平调三首》，亦平平宫艳体耳。然贵妃捧砚，力士脱靴，无论懦夫于此战栗趑趄万状，秦舞阳壮士不能不色变于秦皇殿上，则气未有不先馁者，宁暇见其才乎！观白挥洒万乘之前，无异长安市上醉眠时，此何如气也！(《原诗·外编下》)

叶羲昂曰：(次章) 结妙有风致。(三章) 四出媚态，不以刻意工，亦非刻意所能工。(《唐诗直解》)

田雯曰：少陵《秋兴八首》，青莲《清平词》三章，脍炙千古矣。余三十年来读之，愈知其未易到。(《古欢堂杂著》)

吴烶曰：《清平调三首》章法最妙。第一首赋妃子之色，二首赋名花之丽，三首合名花、妃子夹写之，情境已尽于此，使人再读不得，所以为妙。(《唐诗选胜直解》)

王尧衢曰：(首章) "云想衣裳花想容"，此首言唐皇之宠爱妃子，若无处得离妃者，故见云而想妃之衣裳艳丽，见花而想妃之容色娇好也。"会向瑶台月下逢"，因太真曾奉敕为女冠子，故用群玉、瑶台等字，且比喻其为仙也。(次章) "可怜飞燕倚新妆"，以后比贵妃，是重贵妃处。然飞燕出身微贱，而色亦不及太真，其所倚重者新妆耳。如"可怜"二字，正以飞燕得君宠似太真，而出身与容色万不及太真，所以"可怜"也。抑飞燕以扬太真，礼也。（三章）三章调至此章，方写唐皇与妃子赏木芍药。"名花倾国两相欢"，有名花无佳人，有佳人无名花，俱为不相欢，今木芍药、贵妃合在一处，两不相负，以尽君欢，"沉香亭北倚阑干"，木芍药在阑干以外，倚游以观，君情百倍，则是此花亦能消恨也。岂知春风易歇，太真之无恨，翻为极恨者，乃在马嵬坡耶！（《古唐诗合解》卷五）

黄生曰：三首皆咏妃子，而以花旁映之，其命意始有宾主。或谓初首咏人，次首咏衣，三首合咏，非知诗者也。太白七绝，以自然为宗，语趣俱若无意为诗，偶然而已。后人极力用意，愈不可到，固当推为天才。（首章）二"想"字是咏妃、后语。（次章）首句承"花想容"来。言妃之美，唯花可比。彼巫山神女，徒成梦幻，岂非"枉断肠"乎！必求其似，惟汉宫飞燕，倚其新妆，或庶几耳。（三章）"释恨"即从"带笑"来。本无恨可释，而云然者，即《左传》"君非姬氏，居不安，食不饱"之意。（《唐诗摘抄》卷四）

朱之荆曰：（次章）"枉断肠"者，言襄王不能逢，而今遇之也。倚，倚藉也。倚藉新妆，然后得似。总评：三首固皆是咏妃子，而以花旁映之法，却各不同。此局法之妙，又不可不知。（《增订唐诗摘抄》）

沈德潜曰：三章合花与人言之，风流旖旎，绝世丰神。或谓首章咏妃子，次章咏花，三章合咏，殊近执滞。（次章）初太真持七宝杯酌葡萄酒，笑领歌意。后高力士谓飞燕比拟轻薄，太真潜于上，因而遣之。（三章）本言释天子之愁恨，托以春风，措辞微婉。（《重订唐诗别裁集》卷二十）

王琦曰：（首章）蔡君谟书此诗，以"云想"作"叶想"。近世吴舒凫遵之，且云"叶想衣裳花想容"，与王昌龄"荷叶罗裙一色裁，芙蓉向脸两边开"，俱从梁简文"莲花乱脸色，荷叶杂衣香"脱出，而李用"想"字，化实为虚，尤见新颖。不知何人误作"云"字，而解者附会《楚辞》"青云衣兮白霓裳"，甚觉无谓云云。不知改"云"

作"叶"，便同嚼蜡，索然无味矣。此必君谟一时落笔之误，非原意点金成铁；若谓太白原本是"叶"字，则更大谬不然。（次章）力士之谮恶矣，萧氏所解则尤甚。而揆之太白起草之时，则安有是哉！巫山云雨、汉宫飞燕，唐人用之已为数见不鲜之典实。若如二子之说，巫山一事只可喻聚淫之艳冶，飞燕一事只可喻微贱之宫娃，外此俱非所宜言，何三唐诸子初不以此为忌耶？古来《新台》、"艾豭"（按：指《左传·定公十四年》所载野人之歌"既定尔娄猪，盍归吾艾豭"，艾豭为老公猪，指卫侯为夫人南子所召之宋朝，后以喻渔色之徒）诸作，言而无忌者，大抵出自野人之口。若《清平调》是奉诏而作，非其比也。乃敢以宫闱暗昧之事、君上所讳言者而微辞隐喻之，将蕲君知之耶？亦不蕲君知之耶？如其不知，言亦何益？如其知之，是批龙之逆鳞而履虎尾也。非至愚极妄之人，当不为此。又太真入宫，至此时几将十载，斯时即有忠君爱主之亲臣，亦祇以成事不说，既往不咎，付之无可奈何，而谓新进如太白者，顾托之无益之空言而期君之一悟，何其不智之甚哉！古来文字之累，大抵出于不自知而成于莫须有。若苏轼双桧之诗，而谮其求知于地下之蛰龙，蔡确车盖亭之十绝，而笺注其五篇，悉涉讥讽，小人机穽，深是可畏，然小人陷人为事，其言无足怪。而诗人学士，品骘诗文于数百载之下，亦效为巧词曲解以拟议前人辞外之旨，不亦异乎！（《李太白全集校注》卷五）

沈谦曰：（首章）"云想衣裳花想容"，此是太白佳境。柳屯田"拟把名花比，恐旁人笑我，谈何容易"，大畏唐突，尤见温存，又可悟翻旧换新之法。（《填词杂说》）

袁枚曰：张仪封观察谓余曰：李白《清平调》三章非咏牡丹也。其时武惠妃薨，杨妃初宠，帝对衣感旧，召李白赋诗。白知帝意，故有"巫山断肠""云想衣裳"之语，盖正喻夹写也。至于"名花倾国"，则指贵妃矣。余按《唐书·李白传》，称帝坐沈香亭，意有所感，乃召李白。则此说未为无因。张名裕毂，字诒庭。（《随园诗话》卷十五）

黄叔灿曰：（首章）此首咏太真，着二"想"字妙。次句人接不出，却映花说，是"想"字之魂。"春风拂槛"想其绰约，"露华浓"想其芳艳。脱胎烘染，化工笔也。（次章）此首亦咏太真，却竟以花比起，接上首来。（三章）此首花与太真合写。"解释春风无限恨，沉香亭北倚阑干"，合人与花在内，写照入神。三首章法如此。（《唐诗笺注》）

李锳曰：（首章）三首人皆知合花与人言之，而不知意实重在人，不在花也。故（首章）以"花想容"三字领起。"春风拂槛露华浓"，乃花最鲜艳最风韵之时，则其容之美为何如？说花处即是说人，故下二句极赞其人。（次章）仍承"花想容"言之，以"一枝"作指实之笔，紧承前首三、四句作转。言如花之容，虽世非常有，而现有此人，实如一枝名花俨然在前也。次句即承前首作转，如此空灵飞动之笔，非谪仙孰能有之？（三章）此首乃实赋其事而结归明皇也。出"两相欢"三字，直写出美人绝代风神，并写得花亦栩栩如活，所谓诗中有魂。第三句承次句，末句应首句，章法最佳。（《诗法易简录》）

李调元曰：太白诗有"云想衣裳花想容"，已成绝唱，韦庄效之，"金似衣裳玉似身"，尚堪入目。而向子諲"花容仪，柳想腰"之句，毫无生色，徒生厌憎。此皆李赤之于李白，黄乐地之于白乐天，杜甫鸭之于杜荀鹤，无赖之类所为也。（《雨村词话》卷一）

近藤元粹曰：（首章）清便宛转，别自成风调。（《李太白诗醇》卷二）

刘永济曰：第一首前二句，名花、妃子双写。而以"春风"比恩幸。后两句又以玉山、瑶台之仙灵，双绾名花、妃子以见其娇贵。第二首前两句写名花，后两句写妃子。曰"枉断肠"，神女不如名花也。曰"可怜"，飞燕不如妃子也。第三首总结，点明名花、妃子皆能长邀帝宠者，以能"解释春风无限恨"也。三首皆能以绮丽高华之笔，为名花、妃子传神写照。按"可怜飞燕倚新妆"，"可怜"为可爱之意，此句乃以飞燕比杨妃之美艳。（《唐人绝句精华》）

[鉴赏]

这三首诗虽是应制之作，但所咏对象却是当朝皇帝的宠妃（作诗时杨玉环尚未正式册立为贵妃，但其宠妃的地位、身份早已朝野皆知），而且是一位"资质天挺"的绝代佳人。对于这样一位特殊的歌咏对象，一般诗人可能只想到如何用华美富艳之笔进行描摹刻画，以涂泽为工，而在天才诗人李白的笔下，则虽亦以高华秾丽之语出之，但却避开正面的描摹刻画，纯从虚处着笔、空际传神。他所画出的是这一特殊身份的绝代佳人的风神意态。

由于作诗的背景与玄宗"赏名花，对妃子"的雅兴有密切关联，因此这三首诗都毫无例外地将"名花"与"妃子"联系在一起，以"名花"比拟有"倾国"之姿的杨妃，就成为三首诗的基本构思和贯串线索。但诗人却不将二者作机械的表面的比拟，而是首章一开头就用极为空灵飞动、富于想象的笔调大书"云想衣裳花想容"。意即看到天上飘舞的彩云，就会联想到杨妃的衣裳；看到眼前的名花牡丹，就会联想到杨妃的绝代容颜。"想"即想象、联想，它包含了联想的事物之间的"似"，却绝非"似"的意蕴所能涵盖。将前句的两个"想"字解为"似"，立刻呆相毕露，神味大减，化工之笔便沦为画匠之笔了。在这句中，"云想衣裳"固是衬笔，但却极饶神韵。杨妃是一位能歌善舞、通晓音律的才艺出众的女子。"云想衣裳"之语，令人自然联想起"风飘仙袂飘飖举，犹似霓裳羽衣舞"的意境，因此，它所表现的就不单纯是服饰的华美，而且传达出了善歌舞的杨妃的风神意态之美。

次句即紧承首句"花想容"作进一步的烘托渲染。"春风拂槛露华浓"，是形容牡丹在春风的吹拂和露水的滋润下，开得繁茂富丽，娇艳欲滴，花枝摇曳，轻拂花栏。这是写花，更是借花写人，不但写出杨妃身为宠妃的富贵华艳，而且绘出了其丰肌艳态的特有的美感，

李　白　| 155

着一"拂"字，则轻盈袅娜的风姿也一并写出。而"春风""露华"之语，又自然关合着皇帝的春风雨露式的滋润，却毫不着迹。

三、四句似乎应该正面描绘形容杨妃的容色风姿之美了，却又跳开作空际传神之笔，说如此绝世风姿，如果不是在群玉山头方能遇见，就应是在瑶台月下才能相逢的绰约仙子了。对于绝代佳人，任何刻画形容都有可能是一种亵渎，最聪明的办法就是将其仙化，既传达出自己对这种超凡的美的惊叹和神往，又不留任何因具体形容描绘不当而造成的缺憾，令读者用自己对仙子的美好想象去完成对杨妃形象的创造。而"群玉山头""瑶台月下"的意象组合，又给人一种仙界的高远澄澈、晶莹明洁的美感，使杨妃之美，在富艳华丽、轻盈袅娜的人间之美以外，又多了一层超凡绝尘的仙界之美。

第二首改变写法，开头一句就借花喻人，写出人、花一体的境界。说杨妃就像眼前这秾艳华美，带着晶莹的露水，凝聚着浓郁芳香的牡丹一样，国色天香，华贵清雅。"一枝"二字，亦花亦人，正透出其亭亭玉立的绰约风姿。上首说"露华浓"，这首说"露凝香"，虽均隐含君主雨露的滋润，而前者重在写君王恩宠之浓，此则进一步写出雨露对杨妃国色天香活色生香的作用，仿佛是因为这"露"才凝结留住了牡丹的"香"，较之"露华浓"更富想象，也更饶神韵。

次句似应由借花喻人，亦花亦人过渡到直接写人，却又忽地宕开，作空际转身之笔。但上下句之间的意脉则似断实连。面对如此华艳清雅、国色天香的绝代佳人，那仅能在梦中与巫山神女相遇的楚王便只能在梦醒之后长久追忆，枉自断肠了。这里虽然也隐含以神女之美艳比拟杨妃之意，但重点是借慨叹楚王之梦遇魂牵而赞美玄宗之朝暮相对。虚幻的梦遇与现实的相守的对照，正突出渲染了玄宗的幸福感。

三、四两句，借历史上的帝王后妃之事作比拟，仍用虚笔作侧面衬托烘染。"借问汉宫谁得似？可怜飞燕倚新妆。"故意用设问语，自作问答，以增摇曳的风神韵致，使看似着实的比拟显得轻灵飘逸。这个比拟所强调的"似"只有两点：一是杨妃之美足以与飞燕媲美争胜；二是杨妃所受的恩宠足以与飞燕相比而毫不逊色。其他均非诗人意中所想。需要注意的倒是"倚新妆"的"倚"字。解者或谓"倚"为凭借之义，并由此引申出诗人贬飞燕扬玉环的用意。说飞燕唯有倚借新妆方能与杨妃比美，言下之意是飞燕之美不如玉环，这未免有胶柱鼓瑟之嫌。"倚"固有倚仗、凭借之义，但这里的"倚新妆"完全是正面的赞美之辞，意即飞燕因为新妆（包括装扮服饰）甫就而倍觉明艳照人，光彩夺目。句首的"可怜"和句末的"倚新妆"，正写出了成帝眼中的飞燕新妆甫就之际的可爱和娇艳，也写出玄宗对"倚新妆"的杨妃那种轻怜爱惜的感情。

第三首极写玄宗对"名花"与"倾国"的赏爱。首句人、花并起，着"两相欢"三字，写出人与花交相映衬，益增光彩，彼此相赏，更增欢洽的情景，似乎连花也变得有感情、有灵性了。正因为这样，牡丹与杨妃才博得玄宗的无限赏爱。着一"长"字，写出这种宠爱的恒久与热烈，而句末的"带笑看"三字，则再次表现了玄宗"赏名花，对妃子"时的轻怜爱惜、珍重流连。写"名花"，写"君王带笑看"，实际上也是为了衬托渲染杨妃之美。

妙在三、四句，却又一笔宕开，再次从虚处烘染传神。解者因首章次句"春风拂槛露华浓"中的"春风""露华"有象喻君主恩宠之意，故连类而及，认为"解释春风无限恨"中的"春风"即君王的象征，认为此句是说玄宗的无限愁恨均因"赏名花，对妃子"而消释。这恐怕有些拘执。一则君王的恩宠不等于君王本身，不能以彼例此。二则在"春风拂槛露华浓"的诗句中，写实与象征是自然融为一体的，读者从浑融的意境中自然可以体味出"春风""露华"的象喻意味；而在"解释春风无限恨"的诗句中，若以"春风"为君主的象喻，则显得非常生硬呆滞。且上句既言"长得君王带笑看"，则君王又有何愁恨之可言，更不用说"无限恨"了。不但君王无恨，"春风"亦无恨。实际上三、四两句并非写君王无恨，凭栏赏名花对妃子，而是写春风吹拂下的牡丹含苞怒放，倚栏摇曳飘舞的情景。花含苞未开时固结不解，有似女子之脉脉含愁，故李商隐有"芭蕉不展丁香结，同向春风各自愁"之句。所谓"解释春风无限恨"，即指和煦的春风解开了牡丹无数包含在花苞中的情结，使之朵朵迎风怒放。钱珝《未展芭蕉》有"一封缄札藏何事，会被东风暗拆看"之句，亦可参悟，而"沈香亭北倚阑干"中的"阑干"，亦即"春风拂槛"之"槛"。而一曰"倚阑干"，一曰"拂槛"，所指者均为牡丹花在春风吹拂下摇曳飘舞、倚阑拂槛的情景。而写牡丹之含苞怒放，倚阑拂槛，亦正所以象喻杨妃在玄宗的恩宠下更加光艳照人、婀娜多姿的情状，写花而人即寓其中。由于"解释无限恨"只是对牡丹含苞怒放的一种象喻，则对"无限恨"的内涵就不必再去计较追究。否则，无论是说玄宗或杨妃"无限恨"，都无法讲得通。

这是一种无言而美到极致的境界，亦花亦人，圆满而完美。而达成这一境界的原因，则是"名花""倾国"都"长得君王带笑看"。至此，李白算是对玄宗"赏名花，对妃子"须新词的雅兴交上了一份完美的答卷。

无论是借名花喻倾国也好，借仙子、飞燕赞杨妃也好，借"云雨巫山枉断肠"衬托玄宗之长对妃子也好，通篇三章自始至终对杨妃之美"不着一字"，全用侧面衬托烘染，虚处传神写意的手法。从中可以感受到诗人对杨妃之美怀有一种热烈而惊叹的感情，对如何表现杨妃之美也颇用了一番心思，即有意避开正面的描绘刻画，以免因太实太拘太用力而破坏了对象的完美，亵渎了对象的高华气韵。从艺术效果看，诗人的艺术手段是成功的。尽管读完三章，对杨妃的具体姿容始终如雾里看花，印象模糊，但通过诗人的反复比拟衬染，对杨妃超凡绝世、华艳高贵的整体气韵之美却留下了较深刻的印象。这是因为，诗人用来比拟衬染的神话传说、历史人物和名花异卉，都是美好的，启人遐想的。读者可以通过它们展开丰富的想象，在自己心中完成对杨妃形象的再创造。从这方面说，所谓虚处传神，并非完全凭虚，而是虚中有实，这才不致因虚而空而泛。

历来对这三首诗是否寓有隐讽，看法不一。高力士谮李白于杨妃之前，谓以飞燕喻指妃子，是轻贱妃子的表现，杨妃居然深信不疑。高力士算得上是隐讽说最早的发明者，而杨妃则是最早信奉此说的当事人。其次，萧士赟又变本加厉，从"云雨巫山"的典实中引申出对玄宗父子聚麀的隐讽，恐李白地下有知，当不寒而栗，想不到当日随手拈来的典故竟能罗织出如此"深切著明"的意蕴。再后如徐增之解说，虽深文周纳之手段不如萧氏，而穿凿附会之弊更甚于前人。实则，唐人用典，每只取其一端，而此一端，只能于诗中求之。如飞燕之典，仅取其美貌与受君王恩宠，此自可于"可怜"与"倚新妆"之语中味出；巫山云雨之典，李白亦只取其仅能梦遇，不能日日面对一端，此亦自可于"枉断肠"三字中味出。此外所谓微言大义，均属解者之自说自话。作此三章时，玄宗虽已从开元时期之励精图治而转为乐于宴安，耽于声色，但天宝初年，不但国势繁荣昌盛，朝局亦乱象未萌。玄宗宠幸杨妃之事，在思想比较开放的唐代诗人眼中，不过是太平天子的风流韵事。供奉翰林的李白，其终极理想，当然是"申管晏之谈，谋帝王之术。奋其智能，愿为辅弼"，但当对自己恩遇有加的玄宗"赏名花，对妃子"的雅兴需要自己捧场时，他以词臣的身份，也乐于一展自己的才能。特别是面对名花倾国，诗人也实有赞美的雅兴。而这三首诗，确实为历史上艳称的绝代佳人留下了堪称传神的佳作。即此一端，它就具有不朽的艺术价值。不能因为其后政局演变，乱象既萌，特别是玄宗宠幸杨妃的恶果彰显于世后，以李白对李杨关系的认识以及在诗中对杨妃的隐讽来代替天宝初年李白的思想认识、感情态度。

作为一组应制诗，《清平调词三首》自属上品。它虽也有对君王的捧场，却只限于对其风流韵事的渲染，而绝无出格的谀颂，称得上是艳而有品；对杨妃之美的表现，则称得上是艳而不亵，艳而有韵。这些都反映出李白的人品与诗品，即使在应制诗中也自能保持其应有的品格。就诗艺而论，固有极高华秾丽而气韵灵动的传神描写，但也有像"若非群玉山头见，会向瑶台月下逢""借问汉宫谁得似？可怜飞燕倚新妆"这种稍显拘滞之笔，后者尽管以摇曳之语出之，但毕竟改变不了比拟本身的拘限。

静夜思①

床前看月光②，疑是地上霜。举头望山月③，低头思故乡。

[校注]

①《静夜思》，《乐府诗集·新乐府辞·乐府杂题》载此诗。胡震亨《李诗通》曰："思归之辞，白自制名。"按南朝乐府民歌《子夜四时歌·秋歌十八首》之十七云："秋风入窗里，罗帐起飘飏。仰头看明月，寄情千里光。"李白此诗，内容、体式均受其影响。题名"静夜思"，即抒写静夜中思乡之情。②看，本集各旧本均同。元范德机《木天禁语》作"明"，题明李攀龙《唐诗选》亦作"明"（见李定广《〈唐诗三百首〉的"软硬伤"及其成因》，《文艺研究》2021 年第 1 期），其后，《李诗直解》、王士禛《唐人万首绝句选》、沈德潜《重订唐诗别裁集》均从而作"明"。《乐府诗集》《万首唐人绝句》亦作"看"。③山，本集各旧本均同。高棅《唐诗品汇》、李攀龙《唐诗选》、《李诗直解》、《唐宋诗醇》作"明"。《乐府诗集》亦作"山"。

[笺评]

刘辰翁曰：自是古意，不须言笑。（《唐诗品汇》卷三十九引）

严评曰：前句生二句，二句生四句，却一意说出，不由造作。（严评《李太白诗集》）

谢枋得曰：直书衷曲，不着色相。（《唐诗品汇》卷三十九引）

范梈曰：五言短古不可明白说尽，含糊则有馀味，如此篇是也。（《李诗选》卷二引）

《唐诗训解》：矢口唱出，自然清绝。

梅鼎祚曰：偶然得之，读不可了。（《李诗钞》。《李诗选》卷二引）

胡应麟曰：太白五言，如《静夜思》《玉阶怨》等，妙绝古今，然亦齐梁体格。（《诗薮·内编》卷六）

钟惺曰：忽然妙境，目中口中凑泊不得，所谓不用意得之者。（《唐诗归》卷十六）

唐汝询曰：摹写静夜之思，字字真率，正济南所谓不用意得之者。（《唐诗解》卷二十一）

蒋仲舒曰：举头、低头，写出踌躇踯躅之态。（《李诗选》卷二引）

郭濬曰：悄悄冥冥，千里旅情，尽此十字（指三、四二句）。（《增定评注唐诗正声》）

吴逸一曰：百千旅情，妙复使人言说不得。天成偶语，讵由精炼得之？（《唐诗正声》评）

严评本载明人批：眼前意道得极妙，此乃是真太白。

朱谏曰：《静夜思》，亦乐府之曲名也，静夜见月而思故乡情也。乐府之所谓"思"者，不知何事，李白则以思乡言之。旧注不存其题意，今则无所考矣。（《李诗选注》）

应时曰：（首句）即见思乡。（三、四）二句逼肖旅人。总评：馀味无穷。（《李诗纬》）

吴烻曰：此旅怀之诗。月色侵床，凄清之景也，易动乡思。月光照地，恍疑霜白。举头低头，同此月也。一俯仰间，多少情怀。题云"静夜思"，淡而有味。（《唐诗选胜直解》）

《李诗直解》：此篇乃太白思乡之诗也。言床前思见皎月之光，则不寐可知。其地上之白疑是霜矣。举头望之，皎月在天；低头思之，故乡何在？一种踟蹰踯躅之意，有言不能言者。

徐增曰：客中无事之夜，于床前数尺地，忽见一片之光。寒月色白，故疑是霜，意以为天晓矣。乃举头上望，见月之方高，始知其月光。首句是光，此句是月。见床前光是无意，望月是有心。月方高，正在夜中，床前雪白，性急又睡不去，始知身在他乡，故"低头思故乡"也。因疑则望，因望则思，并无他念，真"静夜思"也。(《而庵说唐诗》卷七)

王尧衢曰：此诗如不经意而得之自然，故群服其神妙。他本作"看月光"，"看"字误。如用"看"字，则"望"字有何力？"举头望明月"，先是无心中见月光，尚未举头也。因"疑"而有"望"，遂举头而有见，明月高如许，方省是身在他乡也。此句方写"月"字。"低头思故乡"，因"望"而有"思"，惟"见"故"低头"。他乡此月，故乡亦此月，静夜思之，真有情不自禁者。(《古唐诗合解》卷四)

沈德潜曰：旅中情思，虽说明却不说尽。(《重订唐诗别裁集》卷十九)

《唐宋诗醇》：《诗薮》谓古今翰林大家，得三人焉：陈思之古、拾遗之律、翰林之绝，皆天授，非人力也。要是确论。至所云五言绝多法齐梁，体制自别。此则气骨甚高，神韵甚穆，过齐梁远矣。(卷四)

黄叔灿曰：即景即情，忽离忽合，极质直却自情至。(《唐诗笺注》)

杨逢春曰：首先从月光说起，写月尚写得一半，二再下一衬，是题前蓄势，留虚步之法。三、四恰好转折到望月思归，曲曲描写，情态逼真，传神之笔。又曰：只写一句，已含思乡意。盖思乡念切，清夜不寐，忽离忽合，故于床前见月光也。(《唐诗偶评》)

吴修坞曰：思乡诗最多，终不如此四语之真率而有味。又曰：此信口语，后人不能摹拟，摹拟便丑。又曰：语似极率易，然细读之，乃知明月在天，光照于地，俯视而疑。及举头一望，疑解而思兴，思兴而头低矣。回环尽致，终不得以率易目之。(《唐诗续评》卷二)

宋宗元曰：得天趣。(《网师园唐诗笺》)

俞樾曰：李太白诗"床前明月光"云云，王昌龄"闺中少妇不知愁"云云，此两诗体格不伦而意实相准，夫闺中少妇本不知愁，方且凝妆而上翠楼，乃忽见陌头杨柳色，则"悔教夫婿觅封侯"矣。此以见春色之感人者深也。"床前明月光"，初以为地上之霜耳，乃举头而见明月，则低头而思故乡矣。此以见月色之感人者深也。盖欲言其感人之深，而但言如何相感，则虽深仍浅矣。以无情言情则情出，从无意写意则意真，知此者可以言诗乎！（《湖楼笔谈》）

章燮曰：只二十字，其中翻复，层出不穷。本是床前明月光，翻疑是地上霜。则见天上明月，见明月则思故乡，思故乡则头不得不低矣。床前，则人已睡矣；疑是地上霜，则披衣起视矣。举头望明月，低头思故乡，则不能安睡矣。一夜萦思，踌躇月下，静中情形，描出如画。（《唐诗三百首注疏》）

王文濡曰：他乡此月，一望一思，真有情不自禁者。一举头、一低头，形容"望"字、"思"字逼真。（《唐诗评注读本》）

俞陛云曰：前二句取喻殊新。后二句在举头低头俄顷之间，顿生乡思。良以故乡之念，久蕴怀中，偶见床前明月，一触即发，正见其思乡之切。且举头、低头，联属用之，更见俯仰有致。（《诗境浅说》续编）

碕久明曰：愁心望月，不堪客恨，低头一一思故乡，言外之情太甚，旧说梦后看月，太拘。（《笺注唐诗选》）

刘永济曰：清李重华《贞一斋诗说》谓："五言绝发源《子夜歌》，别无妙巧，取其天然。二十字如弹丸脱手方妙。"李白此诗绝去雕采，纯出天真，犹是《子夜》民歌本色，故虽非用乐府古题，而古意盎然。（《唐人绝句精华》）

刘拜山曰：瞥然见之，疑其是霜，遂有天寒客久之感，旋虽审其是月，而乡愁已动，仰望俯思，不能自已矣。捕捉诗心，传神刹那，故为高唱。（《千首唐人绝句》）

[鉴赏]

这首诗题为"静夜思",说明它的内容就是抒写静夜中的乡思。夜深人静，往往是独在异乡为异客的旅人乡思最易触发，而且最为集中强烈的时刻。周围万籁俱寂的环境气氛，既使旅人感到孤寂凄清，又使因此引起的思乡之情变得特别执著悠长，不易转移分散。所以这"静夜"的背景，对乡思的产生与发展有着不可忽视的作用。诗中虽未明写"静"字，但写景抒情，处处都离不开"静夜"这个特别的环境氛围。

这是一个秋天的月明之夜。诗的第一句"床前看月光"，开门见山，写抒情主人公伫立床前，透过窗棂，看着庭院中的月光。究竟是由于心有所思，耿耿不寐而伫立床前看月光呢？还是入梦后夜间醒来而披衣下床、伫立看月呢？作者没有说，读者似乎也没有必要认定某一种情况而排斥另一种可能。如属前者，则在这以前，实际上已由静夜的氛围而暗暗产生孤寂感和乡思；如属后者，则不妨设想梦中也为乡思所萦绕，甚至梦归故乡。无论属于何种情况，都透露出在"床前看月光"之前，已经有过一段感情的潜在流程，只不过作者未加正面描写而已。认定末句才产生"思故乡"的感情，不免有些拘泥于文字的表面了。

第二句紧承上句"看"字，写主人公对月光的主观感受。月色皎洁如霜，古代文学作品中用"霜"字来形容月色的极多，梁简文帝《玄圃纳凉》"夜月似秋霜"之句更可能为李白此句所本。因此，从单纯的形容比喻的角度看，说月光如霜并不见新妙出色。但在这里，与其说是用"地上霜"来形容月色，不如说是用主人公的一时错觉来透露他此时的心理状态。霜不仅洁白，而且给人一种清冷之感，在伫立凝思中看月光而"疑是地上霜"，这"疑"字用得极精细。一方面说明洒满地面的月光与霜虽相似而不尽同，另一方面也说明这是在伫立凝思中恍惚间产生的错觉联想。但为什么产生月光似霜的错觉，而不是产生月光似水的错觉呢？关键在于心境。诗中的抒情主人公是远离家乡的客子，此刻或者处于"旅馆寒灯独不眠"的境况，或者处在"布被秋宵梦觉"的境况，正怀着一种独在异乡的清冷孤寂之感；秋宵的凉意，更加重了心头萧森寒凉的感受。在这种情况下，所感受到的自然是秋宵夜月如霜般的清冷，而不是它的柔和明净如水般的恬适了。这样看来，"疑是地上霜"表面上是写视觉的一时错觉，透露的却是主人公的清冷孤寂之感。明写月色，实写心态。这正是第二句耐人寻味之处。

由于"疑是地上霜"只是一时恍惚间的错觉，因此当主人公凝神定睛明察时，便很容易发现这原是清冷的月光。于是又自然地由俯视地上的月光而"举头望山月"，说"山月"自是实景，也突出了须"举头"始能望见的情况。俯仰之间，牵引物都是月光。从表面看，这句又单纯到不能再单纯，只叙述了一个动作，仿佛没有任何可以寻味的意蕴。但在这无言的"望"字当中却蕴含着悠长的情思。李白诗中的"望"字，都不是单纯的"望"，而是"望"中有"思"。像《玉阶怨》中的"却下水晶帘，玲珑望秋月"，一"望"字传出无限清冷幽怨；《夜泊牛渚怀古》的"登舟望秋月，空忆谢将军"，一"望"字包含了由今及古的遐想。这首诗中的"望山月"，则包含了超越空间的联想。明月普照天下，身隔千里的亲人，面对的是同一轮明月，故乡与异乡也同在一轮圆月映照之下。因此月亮常是思乡怀乡之情的触媒或寄托乡思的凭借。从《古诗十九首》中的"明月何皎皎，照我罗床帏。忧愁不能寐，揽衣起徘徊。客行虽云乐，不如早旋归"，到谢庄《月赋》的"美人迈兮音尘阙，隔千里兮共明月"，再到张九龄《望月怀远》的"海上生明月，天涯共此时"，千百年来，诗人一再重复这个望月思乡怀人的主题。久而久之，这"明月"或"望月"的诗歌意象就积淀了浓郁的乡思离情。不过，这句中的"望山月"虽然已经蕴蓄着乡思，却含而未宣。于是，直接点明乡思的任务便自然由最后一句来承担了。

元代杨载《诗法家数》说："绝句之法……多以第三句为主，而第四句发之……大抵起、承二句固难，然不过平直叙起为佳，从容承之为是。至如宛转变化，工夫全在第三句，若于此转变得好，则第四句如顺流之舟矣。"这段话揭示了绝句创作构思方面的一般规律。这首诗的第三句正是由写月光到抒乡思的转变的关键。而且第三句的"望"字当中已有"思"，因此第四句直接点明"思故乡"便是势所必然。在"思故乡"三字之前特意加上"低头"二字，一方面与上句的"举头"相应，暗示在"举头"与"低头"的动作变化间有情思的流动变化；一方面又赋予"思"字以沉思默想、无限低回的感性形象。到这里，抒情主人公的身份（客子）、环境（异乡秋天的月夜）、情思（思乡）终于显现出来，这首抒写乡思的小诗也完成了主题的明确表达而收束了。

然而，它给我们的实际感觉却是收而不尽，像是留下了一连串省略号。"低头思故乡"，话说得极明白而直接，却又极含蓄而耐人吟味。"思故乡"原是一个内涵非常宽泛且不确定的词语。"思"的具体内容是什么？"思"所引起的情感反应又是什么？是故乡的山水田园、亲朋故旧、风俗习惯，还是一草一木，一花一树？是亲切的回忆，温馨的怀念，无限的向往，还是思归不得的伤感，往事如烟的惆怅？没有说，也似乎不必说，因为说不尽，也不大说得清。就这样，以"思故乡"一语笼统带过，反而可以涵盖一切，任人自领。沈德潜说："旅中情思，虽说明而不说尽。"道出了末句既明朗又含蓄的特点。绝句一体，特重含蕴不尽，语绝而意不绝，这首诗可以说充分体现了绝句的这一特点和优长。

整首诗所表现的是一个情景相生的过程。情，是由隐至显的乡思；景，是贯串全诗的明月。全篇由"看月"到"疑霜"，由"疑霜"到"望月"，由"望月"到"思乡"，抒情主人公的心理与行动，始终与月光联系在一起，表现为一个情景相生的层次分明的过程。运思相当细腻，但读来却只觉得像脱口而出，信笔而成，承转之间，毫不着迹，神理一片，妙合天然。前人称这种几乎看不出任何人工技巧，极真率自然的诗境为"无意于工而无不工"的"化境"，实则在一片神行之中仍然有迹可寻。只不过由于真切的生活感受与诗人高度的艺术素养及技巧融为一体，使人浑然不觉罢了。诗中"看月""望月"两见，"举头""低头"叠用，似乎显得朴质拙直，其实这正是诗中很见巧思的地方。特别是"疑是地上霜"这一句，上承"看月光"，下启"望山月"和"思乡"，但由"疑霜"到"望月"，中间的过渡被略去了，必须透过"疑霜"中所反映的清冷心境，才能与"望月""思乡"真正神接，因此显得细密而有巧思。这种寓巧于朴，寓细密的构思于自然真率之中的功夫，正是一种很高超的技巧。

单纯与丰富的统一，也是这首诗的一个显著特点。全篇所写的情景，只有月光和乡思，举头和低头，可以说单纯到不能再单纯。抒情主人公的具体情况、外貌、住所、室内的陈设、室外的景物、思乡的内容，一切可有可无的东西全部舍去，只剩下月光和望月的人。然而在这样单纯得近似儿歌的情境中却蕴含着丰富的情思。不但在举头望月和低头思乡的无言情境中包含着有关明月与故乡的一系列联想、追忆和由此引起的万千思绪，就是在"床前看月光，疑是地上霜"这种仿佛是单纯描绘月光的诗句中也透露出客子的处境与心态。潘德舆《养一斋诗话》说："太白五绝虽亦从六朝《清商》小乐府来，而天机浩荡，二十字如千言万言。"这种内容上单纯与丰富的统一，又跟它在语言风格上深入与浅出的统一，表现手法上明朗与含蓄的统一、真率自然与巧思的统一结合在一起，于是就达到了妙绝古今的化境。

《静夜思》的这种艺术风格和境界，与民歌的亲缘关系是非常明显的。潘德舆已经从总体上指出李白五绝与六朝《清商》小乐府的渊源关系，这里不妨进一步指出《静夜思》的直接渊源，即《子夜秋歌》中的一首："秋风入窗里，罗帐起飘飏。仰头看明月，寄情千里光。"这首民歌以"秋风""明月"作为怀思远人的触媒，情调优美，意境悠远，李白此诗在构思与造境上显然脱胎于此。但《静夜思》舍去秋风、罗帐，只集中写明月，与看月、疑霜、望月、思乡，不但意象更为集中，全篇一线贯串，而且内容更为丰富，意境也更为含蓄。这说明李白学习民歌确实是既得其神理而又有所超越。

古往今来，抒写乡思的优秀诗作不绝如缕，李白这首小诗在流传的广远这一点上堪推首位。除了上面讲到的一些因素外，内容的普泛性可能是一个重要原因。诗中抒写的思乡情绪，几乎不带任何特殊的因素和色彩，写的只是一个普通的客子在秋天月夜中的乡思。李白七古长篇中那种豪放不羁的个性，奔放淋漓的感情在这里都不见了，显现在读者面前的只是一个普通的客子形象。其实李白作客他乡时写的小诗也有写得豪爽放达的，如《客中作》："兰陵美酒郁金香，玉碗盛来琥珀光。但使主人能醉客，不知何处是他乡。"这倒是典型的李白式口吻，非常富于个性色彩。但太李白化了，和一般人的客中情思不免有距离，在流传的广远上也不免受到一些限制。而这首看来个性完全融在普通人情思中的《静夜思》，倒拥有更大的读者群，它之所以成为抒写乡思的绝唱，看来不是偶然的。

子夜吴歌·秋歌①

长安一片月，万户捣衣声②。秋风吹不尽，总是玉关情③。何日平胡虏，良人罢远征④?

[校注]

①《晋书·乐志》："吴歌杂曲，并出江南。东晋以来，稍有增广。其始皆徒歌，既而被之管弦。盖自永嘉渡江，下至梁、陈，咸都建业。吴声歌曲，起于此也。"六朝乐府《吴声歌曲》中有《子夜歌》《子夜四时歌》。《宋书·乐志》："《子夜歌》者，有女子名子夜，造

此声。晋孝武太元中，琅琊王轲之家有鬼歌《子夜》。殷允为豫章时，豫章侨人庾信度家亦有鬼歌《子夜》。殷允为豫章，亦是太元中，则子夜是此时以前人也。"吴兢《乐府古题要解》卷上："《子夜》，旧史云：晋有女子曰子夜所作，声至哀。晋武帝太元中，琅玡王轲家有鬼歌之。后人依四时行乐之词，谓之《子夜四时歌》，吴声也。"《乐府诗集》卷四十四清商曲辞一载晋宗齐辞《子夜歌四十二首》、《子夜四时歌七十五首》（其中《春歌》《夏歌》各二十首、《秋歌》十八首、《冬歌》十七首）。《子夜四时歌》自梁武帝以下，历代多有拟作。李白《子夜吴歌》分《春歌》《夏歌》《秋歌》《冬歌》四首，均五言六句。《乐府诗集》卷四十五载李白此四首，题作《子夜四时歌四首》，下分题《春歌》《夏歌》《秋歌》《冬歌》。郁贤皓《李白选集》谓此四诗疑非同时所作。"第一首写'秦地女'，第三首写到'长安'，或作于长安。"系于开元十九年（731）初入长安时。安旗《李白全集编年注释》系于天宝元年（742）秋在长安时。②捣衣，古时衣服常由纨素一类织物制作，质地较为硬挺，须先置石上以杵反复春捣衣料，使之柔软，方可裁剪缝衣。秋天是妇女捣衣帛准备缝制寒衣寄远的季节。谢朓《秋夜》诗："秋夜促织鸣，南邻捣衣急。"此前刘宋谢惠连《捣衣》诗对妇女捣衣情景有具体描写："檐高砧响发，楹长杵声哀。微芳起两袖，轻汗染双题。纨素既已成，君子行未归。裁用笥中刀，缝为万里衣。"③玉关，即玉门关。见王之涣《凉州词》"春风不度玉门关"句注。玉关情，指女子思念远戍玉关外的丈夫的感情。④良人，古代妇女对丈夫的称呼。《诗·唐风·绸缪》："今夕何夕，见此良人。"此良人本义为美人（美男子），因系指新婚之丈夫，故后即以良人指称丈夫。《孟子·离娄下》："齐人有一妻一妾而处室者，其良人出，必餍酒肉而后反。"此良人即指丈夫。

[笺评]

严评曰：极含情，极尽情。（严评《李太白诗集》）

朱谏曰：言长安之人执远戍之役者，其妻在家数寄寒衣，故秋月之下，而捣衣之声连于万户。其声随风而不断，情在玉关念征夫也。声虽近而情则远矣。然此良人守关防虏，虏平乃可归耳。未知何日胡虏可平，而良人可归，使我无寄衣之劳也。（《李诗选注》）

唐汝询曰：此为戍妇之辞，以讥当时战伐之苦也。言于月夜捣衣以寄边客，而北风吹不尽者，皆我思念玉关之情也。安得平胡而使征夫稍息乎，不恨朝廷之黩武，但言胡虏之未平，深得风人之旨。（《唐诗解》卷二）

钟惺曰：毕竟是唐绝句妙境，一毫不像晋、宋。然太像则非太白矣。"秋风吹不断"，太白往往善用"吹"字。（《唐诗归》卷十五）

陆时雍曰：有味外味。每结二语馀情，发韵无穷。"秋风吹不断，总是玉关情"，此入感叹语，意非为万户砧声赋也。（《唐诗镜》卷十七）

郝敬曰：欻然起，悄然住，故自翩翩。（《批选唐诗》）

蒋仲舒曰：前四语便是最妙绝句。（《唐诗广选》引）

王夫之曰：情、景名为二，而实不可离。神于诗者，妙合无垠。巧者则为情中景、景中情。景中情者，如"长安一片月"，自然是孤栖忆远之情。（《姜斋诗话》）又曰：前四句是天壤间生成好句，被太白拾得。（《唐诗评选》）

《李诗直解》：此征妇因夫远戍，感秋寄衣而窃自深其冀幸未归之情也。言君戍玉关，妾处长安，皎月之下，为君捣衣，情往玉关矣。不唯一处然也，长安城中，不下万户之众，家各捣衣，砧声相接，虽以秋风之狂，吹之不尽，其故何哉？总是征妇因夫在玉关，情不容已，而捣衣众多，固各有"寒到君边衣到无"之意也。因自深其冀幸曰：何日来王庭，得平此虏，使我良人罢此远征而聚首以偕老乎！感秋风而起远念，情愈深矣。

吴昌祺曰：万户砧声，风吹不尽，而其情则同，亦婉而深矣。唐作一句解，参之。又曰：结二句，似乎可去。得解其妙乃出。（《删订

唐诗解》卷二)

应时曰：（首四句）四句入神。总批：手腕飘忽。（《李诗纬》）

丁谷云曰：无下二句是绝句，然有二句方是乐府。（《李诗纬》引）

沈德潜曰：诗贵寄意，有言在此而意在彼者。李太白《子夜吴歌》本关情语，而忽冀罢征。（《说诗晬语》卷下）又曰：不言朝家之黩武，而言胡虏之未平，立言温厚。（《重订唐诗别裁集》卷二）

田同之曰：李太白《子夜吴歌》："长安一片月，万户捣衣声。秋风吹不尽，总是玉关情。何日平胡虏，良人罢远征？"余窃谓删去末二句作绝句，更觉浑含无尽。（《西圃诗说》）

《唐宋诗醇》：一气浑成。有删末二句作绝句者，不见此女贞心亮节，何以风世厉俗。（卷四）

[鉴赏]

明清两代的诗评家都有人认为这首诗含有反黩武战争的意蕴（见"笺评"引唐汝询、沈德潜评）。这可能是一种误解。李白确实旗帜鲜明地反对统治者轻启边衅，进行黩武战争，像《古风》（羽檄如流星）之反对唐朝对南诏进行的黩武战争，《答王十二寒夜独酌有怀》之痛斥哥舒翰"西屠石城取紫袍"之举，均为显例，但这些战争，均发生在天宝中后期朝政腐败，玄宗君臣企图通过这种黩武性质的战争来提高威望，巩固统治之时。而在开元时期乃至天宝初年，唐王朝在西北边地进行的战争，多数对解除西北游牧民族的侵扰，保证西域道路的畅通，促进唐朝与西域、中亚乃至欧洲的经济文化交流均有积极意义。李白在这一时期写的边塞诗，像《塞下曲》《关山月》以及《子夜吴歌》中的《秋歌》《冬歌》，虽也表现了戍守的长期、战争的艰苦和征人思妇对和平生活的渴望，但对战争本身还是支持的。即以本篇而论，最后两句就明确用"平胡虏"的字眼表明对战争合理性的认定，并将此作为"良人罢远征"的前提条件。这说明诗人的基本态度是尽早平定胡人的侵扰，以实现人民对和平安定生活的渴望。

"长安一片月，万户捣衣声。"诗起势阔远，境界浩渺而清朗。整个长安城，沉浸在一片明净的月色之中，千家万户响起了阵阵清朗的砧杵声。日本学者松浦友久解"一片"为"一个"（即"一轮"），此说或有其训诂上的依据，但"一片"和"一个"（一轮），给读者的感受可说大不相同。"一个"或"一轮"，所显示的乃是孤月高悬中天的景象；而"一片"所显示的却是月光的弥漫、浩渺，是清朗的月色普照长安城的每个角落，它和下句的"万户"正完全相应。唐代的长安城，相当于明建西安旧城的五倍，周长三十五公里，规模宏伟，说"长安一片月"，可以想见其展现的境界何等阔远清朗。上句是从视觉上写整个广阔的长安城沉浸在一片清朗的月色之中，下句转从听觉写长安城的千家万户中传出阵阵清朗的砧杵声。这里的捣衣砧杵声，与思妇缝制寒衣寄送远戍的丈夫直接关联。唐代府兵制规定，征人需自备部分器械和衣物，因此唐诗中每多思妇寄送寒衣到前线的描写。一个长安城中，就有"万户"捣衣，准备裁缝寄远，可以想见其时战事的频繁持久、参加战争人数之多和对百姓和平安定生活影响之深广，从而直接为末二句蓄势。

"秋风吹不尽，总是玉关情。"这里点出"秋风"，不仅关合时令季候，点明又到了一年一度捣帛缝衣寄远的季节，而且上承"捣衣声"，下启"玉关情"，将"捣衣声"中所蕴含的"玉关情"自然展现在读者面前。意思是说，那阵阵秋风吹送来的此起彼伏、连绵不绝的捣衣声，声声都注入了闺中思妇对远戍玉关的丈夫的无限关切与思念。说"秋风吹不尽"，主要不是形容秋风吹送时间的长久，而是渲染千家万户中传出的砧杵声连续不断，不绝于耳。砧杵声本身并不关情，但捣衣的闺中思妇却将自己思念远戍丈夫的感情投注到了每一个动作当中。上句用"吹不尽"渲染，下句又用"总是"强调，正突出了这种思念关切之情的悠长、执著和强烈。

这就自然要由思念关切引发出对和平团聚生活的热切期盼："何日平胡虏，良人罢远征？"什么时候，才能讨平胡虏，使丈夫结束远征，一家团聚呢？这是长安城的千家万户思妇发自心底的呼声，也是她们对和平安定生活的柔情召唤。有的评家认为删去最后两句，"更觉浑含无尽"，殊不知诗的前四句写闺中思妇捣衣怀远，只是提出了矛盾和问题，解决矛盾的办法就是通过"平胡虏"来达到"罢远征"的目的。如果只有前四句，诗的意境的完整性就被破坏了，这和意境已经完整的情况下画蛇添足是完全不同的两回事。为了达到所谓的"浑含无尽"而割裂有机的艺术整体，是对"浑含无尽"的误解。

　　这首诗所表现的情思和意境是高度提纯的。尽管用"秋夜捣衣怀远"六个字便可概括它的基本内容，但它在读者面前展现的则是一片情景浑融的空明浩阔的自然境界和悠长深永的心灵境界。这既和诗人所选择的意象有关，也和诗人将这些意象巧妙地组合成浑融意境的艺术手段有关。诗中主要意象只有四个：秋月、秋风、砧杵声（捣衣声）、玉关。这四个意象都非常典型，是实与虚的结合，情与景的结合，有丰富的蕴含。秋夜朗月，既明净似水，又浩渺无际，它本身就是思妇柔美而悠长流转的思绪的一种象征，也是思妇怀念远人的触媒和载体。正如王夫之所说，"'长安一片月'，自然是孤栖忆远之情"。捣衣的砧杵声，自南朝以来，一直被用作怀念远戍征人的传统意象，砧杵声几乎成了思妇怀念征人心声的一种象征。"秋风"这个意象，除了表现带有季节特征的萧瑟情调以外，也常常是思妇怀远的触发物，像曹丕的《燕歌行》就由"秋风萧瑟天气凉"而引发"念君客游思断肠"的感情。在这首诗里，它既标示已经到了缝制寒衣寄远的季节，又是传送砧杵声、玉关情的载体。而"玉关"这个意象，作为内地与西域的一个分界线，一直与远戍、征战之事、之情相连，几乎就是边塞的代称，"玉关情"也就成了征戍将士怀念家乡及亲人或思妇怀念远戍征人的感情的代称。总之，诗中四个主要意象，无一不关合着对远戍征人的深情思念。它们本身就是情景交融，浑然一体的。但诗人并不是将这些意象随意地叠加在一起，而是以"捣衣声"为中心，以"一片月"与"秋风"为媒介，通过景与情的相生相引，自然流动，水到渠成地揭示出思妇怀远的"玉关情"，并使上述意象组成浑融的艺术意境。先是由笼罩着整个长安城一片浩渺的月光，引出了月下千家万户传出的捣衣声，又由砧杵声的远近起伏、络绎不绝，联想起传送砧杵声的阵阵秋风，再由这仿佛吹送不尽的砧杵声联想起闺中思妇在捣衣过程中贯注的"玉关情"，最后由"玉关情"引出思妇"平胡虏""罢远征"的期盼。层层相引，毫不费力，确实达到了"圆转流美如弹丸"的程度。通过这些意象的自然组合，不但展现出秋空朗月映照下的整个长安城，而且借助"秋风吹不尽"的"玉关情"，展现出"长风几万里，吹度玉门关"这种更加浩阔广远的存在于抒情主人公脑海中的境界。与此同时，这明朗柔和的月色、清亮深永的砧杵声、轻灵而悠长的秋风，以及整个空阔渺远而又略带惆怅的境界，又跟思妇一往情深的似水柔情显出一种内在的和谐，从而达到情景浑然一体的境界。整首诗具有一种明朗自然的美、玲珑剔透的美，情深而词显，境阔而韵远，堪称诗中化境。

诗中并没有具体写到时代，写到人民的生活和情绪，但透过诗中对长安秋夜、朗月砧杵的描写，透过全诗阔远明朗的意境，能够感受到一种整体上和平安定、明朗而富于希望的时代气氛。尽管有战争、离别和深长的思念，但并没有沉重的叹息和悲慨，情思虽然缠绵悠长，却并不低沉黯淡，整个境界是阔大明朗，对未来的生活充满展望的。一个衰颓的时代不可能出现这种境界和情调。试比较杜甫作于安史乱起后的名作《捣衣》："亦知戍不返，秋至拭清砧。已近苦寒月，况经长别心。宁辞捣衣倦，一寄塞垣深。用尽闺中力，君听空外音。"调苦而情悲，完全是另一时代的声音了。

襄阳歌①

落日欲没岘山西②，倒著接䍦花下迷③。襄阳小儿齐拍手，拦街争唱白铜鞮④。傍人借问笑何事，笑杀山翁醉似泥⑤。鸬鹚杓⑥，鹦鹉杯⑦，百年三万六千日，一日须倾三百杯⑧。遥看汉水鸭头绿⑨，恰似葡萄初酦醅⑩。此江若变作春酒，垒曲便筑糟丘台⑪。千金骏马换小妾⑫，笑坐雕鞍歌落梅⑬。车旁侧挂一壶酒，凤笙龙管行相催⑭。咸阳市中叹黄犬⑮，何如月下倾金罍⑯。君不见晋朝羊公一片石⑰，龟头剥落生莓苔⑱。泪亦不能为之堕，心亦不能为之哀⑲。清风朗月不用一钱买，玉山自倒非人推⑳。舒州杓，力士铛㉑，李白与尔同死生。襄王云雨今安在㉒，江水东流猿夜声。

[校注]

①《乐府诗集》卷八十五杂歌谣辞三载《襄阳童儿歌》一首，李白《襄阳歌》一首、《襄阳曲四首》。于《襄阳童儿歌》下解题曰："《晋书》曰：'山简，永嘉中镇襄阳。时四方寇乱，朝野危惧。简优游卒岁，唯酒是耽。诸习氏荆土豪族，有佳园池。简每出嬉游，多之池上，置酒辄醉，名之曰高阳池。'于是童儿皆歌之。有葛强者，简之爱将，家于并州，故歌云：'举鞭向葛强，何如并州儿？'"其歌云："山公出何许，往至高阳池。日夕倒载归，酩酊无所知。时时能骑马，倒着白接䍦。举鞭向葛强：何如并州儿？"李白此诗，开篇即用山简耽酒之事及《襄阳童儿歌》语意，抒写自己醉酒之情趣，实系拟《襄阳童儿歌》并即兴发挥之作。《唐宋诗醇》卷五于此诗题下引《古今乐录》："《襄阳乐》，宋随王诞作。《襄阳蹋铜蹄》者，梁武西下所制。沈约又作其和云：'襄阳白铜蹄，圣德应乾来。'"朱谏《李诗选注》云："按《襄阳歌》亦为乐府之曲，故《唐书》志于礼乐卷内，

于古乐府宜为一类。"按：李白此诗，与乐府《襄阳乐》无涉，实系自拟其题之作如《庐山谣》者。詹锳、郁贤皓系此诗于开元二十二年（734）春游襄阳时。又乐府《襄阳曲四首》，均五言四句小诗，其中语意，亦多为本篇所用，参见有关各句注。②岘山，又名岘首山。《元和郡县图志·山南道·襄州》：襄阳县："岘山在县东南九里，山东临汉水，古今大路。"③接羅，一种头巾。《世说新语·任诞》："山季伦为荆州时，出游酣畅。人为之歌曰：'山公时一醉，辄造高阳池。日莫倒载归，茗芋无所知。复能乘骏马，倒著白接羅。举手问葛强，何如并州儿？'"花下迷，用乐府《襄阳曲四首》（其一）："襄阳行乐处，歌舞白铜鞮。江城回绿水，花月使人迷。"④白铜鞮（tí），即《白铜蹄》，南朝齐梁时歌谣，有童谣云："襄阳白铜蹄，反缚扬州儿。"识者言，白铜蹄，谓马也；白，金色也。及义师之兴，实以铁骑，扬州之士，皆面缚，果如谣言。故即位之后更造新声，帝自为之词三曲。参注③引《襄阳曲》（其一）。⑤山翁，宋蜀本作"山公"。指山简。醉似泥，形容烂醉。《后汉书·儒林传下·周泽》："时人为之语：'生也不谐，作太常妻。一岁三百六十日，三百五十九斋。'"李贤注："《汉官仪》此下云：'一日不斋醉如泥。'"⑥鸬鹚杓，形状如鸬鹚长颈的长柄酒杓。鸬鹚，水鸟名，善捕鱼，渔人驯以捕鱼。⑦鹦鹉杯，以形似鹦鹉嘴的螺壳制成的酒杯。《太平广记》卷四十六引《岭表录异》："鹦鹉螺，旋尖处屈而味，如鹦鹉嘴，故以此名。壳上青绿斑，大者可受二升。壳内光莹如云母，装为酒杯，奇而可玩。"⑧《世说新语·文学》"郑玄在马融门下"刘孝标注引《郑玄别传》："袁绍辞玄，及去，饯之城东。会者三百余人，皆离席奉觞。自旦及莫，度玄饮三百余杯。而温克之容，终日无怠。"陈暄《与兄子秀书》："郑康成一饮三百杯，吾不以为多。"倾，倒转（酒杯），饮尽。⑨鸭头绿，像鸭头上绿毛般的颜色。颜师古《急就篇注》："春草、鸡翘、凫翁，皆谓染采而色似之，若今染家言鸭头绿、翠毛碧云。"⑩酦醅（pō pēi），重酿而尚未过滤的酒。⑪曲，俗称酒母。糟，酒糟。《论衡·语增》:"传语曰:纣沈湎于酒,以糟为丘,以酒为池。"⑫《独异志》卷中:"后魏曹彰,性倜傥,偶逢骏马,爱之,其主所惜也。彰曰:'余有美妾可换,唯君所选。'马主因指一妓,彰遂换之。"⑬落梅,指笛曲《梅花落》,《乐府杂录》:"笛,羌乐也,有《落梅花》。"李白《与史郎中钦听黄鹤楼上吹笛》:"黄鹤楼中吹玉笛,江城五月落梅花。"《乐府诗集》横吹曲辞有《梅花落》。⑭凤笙,笙形似凤,故称。《风俗通·声音》:"《世本》:随作笙,长四寸,十二簧,象凤之身。正月之音也。"龙管,笛声似龙吟,故称。马融《长笛赋》:"近世双笛从羌起,羌人伐竹未及已。龙鸣水中不见已,截竹吹之声相似。"⑮《史记·李斯列传》:"二世二年七月,具斯五刑,论腰斩咸阳市。斯出狱,与其中子俱执。顾谓其中子曰:'吾欲与若复牵黄犬,俱出上蔡东门逐狡兔,岂可得乎!'遂父子相哭,而夷三族。"⑯金罍,华美的罍。⑰羊公,指西晋羊祜。《晋书·羊祜传》:"祜乐山水,每风景必造岘山置酒,言咏终日不倦。祜卒,襄阳百姓于岘山祜平生游憩之所建碑立庙,岁时飨祭焉。望其碑者莫不流涕。故预因名为堕泪碑。"一片石,即指襄阳百姓为羊祜建的碑,即杜预所称堕泪碑。⑱龟头,指负碑的石雕动物赑屃(bì xì)的头部。因赑屃形状像龟,故称其头部为龟头。剥落,指石雕因年深岁久遭侵蚀而脱落。乐府《襄阳曲》(其三):"岘山临汉江,水绿沙如雪。上有堕泪碑,青苔久磨灭。"⑲此句下本有"谁能忧彼身后事,金凫银鸭葬死灰"二句。⑳《世说新语·言语》:"刘尹云:'清风朗月,辄思玄度(许询字)。'"又《容止》:"嵇叔夜之为人也,岩岩若孤松之独立;其醉也,傀俄若玉山之将崩。"玉山自倒,形容醉倒之态。㉑舒州,唐淮南道州名。今安徽潜山县。《新唐书·地理志》:"舒州同安郡,隶淮南道。土贡铁器、酒器。"舒州杓当是舒州所产酒杓。铛(chēng),温酒器。《新唐书·韦坚传》:"豫章力士瓷饮器、茗铛、金。"力士瓷当是当时著名的酒器。㉒宋玉《高唐赋序》:"昔者楚襄王与宋玉游于云梦之台,望高唐之观,其上独有云气……王问玉曰:

'何谓朝云？'玉曰：'昔者先王尝游高唐，怠而昼寝，梦见一妇人曰：
'妾巫山之女也。为高唐之客。闻君游高唐，愿荐枕席。'王因幸之。
去而辞曰：'妾在巫山之阳，高丘之阻。旦为朝云，暮为行雨。朝朝
暮暮，阳台之下。旦朝视之，如言，故为立庙，号曰朝云。'"又
《神女赋序》："楚襄王与宋玉游于云梦之浦，使玉赋高唐之事。其夜
王寝，果梦与神女遇，其状甚丽。"

[笺评]

欧阳修曰："落日欲没岘山西，倒著接䍦花下迷。襄阳小儿齐拍
手，大家齐唱白铜鞮。"此常语也。至于"清风明月不用一钱买，玉
山自倒非人推"，然后见太白之横放。所以惊动千古者，顾不在于此
乎？（《王直方诗话》引）

张戒曰：欧阳公喜太白诗，乃称其"清风明月不用一钱买，玉山
自倒非人推"之句。此等句虽奇逸，然在太白诗中，特其浅浅者。
（《岁寒堂诗话》卷上）

邵博曰：李太白《襄阳歌》云："鸬鹚杓，鹦鹉杯，百年三万六
千日，一日须倾三百杯。"用两"杯"字韵。《庐山谣》云："影落明
湖青黛光，金阙前开三峰长。"又，"翠影红霞映朝日，鸟飞不到吴天
长"，用两"长"韵……子美、太白、退之，于诗无遗恨矣，当自有
体邪？（《邵氏闻见后录》卷十八）

严评曰：（"傍人"句）今人学便俚。（"此江"两句）今人学便
恶。（"车旁"句）今人学便俗。（"君不见"句）应前。（"泪亦"两
句）翻得有力。（"舒州"三句）豪兴深情。总批：使人凄然，使人廓
然。（严评《李太白诗集》）

谢枋得曰："此江"二句形容嗜酒，思想之极。（《李太白诗醇》
卷二引）

梅鼎祚曰：笔端横荡，遂不觉其重。（《李诗选》卷二引）

严评本载明人批：萧洒磊落与《将进酒》依似，然觉彼开首数句气更豪畅。起虽无奇，然下语奇。鸭绿、酸醅是奇语，但□□句应起无力，反□了。且既变江为酒，何处得糟来？"千金"以下数语颇流快，但马既换去，复又坐鞍乘车，于境稍背。"羊公石"是就境写来，"堕泪"字反得有味。"风月"句果透快，"玉山自倒"句亦非佳。"非人推"犹佳。"杓""铛"字同"杓""杯"，且句法亦同，亦是小病。收语既平常，亦未恰好。

朱谏曰：（第一段）此为《襄阳歌》也。言落日欲没于岘山，饮者亦已醉矣。倒著接䍦，迷于花下，颓然无所知也。但见襄阳小儿拍手而笑，争唱《白铜鞮》之曲。然所笑者何事？乃笑山公之醉，倒载而归，烂如泥也。（第二段）承上言山公之游襄阳，其醉如此，今来游者，可无醉乎？须以鸬鹚之杓、鹦鹉之杯，酌此美酒以相乐也。且人生百岁，只有三万六千之日，数亦不多，一日之间须饮三百杯可也。否则光阴亦易老矣。故随地而游乐，随处而忆酒。遥见汉水之绿，以为葡萄而酸醅，似汁滓相将之时也。此特想象而已，非真酒也。若使此江尽变而为春酒，其曲可以成壁垒，其糟可以筑丘台，取之无尽而用之不竭矣。我有骏马，以换小妾，笑坐金鞍之上，以歌《落梅》之曲，悬壶酒于车傍，载笙歌以相从，所适莫非可乐之地、可醉之乡也。视彼富贵不得令终，如秦丞相之李斯，临东市而叹黄犬，与吾逍遥月下而饮酒者何如乎？其死生荣辱之相去亦远矣。（第三段）此即襄阳旧事以寓感慨之意。言羊公堕泪之碑，岁久物换，龟龙剥落生莓苔矣。今虽有泪亦不能为之堕矣，心亦安能为之而哀乎！古人陈迹，终亦凄凉，非惟黄犬之可叹也。何如饮酒之为乐乎？是知身后之名亦无所用矣。当此风清月白之时，游于襄阳岘山之下，换酒取醉，玉山自颓，非他人推排而使之然也。挹酒以杓，而煮酒以铛，此舒州之杓，力士之铛，吾当与尔同乎死生，始终相托，不可一日而相离者也。古人陈迹何足问乎？且襄王云雨今既不在，但见江水之东流，江猿之夜鸣而已矣。抚景兴思，慨念畴者，惟不如饮酒之为乐矣。

（《李诗选注》）

《李诗直解》：此白负才不偶，故纵饮放旷。言万事皆虚，独酒为真也。言日落岘山，倒著接䍦，小儿拍手，傍人借问者，笑山公之醉似泥也。手持杯杓，百年借问，日倾三百杯，则酒亦多矣。遥看汉江之水，绿似鸭头，又似葡萄酒之未漉也。若以此水变作春酒，垒曲可作糟丘之台矣。有酒无色则酒亦不韵，故将千金骏马，以换少小美妾，笑坐雕鞍，歌《落梅》之曲，东侧挂酒一壶，而笙管又为行催，其乐亦赏心哉，不观权奸之极者乎？咸阳市中，叹黄犬之不能牵，何如月下一杯酒也。君不见仁德惠政如羊公，而百姓上遗爱之碑，今则龟头落而莓苔生，后之人谁为泪而心哀乎！昔为惠而今虚名也，则何益矣。天下惟光风霁月，取之无禁，不用一钱而买，玉山醉而自倒，非人之所推也。故舒州杓、力士铛，李白与尔同死生而为命者。襄王云雨亦当日之幻梦耳，今安在哉？是权势声色，皆付之东流水，而猿声之夜啼也。惟此三百杯之倾为实用焉。

田艺蘅曰：孟浩然诗："人事有代谢，往来成古今。"刘全白云："人事岁年改，岘山今古存。"如出一辙。独太白云："泪亦不能为之堕，心亦不能为之哀。"真有颠倒豪杰之妙。一篇言饮酒行乐，而末复归之于正，方见其高。（《香宇诗谈》）

彭乘曰：欧阳公题沧浪亭云："清风明月本无阶，可惜只卖四万钱。"与太白致辞虽异，然皆善言风月。（《唐宋诗醇》卷五引）

沈德潜曰：（"遥看"二句）妙于形容。羊叔子之岘山碑犹然磨灭，无人堕泪，况寻常富贵乎！不如韬精沉饮之为乐也。"清风明月"二语，欧阳公谓超警千古，信然。（《重订唐诗别裁集》卷六）

《唐宋诗醇》：意旷神逸，极颓唐之趣。入后俯仰含情，乃有心人语。"韬精日沉饮，谁知非荒宴？"亦同此怀抱耳。子美云："长镵长镵白木柄，我生托子以为命。"语奇矣。此诗云："舒州杓，力士铛，李白与尔同死生。"苦乐不同，造语正复匹敌。（卷五）

方东树曰：《襄阳歌》，兴起。笔如天半游龙，断非学力所能到，然读之使人气王。"笑杀"句，借山公自兴。"遥看"二句，又借兴换笔换气。"此江"句，起棱。"千金骏马"，谓以姜换得马也。"咸阳"二句，言所以饮酒者，正见此耳。"君不见"二句，以上许多，都为此故。"玉山"句，束题。正意藏脉，如草蛇灰线。此与上所谓笔墨化为烟云。世俗作死诗者，千年不悟。只借作指点，供吾驱驾发泄之料耳。(《昭昧詹言》卷十二)

刘熙载曰："清风明月不用一钱买"，上四字，共知也，下五字，独得也。凡佳章中必有独得之句，佳句中必有独得之字，惟在首、在腰、在足，则不必同。(《艺概·诗概》)

王闿运曰：("遥看"二句下) 笔势浩渺。("泪亦"二句下) 顿挫有局度。(《手批唐诗选》卷八)

吴汝纶曰：豪迈俊逸。(《唐宋诗举要》卷二引)

近藤元粹曰：壮语绝伦，真是太白口吻。(《李太白诗醇》卷二)

[鉴赏]

《襄阳歌》和《将进酒》都是李白七言歌行中描写饮酒题材的著名诗篇。比较之下，《将进酒》更侧重于借强调饮酒来宣泄怀才不遇的愤郁，表现狂傲不羁的个性，抒发对自己才能的高度自信和对前途的乐观展望；而《襄阳歌》则更侧重于渲染饮酒之乐、之趣，表现自己对以醉饮为标志的诗意人生的追求。题为《襄阳歌》，诗中出现的江山（汉江、岘山）、人物（山简、羊祜）便就地取材，与襄阳密切相关。

开头六句，紧扣题目，描写襄阳历史上一位"优游卒岁，唯酒是耽"的人物山简的醉态。这几句在情节和语言上明显取资于民谣《襄阳童儿歌》和乐府《襄阳乐》，但却将它们熔铸为一个极具风趣的戏剧性场景：一轮落日，快要沉没在岘山之西。一位喝得醉醺醺，倒戴着白帽子的太守大人，正迷醉在花下。一群襄阳儿童一齐拍手，拦街唱起《白铜鞮》的歌曲（《襄阳曲》有"歌舞白铜鞮"之句，又有"山公醉酒时，酩酊襄阳下。头上白接䍦，倒着还骑马"等句）。路上的行人好奇地问儿童们所笑何事，儿童们齐声回答道："笑杀山翁醉似泥。"几乎不用任何改动，就可以将这六句诗改写成一个戏剧小品，其中溢出的不仅有浓郁的幽默感，而且有对这位醉酒太守的亲切感。这好像是吟咏历史人物，其实不妨视为李白的自我写照。或者说，诗人在歌咏山简这个醉酒太守的醉态时，将自己的灵魂也附在了山简这个历史人物身上。山简与诗人，已经融为一体。

正因为这样，接下来的一大段才能跨越几百年的历史，回到当前的现实场景上来。"鸬鹚杓，鹦鹉杯，百年三万六千日，一日须倾三百杯。"这是酒仙兼诗仙的李白的人生宣言，《将进酒》还只宣称"烹羊宰牛且为乐，会须一饮三百杯"，此诗却扩展到整个人生。借助精美酒器的渲染，更将饮酒人生的乐趣发挥到淋漓尽致。以下四句，即承"一日须倾三百杯"，写醉眼蒙眬中所见汉江春色。一江碧绿的春水，在诗人眼中，忽然幻化成了一江春酒，就像葡萄酒初酿未滤时那样泛着鸭绿色，清澈透明，微波荡漾。诗人忽发奇想，这样一江春酒，它用来发酵的酒曲和滤剩的酒糟恐怕足够筑成一座糟丘台了。这种奇思妙想，也只有"百年三万六千日，一日须倾三百杯"的诗人才能产生。它极荒诞又极天真极美妙，具有一种童真的想象力。饮酒还必辅以行乐，才能使饮酒之乐更加浪漫而富诗意，于是有"千金"四句的描写：骑骏马、坐雕鞍、歌《落梅》、奏凤笙，而"车旁侧挂一壶酒"则是行乐的核心和灵魂，有了它，才能使这一幕增辉添彩。至此，诗人心目中以醉酒为中心的诗意人生行乐图便浮现出了整个轮廓。以下六句，便转为对另一种人生的惋惜和慨叹。

"咸阳市中叹黄犬"所代表的是一种应该加以慨叹的人生。李斯一生，辅始皇，成帝业，位三公，却不能功成身退，终因恋爵禄而为赵高所害。对此，诗人曾在《行路难》（其三）中对其"税驾苦不早"加以批评，认为他正因"功成不退"而导致"殒身"的结局。照诗人看来，这样的人生哪里赶得上"月下倾金罍"的生活之浪漫而富于诗意呢？诗人在《月下独酌》（其一）中对"月下倾金罍"的诗意生活有极富韵味的描写，可以参看。

在襄阳镇守过的名将羊祜，常登岘山。曾对部属邹湛说："自有宇宙便有此山，由来贤达胜士登此远望如我与卿者多矣，皆湮没无闻，使人悲伤，如百岁后有知，魂魄犹应登此也。"邹湛回答道："公德冠四海，道嗣前哲，令闻令望必与此山俱传。至若湛辈，当如公言耳。"这样一位事功显赫，为当地百姓所追怀悼念的前哲，按说其名其事均应"与山俱传"，但时过境迁，不但往日百姓为他建造的纪念碑已经底座剥蚀，莓苔遍生，连今天游赏的人们也再不能对之堕泪生悲了。羊公当年那样重视的后世名，随着时间的流逝，也已湮没无闻。诗人对羊祜的品德事功自存敬仰，他所慨叹的是"令闻令望"的与时俱泯，不能长在。因此他追求的是现世的诗意生活享受。"清风朗月不用一钱买，玉山自倒非人推。"自然界的清风朗月，不用一钱，即可尽情享用，取之不尽，用之不竭，这是何等的畅怀适意；而想象中的满江春酒，同样可以随意享用，尽兴而饮，玉山般的伟岸身躯，颓然自倒，又是何等潇洒浪漫。清风明月，随时可遇，谁也不曾意识到这原是人生不费任何代价的诗意享受，一经李白用"不用一钱买"五字道出，立即变成最平凡又最美妙的人生乐事；嵇康醉后如玉山之倒的典故，经诗人用"自倒非人推"五字点化，也成了对醉态、醉趣之美的绝妙形容。自然风景之美和饮酒之乐之趣的尽情享受，比起那些与时俱泯的身后名，哪一种是人生应该追求的，岂用再赘一词。

结尾五句，遥承第二节开头的"鸬鹚杓，鹦鹉杯"，再次发表宣言，不过这里的"舒州杓，力士铛"已经不再是单纯的酒器，而是成了与诗人"同死生"的终生精神伴侣。"襄王云雨今安在，江水东流猿夜声。"一切富贵尊荣，一切功名事业，都会随着时间的流逝在历史的长河中消逝得无影无踪，眼前所见所闻，唯有江水东流，猿狖哀鸣而已。

可以看出，诗人所要着重表现的是以饮酒为标志的人生乐趣和诗意享受，读者最感兴趣的也是这方面的内容。"咸阳市中叹黄犬"，"襄王云雨今安在"乃至羊公碑的"剥落生莓苔"，不过是用来反衬"清风朗月不用一钱买，玉山自倒非人推"的人生诗意享受的一种历史见证。如果据此而判定诗的主旨是宣扬人生虚无，不免本末倒置。李白的人生追求自然还有"申管晏之谈，谋帝王之术，奋其智能，愿为辅弼"，积极追求事功的主要一面，但包括畅饮美酒在内的对自由畅适的诗意生活的追求也是李白人生追求的一个重要方面。这首诗在表现诗人对自由畅适的诗意生活的追求方面，显示出了特有的艺术美感和魅力，表现了诗人精神性格极富童真情趣的一面。在不放弃对事功的积极追求，坚信"天生我材必有用"的前提下，"人生贵适意"也未尝不是一种活法。

梁园吟①

我浮黄河去京阙②，挂席欲进波连山③。天长水阔厌远涉，访古始及平台间④。平台为客忧思多，对酒遂作梁园歌。却忆蓬池阮公咏，因吟渌水扬洪波⑤。洪波浩荡迷旧国，路远西归安可得⑥？人生达命岂暇愁⑦，且饮美酒登高楼。平头奴子摇大扇⑧，五月不热疑清秋。玉盘杨梅为君设，吴盐如花皎白雪⑨。持盐把酒但饮之，莫学夷齐事高洁⑩。昔人豪贵信陵君⑪，今人耕种信陵坟。荒城虚照碧山月，古木尽入苍梧云⑫。梁王宫阙今安在⑬，枚马先归不相待⑭。舞影歌声散绿池⑮，空馀汴水东流海⑯。沉吟此事泪满衣⑰，黄金买醉未能归。连呼五白行六博⑱，分曹赌酒酣驰晖⑲。歌且谣⑳，意方远。东山高卧时起来，欲济苍生未应晚㉑。

[校注]

①此诗诗题敦煌写本唐人选唐诗、《文苑英华》卷三百三十六作《梁园醉歌》，《文苑英华》卷三百四十三作《梁园吟》。王琦《李太白年谱》系此诗于天宝三载（744），郁贤皓《李白选集》则谓此诗"当是开元二十一年（733）离开长安，舟行抵达梁园时作"。梁园，唐汴州，今开封市。②浮黄河，浮舟黄河。去京阙，离开京城长安。③挂席，挂帆。④平台，古台名，相传为春秋时鲁襄公十七年（前556）宋皇国父所筑。汉梁孝王时大建宫室，"筑东苑，方三百馀里，广睢阳城七十里。大治宫室，为复道，自宫连属于平台三十里"（《史记·梁孝王世家》）。曾与当时名士司马相如、枚乘、邹衍等游此。故址在今开封市东南。⑤阮公，指三国魏著名诗人阮籍，其《咏怀八十二首》（其十六）云："徘徊蓬池上，还顾望大梁。绿水扬洪波，旷野莽茫茫。"蓬池是战国时魏都大梁（今开封市）东北的沼泽，"蓬池咏"即指此章，"渌水扬洪波"系诗中成句。渌水，形容水之清澈。⑥旧国，指长安。西归，指归长安。⑦达命，通达天命。暇，须。李峤《梅》："若能遥止渴，何暇泛琼浆？"或解作"空闲"，误。⑧平头奴子，不戴冠巾的奴仆。梁武帝《河中之水歌》："平头奴子擎履箱。"丘为《冬至下寄舍弟时应赴入京》："适远才过宿春料，相随唯一平头奴。"平头不戴冠巾，以示其装束与主人有别。⑨吴盐，吴地所产的盐。《史记·吴王濞列传》："吴王即山铸钱，煮海水为盐。"或谓上句之"杨梅"即指梅，"盐、梅为古代菜羹主要调味物，诗中借指佐酒之菜肴"，然以"杨梅"指梅，文献似未见，且李白诗中写到"杨梅"不止此诗，如《叙旧赠江南宰陆调》云："江北荷花开，江南杨梅熟。"江南地区农历五月，正杨梅成熟之时，与上"五月"之语正合。杨梅蘸盐食之，其味更美，故有此二句。⑩夷齐，指伯夷、叔齐。殷孤竹君之二子，周武王伐纣，伯夷、叔齐叩马而谏。殷亡，不食周粟，

隐于首阳山，采薇而食，饿死于首阳山。见《史记·伯夷列传》。此句一作"何用孤高比云月"，一作"咄咄书空字还灭"，敦煌写本作"世上悠悠不堪说"。⑪信陵君，战国时魏安釐王之弟，名无忌，封于信陵（今河南宁陵），故号信陵君。为战国时著名四公子之一。《史记·魏公子列传》："公子为人仁而下士，士无贤不肖，皆谦而礼交之，不敢以其富贵骄士。士以此方数千里争往归之，致食客三千人。当是时，诸侯以公子贤，多客，不敢加兵谋魏十馀年。"又，"（汉）高祖十二年，从击黥布还，为公子置守冢五家，世世岁以四时奉祠公子"。据《太平寰宇记》卷一河南道开封府浚仪县："信陵君墓在县南十二里。"⑫苍梧，山名，即九疑山，在今湖南宁远县南。《文选·谢朓〈新亭渚别范零陵〉》："云去苍梧野，水还江汉流。"李善注引《归藏·启筮》曰："有白云出自苍梧，入于大梁。"即"古木尽入苍梧云"之句所本。⑬梁王，指西汉时梁孝王刘武，当年曾大治宫室，参注④引《史记·梁孝王世家》。⑭枚马：指枚乘、司马相如。二人均曾游梁，为梁孝王宾客。《史记·司马相如列传》："是时梁孝王来朝，从游说之士齐人邹阳、淮阴枚乘、吴庄忌夫子之徒，相如见而说之，因病免，客游梁。梁孝王令与诸生同舍，相如得与诸生游士居数岁。"《汉书·枚乘传》："枚乘……游梁，梁客皆善词赋，乘尤高。"先归，先故去。⑮绿池，指梁苑中的池沼。《西京杂记》卷二："梁孝王好营宫室苑囿之乐，作曜华之宫，筑兔园。园中有百灵山，山有肤寸石，落猿岩，栖龙岫。又有雁池，池间有鹤洲凫渚，其诸宫观相连，延亘数十里。"⑯汴水，古水名。此指隋通济渠、唐广济渠之东段。自今荥阳市北引黄河东南流，经今开封市及杞县、睢县、宁陵、商丘、夏邑、永城，复东南经今安徽宿州、灵璧、泗县与江苏泗洪，至盱眙县对岸入淮河，为隋唐至北宋中原通往东南沿海地区的主要水运干道。⑰沉吟，深思。《古诗十九首》之十二："驰情整中带，沉吟聊踯躅。"⑱五白、六博，古代博戏。《楚辞·招魂》："菎蔽象棋，有六博些。分曹并行，遒相迫些。成枭而牟，呼五白些。"王逸注："投六箸，设六棋，故为六簙也。言宴乐既毕，乃设六簙，以菎蔽为筹，象牙为棋，丽而且好也。"洪兴祖《补注》引《古博经》："博法：二人相对坐向局，局分为十二道，两头当中名为水，用棋十二枚，六白六黑，又用鱼二枚置于水中。其掷采以琼为之，琼畟方寸三分，长寸五分，锐其头，钻刻琼四面为眼，亦名为齿。二人互掷簙行棋，其行到处即竖之，名为枭棋，即入水食鱼，亦名牵鱼，每牵一鱼获二筹，翻一鱼获三筹。"可见这是一种掷采以行棋的博戏。高亨《楚辞选》："十二个棋子，六个白的，六个黑的。五个骰子，方形，六面，有相对的两面是尖头，其馀四面都是平的。一面刻二画，一面刻三画，一面刻四画，一面不刻画……当'成枭而牟'的时候，掷骰得到五个骰子都是不刻画的一面在上，叫做'五白'。掷得五白，便可杀对方的枭棋，所以下棋的人要喊五白。"或分"五白"与"六博"为两种博戏，视"连呼五白行六博"之说，似非。⑲分曹，分成两方。驰晖，飞驰的太阳。⑳《诗·魏风·园有桃》："我歌且谣。"毛传："曲合乐曰歌，徒歌曰谣。"㉑《世说新语·排调》："谢公（指谢安）在东山（会稽东山，谢安早年曾辞官隐居于此），朝命屡降而不动。后出为桓宣武司马，将发新亭，朝士咸出瞻送。高灵时为中丞，亦往相祖，先时多少饮酒，因倚如醉，戏曰：'卿屡违朝旨，高卧东山，诸人每相与言：安石不肯出，将如苍生何！今亦苍生将如卿何！'谢笑而不答。"

[笺评]

谢枋得曰：太白远离京国，故发西归之叹，所谓"身在江湖而心存魏阙者欤！"（《李太白诗醇》卷二引）

桂天祥曰：太白乐天知命，感今怀古，备载此诗。唐人亦自有解会者，造语突兀，便非此等跌宕。（《批点唐诗正声》）

唐汝询曰：按天宝三载，白供奉翰林，为杨妃所毁，赐金放还。此初出京师游梁而作也。言我身随云逝，涉历波涛，既至平台而客思方浩，此歌之所以作也。因忆阮公昔尝羁此而有蓬池之咏，我亦阻洪波而不得西归，途穷甚矣。然未足为达命者之累，且当适情于酒也。况僮驯循习，摇扇生凉，盐梅丰甘，佐觞特妙，酣畅足乐，奚藉首阳之高洁为哉！彼昔人于此称豪贵、盛宫阙者，非魏之信陵、汉之梁王乎？今古墓犁为田矣，宾客消亡，歌舞散而无馀矣。所睹者云月，所存者汴水，能不令人泣下乎？亦惟痛饮以消之耳。于是与同游者博戏赌酒以娱西驰之日。而曰我之歌也，托意甚远，方如谢公之卧东山，起济苍生未晚也。观此，则知太白非终于酒者。《易》曰：天地蔽，贤人隐。青莲之狂，时昏使之也。不然，何以拔子仪于缧绁哉！（《唐诗解》卷十三）

严评曰：（"挂席"句）壮险语却自然，非造非矫。（"人生"句）甚真、甚醒。（"荒城"二句）上句凄情，意近；下句悲澹，意远。下更胜。（"梁王"四句）上是客，尚浑；此是主，更破。（"未能归"）三字："未能归"与"岂暇愁"呼应。尾批：又生妄想，并前"岂暇愁""未能归""莫学夷齐"处俱无力、味。（严评《李太白诗集》）

严评本载明人批："波连山"，是何处？殊属疏脱。亦近俗。"莫学高洁"太直拙，太白决无此等语。

陆时雍曰：不衫不履，体气自贵。（《唐诗镜》卷十八）

吴昌祺曰："黄云"正指杨妃，而诗太率。《春秋感精符》曰："妻党翔则黄云入国。""饮之"二字下得率，若子美必无此病。"苍梧云"，必须此注。（《删订唐诗解》卷七）

王琦曰：作《梁园歌》而忽间以信陵数语，意谓以信陵之贤，名震一世，至今日而墓域且不克保，况梁孝王之贤不及信陵，其歌台舞榭又焉能保其长在乎！此文章衬托法，不是为信陵致慨，乃是为梁王释恨，并为自己解愁，以见不如及时行乐之为得也。故遂接以"沉吟此事泪满衣"云云。（《李太白全集校注》卷七）

《唐宋诗醇》：怀古之作，慷慨悲歌，兴会飙举，范传正有云："李白脱屣轩冕，释羁缰锁，自放宇宙间，饮酒非嗜其酣乐，取其昏

以自秽，好神仙非慕其轻举，欲耗壮心遣馀年，作诗非事其文律，取其吟咏以自适。"三诵斯篇，信然。（卷五）

方东树曰：起四句叙，"平台"二句入题情，正点一篇提局。"却忆"句转放开展，用笔顿折浑转。"平头"二句酣恣肆放。"玉盘"四句铺。"昔人"四句，咏叹以足之，情文相生，情景相融，所谓兴会才情，忽然涌出花来者也。"空馀"句顿挫，"沈吟"句转正意。太白亦自沉痛如此，其言神仙语，乃其高情所寄，实实有见。小儿子强欲学之，便有令人呕吐之意。读太白者辨之。因见梁园有阮公、信陵、梁王诸迹，今皆不见，足为凭吊感慨。他人万手，同知如此用意，而不解如此作法。此却从自己游历多愁说入，又自解不必如此。所谓借他人酒杯，浇自己块垒，死活仙凡，全在如此。寻常俗士但知正衍故实，以为咏古炫博，或叙后人议论，炫才识，而不知此凡笔也。此却以自己为经，偶触此地之事，借作指点慨叹，以发泄我之怀抱，全不专为此地考古迹发议论起见。所谓以题为宾为纬。于是实者全虚，凭空御风，飞行绝迹，超超乎仙界矣，脱离一切凡夫心胸识见矣。杜公《咏怀古迹》便是如此，解此可通之近体，一也。诗最忌段落太分明，读此可得音节转换及章法大规。（《昭昧詹言》卷十二）

曾国藩曰：玩诗，盖指公浮黄河而西赴长安过梁园时怀古而作也（按：曾氏误解首句"我浮黄河去京阙"之"去"为"赴"，故有此语）。不知定在何时，或禄山未乱以前耳。（《求阙斋读书录》卷七）

吴汝纶曰：此乃浮河去京东行过梁之作。篇中皆历尽兴衰、及时行乐之旨。"昔人"八句，感吊苍茫，以见怀抱。（篇末评）慷慨自负，是太白意态。（《唐宋诗举要》卷二引）

备考

朱谏曰：此诗可疑者无伦次也，前十句辞顺而意正矣。"人生达命"八句，意与上节不相蒙，辞欠纯。"昔人豪贵信陵君"八句，辞清而健，如云："荒城虚照碧山月，古木尽入苍梧云""舞影歌声散绿池，空馀汴水东流海"，皆为警句。至"沉吟此事"八句，又驳杂而无意味。既无伦次，而又驳杂，故可疑也。若节去"人生达命"八句及"沉吟此事"八句，则以前面十句、"昔人豪贵信陵君"八句共为一首，则辞纯正，意又接续，譬如去玉之污点，皎然之白自见也。节而释之以俟知者再择焉。（《李诗辨疑》卷上）

[鉴赏]

这首诗最早见于敦煌写本唐人选唐诗，又两见于《文苑英华》，虽题目有《梁园醉歌》与《梁园吟》之异，但均题为李白之作。诗的内容、风格也明显符合李白的经历、思想和创作特征。朱谏以"无伦次"与"驳杂"为由，疑其非李白之作，可以说毫无根据。但他提出的节去"人生达命"八句及"沉吟此事"八句，以前十句与"昔人豪贵信陵君"八句共为一首的主张倒反映出一个带根本性的问题，即怀古诗的共性与个性问题。

怀古诗历来以抒写盛衰变化之慨为基本内容，这不妨看作这一诗体在历史发展过程中形成的共性。不同经历、思想、个性和艺术风格的作者创作的怀古诗，本应有鲜明的个性特征，但在多数怀古诗中，却很少体现。这正是怀古诗的一个明显缺陷。但怀古诗这种个性被淹没在共性之中的创作套路，却造成了一些评家的思维定势，认为怀古诗只能抒写盛衰变化之慨，如果掺入一些带有明显个人色彩的内容，便被看成内容驳杂不纯，叙述语无伦次。朱谏的怀疑、批评和删节主张，实际上正反映了对怀古诗个性的排斥，他主张保留的十八句，恰恰是怀古诗抒盛衰变化之慨的共性部分；而他认为驳杂不纯、主张删去的十六句，恰恰是最能体现李白鲜明思想、个性的部分。如果按照他的主张删去那十六句，这首《梁园吟》就基本上清除了李白的个人印记而不再是李白之作了。实际上，这首诗真正的好处，正是在抒盛衰变化之慨的同时融入了个人的咏怀内容，体现了怀古与咏怀、共性与个性的完美结合。

诗的开头四句，叙述诗人自己由"去京阙"到"及平台"的行程。"访古""平台"四字，可以看作对这首题为"梁园吟"的怀古诗的点题。但在叙述行程的同时，却明显流露了诗人对政治道路上风波险恶、途程遥远的感受，这从"挂席欲进波连山"和"天长水阔厌远涉"的诗句中可以体味出来。对照《行路难三首》（其一）中的"欲渡黄河冰塞川，将登太行雪满山"，其寓意更显。但后者纯用象喻手法，此则于写实中寓象征，写法有别。"厌远涉"的"厌"字还透露出对艰险从政道路的厌倦。这一切，都带有明显的个人色彩。朱谏没有提出要删掉这四句，主要是由于它们具有交代行程和点题的作用，同时也可能对其中蕴含的个人色彩并未注意。

接下来四句，由"平台为客"而叙及《梁园吟》的创作，进一步点明题面。值得注意的是，这里不但明白点出平台为客时"忧思"之多，而且通过对阮籍"蓬池咏"的追忆，曲折表现自己的"忧思"。阮籍"蓬池"之咏，对身处的阴惨肃杀的政治环境流露出强烈的忧患感和孤寂感，李白忆其人而吟其诗，当与阮籍有相似的感受而忧思充溢，不可抑止。

以上八句，是交代《梁园吟》创作的缘起。透露出诗人因从政道路上遇到险阻，离开政治中心长安，忧思重重。而访古忆昔，吟阮籍"蓬池"之咏，则进一步触发加深了忧患感和孤寂感。

"洪波"以下十句，承上"忧思多"，抒写自己借酒以遣愁。"洪波"二句，用顶针格承上启下，以"迷旧国"与"西归安可得"遥应篇首，抒写对长安的眷恋，意致与"长安宫阙九天上"相近，再次暗点"愁"字。故下两句紧接着揭出此段主意："人生达命岂暇愁，且饮美酒登高楼。"李白诗中的"命"与"宿命"不同，它和时运、机缘之义相近，所谓"达命"，也常和"待时""等待机缘"相通。因此它不是消极认命，无所作为，而是在遭遇困难挫折的情况下用达观的态度和放逸的行为来排遣忧愁。"平头奴子"五句，就是渲染在访古期间如何充分享受美酒佳果之味，逸兴高飞之乐。"杨梅"在这里充当了重要角色。作为江南佳果，汉代司马相如《上林赋》中即有记载，五月正是杨梅成熟的季节。红紫鲜艳的杨梅，置于晶莹透明的玉盘之中，又佐以似雪的吴盐，以此作为"饮美酒"的肴馔，真是别开生面、别具风味，难怪诗人要将它作为人生乐事来铺叙渲染了。末缀以"莫学夷齐事高洁"一句，乍读似感突兀，其实这正是李白的常调，《行路难三首》（其三）一开头便说："有耳莫洗颍川水，有口莫食首阳蕨。含光混世贵无名，何用孤高比云月。"表述的是同样的意思。李白在政治上失意的时候，不是用隐居不仕的"高洁"来表示自己与统治者的距离，就是往往以狂放不羁的行为来发泄自己的愤懑，所谓"莫学夷齐事高洁"正应从这方面去理解。饮酒狂放，在有些人眼里，或许是一种自渎的消极颓废行为；但在诗人看来，这既是失意苦闷时的一种排遣，又是对现实的不满与抗议。

"昔人"以下八句，紧扣"梁园""访古"，抒写今昔盛衰之慨，是怀古诗中应有之义。梁园旧地，古来著称于世者有战国四公子之首的信陵君和汉初深受宠信、权势盛极一时的梁孝王刘武。事移世迁，昔日豪贵一时、宾客如云的信陵君，如今他的荒坟已经犁为田地。昔时的大梁城早已荒芜，只剩下今古长存的月亮升上碧山，空照古城，千年古树全部笼罩在苍茫的白云之中。西汉时代盛极一时的梁王宫阙，如今早已化为一片废墟，当年门下的宾客枚乘、司马相如今也早魂归地下，无从追随他们的足迹；梁苑的池沼之上，歌声舞影早已消散无踪，只有悠悠汴水，至今仍东流入海。这里显示的是自然（碧山月、苍梧云、古木、汴水）的永恒长远与人事（信陵豪贵、梁王宫阙、舞影歌声）变化的迅疾沧桑，也是怀古诗最常见的音调。诗人写来，虽然行文飘逸流畅，自在从容，但蕴含的情感则显得慷慨悲凉。对信陵君的缅怀追思中包含了对历史上礼贤下士、重视人才的时代的怀念，在这方面，梁孝王刘武也和信陵君有相似之处，故于梁园怀古时一并提及并表示追缅之意。而在追缅信陵君、梁王的同时，也透露了对现实中缺乏这类人物的深深失望，其内在意蕴实际上与"昭王白骨萦蔓草，谁人更扫黄金台"相近。因此，这一段写怀古之慨，仍与诗人的怀才不遇的忧思紧密相关，并非泛泛抒写怀古之幽情。在"枚马先归不相待"的慨叹中，也隐约透露出对盛世文士际遇的歆慕和"前不见古人"式的感叹。

正因为怀古慨今，深慨才不逢时，故末段劈头一句就用"沉吟此事泪满衣"来概括揭示上一段怀古中蕴含的悲慨。如此悲慨，唯有用狂歌痛饮、分曹博戏的放纵行为方能稍得宣泄。"黄金买醉"三句，写狂放行为虽极事渲染，却无颓唐之态，而是意态豪雄，酣畅淋漓，尤其是"分曹赌酒酣驰晖"一句，更传出其兴会飙举、意气凌云的情状。显示出虽怀失意的忧思悲慨，精神上仍然昂扬挺拔而无萎靡之态。这样，结尾四句转入高唱方不显得突兀。

"歌且谣，意方远。东山高卧时起来，欲济苍生未应晚。"这是全诗的归趋与结束，也是全诗感情发展的高潮。在经历了一段离京去国的忧思、酣饮高楼的排遣、怀古慨今的悲愤和分曹赌酒的宣泄的曲折心路历程之后，诗人终于唱出昂扬奋发的强音。"意方远"三字，透露出诗人并不因一时的挫折而消极颓唐，而是将人生的道路看得很长很远。坚信自己正像隐居待时的谢安一样，实现自己济苍生、安黎元的人生抱负还有的是时间。这是典型的李白的声音。《梁甫吟》结尾说："张公两龙剑，神物合有时。风云感会起屠钓，大人峨屼当安之。"《行路难三首》（其一）结尾说："长风破浪会有时，直挂云帆济沧海。"和本篇的结尾，都通过用典，表达了对政治前途的乐观信念。李白抒写怀才不遇的诗篇，每于篇末振起，决非故作宽解之词，而是出于其坚强的信念和对自己才能的高度自信，因此它给人带来的是乐观的展望和对未来的信心。

可以看出，这首诗虽以梁园怀古为题材，但其主旨却是咏怀，不仅二、四两段直接抒怀，就连首段叙行程、三段抒怀古之情，也都关合着怀才不遇的主意。因此，不妨说它是一首以怀古形式出现的咏怀诗，一首怀古与咏怀紧密结合的抒怀诗。

永王东巡歌十一首 (其二)①

三川北虏乱如麻②，四海南奔似永嘉③。但用东山谢安石④，为君谈笑静胡沙⑤。

[校注]

①永王，唐玄宗第十六子李璘。开元十三年（725）封永王。《旧唐书·永王璘传》："天宝十四载十一月，安禄山反范阳。十五载六月，玄宗幸蜀。至汉中郡，下诏以璘为山南东路及岭南、黔中、江南西路四道节度采访等使，江陵大都督，馀如故。璘七月至襄阳，九月至江陵，召募士将数万人，恣情补署，江淮租赋，山积于江陵，破用巨亿。以薛镠、李台卿、蔡坰为谋主，因有异志。肃宗闻之，诏令归觐于蜀，璘不从命。十二月，擅领舟师东下，甲仗五千人趋广陵，以季广琛、浑惟明、高仙琦为将。"后兵败，"将南投岭外，为江西采访使皇甫侁下防御兵所擒，因中矢而薨"。天宝十五载（756）十二月永王舟师东下经九江时，曾三次征召隐于庐山屏风叠的李白入幕，《永王东巡歌十一首》即作于翌年（至德二载）春在永王幕时。②三川，秦郡名。据《史记·秦本纪》，秦庄襄王元年（前249），初置三川郡。治所在今河南洛阳市东北。此处即以"三川"借指洛阳，因其地有黄河、洛水、伊水三条河流而有此称。唐人多称河南尹为三川守。北虏，指安史叛军。其时东都洛阳与京城长安均已沦陷。③永嘉，晋怀帝年号。永嘉五年（311），前赵匈奴君主刘曜攻陷洛阳，百官士庶死者三万余人，中原衣冠之族相率南奔，避乱江左。而安史乱起，两京沦陷，"天下衣冠士庶，避地东吴。永嘉南迁，未盛于此"（李白《为宋中丞请都金陵表》）。④东山谢安石，隐于东山的谢安，借指隐于庐山的诗人自己。东山，在会稽。参《梁园吟》"东山高卧时起来"二句注。⑤谈笑静胡沙，指谢安镇定从容，决胜千里，取得淝水之战的巨大胜

利，打败南犯的苻坚大军之事。《晋书·谢安传》："谢安，字安石……时苻坚强盛，疆场多虞，诸将败退相继。安遣弟石及兄子玄应机征讨，所在克捷……坚后率众，号百万，次于淮肥，京师震恐。加安征讨大都督。玄入问计，安夷然无惧色，答曰：'已别有旨。'既而寂然……安遂命驾出山墅，亲朋毕集，方与玄围棋赌别墅……玄等既破坚，有驿书至，安方与客围棋，看书既竟，便摄放床上，了无喜色，棋如故。客问之，徐答云：'小儿辈遂已破贼。'"此借指自己能像谢安那样，谈笑中破敌，扫平安史叛军。

[笺评]

刘克庄曰：按永王璘客，如孔巢父亦在其间，白其一耳。此篇所谓"谢安石"不知属谁，可见自负不浅。然十篇只目王为帝子，受命东巡，与王衍、阮籍劝进事不同。（《后村诗话·新集》卷一）

严评曰：自负不浅。（严评《李太白诗集》）

严评本载明人批：此篇稍脱洒，然永嘉事不宜用。

萧士赟曰：宋《蔡宽夫诗话》云：太白之从永王璘，世颇疑之，唐书载其事甚略，亦不为辩其是否。独其诗自序云："半夜水军至，浔阳满旌旃。空名适自误，迫胁上楼船。从赐五百金，弃之若浮烟。辞官不受赏，翻谪夜郎天。"然太白岂从人为乱者哉！盖其学本出纵横，以气侠自任。当中原扰攘时，欲借之以立奇功耳。故其《东巡歌》有"但用东山谢安石，为君谈笑静胡沙"之句，至其卒章乃云"南风一扫胡尘静，西入长安到日边"，亦可见其志矣，大抵才高意广如孔北海之徒，固未必有成功，而知人料事尤其所难。议者或责以璘之猖獗，而欲仰以立事，不能如孔巢父、萧颖士察于未萌，斯可矣。若其志亦可哀矣。（《分类补注李太白诗》卷八）

朱谏曰：言三川之地，禄山之寇纷然如麻之多，犬羊充斥而东京陷没矣。天子西狩，百姓南奔，有如晋怀帝永嘉之时刘聪陷京师，而天子蒙尘于外也。凡夷狄之侵中国者，以中国无人也。苟有人焉，彼且畏服之不暇，又安敢与我为敌哉！且如东晋之时，苻坚之寇，能用安石为将帅，则谈笑之间，可却百万之众……或曰：是白之自负也，盖以安石而自比也。（《李诗选注》）

唐汝询曰：永王璘之行师，盖横暴之极者，太白以安石起之，欲其务镇静也。然璘竟取败，而太白几坐诛，悲夫！一说，太白尝卧东山，此方安石，当是自况。若然，置永王于何地？青莲亦不应放诞至此。（《唐诗解》卷十三）

丁绍仪曰："但起东山谢安石，为君谈笑静胡尘。"太白诗也，人或讥其大言不惭，然其时邺侯、汾阳均未显用，殆有所指，非自况也。（《听秋声馆词话》卷一）

应时曰：体格不失，自得狂士气概。（《李诗纬》卷四）

丁谷云曰：观此词意，则太白心迹可知矣。（同上引）

[鉴赏]

参加永王璘幕府，是李白一生中第一次真正得以从政的机会。和天宝初年奉诏入京，供奉翰林，仅为文学侍从之臣不同，这一次是在安史乱起，两京沦陷，国家处于危难局面下，参加受命于玄宗经营长江中下游地区的永王璘幕府。在诗人看来，这正是他报效国家，扫荡叛敌，建功立业的绝好机会。因此入幕之初，他热情高涨，意气风发，充满自信。《在水军宴赠幕府诸侍御》诗中写道："胡沙惊北风，电扫洛阳川。虏箭雨宫阙，皇舆成播迁。英王受庙略，乘命清南边……霜台降群彦，水国奉戎旃。绣服开宴语，天人借楼船。如登黄金台，遥谒紫霞仙。卷身编蓬下，冥机四十年。宁知草间人，腰下有龙泉。浮云在一决，志欲清幽燕。愿与四座公，静谈金匮编。齐心戴朝恩，不惜微躯捐。所冀旄头灭，功成追鲁连。"可以强烈感受到当报国建功的机会到来时诗人的兴奋心情。《永王东巡歌十一首》就是在这种情况下创作的组诗。本篇是组诗的第二首。

前两句写当时的乱局。"三川北虏乱如麻",广大的中原河洛地区，已为安史叛军所盘踞，呈现出触目惊心的乱象。"乱如麻"三字，既形象地显示出"俯视洛阳川，茫茫走胡兵"的景象，又表现出"天津流水波赤血，白骨相撑如乱麻"的惨象。胡兵之纵横杀掠，百姓之遭受惨祸，均包含在内。其时长安亦已沦陷，玄宗奔蜀，诗中只写"三川北虏"横行之象，固缘于绝句贵简，亦缘于三川之地已成安史叛军的政治中心，故独标举之。且下句用永嘉南渡事，而西晋即都洛阳，两句历史与现实密切结合，一意贯串，可见其运思之密。

"四海南奔似永嘉。"安史乱起后，"天下衣冠士庶，避地东吴。永嘉南迁，未盛于此"。李白在这里所揭示的是当时上层衣冠士族和普通百姓纷纷避乱南奔，有似永嘉年间的乱局重演的情况。这里面也包括了李白自己"东奔向吴国"的行迹。着一"奔"字，显示出士庶避乱的仓皇匆遽，与上句"乱"字相应。前人或讥用永嘉事之不宜，今人或谓用永嘉事之不当，均求之过深。唐人用典，每取其一端。李白此处用永嘉事，仅取中原纷乱、衣冠士庶南奔，历史与现实呈现惊人相似的一幕这一端。并不预示今后将重演南北对峙、天下分裂的局面，更不代表李白有辅佐永王璘于江南图王称帝的政治意图。因为接下去的两句已将自己的政治抱负和目标讲得非常清楚。

"但用东山谢安石，为君谈笑静胡沙。"李白素以谢安自命，《梁园吟》中即言"东山高卧时起来，欲济苍生未应晚"，现在他所等待的报国立功的时机终于到来了，因此他满怀激情和自信地宣称：只要任用了我这个谢安式的人物，就能于谈笑之间为君主平定叛乱，扫荡敌寇，重新建立清平的世界。历史典故的丰富内涵，赋予"谈笑"二字以无穷的遐想，使读者心目中活现出一位运筹帷幄、决胜千里，指挥若定、胜券在握的当代谢安形象，联想到"谈笑间，强虏灰飞烟灭"的壮观场景。而诗人的高度自信与自负，以及潇洒脱俗的风神意态也自然而不费力地表现出来了。

诗的前幅与后幅，构成了鲜明的对比。前幅极言时局之乱、之危，后幅则极形拨乱反正、拯救危局之易、之速，重举而轻放，越发衬托出"东山谢安石"式的人物在挽狂澜于既倒的斗争中的作用。

作为一位诗人，我们所看重的是诗中抒发的爱国热情和建功立业的抱负，以及所表现的鲜明个性。至于诗人在参加永王璘幕府这一行动中所表现出来的政治上的单纯幼稚，以及诗人的实际政治军事才能是否如他自己的估计，则是全面评价李白时应该加以分析的问题。

峨眉山月歌①

峨眉山月半轮秋，影入平羌江水流②。夜发清溪向三峡③，思君不见下渝州④。

[校注]

①峨眉山，在今四川峨眉山市西南，主峰高三千余米，为蜀中名山。《元和郡县图志》卷三十一剑南道嘉州峨眉县："峨眉大山，在县西七里。《蜀都赋》云'抗峨眉于重阻'。两山相对，望之如蛾眉，故名……中峨眉山，在县东南二十里。"宋蜀刻本题下有"峡路"二字。王琦《李太白全集》谓"此诗约是开元中，李白未出蜀以前所作"。詹锳《李白诗文系年》系此诗于开元十二年（724）出蜀路经三峡时。郁贤皓《李白选集》系年从詹说，谓是出蜀时途中寄友之作。②平羌江，即青衣江。源出今四川芦山县，东南流经雅安、夹江、乐山，会大渡河，入岷江。《元和郡县图志》卷三十一剑南道嘉州平羌县："本汉南安县地，周武帝置平羌县，因境内平羌水为名。"平羌县在嘉州（今乐山市）之北。③清溪，指清澈的江水。旧注或谓清溪指资州清溪县，或谓指嘉州犍为县之清溪驿。按资州清溪县本名牛鞞，天宝元年（742）始更名清溪，开元中尚无清溪县。且资州离峨眉、平羌江

甚远，可证此句"清溪"绝非资州之地名。王琦注引《舆地纪胜》谓犍为县有清溪驿，但今本《舆地纪胜》无此记载。三峡，指巴东三峡。所指不一。今通指瞿塘峡、巫峡、西陵峡。郁贤皓《李白选集》谓："味此诗中之三峡，似非指长江三峡。《乐山县志》谓当指乐山县之黎头、背峨、平羌三峡，而清溪则在黎头峡之上游。其说近是。"可备一说。④君，有指月、指友二解。据诗题，此"君"当是指月。渝州，唐剑南道有渝州，今重庆市。

[笺评]

苏轼曰："峨眉山月半轮秋，影入平羌江水流。谪仙此诗谁解道，请君见月时登楼。"（《送人守嘉州》）

严评曰：色与月俱清，音与江俱长，不独无一点俗气，并无一点仙气。"秋"字作韵，妙。"影"字安在上，妙。试一变动，便识妍媸。（严评《李太白诗集》）

刘辰翁曰：含情凄惋，有《竹枝》缥缈之音。（《李诗选》卷二引）（又见《唐诗品汇》引）

王世贞曰：此是太白佳境。然二十八字中，有峨眉山、平羌江、清溪、三峡、渝州，使后人为之，不胜痕迹矣，益见此老炉锤之妙。（《艺苑卮言》卷四）

王世懋曰：谈艺者有谓七言律一句不可两入故事，一篇中不可重犯故事，此病犯者故少，能拈出亦见精严，然吾以为皆非妙悟也。作诗到精神传处，随分自佳，下得不觉痕迹，纵使一句两入，两句重犯，亦自无伤。如太白《峨眉山月歌》，四句入地名者五，然古今目为绝唱，不厌重。蜂腰、鹤膝，双声、叠韵，休文三尺法也，古今犯者不少，宁尽被汰耶！（《艺圃撷馀》）

桂天祥曰：且不问太白如何，只此诗谁复能知？（《批点唐诗正声》）

凌宏宪集评《唐诗广选》：如此等神韵，岂他人所能效颦（首二句下）。

严评本载明人批：千古脍炙人口，只是意态流动又自然。

唐汝询曰："君"者，指月而言，清溪、三峡之间，天狭如线，即半轮亦不复可睹矣。（《唐诗解》卷二十五）

朱谏曰：言峨眉山上半轮之月，月弦之时，时已秋矣。月影入于平羌之江，而江流夜矣。乘夜放舟，浮清溪而下三峡，思君不见，忽然又见于渝州矣。所谓"君"者，其姓名不著，不知为何如人也。疑即下章《峨眉山月歌送蜀僧晏入中京》者，晏即其人也。（《李诗选注》卷五）

陆时雍曰：浑然之妙。（《唐诗镜》卷二十）

金献之曰：王右丞《早朝》诗五用衣服字，李供奉《峨眉山月歌》五用地名字，古今脍炙。然右丞用之八句中，终觉重复；供奉四句，而天巧浑成，毫无痕迹，故是千秋绝调。（《删补唐诗选脉笺释会通评林·盛七绝中》引）

周敬曰：思入清空，响流虚远，灵机逸韵，相辏而来。每一歌之，令人忘睡。（同上）

邢昉曰：此种神化处，所谓太白不知其所以然。（《唐风定》）

黄生曰：语含比兴……"君"字指月而言，喻谗邪之蔽明也。七律有"总为浮云能蔽日，长安不见使人愁"之句，参看自明。（《唐诗摘抄》卷四）

《李诗直解》：此为峨眉山月歌，因舟行而思友人也。言峨眉山月，当秋时而有半轮之明，皓月之影照入平羌，而江水载之而流，我乘舟夜发清溪之县，向三峡而行，不得与我友同发，而思君不见，随流迅速已下渝州之境矣。回首巴渝，停云弥切，惆怅之怀，何时已哉！

应时曰：（首句）山高只见一半。（次句）与水同行。（三句）连一半亦不见矣。总评：重入地名，镕化入神，非太白不能有此。（《李诗纬》卷四）

丁谷云曰：读太白诗，全要看他韵致。（同上引）

沈德潜曰：月在清溪、三峡之间，半轮亦不复见矣。"君"字即指月。（《重订唐诗别裁集》卷二十）按：此袭唐汝询之解。

吴昌祺曰："君"字不知何指，就题言则从唐解。山虽高，岂掩半轮？诗盖言月弦耳。（《删订唐诗解》卷十三）

顾嗣立曰：四明周岊公斯盛曰：太白《峨眉山月歌》四句中连用峨眉、平羌、清溪、三峡、渝州五地名，绝无痕迹，岂非天才！（《寒厅诗话》）

《唐宋诗醇》：但觉其工，然妙处不传。（卷五）

黄叔灿曰："君"指月。月在峨眉，影入江流。因月色而发清溪，及向三峡，忽又不见月，而舟已直下渝州矣。诗自神韵清绝。（《唐诗笺注》）

朱之荆曰：至三峡，则半轮不可复见矣。故下渝州以求之。"秋"字作韵妙，与五言"醉杀洞庭秋"同。（《增订唐诗摘抄》）

李锳曰：此就月写出蜀中山峡之险峻也。在峨眉山下，犹见半轮月色，照入江中，自清溪入三峡，山势愈高，江水愈狭，两岸皆峭壁层峦，插天万仞，仰眺碧落，仅馀一线，并此半轮之月亦不可见，此所以不能不思也。"君"字，指月也。（《诗法易简录》）

宋顾乐曰：王元美曰："此是太白佳境……益见此老炉锤之妙。"此诗定从随手写出，一经炉锤，定逊此神妙自然。（《唐人万首绝句选》评）

赵翼曰：李太白"峨眉山月半轮秋"云云，四句中用五地名，毫不见堆垛之迹。此则浩气喷薄，如神龙行空，不可捉摸，非后人所能模仿也。（《瓯北诗话》）

[鉴赏]

这首诗自明代诗评家王世贞指出其连用五地名（实际上是四地

名）而不露痕迹，深得炉锤之妙以来，评家多赞为绝唱。但对诗中"半轮""清溪""君"的理解，却有分歧。特别是对"君"的理解，直接涉及对诗的整体构思和主旨的理解把握，尤需辨析。

其实，李白的另外两首诗已经为我们提供了理解此诗中的"君"所指的可靠的依据。一首就是解者每加以称引但却未揭出与此诗联系之关键的《峨眉山月歌送蜀僧晏入中京》，另一首则是解者未加注意的《渡荆门送别》。《峨眉山月歌送蜀僧晏入中京》作于乾元二年（759）在江夏时，开头四句说："我在巴东三峡时，西看明月忆峨眉。月出峨眉照沧海，与人万里长相随。"此诗题目既与早年出川时所作《峨眉山月歌》相同，则前四句所写当即开元十二年（724）诗人出川时在巴东三峡看明月忆峨眉的情景，其中"月出峨眉照沧海，与人万里长相随"二句，正可用来说明七绝《峨眉山月歌》所写的内容意境：前两句总写峨眉山月之与自己相随；后两句则写月之"不见"，而在对月的思念中下渝州，向三峡。而《峨眉山月歌送蜀僧晏入中京》通篇不离峨眉月，也可印证《峨眉山月歌》这一仅四句二十八个字的七绝更应通篇不离题内的"峨眉山月"，而所谓"思君不见"，也就是"思峨眉月而不见"。《渡荆门送别》与《峨眉山月歌》同为李白初出川时所作，其尾联云："仍怜故乡水，万里送行舟。"亦出荆门而仍念故乡之水，殷勤相送于万里之外，可见其对故乡的深情怀念。由此可以启示我们，《峨眉山月歌》实际上是抒写"仍怜故乡月，万里送行舟"，只不过因为途中有一段见不到月，因而变成了"思君不见"。思故乡水、思故乡月，都是思故乡的表现。"君"之所指既明，对《峨眉山月歌》构思、内容和意境的理解把握便比较容易。

首句"峨眉山月半轮秋"，正点题面。"半轮"，相对全轮、一轮而言，指弦月。从下面描写的情况看，当是农历初七、八的上弦月。王褒《咏月赠人》："上弦如半璧，初魄似蛾眉。"半轮，也就是"半璧"之状。这句所写，当是初夜景象。峨眉山上空，悬挂着半轮明月，将皎洁的清辉洒向大地山川。"秋"字本是点明时令季节的，这里将它作为韵脚，置于"半轮"之后，构成"半轮秋"的特殊诗语，不仅点明这半轮山月乃是秋月，而且使名词形容词化，令人联想到这半轮秋月似乎特别皎洁清澄，在散发着凉意，给人一种沁人心脾的感受。

次句"影入平羌江水流"，写月影映江，随水而流。江水中清晰可见月的倒影，显示水之清澈。而句末的那个"流"字，用得尤为精彩。它与前面的"入"字相接，使全句成为一个浓缩句，即"月影映入平羌江水"与"月影随着平羌江水的流动而流动"这两层意思的融合。这后一层意思，实际上暗示了人在舟中，在舟行过程中看着映入江水的月影一直在随水流动。不但意境清澄优美，而且透出了诗人对始终伴随自己的江中月影的那份亲切感和喜悦感。故乡月、故乡水、故乡情，在这里被不着痕迹地融合在清澄流动的诗的意境中，令人咀嚼无穷。

第三句"夜发清溪向三峡"，是整首诗中叙述行程的句子，也是对前两句景物描写的立足点的补充交代，说明峨眉秋月、月影江流均为"夜发清溪向三峡"的行程中所见。其中，"清溪"是此行的出发地，"三峡"是此行的所向之地。清溪，或解为资州清溪县，显误；或说是犍为之清溪驿，虽意似可通，但《舆地纪胜》并无清溪驿之记载，故此解殊可疑。实则，所谓"清溪"意即清澈的江水，实即指眼前的平羌江。李白有《清溪行》云："清溪清我心，水色异诸水。借问新安江，见底何如此？人行明镜中，鸟度屏风里。向晚猩猩啼，空悲远游子。"将清澈见底的新安江称为"清溪"，与将可见月影的平羌江称为"清溪"，正属同例。李白此次出川，"三峡"是必经之地，且紧扣舟行所经，故用"向三峡"指明所向，这句在全篇中起着承上启下的枢纽作用。

末句"思君不见下渝州"，是舟下渝州的行程中对峨眉山月的怀想。"君"指峨眉山月。上弦月升起得早，天未煞黑即已高挂空中；故落得也早，深夜时分即已隐没不见。在舟行过程中，一直伴随着自己的天上半轮秋月和映入江流的月影都不见踪影；峨眉山月越离越远，不免引起对峨眉山月的无限思念，想到自己就要在不见峨眉山月的情况下向下游的渝州驶去，心中不免增添了一丝告别故乡月的惆怅。

这是一位胸怀四方之志的青年诗人"仗剑去国，辞亲远游"途中因故乡的山水景物引发的对故乡的亲切怀恋。峨眉山、平羌江、峨眉月，在诗中都自然成为故乡的象征，而"峨眉山月"，则成为全诗的核心意象和贯串线索，成为诗人故乡情的集中寄托。诗以望峨眉山月始，以不见而思"峨眉山月"终，表现了诗人在仗剑远游之初对故乡的深切怀念。但诗的整个节奏、格调却因连用峨眉山、平羌江、三峡、渝州，而构成一气流走之势，再加上"流""发""向""下"等动词的连续运用，更加强了轻快愉悦的气氛，而秀丽的峨眉、皎洁的秋月、清澈的江流和莹洁的月影所组成的意境，也透出一种清新秀发的韵味。因此，它虽抒故乡情，整首诗的情调仍显得轻快而清新，透露出诗人对前途的乐观展望。

或将末句的"君"理解为友人。一则题称"峨眉山月歌"，说明诗的中心意象就是峨眉山月，而这峨眉山月，无论从题面或诗面，都看不出有象喻友人之意。二则诗的前两句分写峨眉山月与月影江流，第三句交代行程，丝毫看不出有告别友人之意，第四句忽说"思君"（思念友人），太感突兀，从艺术构思看，殊不可解。而解为指月，则显得顺理成章。

江夏赠韦南陵冰①

胡骄马惊沙尘起②，胡雏饮马天津水③。君为张掖近酒泉④，我窜三巴九千里⑤。天地再新法令宽⑥，夜郎迁客带霜寒⑦。西忆故人不可见，东风吹梦到长安。宁期此地忽相遇⑧，惊喜茫如堕烟雾。玉箫金管喧四筵，苦心不得申长句⑨。昨日绣衣倾绿尊⑩，病如桃李竟何言⑪？昔骑天子大宛马⑫，今乘

款段诸侯门⑬。赖遇南平豁方寸⑭，复兼夫子持清论⑮。有似
山开万里云，四望青天解人闷⑯。人闷还心闷，苦辛长苦辛。
愁来饮酒二千石，寒灰重暖生阳春⑰。山公醉后能骑马⑱，别
是风流贤主人。头陀云月多僧气⑲，山水何曾称人意？不然鸣
筑按鼓戏沧流⑳，呼取江南女儿歌棹讴㉑。我且为君捶碎黄鹤
楼㉒，君亦为吾倒却鹦鹉洲㉓。赤壁争雄如梦里㉔，且须歌舞
宽离忧㉕。

[校注]

①江夏，唐鄂州，天宝元年（742）至至德二载（757）改称江夏
郡。今湖北武汉市。韦南陵冰，南陵令韦冰。据郁贤皓《李白暮年若
干交游考索》，韦冰系韦景骏之子，韦渠牟之父。卒于大历末。此诗
系唐肃宗乾元二年（759）李白流放夜郎途经巫山遇赦，归至江夏时
所作。安旗《李白全集编年注释》改系上元元年（760）春。②胡骄，
谓胡人。《汉书·匈奴传》："胡者，天之骄子也。"此指安史叛军。
③胡雏，用石勒事。《晋书·石勒载记》："石勒……羯人也……年十
四，随邑人行贩洛阳，倚啸上东门。王衍见而异之，顾谓左右曰：
'向者胡雏，吾观其声视有奇志，恐将为天下之患。'"此以"胡雏"
指敌酋。天津，洛阳西南洛水上有天津桥。天津水，指天津桥下的洛
水。此句指安史叛军攻陷占领洛阳。④张掖，郡名，即甘州。治所在
今甘肃张掖市。酒泉，郡名，即肃州，治所在今甘肃酒泉市。韦冰在
张掖为官当在安史乱起以后，视上下句可知。两地相距四百二十里，
为邻郡。⑤三巴，东汉末益州牧刘璋分巴郡为永宁、固陵、巴三郡，
后改为巴、巴东、巴西三郡，合称"三巴"。相当于今四川嘉陵江流
域和綦江流域以东的大部分地区。此以"窜三巴"指自己长流夜郎。
"九千里"极言其路之远，非实数。⑥天地再新，指西京长安、东都
洛阳相继收复。法令宽，指大赦天下。据《唐大诏令集》，乾元二年

二月，颁布《以春令减降囚徒制》："其天下见禁囚徒死罪从流，流罪以下一切放免。"⑦夜郎迁客，诗人自指。带霜寒，形容自己虽遇赦而心中仍带寒意。⑧宁期，岂料。⑨申，展。长句，唐代以七言古诗为长句，后亦兼指七言律诗。杜甫《苏端薛复筵醉歌》："近来海内为长句，汝与山东李白好。"⑩绣衣，汉代侍御史穿绣衣，此指御史台官员。唐代幕府官多带宪衔，"昨日绣衣倾绿尊"可能指在江夏的一次使府宴会上，有带御史衔的幕官劝酒。⑪《史记·李将军列传》："谚曰：'桃李不言，下自成蹊。'"此处活用，谓自己虽有虚名，但处境艰困，心情悲苦，已如得病的桃李，只能缄默无言。⑫大宛马，产于西域大宛国的名马。《史记·大宛列传》："大宛在匈奴西南……多善马，马汗血，其先天马子也……及得大宛汗血马，益壮，更名乌孙马曰'西极'，名大宛马曰'天马'云。"⑬款段，行走迟缓的劣马。《后汉书·马援传》："乘下泽车，御款段马。"李贤注："款，犹缓也，言形段迟缓也。"诸侯，指州郡刺史一类地方官。⑭南平，指李白族弟南平（即渝州）太守李之遥。李白有《赠从弟南平太守之遥二首》，诗云："一朝谢病游江海，畴昔相知几人在。前门长揖后门关，今日结交明日改。爱君山岳心不移，随君云雾迷所为。"豁方寸，敞开胸怀，赤诚相待。⑮夫子，对韦冰的敬称。持清论，秉持公正的言论。《抱朴子·疾谬》："清论所不能复制，绳墨所不能复弹。"⑯《晋书·乐广传》载卫瓘赞乐广语："此人之水镜，见之莹然，若披云雾而睹青天也。"此用其语。⑰《史记·韩长孺列传》："韩安国坐法抵罪，蒙狱吏田甲辱安国，安国曰：'死灰独不复然乎？'……居无何，梁内史缺，汉使使者拜安国为梁内史。"此用其语。⑱山公，指西晋名士山简。见《襄阳歌》注①②。⑲头陀，寺名，在鄂州，南朝刘宋大明五年（461）建。《元和郡县图志》鄂州江夏县："头陀寺，在县东南二里。"原址在今湖北武汉黄鹤山。⑳按鼓，犹击鼓。《招魂》："陈钟按鼓，造新歌些。"沧流，指江水。㉑棹讴，行舟划桨时唱的船歌。左思《蜀都赋》："次洞箫，发棹讴。"刘渊林注："棹讴，鼓棹而歌也。"㉒黄鹤楼，见崔颢《黄鹤楼》注①。㉓鹦鹉洲，见崔颢《黄鹤楼》"春草萋萋鹦鹉洲"句注。㉔赤壁争雄，指东汉建安十三年（208），孙权、刘备的联军与曹操大军鏖兵赤壁，互争雄长的战争。赤壁古战场在今湖北赤壁市西北，离江夏很近。㉕离忧，《史记·屈原贾生列传》："离骚者，犹离忧也。"指遭遇忧患。

[笺评]

黄彻曰：杜甫《剑阁》云："吾将罪真宰，意欲铲叠嶂。"与太白"捶碎黄鹤楼""铲却君山好"语亦何异，然《剑阁》诗意在削平僭窃，尊崇王室，凛凛有忠义气；"捶碎""铲却"之语，但觉一时粗豪耳。故昔人论文字，以意为上。（《䂬溪诗话》）

严评曰：（"人闷"二句）忽入乐府，一句转韵，难于增情，多有此衬副之累。（"山公"二句）有韵致，便能使事也。（"头陀"句）情境会处乃有此语，非虚想所能得。然断章为佳，不可续下句。（"我且"二句）太粗豪。此太白被酒语，是其短处。（严评《李太白诗集》）

严评本载明人批：亦有雄快意，但气略涉粗。（"愁来"二句）尚觉淬炼未净。（"我且"二句）此复近谐谑。

朱谏曰：按此诗前十二句辞意颇顺，然亦柔弱，恐非白作。自"昨日绣衣倾绿尊"以下，驳杂支离，如云"四望青天解人闷""人闷还心闷，苦辛长苦辛"等句，村俗之甚；及"愁来饮酒二千石"，又夸而无伦。"捶碎黄鹤楼""倒却鹦鹉洲"，是甚言醉状，亦自不成文理。为此诗者，肆无忌惮，徒知效李白之放，殊不知白之豪放，由规矩准绳，出入于范围也。岂徒放而已乎！彼不求其本，徒事其末，将流荡而忘返矣，胡可得哉！（《李诗辨疑》卷上）

延君寿曰：《江夏赠韦南陵冰》，是初从夜郎放归，忽与故人相遇，一路酸辛凄楚，闲闲着笔。末幅"头陀云月多僧气，山水何曾称人意”二句，忽然掷笔空际。此下以必不可行之事，摅必当放浪之怀。气吞云梦，笔扫虹霓。中材人读之，亦能渐发聪明，增其豪俊之气。（《老生常谈》）

曾国藩曰：“苦心不得申长句”以上，喜迁谪后相遇。“绣衣”当即指潘侍御，“南平”指从弟之遥也。（《求阙斋读书录》卷七）

王闿运曰：接松懈，似欲生奇，不知江汉之不可压倒，谓江景不如女儿，夫谁信之？且女儿不可渡大江。（《手批唐诗选》卷八）

[鉴赏]

唐肃宗乾元二年（759），诗人在长流夜郎途经三峡一带时遇赦，随即乘舟东下，先后来到江陵、岳阳、江夏。在江夏，邂逅南陵县令韦冰。故友意外相逢，固然使诗人欣喜，但由此引起的对坎坷经历的追忆和对现实处境的感慨，却使他倍加愤郁痛苦。在遇赦之初突发的欣喜心潮消退之后，严酷的现实使他陷入了更深沉强烈的苦闷。

前段二十句，主要围绕与韦冰的离合抒感。开头用简练的笔墨叙写了安史之乱的爆发，在记忆的屏幕上映现出骄悍的叛军驱马南驰、尘沙蔽天，叛军首领饮马天津桥下、志满意得的情景。紧接着，在这大动乱的背景下，叠印出“君”“我”南北睽隔、天各一方的图景。对方远处穷边绝域，辛苦孤子可想；自己远窜夜郎，跋涉三巴，更是历经艰辛。“九千里”是夸张的形容，心理上的遥不可及之感，将实际的空间距离拉长了。

接下来四句，写遇赦东归及对韦冰的思念。“天地再新”，指两京收复，局势好转；“法令宽”，指大赦。尽管那一段悲苦困顿的人生历程已经成为过去，但诗人身上却似乎还带着它的风霜凄寒之气。“带霜寒”三字，形象地显示了这段坎坷的经历在诗人身心上烙下的印痕。韦冰在任官张掖之后，大约曾回长安供职，所以诗人有“吹梦到长安”的遥想。

"宁期"四句，从离陡转到合。由于这中间隔了一场时代大动乱，诗人自己又经历了最艰困的遭遇，在梦寐思念而不得见的情况下突然不期而遇，便特别令人惊喜交并。"茫如堕烟雾"，把乍见翻疑梦的恍惚与茫然，把心理上一时的失重状态，描绘得真切生动而又轻松自如。双方的意外相逢，就在一次萧管喧阗的热闹宴会上，很可能就是江夏太守韦良宰这位"风流贤主人"举行的盛宴。按说，天地再新，迁客放还，故友重逢，身预盛宴，应该诗兴大发，淋漓尽致地抒写逸兴豪情。但诗人却因为内心积郁了太深重的悲苦，不能用纵横驰骋的七言古诗来抒写情怀了。"不得申长句"的"申"字，表现了由于心情压抑悲苦而不能尽情抒发的感慨。这一转折，将诗人内心强烈的悲愤苦闷透露出来了。

仿佛是为了向对方进一步申述自己的心曲，接下来四句，又由眼前的宴会回溯不久前的另一次盛宴：尽管绣衣侍御绿酒频倾，但自己却提不起什么兴致；境遇困窘，正如得病的桃李，不过徒有虚名，只能缄默无言。一提起往日的殊荣和目前的曳裾侯门，就不能不感到强烈的屈辱与悲哀。"竟何言"应上"不得申长句"。一个性格爽朗豪放的诗人，竟然只能缄口无言，其内心的苦闷压抑可想而知。

"赖遇"四句，转写得遇故交的欣喜。诗人在《赠从弟南平太守之遥》中说："一朝谢病游江海，畴昔相知几人在。前门长揖后门关，今日结交明日改。爱君山岳心不移，随君云雾迷所为。"所谓"豁方寸"，自然包括这种肝胆相照、真挚不移的友谊。而韦冰夫子的"清论"，更是一反庸俗的世态炎凉的秉持正义之论。友谊的温暖是苦闷生活中的一片亮色。对此亲朋，聆此公论，心胸不禁顿觉开阔爽朗："有似山开万里云，四望青天解人闷。"这里活用卫瓘赞乐广的故典，与前面活用"桃李不言，下自成蹊"的故典，都表现了李白用典的高超。而前者使事了无痕迹，如同己出；后者反用其意，使事灵变，各臻其妙。

然而，这毕竟是暂时的精神解脱，包围着诗人的仍是令人压抑窒息的环境。后段十四句，便借醉酒行乐进一步抒写对苦闷的发泄和苦闷的无处摆脱。"人闷还心闷，苦辛长苦辛"，两个对称的五言句嵌在前后的七言句中间，不但使全诗显出了分明的段落和节奏，而且以缠绕不已的苦闷领起了以下的抒情。

愁闷之中，狂饮似是解脱之一途。"饮酒二千石"与"一饮三百杯"虽同属艺术的夸张，但后者是带有坚强自信的痛饮，这里却只剩下单纯的借酒浇愁了。当然，酒酣耳热之际，也感到周身温暖如春，更何况还有山简那样的风流贤主人殷勤相待呢。李白在《赠江夏韦太守良宰》诗中说："逸兴横素襟，何处不招寻。"如此贤主人，以"风流"称之，是当之无愧的。但酒的力量和主人的情意也只能奏效于一时而已，观下两句自知。"饮酒"仍承上"喧四筵"来。

醉后出游，或可稍解苦闷吧。然而头陀寺的云烟月色正像它的名字一样，沾染了一股僧气，失去了山水自然清新的本色。诗人怀着"人生在世不称意"的感情来观赏景物，觉得山水也不称人意，难以忍受了。

那么，醉后遨游江上，歌舞戏乐，"呼取江南女儿歌棹讴"吧。但这种带有颓废色彩的苦中作乐，本身就是苦闷的标志。当狂饮、游玩、歌舞都无法排遣苦闷时，满腔愤郁便像压抑已久的地下熔岩，喷薄而出。"我且为君捶碎黄鹤楼，君亦为吾倒却鹦鹉洲。"这仿佛是酒徒醉后的狂言，但它实际上蕴含着天才诗人对污浊黑暗的社会环境的深沉感慨，表现了他对现存秩序的强烈抗议。在走投无路的绝望情绪中透露出他对现实的彻底否定倾向。黄鹤楼与鹦鹉洲，当是遨游江上即目所见。它们或者以乘鹤仙去的传说引发诗人的遗世独立之情，或者因才士祢衡的不幸遭遇勾起异代同悲之慨。但也可能并无什么理由，只是一肚皮不合时宜无处发泄，看不惯一切现实秩序而已。不久前诗人在岳阳曾写过"铲却君山好，平铺江水流"的诗句，这种情绪已露端倪，但远没有这两句来得激烈。

"赤壁争雄如梦里，且须歌舞宽离忧。"这是愤怒情绪发泄以后无可奈何的长叹。仿佛把历史、人生、功名事业统统看成一场梦幻，实际上则是理想幻灭的深沉愤郁。"离忧"，犹遭遇忧患，诗人在这里将自己遭受的忧患与屈原的《离骚》无形中挂上了钩。

这依然是典型的李白的声音，但由于时代的动乱、现实的黑暗，特别是由于个人境遇的困厄，这声音又和我们过去熟悉的有所不同。它依然那样豪放遒劲，但却失去了往日的飘逸潇洒，而带有一种绝望式的愤郁。对现实的抗议乃至否定情绪比以前更加强烈，但却不再伴随着"天生我材必有用"式的自信，感情的表达依然是爆发式的，但却不像过去那样起落无端，断续无迹。形象的饱满和语言的自然华美，较之过去，也不免有些逊色。

闻王昌龄左迁龙标遥有此寄①

杨花落尽子规啼②，闻道龙标过五溪③。我寄愁心与明月，随风直到夜郎西④。

[校注]

①王昌龄，生平详见本编王昌龄小传。《河岳英灵集》谓昌龄"晚节不矜细行，谤议沸腾，再历遐荒"，即指其贬龙标（今湖南洪江）尉之事。其贬龙标之年月，当在天宝十二载（753）以前。傅璇琮、李珍华《王昌龄事迹新探》谓此诗当作于天宝十载或十一载春。李云逸《王昌龄诗注》则谓此诗当作于天宝七载暮春。左迁，贬官。龙标，唐县名，开元十三年（725）至大历五年（770）期间，属巫州，为州治所在。在今湖南洪江西南。②杨花落尽，宋蜀本作"扬州花落"。咸本、萧本、胡本及《全唐诗》均作"杨花落尽"。子规，即杜鹃鸟。③五溪，指酉、辰、巫、武、沅五溪，在今湘西、黔东一带。④风，宋蜀本作"君"。夜郎，这里指唐业州夜郎县，在今湖南芷江县西南。与龙标相距很近。据《新唐书·地理志》，龙标县武德七年

（624）置，贞观八年（634），析置夜郎、郎溪、思微三县，九年省思微。因此诗中的"夜郎"实即龙标的异称。因避复（第二句已出"龙标"）及末句第五字宜仄而用"夜郎"。"夜郎西"，即远在西边的夜郎之意。如泥解为龙标在夜郎之西，则与地理不合（龙标县在夜郎县之东南）。

[笺评]

谢枋得曰：首句托兴，次句赋事。末二句写情。（《李太白诗醇》卷二引）

严评曰：无情生情，其情远。（严评《李太白诗集》）

严评本载明人批：兴趣高，道得醒快。

胡应麟曰：太白七绝如"杨花落尽子规啼"……等作，读之真有挥斥八极，凌厉九霄意。（《诗薮·内编》卷六）

朱谏曰：白闻王昌龄左迁龙标，遥赠此诗，意谓暮春之时，杨花落而子规啼，君谪龙标，我闻此地，远……出于五溪之外，其险也，亦已甚矣……身虽未到其地，心已见月而悲，愁心随月先到于彼……盖慰之之辞。（《李诗选注》）

敖英曰：曹植《怨诗》："愿作东北风，吹我入君怀。"又齐瀚《长门怨》："将心寄明月，流影入君怀。"而白诗兼裁其意，撰成奇语。（《唐诗绝句类选》。《唐诗选脉》作皇甫汸评）

唐汝询曰：当花鸟将尽之时，适闻君有此行，于是因明月而寄此愁心，欲其随风而直至君所也。寄心明月，如曰寄言浮云。或以明月直指昌龄，何异指鹿为马。（《唐诗解》卷二十五）

桂天祥曰：太白绝句，篇篇只与人别，如《寄王昌龄》《送孟浩然》等作，体格无一分相似。奇节风格，万世一人。（《李诗选》）

周敬曰：是遥寄情词，心魂渺渺。（《删补唐诗选脉笺释会通评林·盛七绝中》）

叶羲昂曰：音节清哀。（《唐诗直解》）

《李诗直解》：此闻王昌龄之贬谪而远有所怀也。言杨花落尽之时而子规啼，春将阑矣。此时闻王昌龄左迁龙标，而过五溪荒远之地，不得晤言而怀想弥切。我将愁心寄与皎月，则心也月也随风以入君怀，而直到夜郎之西，君可挹皎月而知故人之怀矣。（卷六）

陆时雍曰：寄月随风，何所不到？（《唐诗镜》卷二十）

应时曰：凄清之气动人。（首二句）虽直叙，已见意。（末二句）无情中生出。（《李诗纬》）

潘耒曰：前半言时方春尽，已可愁矣。结句承次句。心寄与月，月又随风，幻甚。（《李太白诗醇》卷二引）

毛先舒曰：太白"杨花落尽"与乐天"残灯无焰"体同题类，而风趣高卑，自觉天壤。（《诗辩坻》卷三）

黄生曰：趣。一写景，二叙事。三、四发意。此七绝之正格也。若单说愁，便直率少致；衬入景语，无其理而有其趣。又曰：（第三句）情中见景，痴语见趣。（《唐诗摘抄》卷四）

朱之荆曰：即景见时，以景生情。末句直硬，见真情。（《增订唐诗摘抄》）

沈德潜曰：即"将心寄明月，流影入君怀"意。出以摇曳之笔，语意一新。（《重订唐诗别裁集》卷二十）

黄叔灿曰："愁心"二句，何等缠绵悱恻。而"我寄愁心"，犹觉比"隔千里兮共明月"意更深挚。（《唐诗笺注》）

宋宗元曰：（三、四句）奇思深情。（《网师园唐诗笺》）

李锳曰：三、四句言此心之相关，直是神驰到彼耳。妙在借明月以写之。（《诗法易简录》）

施补华曰：深得一"婉"字诀。（《岘佣说诗》）

富寿荪曰：首句寓飘泊之感。次句见贬地荒远。三、四极写关怀之切。通首一气旋折，全以神行。而语挚情真，复饶远韵，故推绝唱。（《千首唐人绝句》）

[鉴赏]

　　这是李白一首流传广远的寄赠友人之作。首句从眼前景物发兴，在写景点明时序中寓含有意无意的比兴象征意味。杨花落尽，已是暮春百花凋残的季节；它的纷纷飘落，又易触发漂泊天涯的联想。子规啼，暗用《离骚》"恐鹈鴂（即杜鹃、子规）之先鸣兮，使夫百草为之不芳"，更象征着美好春光的消逝。联系王昌龄的被贬，不难引发读者对他所处的时代更广泛的联想。

　　次句叙事，正式点出题内"闻王昌龄左迁龙标"。五溪一带，当时还是"蛮夷"所居的僻远之地。说"过五溪"，更突出了龙标的荒远。句首的"闻道"二字，则以渺远未历、但凭传闻的口吻，渲染了这种荒远之感。这句虽似平平叙事，但王昌龄的获罪严谴，贬谪途中的辛苦与贬所的荒凉，以及诗人的关切同情都自寓于其中。

　　这首诗的出名，更得力于三、四两句。但如果单纯从构思上看，则它显然曾受到曹植"愿为西南风，长逝入君怀""愿为南流景，驰光见我君"等诗句的启发。而在读者的感受中它又是地地道道李白式的抒情，带有李白特有的艺术个性。

　　一般的诗人，写到"闻道龙标过五溪"，多半会顺着龙标僻处荒远这条思路去想象对方凄凉孤寂的谪宦生活。李白却撇开这一层，反过来集中抒写自己听到这个消息后的强烈主观感情。他不但满怀"愁心"，同情因"不矜细行"而遭远谪的朋友，而且要把"愁心"托付给西驰的明月，让它趁着长风，一直吹送到西边的夜郎（即龙标）。在这里，明月成了传送友谊的使者，长风也成了吹度明月的凭借。这夸张奇妙而又天真烂漫的想象，使这首诗带有强烈的主观抒情色彩和李白豪放天真的个性，而诗人对朋友的深挚情谊也不费力地表达出来了。比较李白的"狂风吹我心，西挂咸阳树""明月出天山，苍茫云海间。长风几万里，吹度玉门关"等诗句，更可见其所体现的李白式的想象与构思的个性色彩。

"愁心"原是悲伤而沉重的。但愁心寄月随风的形象所给予读者的，却不是沉重的压抑之感，而是对李白诗特具的那种明朗、飘逸之美的感受。明月的光波柔和而流动，长风送月更增添了飘飞之感。这样，读者所感受到的，便主要不是远窜穷荒的凄凉孤子，而是友谊的光波对远贬者的精神慰藉。元稹《闻乐天授江州司马》："残灯无焰影幢幢，此夕闻君谪九江。垂死病中惊坐起，暗风吹雨入寒窗。"深挚之情以沉重之笔出之，满纸悲酸不堪卒读，与李白此诗以飘逸灵动之笔传深挚之情显然有别。虽抒"愁心"，却并无压抑之感。

沈德潜《说诗晬语》说："七言绝句，以语近情遥，含吐不露为主。只眼前景，口头语，而有弦外音，味外味，使人神远。太白有焉。"这首诗将奇妙的想象和明朗自然而富蕴含的语言和谐地统一起来，仿佛脱口而出，信手写成，正是体现沈氏所说的七绝高品的典范。

庐山谣寄卢侍御虚舟①

我本楚狂人，凤歌笑孔丘②。手持绿玉杖③，朝别黄鹤楼。五岳寻仙不辞远④，一生好入名山游。庐山秀出南斗傍⑤，屏风九叠云锦张⑥，影落明湖青黛光⑦。金阙前开二峰长⑧，银河倒挂三石梁⑨。香炉瀑布遥相望⑩，回崖沓嶂凌苍苍⑪。翠影红霞映朝日⑫，鸟飞不到吴天长⑬。登高壮观天地间，大江茫茫去不还。黄云万里动风色，白波九道流雪山⑭。好为庐山谣，兴因庐山发。闲窥石镜清我心⑮，谢公行处苍苔没⑯。早服还丹无世情⑰，琴心三叠道初成⑱。遥见仙人彩云里，手把芙蓉朝玉京⑲。先期汗漫九垓上⑳，愿接卢敖游太清㉑。

[校注]

①庐山，在今江西九江市南。谣，《尔雅·释乐》："徒歌谓之

谣。"卢侍御虚舟，指殿中侍御史卢虚舟，字幼真，范阳（今北京大兴）人。至德元载（756），贾至从玄宗幸蜀，拜起居舍人，知制诰，迁中书舍人，有《授卢虚舟殿中侍御史制》，称其"闲邪存诚，遁世颐养，操持有清廉之誉，在公推干蛊之才"。乾元元年（758）贾至出为汝州刺史。故卢虚舟为殿中侍御史，当在至德元载至乾元元年之间（756—758）。此诗詹锳主编《李白全集校注汇释集评》系上元元年（760），谓"李白至德后被系狱、流放，倘非遇赦归来，不可能如此咏庐山之胜景。故系于上元元年。诗云'朝别黄鹤楼'，是知李白自江夏来庐山"。郁贤皓《李白选集》同。李白另有《和卢侍御通塘曲》云："通塘在何处，宛在浔阳西。"与《庐山谣》当为同时同地之作。②楚狂人，指春秋时楚国狂士陆通，字接舆。《论语·微子》："楚狂接舆歌而过孔子曰：'凤兮凤兮，何德之衰！往者不可谏，来者犹可追。已而，已而！今之从政者殆而。'"《庄子·人间世》及皇甫谧《高士传》亦有有关陆通的记载。此处李白以楚狂陆通自况。③绿玉杖，用绿玉为饰的手杖。《太平御览》卷六百七十五道部引《茅君传》："朱官使者把绿节杖。"此指仙人所用的手杖。④五岳，即东岳泰山、西岳华山、北岳恒山、中岳嵩山、南岳衡山（一作霍山，即天柱山）。此泛指名山。⑤秀出，突出。南斗，星名，即二十八宿中的斗宿。庐山所在的古吴国之地，属斗宿分野。⑥屏风九叠，即庐山之屏风叠，又称九叠屏。《舆地纪胜》卷二十五江南东路南康军："九叠屏，在五老峰之侧，唐李林甫女学道此山。山九叠如屏。李白诗云：'屏风九叠云锦张。'"安史乱起后，李白曾隐居庐山屏风叠，有《赠王判官时余归隐居庐山屏风叠》诗。云锦张，形容峰峦起伏逶迤，如锦绣屏风张开，盖极言其美。⑦影，指庐山的倒影。明湖，即鄱阳湖。青黛光，指青黛般的庐山山色。⑧金阙，指庐山金阙岩，又称石门。《水经注》卷三十九庐江水："庐山之北有石门水，水出岭端，有双石高竦，其状若门，因有石门之目焉。水导双石之中，悬流飞瀑，近三百许步，下散漫数十步。上望之连天，若曳飞练于霄中矣。"《太平御览》卷四十一引慧远《庐山记》："西南有石门山，其形似双阙，壁立千仞，而瀑布流焉。"⑨银河，形容倒挂而下的瀑布。三石梁，指九叠屏左之三叠泉。王琦注："今三叠泉在九叠屏之左，水势三折而下，如银河之挂石梁，与太白诗句正相吻合。"⑩香炉瀑布，指庐山香炉峰的瀑布。李白《望庐山瀑布水二首》之一云："西登香炉峰，南见瀑布水。"陈舜俞《庐山记》卷二："次香炉峰，此峰山南山北皆有。其形圆耸，常出云气，故名以象形。李白诗云：'日照香炉生紫烟，遥看瀑布挂前川。'即谓在山南者也。"遥相望，指香炉峰之瀑布与三石梁之瀑布遥遥相对。⑪回崖，曲折的山崖。沓嶂，层叠的山峰。凌苍苍，凌越苍天。⑫翠影，翠色的山影。⑬吴天，庐山在三国时属于吴国。故称这一带的天为吴天。⑭白波九道，古代传说，长江流到浔阳（今江西九江市）一带时分为九派。《书·禹贡》："九江孔殷。"孔传："江于此州界分为九道。"《汉书·地理志》九江郡注："应劭曰：江自庐江、寻阳分为九。"流雪山，形容长江九派如雪山奔流、波涛汹涌。⑮石镜，山峰名，《太平寰宇记》卷一百十一江南西道江州："石镜，在庐山东悬崖之上，其状团圆，近之则照见形影。"谢灵运《入彭蠡湖口》有"攀崖照石镜"之句，即指石镜峰。⑯谢公，指谢灵运。谢灵运曾游庐山，有《登庐山绝顶望诸峤》诗云："峦陇有合沓，往来无踪辙。"此谓当年谢灵运游踪所历之处，如今已被苍苔所掩没。⑰还丹，道家合九转丹与朱砂再次提炼而成的仙丹，自称服后可即时成仙。葛洪《抱朴子·金丹》："若取九转之丹，内神鼎中，夏至之后，爆之鼎，热，内朱儿一斤于盖下。伏伺之，候日精照之。须臾翕然俱起，煌煌辉辉，神光五色，即化为还丹。取而服之一刀圭，即白日升天。"世情，世俗之情。⑱琴心三叠，道教修炼之法。《云笈七签》卷十一《黄庭内景经·上清章》："琴心三叠舞胎仙。"梁丘子注："琴，和也。叠，积也。存三丹田，使和积如一，则胎仙可致也。"此指修炼到心静气和的境界，则学道初成。⑲把，持。芙蓉，莲花。玉京，道教称元始天尊所居之处。葛洪《枕中书》引《真记》：

"元都玉京，七宝山，周回九万里，在大罗之上。"又云："元始天王在天中心之上，名曰玉京山。山中宫殿，并金玉饰之。"⑳先期，预先约定。汗漫，渺茫不可知。后转指仙人名。张协《七命》："过汗漫之所不游。"㉑卢敖，燕之道流。《淮南子·道应训》高诱注："卢敖，燕人。秦始皇召以为博士，使求神仙，亡而不返也。"此以卢敖借指殿中侍御史卢虚舟。《道应训》载卢敖事云："卢敖游乎北海，经乎太阴，入乎玄阙，至于蒙谷之上。见一士焉，深目而玄鬓，泪注而鸢肩，丰上而杀下，轩轩然方迎风而舞……卢敖与之语曰：'……敖幼而好游，至长不渝，周行四极，惟北阴之未窥，今卒睹夫子于是，子殆可与敖为友乎？'若士者齤然而笑曰：'……吾与汗漫期于九垓之外，吾不可以久驻。'若子举臂而竦身，遂入云中。"太清，道教以玉清、上清、太清为三清。太清系元始天尊所化法身道德天尊所居之地，在玉清、上清之上。此以"太清"指仙境。

[笺评]

刘辰翁曰：（我本楚狂人）为此桀态。（《唐诗品汇》卷二十六引）

严评曰：篇中只云鸟大江三句开豁，馀俱寻常仙语，更属厌。（严评本《李太白诗集》）

严评本载明人批：山水实境，描写曲致殆如画。

高棅曰：太白天仙之词……《庐山谣》等作，长篇短韵，驱驾气势，殆与南山秋色争高可也。（《唐诗品汇》卷三《七言古诗叙目》）

桂天祥曰：方外玄语，不拘流例。全篇开阖佚荡，冠绝古今，即使杜工部为之，未易及此。高、岑辈恐亦胁息。又襟期雄旷，辞旨慨慷，音节浏亮，无一不可。结句非素胎仙骨，必无此诗。（《批点唐诗正声》）

唐汝询曰：此咏庐山之胜而相约游仙也。言我本狂士，好游名山。今庐阜峭峻多奇，峰峦非一。凭陵星河，掩映云日，登之则天地之大，江流之分，靡不在目，岂登高之壮观乎！故我好为此谣而兴不浅。然昔人所游之成陈迹矣，其惟长生以度世耳。今我真丹已就，亲见玉京之仙，先与汗漫有期，而约卢敖以俱往，彼侍御果能从我乎？卢敖者，因其姓也。(《唐诗解》卷十三)

朱谏曰：辞有纯驳，强弱不一，为可疑也。故阙之。(《李诗辨疑》卷上) 梅鼎祚选辑，屠隆集评《李诗钞评林》曰：朱谏删入《辨疑》，非。

钟惺曰：读李白诗，当于雄快中察其静远精出处。又曰：太白有饮酒、学仙两路语，资浅俗人口角，言俱不谬。若如此等诗，则有雄快而无浅俗矣。(《唐诗快》引)

吴昌祺曰：山本奇秀，诗又足以发之。(《删订唐诗解》卷七)

沈德潜曰：先写庐山形胜，后言寻幽不如学仙，与卢敖同游太清，此素愿也。笔下殊有仙气。(《重订唐诗别裁集》卷六)

《唐宋诗醇》：天马行空，不可羁绁。(卷六)

方东树曰："庐山"以下正赋。"早服"数句应起处，而提笔另起，是以不平。章法一线乃为通，非乱杂无章不通之比。(《昭昧詹言》)

王闿运曰：此就山中典故铺叙，非游山之景。(《手批唐诗选》卷八)

吴汝纶曰：壮阔称题。(《唐宋诗举要》卷二引)

[鉴赏]

《庐山谣寄卢侍御虚舟》作于肃宗上元二年（761）自江夏下九江时，是李白七古的名篇，也是其晚年描绘山水景物最出色的篇章。

诗可分为三段。开头六句，是全诗的引子，也可以说是《庐山谣》的序曲。"我本"二句，以楚狂接舆自况，以"凤歌笑孔丘"的佯狂行为表达对当下政局的不满和对"今之从政者"前途的忧虑。经历了从永王璘获罪的巨大政治挫折之后，李白对政局的昏暗和从政的危殆有了痛切的体验，"笑孔丘"三字中蕴含的正是这种痛切的反省，貌似狂放不羁，实含迷途知返的感慨。这正是他醉心山水景物深层的思想感情动因。"手持"二句，即交代此次庐山之游的行踪，描绘出自己手持绿玉装饰的仙杖，辞别黄鹤楼东下的飘然远举的形象。"五岳"二句，既是对自己一生喜游名山胜景、寻仙访道行为的概括，又是对此行重访庐山的一种提示和导引。前四句用五言，这两句忽转用七言句式，句式的变化增添了诗的流动意致，也生动地传达出诗人的飘逸风姿。

第二段十七句，描绘庐山胜景，是全诗的主体。其中又可分为三层。"庐山"九句，写庐山秀美壮丽景色，为第一层。"秀出南斗傍"五字，不但画出其耸入云霄、上接星汉的气势，而且透出其草木葱茏、蔚然深秀的山容水貌，壮美优美，兼而有之。以下六句，分写屏风叠、三叠泉、香炉瀑三处庐山最壮美的风景。写屏风叠，既状其如巨大的锦绣屏风，层叠开张，如云锦之鲜丽灿烂，又形容其映入鄱阳湖的倒影，一片青黛之色，似乎连湖中的倒影都呈现出鲜亮的山光。上句以"屏风"状屏风叠，下句以湖光衬山色，均极富创意。"金阙"二句，写三叠泉瀑布，泻出于金阙二峰之间，如银河之倒挂；"香炉"二句，写香炉峰瀑布，与三叠泉瀑布遥遥相望，而以"回崖沓嶂凌苍苍"为以上二瀑布的大背景。写庐山，必写瀑布，而瀑布由于有层峦叠嶂作衬托的背景，益显出其壮伟的气势。"翠影"二句，又由分而总，写纵目骋望，庐山的青翠山影，与绚丽的朝霞、璀璨的红日交相辉映，长空一碧，吴天阔远，飞鸟翔翔，也难越出这广远的空间。两句从大处落墨，以更广远的吴天作为背景，益发显出庐山的秀美壮丽。以上九句，先总后分复总，层次清晰而富变化，色彩鲜明绚丽而语言清新自然，称得上是对庐山的绝妙描绘。至"鸟飞不到吴天长"一句，已透出诗人身登山顶纵目遥望之情境，下一层遂就势写"登高"所见壮观。

"登高"四句，写登峰顶所见长江滚滚东流而去的壮伟景象。骋目遥望，天地之间，但见茫茫大江，奔流赴海，去而不返，脚下是黄云万里，随浩荡的长风而飘动，远处是长江九派，波涛汹涌，如雪山之奔涌。这四句极写登顶所见景象，境界之壮伟广远，气势之豪放超迈，均臻极致。古往今来写长江的诗句，几无出其右者。但写长江仍是写庐山，因为只有飞峙大江边的庐山，方能"登高壮观天地间"，见到如此壮伟的江山胜景。

"好为"四句，是这一段的第三层，写游庐山石镜峰所感。先用两个五言句提引，点出题内"庐山谣"，并指出此诗即因游庐山而发仙兴，等于是对全篇内容意蕴的一种提示。插在诗中而不置于篇首，既避免起势平衍，也起着束上起下的作用。谢灵运喜游山水，这一点与"一生好入名山游"的李白相似，因此凡谢公足迹到处，李白在诗中都会提到这位先贤的遗踪，如《梦游天姥吟留别》与本篇。谢灵运曾登庐山绝顶，又曾"攀崖照石镜"。李白此番游庐山，正是步灵运之遗踪。如今石镜依然长在，闲窥石镜，感到自己的心境也变得分外莹洁清朗，了无世情，只可惜昔贤的行踪早已为苍苔所掩，只能空自想象当年的情景了。想到这里，不免感到自然的永恒和人生的短暂，因而触发求仙的意兴，于是便转出下一段。

"早服"以下六句，抒写自己访道求仙的夙愿和携友人同游仙境的豪兴，遥承篇首"五岳寻仙"，近接"兴因庐山发"。"遥见仙人彩云里，手把芙蓉朝玉京"，以幻境为目接之实境，亦幻亦真，正是李白游仙诗常见的境界。"卢敖"系求仙者，用来绾合卢姓友人，自然贴切。末二句结出题内"寄"字。

李白描绘名山胜景的诗篇，每与隐居避世、求仙学道的内容相联系，这既是当时的社会风气，也带有李白的个性色彩。以今人的眼光与兴趣看，可能对首尾两段所抒写的内容缺乏兴味，但在李白，却是其生活与感情的真实反映。联系写这首诗时李白的遭际，不难看出李白之醉心山水景物，有其深层的思想感情动因，即对当时政局的不满和对从政的失望，这从"凤歌笑孔丘""早服还丹无世情"等诗句中可以明显体味出来。可贵的是，李白虽经历了从璘事件的巨大挫折，却仍对生活、对自然界的美好事物充满了热爱和激情，诗的主体部分正是诗人这种感情的生动展现。从中不但可见祖国雄伟壮丽的山川胜景，也可见诗人壮阔的胸襟和永不衰竭的生命力，这也正是诗的巨大艺术魅力的一个重要方面。

梦游天姥吟留别^①

海客谈瀛洲^②，烟涛微茫信难求^③。越人语天姥，云霓明灭或可睹^④。天姥连天向天横^⑤，势拔五岳掩赤城^⑥。天台四万八千丈^⑦，对此欲倒东南倾^⑧。我欲因之梦吴越^⑨，一夜飞度镜湖月^⑩。湖月照我影，送我至剡溪^⑪。谢公宿处今尚在^⑫，渌水荡漾清猿啼。脚著谢公屐^⑬，身登青云梯^⑭。半壁见海日^⑮，空中闻天鸡^⑯。千岩万转路不定，迷花倚石忽已暝^⑰。熊咆龙吟殷岩泉^⑱，栗深林兮惊层巅^⑲。云青青兮欲雨，水澹澹兮生烟^⑳。列缺霹雳^㉑，丘峦崩摧。洞天石扉^㉒，訇然中开^㉓。青冥浩荡不见底^㉔，日月照耀金银台^㉕。霓为衣兮风为马^㉖，云之君兮纷纷而来下^㉗。虎鼓瑟兮鸾回车^㉘，仙之人兮列如麻^㉙。忽魂悸以魄动^㉚，恍惊起而长嗟^㉛。惟觉时之枕席，失向来之烟霞^㉜。世间行乐亦如此^㉝，古来万事东流水^㉞。别君去兮何时还？且放白鹿青崖间^㉟，须行即骑访名山。安能摧眉折腰事权贵^㊱，使我不得开心颜！

[校注]

①宋蜀本题下校："一作《别东鲁诸公》。"诸本同。按：据此，题当一作《梦游天姥吟别东鲁诸公》。天姥，山名。在今浙江新昌县

南，周围六十里，东接天台山，道教以此为第十六洞天，其主峰拔云尖海拔八百一十七米，孤峭如在天表。《元和郡县图志》卷二十六江南道越州剡县："天姥山，在县南八十里。"《太平寰宇记》引《后吴录》云："剡县有天姥山，传云：登者闻天姥歌谣之响，谢灵运诗云'暝抵剡山中，明登天姥岑。高高入云霓，遗奇那可寻'，即此也。"詹锳《李白诗文系年》系此诗于天宝五载（746）李白将离东鲁南下再游吴越时，系留别东鲁诸公之作。《河岳英灵集》题为《梦游天姥山别东鲁诸公》。②海客，海上来的客人。此处实指侈谈神仙的方士之流。瀛洲，传说中的海上仙山。《史记·秦始皇本纪》："齐人徐市等上书，言海中有三神山，名曰蓬莱、方丈、瀛洲，仙人居之。"又《封禅书》："自威、宣、燕昭使人入海求蓬莱、方丈、瀛洲。此三神山者，其传在勃海中，去人不远。患且至则船风引而去，盖尝有至者，诸仙人及不死之药皆在焉。"《海内十洲记》则谓："瀛洲，在东海中，地方四千里……洲上多仙家，风俗似吴人，山川如中国也。"③微茫，隐约模糊。信，实。④明灭，时明时灭，时隐时现。云霓明灭，谓云霞变幻，山容时隐时现。或，或许、有时。⑤连天，与天相接，形容其高峻。向天横，形容其绵延广大。盖其山周围六十里。⑥拔，超越。掩，盖过。赤城，山名，在今浙江天台县北。孔灵符《会稽记》："赤城山，土色皆赤，状似云霞，望之如雉堞。"⑦天台，山名，其主峰华顶山，在天台县东北。《天台山志·郡志辩》："天台山在县北三里……按旧《图经》载陶隐居《真诰》云：高一万八千丈，周围八百里。山有八重，四面如一，当斗、牛之分，上应台宿，故曰天台。"或谓"四万八千丈"系"一万八千丈"之误。⑧此，指天姥山。欲倒东南倾，也像要倾倒在它的东南。⑨之，指越人对天姥山的形容。梦吴越，梦游吴越。因之，《河岳英灵集》作"冥搜"。⑩镜湖，在今浙江绍兴市南会稽山北麓。东汉永和五年（140）会稽太守马臻主持下修建的大型农田水利工程。《舆地志》："山阴南湖萦带郊郭，白水翠岩，互相映发，若镜若图，故王逸少云：'山阴道上行，如在镜中游。'名镜，如是耳。"⑪剡溪，水名，在今浙江嵊州南，即今之曹娥江上游诸水。《元和郡县图志》卷六："剡溪出（越州剡）县西南。"⑫谢公，指南朝刘宋著名诗人谢灵运。其《登临海峤》诗云："暝投剡中宿，明登天姥岑。"⑬《南史·谢灵运传》："寻山陟岭，必造幽峻，岩障数十重，莫不备尽。登蹑常着木屐，上山则去其前齿，下山去其后齿。""谢公屐"即指谢灵运为登山特制的可以根据上山下山的需要去其前后齿的木屐。⑭青云梯，指高峻直入云霄的山路。《文选·谢灵运〈登石门最高顶〉》："惜无同怀客，共登青云梯。"此用谢诗语。⑮半壁，半山腰。海日，从海上升起的太阳。⑯《述异记》卷下："东南有桃都山，上有大树，名曰桃都，枝相去三千里。上有天鸡，日初出照此木，天鸡即鸣，天下之鸡皆随之鸣。"⑰迷花，为花所吸引迷醉。暝，天色昏暗。⑱吟，吟啸。殷（yǐn），震动。《楚辞·招隐士》："虎豹斗兮熊罴咆。"⑲谓幽深的树林使人战栗，层叠的峰巅使人惊惧。⑳澹澹，水波动荡貌。㉑列缺，闪电。《文选·扬雄〈羽猎赋〉》："霹雳列缺，吐火施鞭。"李善注引应劭曰："霹雳，雷也；烈缺，闪隙也。"㉒洞天，道教称神仙所居洞府为洞天，盖谓洞中别有天地。石扉，石门。㉓訇（hōng）然，大声貌。㉔青冥，青天（指洞中的青天）。浩荡，广阔浩大貌。㉕金银台，神仙所居的金银建造的宫阙台观。郭璞《游仙诗》："神仙排云出，但见金银台。"㉖霓，副虹。《楚辞·九歌·东君》："青云衣兮白霓裳。"㉗《楚辞·九歌·云中君》以云中君为云神。此处泛指神仙，言其驾云而出。㉘张衡《西京赋》："白虎鼓瑟，苍龙吹篪。"鸾回车，鸾鸟拉车回转。㉙《太平御览》卷九十六引上元夫人《步玄曲》："忽过紫微垣，真人列如麻。"列如麻，形容其多。㉚悸，心惊。㉛恍，心神不定，恍惚迷离的样子。㉜二句谓梦醒时唯见身边的枕席，而刚才梦境中的烟霞胜景均已消失得无影无踪。㉝亦如此，指亦如梦境之虚幻与倏忽变化。㉞谓如东流水之一去不复返。㉟古代隐士、仙人多养白鹿、骑白鹿。《楚辞·九章·哀时命》："骑白鹿而容与。"《乐府诗集》卷二十九

《古辞·王子乔》："王子乔，参驾白鹿云中遨。"㊱摧眉，低眉、低头。折腰，弯腰。陶渊明不为五斗米折腰事，历代传为美谈。事，侍奉。

[笺评]

严羽曰：子美不能为太白之飘逸，太白不能为子美之沉郁。太白《梦游天姥吟》《远离别》等，子美不能道。（《沧浪诗话·诗评》）

严评曰：（"天姥"句）连用"天"字，纵横如意。（"空中"句）不独境界超绝，语虚亦复高朗。（"云青"二句）有意味，在"青青""澹澹"字作叠。（"仙之人"二句）太白写仙人境界皆渺茫寂历，独此一段极真、极雄，反不似梦中语。（"世间"二句）甚远，甚警策，然自是唐人语，无宋气。（结尾）万斛之舟，收于一概。（《李太白诗集》）

谢枋得曰：此太白避乱鲁中而留别之作，然以游仙为是，以游宦为非，盖出于不得已之情。（《李太白诗醇》卷六引）

范德机曰：（"云霓"句下批）瀛洲难求而不必求，天姥可睹而实未睹，故欲因梦而睹之耳。（"空中"句下批）甚显。（"迷花"句下批）甚晦。（"日月"句下批）又甚显。（"霓为衣"四句下批）又甚晦。（"失向来"句下批）显而晦，晦而显，极而与人接矣。不知其梦耶？非耶？倏而悸动惊起，得枕席而失烟霞。非有太白之胸次笔力，亦不能发此。"惟觉时之枕席，失向来之烟霞"二句最有力。（篇末批）"我欲"以下，梦之源委；次诸节，梦之波澜。（末）二句，梦之会归也；结语就平衍，亦文势之当如此也。（《批选李翰林诗》卷三）

高棅曰：白之所蕴非止是。今观其《远别离》《长相思》《乌栖曲》《鸣皋歌》《梁园吟》《天姥吟》《庐山谣》等作，长篇短韵，驱驾气势，殆与南山秋色争高可也，虽少陵犹有让焉。（《唐诗品汇·七言古诗叙目》）

胡应麟曰：太白《蜀道难》《远别离》《天姥吟》《尧祠歌》等，无首无尾，变幻错综，窈冥昏默，非其才力学之，立见颠踬。（《诗薮·内编》卷三）

王世贞曰：欧阳公自谓《庐山高》《明妃曲》李、杜所不能作，非公言也。无论其他，只"半壁见海日，空中闻天鸡"，率尔语，公能道否？（《唐宋诗醇》卷六引）

桂天祥曰：《梦游天姥吟》胸次皆烟霞云石，无分毫尘浊，别是一副言语，故特为难到。（《批点唐诗正声》）又曰：骚语，奇奇怪怪。（《李杜诗选》引）

郭濬曰：恍恍惚惚，奇奇幻幻，非满肚皮烟霞，决挥洒不出。（《增定评注唐诗正声》）

吴山民曰："天台四万八千丈"，形容语，"白发三千丈"同意，有形容天姥高意。"千岩万转"句，语有概括。下三句，梦中危景。又八句，梦中奇景。又四句，梦中所遇。"唯觉时之枕席"二语，篇中神句，结上启下。"世间行乐"二句，因梦生意。结超。（《删补唐诗选脉笺释会通评林·盛七古》引）

周珽曰：出于千丝铁网之思，运以百色流苏之局。忽而飞步凌顶，忽而烟云自舒。想其拈笔时，神魂毛发尽脱于毫楮而不自知，其神耶？（同上）

朱谏曰：按此诗初叙天姥之胜概（计八句）。次言梦中游历之事，及既觉之情（计二十句）。又次言古今凡事皆如梦也，以总结上意（计二句）。末言归山留别以著作诗之由（计五句）。此天姥次序略节之大要也。（第一段）此李白梦游天姥吟留别而作也。言瀛洲仙景在于大海之中，海客虽尝谈其胜概，然玄津万里，烟涛微茫，非舟楫之可到，信乎其难求也。若是越人语乎天姥之胜，则天姥在乎舆图之内，界乎瓯越之间，虽有云霓之明灭，其巍然峻拔者或可得而见也。此山上连青天，横亘中土，势同五岳，下掩赤城。天台虽有四万八千丈之高，亦将倾偃于东南，培塿于海隅，不敢与之抗衡，较崇庳、论低昂矣。（第三段）言天姥之胜，我欲往游，迹不得遂，因形于梦寐之间，一夜恍然，飞度镜湖之月。月照我影，送至剡溪，见谢公留宿之处今尚在也，水流猿啼，宛然旧境。我乃脚着谢公之屐，身登青云之梯，见海日之初升，闻天鸡之报晓，岩壑萦回，而路出多歧，迷花倚石，而又晚矣。熊咆龙吟，震动岩谷，殊为可骇。云气密而欲雨，水色澹而生烟，丘峦崩摧，有如雷电之交作，而险怪之状不一。石洞门开，日月光照乎仙台，而青冥浩荡之无虚（底）也。洞中仙人以霓为裳，以风为马，云中之君皆来会集，虎鼓瑟而鸾回车，班列如麻，何其多也！使我一见之间魂魄惊动，喟然发叹，忽焉而起，乃知身在枕席之上，向来所历之烟霞皆是梦中所历之境象，出于假借，非实有也。（"世间"二句）承上言我之梦游天姥非身到其地也，乃假托于精神，想象于形迹而已，岂其游耶！由是观之，世间行乐亦皆如此，倏忽聚散，乍有乍无，同一梦耳。自古及今，万事悠悠，有似东流之水，去而不返，茫无定迹，万古亦一梦也。亦岂止一行乐而已哉！（末段）承上言功名富贵同于一梦，有不足于累于吾心者，我为天姥之吟，与君留别，别君而去，何时还乎？吾将骑白鹿于青崖之间，寻访于天姥之下，安得低眉屈身以事权贵，戚戚然于功名富贵乎！（《李诗选注》）

唐汝询曰：此将之天姥，托言梦游，以见世事皆虚幻也。瀛洲在海，其说近虚；天姥在越，其言可信。盖此山有极天之峻，超拔五岳，而掩赤城之标。天台虽高，对此犹倾倒也。此皆越人所述，我欲因其言而梦游吴越，则心神固已随镜湖之月而飞度矣。湖月照影以下，皆述梦中所历。言既经谢公投宿之处，而又深入穷岩，时闻霹雳之声，丘峦若崩摧者，乃洞天石扇之开也。其中浩荡无极，日月所照，皆仙境矣；所见之人，皆霓裳风马，来往焱疾，鸟能鼓瑟回车，而仙者又不胜其众。于是魂魄动而惊起，乃叹曰：此枕席间岂复有向来之烟霞哉！乃知世间行乐亦如此梦耳，古来万事亦岂有在者乎？皆如流水之不返矣。我今别君而去，未知何时可还，且放白鹿于山间，归而乘之，

以遍访名山，安能屈身权贵，使不得豁我之襟怀乎！（《唐诗解》卷十三）

严评本载明人批：严沧浪谓此诗子美不能道，然亦无甚奇异，只是道得响快，锻得恰好，一气呵成，略无些子涉滞，便自足惊世骇俗。镜湖无干，借来作过文，却妙。"一夜"句点得极醒。"送我"句尤有味。写景入自然，即如天生成一般，然又句句工丽，更无半语搭色，所以超卓。"石扉开"事用得恰好，原是梦语，由他乱说。摭取骚语场塞，亦足助色，然不为甚奇。"世间"两句亦常语，然收上起下，却全藉此。"别君"以下五句气亦劲。

吴昌祺曰：山既佳，而又托之梦中，足以任其挥洒。（"云之君"一段）太白未必用此事，凭空创造耳。后人伪造小说，大抵如此。（"别君"句下批）至此方入留别意。（《删订唐诗解》卷七）

贺贻孙曰：太白《梦游天姥吟》《幽涧泉吟》《鸣皋歌》《谢朓楼饯别校书叔云》《蜀道难》诸作，豪迈悲愤，骚之苗裔。（《诗筏》）

应时曰：粘接变化，见手腕之力。（《李诗纬》卷二）

丁谷云曰：有兴有比，可儆营营利禄者。（同上）

沈德潜曰：托言梦游，穷形尽相，以极洞天之奇幻，至醒后顿失烟霞矣。知世间行乐，亦同一梦，安能于梦中屈身权贵乎？吾当别去，遍游名山以终天年也。诗境虽奇，脉理极细。"海客谈瀛洲"，引起"一夜飞度镜明月"。"飞度镜湖月"以下，皆言梦中所历。"洞天石扉，訇然中开"，一路离奇灭没，恍恍惚惚，是梦境，是仙境。"恍惊起而长嗟"，梦醒。"古来万事东流水"，因梦游推开，见世事皆成虚幻也。"别君去兮何时还"，"留别"意只末路一点。（《重订唐诗别裁集》卷六）

《唐宋诗醇》：七言歌行，本出楚骚、乐府，至于太白，然后穷极笔力，优入圣域。昔人谓其"以气为主，以自然为宗，以俊逸高畅为贵，咏之使人飘扬欲仙"。而尤推其《天姥吟》《远别离》等篇，以为虽子美不能道。盖其才横绝一世，故兴会标举，非学可及。正不必执此谓子美不能及也。此篇夭矫离奇，不可方物。然因"语"而"梦"，因"梦"而"悟"，因"悟"而"别"，节次相生，丝毫不乱。而中间梦境迷离，不过词意伟怪耳。胡应麟以为"无首无尾，窈冥昏默"，是真不可以说梦也。特谓非其才力，学之立见颠踣，则诚然耳。（卷六）

翁方纲曰：《扶风豪士歌》《梦游天姥吟》二篇，虽句法、章节极其变化，然实皆自然入拍，非任意参错也。秋谷于《豪士》篇但评其神变，于《天姥》篇则第云"观此知转韵原无定格"，正恐难以示后学耳。（《赵秋谷所传声调谱》）

宋宗元曰：纵横变化，离奇光怪，以奇笔写梦境，吐句皆仙，着纸欲飞。（"列缺霹雳"十句下批）耆然收勒，通体宗主攸在，线索都灵。（"世间行乐"二句下批）（《网师园唐诗笺》）

方东树曰：陪起，令人迷。"我欲"以下正欲梦，愈唱愈高，愈出愈奇。"失向"句收住。"世间"二句入作意，因"梦游"推开，见世事皆成虚幻也，不如此则作诗之旨无归宿。"留别"意只末后一点。韩《记梦》之本。（《昭昧詹言》卷十二）

陈沆曰：此篇昔人皆置不论，一若无可疑议者。试问：题以"留别"为名，夫离别则有离别之情矣，留赠则有留赠之体矣。而通篇徒作梦寐冥茫之境，山林变幻之词，胡为乎？"忽魂悸以魄动，恍惊起而长嗟"，此于留别何谓耶？果梦想名山之胜，而又云"世间行乐亦如此，古来万事东流水"又何谓耶？所别者东鲁之人，而云"安能摧眉折腰事权贵，使我不得开心颜"，又何谓耶？……盖此篇即屈原《远游》之旨，亦即太白《梁甫吟》"我欲攀龙见明主，雷公砰訇震天鼓"……"阊阖九门不可通，以额扣关阍者怒"之旨也。太白被放以后，回首蓬莱宫殿，有若梦游，故托天姥以寄意。首言求仙难必，遇主或易，故"我欲因之梦吴越，一夜飞度镜湖月"，言欲乘风而至君门也。"身登青云梯，半壁见海日"以下，言金銮召见，置身云霄，醉草殿廷，侍从亲近也。"忽魂悸以魄动"以下，言一旦被放，君门万里，故云"惟觉时之枕席，失向来之烟霞"也。"世间万事东流水"
"安能摧眉折腰事权贵"云云，所谓"平生不识高将军，手污吾足乃
敢嗔"也。题曰"留别"，盖寄去国离都之思，非徒酬赠握手之什。
（《诗比兴笺》卷三）

乔亿曰：太白诗"一夜飞度镜湖月"，又诗"一溪初入千花明，
万壑度尽松风声"皆天仙语也。太白诗境正如此。（《剑溪说诗》卷
上）

延君寿曰：《梦游天姥吟留别》诗，奇离惝恍，似无门径可寻。
细观之，起首入梦不突，后幅出梦不竭，极恣肆幻化之中，又极经营
惨澹之苦。若只貌其格句字面，则失之远矣。一起淡淡引入，至"我
欲因之梦吴越"句，乘势即入，使笔如风，所谓缓则按辔徐行，急则
短兵相接也。"湖月照我影"八句，他人捉笔，可谓已尽能事矣，岂
料后边尚有许多奇奇怪怪。"千岩万转"二句，用仄韵一束。以下至
"仙之人兮"句，转韵不转气，全以笔力驱驾，遂成鞭山倒海之能，
读去似未曾转韵者，有真气行乎其间也。此妙可心悟，不可言喻。出
梦时用"忽魂悸以魄动"四句，似亦可以收煞得住。试想若不再足
"世间行乐"二句，非但喝题不醒，抑亦尚欠圆满。"且散白鹿"二
句，一纵一收，用笔灵妙不测。后来唯东坡解此法，他人多昧昧耳。
读古人诗，无论前人是作何解，我定细细去体会一番，自家落笔，久
久庶有投之所向无不如意之妙。（《老生常谈》）

[鉴赏]

关于《天姥吟》的主题，有两种对立的见解。一种以清代陈沆的
《诗比兴笺》之说为代表，认为"太白被放以后，回首蓬莱宫殿，有
若梦游，故托天姥以寄意……题曰'留别'，盖寄去国离都之思"，这
实际上是认为梦游天姥的过程即长安三年政治生活的曲折反映与幻化。
另一种看法，则认为梦境是诗人所向往追求的理想境界，是作为污浊

昏暗的政治现实的对立面出现的。两种看法的根本区别，在于前者认为梦境所反映的仍是现实，只不过是现实的变形，而后者则认为梦境是与现实对立的理想境界；前者认为梦境是对过去生活经历的回顾与反思，后者认为梦境是对理想境界的向往追求。

陈沆的具体阐释可能失之穿凿（这也是整部《诗比兴笺》的通病），但他把这首诗的创作和李白长安三年的政治生活实践及赐金放还的背景联系起来，却是有见地的。特别是诗的结尾集中揭示的主旨——"安能摧眉折腰事权贵，使我不得开心颜"，如果脱离了这个特定背景，就不可能得到充分合理的解释。但"梦游"过程中所遇到的各种境界，无论是从境界本身所具的美感或诗人的感受与态度看，都明显可以看出它们绝非否定性的境界，因此，像陈沆那样，将《天姥吟》中的一些描写，和《梁甫吟》中"我欲攀龙见明主，雷公砰訇震天鼓""阊阖九门不可通，以额扣关阍者怒"等同起来，显然不合诗人的原意。追求理想境界之说，可能比较接近实际，但似乎不必注入过多的政治内涵。所谓"梦游"，不管是真有此梦游的经历或是出于假托虚构，实际上就是描写一次精神上的美好经历和由此引发的感慨。

诗分三段，开头一段八句，是"梦游"天姥的缘由。"海客"四句，以"海客谈瀛洲"与"越人语天姥"对举并起，说海上仙山，虽被方士们描绘得极其美妙，但烟涛微茫，实难寻求；而越人所形容的天姥山，虽云封雾锁，烟霞缭绕，时隐时现，却或可一睹其容颜。将天姥山与海上仙山相提并论，言外即含天姥乃人间仙境之意。天姥山在今天并不出名，但在唐代，却是一座名山。白居易《沃洲山禅院记》说："东南山水，越为首，剡为面，沃洲、天姥为眉目。"可见其在当时人的心目中乃是东南山水的精神灵秀结聚之地。用"云霓明灭"来形容天姥山，使它蒙上了一层神秘的面纱，连同那"或可睹"的"或"字，也带有几分隐约朦胧的色彩。李白早年出峡漫游吴越时，虽说"自爱名山入剡中"，但足迹似未到此山，故而留下了悬念和向往。

以下四句，便是"越人"所形容的天姥山的雄姿。"连天"与"向天横"，一状其高峻，一状其广大，合起来正形象地显示出天姥山横空出世的姿态。吴小如先生说"'向天横'三字真是奇崛之至……仿佛连天姥山的恣睢狂肆个性也写出来了，诚为神来之笔"。不妨说这正是诗人个性的投影与外化。为了尽情渲染天姥山之横放杰出，诗人不惜违反明显的地理常识，用极度夸张的笔法，说天姥山的高大雄伟之势，超越了著名的五岳，盖过了赤城，高达四万八千丈的天台山，也不得不倾伏于它的东南，拜倒在它的脚下。此类形容，倘在别的诗人，当被视为胡言乱语；而在李白，由于他的出色的艺术夸张在读者中所建立起来的信任感，不但不予追究，反而和"白发三千丈""燕山雪花大如席"等诗句一样，被视为奇语。解者或引《真诰》天台一万八千丈之记载，说"四"乃"一"之误，殊不必。李白"四万八千丈"之语，本就是极而言之，以反衬天姥之高峻，何用考证校勘。

　　从"我欲"句以下二十六句，为第二段，写"梦游天姥"所历，是全诗的主体。"我欲因之梦吴越"句，束上起下，因越人之"语"而有吴越之"梦"。点出"梦"字，照应题面，领起下面一大段描写。妙在紧接着一句"一夜飞度镜湖月"，立即进入梦境，笔意空灵跳脱，毫不黏滞。"飞度镜湖月"的形象，不但体现出梦游者飘然轻举、行动迅疾的特点，而且带有某种游仙的色彩。"湖月"两句，进一步展现出诗人在镜湖月色的映照下，飘飘荡荡，凌虚而行，倏忽之间，已到剡溪的情景。湖光与月色相映，将诗人的凭虚飞渡之境渲染得既轻灵超妙，又恍惚迷离，完全符合"梦游"的特点。剡溪一带，是诗人兼旅行家谢灵运往日曾游之地，并留下了"暝投剡中宿，明登天姥岑"的诗句，因此诗人在梦游剡溪时，似乎看到了当年谢公留宿之处，而且闻见了其地绿水荡漾、清猿长啼的清绝之景。这两句刻意将梦境写得十分真切具体，以增强它的真实感，与前几句之轻灵飘忽、恍惚迷离正形成鲜明对照，真真幻幻，相得益彰。以上六句为一层，写梦游的第一阶段——登天姥山前所历。时间是在夜间，所历之地是镜湖、剡溪，景物的特点是清朗秀美、幽静澄洁，诗人的心情是轻快而愉悦的。

"脚著"四句，承上"谢公"，写梦游登山过程中所见所闻。上文提到"谢公"，因此这里写诗人正沿着当年谢公的足迹，穿着谢公为登山特制的木屐，登上伸展入云的山路。"半壁见海日，空中闻天鸡"二句，时间由夜间进入清晨，地点由剡溪进入天姥山的半山腰，景色则由月夜镜湖、剡溪的清幽秀美转为阔远壮丽——登上半山腰，就看到了海上日出的壮丽情景，耳边似乎传来了空中天鸡的鸣声。天鸡之鸣，原是神话传说，在实际的登山过程中，是不可能听到的。但在梦游之境中，却可将神话传说中的景象化为真实的情境。化幻为真，正见梦境的特点，而有了这一笔，梦境的奇幻色彩也显然加浓了。

"千岩"二句，概写从清晨到傍晚一整天的梦游赏景历程。用"千岩万转"概写天姥山之山峦重叠，峰回路转，用"迷花倚石"概括在行进过程中移步换形、目不暇接、或行或坐，为美景所陶醉的情形，"忽已暝"三字，传神地表现了在流连赏景的过程中不知不觉夜幕忽已降临，也传出了梦境的恍惚迷离。以下便转入暮景的描写。

"熊咆龙吟殷岩泉，栗深林兮惊层巅。云青青兮欲雨，水澹澹兮生烟。"前两句写听觉：暮夜中只听得熊黑咆哮、虬龙鸣叫，宏大的声响在山岩泉洞之间震动，使得进入深林、登上峰顶的游人（诗人自己）感到战栗和惊惧。天气也瞬息倏变，白天还是艳阳高照，入夜却是云层青黑，低垂湖面，水波动荡，烟气蒸腾，一派山雨欲来的景象。这四句写暮夜的惊心动魄、暴雨将临之景，正是为下面进入幻境作好准备，酝酿气氛。

"列缺霹雳，丘峦崩摧。洞天石扉，訇然中开。青冥浩荡不见底，日月照耀金银台。"突然之间，电闪雷鸣，山峦崩摧，轰然一声巨响，通往神仙洞府的石门打开了。洞中别有天地，在一望无际的浩阔透明不见尽头的天空中，显现出为日月照耀得光明璀璨的金银楼台、仙境殿阙。这六句由奇入幻、由幻而仙，由惊心动魄而神奇美妙，由昏暗阴霾而光明璀璨，境界巨变，在读者面前展现出一个极其神奇的世界，使人目夺神摇。紧接着，又用浓墨重彩尽情渲染仙境的缤纷热闹：一队队的仙人，以云霓为衣，以长风为马，纷纷自天而降；虎为鼓瑟，鸾为拉车。将神仙世界描绘得既色彩缤纷，又热闹非凡，既有尘世之多彩，又有尘世所无的自由浪漫，称心惬意。写到这里，"梦游"进入最高潮，诗也达到笔酣墨饱、淋漓尽致的境界。

以下一段，写梦醒后的感慨。"忽魂悸以魄动，恍惊起而长嗟。惟觉时之枕席，失向来之烟霞。"这四句将梦醒时魂悸魄动和惊醒后的恍然若失描绘得惟妙惟肖，后二句尤为神来之笔：一觉惊醒，身边唯有孤枕凉簟，而梦中刚历的一切奇幻变化的景象均已消失得无影无踪。"烟霞"二字，不独指天姥山的烟雾云霞缭绕之景，也包括梦中所历的一切不断变化的境界。这就自然要引出下面两句的感慨："世间行乐亦如此，古来万事东流水。"奇妙的梦境忽于顷刻之间消失无踪，因悟人世间的行乐亦如幻梦，如流水，顷刻消失，永无回时。值得注意的是，诗人将"梦游"的经历与"世间行乐"相比论，可以看出他对梦中所历的境界并非持否定态度，而认为是一种乐事，只不过它转瞬即逝罢了，这就和陈沆所说的梦游即"《梁甫吟》'我欲攀龙见明主，雷公砰訇震天鼓'……'阊阖九门不可通，以额扣关阍者怒'之旨"完全相反。实际上，梦游中所有的"列缺霹雳，丘峦崩摧。洞天石扉，訇然中开"之境与《梁甫吟》中的上述象征性境界有着本质的区别。前者，是惊心动魄的奇险壮美之境，是出现光明璀璨的神仙境界的前奏，诗人对此虽惊心骇目，却感到无比壮美；而后者，则是现实中昏暗政局和权臣奸邪当道的象征，诗人对之抱着完全否定的厌憎态度。不能因"列缺霹雳"与"雷公砰訇"之貌似而相提并论。更值得注意的是，诗人由梦境的虚幻与人事的倏忽引出的并不是人生的虚无与幻灭，而是对污浊现实的厌弃和对封建权贵的蔑视，以及对自由生活的热烈向往。"别君"以下五句，结合题内"留别"，集中表达了由"梦游"引发的感慨。"安能摧眉折腰事权贵，使我不得开心颜"

两句，是李白追求个性自由精神，张扬"不屈己，不干人"的理想人格和蔑视权贵的叛逆性格的集中体现，也是全诗的灵魂和结穴。

梦的特点，就是超越时空，自由自在，不受任何拘束。所谓"梦游"，其实质就是精神的遨游。诗中所描绘的梦游所历之境，或清澄明秀、幽洁静谧，或高远壮阔、奇幻恍惚，或昏暗阴霾、惊险幽怖，或惊心动魄、光明璀璨，或缤纷热闹、自由浪漫，虽境界层出不穷，变化倏忽，但对诗人来说，都是精神上的一种自由和解放，即便是"列缺霹雳，丘峦崩摧"那样的险境，也是精神上的一种快意历险。而梦境最后所历的仙境，则更是精神自由遨游所遇的最高境界。正因为经历了如此怡情悦性、惊心动魄的精神遨游，他才能发出"安能摧眉折腰事权贵，使我不得开心颜"这样的呼声。从这个意义上说，末二句正是"梦游"的必然逻辑发展和自然归宿。

李白的七言歌行，都写得豪放健举、恣肆淋漓。其中如《远别离》《天姥吟》《蜀道难》等篇，则更多地继承了屈赋的浪漫主义精神和奇幻多变的表现手法，境界屡变、句式参差，而本篇则又在瞬息万变之中体现出步骤井然的特点，尤其值得重视。

金陵酒肆留别①

风吹柳花满店香②，吴姬压酒唤客尝③。金陵子弟来相送④，欲行不行各尽觞⑤。请君试问东流水⑥，别意与之谁短长？

[校注]

①李白开元十二年（724）仗剑去蜀，辞亲远游。其《上安州裴长史书》云："曩昔东游维扬，不逾一年，散金三十馀万，有落魄公子，悉皆济之……又以昔与蜀中友人吴指南同游于楚，指南死于洞庭之上……遂权殡于湖侧，便之金陵。"据詹锳《李白诗文系年》，其初

游金陵，在开元十四年。此诗郁贤皓《李白选集》谓"当是初游金陵将往广陵时留赠青年朋友之作，其时当在开元十四年（726）春"。②风吹，宋蜀刻本作"白门"。咸本、萧本、郭本等均作"风吹"，与《全唐诗》同。③吴姬，吴地女子，此指酒肆中的吴地侍女。压酒，米酒酿制将熟时，压榨取酒。朱谏注："压酒者，酒熟而汁滓相将，则盛之以囊置槽中，压以重物，去滓而取汁也。"唤，萧本作"使"，郭本作"劝"。④金陵子弟，指李白在金陵结交的年轻人。⑤欲行，指诗人自己；不行，指金陵子弟。或解为形容诗人欲行而不忍行的情态亦似可通。⑥试问，宋蜀刻本作"问取"。咸本、萧本、郭本及《全唐诗》均作"试问"。

[笺评]

黄庭坚曰：学者不见古人用意处，但得其皮毛，所以去之更远。如"风吹柳花满店香"，若人复能为此句，亦未是太白。至于"吴姬压酒劝客尝"，"压酒"二字他人亦难及。"金陵子弟来相送，欲行不行各尽觞"，益不同。"请君试问东流水，别意与之谁短长"，至此乃真太白妙处，当潜心焉。故学者先以识为至，禅家所谓正法眼，直须具此眼目，方可入道。（范温《潜溪诗眼》引山谷曰，见胡仔《苕溪渔隐丛话·前集》卷五，又见魏庆之《诗人玉屑》卷十四。《唐宋诗醇》卷六引，文字稍有不同）

范温曰：好句须要好字。如李太白诗"吴姬压酒劝客尝"，见新酒初熟，江南风物之美，工在"压"字。（《苕溪渔隐丛话》引《诗眼》）

赵彦卫曰：李太白诗"吴姬压酒劝客尝"，说者以为工在"压"字上，殊不知乃吴人方言耳。至今酒家有旋压酒子相待之语。（《云麓漫钞》）

刘辰翁曰：终是太白语别（末二句下评）。（《唐诗品汇》引）

杨慎曰：李太白诗："风吹柳花满店香。"温庭筠《咏柳》诗："香随静婉歌尘起，影伴娇饶舞袖垂。"传奇诗："莫唱踏春阳，令人离肠结。郎行久不归，柳自飘香雪。"其实柳花亦有微香，诗人之言非诬也。（《升庵诗话》卷七）

谢榛曰：太白《金陵留别》诗："请君试问东流水，别意与之谁短长？"妙在结语。使坐客同赋，谁更擅场？谢宣城《夜发新林》诗："大江流日夜，客心悲未央。"阴常侍《晓发新亭》诗："大江一浩荡，悲离足几重。"二作突然而起，造语雄深，六朝亦不多见。太白能变化为结，令人叵测，奇哉！（《四溟诗话》卷三）又曰：诗有简而妙者，若刘桢"仰视白日光，皎皎高且悬"，不如傅玄"日月光太清"……亦有简而弗佳者，若……刘禹锡"欲知江深浅，应如远别情"，不如太白"请君试问东流水，别意与之谁短长"。（同上卷二）

严评曰：（首句）句既飘然不群，柳花说香，更精微。山谷本作"桃花"，便俗。（次句）山谷谓"压酒"字他人难及，不知"使"字更难及。又有作"劝"字者，便与"尝"字无干。（第四句）"欲行不行"四字内，不独情深，已有"短长"意。（末句）当与《别汪伦》句参看。（严评《李太白诗集》）

严评本载明人评：高处只在浅而净，写情兴踊跃在目前，即首句已大妙，是酒肆边天然佳景，正与"池塘生春草"一般。末二句总不出文通"桂水"句意，但道得加透快耳。高超俊逸，如珠泻盘，圆亮发光彩。

《李杜二家诗钞评林》：不浅不深，自是钟情之语。

朱谏曰：赋也。此李白于金陵留别，辞意轻清，而音调浏亮，又简短而显浅，故后世之人多脍炙之，遂拟为山谷之论，谓李诗之极至者。是犹及肩之墙，人犹得窥见其室家之好。其长篇之铺叙，沉郁秾丽，逶迤之曲折，而情思议论之兼至者，是犹数仞之墙。不得其门而入，不见宗庙之美，百官之富也。大抵好事之人欲为异说，以伸己意，必假托古人之名以取信于后世。李杜集中往往有之，又当随处辨论以

附于下。（《李诗选注》卷九）

唐汝询曰：此太白将去金陵留别故旧也。景方丽而酒复佳，无论行者当饮，即不行者亦当尽觞，正以别意相缠如流水之无已耳。（《唐诗解》卷二十三）

钟惺曰：不须多，亦不须深，写得情出。（《唐诗归》卷十六）

陆时雍曰：余尝见一人诗云："风吹满店柳花香。"此直谓柳花乃香耳。因谓友人陈文叔云：李太白谓"风吹柳花满店香"，此第谓春气袭人，风来香满，此不必自杨柳来也。张九龄《咏芍药》谓"香闻郑国诗"，芍药无香，郑诗亦未尝言芍药香，诗家之意况风味难以迹泥如此。（《唐诗镜》卷十九）

王夫之曰：供奉一味本色诗则如此，在歌行诚为大宗。（《唐诗评选》卷一）

毛先舒曰：《金陵酒肆留别》，山谷云："此乃真太白妙处。"而须溪云："终是太白语别。"予许须溪知言云。（《诗辩坻》卷三）

《李诗直解》：此咏金陵留别，而言其情之长也。风吹柳花，飘落于满店香者，如人之无定也。吴姬压酝美酒以劝客尝，盖为祖道之意耳。金陵子弟来相送者，欲行矣又不忍遽行，子弟奉我，各尽其觞，取醉以别，情则渥矣。请君试问东流之水，今日之别意与之相较，谁为短长？水之流而不息，即情之永而不忘也。

应时曰：清新俊逸，以词气争奇。（《李诗纬》卷三）

王尧衢曰：此篇短调急节，情景各胜，首句非谓柳花者也，乃风吹柳花时则满店香耳。丽春美酒，别意更浓。自当徘徊尽兴而去。流水无尽时，如君之意，又宁有尽耶！（《古唐诗合解》卷三）

唐曰：将"桃花潭水"参看，知诗中变化法。（刘邦彦《唐诗归折衷》引）

吴敬夫曰：豪爽之语最易一往而竭，兹何含蓄不尽也？凡意致深沉者，当看其斩截处，不然则胶矣；词气疏快者，当看其蕴藉处，不然则粗矣。（同上引）

沈德潜曰：语不必深，写情已足。（《重订唐诗别裁集》卷六）

《唐宋诗醇》：言有尽而意无穷，味在酸咸之外。（卷六）

宋宗元曰：深情婉转。（《网师园唐诗笺》）

吴绥眉曰：短章天然入妙。（刘文蔚辑注《唐诗合选评解》引）

方东树曰：起二句写吴姬。三、四叙。"请君"二句议收。（《昭昧詹言·李太白》）

王闿运曰：（"欲行"句下评）无情有情。（《手批唐诗选》）

徐文靖曰：太白诗"风吹柳花满店香"，解者言柳花不可言香。按《唐书·南蛮传》：诃陵国以柳花、椰子为酒，饮之辄醉。李白"风吹柳花满店香"，亦以酒言。（《管城硕记》）

[鉴赏]

这首留别诗，写得极自然流丽，毫不费力，却特具一种潇洒俊逸的风神，一种充满青春气息和乐观情调的少年精神，一种富于展望的时代气息。

起句"风吹柳花满店香"便飘然而至，极俊爽而流丽。"风吹柳花"，点明时令，正当暮春三月，柳花飘雪的季节，着一"吹"字，则柳花漫天飞舞的轻盈之态如见。但接下来的"满店香"三字却引起诸多歧解。从句式看，似乎这满店飘散的就是"风吹柳花"送来的香气。但有人说，柳花本无香气；有人则说柳花亦有微香。但纵有微香，亦在依稀仿佛之间，何得云"满店香"？更有引《唐书·南蛮传》谓诃陵国以柳花椰子酿酒，则直以"柳花"为"柳花酒"。不仅与"风吹柳花"之语未合，且其时金陵酒肆中亦未必有远从海外来的柳花酒。胶柱鼓瑟，离原意更远。其实，诗本易解，"风吹柳花"写酒肆外柳花漫天飞舞，春意正浓，诉之视觉；"满店香"写酒肆内香气扑鼻，诉之嗅觉。而这"满店香"的来源便是第二句"吴姬压酒唤客尝"中所说的"压酒"。时值暮春，春酒已熟，酒肆中好客的女招待面对这一帮风流倜傥的年轻人，特意亲自榨酒相待。酒本飘香，更何况新从槽里榨出来的春酒，又更何况有春风的吹送，自然是"满店香"了。如果吹送的是柳花香，则那淡淡的微香恐早就为浓浓的新酒香所掩盖而闻不到了。前人或赏"压"字之工，那是因为不了解这是当时的俗语之故。其实这句的精彩处全在它所营造出来的一种热烈而亲切的气氛。通常来客，用现成的酒招待即可，此番由吴姬边压酒边饮客，图的就是新鲜和浓香，就是待客的浓浓情意。"唤"或作"劝"，表面上看"劝"似乎更殷勤，实则"唤"却更亲切而随和，没有主客间的距离感。总之，前两句写"金陵酒肆"内外情景氛围。如果说第一句写出了对春意和酒香的陶醉，那么第二句就写出了对店主人和吴姬浓郁的待客情意的陶醉。在这种情景氛围中，便自然引出了行者与送者的尽兴行动。

第三句点出了来相送的"金陵子弟"，照应题面"金陵"，也暗透被送的诗人自己其时亦当风华正茂的青年时代。两句写饮酒的场面，妙在"欲行不行各尽觞"的传神描写。或解"欲行不行"为"诗人不得不行而又无限依恋的矛盾心理"，这固然也可通。但一则"各尽觞"的"各"字照应"欲行"与"不行"，如将"欲行不行"解为诗人一人的情态，则不但与"各"字不相应，也与上句"金陵子弟"脱节。二则诗人此时正是意气风发，作快意之游的时期，与"金陵子弟"的离别虽有依依之别情，却无离别的愁恨，故诗人自己似乎也不存在欲别而不忍别的心态，还是解为欲行的诗人与不行的金陵子弟为宜。春日丽景，酒香情浓，无论是行者或送者，都充满了对生活的浪漫热情和对前途的乐观展望，因此都尽兴尽情，而"各尽觞"了。总之，这不是满怀离愁别恨的喝闷酒，而是充满浪漫情调的尽情畅饮。

五、六两句说到离别。金陵酒肆当可看到远处的江水，故这两句写别情，即以"东流水"起兴并作喻。诗人另有《口号》诗云："食出野田美，酒临远水倾。东流若未尽，应见别离情。"末二句设喻与此诗相似，诗中提及"远水"，当与此诗为同时之作。以流水兴起并喻别情，前代诗中已见，李白诗中亦屡用此法，脍炙人口者如《赠汪伦》之"桃花潭水深千尺，不及汪伦送我情"。此诗不言"深"而言"长"，自是因"潭"水与"江"水之别而引起，而其取眼前景，用口头语，而有弦外音，味外味则同。两句诗的意思，如正面表达，当为双方之间的别情，比起眼前的东流水，应是江流短而别情长。但如此表达，不免一副呆相；上引《口号》诗的"东流若未尽，应见别离情"也不免此弊。此诗却用"试问"与不定的口吻出之，便顿添摇曳生姿的情致和俊逸灵动的格调，细加吟味，则诗人自己顾盼自如的风姿也显现出来了。诗人与金陵子弟之间的别情虽未必像他所形容的那样悠长，但分别之际诗人的这种风姿神态倒给人以深刻的印象和无穷的遐想。

归根结底，这是李白青年时代佩剑远游期间一次充满了浪漫情调的离别。快意之游中的分别，有别情而无别恨，加上李白特有的超逸潇洒的个性，这首诗遂体现出一种特有的青春气息和乐观情调。透过这一切，繁荣昌盛的盛唐时代的风神也隐然可见了。

黄鹤楼送孟浩然之广陵①

故人西辞黄鹤楼，烟花三月下扬州。孤帆远影碧空尽②，唯见长江天际流。

[校注]

①黄鹤楼，故址在今湖北武汉市武昌蛇山的黄鹄矶上。详参崔颢《黄鹤楼》题注。郁贤皓《李白选集》云："按此诗约作于开元十六年（728）暮春。上年秋冬间曾北游汝海（今河南临汝），途经襄阳，已与孟浩然结识，故此次于黄鹤楼得称'故人'。是年孟浩然四十岁，李白二十八岁。"而徐鹏《孟浩然集校注》则谓浩然之广陵约在开元十五年。傅璇琮主编《唐五代文学编年史》则谓开元二十三年春，李

白在武昌，有诗送孟浩然之广陵。诸说不同，兹并列以备参考。之，往。广陵，今江苏扬州市。②影，敦煌残卷作"映"，宋蜀本一作"映"。空，《全唐诗》原作"山"，宋蜀本同。据咸本、萧本、郭本等改。

[笺评]

陆游曰：八月二十八日访黄鹤楼故址，太白登此楼送孟浩然诗云："孤帆远映碧山尽，唯见长江天际流。"盖帆樯映远山尤可观，非江行久不能知也。（《入蜀记》卷五）

吴逸一曰：燕公《送梁六》之作，直以落句见情，便不能与青莲此诗争雄。（《唐诗正声》）

敖英曰：末二句写别时怅望之景，而情在其中。（《唐诗绝句类选》）

朱谏曰：赋也。按此诗词气清顺而有音节，情思流动而绝尘埃。如轻风晴云，淡荡悠游于太虚间，不可以形迹而模拟者也。白于浩然可谓知己，率尔而发，莫非佳句，譬之伯乐遇子期，而后有高山流水之操也。（《李诗选注》卷九）

唐汝询曰：黄鹤，分别之地；扬州，所往之乡；烟花，叙别之景；三月，纪别之时。帆影尽则目力已极，江水长则离思无涯，怅望之情俱在言外。（《唐诗解》卷二十五）又曰："孤帆"即是说人。（《汇编唐诗十集》）

钟惺曰："孤帆远影碧空尽"，更不说在人上，妙，妙。（《唐诗归》卷十六）

《李诗直解》：此诗赋别时之景而情在其中也。言我故人孟君西辞黄鹤楼之地而行矣，当春景烟花之时，三月而下扬州。我送之江干，跂予望之，孤帆远影，碧空已尽，帆没而不见矣，唯见长江飞流无际，故人已远，予情犹为之怅怅耳。

严评曰：从《湘灵鼓瑟》诗脱胎，亦具孟骨。（严评《李太白诗集》）

徐增曰：黄鹤楼在武昌县，白于此楼上送孟浩然。首便下"故人"二字，扼定浩然，便牢固得势。"西"字好，遂紧照扬州，以扬州在武昌之东。此时浩然意在扬州，故云"西辞黄鹤楼"也。扬州乃烟花之地，三月又烟花之时。下者，从上而下，武昌在上流故也。"孤帆"是浩然所乘之舟之帆。远影，浩然已挂帆，而目犹在楼上伫望。"碧空尽"，渐至帆影不见了。既不见了，浩然所挂之帆影是黄鹤楼之东，而白却回转头去，望黄鹤楼之西，唯见长江之水从天际只管流来，而已有神理在内。诗中用字须板，用意须活。板则不可移动，活则不可捉摸也。（《而庵说唐诗》卷六）

应时曰：（首二句）叙事有致。（末句）收得"送"意。总评：不言情却使人情深。（《李诗纬》）

丁龙友曰：使于送别时吟之，自使人泪下。（同上引）

黄生曰：不见帆影，惟见长江，怅望之情，尽在言外。又曰：（前）两句错综，硬装句。（后两句）景中见情，意在言外。两呼两应格，一呼二应，三呼四应。此为各应法。（《唐诗摘抄》卷四）

朱之荆曰："黄鹤楼"三字下得好，三、四望远情景，但从首句生出。"烟花三月"四字插入轻婉；三月，时也；烟花，景也。第三句只接写"辞"字、"下"字。（《增订唐诗摘抄》）

黄叔灿曰："下扬州"着以"烟花三月"，顿为送别添毫。"孤帆远映"句，以目送之，"尽"字妙。"唯见"句再托一笔。（《唐诗笺注》）

《唐宋诗醇》：语近情遥，有"手挥五弦，目送飞鸿"之妙。（卷六）

宋宗元曰：（末二句下评）语近情遥。（《网师园唐诗笺》）

吴烶曰：首二句将题面说明，后二句写景，而送别之意已见言表。孤帆远影，以目送也；长江天际，以心送也。极浅极深，极淡极浓，

真仙笔也。(《唐诗选胜直解》)

宋顾乐曰：不必作苦语，此等诗如朝阳鸣凤。(《唐人万首绝句选》评)

吴昌祺曰：浑然天成。(《删订唐诗解》)

潘耕曰：起句题中"送"字，二句题中"之"字。"烟花三月"，佳时也；扬州，胜地也。"下"又顺流也，宜其速矣。然后接下二句。下二句，此别后之景，于送时先想见之，愈愁。(《李太白诗醇》卷三引)

陈婉俊曰：("烟花三月下扬州")千古丽句。(《唐诗三百首补注》)

俞陛云曰：送行之作夥矣，莫不有南浦销魂之意。太白与襄阳，皆一代才人而兼密友，其送行宜累笺不尽。乃此诗首二句仅言自武昌之扬州，后二句叙别意，言天末孤帆，江流无际，止寥寥十四字，似无甚深意者。盖此诗作于别后。襄阳此行，江程迢递，太白临江送别，直望至帆影向空而尽，惟见浩荡江流，接天无际，尚怅望依依，帆影尽而离心不尽。十四字中，正复深情无限，曹子建所谓"爱至望苦深"也。(《诗境浅说》续编)

刘永济曰：此诗写别情在三、四句。故人之舟既远，则帆影亦在碧空中消失，此时送别之人所见者，"长江天际流"而已。行者已达而送者犹伫立，正所以见其依恋之切，非交深之友，不能有此深情也。善写情者，不贵质言，但将别时景象有感于心者写出，即可使诵其诗者发生同感也。(《唐人绝句精华》)

富寿荪曰："孤帆"二句，传伫立怅望之神，不言别情而别情弥挚，通首措语俊逸，缀景阔大，一片神行，含蕴无穷，宜其扬名千古。(《千首唐人绝句》)

[鉴赏]

李白的送别诗、留别诗，多而且好。这跟他一生到处漫游、广结朋友而又富于感情的生活经历、个性特征密切相关。这首送别诗在他许多同类诗作中之所以特别出名，是因为它不仅借助情景浑融的境界表现了对友人的深挚情谊，而且通过景物描写，展现了阔远的空间境界和心灵境界，透露出繁荣昌盛的盛唐时代的面影，从而使它成了不可复制的盛唐气象的典型代表之一。

李白才高性傲，但对比他年长十二岁的诗人孟浩然却是从诗品到人品，都敬仰佩服之至。其《赠孟浩然》说："吾爱孟夫子，风流天下闻。红颜弃轩冕，白首卧松云。醉月频中圣，迷花不事君。高山安可仰，徒此揖清芬。"从中可以看出李白对孟浩然，不仅怀有深挚的朋友情谊，而且怀有一种深切了解基础上形成的敬仰爱慕。这种特殊的关系和感情，使这首送别诗中所抒发的感情特别深挚而悠远。

起句"故人西辞黄鹤楼"，似乎平平叙起，但径称孟浩然为"故人"，却透露出此前两人已经结识定交，具有深厚的情谊；也透露出李白对这位心怀敬慕的年长友人，自有一种不拘年辈的亲切感。"西辞黄鹤楼"是唐诗中常有的句法，意即辞别了西边的黄鹤楼而沿江东下。古人送别，多在名胜古迹之地，且多在高处，黄鹤楼正兼有这两个特点。它伫立江边，高耸蛇山之上，是饯别、送远的极佳地点。点明这个送别之地，后两句目送孤帆远去的情景才字字有根。

次句"烟花三月下扬州"，仿佛又只是款款承接，点明题内的"之广陵"和此行的季节。但细加体味，却感到其中的每一个词语和诗歌意象，都浸透了浓郁的诗情。用"烟花"来形容"三月"，特别是三月的长江中下游地区（包含送别之地武昌和孟浩然所游之地扬州），可以说极简洁而传神。"烟"，指在晴空丽日的映照下，笼罩在田野大地、城市乡村上空的一层轻烟薄雾；"花"，则正是所谓"暮春三月，江南草长。杂花生树，群莺乱飞"的景象。"烟"与"花"的组合，使诗人笔下的长江中下游地区呈现出一片晴空万里、烟霭如带、花团锦簇的明丽灿烂景象。而故人要去的扬州，更是当时除长安、洛阳以外最大的都会，而其繁华热闹、富庶风流的程度较之两京有过之而无不及。张祜《纵游扬州》诗云："十里长街市井连，月明桥上看神仙。人生只合扬州死，禅智山光好墓田。"杜牧《赠别二首》之一云："春风十里扬州路，卷上珠帘总不如。"从中不难想见作为商业大都会而又具有江南绮艳风流色彩的扬州对于生性浪漫的诗人的特殊吸引力。诗人心目中的扬州，不仅是繁华富庶之地、温柔绮丽之乡，而且是诗酒风流之所。而在"烟花三月"和"扬州"之间的那个"下"字，也就绝不只是点明题内的那个"之"字，而且渲染出了一种放舟长江、乘流直下的畅快气氛，传达出了故人对此行的淋漓兴会和诗人对扬州的向往和对朋友的欣美。可以说，每一个字都极富表现力，而整个诗句却又浑然天成，毫无着意雕琢、用力的痕迹。前人誉为"千古丽句"，诚为的评。

三、四两句写诗人伫立黄鹤楼上目送故人乘舟远去的情景。第三句一作"孤帆远映碧山尽"，陆游《入蜀记》引作"孤帆远映碧山尽"，谓"帆樯映远山尤可观，非江行久不能知"，但他忽略了两点，一是此诗所写并非江行所见，而是楼头远眺所见；二是帆映碧山之景固可观，但句末"尽"字无着落，因为既见帆影与碧山相映，则船犹在视野之内，不得云"尽"。还是以作"孤帆远影碧空尽"为胜。盖此七字实分三个小的层次，展示的是不同时间内的不同景色，"孤帆"是舟行未远时所见，友人所乘的帆船犹显然在目；继则船渐行渐远，化为一片模糊的帆影，故曰"远影"；最后则连这一片模糊的帆影也逐渐消失在远处无边无际的碧空之中，此时所见，唯一派浩荡的长江流向水天相接的远处而已。"唯见"紧承上句"尽"字，是对上句所写情景的进一步引申。"尽"则"孤帆"消失在视线的尽头，"唯见"正是孤帆消失以后视线内所看到的景象，因此两句之间同样有个时间的落差。然则，三、四两句从写景的角度看，总共有四个不同时间内的景物层次，即从"孤帆"显然在目到帆影渐远，再到帆影消失，最后到"唯见长江天际流"。

这好像是纯粹的写景，但其中却显然蕴含着诗人登眺时目注神驰的情状，融入了诗人对远去的故人深挚悠长的情谊，创造出了堪称典范的情景交融意境。境界阔远，极富远神远韵。武昌以下，长江的江面已经相当宽阔，在一望无际的江汉平原上，视线所及，几无阻挡（这也可以证明第三句当作"孤帆远影碧空尽"而不是"孤帆远映碧山尽"）。在阔远的江面上，如果是长时间地登临赏景，纵目流眺，则所见者或许竟是千帆竞发、百舸争流的繁忙热闹景象。但由于诗人是送仰慕的"故人"乘舟东下，因此从一开始，他的目光就锁定在黄鹄矶边那条故人所乘的船上，从看它解缆启程，顺流东去，到它的身影逐渐模糊消失，目之所存，心之所注，始终只有这一只"孤帆"。古代的帆船本就走得慢，武昌以下的一段长江，江阔水缓，从解缆启程到帆影消失在碧空尽头，需要经历相当长的一段时间。这样长时间地始终追随着这一叶"孤帆"，目不旁及，心不旁骛，神情高度专注，不正反映出诗人对"故人"的情谊之深挚浓至、悠长深永吗？而与此同时，诗人对故人此行的热切向往之情也在这长时间追随的目光中生动地表现出来了。"孤帆远影碧空尽"，这"尽"字中蕴含了失落的怅惘；"唯见长江天际流"，这"唯见"之中也同样含有故人远去的空廓寂寥。但这两句所构成的极其阔远的境界和长江浩荡东流的雄阔景象，却又使全诗的格调和境界显得非常壮阔辽远，没有送别诗通常的那种黯然销魂的情调。

盛唐送别诗之所以具有这种阔远壮大的空间境界和心灵境界，归根结底，是时代精神浸润影响所致。因此，它所呈现出来的不是个别的特殊的事例，而是一种共同的时代风貌。从高适的"莫愁前路无知己，天下谁人不识君"，到岑参的"轮台东门送君去，去时雪满天山路。山回路转不见君，雪上空留马行处"，到王维的"劝君更尽一杯酒，西出阳关无故人""唯有相思似春色，江南江北送君归"，再到李白的"孤帆远影碧空尽，唯见长江天际流"，虽表现手法各有不同，而情思境界的阔远壮大则大抵相同。时代精神之作用于诗人的心灵，显现于诗境，不正显然可见吗？

渡荆门送别^①

渡远荆门外，来从楚国游^②。山随平野尽^③，江入大荒流^④。月下飞天镜^⑤，云生结海楼^⑥。仍怜故乡水，万里送行舟。

[校注]

①荆门，山名，在今湖北宜都市西北长江南岸。《水经注·江水》："江水东历荆门、虎牙之间。荆门山在南，上合下开，其状似门。虎牙山在北。此二山，楚之西塞也。"《文选·郭璞〈江赋〉》"荆门阙竦而磐礴"李善注引盛弘之《荆州记》曰："郡西溯江六十里，南岸有山，名曰荆门；北岸有山，名曰虎牙。二山相对，楚之西塞也。荆门上合下开，暗达山南，有门形，故因以为名。"唐汝询《唐诗解》谓题中"送别"二字疑是衍文，沈德潜《重订唐诗别裁集》亦谓"诗中无送别意，题中（送别）二字可删"。詹锳《李白诗文系年》系此诗于开元十三年（725）初出川时。按："送别"非衍文。②来从，来到。《晏子春秋·杂上十二》："景公夜从晏子饮，晏子称不敢与。"葛洪《〈抱朴子〉序》："故权贵之家，虽咫尺弗从也；知道之士，虽艰远必造也。"荆门以东的地区，战国时属楚。③荆门山以东，进入广大的江汉平原，视野所及，不见高山。意谓随着平野的出现，江两岸的高山终于消失了。④大荒，本指荒远之地，此指荒野，广远的原野。⑤月下，天上的月亮下映水中。天镜，指映入水中的如同明镜的圆月。⑥海楼，即所谓海市蜃楼。《史记·天官书》："海旁蜃气象楼台。"

[笺评]

严评曰：（"山随"句）此二句意象浑漠，下联不称，不若作淡语

度去为妙。（严评《李太白诗集》）

严评本载明人批："山""江"联气象开阔。"下"字、"生"字可不用，用之作两层解亦自佳。此法唯太白有之，盖亦自《选》来。

杨慎曰：太白《渡荆门》诗："仍归故乡水，万里送行舟。"《送人之罗浮》诗："尔喜之罗浮，余还愁峨眉。"又《淮南卧病书怀寄蜀中赵征君蕤》："国门遥天外，乡路远山隔。朝忆相如台，夜梦子云宅。"皆寓怀乡之意。（《升庵诗话·太白怀乡句》）

胡应麟曰："山随平野尽，江入大荒流。"太白壮语也。杜"星垂平野阔，月涌大江流。"骨力过之。（《诗薮·内编》卷四）

朱谏曰：此李白渡荆门而送别也，言远渡乎荆门之外，来游于楚国之中。但见山尽于平野，江流于大荒。月之落也，如天镜之飞；云之生也，结海蜃之楼。夫蜀水会于荆门，蜀乃吾之故乡也，今于荆门送行，是并吾乡之水送子之舟。悠悠万里，情何既乎！夫水曰故乡，其怀土之情亦可哀矣。（《李诗选注》）

李维桢曰：文字特立不群，奇甚。又曰：气概何等雄壮。（《唐诗隽》）

唐汝询曰：此自蜀入楚，渡荆门而赋其形胜如此。白本蜀人，江亦发源于蜀，故落句有水送行舟之语，盖言人不如水之有情也。题中"送别"二字，疑是衍文。（《唐诗解》卷三十三）

陆时雍曰：诗太近人，其病有二。浅而近人者率也，易而近人者俗（一作"熟"）也。如《渡荆门送别》诸诗不免此病。（一作"如此与《江夏别宋之悌》《访戴天山道士》是也"）（《唐诗镜》卷二十）按：《唐诗选脉》引略有不同。

周敬曰：三、四雄壮，好形胜。（《删补唐诗选脉笺释会通评林·盛五律中下》）

唐孟庄曰：语太浮，韵度不乏。（同上引）

王夫之曰：明丽杲如初日。结二语得象外之圜中，飘然思不穷，唯此当之。泛滥钻研者，正由思穷于本分耳。（《唐诗评选》卷四）

《李诗直解》曰：此荆门送别，赋其景而起故乡之思也。言渡荆门而游楚国也。目中所见，则山随平野邈旷之中而尽，江入大荒空阔之处而流。月色之下，圆飞天镜；云气之生，象结海楼。当此之时，送别江干，仍怜故乡之水，万里随舟以送行也。今见水若见故乡矣，得无念乎！

应时曰：太白之情多于景中生出，此作其尤者也。（《李诗纬》卷三）

丁龙友曰：胡元瑞谓："山随平野"一联，此太白壮语也。子美诗"星垂平野阔，月涌大江流"二语，骨力过之。似之。岂知李是昼景，杜是夜景。又李是行舟暂视，杜是停舟细视，可概论乎！（同上引）

吴昌祺曰：此在楚而渡江送别。前四句渡荆门也。五、六即景。结言水远，正言心远。此送友东行，不必疑为衍文。（《删订唐诗解》卷十六）

沈德潜曰：诗中无送别意，题中二字可删。（《重订唐诗别裁集》卷十）

《唐宋诗醇》：颔联与杜甫之"星垂平野阔，月涌大江流"句法相类，亦气势均敌。胡震亨（当作"应麟"）以杜为胜，亦故为低昂耳。（卷六）

范大士曰：三、四雄浑。（《历代诗发》）

黄叔灿曰："山随"一联，何等境界！唐人集中不可多得之语。然从上二句说来，尚有送别情在。"飞天镜"，"结海楼"，语亦奇辟。海楼即蜃楼。结二语因荆门而思故乡之水，言虽相隔万里，而舟行可达，故送人而怀思矣。（《唐诗笺注》）

卢麰曰：三、四写形势确不可易，复尔苍亮，五、六亦是平旷所见语，复警异。观此结，太白允是蜀人，语亦有情，未经人道。（《闻鹤轩初盛唐近体读本》）

翁方纲曰：太白云"山随平野尽，江入大荒流"，少陵云"星垂

李 白｜251

平野阔，月涌大江流”，此等句皆适与手会，无意相合。固不必谓相为倚傍，亦不容区分优劣也。(《石洲诗话》卷一)

管世铭曰：太白“山随平野尽，江入大荒流”，摩诘“江流天地外，山色有无中”，少陵“星垂平野阔，月涌大江流”，意境同一高旷，而三人气韵各别。(《读雪山房唐诗钞》)

杨成栋曰：包举宇宙气象。(《精选五七言律耐吟集》)

胡本渊曰：(“山随”二句)炼句雄阔，与杜匹敌。(《唐诗近体》)

陈世镕曰：太白高处，如绛云在霄，卷舒无迹，天然凑泊，不可思议。明人乃标举“山随平野尽，江入大荒流”等句，以为极则，所谓“焦明已翔乎寥廓，罗者犹视乎薮泽”也。(《求志居唐诗选》)

俞陛云曰：太白天才超绝，用笔如风樯阵马，一片神行……此诗首二句，言送客之地。中二联，写荆门空阔之景。惟收句见送别本意。图穷匕首见，一语到题，昔人诗文，每有此格。次联气象壮阔，楚蜀山脉，至荆门始断；大江自万山中来，至此千里平原，江流初纵，故山随野尽，在荆门最切。四句虽江行皆见之景，而壮健与上句相埒。后顾则群山渐远，前望则一片混茫也。五、六句写江中所见：以“天镜”喻月之光明，以“海楼”喻云之奇特。惟江天高旷，故所见若此。若在院宇中观云月，无此状也。末二句叙别意，言客踪所至，江水与之俱远，送行者心亦随之矣。(《诗境浅说》)

高步瀛曰：语言偶俋，太白本色。(《唐宋诗举要》卷四)

富寿荪曰：所谓“送别”，乃自别蜀中故乡，唐人制题中有此一种。如杜甫《官定后戏赠》是少陵辞河西尉而任右卫率府兵曹后抒感之作。王嗣奭《杜臆》云：“‘戏赠’，公自赠也……观李白诗中‘渡远荆门外，来从楚国游’及‘仍怜故乡水，万里送行舟’等句，其自别故乡之意，极为明显。”(《百家唐宋诗新话》第 147 页)

[鉴赏]

李白是个一生到处漫游，遍访名山大川，以四海为家的诗人，又是一个对故乡怀着深厚感情、乡情乡思极殷的诗人。这首作于他青年时代,初出三峡,"仗剑去国,辞亲远游"途中的诗歌,就在抒写他奔向广阔新天地的舒畅、壮阔、新奇感受的同时,表现了深挚的故乡情。把握了这一贯串全诗的感情线索,对题目及诗意才能有切实的感受与理解。

开头两句平直叙起,点题内"渡荆门"。渡远,即乘舟远渡。荆门山系楚之西塞,亦可视为蜀、楚的分界,远渡荆门之外,即已进入古楚国的疆域。两句是交代行程的,但首句的"远"字,显然是以故乡蜀地为基点的,句末的"外"字,也隐含远在巴蜀之外的意思。读这首诗,须处处注意到诗人举凡叙事、写景、抒情,都离不开蜀地故乡这个基点和参照物。同样,"来从楚国游"一句也包含了离开蜀地故土,来到一个新天地时的新鲜感和兴奋感。

三、四两句承"荆门外"与"楚国",写舟行中所见开阔广远景象。荆门以下,是一望无际的苍茫广远的江汉大平原,视线所及,再无山峦,而浩荡的长江水,也冲出了上开下合的荆门山的阻挡,而奔流于广阔无际的莽莽原野之中。这两句写"荆门外"的景象,境界既极壮阔旷远,而形象尤为生动逼真。客观的景象本来是山尽而平野展现,诗人却写成"山随平野尽",仿佛是由于平野的展现而使山峦消失。这看来有些不合因果关系的句法,其实正真切地表现了诗人的感受。这就需要联系蜀国山川和诗人已历的行程来体味。蜀地多山,所谓"巴山万嶂"、岷峨积雪。诗人出蜀,又须经著名的三峡,"七百里中,两岸连山,略无阙处,重岩叠嶂,隐天蔽日"。近千里的行程中,诗人所乘的舟船一直就在重重叠叠的峰峦中打转。直到舟过三峡,越出荆门之外,那一直伴随着自己的两岸山峦才忽然从视野中消失,展现在面前的则是一片广阔无边的江汉平原,因此才有"山"仿佛"随平野"而"尽"的感受。也就是说,诗人是以蜀地多山和舟行三峡两岸层峦叠嶂的经验为参照物来感受和描写眼前所见的新境界的。同样,"江入大荒流"也是如此。本来,奔腾咆哮的长江一直被约束在狭窄的高山峡谷之中，不能自由畅快地奔流，直至出三峡，过荆门，才进入莽莽苍苍、一望无际的原野中，江面变得宽阔，得以自由自在地奔流向前。因此，说"江入大荒流"，正透露了在此之前的一长段行程中江流穿行于峡谷高山间的情形。这两句所隐含的与已历行程的对照，突出地表现了诗人"渡荆门"之后眼前豁然开朗，面对极其壮阔旷远的新境界时那种舒畅感、新奇感、兴奋感。蜀地四面皆山，尽管其中有沃野千里的成都平原，但整个地形格局是封闭型的。因此在蜀地生长的诗人初次出峡进入江汉平原时每有此种共同的感受。陈子昂的《度荆门望楚》："巴国山川尽，荆门烟雾开。城分苍野外，树断白云限。"所描绘的豁然开朗的壮阔景色正与李白此诗相似，而"谁知狂歌客，今日入楚来"一联中所表现的兴奋喜悦之情亦与李诗相近。李诗这一联中的"随"字、"尽"字，"入"字、"流"字，虽自然浑成，不见用力之迹，却都极富表现力。既渲染出了客观景物（山、江）的动态感，又透露出这是身行过程中观赏两岸、瞩目江流时的感受。"随""尽"二字见平野之广阔无限，"入""流"二字见长江之奔流不息。两句又共同组合成一幅由广阔莽苍的平原和宽广奔流的长江相互映衬的壮阔画图，而诗人的身影则正处于画面的中心。

"月下飞天镜，云生结海楼。"腹联仍写望中所见"荆门外"之景，但与颔联之旁顾、前瞻不同，是俯视与仰望。一轮圆月映入江水之中，倒影清晰可见，像是一面天上飞来的镜子在江水中映现。李白在《峨眉山月歌》中曾写过"峨眉山月半轮秋，影入平羌江水流"的景象，"月下飞天镜"所描绘的景象与之类似，而"飞天镜"的设喻则表现出一种儿童式的天真好奇。（试比较其《古朗月行》："小时不识月，呼作白玉盘。又疑瑶台镜，飞在青云端。"）而浩荡的长江水中清晰可见月亮的倒影，尤见水之清澈。"下"字、"飞"字同样充满了动感。仰望天上，云彩变幻，正结构成一座海市蜃楼。这景象同样充满了新奇感和动态感。初看这两句所描绘的景象似与"荆门"没有必然联系，但只要联系诗人峡中所历，就可明白这里所写的景象绝不可能发生在"重岩叠嶂，隐天蔽日，自非亭午夜分，不见曦月"的七百里三峡的舟行途中，只能在"荆门外"的广阔境界中泊舟时，才能看到广阔的天宇和云层变幻，看到升天的圆月映入水中的情景。这一联写到圆月映水，时间当已入夜，因此与颔联之舟行过程中所见不同，当是泊舟江边时所见。如是行舟，则水中月影因江水的奔流当不能如此清晰稳定。

颔、腹两联，分写"荆门外"日间行舟时旁顾前瞻所见与夜间泊舟时俯视仰观所见。"渡荆门"的题意已经写足。尾联乃转而关合题内"送别"二字。但这个"送别"却非一般意义上的以自己为送别的主体、别人为送别对象的送别，而是以自己为送别对象的送别。那么，谁是送别的主体呢？这就是"故乡水"。回顾来路，这才发现，原来一直不远万里，送自己的行舟历三峡、出荆门的长江流水，就是自己蜀地故乡的水啊！"荆门"既为楚之西塞，蜀、楚的分界，在诗人意念中，也成了蜀江与楚江的分界。明朝离荆门东去，舟行所经之水就不再是"故乡水"了。因此，诗人想象，"故乡水"送自己这个远赴天涯的游子于荆门，就要与自己告别了，而自己，也即将与"故乡水"告别，奔向广阔的天地。这两层意思，都蕴含在"仍怜故乡水，万里送行舟"这充满深情的诗句中。题目的含意，说全了应该是"渡荆门与故乡水告别"。或者换一种说法，"渡荆门故乡水送别"。将纯属自然物的江水人格化，将它描绘成怀着缠绵深情，遥送客子的具有灵性的事物，正深刻地表现了诗人对养育自己的蜀地故乡的无限眷恋。

对广阔壮美的新天地的强烈向往，以及初出荆门时放眼眺望广远壮美境界时产生的舒畅感、兴奋感、新奇感，与对故乡山水的深长怀恋，在这首诗中以"江水"为中心线索，被水乳交融地统一在一起了。诗的意境既阔大壮美，又缠绵宕往，兼具气势雄放与情韵悠长之美。这正是李白感情世界中看似矛盾实则和谐统一的两面。如果在告别故乡时没有这一结，不但诗的情韵为之大减，李白也就不成其为李白了。

灞陵行送别①

送君灞陵亭，灞水流浩浩②。上有无花之古树，下有伤心之春草③。我向秦人问路岐④，云是王粲南登之古道⑤。古道连绵走西京⑥，紫阙落日浮云生⑦。正当今夕断肠处，骊歌愁绝不忍听⑧。

[校注]

①灞陵，又作"霸陵"，汉文帝陵墓。《元和郡县图志》卷一京兆府万年县："白鹿原，在县东二十里，亦谓之霸上，汉文帝葬其上，谓之霸陵。王仲宣诗曰：'南登霸陵岸，回首望长安'，即此也。"灞水之滨有亭，是古来送别之所。詹锳《李白诗文系年》系此诗于天宝三载（744）春。郁贤皓《李白选集》则谓"当为天宝二年（743）在长安送友人之作"。②灞水，亦作"霸水"，关中八水之一，系渭水之支流。《三辅黄图》卷六杂录："霸水出蓝田谷，西北入渭。"浩浩，水势盛大貌。③江淹《别赋》："春草碧色，春水绿波。送君南浦，伤如之何！""伤心之春草"，关合送别。④路岐，即歧路、岔路。⑤王粲，字仲宣，东汉末著名诗人，建安七子之一。《三国志·魏书·王粲传》："献帝西迁，粲徙长安……年十七，司徒辟，诏除黄门侍郎。以西京扰乱，皆不就，乃之荆州依刘表。"其《七哀诗》云："西京乱无象，豺虎方遘患。复弃中国去，委身适荆蛮。亲戚对我悲，朋友相追攀……南登霸陵岸，回首望长安。"南登之古道，即指王粲由长安赴荆州的古道。⑥西京，指长安。唐以长安为西京，洛阳为东京。⑦紫阙，帝王所居的宫阙。浮云，象喻奸邪。《古风》之三十七："浮云蔽紫阙，白日难回光。"《登金陵凤凰台》："总为浮云能蔽日，长安

不见使人愁。"⑧骊歌，《骊驹》歌的省称。《汉书·王式传》："歌骊驹。"颜师古注引服虔曰："逸《诗》篇名也，见《大戴礼》，客欲去，歌之。"又引文颖曰："其辞云：'骊驹在门，仆夫具存；骊驹在路，仆夫整驾'也。"后因称告别之歌为骊歌。骊歌，一作"黄鹂"。

[笺评]

谢枋得曰：缀景清新。（《李太白诗醇》卷三引）

严评本载明人批：于鳞谓间杂长语，是欺人。然何必尔？如此诗，但云"上有无花树，下有伤心草。云是王粲南登道"，岂不雅驯！又云：仲宣《七哀诗》："南登灞陵岸，回首望长安。"借仲宣道别意，亦自快。然水、树、草、日、云、黄鹂，撮拾得恰好。

朱谏曰：辞格亦颇清亮，疑亦唐人送别之诗。较之于白，殊少沉郁之气。结语轻浅，尤为可厌。（《李诗辨疑》卷下）

郭濬曰：连用三"之"字，在太白则可，他人学之，便堕训诂一路。（《增定评注唐诗正声》）

唐汝询曰：此因离别所经赋其地以兴慨也。水流、树古、春草伤心，昔人亦尝登此道而兴怀矣。今与我友分别，而睹薄暮之景，已足断肠，况又闻啼鸟之音乎！称"西京"者，明恋阙也；举"黄鹂"者，愿求友也。（《唐诗解》卷十三）

许学夷曰：《公无渡河》《北风行》《飞龙引》《登高丘》《灞陵行》等，出自古乐府。（《诗源辩体》）

周珽曰："落日浮云生"，深情可思。（《删补唐诗选脉笺释会通评林·盛七古》）

王夫之曰：夹乐府入歌行，掩映百代。（《唐诗评选》卷一）

吴昌祺曰：西京、浮云，乃断肠之曲也。唐但言薄暮，似浅。（《删订唐诗解》卷七）

《唐宋诗醇》：古之伤心人，别有怀抱，是诗之谓矣。（卷六）

方东树曰：叙起。"上有"二句奇横酣恣，天风海涛，黄河天上来。"我向"句倒点题柄，更横。"古道"句入"送"。(《昭昧詹言》卷十三)

近藤元粹曰：长短错综，亦一奇格也。(《李太白诗醇》卷三)

[鉴赏]

这首送别诗作于李白天宝初年在长安供奉翰林期间。从诗的内容、情调看，当在长安三年的后期。这时的诗人，对政局的趋于腐败昏暗，奸邪的蔽君忌贤已经有了比较深切的感受，对国家及自身的境遇前途都怀有一种忧患感。正是由于这种经历和感情背景，这首送别诗将送别友人与自我抒情、怀古与伤今、写景与象喻融为一体，成为一首极富创意的送别诗。送别的对象，诗题及诗中均未标出，很有可能是与李白有类似境遇的友人。

开头两句点明送别之地。灞陵是汉文帝的陵墓所在，灞陵亭则是紧靠灞水的亭子，古人送别多在长亭，唐代长安往东、南方向去的旅人，送行者也每多在此送别，灞陵亭、灞水和灞桥烟柳，在唐诗中更常与别离之情关联。"流浩浩"，固是即景描写，但与"送君"联系起来，便无形中带上了某种比兴象征意味，令人联想到别情之悠长无尽，联想到对方就要像眼前的浩浩流水一样，流向远方。不过这种比兴象征意味，并非着意设喻，而只是一种处于有意无意之间的"兴"，因此不落言筌，不留痕迹。

三、四两句，进一步对送别之地的景物进行描写。亭边有森森的古树，亭下有碧绿的春草，这本是平常景物，但一经诗人用对举的散文化句式加以强调，用"无花"和"伤心"加以渲染，这平常的草树便染上了浓重的色彩。前者，见古树的苍老，透露出眼前的这条由灞陵通往荆襄的大道历史之悠久，给人以一种悠远的历史联想和时间记忆，下启"古道"；后者，因暗用江淹《别赋》"春草碧色，春水绿波，送君南浦，伤如之何"，而使碧绿的春草蒙上了一层"伤心"的色彩，下启"断肠""愁绝"。

五、六两句，由别地之流水草树进一步写到友人的去路。向当地的人问路云云，不过是个由头，目的是为了突出下句，引起读者的注意。友人的去向，大概是荆襄一带，这里特意标明友人所要走的这条荆襄大道，便是昔日"王粲南登之古道"，显然有所寓意。王粲处于汉末乱世，"徙长安……司徒辟，诏除黄门侍郎。以西京扰乱，皆不就，乃之荆州依刘表"。其《七哀诗》叙其"复弃中国去，委身适荆蛮"的经历，有"南登霸陵岸，回首望长安"之句。标出"王粲南登"四字，透露出友人此去，重循王粲曾历之道路，其所遭之时、所遭之遇，当与王粲有某种相似之处。诗人固未必认为当时的政局有如《七哀诗》所描绘的那样："西京乱无象，豺虎方遘患。"但从下面的描写显然可以看出，眼下的西京已是政局昏暗，奸邪蔽主。前云"古树"，此云"古道"，又标举古人行踪，仿佛由眼前景引发怀古之情，而这怀古之情当中，又自然寓含了对当今时势政局的感伤。这种"伤今"之意，到下两句便益加明显了。

七、八两句，用顶针格紧承"古道"，却并不把目光投向友人南登的去路，而是反顾来路。这就透露出，无论是友人还是诗人自己，其心之所系还是"古道"的那一端。"古道连绵走西京"的诗句，显示出诗人的目光正沿着这条连绵不绝的道路直指当时的政治中枢长安，然而遥望中的西京，此刻已是落日昏黄，浮云层生，遮蔽住了巍峨的宫阙。"紫阙"句的比兴象征含义至为明显，既有传统的比兴象征诗句可以类证，又有李白其他一系列类似的诗句可以相发明，无烦征引。"浮云"之上加以"落日"，更加重了对政局昏暗衰败的象征。前人说这两句有"恋阙"意。李白其时虽有去意，但尚未离京，"恋阙"之语自不切合，但系心宫阙，关注政局的忧患感却是相当明显。

九、十两句关合"送别"。别时所唱之歌称骊歌，日暮黄昏，古道漫漫，分手在即，骊歌起处，别离的感伤不免更加深浓。但由于前面既有历史的联想和类比（汉末时势和王粲行踪），又有现实的隐喻象征（紫阙落日浮云生），便给这离别的忧伤增添或注入了对时局的深切忧患，故不禁为之"断肠""愁绝"了。

李白前期的诗，洋溢着对生活对时代的豪情，充满了浪漫乐观的青春气息，很少表现出深切的忧患感。这首作于长安三年从政生活后期的诗，则相当明显地体现出其诗风的转折。从此以后，他的诗歌创作中表现强烈忧愤苦闷的声音便明显增多了。

送陆判官往琵琶峡①

水国秋风夜②，殊非远别时。长安如梦里，何日是归期?

[校注]

①判官，唐代节度使、观察使幕的僚属。陆判官，名未详。琵琶峡，在今重庆市巫山县。《方舆胜览》卷五十七："琵琶峰在巫山，对蜀江之南，形如琵琶。此乡妇女皆晓音律。"郁贤皓《李白选集》谓此诗疑亦天宝六载（747）于江南所作。②水国，犹水乡。刘宋颜延之《始安郡还都与张湘州登巴陵城楼作》："水国周地险，河山信重复。"孟浩然《洛中送奚三还扬州》："水国无边际，舟行共使风。"罗邺《雁》："暮天新雁起汀洲，红蓼花开水国秋。"一般多指江南水乡。此诗送行之地，当为长江下游某滨江之地。

[笺评]

朱谏曰：言水国秋时，送别最难为情。自此三峡远望长安，渺茫恍惚，如在梦里，不知何日是吾归家之期乎！想象之中，非真归也。（《李诗选注》）

严评曰：语短意长，是五言绝妙境也。（严评《李太白诗集》）

杨慎曰：太白诗："天山三丈雪，岂是远行时?"（《独不见》）又曰："水国秋风夜，殊非远别时。""岂是""殊非"，变幻二字，愈出愈奇。孟蜀韩琮诗："晚日低霞绮，晴山远画眉。青青河畔草，不是望乡时。"亦祖太白句法。(《升庵诗话》卷十三)

严评本载明人批：(首二句) 起句好。"时"字不甚得力。

杨逢春曰：此客中送别之作。首句写送客之候，正是思归之候。二点送客，言"殊非"者，意谓此时思归方切，正须友用排遣，"殊非远别时"也，已为下半伏根。三、四落到思归，却又说"何日"，言突于此时送客，不知何日得归也。低回往复，双管齐下，两情互摄，文心曲折至深。(《唐诗偶评》)

宋顾乐曰：味首三句，似非长安送陆；陆已谪外为判官，此又送之往琵琶峡，因悲其去国之日远也。(《唐人万首绝句选》评)

近藤元粹曰：妙味在文字之外。(《李太白诗醇》)

[鉴赏]

这首诗绝大多数李诗选本都弃而不选，更不用说通代的唐诗选本。其实它确如前人所评："语短意长，是五言绝妙境也。"陆判官其人，情况不详，李白诗中仅此诗提及，两人之间未必有深厚的交谊。这次往琵琶峡，可能仅为一次普通的探亲访友的旅行，未必有评家所猜测的谪宦远贬的背景。诗写得也很随意，仿佛是送行之际信口占成的"口号"诗。但却写得情韵悠长，风神摇曳，经得起反复吟味。它和《赠汪伦》一类诗一样，都属于天籁式的作品，却比《赠汪伦》更饶情韵，更具含蓄的韵致。

起句"水国秋风夜"，淡淡道出送别的时 (秋风夜) 地 (水国)，仿佛极平常而不经意。但这三个看似平常而含意虚泛的诗歌意象的巧妙组合，却传达出一种浓郁的氛围。"水国"的意象，虽泛称江南水乡，但它给人带来的联想，则是整个江南水乡泽国那种清新秀美、明丽天然的风韵和柔和润泽的色调，而"水国"的"秋风"之

"夜"，则又透出了轻灵飘逸、清凉沁人的韵致和朦胧含蓄的氛围。这三种意象组合成的氛围，既极具清逸柔美的情韵，又带有一点孤寂凄清的意味。这一典型的氛围，正为这场普通的离别营造了浓郁的气氛。

次句由上句的氛围渲染转而直接抒情——"殊非远别时"。"殊非"二字强调的意味很重，仿佛可以听到诗人在江边送别友人时深长的叹息声。为什么"水国秋风夜""殊非远别时"呢？一是因为水国秋风之夜，有一种特有的美，如此良宵，正应朋友相聚，或月下泛舟，或对酒共酌，或对床夜话，共享如此良夜，岂能"远别"；二是由于"水国秋风夜"所特具的孤寂凄清情调，人更需友情的温暖和抚慰，当此之际，自然殊非远别之时了。两个方面的原因，相反相成，都突出表明了"殊非远别时"。但诗人并没有直接说明具体的缘由，而是以咏叹的笔调浑沦道出，因此显得既含蓄而又浑成。

三、四两句，按通常的写法，似应续写对方的去路或自己对友人的思念，但诗人却撇开这种熟套，出人意料地反过来直抒自己的情怀："长安如梦里，何日是归期？"李白自天宝三载（744）被"赐金还山"，离开长安后的相当长一段时间内，对长安的思念悠长而执著。其《长相思》云："长相思，在长安。络纬秋啼金井阑，微霜凄凄簟色寒。孤灯不明思欲绝，卷帷望月空长叹。美人如花隔云端，上有青冥之高天，下有渌水之波澜。天长地远魂飞苦，梦魂不到关山难。长相思，摧心肝。"这正是所谓"长安如梦里"了。随着时间的消逝，诗人重归长安、再为近臣的希望越来越渺茫，因此他不得不发出"何日是归期"的深沉慨叹。"长安宫阙九天上，此地曾经为近臣"的经历已成不可重历的幻梦。"圣朝久弃青云士，他日谁怜张长公"的一线希望也终于落空，只能空自慨叹归期之无日了。

从咏叹"水国秋风夜，殊非远别时"，到慨叹"长安如梦里，何日是归期"，从远别之难堪到归京之无望，中间有一个思绪的明显跳跃。乍读似感前后幅之间缺乏过渡连接。实则，前后幅之间有一条潜在的引线，这就是因"水国秋风夜"与友人远别引起孤寂凄清感。朋友远去，客中送客的自己又多了一分羁旅中的孤寂凄清况味。在这种情况下，想到昔日在长安为近臣时的荣耀和热闹，不免有天上人间之隔的感喟。而奸邪当权，浮云蔽日，朝政日非，羁泊水国秋风中的自己只有叹息"长安如梦里，何日是归期"了。但诗中亦不点明这条引线，只让读者自己涵泳玩索。这又是一层含蓄。

李白是一个主观色彩极鲜明的诗人。即使在送别诗这种通常要侧重写被送者的行踪、境遇、心情的诗歌体制中，李白也总是打破常规，只写自己当下的感情意绪，将送别诗写成自我抒情的诗。这正是李白送别诗的艺术个性。

整首诗除开头一句写景外，其余三句均为直接抒情。但读后却感到全诗都沉浸在"水国秋风夜"的氛围和如梦似幻的情调之中。加上诗的音调极具咏叹的韵味，其间又缀以"殊非""何日"等词语，读来便更感到其风神摇曳、情韵悠长了。

宣州谢朓楼饯别校书叔云①

弃我去者昨日之日不可留，乱我心者今日之日多烦忧。长风万里送秋雁，对此可以酣高楼②。蓬莱文章建安骨③，中间小谢又清发④。俱怀逸兴壮思飞⑤，欲上青天览明月⑥。抽刀断水水更流，举杯销愁愁更愁。人生在世不称意，明朝散发弄扁舟⑦。

[校注]

①此诗诗题《文苑英华》卷三百四十三作《陪侍郎叔华登楼歌》，题下注："集作《宣州谢朓楼饯别校书叔云》。"宋蜀刻本题下注："一作《陪侍御叔华登楼歌》。"宣州谢朓楼，即宣州陵阳山北楼。南齐诗人谢朓任宣城太守时所建。又名谢朓北楼、谢公楼。校书，校书郎。

唐代秘书省有校书郎八人，正九品上；门下省弘文馆亦有校书郎二人，从九品上。校书叔云，校书郎李云。据《新唐书·宗室世系表下》，道王房有道孝王元庆曾孙名云。李白有《饯校书叔云》诗云："少年费白日，歌笑矜朱颜。不知忽已老，喜见春风还。惜别且为欢，裴回桃李间。看花饮美酒，听鸟临晴山。向晚竹林寂，无人空闭关。"可证李白确与任校书郎之李云有交谊。但二诗一曰"春风""桃李"，一曰"秋雁"，显非同时之作。今之学者多谓题当从《文苑英华》作《陪侍御（"郎"字误）叔华登楼歌》。詹锳《李白诗文系年》系此诗于天宝十二载（753），考曰："此诗《文苑英华》题作《陪侍郎叔华登楼歌》，当以'一作'（《陪侍御叔华登楼歌》）为是。按诗云：'蓬莱文章建安骨，中间小谢又清发。'则所登者必系谢朓楼无疑也。《旧唐书·李华传》：'天宝中登朝为监察御史，累转侍御史……贼平，贬抚州司户参军……遂屏居江南……上元中，以左补阙、司封员外郎召之……称疾不拜。'独孤及《赵郡李华集序》：'（天宝）十一年，拜监察御史，会权臣窃柄，贪猾当路，公入司方书，出按二千石，持斧所向，郡邑为肃。为奸党所嫉不容于御史府，除右补阙。'三者所记稍有出入，然此诗之作必在天宝十一载以后无疑也。"郁贤皓《李白选集》亦同此说，谓此诗当是天宝十二三载（753、754）秋在宣城作。可参考。②酣高楼，酣饮于高楼（指谢朓楼）。③蓬莱，东海中三神山之一。传仙家之幽经秘录藏于此山，故东汉时将中央政府藏书处东观称为道家蓬莱山。此借指供职秘书省的校书郎李云。建安骨，建安风骨的省称。句意谓校书郎李云的文章具有建安风骨。《后汉书·窦章传》："其时学者称东观为老氏藏室，道家蓬莱山。"蓬莱，《文苑英华》一作"蔡氏"，指蔡邕。④小谢，指南齐诗人谢朓，相对于刘宋诗人谢灵运称"大谢"而言。清发，清新秀发。《南齐书·王融谢朓传》："朓字玄晖，少好学，有美名，文章清丽。"小谢，诗人自指。⑤逸兴，超逸豪迈的意兴。壮思，豪壮的情思。⑥览，通"揽"，摘取。⑦散发，去掉冠簪，隐居江湖。《文选·张华〈答何劲〉》："散发重阴下，抱杖临清渠。"张铣注：散发，言不为冠所束也。弄扁舟，暗用范蠡佐越王勾践灭吴后，乃"乘扁舟浮于江湖"事，见《史记·货殖列传》。

[笺评]

刘辰翁曰：崔嵬迭宕，正在起一句。"不称意"，诺（疑"语"字之误）欲绝。（《唐诗品汇》卷二十七引）

朱谏曰：前八句辞气虽云雄壮，用字犹有未稳。如云："俱怀逸兴壮思飞，欲上青天揽明月。"似欠稳当。"抽刀断水水更流"以下四句，意既不相连续，辞又软弱粗俗。前者既疑非白，后者岂白之所为乎？设使前者是白之作，则后之非白亦明矣。此等之诗，似不可晓，姑阙所疑，拟俟知者。（《李诗辨疑》卷下）

严评本载明人批：太白起笔，每如天马腾空，神龙出海，真是妙绝千古。又曰：前四句极醒快，然终伤雅道，不可为常。"逸兴"二句正是太白自道。中四句赞校书文章，与前后绝不干涉。通篇说愁，竟不知所愁何事？又曰：此篇嵚崎历落之概，不衫不履之致，非寻行数墨家可望肩背也。

唐汝询曰：此厌世多艰思栖逸也。言往日不返，来日多忧，盍乘此秋色登楼以相酣畅乎？子校书蓬莱宫，所构之文有建安风骨，我若小谢，亦清发多奇，此皆飞腾超拔者也。然不得近君，是以愁不能忘，而以抽刀断水起兴。因言人生既不得意，便当适志扁舟，何栖栖仕宦为也！（《唐诗解》卷十三）

《全唐风雅》引萧云：此篇眷顾宗国之意深。

陆时雍曰：雄情逸调，高莫可攀。（《唐诗镜》卷十九）

周珽曰：厌世多艰，兴思远引。韵清气秀，蓬蓬起东海。异质快才，自足横绝一世。（《删补唐诗选脉笺释会通评林·盛七古》）

王夫之曰：兴起超忽。（《唐诗评选》卷一）

《李诗直解》：此饯别校书叔，论其文彩，而动乘桴之感也。言光阴迅速，愁思难遣，昨日不可留，今日又多烦忧。长风送雁，对此酣畅，从来惟文章为不朽耳。今蓬莱文章，建安之骨，中间小谢，亦清发而超群也。俱怀飘逸之兴，雄壮之思，欲上青天以览日月，而文章之高远光明不可及矣。我今抽刀断水而水更流，举杯销愁，愁忽旋生而愁复愁。人生贵得意耳。何我之在世而流落不称意也！叔今往矣，我亦明日散发弄扁舟于江湖间，一任东西之飘泊耳。（卷四）

王尧衢曰：此篇三韵而转，起、结别是一法。"弃我去者昨日之日不可留，乱我心者今日之日多烦忧。长风万里送秋雁，对此可以酣高楼。"起势豪迈，如风雨骤至。言日月如流，光阴如驶，已去之昨日难留，方来之忧思烦乱。况人生聚散不定，而秋气又复可悲，当此秋风送雁，临眺高楼，可不尽醉沉酣，以写我忧乎！"蓬莱文章建安骨，中间小谢又清发。俱怀逸兴壮思飞，欲上青天览明月。"言校书蓬莱宫，其文章有建安之风骨，中间亦有如小谢之清发。此皆逸兴不群，壮思飞越，似此才华，宜依日月之光，而胡乃远去也？"抽刀断水水更流，举杯销愁愁更愁。人生在世不称意，明朝散发弄扁舟。"因才之不遇而生愁，而以抽刀断水起兴。且言人生既不称意，不若效袁闳散发、范蠡扁舟以自适，何栖栖于宦途为哉！（《古唐诗合解》卷四）

吴昌祺曰：（首四句）亦从明远变化出来。（"蓬莱"句）此言"建安骨"，则知"自从建安来"，只说建安以后。（《删订唐诗解》卷四）

沈德潜曰：（起二句）此种格调，太白从心化出。（《重订唐诗别裁集》卷六）

《唐宋诗醇》：遥情飙竖，逸兴云飞。杜甫所谓"飘然思不群"者，此矣。千载而下，犹见酒间岸异之状，真仙才也。（卷七）

宋宗元曰：（首二句）耸突爽逸。（"抽刀断水"二句）奥思奇句。（《网师园唐诗笺》）

方东树曰：起二句，发兴无端。"长风"二句，落入；如此落法，非寻常所知。"抽刀"二句，仍应起意为章法。"人生"二句，言所以愁。(《昭昧詹言》卷十二)

刘熙载曰：昔人谓激昂之言出于兴。此"兴"字与他处言"兴"不同。激昂大抵只是情过于事，如太白诗"欲上青天览明月"是也。(《艺概》)

王闿运曰：（"长风"二句）起句破格，赖此救之。中四句不贯，以其无愁也。(《手批唐诗选》卷八)

吴闿生曰：起二句破空而来，不可端倪。再用破空之句作接，非绝代雄才，那得有此奇横。第四句始倒煞到题。（"抽刀"句）再断，故倒煞到题。(《古今诗范》卷九)

安旗等曰：李华《御史大夫厅壁记》《御史中丞厅壁记》，见《全唐文》卷三一六。二记一作于天宝十四载六月十五日，一作于天宝十四载九月十日。前《记》之末有云："初，厅壁列先政之君，记而不叙。公以为艰难之选，将俟后人。谓华尝备属僚，或知故实。授简之恩至，属词之艺寡，无以允乎非常之待，所报者质直而少之。"后《记》之末有云："华昧学浅艺，承命维谷，群言之首，非所克堪。然故吏也，勉以酬德。"足见天宝十四载，李华已不在御史台，而在右补阙之职。则其"出按二千石"当在天宝十四载之前。由此可知，李白与李华相遇于宣城，若非本年（十一载）秋，即为次年秋。而次年秋白在秋浦，故知此诗作于本年。(《李白全集编年注释》)

[鉴赏]

此诗发端既不写楼，更不叙别，而是陡起壁立，直抒郁结。"今日之日"与"昨日之日"，是指许许多多个弃我而去的"昨日"和接踵而至的"今日"。也就是说，每一天都深感日月不居，时光难驻，心烦意乱，忧愤郁邑。这里既蕴含了"功业莫从就，岁光屡奔迫"

（《淮南卧病书怀寄蜀中赵征君蕤》）的精神苦闷，也熔铸着诗人对污浊政治现实的感受。他的"烦忧"既不自"今日"始，他所"烦忧"者也非指一端。不妨说，这是对他长期以来政治遭遇和政治感受的一个艺术概括。忧愤之深广、强烈，正反映出天宝中期以来朝政的愈趋腐败和李白个人遭遇的愈趋困窘。理想与现实的尖锐矛盾所引起的强烈精神苦闷，在这里找到了适合的表现形式。破空而来的发端，重叠复沓的语言（既说"弃我去"，又说"不可留"；既言"乱我心"，又称"多烦忧"），以及一气鼓荡，长达十一字的句式，都极生动形象地显示出诗人郁结之深、忧愤之烈、心绪之乱，以及一触即发，发则不可抑止的感情状态。

三、四两句突作转折，面对着寥廓明净的秋空，遥望万里长风吹送鸿雁的壮美景色，不由得激起酣饮高楼的豪情逸兴。这两句在读者面前展现出一幅壮阔明朗的万里秋空画图，也展示出诗人豪迈阔大的胸襟。从极端苦闷忽然转到朗爽壮阔的境界，仿佛变化无端，不可思议。但这正是李白之所以为李白的原因。正因为他素怀远大的理想抱负，又长期为黑暗污浊的环境所压抑，所以时刻都向往着广大的可以自由驰骋的空间。目接"长风万里送秋雁"之境，不觉精神为之一爽，烦忧为之一扫，感到一种心、境契合的舒畅，酣饮高楼的豪情逸兴也就油然而生了。

五、六两句因诗题有《宣州谢朓楼饯别校书叔云》与《陪侍御叔华登楼歌》之不同，而有不同的理解。按前题，则这两句系承高楼饯别分写主客双方。东汉时学者称东观（政府的藏书机构）为道家蓬莱山，唐人又多以蓬山、蓬阁指秘书省。李云是秘书省校书郎，因此这里用"蓬莱文章"借指李云的文章，"建安骨"，指刚健遒劲的"建安风骨"。上句赞美李云的文章风格刚健；下句则以"小谢"自指，说自己的诗像谢朓那样，具有清新秀发的风格。李白非常推崇谢朓，这里自比小谢，正流露出对自己才能的自信。这两句自然地关合了题目中的"谢朓楼"和"校书叔"。按后题，则这两句承高楼饯别写纵酒高谈的内容。"蓬莱文章"借指东汉文章。"建安骨",指建安时期的诗文风格刚健。下句则提及小谢诗清新秀发的风格。李白推崇谢朓,在谢朓楼谈到谢朓,正是"本地风光"。

七、八两句就"酣高楼"进一步渲染双方的意兴。说彼此都怀有豪情逸兴、雄心壮志,酒酣兴发,更是飘然欲飞,想登上青天去揽取明月。前面方写晴昼秋空,这里却说到"明月",可见后者当非实景。"欲上"云云,也说明这是诗人酒酣兴发时的豪语。豪壮与天真,在这里得到了和谐的统一。这正是李白的性格。上天揽月,固是一时兴到之语,未必有所寓托。但这飞动健举的形象却让我们分明感觉到诗人对高远理想境界的向往追求。这两句笔酣墨绝,淋漓尽致,把面对"长空万里送秋雁"的境界时所激起的昂扬情绪推向高潮。仿佛现实中的一切黑暗污浊都一扫而空,心头的一切烦忧都已忘到了九霄云外。

然而诗人的精神尽管可以在幻想中遨游驰骋,诗人的身体却始终被羁束在污浊的现实之中。现实中本不存在"长风万里送秋雁"这种可以自由飞翔的天地,他所看到的只是"夷羊满中野,菉葹盈高门(《古风》五十一)这种可憎的局面。因此,当他从幻想中回到现实里,就更强烈地感到了理想与现实的矛盾不可调和,更加重了内心的烦忧苦闷。"抽刀断水水更流,举杯销愁愁更愁"这一落千丈的又一大转折,正是在这种情况下必然出现的。"抽刀断水水更流"的比喻,是奇特而富于独创性的,同时又是自然贴切而富于生活气息的。谢朓楼前,就是终年长流的宛溪水,不尽的流水和无穷的烦忧之间本就极易产生联想,因而很自然地由排遣烦忧的强烈愿望中引发出"抽刀断水"的意念。由于比喻和眼前景的联系密切,从而使它多少带有"兴"的意味,读来便感到自然天成。尽管内心的苦闷无法排遣,但"抽刀断水"这个动作性很强的细节却生动地显示出诗人力图摆脱精神苦闷的要求,这就和沉溺于苦闷而不能自拔,以至陷于颓废有别。

"人生在世不称意，明朝散发弄扁舟。"李白的理想与现实的矛盾，在当时历史条件下，是无法解决的。因此他总是陷于"不称意"的苦闷中，而且只能找到诸如"散发弄扁舟"一类的出路。这结论当然不免有些消极和无奈，但其中也多少包含了不与当权的统治者同流合污，向往自由生活的情绪。

李白的可贵之处在于，尽管他在精神上经受着苦闷的重压，但并没有因此放弃对高远理想境界的追求，诗中仍然贯注着豪迈慷慨的情怀。"长风"二句，"俱怀"二句，更像是在悲怆的乐曲中奏出高昂乐观的音调，在黑暗的云层中露出灿烂明丽的霞光。"抽刀"二句，也在抒写强烈苦闷的同时表现出倔强的性格。因此，整首诗给人的感觉不是阴郁绝望，而是忧愤苦闷中显现出豪壮雄放的气概。这说明诗人既不屈服于环境的压抑，也不屈服于内心的重压。

思想感情的瞬息万变，波澜迭起，和艺术结构的腾挪跌宕，跳跃发展，在这首诗里被完美地统一起来了。诗一开头就平地突起波澜，揭示出郁结已久的强烈精神苦闷；紧接着，却完全撇开"烦忧"，放眼万里秋空，从"酣高楼"的逸兴，到"览明月"的壮举，扶摇直上九霄。然后却又迅即从九霄跌落苦闷的深渊。直起直落，大开大合，没有任何承接过渡的痕迹。这种起落无端、断续无迹的结构，最宜于表现诗人因理想与现实的尖锐矛盾而产生的急遽变化的情绪。

自然与豪放和谐结合的语言风格，在这首诗里也表现得相当突出。必须有李白那样阔大的胸襟抱负、豪放坦率的性格，又有高度驾驭语言的能力，才能达到豪放与自然和谐统一的境界。这首诗的开头两句，简直像散文的语言，但却一气流注，充满豪放健举的气势。"长风"二句，境界壮阔，气概豪放，语言则高华明朗，仿佛脱口而出。这种自然豪放的语言风格，也是这首诗虽极写烦忧苦闷，却并不阴郁低沉的一个原因。

答王十二寒夜独酌有怀①

昨夜吴中雪，子猷佳兴发②。万里浮云卷碧山，青天中道流孤月③。孤月沧浪河汉清④，北斗错落长庚明⑤。怀余对酒夜霜白，玉床金井冰峥嵘⑥。人生飘忽百年内，且须酣畅万古情⑦。君不能狸膏金距学斗鸡⑧，坐令鼻息吹虹霓⑨。君不能学哥舒横行青海夜带刀，西屠石城取紫袍⑩。吟诗作赋北窗里，万言不直一杯水。世人闻此皆掉头，有如东风射马耳⑪。鱼目亦笑我，谓与明月同⑫。骅骝拳跼不能食⑬，蹇驴得志鸣春风⑭。折杨皇华合流俗⑮，晋君听琴枉清角⑯。巴人谁肯和阳春⑰，楚地犹来贱奇璞⑱。黄金散尽交不成⑲，白首为儒身被轻。一谈一笑失颜色⑳，苍蝇贝锦喧谤声㉑。曾参岂是杀人者，谗言三及慈母惊㉒。与君论心握君手，荣辱于余亦何有㉓！孔圣犹闻伤凤麟㉔，董龙更是何鸡狗㉕！一生傲岸苦不谐，恩疏媒劳志多乖㉖。严陵高揖汉天子㉗，何必长剑拄颐事玉阶㉘。达亦不足贵，穷亦不足悲。韩信羞将绛灌比㉙，祢衡耻逐屠沽儿㉚。君不见，李北海，英风豪气今何在㉛？君不见，裴尚书，土坟三尺蒿棘居㉜。少年早欲五湖去㉝，见此弥将钟鼎疏㉞。

[校注]

①王十二，名不详，十二系其排行。王先有《寒夜独酌有怀》诗寄李白，李白作此诗以酬答。詹锳《李白诗文系年》系此诗于天宝九载（750）。郁贤皓《李白选集》则系于天宝八载冬。诗中提及李邕、裴敦复之死，事在天宝六载。又提及哥舒翰屠石堡城事，事在天宝八载六月。诗应作于天宝八载六月后之某个寒夜，八、九载冬均有可能。宋蜀本题下注：再入吴中。②吴中，吴地。《世说新语·任诞》："王

之猷居山阴，夜大雪，眠觉，开室命酌酒，四望皎然。因起彷徨，咏左思《招隐》诗。忽忆戴安道。时戴在剡，即便夜乘小船就之。经宿方至，造门不前而返。人问其故，王曰：'吾本乘兴而行，兴尽而返，何必见戴！'"佳兴，美好的意兴。此以王子猷比王十二。③中道，中路，指天空的中间一线。谢庄《月赋》："白露暧空，素月流天。"④沧浪，青苍寒凉。河汉，指银河。⑤北斗错落，形容夜深时北斗七星交错纵横之状。长庚，即金星，又名太白。《诗·小雅·大东》："东有启明，西有长庚。"毛传："日旦出谓明星为启明，日既入谓明星为长庚。"因夜深月明，众星隐没，故太白（长庚）独明。⑥玉床金井，指华美的井和井栏。床，井上栏杆。冰峥嵘，形容井栏边的冰结得很厚。⑦酣畅，指畅饮而产生的快适之感。⑧狸膏，狸猫的脂膏。古代斗鸡时用以涂抹鸡头，使对方畏怯，从而战胜对方。曹植《斗鸡篇》："长鸣入青云，扇翼独翱翔。愿蒙狸膏助，常得擅此场。"金距，装在斗鸡脚距上的金属假距。《左传·昭公五年》："季、郈之鸡。季氏介其鸡，郈氏为之金距。"杨伯峻注："《说文》：'距，鸡距也。'……即鸡跗蹠骨后方所生之尖突起部，中有硬骨质之髓，外被角质鞘，故可为战斗之用。郈氏盖于鸡脚爪又加以薄金属所为假距。"陈鸿祖《东城老父传》："玄宗在藩邸时，乐民间清明节斗鸡戏。及即位，治鸡坊于两宫间，索长安雄鸡，金毫铁距高冠昂尾千数，养于鸡坊，选六军小儿五百人，使驯扰教饲……帝出游，见（贾）昌弄木鸡于云龙门道旁，召入，为鸡坊小儿，衣食右龙武军……天子甚爱幸之，金帛之赐，日至其家……当时天下号为神鸡童。时人为之语曰：'生儿不用识文字，斗鸡走马胜读书。贾家小儿年十三，富贵荣华代不如。解令金距期胜负，白罗绣衫随软舆。父死长安千里外，差夫持道挽丧车。'"⑨坐令，遂使。李白《古风》二十四："路逢斗鸡者，冠盖何辉赫。鼻息干虹蜺，行人皆怵惕。"⑩哥舒，指哥舒翰。天宝七载，代王忠嗣为陇右节度支度营田副大使、知节度事。《旧唐书·哥舒翰传》："筑神威军于青海上，吐蕃至，攻破之。又筑城于青海中龙驹岛，有白龙见，遂名为应龙城，吐蕃屏迹不敢近青海。吐蕃得石堡城，路远而险，久不拔。八载，以朔方、河东群牧十万众委翰总统攻石堡城，翰麾下将高秀岩、张守瑜进攻，不旬日而拔之。上录其功，拜特进、鸿胪员外卿，与一子五品官。赐物千匹，庄宅各一所，加摄御史大夫。"夜带刀，《太平广记》卷四百九十五引《干馔子·哥舒翰》："天宝中，哥舒翰为安西节度，控地数千里，甚著威令。故西鄙人歌之曰：'北斗七星高，哥舒夜带刀。吐蕃总杀尽，更筑两重濠。'"石城，即石堡城，在今青海西宁市西南，为唐与吐蕃间交通要道。《资治通鉴·开元十七年》"更命石堡城曰振武军"胡三省注："自鄯城县河源军西行百二十里至白水军，又西南二十里至定戎城，又南隔涧七里有石堡城，本吐蕃铁刃城也。宋白曰：石堡城在龙支县南，四面悬崖数千仞，石路盘屈，长三四里，西至赤岭三十里。"石堡城之役，获吐蕃兵四人，唐士卒死者数万。唐制，三品官以上服紫。⑪射，吹射。东风射马耳，意谓漠不关心，当作耳旁风。⑫明月，指明月珠，喻才俊之士。张协《杂诗》："鱼目笑明月。"此则谓鱼目混珠，才俊之士反为无知小人所讥。⑬骅骝，千里马名，传为周穆王所乘八骏之一。拳跼，拳曲不伸貌。比喻才士失志困窘。⑭蹇驴，跛脚的驴子，喻不才之小人。⑮《折杨》《皇华》，古之俗曲。《庄子·天地》："大声不入乎里耳，《折杨》《皇华》，则嗑然而笑。"成玄英疏："《折杨》《皇华》，盖古之俗中小曲也。玩狎鄙野，故嗑然动容。"⑯《韩非子·十过》："（晋平公）反而问曰：'音莫悲于清徵乎？'师旷曰：'不如清角。'平公曰：'清角可得而闻乎？'师旷曰：'不可。昔者黄帝合鬼神于泰山之上，驾象车而六蛟龙。毕方并辖，蚩尤居前，风伯进扫，雨师洒道，虎狼在前，鬼神在后，腾蛇伏地，凤凰覆上，大合鬼神，作为清角。今主君德薄，不足听之，听之将恐有败。'平公曰：'寡人老矣，所好者音也，愿遂听之。'师旷不得已而鼓之。一奏，而有玄云从西北方起；再奏之，大风至，大雨随之，裂帷幕，破俎豆，隳廊瓦，坐者散走，平公恐惧，伏于廊室之间。晋国大旱，赤地三年。

平公之身遂癃病。"枉清角，谓德薄不能聆听清角，有枉于美妙的音乐。⑰宋玉《对楚王问》："客有歌于郢中者，其始曰《下里》《巴人》，国中属而和者几千人。其为《阳阿》《薤露》，国中属而和者数百人。其为《阳春》《白雪》，国中属而和者不过数十人……是其曲弥高，其和弥寡。"此谓曲高和寡，听惯了低级音乐的人不可能欣赏高雅的音乐。⑱《韩非子·和氏》："楚人和氏得玉璞楚山中，奉而献之厉王。厉王使玉人相之。玉人曰：'石也。'王以和为诳而刖其左足。及厉王薨，武王即位，和又奉其璞而献之武王。武王使玉人相之，又曰：'石也。'王又以和为诳而刖其右足。武王薨，文王即位，和乃抱其璞而哭于楚山之下，三日三夜，泪尽而继之以血。王闻之，使人问其故曰：'天下之刖者多矣，子奚哭之悲也？'和曰：'吾非悲刖也，悲夫宝玉而题之以石，贞士而名之以诳，此吾所以悲也。'王乃使玉人理其璞，而得宝焉，遂命曰和氏之璧。"⑲李白《上安州裴长史书》："曩昔东游维扬，不逾一年，散金三十馀万，有落魄公子，悉皆济之。"《赠从弟南平太守之遥二首》之一："承恩初入银台门，著书独在金銮殿。龙驹雕镫白玉鞍，象床绮席黄金盘。当时笑我微贱者，却来请谒为交欢。一朝谢病游江海，畴昔相知几人在。前门长揖后门关，今日结交明日改。"⑳失颜色，神色惊惧有所戒忌。㉑《诗·小雅·青蝇》："营营青蝇，止于樊。岂弟君子，无信谗言。"郑笺："兴也，蝇之为虫，污白使黑，污黑使白，喻妄人乱善恶也。"贝锦，本指像贝的文采一样美丽的织锦，比喻诬陷他人、罗织成罪的谗言。《诗·小雅·巷伯》："萋兮斐兮，成是贝锦。彼谮人者，亦已太甚。"朱熹集传："言因萋斐之形，而文致之以成贝锦，以比谗人者因人之小过而饰成大罪也。"㉒曾参，孔子弟子。《战国策·秦策二》："费人有与曾子同名姓者而杀人。人告曾子母曰：'曾参杀人。'曾子之母曰：'吾子不杀人。'织自若。有顷焉，一人又曰：'曾参杀人。'其母尚织自若也。顷之，一人又告之曰：'曾参杀人。'其母惧，投杼，逾墙而走。"此言流言可畏。㉓亦何有，又算得了什么。㉔孔圣，指孔子。《论语·子罕》："子曰：'凤鸟不至，河不出图，吾已矣乎！'"《春秋·哀公十四年》："西狩获麟，孔子曰：'吾道穷矣！'"㉕董龙，前秦右仆射董荣，小字龙。据《十六国春秋》载，前秦宰相王堕性刚峻，右仆射董荣以佞幸进，疾之如仇，朝见时略不与言。或劝堕降意接之，堕曰："董龙是何鸡狗，而令国士与之言乎！"㉖恩疏，指君恩疏远。媒劳，引荐者徒劳。乖，违。㉗严陵，东汉初严光，字子陵。《后汉书·逸民传·严光》："少有高名，与光武同游学。及光武即位，乃变名姓，隐身不见。帝思其贤，乃令以物色访之……遣使聘之，三反而后至……车驾即日幸其馆，光卧不起……曰：'昔唐尧著德，巢父洗耳，士故有志，何至相迫乎？'……除为谏议大夫，不屈，乃耕于富春山，后人名其钓处为严陵濑焉。"高揖汉天子，指严光对光武帝长揖不拜，不爱官位。㉘长剑拄颐，佩剑很长，上端可以顶到下巴。《战国策·齐策六》："大冠若箕，修剑拄颐。"古代只有高官经特许方能挂佩剑入朝。事玉阶，在宫廷中侍奉皇帝。玉阶，宫殿中的玉石台阶，代指宫廷。㉙韩信，汉高祖时大将。将，与。绛，绛侯周勃。灌，颍阳侯灌婴。二人均汉初将领。《史记·淮阴侯列传》载，韩信本封齐王，曾助刘邦击败项羽，后刘邦夺其军，徙封楚王，后又降为淮阴侯。"信知汉王畏恶其能，常称病不朝从。信由此日夜怨望，居常鞅鞅，羞与绛、灌并列。"其时，周勃、灌婴之功绩才能均不如韩信。㉚祢衡，东汉末名士。《后汉书·祢衡传》："祢衡，字正平，平原般人也。少有才辩，而气尚刚毅，矫时慢物。兴平中避难荆州，建安初来游许下……是时许都新建，贤士大夫四方来集。或问衡曰：'盍从陈长文（群）、司马伯达（朗）乎？'对曰：'吾焉能从屠沽儿耶！'"屠沽儿，杀猪卖酒之辈。陈群、司马朗均当时名士，祢衡瞧不起他们，故称其为屠沽儿。㉛李北海，当时著名贤士大夫李邕，曾任北海太守。与李白有交往，李白有《上李邕》诗。《新唐书·李邕传》："开元二十三年，起为括州刺史……后历淄、滑二州刺史。上计京师。始邕早有名，重义爱士，久斥外。不与士大夫接。既入朝，人间传其眉目瑰异，至阡陌聚观，后生望风内谒，门巷填隘。中人临问，索所为文章，且进上。以谗媚不得留，出为汲郡、北海太守。天宝中，左骁卫兵曹参军柳勣有罪下狱，邕尝遗勣马……宰相李林甫素忌邕，因傅以罪，就郡杖杀之，时年七十……邕虽诎不进，而文名天下，时称李北海。"㉜裴尚书，指刑部尚书裴敦复。以平海贼功为李林甫所忌，贬淄川太守，与李邕皆坐柳勣事，同时杖死。《通鉴·天宝六载》："正月辛巳，李邕、裴敦复皆杖死。"蒿棘，蓬蒿荆棘。蒿棘居，犹言"蒿里"。㉝五湖，泛指今太湖流域诸湖泊。《国语·越语下》载，春秋末越国大夫范蠡，辅佐越王勾践，灭亡吴国，功成身退，乘轻舟以隐于五湖。㉞此，指李邕、裴敦复被李林甫所忌害而死事。钟鼎，钟鸣鼎食，借指权贵显宦。

[笺评]

乐史曰：白有歌云："吟诗作赋北窗里，万言不及一杯水。"盖叹乎有其时而无其位。（《李翰林别集序》）

萧士赟曰：此篇造语叙事，错乱颠倒，绝无伦次。董龙一事，尤为可笑，决非太白之作。乃先儒所谓五季间学太白者所为耳。具眼者自能别之，今厘而置诸卷末。（《分类补注李太白诗》卷十九）

朱谏曰：旧注萧士赟……又云："伪赝之作无疑。"第南丰大儒既以贪多而编入，乐史后序复摘取其"吟诗作赋北窗里，万言不直一杯水"之句，则吃肉知味，何在马肝？士赟此论大概得之。（《李诗辨疑》卷下）

严评曰：感愤放达，不妨纵言之。世以为五季间而学为白者，非知太白者也。又曰：（"青天"句）写其心胸。（严评《李太白诗集》）

方东树曰："鱼目"句入己。"楚地"句以上学。"谗言"句以上世情。"与君"句合。（《昭昧詹言·李太白》）

詹锳曰：乐史、吕缙叔皆宋初人，而及见之，似非五代间人所可伪造。又曰：盖为雪谗之诗，与上首（指《雪谗诗赠友人》）当为前后之作。（《李白诗文系年》）

[鉴赏]

李白诗的一大特色是不着纸，或如前人所说飘逸。但我们读这首诗，除了开头一段还依然是熟悉的飘逸潇洒风格以外，其余的各段（也是诗的主体部分）却一变为酣畅淋漓、喷涌迸发、层波叠浪式的政治抒情。李白的诗风，自天宝中期开始，随着朝政的日趋黑暗腐败和他对现实政治感受的加深，显示出明显的变化，即对现实政治的激愤揭露批判的内容明显增多。这首诗可以说是一个突出的标志。萧士赟等人或疑其是伪作，原因之一就是未能认识到李白诗风的这种变化。

诗是酬答友人王十二寄赠《寒夜独酌有怀》诗的。王诗已佚，其内容不得而知，但从李白的答诗中约略可以推知，除了寒夜独酌怀念李白以外，或有抒发怀才不遇的苦闷牢骚方面的内容。李诗的开头一段，即从"答王十二寒夜独酌有怀"着笔，展开对"寒夜独酌有怀"情景的想象。起首两句，将王十二比作东晋名士王子猷，暗用其雪夜访戴的故事以点染王十二因吴中雪而引发怀友吟诗的"佳兴"。以下便进而想象"寒夜""对酒""怀余"情景：万里浮云，在绵延起伏的碧山之上飘浮翻卷，逐渐消失。碧空如洗，一轮皎洁的明月缓缓流过中天，散发出寒凉的气息。银河清澄，北斗横斜，长庚闪耀。霜华夜白，华美的金井玉栏之上凝结着嶙峋的层冰。这境界，广远寥廓，洁净清澄，而又带有一种孤寂凄寒的况味，正是对酒怀友的王十二心境、处境的写照，也是诗人自己高洁孤寂情怀的反映。这广远浩洁的境界又正与下面所揭示的现实的种种丑恶、黑暗、污浊现象形成鲜明的对照。"人生"二句，承上启下，抒写诗人因友人赠诗而引起的感慨。何谓"酣畅万古情"，诸家均未正面诠释。其实，这里的"酣畅"，当与诗题"独酌",上文"对酒"有关,其字面的含义自是畅饮酣适之意,亦即《将进酒》"人生得意须尽欢,莫使金樽空对月"之意,换一种说法,则是"与尔同销万古愁"。而其深层的含义,则是人生飘忽,百年苦短,当须自由酣畅,称怀适意,岂能"摧眉折腰事权贵,使我不得开心颜"!因此,这两句实际上是李白人生观的一个重要侧面的自我告白。下面一大段淋漓尽致的抒情和揭露抨击,都是作为"酣畅万古情"的对立面出现的。

"君不能"以下九句,是因王十二遭遇而引发的愤慨。先用两个"君不能"引出当时政治现实中两种极反常的现象加以辛辣的讽嘲和猛烈的抨击。前者是目不识丁的斗鸡小儿,因为擅长"狸膏金距"的斗鸡伎俩得到皇帝的无比宠幸而气焰熏天,后者是迎合皇帝开边黩武意旨,用数万士卒的生命攻取石堡城而使自己获得高官厚禄的胡人将帅哥舒翰。对前者,用漫画式笔法讽其嚣张气焰;对后者,用"横行夜带刀""屠石城取紫袍",愤怒斥责其为一己之利牺牲无辜生命的骄横凶悍。前者犹为君主的享乐癖好;后者则直接关涉国家大政方针,危害尤深,故一则讽,一则愤。两用"君不能",正见王十二品格高洁,不屑为此类迎合皇帝意旨而导君荒乐、误国害民之事。"吟诗"四句,当与上文王十二寒夜吟诗有关,谓当今之世,统治者所看重的既是斗鸡小儿、开边悍将之类,像王十二这样的"吟诗作赋"的能文之士,自然是"万言不直一杯水",即使诗赋中寓有规讽劝诫的微言大义,在世人听来,也有如东风之射马耳,引不起丝毫反应了。而无论是斗鸡之徒的气焰熏天,开边黩武者之获取高位,吟诗作赋者之备受冷遇,其原因均在于皇帝的昏愦弃贤。其矛头的最后指向是不言自明的。这一段虽表面上说王十二,但李白自己的境遇感慨亦自然寓含其中。

"鱼目亦笑我"以下十四句,标出"我"字,着重抒写自己的遭受与感受。这一段除了"黄金散尽交不成,白首为儒身被轻"二句,是直接抒情外,其他十二句全用比喻。"鱼目"四句,写贤愚混淆倒置的不合理现实。鱼目混珠本是平常的成语典故，诗人用"鱼目亦笑我，谓与明月同"来表达，不但将"鱼目"人化，而且画出其以假充真的同时嘲真为假的无耻嘴脸。而用"骅骝拳跼不能食，蹇驴得志鸣春风"来形容贤才受屈、志不能伸，小人得志、自鸣得意的情状。"蹇驴"句尤为传神。常见的现象、常用的典故，一经诗人妙笔的点染，遂觉栩栩如生。这四句主要讽小人丑态，而以贤士作对衬。"折杨"四句则进一步揭示造成这种贤愚颠倒现象的原因在于君主。诗人以音乐为喻，说《折杨》《皇华》一类的俗曲合乎流俗的口味，而真正高雅的《阳春》《白雪》则引不起共鸣，无人欣赏。这里的"流俗"实际上是指上层统治集团的普遍好尚。而最高统治者则正如晋平公那样，枉自装出一副喜好音乐的样子，实际上根本不懂得像"清角"这样的神奇之音。着一"枉"字，不但暗示其"德薄"，而且嘲笑其根本不能享受雅音。接着又用卞和献玉遭刖的典故，愤慨地揭示当今的统治者根本就不识贤才。"由来"二字，将这种"贱奇璞"的现象视为由来已久的常态，表现出对统治者的极端失望，激愤之情溢于言表。插入"黄金"二句，直抒对浇薄的世态人情和对"儒冠多误身"的世道的愤慨。李白虽对迂腐不通世务的儒生加以嘲讽，但在根本上仍秉持儒家的人生价值观，说自己为"小儒"，因此有"白首为儒身被轻"的愤懑。这和杜甫《醉时歌》所说的"儒术于我何有哉"声息相通。下四句又进而写自己不但受轻贱，而且受谗谤，说自己谈笑之间均不能不戒惧失色，因为时时都会遭到蝇营狗苟的小人造谣毁谤，罗织罪名，自己虽如曾参之德行高尚，但谣言毁谤屡至，却使人疑为真实。从这里可以窥见，诗人当时所遭受的毁谤之烈，已经到了杜甫所说的"世人皆欲杀"的程度。詹锳先生将此诗与《雪谗诗赠友人》相提并论，是很有见地的。

"与君"以下十八句，就自己的境遇进而抒写与污浊黑暗的政治现实决绝的态度。"与君论心握君手"一句，两出"君"字，由上两段的"君""我"分举而"君""我"并举。"论心"之语，语新情真，领起以下一段倾诉衷肠心曲的文字。先表明自己对个人的荣辱得失已经无所介怀，回顾历史，像孔子这样的大圣人尚且有途穷之悲，则自己这样的"小儒"遭遇如此，又何足悲；而董龙那样的佞幸小人，却得志于时，残害刚直之士，则今天仍有这类奸邪，又何足怪，他们不过是为人所不齿的鸡狗罢了。"一生"二句，总结自己的经历，揭示出自己所以"恩疏媒劳志多乖"的原因就在于性格傲岸，鄙视权贵，决不跟他们同流合污。正因为这样，又何必非要向往"长剑挂颐事玉阶"的所谓尊荣显贵，还不如像严光那样高揖天子，飘然归隐，反享有自由潇洒的生活和后世的清名。像董龙式的"达"根本就不值得称道，而像严光式的"穷"又有什么值得悲伤。韩信羞与绛、灌并列于朝，祢衡耻与号为朝中名士实同屠沽小儿之辈为伍，我之远离朝廷不过是耻与当今的"屠沽"之辈同列而已。以上主要是从追溯历史、总结平生的角度表明自己于荣辱穷达无所挂怀，耻于和董龙式的奸佞与欺世盗名的屠沽之辈为伍，虽明知"一生傲岸"而导致与世不谐，志愿乖违的结果也在所不悔。下面四句，却异军突起，连用两个"君不见"开头，揭示出当前政治现实中权奸陷害朝臣名士的令人触目惊心的事件。这在当时是轰动朝野的政治焦点，也是天宝中期以来政治愈趋腐败黑暗的典型事件。从"英风豪气今何在""土坟三尺蒿棘居"的诗句中，可以感受到诗人的痛愤惋惜和政治义愤。尽管诗人早就说过"吾观自古贤达人，功成不退皆殒身。子胥既弃吴江上，屈原终投湘水滨。陆机雄才岂自保，李斯税驾苦不早。华亭鹤唳讵可闻，上蔡苍鹰何足道"一类的话，但毕竟是以史为鉴，缺乏切身的感受。这一次却是眼前发生的血淋淋的惨剧，可见诗人所受到的心灵震动之强烈和对现实政治黑暗体验之痛切。正是在这种情况下，诗人发出了"少年早欲五湖去，见此弥将钟鼎疏"的痛愤呼声。诗人虽早有扁舟五湖之志，但那是在"申管晏之谈，谋帝王之术。奋其智能，愿为辅弼。使寰区大定，海县清一。事君之道成，荣亲之事毕"的大功告成之后的"身退"，而现在却是在黑暗腐朽政局的压抑下无奈的"身退"，诗人的痛苦愤激可想而知。"见此弥将"四字，正揭示出李林甫陷害李邕、裴敦复的政治事件是他决心远离腐朽黑暗的政局的重要动因。至于李白是否从此真正远离政治，那倒不能仅凭这一声明。李白的积极用世精神终其一生一直没有泯灭过，无论遇到多大打击，一遇到某种机会，总会重新点燃，这是他的执著之处，也是他的天真之处。

这首诗所抒感情的引线，虽基于诗人个人的不幸遭遇，但其揭露批判的矛头所向，却是当时整个上层统治集团。其中明确提到的李邕、裴敦复被陷害的事件，就直接涉及专权十余年的奸相李林甫，而攻石堡取紫袍则直接点明著名将帅哥舒翰，"董龙鸡狗"之语所指的也显然是握着重权的宰相级人物。而他们的背后，都有当朝皇帝玄宗的宠信重用。乃至斗鸡之徒的气焰熏天，也与玄宗的逸乐丧志密切相关。而"折杨"数句所喻的现象，更明显是君主的昏暗。一首抒写个人遭遇牢骚的诗，演为对整个上层统治集团和黑暗腐朽政治现实的揭露批判，而且是指名道姓的抨击，足见诗人的可贵诗胆。在整个盛唐诗坛中，对现实政治的黑暗腐朽作出如此猛烈抨击和大胆揭露的，李白允称第一人。文学作品中对天宝时期政治黑暗面的反映，应该说主要是由李白担当并出色完成的。

这首诗的主体风格，可用痛愤激切，酣畅淋漓来形容。开头一段，境界虽阔远清澄，但用笔则酣畅饱满，一气呵成。以下各段，则或冷嘲热讽，或指名痛斥，或愤激痛切，或狂傲恣肆。感情如火山喷发，迅猛奔涌，具有不可阻挡的力量。从中可以窥见诗人疾恶如仇的性格和蔑视权势奸邪的人格力量。由于化议论为强烈的抒情，赋嘲讽以生动的形象，读来又绝无枯率之弊。诗虽酣畅淋漓，但并非随意挥洒，毫无章法，而是遵循酬答诗的格式，先叙缘起，然后"君""我"分合，层层推进，如大海之层波叠浪，看似汪洋一片，波涛汹涌，实则自有分明的层次和节奏。

下终南山过斛斯山人宿置酒①

　　暮从碧山下，山月随人归。却顾所来径②，苍苍横翠微③。相携及田家④，童稚开荆扉⑤。绿竹入幽径，青萝拂行衣⑥。欢言得所憩⑦，美酒聊共挥⑧。长歌吟松风⑨，曲尽河星稀⑩。我醉君复乐，陶然共忘机⑪。

[校注]

　　①终南山，在陕西西安市南，又称南山。斛斯，复姓。山人，隐居山中的士人。王勃《赠李十四》之一："野客思茅宇，山人爱竹林。"瞿蜕园、朱金城《李白集校注》："杜甫《过斛斯校书诗》自注云：'老儒艰难时病于庸蜀，叹其殁后方授一官。'《全唐诗》引《英华》注云：'即斛斯融。'杜又有《闻斛斯六官未归》诗，其中有'走觅南邻爱酒伴'，自注：'斛斯融，吾酒徒。'未知斛斯山人即其人否。"詹锳《李白诗文系年》系此诗于天宝三载（744），郁贤皓《李白选集》则"疑是初入长安隐居终南山时作"，约开元十九年（731）。②却顾，回顾。③翠微，本指青翠掩映的山腰幽深处。《尔雅·释山》："未及上，翠微。"郭璞注："近上旁陂。"郝懿行义疏："翠微者……盖未及山顶屏颜之间，葱郁菶菶，望之裕裕青翠，气如微也。"句意谓从终南山顶下来，回望所经过的道路，只见一抹苍茫的暮霭横亘在青翠的山峦前深处。④田家，指斛斯山人所居。⑤荆扉，以荆为门户。犹柴门。⑥青萝，即女萝，地衣类植物。多附生于松树上，呈丝状下垂。故人经过时可拂衣。⑦得所憩，得到休息止宿之处。⑧挥，本指振去余酒，此指倾杯尽兴而饮。⑨吟松风，吟唱《风入松》曲。按：琴曲有《风入松》曲。⑩河星，银河中的众星。⑪陶然，欢乐陶醉貌。忘机，消除机巧之心。指甘于淡泊，与世无争。

[笺评]

朱谏曰：赋也。按此诗叙事有次第，词意简朴，音节浏亮，描写景色有如画出。自老杜以下，王右丞能企及，馀则勉强妆点，而情景亦反晦矣。又曰：言傍晚乘月而过山颠，宿田家。童子开门以相迎。绿竹青萝，行入幽邃，欣然得所憩息，复举美酒以相酌也，长歌于松风之下，曲尽而夜阑矣。主人醉而宾客乐，陶然忘机，邂逅一会而情则缱绻也。（《李诗选注》卷十一）

唐汝询曰：此诗首述下山之景，次写田家之幽。既得息足之所，则相与乐饮酣歌，忘夜之久。遗世之情，且与山人俱化矣。（《唐诗解》卷四）

钟惺曰：（"暮从"四句）似右丞。（"曲尽"句下）寂然有景。（"我醉"二句）去此二句妙。（《唐诗归》卷十五）

谭元春曰：（"暮从"四句）作绝句即妙矣。（同上）

严评曰：（起四句）作绝更有馀地。（严评《李太白诗集》）

严评本载明人批：绝似陶，其意宛然。

王夫之曰：清旷中无英气，不可效陶。以此作视孟浩然，真山人诗尔。（《唐诗评选》卷二）

《李诗直解》：此下终南达隐士之家，得酒共乐以忘机也。言天色已晚，从终南而下，幸皓月逐人归矣。回顾所来之路，苍苍杳霭以横翠微之间也。相携到农家，童稚欢迎，开荆扉以待，何情礼之兼至哉！门前绿竹入幽静之径，径上青萝拂行人之衣。欢言得憩，美酒共挥，故乘兴长歌以吟松风之曲。曲尽更深，而见河星之稀。我醉矣君复乐，不知主之为主，客之为客也，陶然相忘于机心之外而共游真率之天矣，今夜之宿不大可乐哉！（卷二）

王尧衢曰：首四句言下山时。次四句是"过斛斯山人"也。末六句便写"宿置酒"三个字。又曰：（"苍苍"句）山气远望则翠，近之则翠渐微。今山渐远，亦曰翠微。首言下山时明月随人，回顾行来路径，夜色苍苍横于翠微之中矣。（"美酒"句）又能置美酒以共饮，正如渊明诗云："挥兹一觞，陶然自乐。"（"长歌"句）我乃长歌而吟松风之曲。（"陶然"句）不觉机虑俱清，不复与山人有形骸之隔矣。（《唐诗合解》卷一）

吴昌祺曰：自可彳亍柴桑。（《删订唐诗解》卷二）

沈德潜曰：太白山水诗亦带仙气。（《重订唐诗别裁集》卷二）

《唐宋诗醇》：此篇及《春日独酌》《春日醉起言志》等作，逼真泉明遗韵。（卷七）

宋宗元曰：尽是眼前真景，但人苦会不得，写不出。（首四句下批）（《网师园唐诗笺》）

王文濡曰：先写景，后写情。写景处字字幽靓，写情处语语率真。（《唐诗评注读本》）

近藤元粹曰：置之柴桑集中，谁知乌雌雄？（《李太白诗醇》卷四）

《李杜二家诗钞评林》：颇造平澹。

[鉴赏]

这首五言古诗写诗人在长安期间一次游终南山后夜宿友人家的愉快经历。作诗的时间，有初入长安与二入长安两种不同说法，对理解诗意关系不大。从末句"陶然共忘机"看，诗人此时对长安生活中所历的"机巧"已有所感受并感到厌倦，则系于二入长安期间可能更妥当一些。

开头四句写"下终南山"所历所见。"暮从碧山下"五字，是这一节的主句。明写下山的历程，而此前登上山顶，纵目游眺，流连忘返，至暮方下的情景可以想见。"碧山"指青翠碧绿的终南山。拈出"碧"字，下面的"苍苍""翠微"乃至"绿竹""青萝""松风"方字字有根。整个终南山，便是一片和谐的绿色世界。这统一的色调，对于"厌机巧"的诗人乃是一种心灵的熨帖与抚慰。在下山的过程中，随着暮色的加深，一轮明月升上天空，映照着下山的诗人。"山月随人归"固然是月下行人的错觉，却是极真切的感受。着一"随"字，用极平淡而浑朴的语言将山月写得极富人情味，洋溢着天真的童趣，透露出人与自然的亲切和谐。像这样精练生动而又随意挥洒的诗句，只有在陶诗里才能读到。

"却顾所来径，苍苍横翠微。"妙在下山途中那不经意的回头一望，却只见下山时经过的一片青翠的山峦和路径此刻已经笼罩在一抹苍茫的暮霭之中。"横"字极精当，显示出苍茫的暮霭正如一条飘带，横亘在半山腰上，具有一种飘逸流动的美感，而诗人目光之随意横扫也从中可见。这种景象，下山途中回望常见，一般人不大注意及此，即使注意到其中蕴含的诗意，也不会感受到其中蕴含的诗意，而且捕捉到这动人的一刹那，将它定格在诗中，遂成一种典型的诗境。这里，不仅有景物本身的特有美感，而且流动着诗人意外发现这种美的境界的喜悦。从景物的变化中，透露出暮色的加深。这便自然引出下一节的"过斛斯山人宿"来。

"相携"四句，写与友人相携至其田庄所见。"相携"二字，或许透露出斛斯山人是陪同诗人一同登山，又一起相携回到他所住的田家，但也可能是诗人登山前已约好下山后过访其家，专门在路旁相候，而相携至家。不管属于哪种情况，都透出主人的热情好客，真诚朴挚。不仅主人好客，连家中的孩子也早知有客人到来，赶紧打开柴门，迎接来客。这两句颇有陶渊明《归去来兮辞》中"童仆欢迎，稚子候门"的意味，但那是回到自己久别的家，而这里则给人以虽非自己的家却有归家的感觉。"绿竹"二句，写至田家所见。"绿竹入幽径"固可理解为"入绿竹之幽径"（因与下句对文而改变句式），但理解为绿竹随意丛生，有的竟侵入到了幽径之中，似乎更具山居的野趣。而松树上垂挂的青萝，也像在欢迎来客，轻拂行人的衣裳。两句写景，清幽中透出野趣和生机，"拂"字尤具亲切感，与主人的情意融为一体。

"欢言"以下六句，写主人留宿置酒的情景。游了一天的山，感到有些疲倦，在这种情况下，既有如此幽美的山居可以休息，又有主人的热情交谈和美酒助兴，心情之愉悦惬意自不待言。"欢言得所憩，美酒聊共挥"二句将这份自在与惬意表现得恰到好处。如果说，"得"字传达出轻松和喜悦，那么"聊"字则传达出不拘客套的亲切和随意。而"挥"字则生动表现了共饮时的淋漓酣畅。

"长歌吟松风，曲尽河星稀。"酒酣兴浓，非长歌不足以骋怀尽兴，不觉高歌一曲。"吟松风"既可理解为吟唱《风入松》曲，也可理解为歌吟之声与风吹松涛之声相和，二者可以兼容并包。一曲吟罢，万籁俱息，仰望天穹，但见银河横斜，星斗已稀，时间不觉已到深夜。上句写酒酣之际的高歌长吟，淋漓尽致；下句写酒尽之后的静寂，情韵深长。

"我醉君复乐，陶然共忘机。"最后两句，主客双收，"忘机"二字点出此游此访此饮的总的感受，是全诗的精神意旨所在。诗人游山赏景，访友欢谈，饮酒长歌，所得到的整体感受，就是人与自然、人与人、人与内心的自然和谐，一切纷繁的尘俗之事，一切内心的纷扰都消失了，这正是篇末点睛所说的"陶然共忘机"。

这首诗的艺术风格确如前人所评，有神似陶诗之处。这主要体现在诗中所表现的人与自然、人与人、人与内心关系的和谐这个基点和诗歌语言的朴素自然、情味隽永上。但细加品味，仍能感受到与陶诗的区别。诗在写景叙事中所透露出的那种飘逸潇洒、俊朗明快的意致，那种顾盼自赏的风神，就是陶诗所无而为李白所独具的。这在"山月"句、"绿竹"二句以及"欢言"以下六句中表现得尤为明显。

把酒问月①

青天有月来几时？我今停杯一问之。人攀明月不可得，月行却与人相随。皎如飞镜临丹阙②，绿烟灭尽清辉发③。但见宵从海上来，宁知晓向云间没？白兔捣药秋复春④，嫦娥孤栖与谁邻⑤？今人不见古时月，今月曾经照古人。古人今人若流水，共看明月皆如此。唯愿当歌对酒时⑥，月光长照金樽里。

[校注]

①题下自注："故人贾淳令予问之。"贾淳，生平事迹不详。②飞镜，飞升的明镜。李白《古朗月行》："小时不识月，呼作白玉盘。又疑瑶台镜，飞在青云端。"临，照临。丹阙，红色宫门，此指长安宫阙。③绿烟，指蒙在月亮上的一层薄薄的烟雾，因月光映照，故呈绿色。灭尽，散尽。清辉，月亮的清光。④《楚辞·天问》："夜光（指月）何德，死则又育？厥利维何，而顾菟在腹？"王夫之《楚辞通释》："顾菟，月中暗影似兔者。"古代神话谓月中有玉兔捣药。汉乐府《董逃行》："玉兔长跪捣药虾蟆丸。"傅玄《拟天问》："月中何有？玉兔捣药。"⑤嫦娥，神话中的月中仙子。《淮南子·览冥训》："羿（后羿）请不死之药于西王母，姮娥窃以奔月。"因避汉文帝刘恒名讳改"姮"为"嫦"。⑥曹操《短歌行》："对酒当歌，人生几何？"当，即"对"。

[笺评]

严评曰：缠绵不堕纤巧，当与《峨嵋山月歌》同看。（严评《李太白诗集》）

严评本载明人批：题曰"问月"，甚奇。然篇中却不见"问"意。

惟"来几时"与"谁邻"略似问耳。总只是太白浅语。"月行"句："行相随"，新。结收甚稳。

朱谏曰：赋也。按此诗明白简易，辞指清亮，飘然无所拘滞。时白在长安，故人贾淳相与对月把酒，令白作诗以问月，故多问之之辞。想其一停杯而诗辄就，遂为古今绝唱，说者谓其神就。夫神就者，天才也。白果天才者欤！（《李诗选注》卷十一）

钟惺曰："问月"妙矣，"令予问之"尤妙。"青天有月来几时，我今停杯一问之？"诞得妙。"绿烟散尽清辉发"，写得入微。"今人不见古时月，今月曾经照古人。"二句儿童皆诵之，然其言自足不朽。（《唐诗归》卷十六）

唐汝询曰：收敛豪气，信笔写成，取其雅淡可矣。谓胜《蜀道》诸作，则未敢许。（《汇编唐诗十集》）

王夫之曰：于古今为勤（创）调，乃歌行，必以此为质，然后得施其裁制。供奉特地显出稿本，遂觉直尔孤行。不知独参汤原为诸补中方药之本也。辛幼安、唐子畏未许得与此旨。（《唐诗评选》卷一）

《李诗直解》：此把酒问月，见月长在而人不能长存，故当对酒高歌以行乐也。言青天有皎月来于何时乎？我今停杯一问之。人欲攀皎月则不可得，月却与人长相随也。试言其形，皎皎如明镜，飞临丹阙之上，盖绿烟灭尽，四塞氛氲之气散，而清辉之光始发也。但见宵升晓落，而玉兔捣药秋而复春，嫦娥则独居于广寒清虚之府，而谁与相邻也？然嫦娥之孤栖犹得与青天同老，而世人则何如哉！今人不见古时之月，今时之月曾照古人来矣。昨日是今，而今日又古，古人今人如流水之去而不返，其共看皓月皆如此也。深知此理，则宜乘月行乐，唯愿当歌对酒之时，使月光长照金樽，酒不空而月亦不落，常得与君把盏以相问也。（卷三）

《唐宋诗醇》：奇想忽生，旷怀如见。"共看明月皆如此"：令延之见之又当大笑。（卷七）

近藤元粹曰：奇想自天外来。圆活自在，可谓笔端有舌矣。（"但

见"二句下）（《李太白诗醇》）

[鉴赏]

　　早在屈原的《天问》中，充满怀疑和批判精神的天才诗人就在关于"天"的一系列问题中提出过这样的疑问："日月安属？列星安陈？出自汤谷，次于蒙汜。自明及晦，所行几里？夜光何德，死则又育？厥利维何，而顾菟在腹？"对月亮的所系、运行及阴晴圆缺变化的有关传说提出疑问。但这只是一百七十多个关于宇宙和社会历史问题中的一小部分。初盛唐之交的张若虚在他的《春江花月夜》中则进一步展开了关于江月与人生的富于哲理与诗情的遐想："江畔何人初见月，江月何年初照人？人生代代无穷已，江月年年望相似。不知江月待何人，但见长江送流水。"但这仅是全篇对美好的春江花月之夜情景人事描写的一个局部（尽管这个局部对升华全诗意境有重要的作用）。将"问月"作为全诗的主体，而且和"把酒"联系起来，变纯理性的对宇宙自然现象的探索为充满好奇乃至童趣的发问，变悠远的诗意遐想沉思为充满潇洒豪放情调的抒情，则是李白的创造。

　　这首诗不但有一个很李白化的题目——"把酒问月"，将李白平生最喜爱的两种事物（月亮和酒）联在一起，以便凸现其两美兼具的淋漓兴会和潇洒飘逸的诗仙情怀；而且有一个极饶童趣的题注——"故人贾淳令予问之"。月本无知，问亦徒然，而这位故人自己不发问，偏令李白问之，言外自含唯天真的李白能问，唯把酒微醺的李白宜问。看来，这个诗题和题注已经把诗的基调定下来了。

　　"青天有月来几时？我今停杯一问之。"劈头一问，就问到了问题的根本上：什么时候开始，这青天中才有了一轮明月？现代科学对地球的卫星月亮的生成年代虽已有了大体可信的推断，但在诗人生活的年代，绝对是个神秘不可知的问题。月何言哉！诗人亦并不要求作答。故虽问，而问得潇洒随意，问得摇曳生姿。

"人攀明月不可得，月行却与人相随。"这两句就月与人的关系抒感，而疑问之意包含其中。月亮高挂中天，明亮皎洁，"欲上青天览明月"是富于童心的诗人常怀的奇想，但那是办不到的，月亮仿佛永远那样神秘、遥远、望而难即。但月亮的运行，却又好像与人的脚步紧紧相随，人走到哪里，月亮就将它的清光洒向哪里。两句从两个不同的侧面写月与人的关系，在诗人心目中，月既高不可攀，又近在咫尺；既神秘莫测，又亲切多情。在相互对照中，将诗人对月亮既仰慕又亲近的感情很好地表达出来。这两种对月的感情，都带有明显的童趣，也都带有李白式的天真。或有疑此二句无问意者，其实对这两种似乎相反现象的不解就隐寓在其中。

　　五、六两句，专写月临中天，光照人间之美。月亮像一面皎洁的飞镜，照临人间的丹阙宫殿，当蒙在它上面的云彩散去之后，清辉顿时洒满了大地。"绿烟"二字，仿佛奇突，实则即"彩云追月"之"彩云"，因月映其上，加上青天的映衬，常给人以鲜明的色彩感，故有"碧云""绿烟""彩云"一类的形容。两句描绘出了一个月临中天时的光明皎洁的世界。它本身并无问意，问月之意在下两句："但见宵从海上来，宁知晓向云间没？"上两句写月临中天，已暗含月之运行，此二句即对月之"宵从海上来""晓向云间没"的运行现象表示不解。这背后隐藏的又是一个极饶童趣的问题：从"晓"到"宵"这一整天时间中，月亮究竟到哪里去了。后来大词人辛弃疾就将这层疑问衍化成了一阕"《天问》体"的《木兰花慢》词："可怜今夕月，向何处、去悠悠？是别有人间，那边未见，光影东头？是天外空汗漫，但长风浩浩送中秋？飞镜无根谁系？姮娥不嫁谁留？　　谓经海底问无由，恍惚使人愁。怕万里长鲸，纵横触破，玉殿琼楼。虾蟆故堪浴水，问云何玉兔解沉浮？若道都齐无恙，云何渐渐如钩？"李白想到的未想到的一切疑问，辛弃疾都代为道出了。

　　"白兔"二句，就有关月亮的两个神话传说发问：白兔年复一年地捣药，什么时候才是尽头？嫦娥孤孤单单地栖守月宫，有谁和她做伴？上两句是对月亮运行情况的疑问，这两句则是对月亮内部事物的疑问，其中都包含着对神秘的月亮的好奇。而这两句在字里行间还渗透了对清寂孤单的玉兔和嫦娥的同情。后来杜甫的"斟酌嫦娥寡，天寒奈九秋"和李商隐的《嫦娥》都循着"嫦娥孤栖"的思路进一步展开诗意的遐想。

以上六句，均从月亮本身发问。从"今人"句开始，又遥承"人攀明月"二句，回到月与人的关系上来。但角度则从人与月关系的亲疏远近转为人与月在时间上孰更久远。"今人不见古时月，今月曾经照古人。"两句以月之古今与人之古今对举，互文见意。月亮今古长存，宵升晓没，亘古如斯，而人则古今更迭，代代相续，故说"今人不见古时月"，言外自含"古人不见今时月"之意；而"今月"实同"古月"，故说"今月曾经照古人"，言外亦含"古月依然照今人"之意。表面上看，这似乎有点像绕口令，实则在古与今、人与月的对照中已自然寓含了自然的永恒与人生的短暂的意蕴。由于诗人是用这种轻快流利的语调和巧妙的构思来表达的，因此读来自会感到诗人是用一种平和轻松的心态来对待人生短暂和自然永恒这一矛盾的，这就和"年年岁岁花相似，岁岁年年人不同"式的无奈与感伤有别。

"古人今人若流水，共看明月皆如此。"这两句进一步将上两句蕴含的意蕴和态度挑明：古人和今人就像先后相续的流水一样，代代相传，而无论是古人还是今人，他们所面对的却都是同一轮明月。"若流水"，是变化不已；"皆如此"，是永恒如斯。这里，将古今之人与古今之月打通，再次进行对照，意蕴与《春江花月夜》的"人生代代无穷已，江月年年望相似"类似，而"若流水"之喻也与"但见长江送流水"之句暗合。李白未必读到过张若虚的《春江花月夜》，他们在诗中所流露的对自然之永恒与人生的有限的态度的平静从容却可谓神合。这正是处于繁荣昌盛时代氛围中的士人共同的精神状态。

"唯愿当歌对酒时，月光长照金樽里。"这是由月亮之永恒与人生之有限引出的结论，也是全诗的结穴。有了那样一份平静从容的心态，得出的结论自然是珍视有限的人生，在对酒当歌、对月畅饮中充分享受人生的乐趣。诗人在《将进酒》中宣称："人生得意须尽欢，莫使金樽空对月。天生我材必有用，千金散尽还复来。"有了"天生我材必有用"的乐观和自信，"对酒当歌"便不是无奈的颓废享乐，而是在必求有用于世的前提下充分地享受人生，"月光长照金樽里"便是诗意人生的一个标志。末句人、月、酒兼绾，结得圆满之极。

陪侍郎叔游洞庭醉后三首（其三）①

划却君山好②，平铺湘水流③。巴陵无限酒④，醉杀洞庭秋。

[校注]

①侍郎叔，即族叔刑部侍郎李晔。李白另有《陪族叔刑部侍郎晔及中书贾舍人至游洞庭五首》。《新唐书·宗室世系表》大郑王房载："晔，刑部侍郎。"《旧唐书·李岵传》："乾元二年……凤翔七马坊押官先颇为盗，劫掠平人，州县不能制。天兴县令知捕贼谢夷甫擒获决杀之。其妻进状诉夫冤。（李）辅国先为飞龙使，党其人，为之上诉。诏监察御史孙蓥推之，蓥初直其事。其妻又诉，诏令御史中丞崔伯阳、刑部侍郎李晔、大理卿权献三司，与蓥同。妻论诉不已，诏令侍御史毛若虚复之，若虚归罪于夷甫，又言伯阳等有情，不能质定刑狱……伯阳贬端州高要尉，权献郴州桂阳尉，凤翔尹严问及李晔皆贬岭下一尉。"王琦《李太白年谱》云："李晔之贬在乾元二年四月，则公与晔游饮，应在是年之秋。"按：李晔，京兆万年（今西安市）人。淮安郡公李琇子。天宝中历仕监察御史、侍御史兼殿中。天宝末任虢州刺史。至德元载（756），随玄宗入蜀，擢宗正卿。至德二载，任凤翔尹。乾元元年（758），改任刑部侍郎。二年四五月间，贬岭南为县尉，赴贬所途中经岳阳，与李白、贾至相遇。此为与李白同游洞庭

时李白所作组诗三首中的第三首。②刬（chǎn）却，铲掉。君山，在湖南洞庭湖口，又名湘山、洞庭山。《水经注·湘水》："（洞庭）湖中有君山……湘君之所游处，故曰君山矣。"③湘水，指流入洞庭湖的湘江水。《北梦琐言》卷七："湘江北流至岳阳，达蜀江。夏潦后，蜀涨势高，遏住湘波，让而退溢为洞庭湖，凡阔数百里。而君山宛在水中。"因君山正当洞庭湖口，系湖水入长江处，故铲却君山乃可使江水平铺而流，不受阻挡。④巴陵，唐岳州巴陵郡，有巴陵县，今湖南岳阳市。《元和郡县图志·江南道三》："昔羿屠巴蛇于洞庭，其骨若陵，故曰巴陵。"此句之"巴陵"实指洞庭湖，因与下句避复，故称。

[笺评]

罗大经曰：李太白云："刬却君山好，平铺湘水流。"杜子美云："斫却月中桂，清光应更多。"二公所以为诗人冠冕者，胸襟阔大故也。此皆自然流出，不假安排。（《鹤林玉露》卷九）

严评曰：（起二句）便露出"碎黄鹤楼"气质。（严评《李太白诗集》）

严评本载明人批：前两句险语，后两句快语，此正是太白独步处。然声色亦觉太厉。如天际真人语，咳唾随风，尽成珠玉。

谢榛曰：《金针诗格》曰："内意欲尽其理，外意欲尽其象。内外含蓄，方入诗格。若子美'旌旗日暖龙蛇动，宫殿风微燕雀高'是也。"此固上乘之论，殆非盛唐之法。且如贾至、王维、岑参诸联，皆非内意，谓之不入诗格，可乎！然格高气畅，自是盛唐家数。太白曰："刬却君山好，平铺江水流。巴陵无限酒，醉杀洞庭秋。"迄今脍炙人口，谓有含蓄之意，则凿矣。（《诗家直说》）

陈伟勋曰：瞿存斋云："太白诗：'刬却君山好，平铺湘水流。巴陵无限酒，醉杀洞庭秋。'是甚胸次！少陵亦云：'夜醉长沙酒，晓行湘水春.'然无许大胸次也。"（以上见瞿佑《归田诗话》卷上）余谓不然。洞庭有君山，天然秀致，如划却，是减趣也。诗情豪放，异想天开，正不须如此说。既如此说，亦何人胸次之有！（《酌雅诗话》）

朱谏曰：言洞庭去巴陵，中隔君山，不见湖面之阔，若得划却君山，使湘水平铺，自巴陵以至洞庭中无所碍，湛然而一碧也。且巴陵酒多而价廉，吾将买酒于巴陵而取醉于洞庭也。（《李诗选注》）

唐汝询曰：山如划成，水如铺就，天下之至胜也。况有酒堪尽醉，能负此洞庭秋色乎！（《唐诗解》卷二十一）

郝敬曰：率尔道出，自觉高妙。（《批选唐诗》）

《李诗直解》：此咏湖景而欲醉酒以为乐也。言洞庭之广阔无际，独君山砥柱其中。今铲却君山，则水面平铺，而湖水益流也。况巴陵有无限之酒，相与醉煞洞庭之秋，而日游泛于中，不洵可乐乎！

黄生曰：首尾倒叙，意言恣恋君山之好，醉杀于洞庭之上，故欲划山填水云云。放言无理，在诗家转有奇趣。四句四见地名不觉。（《唐诗摘抄》卷二）

朱之荆曰：末句真有不可名言之趣。（《增订唐诗摘抄》）

吴昌祺曰：起是奇语，如子美"斫却月中桂"也，结句言洞庭秋色，可令人醉死。（《删订唐诗解》卷十一）

王尧衢曰：言君山在湖，不免为湖中芥蒂，不如划却便好。君山划去，湘水平流，而我之眼界弥觉开阔矣。"巴陵无限酒，醉杀洞庭秋。"有酒而不为之限量，醉倒在洞庭秋色之中，真有万顷茫然，纵一苇所如之意。（《古唐诗合解》卷四）

吴烶曰：言铲去君山而令湘水平铺，太白胸中放旷豪迈可见。中流畅饮，洞庭秋意盖收于醉中矣。（《唐诗选胜直解》）

黄叔灿曰：诗豪语僻，正与少陵"斫却月中桂，清光应更多"匹敌。"巴陵"二句极言其快心。（《唐诗笺注》）

朱宝莹曰：首句，若以君山在湖中，不免犹为芥蒂，不如铲除更好。二句，君山铲去，湘水平流，则眼界弥觉空阔。三句，先是

"酒"字，四句，落到"醉"字，步骤一丝不乱。三句有了"无限"二字，四句"醉杀"二字迎机而上，所谓一应一呼也。结句言醉倒在洞庭秋色之中，有"一脚踢翻鹦鹉洲，一拳捶醉黄鹤楼"之概。［品］豪迈。（《诗式》）

安旗曰：此诗当是在岳阳楼上望洞庭而作。君山在湖水之东，而楼又在君山之东。自楼上西望，君山横陈，浩淼湖水，似因君山阻遏而不得畅流者，故有"划却"之奇想。（《李白为什么要划却君山》，《光明日报》1981 年 7 月 4 日）

郁贤皓曰：（前）二句谓最好把君山划平，使洞庭湖水不受阻碍地平稳流动。（后）二句谓欲使湖水都变成巴陵的酒，就可在秋天的洞庭湖边醉倒了。（《李白选集》）

［鉴赏］

唐肃宗乾元二年（759）四月，刑部侍郎李晔被贬岭南为尉，于秋天途经岳阳；这时原中书舍人贾至也由汝州刺史贬为岳州司马；与流夜郎中途遇赦放还，憩于岳阳的李白相遇。三人被贬的原因，都与唐肃宗排斥玄宗旧臣，剪除政治上的异己有关，因此颇有同命相怜之感。三人曾同游洞庭，李白写下《陪族叔刑部侍郎晔及中书贾舍人至游洞庭五首》；李白又与李晔同游洞庭，写下这组《陪侍郎叔游洞庭醉后三首》，本篇是组诗的第三首。

此诗虽仅二十字的短章，却奇想迭出，气势豪健。然异解亦多。理解此诗的关键，首先当充分注意题内的"醉"字，明白诗中所写内容，皆"醉后"所想所见。同时须注意二人同遭贬逐的政治背景和诗人胸中的块垒积郁、牢骚不平，方能明白诗人何以有此奇想。

诗人与李晔当是由岳阳下湖游洞庭的。而君山正当湖的东北，离岳阳不过四十里。入湖不久，便到了君山跟前。在醉意蒙眬中，诗人感到面前那突兀矗立的君山似乎挡住了湘水（实即洞庭湖水，因湘水是流入湖中的最大河流），使湘水不能平铺舒展地畅流，因而产生"划却君山好"的奇想。这里所表现的是对畅适无碍、宽阔舒展境界的强烈向往。由于人生经历中遇到过重重障碍，时时感到"人生在世不称意"，因而在游山玩水的过程中，也时有"山水何曾称人意"的感愤。《江夏赠韦南陵冰》作于此前不久，诗中一方面表现出对畅适宽阔境界的向往："有似山开万里云，四望青天解人闷。"一方面则因山水不称人意要"捶碎黄鹤楼""倒却鹦鹉洲"。这首诗中"划却君山好，平铺湘水流"的奇想，正是诗人冲决障碍不平，向往畅适无碍境界的反映。或解为从岳阳楼上望洞庭，则君山在浩瀚的洞庭湖中不过"白银盘里一青螺"（刘禹锡《望洞庭》）而已，当不致产生君山阻遏湘水的印象；只有舟行至君山跟前，才会有突兀蠢起、阻挡水流之感。且如在楼上遥望，则题当曰"望洞庭"，而不应称"游洞庭"。

一、二两句是由君山迎面蠢立而生的奇想，三、四两句则是绕过君山以后面对浩瀚宽广的洞庭湖水而生的奇想。时值寒秋，霜林尽染，一片绚烂的秋色；而夕阳西下，残照斜映，洞庭湖水也染上了一抹绚丽的色彩。在诗人的醉眼蒙眬中，眼前的洞庭湖水都变成了"无限"的美酒，把洞庭湖这一带的整个秋天都"醉杀"了。诗人在《襄阳歌》中已有"此江若变作春酒"的奇想，但那只是设想；此诗则直视浩瀚洞庭为"无限酒"，"醉"意更甚，诗境也更超逸。诗人的醉眼醉心，把一切都染醉了，不但人醉、水醉，连"秋"天也醉了，显示出了美的光华。三首之中，此首最富浪漫色彩，也最具李白个性。五言绝的体性风格，一般较七言绝更含蓄蕴藉，此诗则发扬蹈厉，不为含蓄之辞。但在奇想迭现中，却含有令人深思咀味的意蕴。而其气体高妙，自是太白本色。又，三、四两句的句法，应为"巴陵无限酒"（主语）"醉杀"（谓语）"洞庭秋"（宾语），是酒醉杀洞庭秋，而非人醉于洞庭秋。不同的理解，对诗境的高下影响甚大。以无知之物为有知，冠以"醉"字，如后世王实甫《西厢记》之"长亭送别"一折

"晓来谁染霜林醉，总是离人泪"，已为奇思妙想，为评家所称道；而李白则径称无生命的"洞庭秋"为"醉杀"，则更属超乎常情之奇警想象。醉眼看世界，将整个世界都看成"醉杀"了。然"醉"字自含无限绚丽的洞庭秋色。此无限绚烂之洞庭秋色，即因"巴陵无限酒"而致。此种想象，此种境界，唯李白有之。

陪族叔刑部侍郎晔及中书贾舍人
至游洞庭五首 (其一)①

洞庭西望楚江分②，水尽南天不见云。日落长沙秋色远，不知何处吊湘君③。

[校注]

①贾至 (718—772)，字幼几 (一作字幼邻)。洛阳人。天宝末任起居舍人、知制诰。安史乱起，从玄宗入蜀，迁中书舍人。曾撰传位册文，与房琯、韦见素奉册文至灵武。乾元元年 (758)，坐房琯党，出为汝州刺史。二年，九节度师溃于相州，贾至出奔襄、邓，贬岳州司马。李晔，已见《陪侍郎叔游洞庭醉后三首》(其三) 注①。此五首七绝组诗当与前诗先后同时作。李白另有《巴陵赠贾舍人》七绝云："贾生西望忆京华，湘浦南迁莫怨嗟。圣主恩深汉文帝，怜君不遣到长沙。"贾至又有《初至巴陵与李十二白裴九同泛洞庭湖三首》云："江上相逢皆旧游，湘山永望不堪愁。明月秋风洞庭水，孤鸿落叶一扁舟。""枫岸纷纷落叶多，洞庭秋水晚来波。乘兴轻舟无远近，白云明月吊湘娥。""江畔枫叶初带霜，渚边菊花亦已黄。轻舟落日兴不尽，三湘五湖意何长。"可证贾至初抵岳阳贬所已届深秋，则此五首三人同游诗亦当作于乾元二年 (759) 深秋。②楚江，长江流经战国时楚地的一段称楚江。长江从西面流来，至今湖北石首市分两道入洞庭湖，故云"洞庭西望楚江分"。③湘君，湘水之神。《史记·秦始

皇本纪》："上问博士曰：'湘君何神？'博士对曰：'闻之，尧女舜之妻而葬此。'"刘向《列女传·有虞二妃》："舜陟方，死于苍梧，号曰重华。二妃死于江湘之间，俗谓之湘君。"或谓湘水本有水神曰湘君。《楚辞·九歌·湘君》："君不行兮夷犹，蹇谁留兮中洲。"王逸注："君谓湘君……所留盖谓此尧之二女也。"洪兴祖补注："逸以湘君为湘水神，而谓留湘君于洲者二女也。"然无论是指舜之二妃娥皇、女英，或指湘水本有之神，其指湘水神则一。其他尚有谓之湘水男神、娥皇等说，皆后起异说。视贾至"白云明月吊湘娥"之句，李白诗之"湘君"当指娥皇、女英为湘水之神。

[笺评]

刘辰翁曰：其所长在此，他人必不能及也。（《唐诗品汇》卷四十七引）

谢枋得曰：缀景宏阔，有吞吐湖山之气。写情深切，有感慨盛衰之心。（《李太白诗醇》卷四引）

萧士赟曰：此时贾至贬岳州司马，与白均是逐臣，邂逅而为洞庭之游，作是诗也，亦屈原睠顾宗国系心怀王之意乎？时帝在西京，故曰"西望"也；"楚江分"者，有秦、楚之隔也。"水尽南天不见云"者，犹晋明帝所谓举目只见日不见长安之义。云者，就之如日，望之如云之义，亦谓南天隔远，西望吾君不可得而见也。"日落长沙秋色远"者，谓晚景而遭末造之时也，"远"者，日以疏远也。"不知何处吊湘君"者，盖舜之葬也，二妃不得从焉，是又即湘君之事而重感明皇、王后、杨妃之事，而曰"不知何处"也。寄兴深远，无非爱君忧国之意。而全不着迹，其得《国风》之体欤？晦庵所谓圣于诗者，此之谓矣。（《分类补注李太白诗》卷二十）

严评本载明人批：意态宛然在眼前，更不必下注解。（严评《李太白诗集》）

杨慎曰：此诗之妙不待赞。前句云"不见"，后句云"不知"，读之不觉其复。此二"不"字，决不可易。大抵盛唐大家、正宗作诗，取其流畅，不似后人之拘拘耳。（《升庵诗话》卷九）

吴逸一曰：《远别离》托兴皇、英，正可互证。（《唐诗正声》评）

敖英曰：妙在略寓怀古之意。此诗缀景宏阔，有吞吐湖山之气。落句感慨之情深矣。（按：此袭谢枋得之评而略有增改。）（《唐诗绝句类选》）

朱谏曰：言从洞庭向西而望，但见楚江自岷水而来者，分流而未合也。渺茫无际，上接于天，极目千里，无有云翳之隔也。然长沙在洞庭上游，古湘君所葬之地，于此落日之时，远望长沙，秋色遥远，未知何处而可以吊湘君也。夫湘君者，帝尧之子也，吾将怀其为明德之后而欲致一奠之诚，远莫能伸，徒怅怏于落日秋草之间而已矣。（《李诗选注》）

唐汝询曰：按乾元中，白流夜郎，至亦被谪。逐臣相遇，故诸篇俱有恋主意。洞庭西望者，怀京师也；楚江分者，山川之间也。如是安所布其衷悃乎？吾其吊湘君而诉之尔。然水光接天，秋色无际，吊之无从，终于饮恨而已。湘君不得从舜，有类逐臣，故思吊之。幼邻亦云："白云明月吊湘娥。"白盖反其语意尔。旧注谓湘君指杨妃，明皇无从而吊。此与青莲何关？信是痴人说梦。（《唐诗解》卷二十五）

钟惺曰：（末句）此句正形容秋色远耳。俗人不知，恐错看成吊湘君（此句一作恐误看作用湘君事）。（《唐诗归》卷十六）

周敬曰：景中含情，情中寓意，不妨为七言绝压卷。（《删补唐诗选脉笺释会通评林·盛七绝中》）

《李诗直解》：此贾至与白均是逐臣，邂逅而为洞庭之游作是诗也。言洞庭湖中，从西望之，则岷江与楚江之水分，至岳阳而始合也。且水尽南天，茫无涯际，而不见云气，是水天一色矣。今秋景日落之时，长沙亦远，渺渺浩浩之中，不知何处为湘君之神而吊之也。此正形容秋色远耳，岂苦欲吊湘君耶！（卷六）

吴昌祺曰：洞庭西望乃大江也，与九江异派，故曰分于巴陵。泛舟则南望矣。（《删订唐诗解》卷十三）

唐某曰：吊泛然者，读《远别离》自当知之。又曰：贾诗"乘兴轻舟无远近，白云明月吊湘娥。"李盖就其诗意而反之。（刘邦彦《唐诗归折衷》引）

吴敬夫曰：登临山川，感慨系之，自是人情所有。或谓湘君不得从舜，有类逐臣，故吊之。或谓湘君指杨妃，明皇无从而吊，纷纷傅会，大误后学，不可不知。（同上引）

《唐宋诗醇》曰：即目伤怀，含情无限，二十八字，不减《九辩》之哀矣。解者求其形迹之间，何以会其神韵哉！（卷七）

蒋仲舒曰：与"白云明月吊湘娥"参看。（《唐宋诗醇》卷七引）

应时曰：（首二句）写景空阔。有吞吐湖山之概，又能与下句联属，所以为妙。（《李诗纬》）

李锳曰：次句写出洞庭之阔远。"吊湘君"，妙在"不知何处"四字，写得湘君之神缥缈无方。而迁谪之感，令人于言外得之，含蓄最深。（《诗法易简录》）

宋顾乐曰：此体以神胜。（《唐人万首绝句选》评）

潘耒曰：只言"日落"，未说到月。此首伏末首。（《李太白诗醇》卷四引）

俞陛云曰：此诗写景皆空灵之笔，吊湘君亦幽邈之思，可谓神行象外矣。（《诗境浅说》续编）

[鉴赏]

和《陪侍郎叔游洞庭醉后三首》五绝组诗之多写醉后的狂态与幻想，主观抒情色彩强烈不同，这组七绝多写洞庭湖秋色之阔远畅适，其中第二首常为选家所选。论想象之奇，第二首固极突出；论风神之美，则第一首可称居首。

首句写舟入洞庭后极目西望所见。长江自西塞山以上，多称"蜀江"，以其流经岷峨巴蜀地区，故李白称之为"故乡水"；自西塞山以下，则多称"楚江"，以其流经楚地。"楚江分"，指长江自今石首市起分两道入湖；也可指长江自石首起一支流入洞庭，另一主流仍继续东流。两种解释，都不影响诗境。洞庭湖浩瀚宽广，在舟中向西极望，实际上并不可能见到"楚江"分流入湖的景象，而只能根据已有的地理知识再加以想象。但唯其如此，却更加突出了诗人翘首向西极望时水天相接、一片混茫的景象，"楚江分"的景象则远在渺茫浩渺之外了。"洞庭西望"是实写，"楚江分"是虚写，虚写更显境之阔远与神之悠远。

　　次句更换视角，写舟行极目南望所见。岳阳在洞庭湖东北角，从岳阳下湖游赏浩阔之湖景，一是"西望"，一是南望。此句所写仍是极望所见水天空阔之境。上句以想象中的"楚江分"来显示境界之渺远空阔；此则以"水尽南天不见云"来显示晴空一碧，浩渺的湖水与远天相接的空阔渺远之境。妙在以"不见"与"尽"来显示所见视域之空阔与无际，收相反相成之效。以上两句，写同样的境界，而一出之想象，以"楚江分"之实景显示，一为眼前所见，却以"不见云"来显示，手法有别，实中寓虚，虚中见实。而诗人眺望如此空阔渺远之境时心情之畅适可见。

　　第三句承次句，由"水尽南天"的阔远之境引发对更远处的"长沙秋色"的想象。时已"日落"，在暮色苍茫中，远处的"长沙秋色"显得尤其杳远，而"秋色"二字，又赋予这想象中的杳远境界以明净澄洁、高远寥廓的色调。句末的"远"字，更透出诗人在遥望之际神情之悠远，从而自然地将空间的悠远引向时间的悠远，引出下一句。

　　"不知何处吊湘君。"长沙在湘水之滨，这一带正是当年舜之二妃娥皇、女英追舜不及，投水而死，遂为湘水之神的凄美神话传说产生流传之地。遥望"长沙秋色"，自然会联想起《楚辞·九歌》中"帝子降兮北渚，目眇眇兮愁予。袅袅兮秋风，洞庭波兮木叶下"的诗境而欲凭吊湘君的神灵。但天高水长，道路杳远，正不知何处可以凭吊了。妙在"远"字绾合时空之悠远，引出"不知何处"的慨叹，遂使结尾宕出摇曳生姿的风神和悠然不尽的远神远韵。"长沙"系当年贾谊远贬之地，"湘君"的神话传说又带有凄美的悲剧色彩，身为逐客的诗人在想象长沙秋色、怀想湘君传说的同时，也隐隐透出某种迁谪的愁绪。

此诗的境界阔远明净，透露出诗人面对洞庭美好秋色时襟怀的畅适。但在阔远畅适之中又自然流露出怀古的幽绪，怀古望远之中又微露迁谪之轻愁。只是这种幽绪轻愁全用空灵之笔摇曳出之，不露形迹，极具象外之致，故虽可意会而不宜拘实，更不宜作种种穿凿附会的解释。

登金陵凤凰台①

凤凰台上凤凰游，凤去台空江自流。吴宫花草埋幽径②，晋代衣冠成古丘③。三山半落青天外④，二水中分白鹭洲⑤。总为浮云能蔽日⑥，长安不见使人愁。

[校注]

①金陵，今南京市。《太平寰宇记·江南东道》昇州江宁县："凤凰山，在县北一里……宋元嘉十六年，有三鸟翔集此山，状如孔雀，文彩五色，音声谐和，众鸟群集。仍置凤凰里，起台于山，号曰凤凰山。"按《宋书·符瑞志中》载："文帝元嘉十四年三月丙申，大鸟二集秣陵民王顗园中李树上，大如孔雀，头足小高，毛羽鲜明，文采五色，声音谐从，众鸟如山鸡者随之……扬州刺史彭城王义康以闻，改鸟所集永昌里为凤凰里。"当即《太平寰宇记》所本，而文字略异。南宋张戒《岁寒堂诗话》卷一云："金陵凤凰台，在城之东南，四顾

江山，下窥井邑，古题咏惟谪仙为绝唱。"郁贤皓《李白选集》谓："此诗当作于天宝六载（747）游金陵时。另有《金陵凤凰台置酒》诗，当为同时之作，可参看。詹锳《李白诗文系年》系二诗于上元二年，疑非是。"按：诗有"浮云蔽日""长安不见"之语，而无曾历战乱之迹，当作于诗人天宝三载被赐金放还之后，郁氏系年可从。②吴宫，指三国时吴国的宫殿。吴国都城建业，即金陵。③晋代，指东晋。东晋都建康，即金陵。衣冠，指士族高门，显宦。古丘，古坟。④三山，在今南京市西南长江东岸，有南北相连的三座山峰，突出江中，故称。《元和郡县图志·江南道》润州上元县："三山，在县西南五十里。"陆游《入蜀记》："三山，自石头及凤凰台望之，杳杳有无中耳。及过其下，则距金陵才五十馀里。"半落青天外，谓三山有一半被远处的云雾遮住。⑤二水，宋蜀刻本作"一水"，注："一作二水。"《文苑英华》《全唐诗》均作"二水"。白鹭洲，古代长江中小洲。《方舆胜览·江东路》建康府："白鹭洲。《丹阳记》在江中心，南边新林浦，西边白鹭洲，上多白鹭，故名。"后世长江江流西移，白鹭洲已与江岸相接。"二水中分"，指江流（或谓秦淮河）经白鹭洲，分为二支。王琦注："史正志《二水亭记》：秦淮源出句容溧水两山，自方山合流至建业，贯城中而西，以达于江，有洲横截其间，李太白所谓'二水中分白鹭洲'是也。"⑥浮云蔽日，象喻奸邪蒙蔽君主。陆贾《新语·察征》："邪臣之蔽贤，犹浮云之障日月也。"

[笺评]

刘克庄曰：古人服善。太白过黄鹤楼，有"眼前有景道不得，崔颢题诗在上头"之句，至金陵，遂为《凤凰台》以拟之。今观二诗，真敌手棋也。若他人，必次颢韵，或于诗版傍别着语矣。（《后村先生大全集》卷一百七十三）

刘辰翁曰：其开口雄伟，脱落雕饰，俱不论；若无后两句，亦不

必作。出于崔颢而时胜之，以此云。（《唐诗品汇》卷八十三引）

方回曰：太白此诗与崔颢《黄鹤楼》相似，格律气势未易甲乙。此诗以凤凰台为名，而咏凤凰不过起语两句已尽之矣，下六句乃登台观望之景也。三、四，怀古人之不见也；五、六、七、八，咏今日之景而慨帝都之不可见也。登台而望，所感深矣。金陵建都自吴始，三山、二水、白鹭洲，皆金陵山水名。金陵可以北望中原。唐都长安，故太白以浮云遮蔽，不见长安为愁焉。（《瀛奎律髓》卷一）

谢枋得曰：观此，知太白眼空法界，意感生愁，其志亦可哀也。（《李太白诗醇》引）

严评曰：《鹤楼》祖《龙池》，《凤台》复倚《黄鹤》而翩氅。《龙池》浑然不凿，《鹤楼》宽然有馀，《凤台》构造亦新丰凌云妙手，但胸中尚有古人，欲学之，欲似之，终落圈圚。盖翻异者易美，宗同者难超，太白尚尔，况馀才乎！（严评《李太白诗集》）

范德机曰：登临诗，首尾好，结更悲壮。七言律之可法者也。（《批李翰林诗》）

萧士赟曰：此诗因怀古而动怀君之思乎？抑亦自伤谗废，望帝乡而不见，乃触境而生愁乎？太白之志亦可哀也已！（《分类补注李太白诗》）

瞿佑曰：崔颢题黄鹤楼，太白过之不更作，时人有"眼前有景道不得，崔颢题诗在上头"之讥。及登凤凰台作诗，可谓十倍曹丕矣。盖颢结句云："日暮乡关何处是，烟波江上使人愁。"而太白结句云："总为浮云能蔽日，长安不见使人愁。"爱君忧国之意，远过乡关之念，善占地步矣。然太白别有"捶碎黄鹤楼"之句，其于颢未尝不耿耿也。（《归田诗话》）

王世贞曰：太白《鹦鹉洲》一篇，效颦《黄鹤》，可厌。"吴宫""晋代"二句，亦非作手。律无全盛者，唯得两结耳："总为浮云能蔽日，长安不见使人愁。""借问欲栖珠树鹤，何年却向帝城飞。"（《艺苑卮言》卷四）

胡应麟曰：崔颢《黄鹤楼》、李白《凤凰台》，俱略点题面，未尝题黄鹤、凤凰也……故古人之作，往往神韵超然，绝去斧凿。（《诗薮·内编》卷五）

朱谏曰：此李白被贵妃、力士之谗，恳求还山，帝赐金而放回，浪游四方，至金陵时登凤凰台而作此诗也。赋也。按此诗词语清丽，出于天成，怨而不怒，得风人之体，犹有忧国恋君之意。后以禄山反，转侧匡庐间，遂遭永王之祸……白之志亦可哀也夫！（《李诗选注》卷十二）

王世懋曰：崔郎中作《黄鹤楼》诗，青莲短气，后题凤凰台，古今目为勍敌。识者谓前六句不能当，结语深悲慷慨，差足胜耳。然余意更有不然。无论中二联不能及，即结语亦大有辨。言诗须道兴比赋。如"日暮乡关"，兴而赋也。"浮云蔽日"，比而赋也。以此思之，"使人愁"三字虽同，孰为当乎？"日暮乡关""烟波江上"，本无指着，登临者自生愁耳，故曰："使人愁"，烟波使之愁也。"浮云蔽日""长安不见"，逐客自应愁，宁须使之？青莲才情，标映万载，宁以予言重轻？尺有所短，寸有所长，窃以为此诗不逮，非一端也。如有罪我者，则不敢辞。（《艺圃撷馀》）

焦循曰：效崔颢《黄鹤楼》诗。崔诗之逸气横流，终不可得也。（《易馀籥录》）

恒仁曰：愚谓此诗虽效崔体，实为青出于蓝。又曰：愚谓王维之《敕赐百官樱桃》、岑参之《早朝大明宫》、李白《登金陵凤凰台》，不独可为唐律压卷，即在本集，此体中亦无第二首也。（《月山诗话》）

叶羲昂曰：一气嘘成，但二联仍不及崔。（《唐诗直解》）

周敬曰：读此诗，知太白眼空法界，以感生愁，勍敌《黄鹤楼》（按：此数语袭谢枋得），一结实胜之。（《删补唐诗选脉笺释会通评林·盛七律上》）

周珽曰：胸里笼盖，口里吞吐。眼前光景，又岂虑说不尽耶！（同上）

张叔翘曰：仍用"使人愁"三字，正见愁非崔比，不为袭故。（同上引）

钱光绣曰：极高旷，极感慨。即司勋当时，焉知不心服！何必后人纷口雌黄。（同上引）

田艺蘅曰：人知李白《凤凰台》《鹦鹉洲》出于《黄鹤楼》，不知崔颢又出于《龙池篇》。沈诗五"龙"、二"池"、四"天"，崔诗三"黄鹤"、二"去"、二"空"、二"人"、二"悠悠、历历、萋萋"。李诗三"凤"、二"凰"、二"台"，又三"鹦鹉"、二"江"、三"洲"、二"青"。四篇机杼一轴，天锦灿然，各用叠字成章，尤奇绝也。（王琦《李太白集注》引）

赵宦光曰：《诗原》引沈佺期《龙池篇》云（诗略）。崔颢笃好之，先拟其格作《雁门胡人歌》云（略）。自分无以尚之，则作《黄鹤楼》诗云（略）。然后直出云卿之上，视《龙池》直俚谈耳。李白压倒不敢措辞，别题《鹦鹉洲》云（略）。而自分调不若也，于心终不降，又作《凤凰台》云（略）。然后可以雁行无愧矣。按前后五篇并古风也，而后人以《龙池》题作"篇"，《雁门》题作"歌"，遂入之古体，《黄鹤》《鹦鹉》《凤凰》入之近体，非也……李之拟崔，《鹦鹉》取其格，全效崔颢《黄鹤》，《黄鹤》取其调。徐柏山谓李白《鹦鹉洲》诗全效崔颢《黄鹤》，《凤凰》非其正拟也。予则以为论字句，《鹦鹉》逼真；论格调，则《鹦鹉》卑弱，略非《凤凰》《黄鹤》敌手。当是太白既赋《鹦鹉》不慊，而更转高调，调故可以相颉颃而语稍粗矣。二诗皆本之崔，然《鹦鹉》不敢出也。又曰：《黄鹤》《凤凰》相敌在何处？《黄鹤》第四句方成调，《凤凰》第二句即成调，不有后句，二诗首唱皆浅稚语耳。调当让崔，格则逊李。颢虽高出，不免四句已尽，后半首别是一律，前半则古绝也。（王琦《李太白文集》注引）

严评本载明人批：气格超迈。（首二句）缩崔四句为两句，大妙。秦淮与外江夹一洲曰白鹭，故云"二水"，作"一水"大谬，且稚不成语。"外"字妙，"半"字尤妙。以虚对实，浑若天然，真是高手。

唐汝询曰：《唐书·文艺传》：白尝侍帝，醉使高力士脱靴。力士素贵，耻之，摘其诗以激杨贵妃。帝欲官白，妃辄沮止。白自知不为亲近所容，退求还山，帝赐金放还。白浮游四方，尝乘月夜与崔宗之自采石至金陵，此因登台览古而起逐臣之思也。言凤凰台本凤凰所游，金陵乃吴、晋之故国，非古之佳丽地耶？今空台之下，长江自流。文物衣冠总成黄土。而三山之通天，二水之环洲，徒令人怅望而已。然我非止吊古而兴怀，特以浮云蔽日，不见长安为悲耳。以比谗邪蔽君而贤路塞，是以使逐臣怀望而生愁也。方感黍离而忽思魏阙，盖亦有深意云。（《唐诗解》卷四十）

金圣叹曰：（前解）人传此是拟《黄鹤楼》诗，设使果然，便是出手早低一格。盖崔第一句是"去"，第二句是"空"。去如阿閦佛国，空如妙喜无措也。今先生岂欲避其形迹，乃将"去""空"缩入一句。既是两句缩入一句，势必句上别添闲句，因而起云"凤凰台上凤凰游"，此于诗家赋、比、兴三者，竟属何体哉！唐人一解四句，四七二十八字，分明便是二十八座星宿，座座自有缘故，中间断无缘故之一座者也。今我于此诗一解三句之上，求其所以必写凤游之缘故而不得也。然则先生当日，定宜割爱，竟将崔家独步，胡为亦如后世细琐文人，必欲沾沾不舍，而甘出于此哉？"江自流"，亦只换"云悠悠"一笔也。妙则妙于"吴宫""晋代"二句，立地一哭一笑。何谓立地一哭一笑？言我欲寻觅吴宫，乃惟有花草埋径，此岂不欲失声一哭？然吾闻伐吴，晋也。因而寻觅晋代，则亦既衣冠成丘，此岂不欲破涕一笑？此二句，只是承上凤去台空，极写人世沧桑。然而先生妙眼妙手，于写吴后偏又写晋。此是其胸中实实看破得失成败、是非赞骂，一总只如电扫。我恶乎知甲子兴之必贤于甲子亡，我恶乎知收瓜豆人之必便宜于秤瓜豆人哉！此便是《仁王经》中最尊胜偈，因非止如杜樊川、许丹阳之仅仅一声叹息而已。（后解）前解写凤凰台，此解写台上人也。"三山半落""二水中分"之为言，竭尽目力，劳劳远望，然而终亦只见金陵，不见长安也。看先生前后二解文，直各自顿悟，并不牵合顾盼，此为大家风轨。（《贯华堂选批唐才子诗》卷二）

王夫之曰：浮云蔽日，长安不见，借晋明帝语，影出"浮云"，以悲江左无人，中原沦陷。"使人愁"三字，总结"幽径""古丘"之感，与崔颢《黄鹤楼》落句，语同意别。宋人不解此，乃以疵其不及颢作。觌而不识，而强加长短，何有哉！太白诗是通首混收，颢诗是扣尾掉收，太白诗自《十九首》来，颢诗则纯为唐音矣。（《唐诗评选》卷四）

冯舒曰：第三联绝唱。（《瀛奎律髓汇评》引）

冯班曰：穷敌矣，不如崔自然。极拟矣，然笔力相敌，非床上安床也。次联定过崔语。（同上）

查慎行曰：太白不工七律，摩诘不工七古，才分固有所限邪？此诗昔人论之详矣，即末用"举头见日不见长安"成语，东坡《雪》诗用"不道盐"三字所自来也。（同上）

纪昀曰：太白不以七律见长，如此种俱非佳处。（同上）原是登凤凰台不是咏凤凰台，首二句只算引起。虚谷此评，以凤凰台为正文，谬矣。气魄远逊崔诗，云"未易甲乙"，误也。

毛奇龄曰：崔颢《黄鹤楼》便肆意为之，白于《金陵凤凰台》效之，最劣。（《唐七律选》）

吴昌祺曰：起句失利，岂能比高《黄鹤》。后村以为崔颢敌手，愚哉！一结自佳。后人毁誉，皆多事也。（《删订唐诗解》卷十九）

潘耒曰：后名凤凰，则以凤凰曾游也。然则凤凰尚在耶？则凤去矣，台空矣，故不必更言台。但言登者从近而看台下，即是金陵，向固吴、晋所都，而今安在哉？从远而观，三山、白鹭洲犹属金陵，然已黛影缥缈。更极目以求，则身在金陵，心在长安，无如浮云蔽日，终于不见也。说"台"尽，说"登"亦尽。（《李太白诗醇》引）

《唐宋诗醇》：此诗传者以为拟崔而作，理或有之。崔诗直举胸情，气体高浑；白诗寓目山河，别有怀抱。其言皆从心而发，即景而成。意象偶同，胜境各擅。论者不举其高情远意，而沾沾吹索于字句之间，固以蔽矣。至谓白实拟之以较胜负，并谬为"捶碎黄鹤楼"等诗，鄙陋之谈，不值一噱也。（卷七）

沈德潜曰：三山、二水可见，而长安不见，为浮云蔽也，有忧谗畏讥意。从心所造，偶然相似，必曰摹仿司勋，恐属未然。（《重订唐诗别裁集》卷十三）

赵臣瑗曰：若论作法，则崔之妙在凌驾，李之妙在安顿，岂相碍乎！（《山满楼笺注唐诗七言律》）

吴烶曰：此以赋起，后以吊古感慨作结。（《唐诗选胜直解》）

范大士曰：此诗脍炙人口已久，存之以备一体。（《历代诗发》）

陈德公曰：高迥遒亮，自是名篇。（《闻鹤轩初盛唐近体读本》）起联有意摹省，临四为二，繁简并佳。三、四登临感兴。五、六就台上所见，衬起末联"不见"，眼前指点，一往情深，江上烟波，长安云日，境地各别，寄托自殊。（《闻鹤轩初盛唐近体读本》）

杨成栋曰：通体不叶，而自中宫商。读之如层峦叠翠，迭出不穷。（《精选五七言律耐吟集》）

徐文弼曰：按此诗二王氏并相诋訾。缘先有《黄鹤楼》诗在其胸中，拘拘字句，比较崔作，谓为弗逮。太白固已虚心自服，何用呶呶。谓沈（德潜）评云："从心所造，偶然相类。必谓摹仿崔作，恐属未然。"诚为知言。（《诗法度针》）

赵文哲曰：七律最难。鄙意先不取《黄鹤楼》诗，以其非律也。当以右丞、东川、嘉州数篇为准的。然如王之"人情翻覆似波澜""看竹何须问主人"等句，已稍嫌率。太白不善此律，《凤凰台》诗亦强颜耳。（《嫏嬛堂诗话》）

屈复曰：三、四熟滑庸俗，全不似青莲笔气。五、六佳句，然音节不合。结亦浅薄。（《唐诗成法》）

冒春荣曰：七言律之变也。（《葚原诗说》卷二）

潘德舆曰：王元美云太白《鹦鹉洲》一篇效颦《黄鹤》可厌……夫作诗各有意到。何况供奉天才，岂难自立。《凤凰台》，人疑学步；《鹦鹉洲》，又说效颦。太白非崔郎中，将不作七律耶？"吴宫"二语，闲接甚紧，婉接甚遒，正古气流行变动处。所谓"非作手"者，将不能矜张字句以求工耶？"三山半落青天外，二水中分白鹭洲"，"瑶台含雾星辰满，仙峤浮空岛屿微"，岂尘凡下士步伐思议所及者？独此两结为善，将以超玄入天之句亦遗之耶？又曰：崔之愁生于"日暮烟波"，李之愁生于"浮云蔽日"，或兴或比，皆愁所緜结耳。个中旨趣，岂有轩轾。敬美只就末七字索意，遂觉不敌，是敬美自误，非太白误也。(《养一斋诗话》)

近藤元粹曰：案崔、李二诗，诸家聚讼，《唐宋诗醇》最得其当，田说亦同，金圣叹亦详辩之。近世纪晓岚辈推崔贬李，与沧浪同，所谓不值一喙者，非耶。(《李太白诗醇》)

王闿运曰：学《黄鹤楼》，极可笑，又两拟之，更不知何所取。(《手批唐诗选》卷十二)

俞陛云曰：("吴宫"二句) 慨吴宫之秀压江山，而消沉花草；晋代之史传人物，而寂寞衣冠。在十四字中，举千年之江左兴亡，付凭阑一叹。与"汉家箫鼓空流水，魏国山河半夕阳"句调极相似，但怀古之地不同耳。(《诗境浅说》)

高步瀛曰：太白此诗全摹崔颢《黄鹤楼》，而终不及崔诗之超妙，惟结句用意似胜。(《唐宋诗举要》卷五)

[鉴赏]

自南宋以来，围绕李白此诗学崔颢《黄鹤楼》诗及崔、李二诗优劣这个话题，争论一直不断。近年来又成为唐诗接受史（特别是影响史）上一桩著名的研究个案。从这一系列争论中可以断定，李白心仪并有意仿效崔颢《黄鹤楼》作《登金陵凤凰台》及《鹦鹉洲》。像沈德潜那样，用"从心所造，偶然相似"来说明其未必有意模仿，显然不符事实。但模拟与创造未必绝然对立，既然崔颢效沈佺期《龙池篇》而青远胜蓝，得到历代评家的一致推崇，那么李白仿崔颢《黄鹤楼》，也完全可能有自己的创造与风格。问题是不能执定崔诗气体高妙、逸气横流这一端，要求李白此诗在这一点上必须与崔诗铢两相称，工力悉敌。如果李白真的按这种要求去与崔诗争胜，写出来的最多是可以乱真的仿制品而非创作。李白之所以不在这一点上去与崔诗争胜，不仅是为了避熟求生，求新求变，而且是由于他的登临所感，有着与崔颢完全不同的内容。而这种内容，又并不适宜用气体高妙、逸气横流的风格来表现，而只能采取另一种风格来表现。这就是说，评鉴李诗，主要应该根据诗要表现的内容和感情，看它是否适合内容的需要，而不能用崔诗作为参照物甚至标准来衡量它的优劣得失。

这是一首登览诗。登临眺望，自然会望见近处远处的景物，因而有写景的内容；金陵为六朝古都，有许多前朝历史遗迹，因而有怀古的内容；但李白此次登金陵凤凰台，却因怀古而引起伤今的感慨，引起对当前政局和国家命运的忧患感，因望远而引出对政治中枢长安的怀念，因此这首登览诗便不再是一般的览景诗或单纯的览古诗，而具有政治抒情的内容和性质。这正是它不能采用崔颢《黄鹤楼》那种气体高妙、逸气横流的艺术风格的内在原因，尽管以李白的才情个性，写一首气体高妙、逸气横流的诗对他绝非难事。

凤凰在中国古代的历史文化传统中，向来被视为祥瑞。历代史书的《五行志》中，记载凤凰出现的祥瑞不绝于书。凤鸟之来集，被视为国家繁荣昌盛的祥兆；而凤鸟之去，则常被视为世衰运去的征兆。孔子就曾慨叹："凤鸟不至，河不出图，吾已矣夫！"（《论语·子罕》）而金陵凤凰台的建造，更直接与宋文帝元嘉年间凤凰翔集的祥瑞有关。因此诗的起句"凤凰台上凤凰游"便不仅仅是点明题面，而且是与凤凰之翔集来仪，为国之祥瑞这层寓意有关，绝非金圣叹所批评的那样是"闲句"。它的目的是为了引出和反衬下句。

次句"凤去台空江自流",紧承上句"凤凰游",以反笔出之。谓我今登上凤凰台,往日凤凰翔集的景象早已不复重现,只剩下一座空廓的高台和远处奔腾东流的长江。"凤去",象征着繁荣昌盛国运的消逝,暗逗末联伤今意绪;"台空",显示出古台的寥落,暗启颔联怀古意绪;"江自流",显示自然永恒、江山长在,以反衬人事沧桑、朝代更迭,双绾颔、腹二联。"去""空""流"三字连贯而下,造成了浓郁的怀古伤今氛围,起着笼盖全篇的作用。

颔联写登台俯瞰金陵古迹。金陵是六朝古都,这里曾有过从东吴、东晋到南朝帝王将相、高门士族的繁华烜赫、奢华享乐,而如今豪华的吴宫已经湮没荒废,往日的遗址上只剩下长着花草的幽径;而晋代的士族衣冠的风流也早成遗迹,只剩下古丘荒坟供人凭吊遐想。举"吴""晋"实概六朝。三百余年的六代繁华,正如长江流水,一去而不复返。"埋"字、"成"字,寓慨颇深。

腹联写登台遥望山川胜景。西南方向的长江边上,三山连绵耸峙,但由于远处云雾迷漫,只露出一半的峰峦,映现于青天之外;滚滚江水,流经白鹭洲时,自然分成了两支。上句将三山在云雾中若隐若现的身影描绘得饶有画意,下句则将白鹭洲为江水环抱的身姿描绘得生动分明。两句境界阔远,对仗工丽,是律诗中难得的佳联。

尾联写向西极望,但见在一片苍茫的暮色中,浮云迷漫,遮蔽了西斜的落日,帝都长安,更远在天外。眼前"浮云蔽日"的景象,使诗人对当时昏暗的朝局和国家的命运产生了深切的忧虑,因此发出了"总为浮云能蔽日,长安不见使人愁"的深沉慨叹。天宝六载(747),正是奸相李林甫专权,陷害忠良正直之臣的时候。联系《答王十二寒夜独酌有怀》诗中对李林甫陷害李邕、裴敦复的痛愤指斥,此处的"浮云蔽日"当非泛泛而言。

整首诗以登览为中心,将写景和抒情、慨古与伤今融为一体,抒发了对朝局国运的深切忧虑。尾联所抒发的感情,表面上看是由于向西极望、浮云蔽日、不见长安而引起，实际上早就蕴蓄积郁于胸，"浮云蔽日"的景象只不过起了触发作用而已。因此，它不但是全诗的结穴，也是全诗的主旨。根据这个主旨，回过头去品味各联，当能进一步体味出其中蕴含的言外之意。不但可以看出"凤去"与"浮云蔽日"之间的内在关联，而且可以品出颔联在吊古中蕴含的今之视昔，亦犹异日之视今的意蕴。腹联固然可视为尾联的引线，但江山长在、人事沧桑的意蕴在与颔联的对照中亦隐然可见。

望庐山瀑布水二首 (其一)①

西登香炉峰②，南见瀑布水③。挂流三百丈④，喷壑数十里⑤。欻如飞电来⑥，隐若白虹起⑦。初惊河汉落⑧，半洒云天里⑨。仰观势转雄，壮哉造化功⑩。海风吹不断，江月照还空⑪。空中乱潈射⑫，左右洗青壁。飞珠散轻霞⑬，流沫沸穹石⑭。而我乐名山，对之心益闲。无论漱琼液⑮，还得洗尘颜。且谐宿所好⑯，永愿辞人间。

[校注]

①宋蜀刻本题内无"水"字。詹锳《李白诗文系年》系此二诗于开元十四年（726），谓是年李白游襄汉，上庐山，作此诗，曰："任华《杂言寄李白》：'登庐山观瀑布，海风吹不断，江月照还空。余爱此两句。'指此诗第一首，华诗下文又云：'中间闻道在长安，及余戾止君已江东访元丹。'则《望庐山瀑布》盖入京以前作也。按白虽屡游庐山，而大都在去朝以后，其在天宝以前者约当是时。"郁贤皓《李白选集》则疑为至德元载（756）隐居庐山时作，谓"诗云'且谐宿所好，永愿辞人间'似非初出蜀时作"。庐山，在今江西九江市东南。《元和郡县图志·江南道四·江州》：浔阳县："庐山，在县东三十二里。本名鄿山。昔匡俗字子孝，隐沦潜景，庐于此山，汉武帝拜

为大明公，俗号庐君，故山取号。周环五百馀里。"《太平寰宇记·江南西道·江州》：德化县："庐山，在县南，高二千三百六十丈，周回二百五十里。其山九叠，川亦九派。《郡国志》云：庐山叠嶂九层，崇岩万仞。《山海经》所谓三天子障，亦曰天子都。本周武王时，匡俗字子孝，兄弟七人，皆好道术，结庐于此山。仙去空庐尚在，故曰庐山。"②香炉峰，庐山山峰名。晋慧远《庐山记》："东南有香炉山，孤嶂秀起，游气笼其上，则氲氲若烟水。"（《艺文类聚》卷七山部引）白居易《庐山草堂记》："匡庐奇秀甲天下山。山北峰曰香炉峰。"《太平寰宇记·江南西道·江州》："香炉峰，在庐山西北，其峰尖圆，云烟聚散，如博山香炉之状。"陈舜俞《庐山记》卷二："次香炉峰。此峰山南山北皆有，其形圆耸，常出云气，故名以象形。李白诗云：'日照香炉生紫烟，遥看瀑布挂前川。'即谓在山南者也。"詹锳《李白全集校注汇释集评》引上述记载后云："据此，庐山之香炉峰非一。黄宗羲《匡庐游录》曰：'北山之香炉峰，在峰于庐山为东，登之亦无瀑布可见，（与白诗）不相涉也。'则白所见之香炉峰，盖为陈舜俞所言之南峰也。安（旗）注：'《太平寰宇记》谓香炉在庐山西北，误。'详见万萍《香炉峰考》（《江西师范学院学报》，1978 年第四期）。"③见，一作"望"。詹锳《李白全集校注汇释集评》引《舆地纪胜》卷二十五南康军："瀑布水，在开先院之西，庐山南。瀑布无虑十数，皆积雨方见，惟此不竭……李白诗云：'飞流直下三千尺，疑是银河落九天。'即开先之瀑也。"又引陈舜俞《庐山记》卷三："瀑布在其西。山南山北有瀑布者无虑十余处……惟此水著于前世……李白诗云：'飞流直下三千尺，疑是银河落九天。'即此水也。香炉峰与双剑峰相连续者在瀑布之旁。"④挂流，形容瀑布自上而下悬挂下泻。⑤喷壑，指瀑布自上而下喷射山谷。"数十里"乃形容其喷射的气势力量达数十里之遥。⑥欻（xū），迅疾貌。飞电，闪电。⑦隐，隐然、隐约。⑧河汉，指银河。⑨此句一作"半泻金潭里"。⑩造化，大自然。⑪江，一作"山"。⑫漎（cóng），众水合合。⑬此句形容阳光透射瀑布的飞珠，呈现出七彩霞光。⑭沸，形容瀑布的飞珠流沫喷射有如水沸之状。穿石，大石。⑮琼液，仙家所饮的琼浆玉液。此处形容瀑布水的清澈。⑯谐，符合。宿，昔。敦煌残卷本末二句作"爱此肠欲新，不能归人间。"

[笺评]

胡仔曰：太白《望庐山瀑布》绝句云："日暮香炉生紫烟，遥看瀑布挂长川。飞流直下三千尺，疑是银河落九天。"东坡美之，有诗云："帝遣银河一派垂，古来唯有谪仙词。"然余谓太白前篇古诗云："海风吹不断，江月照还空。"磊落清壮，语简而意尽，优于绝句多矣。（《苕溪渔隐丛话·后集·李太白》）

葛立方曰：徐凝《瀑布诗》云："千年犹疑白练飞，一条界破青山色。"或谓乐天有赛不得之语，独未见李白诗耳。李白《望庐山瀑布》诗云："飞流直下三千尺，疑是银河落九天。"故东坡云："帝遣银河一派垂，古今唯有谪仙词。"以余观之，银河一派，犹涉比类。未若白前篇云："海风吹不断，江月照还空。"凿空道出，为可喜也。（《韵语阳秋》卷十三）

刘辰翁曰："海风吹不断，江月照还空。"奇夐不可复道。（《唐诗品汇》卷六引）又曰：（七绝）以为银河，犹未免俗耳。（卷四十七引）

韦居安曰：李太白《庐山瀑布》诗有"疑是银河落九天"句，东坡尝称美之。又观太白"海风吹不断，江月照还空"一联，磊落清壮，语简意足，优于绝句，真古今绝唱也。然非历览此景，不足以见此诗之妙。（《梅磵诗话》卷五）

王阮曰：吟咏瀑水众矣，大抵比况尔，未有得于所见，凿空下语为兴诗者。太白独曰："海风吹不断，江月照还空。"气象雄杰，古今绝唱。（《义丰集·瀑布二首序》）

严评本载明人批：写瀑布如画，不钩深，又不落常，所以佳。（严评《李太白诗集》）

瞿佑曰：然太白又有"海风吹不断，江月照还空"，亦奇妙句，惜世少有称之旨。（《归田诗话》卷中）

朱谏曰：李白望庐山瀑布而作此诗。（第一段）言西登乎香炉之峰，而南望乎瀑布之水，悬挂而流下者，则有三百丈之高。注而成潭，喷壑而出则有数十里之遥。其悬挂之状，或欻然如飞电之来，闪烁而不定也；或隐然若白虹之起，皎皎而上腾也。又疑银河之水自天而下，洒于半空之中，使人莫知其端倪也。（第二段）承上言瀑布之水变态如此。试仰望之，其势转雄。乃知造化之功发于物者，如许之壮也。风吹不断，月照愈明，不舍昼夜，又如此也。夫水性之就下，皆由地中而行。惟此瀑布之乱流，横射于空中，或左或右，洗于青壁之间。飞珠散若轻霞，而流沫沸于高石，瀑布之变态者又如此也。（第三段）上言瀑布变态之胜，无以加矣。此言玩而乐之之意。我平生之志，好乎名山，故对此瀑布，而心益闲，淡然与之而相忘也。不必论其可以漱琼液，以资我之长生，抑且可以涤烦垢，以洗我之尘颜。夫避尘就洁而乐居名山者，我之宿好也。今我既得以遂其宿好矣，永愿辞人间，遗世而长往也。又曰：赋也。按李白瀑布诗，选言其详，绝言其概。言其详者，奇状异形，无不备举；言其概者，撮其大体而略其细目也。选则详赡而精到，绝则疏畅而明快。天授之才，无所不可。白之诗，其神矣哉！徐凝效颦，似不足辨，坡翁辨之之切者，正恐后人之无知而又效徐凝也。（《李诗选注》卷十二）

《唐宋诗醇》：五、六以浅得工。至"海风吹不断，江月照还空"，可吟赏不置矣。（卷七）

近藤元粹曰：（"海风"二句）妙入化境矣。（《李太白诗醇》）

[鉴赏]

李白的《望庐山瀑布水二首》，描绘的对象同为庐山香炉峰与双剑峰间的瀑布，但观察的角度不同。七绝为"遥看"，五古则写从远看到近观的过程。观察的细致程度有别，写法也就有所不同。由于七绝广为传诵，五古不免为其所掩，其实二诗在艺术上各有千秋，未可轩轾。

诗分三段。前八句为一段，写登香炉峰途中远望所见瀑布的壮观。"西登香炉峰，南见瀑布水"二句，交代自己在向西登香炉峰的途中，望见在峰南面的瀑布，这是对瀑布所在山峰名称及方位的交代，起着进一步点明题目的作用（题只说"庐山瀑布"）。"西登"不可误解为已登峰顶，如果那样，就不是远望而是俯视了。

"挂流三百丈，喷壑数十里。"三、四两句，写远望中的香炉峰瀑布自顶部奔泻而下及抵达底部后喷射奔迸于山谷间的壮观景象。"挂"字生动地显示出瀑布悬空而降的景象，"喷"字传神地展现出瀑布落入山谷后挟带着雷霆万钧的神奇伟力奔泻而下的奇观。正因为有"挂流三百丈"的冲击力，才会有"喷壑数十里"的反激力。"三百丈"极言其高，"数十里"极言其遥，二者之间存在着因果关系。

"欻如"二句，转写瀑布奔泻而降、喷射而下的迅猛态势。"欻如"句承"挂流"句，形容悬流直下的瀑布，其迅疾犹如飞电之来；"隐若"句承"喷壑"句，形容喷射而下的水流像一道白虹，隐现于山谷之间。

"初惊"二句，进一步写"挂流三百丈"的瀑布奔泻而下时如同银河从天而降，它所挟带的飞珠溅沫有一半都洒向了云霄间。这两句既映衬渲染出了瀑布之高，也显示出了它的气势和力量。以上八句，均写远望中的香炉峰瀑布，其内容与七绝大体相同，连"挂流三百丈""初惊河汉落"的用语都与七绝相近。

"仰观"以下八句，为第二段，观察的角度由远望变为近处"仰观"。观赏瀑布，远望与近观（特别是仰观），虽都同样能感到它的雄奇，而"仰观"显然更能感受到它的壮盛气势。但诗人并不马上接写仰观所见的具体景象，而是先虚写一笔，表达仰视所见的总体感受。

"势转雄"三字写心理感受生动逼真，"转"字尤精到，说明诗人在仰视的过程中通过与先前远望时所得印象的比较，更加感受到瀑布的气势与力量。而"壮哉造化功"五字正是在获得上述感受时对造化神奇力量发自内心的赞叹。"雄""壮"二字正概括了"仰观"瀑布时的突出感受。

"海风吹不断，江月照还空"两句，进一步具体写"仰观"所见所感。"海风""江月"均非眼前实景，因为下面写到"飞珠散轻霞"，说明观赏瀑布时有阳光的照射。故两句实际上是面对瀑布雄壮的气势时心中的想象。上句是说，瀑布飞流直泻，具有永不停息的伟力，即使巨大的海风也吹不断。下句是说，瀑布悬空而下，清澈莹洁，在江月的映照下，宛若空清透明。上句突出其永恒的雄奇伟力，下句突出其清莹澄明，但这种清莹澄明不是小溪流水式的柔和静美，而是挟带着磅礴气势和巨大声响的清与壮的和谐结合。妙在这两句全用白描，仿佛信手拈来，冲口道出，而所创之境的新颖清奇和壮美飞动却无与伦比，是历来写瀑布的诗中从未有过的境界。历来评此诗，多举此二句作为标的，是切合实际的。

"空中"四句，变从下而上的仰视为左右两旁的仰观。瀑布的水珠在半空中迸溅激射，将两旁的岩壁洒洗得洁净青翠；阳光映照在飞溅的水珠上，折射出七彩霞光；而冲决而下的瀑布水，遇到山谷中的巨石，激荡出如同沸水般的泡沫。四句中连用"乱""洗""散""沸"四个动态感、形象感很强的词语，将瀑布向空中、向两旁、向下流飞溅激射时产生的景象，描绘得色彩鲜明，生动细致。如果说"仰观"四句是从虚处传神，那么"空中"四句则从实处见工了。这样虚实相济、神形兼备、宏观微观结合的描写，遂使瀑布之壮美得到全面的表现。以下便自然转入因观赏瀑布而引发的归隐林泉的愿望。

末段六句，说自己平素喜爱名山，今日得亲历庐山，观赏瀑布奇观，更感到心境之清闲，因而引动辞人间而归隐的夙愿。瀑布如此壮伟雄奇，气势飞动，诗人却说"对之心益闲"。这是因为面对雄伟的自然造化之功，益感尘世纷扰之渺小；而那未经尘世污染的瀑布水，更使自己的心灵得到彻底的洗涤。清澈的瀑布水，既如琼浆玉液之可漱我口，更可清洗我的尘颜和尘心。这实际上也是一般人在面对大自然的奇观时常会引发的感触，因此对"永愿辞人间"之类的话实亦不必过于较真。

望庐山瀑布水二首 (其二)

日照香炉生紫烟①，**遥看瀑布挂前川**②。**飞流直下三千尺，疑是银河落九天**③。

[校注]

①紫烟，瀑布的水汽弥漫，结成烟雾，在阳光照射下呈现紫色。②前川，一作"长川"。挂前川，即五古之"挂流"。句意盖谓遥望峰前的瀑布如河流倒挂。或谓前川指瀑布泻下形成的河流倒挂。或谓前川指瀑布泻下形成的河流，亦通。③九天，九重天，天之最高处。

[笺评]

苏轼曰：帝遣银河一派垂，古来唯有谪仙词。飞流溅沫知多少，不为徐凝洗恶诗。(《戏徐凝瀑布诗》)

严评曰：亦是眼前喻法。何以使后人推重？试参之。(《李太白诗醇》引)

《唐宋诗醇》：苏轼曰：仆初入庐山，有陈令举《庐山记》见示者，且行且读，见其中有徐凝和李白诗，不觉失笑。开元寺主求诗，为作一绝，云(诗略，见上条)。

宋宗元曰：非身历其境者不能道。(《网师园唐诗笺》)

刘永济曰：李白集中所写山水，皆气象奇伟雄丽之景，足见其胸次宏阔，亦与山水同。较之王、裴辋川唱和诗作，别具一番境界。大小虽殊，而诗人观物之精细与胸怀之澄澈，能以一己之精神面貌融入景物之中，则无不同。（《唐人绝句精华》）

刘拜山曰：结句空中落笔，直摄瀑布之神，兼传"望"字之理。乃知夸张以拟之词，必似此神理俱全，方臻上乘。《艺苑雌黄》讥石致若"燕南雪花大于掌，冰柱悬檐一千丈"为豪而畔理，信然。（《千首唐人绝句》）

[鉴赏]

这首七绝和前一首五古为同题同时之作，所描绘的景象和所用的词语也有不少相似之处，如"挂流三百丈"与"飞流直下三千尺""挂前川"，"初惊河汉落"与"疑是银河落九天"，乃至"飞珠散轻霞"与"生紫烟"也不无相似之处。但两首诗却同样精彩，不可互相替代，也无须强分轩轾。这是因为两首诗虽然描绘的是同一对象，但观察景物的角度和立足点有同有异，描绘的全面细致与集中概括更有明显的不同。就后世流传的广远看，七绝由于其集中概括形成的艺术冲击力，较之五古也更强烈。

首句写香炉峰。这一带瀑布很多，水汽缭绕弥漫，在日光照射下，形成紫色氤氲的烟雾。云烟笼罩着峰顶，看上去就像一个正在飘散着香烟的香炉。诗人巧妙地将"香炉峰"略称为"香炉"，再加上一个"生"字，就将原为静态的香炉峰写活了，使人感到峰顶缭绕的紫烟就像是香炉里升腾出来的一样，同时又生动地表现出在日光映射下，那紫色的云烟仿佛在明灭变幻。这一句是香炉瀑布的背景。因为瀑布非常雄伟，因而作为它的背景的香炉峰也必须写出它的奇幻多姿。

次句正面写瀑布，用"遥看"二字点明这是远望中的瀑布全景。"挂前川"三字，给人以瀑布悬空泻下的感觉，显示出它的雄伟气势。特别是"挂"字，既给人以悬挂飘落的动感，又幻觉似的显示出它在一刹那间仿佛是静止的状态，就像电影中一个原来活动中的物体突然之间的"定格"，这种感觉是只有"遥看"时才会产生的。白色的瀑布和香炉峰紫色的烟雾相映衬，更显出色彩的绚丽多彩。

第三句写瀑布从高处直泻而下的态势。用"飞流"代指瀑布，不仅是渲染瀑布的流势迅疾，而且将它从两峰之间喷薄而出、气势飞动的景象和悬空飞泻的姿态也描绘得栩栩如生。"直下"二字，写出了瀑布一泻到底、落势陡直、速度迅疾的特点，这正是香炉瀑布不同于三叠泉瀑布之处。同时也写出了瀑布奔腾不息的雄奇气势和无穷无尽的神奇力量。"三千尺"，即五古之"三百丈"，当然都是一种夸张，但对照周景式《庐山记》"其水出山腹，挂流三四百丈"之语，这种夸张也有其文献依据，夸张得并不失实。这一句可以看作对瀑布的动态描写。

末句"疑是银河落九天"是凝神欣赏瀑布时产生的惊讶、奇幻的感觉。在恍惚中，眼前那从高处直泻而下的瀑布仿佛幻化成了一条从九天之上落下的银河。这就把前面所描绘的景象升华到了幻想中的境界。这是整首诗中给读者留下的印象最深刻、美感最强烈的点睛之笔。不但赋予瀑布以非凡的雄伟气势与力量，而且赋予它以超人间超自然的神奇色彩。使人感到这只能是造化的创造，所谓"壮哉造化功"，或者如苏东坡所说，是"帝遣银河一派垂"。瀑布因而成为宇宙的神奇伟力和永不停息的生命力的象征。而这种浪漫主义的想象当中又蕴含了心胸开阔、性格豪放、被人们称为"谪仙人"的李白独特的主观感受和精神气质。瀑布那雄奇飞动的气势，雄迈神奇的力量，永不停息的生命力，都仿佛有诗人自己的影子。不妨说，李白在观赏瀑布的过程中自然而然地与对象融为一体，因此才能在传瀑布之"神"的同时传出自己的神采个性。

值得玩味的是，五古中也同时出现了"初惊河汉落"这样的比喻，但它却显然没有收到七绝中所产生的巨大艺术效果。这跟诗人将这个创造性的比喻放在什么位置大有关系。在五古中，这比喻仅仅是对瀑布进行全面细致描绘中的一个局部，而且将它放在一系列多侧面的描绘当中，并未着意加以强调，因此并没有引起读者的充分注意，只是将它看作一个有创意的比喻匆匆读过。而在七绝中，诗人是将它放在末句的位置上作为全篇的警策、全诗的神魂出现的，因此格外引人注目。更重要的是，在它之前，诗人又围绕这个警策进行了充分的铺垫和渲染。第一句就勾画了香炉峰上紫烟氤氲弥漫、变幻不定的背景，只有在这种隐约朦胧、缥缈多彩的背景下，才有可能产生"银河落九天"的幻觉联想；第二句的"挂前川"三字，更进一步将飞泻而下的瀑布与悬挂的河流联系起来，为"银河落九天"从形态上作了准备；第三句的"飞流直下"，更直接创造出瀑布仿佛从天而降的态势，这离"银河落九天"已经只有一层之隔了。但以上描写的，基本上还都是现实世界中的景象，而"银河落九天"则是幻想中的景象，因此前三句虽从各方面充分蓄势，但第四句所创的境界对前三句来说，仍是一个飞跃。妙在诗人在"银河落九天"之前用了"疑是"这个极灵动极真切的词语，准确传神地表达了诗人当时那种恍恍惚惚，似真似幻的主观感受和心理状态，那种半是神奇半是惊叹的感情。如果改成"正似""恰似"一类词语，含义确定了，但这种似真似幻的感受也就消失了，灵气也随之索然。用得传神，正由于用得恰如其分。喜欢夸张的李白，在这个高度夸张的句子里，却用了一个非常老实的词语，这说明艺术的分寸感的掌握与高度的夸张并不矛盾，而是可以达成一种奇妙的统一。

秋登宣城谢朓北楼^①

江城如画里^②，山晚望晴空^③。两水夹明镜^④，双桥落彩虹^⑤。人烟寒橘柚^⑥，秋色老梧桐^⑦。谁念北楼上，临风怀谢公^⑧！

[校注]

①谢朓北楼，即谢公楼，南朝齐谢朓任宣城太守时在陵阳山上所

建，自称"高斋"者。朓有《郡内高斋闲坐答吕法曹》诗。此诗约天宝十二三载（753、754）秋李白在宣城时所作。②江城，指宣城，因有宛溪、句溪二水绕城流过，故称。③晚，诸本均作"晚"，独《全唐诗》作"晓"，当误，兹据诸本改。④两水，指宛溪、句溪，二水于宣城东北合流。夹明镜，形容清澈如镜的两条溪水环抱全城而过。此句句法实为两水如明镜之夹城。或谓"明镜"指宣城附近之明镜湖，原位于宛溪与句溪之间，故曰"夹"，今湖已废。⑤双桥，指宛溪上的两座桥《江南通志》卷十六山川宁国府："宛溪在府城东，源出新田山，纳诸水而来，委蛇数十里，故曰宛溪。上下两桥。上曰凤凰，下曰济川，并跨溪上。"王琦注引《宣州图经》："宛溪、句溪两水绕郡城合流，有凤凰、济川二桥，开皇时建。"落彩虹，谓双桥拱形的身姿如天上落下的彩虹。⑥人烟，人家的炊烟。⑦句意谓在秋色中梧叶变黄，显得苍老。⑧谢公，指谢朓。

[笺评]

曾季貍曰：李白云："人烟寒橘柚，秋色老梧桐。"老杜云："荒庭垂橘柚，古屋画龙蛇。"气焰盖相敌。陈无己云："寒心生蟋蟀，秋色上梧桐。"盖出于李白也。（《艇斋诗话》）

方回曰：此诗起句似晚唐。中二联言景而豪壮，则晚唐所无也。宣州有双溪、叠嶂，乃此州胜景也，所以云"两水"。惟有"两水"，所以有双桥。王荆公《虎图行》"目光夹镜当座隅"，虎两目如夹两镜，得非仿谪仙"两水夹明镜"之意乎？此联妙绝。起句"江城如画里"者，即指此，三、四一联之景与五、六皆是也。谢朓为宣城太守，人呼为谢宣城，得太白表章之，其名逾千古不朽焉。（《瀛奎律髓》卷一）

严评曰：入画品中，极平淡，极绚烂。岂必王摩诘。（严评《李太白诗集》）

严评本载明人批："如画"，点醒。"晚""晴"点实。中四句如画景，颔联板景，腹联活景。结收归登楼。前六句皆楼中所见。又"寒"根"烟"字来，"老"根"色"字来。

朱谏曰：言登楼晚眺，但见两水绕城，如夹明镜；双桥卧水，如落彩虹。烟寒橘柚，而秋老梧桐。登楼所见，景物若此。惟念北楼之上，曾为谢公所登，今日之登楼者复能致忆夫谢公否乎！（《李诗选注》）

王世贞曰：剽窃模拟，诗之大病……唐人诗云："海色晴看雨，钟声夜听潮。"至周以言，则云："海色晴看近，钟声夜听长"……虽以剽语得名，然犹未见大决撒。独李太白有"人烟寒橘柚，秋色老梧桐"句，而黄鲁直更之曰："人家围橘柚，秋色老梧桐。"晁无咎极称之，何也？余谓中只改两言，而丑态毕具，变点金作铁手耳。（《艺苑卮言》卷四）

蒋一葵曰：中二联言景，所谓"江城如画"者，即指此。（《唐诗选笺释》）

李维桢曰："人烟寒""秋色老"独到。（《唐诗隽》）

唐汝询曰：宣城山水奇秀，晓望尤佳。水明若镜，桥架成虹，皆画景也。人烟因橘柚而寒，秋色为梧桐而老。斯时也，谁念我登此楼而怀谢朓乎？盖言调谐古人，而世之知己者寡也。（《唐诗解》卷三十三）

陆时雍曰：五、六清老秀出，是天际人语。（《唐诗镜》卷二十）

冯舒曰：看第二联，何尝分景与情？直作宣城语，几不可辨。（《瀛奎律髓汇评》引）

冯班曰：谢句也。太白酷学谢。（同上引）

《李诗直解》：此登北楼览秋景而因怀谢朓也。言登北楼望之，江城如在画里。山晓晴空，一览无余，尽在目中矣。两水夹绕，如明镜之光映；双桥遥落，如彩虹之架卧。烟村青，而秋气以寒橘柚；秋色来，而落叶以老梧桐。此皆凭栏所望之景也。谁念北楼之上，临秋风而怀风流文采之谢公？公不复生矣，吾与公千载一辙，登其楼而得不怀其人哉！

应时曰：（首句下评）下五字，言"如画"处。（"两水"四句评）工炼之至，不见痕迹，真化工也。尤妙在能起下。总评：题作不溢一字，而感慨无穷，逸思横出。（《李诗纬》）

丁谷云曰：情入乎凄者，即当作凄景语，然凄者恐入于寒，则为凄冷，不寒则为凄清。吾与先生审辨入微如此。二联真凄情语也。又闻先生曰：凄冷语非不可用，但以少为贵耳，尤当含蓄。（《李诗纬》引）

王尧衢曰：（首联）以登眺意起。宣城山川奇秀，况当秋晓气清，从楼头一望，远者近者，历历如画。下联乃承明之。（次联）此承上"如画"，是望中景。"两水"，即双溪也，在府城下。二水合流，其明若镜也。双桥亦在府城外，一名凤凰，一名济川，望之若彩虹之落也。此皆"如画"。（腹联）此写秋意。橘柚产于南国，天晓气寒，故人烟与之俱寒，梧桐一叶落而天下知秋，今乃秋色已老。太白当此时也，感秋意深而怀古意远矣。（末联）合上意云：我于此时登楼，临风而怀谢公，亦谁复有人念我怀谢公之情？言知希也。前解秋登北楼，后解感秋而怀谢公。（《古唐诗合解》）

查慎行曰：山色，一本作"山晓"，当改此以避第六句（秋色）。（《初白庵诗评》）

史流芳曰：上四句写宣城，五、六句写秋，末结谢公北楼。安顿妥，起伏犹佳。看"两水""双桥""梧桐""橘柚"，真如画里。"望"字即"登"字，"晴空"即"秋"字，非晴空不能历历见之如是。（《固说》）

吴昌祺曰：此种自堪把臂玄晖。（《删订唐诗解》卷十六）

何焯曰：中二联是秋霖新霁绝景。落句以谢朓惊人语自负耳。（《瀛奎律髓汇评》引）

纪昀曰：五、六佳句，人所共知。结在当时不妨，在后来则为窠

曰语，为浅率语，为太现成语。故论诗者，当论其世。（同上引）

朱之荆曰：虚摹起，次句倒叙于下。次联足下，三联秋日，皆所望之"如画"者。结点破"楼"字并"谢公"。（《闲园诗抄》）

《唐宋诗醇》：风神散朗。五、六写出秋意，郁然苍秀。（卷七）

沈德潜曰：（中）二联俱是如画。人家在橘柚林，故"寒"；梧桐早凋，故"老"。（《重订唐诗别裁集》卷十）

顾安曰："明镜"、"彩虹"、"寒"字、"老"字，皆在秋天晴空中看出，所以为妙。乃知古人好句，必与上下文关合。若后人就句论句，不知埋没古人多少好处。（《唐律消夏录》）

屈复曰：三、四人多赏之，余嫌近俗。五、六佳甚。山谷改"烟"为"家"，评者嗤为点金成铁手，然亦不言"烟"之不为"家"者何在。（《唐诗成法》）

黄叔灿曰：首二句提唱"望"字。中四句状楼所见景色，所谓"如画里"也。落句盖谓谢公当日所见江城景色亦不异此。临风怀谢，人不知而我独念之，故着"谁念"二字。（《唐诗笺注》）

吴瑞荣曰：不捉着旧人旧事，乃得佳句。末才涉"北楼""谢公"，又用"谁念"二字翻出空境。按"烟寒"一联，融洽入微。（《唐诗笺注》）

卢舆曰：三、四高华，非止骈丽。五、六句眼老成，复以自然成其名句。（《闻鹤轩初盛唐近体读本》）

方霞城曰：中四写景如画，正从起句生情。（同上引）

胡本渊曰："寒"字、"老"字，实字活用，是炼字法。（《唐诗近体》）

吴汝纶曰：（"两水"二句）刻画鲜丽，千古常新。（"人烟"二句）苍老峭远。（《唐宋诗举要》卷四引）

[鉴赏]

这首登临怀古诗和一般的同类诗作多将内容的侧重点放在怀古上，

写景每多围绕怀古之情展开不同。它的侧重点显然放在写景上，怀古之意仅于篇末一点即止。全篇留给读者印象最深，最具诗情画意的无疑是江南山环水绕的小城那一派明丽绚烂的秋色。

首句以充满抒情赞叹意味的笔调凌空而起。江南地区，水无论大小均称"江"，所谓"江城"即指有宛溪、句溪绕城而流的宣城。"如画里"三字直贯颔、腹二联，极概括又极具诱惑力。五个字不仅统摄全篇，而且突出强调了诗人登楼的瞬间所获得的总体感受，渲染出浓烈的抒情氛围。起得既飘逸潇洒，又具有艺术冲击力，使读者也随着诗人的一声深情咏叹而顿生神往之感。

接下来一句，才从容交代这种强烈的第一印象是在什么情况下获得的。"山"指陵阳山，亦即建有北楼的诗人登临的地点。"晚"点明时间已近日暮。"晴空"则强调登临时的天气正值晴空万里，一碧如洗，其中暗藏"秋"字。"望"字既统摄全句，也统摄前六句。前三联所写的都是诗人在一个晴空一碧的傍晚登山（亦即登楼）远望所见。

颔联写望中所见的水和桥，这本是"江城"的特点。但在诗人的彩笔渲染下，却都鲜丽如画。"两水"指宛溪、句溪二水。据《清一统志》记载，"宛溪在宣城县东门外，源出县东南峄山，至县东北里许与句溪合。句溪在宣城东三里，溪流回曲，形如句字"。两水清澈如镜，绕城而流，故说"两水夹明镜"。诗的特殊句法结构给读者造成的视觉印象，仿佛是两条溪水当中夹了一面明镜，这虽是因句法造成的衍生义，却也同样鲜丽如画。"双桥"句是望中所见宛溪上的两座拱桥，就像天上落下的彩虹，横跨溪水两岸。着一"落"字，不仅赋予静止的拱桥以飞动之感，而且渲染了它的神奇，仿佛天外飞来。而"彩"字则进一步渲染桥的色彩鲜明绚丽。两句在字里行间，同样渗透了诗人对如此美好景色的热情赞叹。

腹联写望中所见江城秋色。"人烟"指人家的炊烟，而"橘柚"则是江南地区人家庭院果园中常见的果木。"人烟"与"橘柚"之间着一"寒"字，正是写江城秋色的传神之笔。深秋的傍晚，缭绕在橘柚之间的轻烟似乎带着一股寒凉的意味。在诗人的感觉中，橘柚好像是由于轻烟散发的寒意使它的果实染黄了，显出了分明的秋意。"人烟"之"寒"，诗人是如何感受到的呢？仿佛无理。但秋天傍晚那种沁人肌肤心神的寒意，此刻正在山上楼头的诗人无疑是处在它的包围之中而且明显感受到的。正是感受的自然传导，使诗人感到连人家的炊烟也带上了寒意，而使橘柚受到了浸染。因此，这个"寒"字，乃是处于秋天寒意的氛围中的诗人将自己主观感受移之于客观景物的结果，和说"秋山"是"寒山"，说"秋烟"是"寒烟"是一个道理，只不过诗人将它用作动词，显得分外新警而已。这正是对"秋"意的传神描写，因为它无所不在，沁人心神，沉浸景物。下一句"秋色老梧桐"同样是诗人的主观感受作用于客观物象的结果。"秋色"虽是一个似乎抽象的集合性意象，却是由一系列具象的景物组成的，举凡经霜的红叶、篱边的黄菊、田野上金黄的稻谷、树梢上金黄的果实，乃至寥廓高远的秋空，都可以包括在"秋色"之中。在诗人的感觉中那人家屋旁的梧桐树，仿佛是受了这一片秋色的熏染，而变老了，显现出枯黄的树叶。本来，梧桐树是秋天较早变黄落叶的，故可因梧叶落而知秋，这里却说成"秋色老梧桐"，自是诗人主观感受作用的结果。这同样是对秋色的传神描写，在诗人笔下，"秋色"也成了有生命的东西，它能使绿叶成荫的梧桐在它的浸染下慢慢变老。

这一联写江城秋色，虽用了"寒""老"等字眼，但景物的色调并不显得凄寒黯淡、萧瑟冷寂。"秋色"的意象本身就包含着诸多江南秋景的绚丽多彩，就连那受了带着秋意的寒烟浸染的橘柚，也是叶绿果黄，纷然在目的。再加上那"寒"字、"老"字中，还隐隐透出了一种大自然的生气流注的意趣，更使得整个境界不显得枯寒冷寂。而是显示出江南秋景的绚丽多彩、生机盎然的美感。

尾联紧扣题内"谢朓北楼"，将目光收归登临之地的眼前之境，思绪却远溯往昔，说我今登谢朓所建的北楼，对景临风，怀念谢公。悠悠此情，又有谁能解会呢？若只说"今日北楼上，临风怀谢公"，便直遂少味，着"谁念"二字，便隐然有无人会登临意的蕴涵，平添了隽永的情味。李白钦服谢朓，从现有提及谢朓的诗句看，主要是推赏其诗才诗风，"怀谢公"之中，未必有更深的含意。但"谁念"二字中，或许包含有谢朓之诗才，今世唯我独为真正的知音；我今登楼怀谢公，异日登此楼者，又有谁为我之知音呢？在自赏自负之中流露出一丝孤寂感，令人神远。由于李白对谢朓的特殊推崇知赏，这个看似泛语的结尾便有了值得涵泳的情味，有了摇曳不尽的风神。这个结尾，与前三联之鲜丽俊逸的格调也完全统一。

望天门山①

天门中断楚江开②，碧水东流至此回③。两岸青山相对出④，孤帆一片日边来⑤。

[校注]

①天门山，《元和郡县图志·江南道·宣州》：当涂县："博望山，在县西三十五里，与和州对岸。江西岸曰梁山，在溧阳县南七十里。两山相对如门，俗谓之天门山。"博望山，今又称东梁山，江西岸之梁山又称西梁山。两山夹江对峙。郁贤皓《李白选集》谓此诗当是开元十三年（725）初次过天门山时所作。②天门中断，谓本来合拢成一体的天门山从中断开。楚江，当涂在战国时属楚国，故称这一带的长江为楚江。开，打开。③至此，《全唐诗》原作"至北"，宋蜀刻本作"直北"，萧本、郭本作"至北"。《方舆胜览》引作"至此"。王注引毛先舒（西河）曰："因梁山，博望夹峙，江水至此一回旋也。时刻误'此'作'北'，既东又北，既北又回，已乖句调，兼失义理。"兹据缪本一作"至此"改。詹锳《李白全集校注汇释集评》云：

"按‘直北回’即是直向北转而流，并非‘既北又回’。"④两岸青山，指博望山与梁山，即今之东、西梁山。⑤孤帆，指诗人所乘的船。日边来，指从西边上游落日的方向驶来。或据《世说新语·夙惠》载晋明帝少时其父问长安与日孰远，明帝答曰"日远，不闻人从日边来，居然可知"之语，谓日边指长安，非。详鉴赏。

[笺评]

陆游曰：（出姑孰）至大信口泊舟。盖自此出大江，须风便乃可行，往往连日阻风。两小山夹江，即东梁、西梁，一名天门山。李太白诗云："两岸青山相对出，孤帆一片日边来。"……皆得句于此。（《入蜀记》）

严评曰：自然清遒。（严评《李太白诗集》）

严评本载明人批：景本奇，道得意亦快。但第二句微拙。（同上）

郭濬曰：说尽目前山水，将孤帆一片影出"望"字，诗中有画。（《增定评注唐诗正声》）

叶羲昂曰：一幅绝好画意。（《唐诗直解》）

《唐诗训解》：指点景物如画。

朱谏曰：此李白自宣城下金陵时，由江中所见也。（《李诗选注》）

唐汝询曰：上三句写天门之景。落句言己之来游时，盖初去京华而适楚，故有"日边"之语。（《唐诗解》卷二十五）

周珽曰：以山"相对"，照应"中断"，以水"流回"，照应"江开"，意调出自天然。将"孤帆一片"影出"望"字，诗中有画。（《删补唐诗选脉笺释会通评林·盛七绝中》）

周敬曰：一幅画景。（同上）

《李诗直解》：此咏天门之对峙而赋望中之景也。言天门固一气也，因中断而楚江得开，碧水向东流，至此而忽为旋转，以波涛之汹涌而砥柱也。两岸青山夹大江相对以出，凝望缥缈之际，孤帆一片，从日边而来。此时此景，直与心会，而言有不能尽者。

黄生曰：语无深意，写景逼真。（末句）意在言外。（《唐诗摘抄》卷四）

吴昌祺曰："日边"，或东或西皆可，不必指京师。（《删订唐诗解》卷十三）

应时曰：（末）二句确是"望"。总评：摹景如画。（《李诗纬》）

《唐宋诗醇》：对结另是一体。词调高华，言尽意不尽，不得以半律讥之。（卷七）又曰：此及"朝辞白帝"等作，俱极自然，洵属神品，足以擅场一代。

黄叔灿曰：此天然图画境界，正难有此大手笔写成。（《唐诗笺注》）

宋顾乐曰：此等诗真可谓"眼前有景道不得"也。（《唐人万首绝句选》评）

俞陛云曰：大江自岷山来，东趋荆楚，至天门稍折而北，山势中分，江流益纵，遥见一片白帆痕，远在夕阳明处。此诗赋天门山，宛然楚江风景。《下江陵》（按：即《早发白帝城》），宛然蜀江风景，解手固无浅语也。（《诗境浅说》续编）

刘拜山曰：此写天门上游东望之景。前半写近望，后半写远望。从两山夹峙中遥见日边孤帆，又是"开"字神理。（《千首唐人绝句》）

[鉴赏]

天门山是今天安徽当涂县的东梁山（古代称博望山）与和县的西梁山的合称。两山夹长江对峙，像一座天设的门户，形势险要，"天门"即由此得名。诗题中的"望"字，说明诗中所描绘的是远望所见天门山壮美景色，历来的许多注本由于没有弄清"望"的立脚点，所以往往把诗意理解错了。

天门山夹江对峙，所以写天门山离不开长江。诗的前幅即从"江"与"山"的关系着笔。第一句"天门中断楚江开"，着重写出浩荡东流的楚江（长江流经战国楚旧地的一段）冲破天门奔腾而去的气势。它给人以丰富的联想：天门两山本来是一个整体，阻挡着汹涌的江流，由于楚江怒涛的冲击，才撞开了"天门"，使它"中断"为东西两山。这和作者在《西岳云台歌送丹丘子》中所描绘的情景颇为相似："巨灵（河神）咆哮擘两山（指黄河西边的华山和东边的首阳山），洪波喷流射东海。"不过前者隐后者显而已。在作者笔下，楚江仿佛成了有巨大生命力的事物，显示出冲决一切阻碍的神奇力量，而天门山也似乎默默地为它让出了一条通道。

第二句"碧水东流至此回"，又反过来着重写夹江对峙的天门山对汹涌奔腾的楚江的约束力和反作用。由于两山对峙，浩阔的长江流经两山间的通道时，激起回旋，形成波涛汹涌的奇观。如果说上一句是借山势写出水的汹涌，那么这一句则是借水势衬出山的奇险。有的本子"至此回"作"直北回"，解者以为指这一带的长江由东流向正北方向回转。这也许称得上是对长江流向的精确说明，但不是诗，更不能显现天门山奇险的气势。试比较《西岳云台歌送丹丘子》的开头几句："西岳峥嵘何壮哉！黄河如丝天际来。黄河万里触山动，盘涡毂转秦地雷。""盘涡毂转"也就是"碧水东流至此回"，同样是描绘成万里江河受到峥嵘奇险的山峰阻遏时出现的情景。绝句尚简省含蓄，所以不像七古那样写得淋漓尽致，惊心动魄。加上这一段江流相对于《西岳云台歌送丹丘子》中所写的黄河比较宽阔平缓，因而虽受阻而激起回旋，却不至于发出雷鸣般的巨大声响。

"两岸青山相对出，孤帆一片日边来。"这两句是一个不可分割的整体。上句写望中所见天门山的雄姿，下句则点醒"望"的立脚点和诗人的淋漓兴会。诗人并不是站在岸上的某一个地方望天门山，他"望"的立脚点便是从"日边来"的"孤帆一片"。读这首诗的人大都赞赏"两岸青山相对出"的"出"字，因为它使本来静止不动的山带上了动态美，却很少去考虑诗人何以有"相对出"的感受。如果是站在岸上某个固定的立脚点"望天门山"，那恐怕只能产生"两岸青山相对立"的静态感。反之，舟行江上，顺流而下，望着天门山由远而近，扑进眼帘，显现出愈来愈清晰的身姿时，"两岸青山相对出"的动态感就非常突出了。"出"字不但逼真地表现了舟行顺流而下的过程中"望天门山"时夹江对峙的两山势如涌出的姿态，而且寓含了舟中的诗人那份新鲜喜悦之感。夹江对峙的天门山，似乎正迎面向自己走来，表示它对江上来客的欢迎。

青山对远客既如此有情，则远客自当更加兴会淋漓。"孤帆一片日边来"，正传神地描绘出孤帆背映日影，乘风破浪，越来越靠近天门山的情景，和诗人欣睹名山胜景，目接神驰的情状。它似乎包含着这样的潜台词：雄伟险要的天门山啊！我这乘一片孤帆的远方来客，今日终于看见了你。试比较陈子昂的《渡荆门望楚》尾联"今日狂歌客，谁知入楚来"，其兴奋之情自见。由于末句在叙事中饱含诗人的激情，这首诗便在描绘出天门山雄伟景观的同时突出了诗人的自我形象。如果要正题，诗题应该叫"舟行望天门山"。

早发白帝城①

朝辞白帝彩云间②，千里江陵一日还③。两岸猿声啼不尽④，轻舟已过万重山⑤。

[校注]

①白帝城，古城名，故址在今重庆市奉节县东瞿塘峡西口之长江北岸，相传为公孙述所筑。《水经注·江水一》："江水又东迳鱼腹县故城南，故鱼国也。……公孙述名之为白帝，取其王色。"奉节古称鱼腹，西汉末公孙述割据时迁鱼腹于此，称白帝城。公孙述至鱼腹，

有白龙出井中，自以承汉土运，故称白帝，改鱼腹为白帝城。诗当作于乾元二年（759）长流夜郎途经白帝城时遇赦，旋即回舟东还行抵江陵时。宋蜀刻本题下注："一作白帝下江陵。"②白帝城在白帝山上，地势高峻，坐在顺流而下的船上往回看，白帝城如在彩云之间，故云。"彩云"指奇幻多彩的云霞，此处或暗用宋玉《高唐赋序》巫山神女"旦为朝云，暮为行雨"的典故。距白帝城不远有巫山县，有巫山十二峰之神女峰，上常有彩云缭绕。③《水经注·江水》："自三峡七百里中，两岸连山，略无阙处，重岩叠嶂，隐天蔽日。自非亭午夜分，不见曦月。至于夏水襄陵，沿沂阻绝，或王命急宣，有时朝发白帝，暮到江陵，其间千二百里，虽乘奔御风，不以疾也。"④尽，《唐诗品汇》《唐人万首绝句选》《唐诗别裁》《唐宋诗醇》作"住"。《水经注·江水》："每至晴初霜旦，林寒涧肃，常有高猿长啸，属引凄异，空谷传响，哀转久绝。故渔者歌曰：'巴东三峡巫峡长，猿鸣三声泪沾裳。'"⑤轻舟已过，宋蜀刻本一作"须臾过却"。

[笺评]

朱谏曰：此李白自蜀而东游时也。言朝辞白帝城于彩云之间，顺流而下，一日千里，晚至江陵。两岸猿啼声犹未了，而扁舟已过乎万重之山矣。水峻舟速有如此也。（《李诗选注》卷十二）

焦竑曰：盛弘之谓白帝至江陵甚远。春水盛时，行舟朝发暮至。太白述之为约语，惊风雨而泣鬼神矣。（《删补唐诗选脉笺释会通评林·盛七绝中》引）

杨慎曰：盛弘之《荆州记》巫峡江水之迅云："朝发白帝，暮到江陵，其间千二百里，虽乘奔御风，不以疾也。"杜子美诗："朝发白帝暮江陵，顷来目击信有征。"李太白："朝辞白帝彩云间，千里江陵一日还。两岸猿声啼不住，轻舟已过万重山。"虽同用盛弘之语，而优劣自别，今人谓李、杜不可以优劣论，此语亦太愦愦。又曰：白帝至江陵，春水盛时行舟朝发夕至，云飞鸟逝，不是过也。太白述之为韵语，惊风雨而泣鬼神矣。太白娶江陵许氏，以江陵为不远，盖室家所在。（《升庵诗话》卷七）

胡应麟曰：太白七言绝，如"杨花落尽子规啼""朝辞白帝彩云间"……读之真有挥斥八极，凌属九霄。贺监谓为谪仙，良不虚也。（《诗薮·内编》卷六）又曰：古大家有齐名合德者，必欲究竟，当熟读二家全集，洞悉根源，彻见底里，然后虚心静气，各举所长，乃可定其优劣。若偏重一隅，便非论笃。况以甲所独工，形乙所不经意，何异寸木岑楼，钩金舆羽哉！正如"朝辞白帝"，乃太白绝句中之绝出者，而杨用修举杜歌行中常语以当之。然则《秋兴》八篇，求之李集，可尽得乎？（《诗薮·外编》卷四）

桂天祥曰：亦有作者，无此声调，此飘逸。（《批点唐诗正声》）

郭濬曰："已过"二字，便见瞬息千里。点入"猿声"，妙，妙。（《增定评注唐诗正声》）

《唐诗训解》：笔势迅如下峡。

唐汝询曰：白帝居江之上流，舟从云间而下，故能瞬息千里。（《唐诗解》卷二十五）

谭元春曰：忽然。写得出。（《唐诗归》）

严评本载明人批：浑是快调。次句点醒有力。"猿""山"入得天然，一闻一见。"彩云"借衬亦佳，见高意。又曰：写奇险之境偏不惊张，说得有神有韵，所以妙绝。

周敬曰：脱洒流利，非实历此境说不出。（《删补唐诗选脉笺释会通评林·盛七绝中》）

《李诗直解》：此咏峡江之水溜而舟行神速也。清晨之时，每多霞彩，舟于此时而辞白帝之城，暮至江陵，千里之遥，一日而还。虽乘奔御风，无此疾也。两岸猿声，啼犹未住，是声尚在也，轻舟疾飞，已过万重之山矣。此千里所以一日也。

汉仪曰：境之所到，笔即追之，有声有情，腕疑神助，此真天才

也。（张揔辑《唐风采》引）

吴敬夫曰：只为第二句下注脚耳，然有意境可想。（《唐诗归折衷》引）

徐增曰：公孙述据蜀时，井中见白龙，僭号白帝，城在鱼腹。早发舟，辞白帝城，地甚高，故曰"彩云间"。夔州至江陵，计一千二百里，"一日还"，早发白帝，暮抵江陵矣。峡长七百里，两岸连山，猿最多。猿夜啼，啼不住，是言早。"舟已过"，是言迅疾也。无他意。（《而庵说唐诗》卷十）

应时曰：等闲道出，却使人揣摩不及。（《李诗纬》卷四）

丁谷云曰：此是神来之调。（《李诗纬》卷四引）

黄生曰：一、二即"朝发白帝，暮宿江陵"语，运用得妙。以后二句证前二句，趣。（《唐诗摘抄》卷四）

朱之荆曰：意止于前二句，下二句又是从上二句绘出。插"猿声"一句，布景着色之法。第三句妙在能缓，第四句妙在能疾。一作"须臾过却万重山"，便呆。不但呆，且与"一日"字重。（《增订唐诗摘抄》）

沈德潜曰：写出瞬息千里，若有神助。入"猿声"一句，文势不伤于直。画家布景设色，每于此处用意。（《重订唐诗别裁集》卷二十）

《唐宋诗醇》：顺风扬帆，瞬息千里。但道得眼前景色，便疑笔墨间亦有神助。三、四设色托起，殊觉自在中流。（卷七）

宋宗元曰：（首二句）一片化机。（三、四句）烘托得妙。（《网师园唐诗笺》）

李锳曰：通首只写舟行之速，而峡江之险，已历历如绘，可想见其落笔之超。（《诗法易简录》）

宋顾乐曰：读者为之骇极，作者殊不经意，出之似不着一点气力。阮亭推为三唐压卷，信哉！（《唐人万首绝句选》评）

桂馥曰：但言舟行快绝耳，初无深意。而妙在第三句，能使通首精神飞越，若无此句，将不得为才人之作矣。晋王廣尝从南下，旦自寻阳，迅风飞帆，暮至都。廣倚舫楼长啸，神气俊逸，李诗即此种风概。（《札朴》卷六）

施补华曰：太白七绝，天才超逸，而神韵随之。如"朝辞白帝彩云间，千里江陵一日还"，如此迅捷，则轻舟之过万重山不待言矣，中间却用"两岸猿声啼不住"一句垫之，无此句，则直而无味。有此句，则走处能留，急语仍缓，可悟用笔之妙。（《岘佣说诗》）

朱宝莹曰：绝句要婉曲回环，删繁就简，句绝而意不绝。大抵以第三句为主，而第四句接之。有实接，有虚接。承接之间，开与合相关，反与正相依，顺与逆相应，一呼一吸。如此诗三句"啼不住"三字，与四句"已过"二字。盖言晓猿啼犹未歇，而轻舟已过万山，状其迅速也。［品］俊迈。（《诗式》）

俞陛云曰：四渎之水，唯长江最为迅急。以万山紧束，地势复高，江水若建瓴而下，舟行者帆橹不施，疾于飞鸟。自来诗家，无与咏者，惟太白此作，足以状之。诵其诗，若身在三峡舟中，峰峦城廓，皆掠舰飞驰。诗笔亦一气奔放，如轻舟直下。惟蜀道诗多咏猿啼，李诗亦言两岸猿声，今之蜀江，猿声绝少，闻猿玃皆在深山，不在江畔，盖今昔之不同也。（《诗境浅说》续编）

刘永济曰：此诗写江行迅速之状，如在目前。而"两岸猿声"句，虽小小景物，插写其中，大足为末句生色。正如太史公于叙事紧迫中，忽入一二闲笔，更令全篇生动有味。而施均父谓此诗"走处仍留，急语仍缓"，乃用笔之妙。（《唐人绝句精华》）

刘拜山曰：起手即高占地步，故有顺流而下，一泻千里之妙。"两岸猿声"，正所以写万山夹峙，江流湍急意，使轻舟疾下暗中渡过，若明写便成拙笔矣。（《千首唐人绝句》）

[鉴赏]

此诗作年有开元十二年（724）初出峡时及乾元二年（759）遇赦

东归时二说。从诗的第二句"千里江陵一日还"的"还"字看，在写这首诗之前当有乘舟自江陵溯江上三峡的经历，则自以乾元二年遇赦东归时作为是。王建《江陵使至汝州》七绝云："回看巴路在云间，寒食离家麦熟还。日暮数峰青似染，商人说是汝州山。"与李白这首七绝同押删韵，韵脚全同，且一、二句叙事写景及写法类似，可能有意模仿或无意中受到李诗的影响，王诗第二句的"麦熟还"明指还家，亦可作为旁证。不过，说诗是抵达江陵后作，则似乎将第二句理解得太实太死，其实诗人只是化用盛弘之《荆州记》或《水经注·江水》的文字，说千里江陵一日可达而已，是舟中悬想之词，意思本较活泛。从末句看，诗或当作于船过三峡的重峦叠嶂，行将进入平野之时，是诗人的激动兴奋、轻松舒畅的心情正浓时挥笔而成的即兴之作。这样理解，诗的现场感会更加强烈，诗的新鲜感也会更加浓郁。

第一句"朝辞白帝彩云间"，表面上看是简单的叙事，交代早晨从白帝城出发，点明诗题。但"朝辞白帝"之后缀以"彩云间"三字，却起着点染景物、渲染气氛的重要作用。白帝城在白帝山上，从舟中回望，宛若处于云端，固是实情，但它却渲染出了一种美好而富于遐想的气氛。白帝城，本是诗人在长流夜郎途中所经历的一站，其时心情之忧伤、愁苦可以想见。如今突然遇赦，顿感天地再新，阳春重见，怀着喜悦兴奋的心情向它告辞，因而那高耸入云的白帝城也宛若彩云缭绕的缥缈仙境，而令诗人感到追恋向往了。如果满怀忧伤愁苦之情继续长流夜郎之行，即使看到同样的景物，也会视而不见，写不出"朝辞白帝彩云间"的诗句。说此诗者或言"彩云间"显示江流落差之大，水势之急，以衬托舟行之疾，可能未注意到"白帝彩云间"仅是"朝辞"的瞬间所见景象，其时诗人所乘之舟尚在白帝山下或离山不远处，不大可能将后来的行程及江流的地势落差也预计在内。三峡一带，重岩叠嶂，江流弯曲，舟行不久，当已不见"白帝彩云间"的景象了。

次句"千里江陵一日还"，是船出发后对行程的畅想。这种畅想，既有《荆州记》或《水经注·江水》"朝发白帝，暮到江陵"的文献记载依据，更有舟行轻疾如飞的现实情境依据。解者或据此句谓诗作于舟抵江陵以后，这恐怕是将途中的畅想当成了既成的事实。此诗纪行，大抵是按时间先后次序来写的。第一句写出发辞别白帝城，第二句写出发后途中畅想，语气口吻类似杜甫《闻官军收河南河北》的"即从巴峡穿巫峡，便下襄阳向洛阳"。三、四两句，则借"猿声"概写轻舟穿越千山万嶂的行程。虽"已过万重山"，但离江陵还有一段行程，不过已经在望了。这样看来，直至篇末，乃至此诗写成之际，江陵仍在望中，则第二句的"一日还"不可泥解自明。这句通过"千里"的遥远空间与"一日"的短暂时间的鲜明对照，显示出畅想中舟行的迅疾。且透露出诗人在畅想时按捺不住的兴奋喜悦之情。句末的"还"字，看似漫不经意，却极有蕴涵，极可玩味。在长流夜郎途中，诗人时刻都在盼望着被赦放还。"我愁远谪夜郎去，何时金鸡放赦回？"（《流夜郎赠辛判官》）"我行望雷雨，安得沾枯散。"（《流夜郎至西塞驿寄裴隐》）"予若洞庭叶，随波送逐臣。思归未可得，书此谢情人。"（《送郄昂谪巴中》）"二年吟泽畔，憔悴几时回？"（《赠别郑判官》）"独弃长沙国，三年未许回。"（《放后遇恩不沾》）在诗人的内心深处，被赦放还几乎是一个遥远而渺茫的幻想和梦境。如今，十五个月的宿愿竟突然实现，而且一日之间便可回到繁华的江陵，则这个"还"字蕴含的感情分量便可想而知了，举重若轻，正在这"还"字当中。

三、四两句是一个整体，借两岸连山叠嶂的猿声来表现"轻舟已过万重山"的行程之迅疾。三峡两岸多猿，《水经注·江水》有生动描写，且引渔者之歌为证。写这段行程提及猿声，本很自然。但在一般情况下，猿声与身行之疾、行程之速并无必然联系。但诗人却巧妙地以舟行过程中听觉的连续和视觉的倏变，传神地描绘了轻舟穿峡、其速如飞的情景。两岸连山，山山有猿，就实际情况说，每一座山的每一头猿的鸣声都是有"尽"时的；但由于舟行之疾，这两岸山上的猿声在感觉中就似乎连成了一片，没有休止。而就在这"猿声啼不尽"的过程中，轻舟已经驶过万重山峦，江陵已经在望了。"啼不尽"是错觉，却符合特定情况下听觉的真实，这个特定情况就是轻舟穿越两岸连山其速如飞。"已过"却是眼前的真实。听觉之幻与视觉之真，"不尽"与"已过"的呼应，既印证了"千里江陵一日还"的畅想，又传达出诗人当时那种意外的惊喜与兴奋。"猿声"似犹在耳，轻舟已经出峡，眼前所见，已是"山随平野尽，江入大荒流"了。

古代没有现代化的高速交通工具，陆行或可靠接力的骏马，水行则只能靠涨水季节江流湍急顺水行舟方能体验高速的快感与美感。李白这首诗，传神地表现了一种在常态下难以想象的高速度，以及诗人对这种高速的特殊而真切的感受。单就这一点，就极富创造性。但这首诗既非单纯的写景纪行诗，也并不单纯为了表达一种高速行舟的快感，而是有更加深刻内在的感情蕴涵。这就必须联系长流夜郎途经三峡时的心情和诗作，才能有切实的理解。其《上三峡》诗说："三朝上黄牛，三暮行太迟。三朝又三暮，不觉鬓成丝。"黄牛山在上三峡的入口处，山势高峻，加上江流宛转曲折难行，上行途中几天几夜都能看到，好像老围着它打转。舟行的迟缓、艰难，流放的愁苦、悲伤，使诗人的心情格外沉重，三朝三暮之间连头发都愁白了。这和《早发白帝城》诗中所表现的轻快喜悦、兴奋激动的心情正好成为鲜明对照。从中可以体味出诗中所洋溢出来的轻快之感，包含着一种劫后重生、摆脱枷锁、重获自由的轻松感、兴奋感。为了充分表达这种感受，诗人还特意给自己所乘的小舟之上加一"轻"字，生动地营造出一叶轻舟，飞掠水面，瞬息而过的场景，诗人的心也好像飞起来了。这种心情，也明显流露在遇赦出峡的其他诗作中。《宿巫山》："桃花飞绿水，三月下瞿塘。"《荆门浮舟望蜀江》："逶迤巴山尽，摇曳楚云行。雪照聚沙雁，花飞出谷莺。芳树却已转，碧树森森迎。"欣喜轻快之情，同样溢于字里行间，而且都不约而同地用了"飞"字。猿声，在《水经注·江水》中，是"哀啭久绝"，催人泪下沾裳的愁苦之音，但在这首诗中，"两岸猿声啼不尽"仿佛成了愉快旅途的轻松伴奏，成了清猿一路送我行了。总之，景物依旧，心情迥异，只有用长流途中上三峡时情景作为参照，才能真正深切感受并理解这首诗所表现的感情实质。

清代一些有眼光的诗评家都特别强调这首诗第三句的高妙，如朱之荆、沈德潜、桂馥、施补华等人的评语，从各个不同的侧面作了深入的发挥，可以参看。其实作为诗的素材，如前所述，《水经注》中早已提及，但一则作为舟行迅疾的巧妙映衬，一则作为旅人愁苦心绪的映衬，作用完全相反。李白利用旧有的素材作了全新的艺术处理，为表现其轻快喜悦的心情服务。这首诗的成功，关键就在第三句的天才创造以及它与第四句之间的巧妙配合。有一个小小的试验可以从反面证明这一点。在《水经注》中，形容舟行之快，用了"虽乘奔御风不以疾也"这样一个比喻句，如果李白利用现成的文字将诗的第三句改成"乘奔御风不以疾"来和第四句"轻舟已过万重山"配合，那么整首诗就灵气索然、拙笨平直得如庸人之作了。

宿五松山下荀媪家①

我宿五松下，寂寥无所欢。田家秋作苦②，邻女夜舂寒③。跪进雕胡饭④，月光明素盘⑤。令人惭漂母⑥，三谢不能餐。

[校注]

①五松山，在今安徽铜陵市东南。北临天井湖，南仰铜官山，西隔玉带河与长江相望。胡震亨《唐音癸签》卷十六："五松山，在南陵铜井西。初不知何名。李白以其山有松，一本五干，苍翠异恒，题今名。诗云：'征古绝遗老，因名五松山。'人皆知白改九子为九华，不知更有更五松事。"媪（ǎo），老年妇女。李白另有《南陵五松山别荀七》《五松山送殷淑》《与南陵常赞府游五松山》《答杜秀才五松山

见赠》《铜官山绝句》等有关五松山的诗作。瞿蜕园等《李白集校注》疑荀媪为荀七家人。詹锳《李白诗文系年》系此诗于上元二年（761），云："诗云：'我宿五松下，寂寥无所欢……令人惭漂母，三谢不能餐。'是则暮年寥落，与'数十年为客，未尝一日低颜色'时，不可同日而语矣。诗云：'田家秋作苦，邻女夜春寒。'当是秋季作。"安旗主编《李白全集编年注释》系于天宝十四载（755），郁贤皓《李白选集》入不编年诗。按：李白《答杜秀才五松山见赠》诗云："闻道金陵龙虎盘，还同谢朓望长安。千峰夹水向秋浦，五松名山当夏寒。铜井炎炉歊九天，赫如铸鼎荆山前。"詹锳据此谓："知太白由金陵经秋浦抵南陵五松山，时方当夏季。按李集中于五松山所赋诗甚多，俱是前后之作。"《答杜秀才五松山见赠》明显是安史乱前所作，而《宿五松下荀媪家》作于秋季，时间相接，当为同时先后之作。故作于天宝末（十三或十四载）比较可信。又，据《答杜秀才五松山见赠》"五松名山当夏寒"之句，五松山系李白更名之说殆不足信。②作苦，耕作辛苦。杨恽《报孙会宗书》："田家作苦，岁时伏腊，烹羊炮羔，斗酒自劳。"秋作苦，秋天耕作辛苦。③夜春，夜间春米。将带壳的粮食放在石臼中用杵捣之。④雕胡，即菰米。茭白的子实。《史记·司马相如列传》："其卑湿则生藏莨蒹葭，东蔷雕胡。"司马贞索隐："雕胡，案谓菰米。"《西京杂记》卷一："菰之有米者，长安人谓之雕胡。"用菰米煮的饭称雕胡饭。⑤明，映照。素盘，指农家用的无釉饰的白色粗瓷盘。⑥《史记·淮阴侯列传》："淮阴侯韩信者，淮阴人也。始为布衣时，贫无行，不得推择为吏，又不能治生商贾，常从人寄食饮，人多厌之者……信钓于城下，诸母漂，有一母见信饥，饭信，竟漂数十日。信喜，谓漂母曰：'吾必有以重报母。'母曰：'大丈夫不能自食，吾哀王孙而进食，岂望报乎！'"后被汉王刘邦用为大将。汉高祖五年，徙封楚王，都下邳。信至国，召所从食漂母，赐千金。此以"漂母"喻指荀媪。漂，漂洗衣服。漂母，漂洗衣服的老妇。

[笺评]

朱谏曰：言我宿于五松之下，寂寥而无所欢。适值田家秋来作苦而邻女夜春，老妪具雕胡之饭，素盘有洁白之色，情如漂母之待韩信也。我非韩信之比，未免有愧于心，乃三谢其意而不敢享其所进之食也。（《李诗选注》）

严评曰：是胜语，非怯语，不可错会。（严评《李太白诗集》）

谢榛曰：太白夜宿荀媪家，闻比邻春臼之声以起兴，遂得"邻女夜春寒"之句。然本韵"盘""餐"二字，应用以"夜宿五松下"发端，下句意重词拙，使无后六句，必不落"欢"韵。此太白近体先得联者，岂得顺流直下哉！（《四溟诗话》卷二）

严评本载明人批：次句淡弱。"秋作""夜春"好，"明素盘"亦少味。

陆时雍曰：清音秀骨，夫岂不佳？第非律体所宜耳。（《唐诗镜》卷二十）

《李诗直解》：此宿荀媪家，悯其贫苦而复感其惠也。言我宿媪家，寂寞无所欢娱，惟见田家有秋作之苦，邻女有夜春之寒，何其劳也！家无馀羡，以菰米之饭跪进敬客，而月光明于素盘之中，又何其贫而能进也。今荀媪不愧漂母，奈我非韩信，故三谢而不能餐也。不知日后能如韩信之报否。（卷五）

余成教曰："令人惭漂母，三谢不能餐。"夫荀媪一雕胡饭之进，素盘之供，而太白感之如是，且诗以传之，寿于其集。当世之贤媛淑女多矣；而独传于荀媪，荀媪亦贤矣。然不遇太白，一草木同毙之村姬耳。呜呼！人其不可知所依附哉！又曰：太白诗起句缥缈，其以"我"字起者，亦突兀而来。如"我随秋风来""我携一樽酒""我家敬亭下""我觉秋兴逸""我昔钓白龙""我有万古宅""我行至商洛""我有紫霞想""我今浔阳去""我昔东海上""我本楚狂人""我来竟

何事"“我宿五松下"“我浮黄河去京阙"“我吟谢朓诗上语"之类是也。(《石园诗话》卷一)

近藤元粹曰：村家苦况写出，如耳闻目见。(《李太白诗醇》卷四)

[鉴赏]

这首诗显示出李白身上非常平民化的一面，诗也写得极朴素真挚，如道家常，内容与形式达到高度的和谐。

起首一句，平直叙起，交代自己夜宿五松山下，朴素得如同一篇日记的开头。次句从容承接，点出自己的心境。"寂寥无所欢"五字，既是对自己寂寞孤独、无以为欢的心境的叙写，也透露入夜的山村寂静的氛围，但语气平和而从容，诗人好像对这种孤寂的环境与心境已经有些习以为常了。联系此前在宣城写的《独坐敬亭山》"相看两不厌，只有敬亭山"的诗句，可以体味出诗人在这一时期内心的孤独寂寞。

接下来一联，叙写夜宿山村所见所闻所感。诗人没有将笔触马上叙及荀媪家，而是泛写整个山村的情景。传统的旧日农村，日出而作，日入而息，但诗人夜宿的山村，却虽入夜仍有农民在田地里辛勤劳作，"田家秋作苦"正是对这种情况的概括叙写，"田家"可以包括荀家，但指向广泛。对具体的劳作情景虽未展开描写，但从句末的"苦"字中可以想见其艰辛勤苦，也透露出诗人的真挚同情。"邻女"自指荀媪家近邻的女子，笔触由远而近。在山村整体寂静的氛围中，那单调而不断的夜间舂米声不但显得格外清晰，吸引诗人的注意力，而且在秋夜的寒凉气氛中，似乎透出了一阵阵寒意。"夜舂寒"的"寒"字，似不经意，却极传神。它既传出了秋夜舂捣的神韵，也传出了诗人在侧耳倾听之际内心的孤寂凄寒的感触，以及对邻女夜舂辛勤劳作的悲悯。这一联实际上是诗人对山村农家生活辛劳贫苦状况的一个素描。

它同样是诗中所写夜宿荀媪家情景的环境和背景。有了前两联的感情背景、环境背景作为铺垫，后两联正面描写夜宿荀媪家所遇所感才显得有深度有厚度。

"跪进雕胡饭，月光明素盘。"当诗人将笔触正面写到荀媪家时，却只是精练到不能再精练的一个镜头：白发苍苍的荀媪恭恭敬敬地跪着进上雕胡饭，月光映照着素洁的盘子。这是一个无言的场景，却包蕴丰富，情味隽永。山村老媪待客的朴素真诚，诗人亲历其境时的心灵触动，都不着痕迹地融和在这无言的场景当中。那青碧晶莹的雕胡饭，明净如水的月光，和素洁的粗瓷盘，构成了一个玲珑剔透的世界，映射出山村老媪真淳纯朴、晶莹透明的内心世界，也洗净了诗人的灵魂。

"令人惭漂母，三谢不能餐。"尾联是诗人面对此情此景时发自内心的感慨。上联写到荀媪进雕胡饭，因而联想到漂母饭韩信之事，故用"漂母"喻指荀媪。或引李白另一首诗中"感子漂母意，愧我非韩才"之句以释"惭"字所包含的意蕴，联系诗人同时作的《书怀赠南陵常赞府》中"君看我才能，何似鲁仲尼。大圣犹不遇，小儒安足悲""自顾无所用，辞家方未归。霜惊壮士发，泪满逐臣衣。以此不安席，蹉跎身世违"等句，"惭"字中包含身世蹉跎、难以酬报漂母一饭之恩的意思情或有之。但联系此诗的颔联，诗人之所以感到惭愧，恐怕更主要的是由于山村的农家虽然劳作辛勤，生活贫苦，但心地却极淳朴善良，感情极真挚淳厚，这跟诗人所熟悉的污浊势利的上层社会形成鲜明对照。以荀媪为代表的山村百姓是另一世界中人。面对他们的深情厚谊，诗人不禁深感惭愧，以致"三谢不能餐"了。詹锳等谓："'不能餐'，谓不能下咽。"可见诗人感触之深。

在这首朴素得像水一样莹澈透明的诗里，李白一贯的豪纵不羁之气，飘逸风流之致，傲视权贵之概，都让位给了对山村老媪和农村生活的真挚感动和关切。诗人习用的夸张手法在这里也让位给自然而本色的叙写。但在朴素自然之中又蕴含着深永的情韵，营造出令人神远的意境，这在"邻女夜春寒""月光明素盘"等句中表现得尤为明显。

苏台览古①

旧苑荒台杨柳新②，菱歌清唱不胜春③。只今惟有西江月④，曾照吴王宫里人⑤。

[校注]

①苏台，指姑苏台。《墨子·非攻中》："（夫差）遂筑姑苏之台，七年不成。"孙诒让间诂："《国语》以姑苏为夫差事，与此书正合……《越绝》以姑苏为阖闾所筑，疑误。"汉袁康《越绝书·外记传吴地传》："胥门外有九曲路，阖闾造以游姑胥之台，以望太湖。"当是阖闾兴建，其子夫差增修。馀参《乌栖曲》注②。旧址在江苏苏州姑苏山上。詹锳《李白诗文系年》谓此诗"疑是初游姑苏时作"。郁贤皓《李白选集》谓"当是开元十五（727）春由越州回到苏州时作"。②旧苑，在姑苏台上建造的宫苑。③菱歌清唱，《文苑英华》作"采菱歌唱"。菱歌，采菱时唱的歌。多为女子所唱。不胜春，犹不尽春，无边的春意。④只今，至今。西江，指长江。唐人多称长江中下游为西江。⑤吴王宫里人，此当特指吴王夫差的宠妃西施。

[笺评]

谢枋得曰：前二句言苏台所见所闻，如此繁华安在哉！曾见其盛者，惟有此月耳。"苑""台""西江"，标地也；"柳色""菱歌"与"月"，缀景也。（《李太白诗醇》卷四引）

吴逸一曰：作法圆转，妙在"只今惟有"四字。（《唐诗正声》评）

桂天祥曰：千万怨恨人，便不能为一语。（《批点唐诗正声》）

叶羲昂曰：此首伤今思古，后作（指《越中览古》）思古伤今，得力全在"只今唯有"四字。（《唐诗直解》）

《唐诗训解》：结句与卫万《吴宫怨》同。

严评曰：感慨语，极清深，但太白多用此，亦不堪数见。（严评《李太白诗集》）

严评本载明人批：此等声调，自是飘然不群。后二句犹是吊古常语，前二句写荒凉景，妙。

胡应麟曰：卫万《吴宫怨》："吴王宫阙临江起，不卷珠帘见江水。晓气晴来双阙间，潮声夜落千门里。句践城中非旧春，姑苏台下起黄尘。祇今唯有西江月，曾照吴王宫里人。"高华响亮，可与王勃《滕王阁》诗对垒。第末二句，全与太白同，不知孰先后也？（《诗薮·内编》卷三）

胡震亨曰：诸家怀古感旧之作，如"年年春色为谁来""唯见江流去不回""惟有年年秋雁飞""只今惟有西江月，曾照吴王宫里人"等句，非不脍炙人口，奈词意易为仿效，竟为悲吊海语，不足贵矣。诸贤生今，不知又作如何洗刷？（《唐音癸签》）

唐汝询曰：古称绮丽者莫若吴，今苑中春色非不佳也，要非吴宫旧物，求其亲涉当时之盛者，唯江月也。观此，则世之纷华靡丽，尽成空花矣。（《唐诗解》卷二十五）

陆时雍曰：意转愈深，格转愈老。"只今唯有西江月，曾照吴王宫里人"，意想转入无已，所以见气局之高。（《唐诗镜》卷二十）

周敬曰：太白《苏台》《越中》二诗，无非夕阳流水、衰草闲花之感。览古历秦汉魏晋南北，畴不到黍离之日！然则当时吴越战争侵灭，只多得一番闲气是非。声歌宴乐，徒添得千载兴亡话柄而已。繁华安在？英雄何有？静言思之，江月山鸟亦属虚景。（《删补唐诗选脉笺释会通评林·盛七绝中》）

周珽曰：千万怨恨人，不能为一语。（同上）按：此与桂天祥评同。

陈继儒曰：末二句如天花从空中幻出。（《唐诗三集合编》）

王夫之曰：七言绝句，唯王江宁能无疵。储光羲、崔国辅其次者。至若"秦时明月汉时关"，句非不炼，格非不高，但可作律诗起句，施之小诗，未免有头重之病。若"水尽南天不见云""永和三日荡轻舟""囊无一物献尊亲""玉帐分弓射虏云"，皆所谓滞累者，以有衬字故也。其免于滞累者，如"只今唯有西江月，曾照吴王宫里人""黄鹤楼中吹玉笛""江城五月落梅花""此夜曲中闻折柳，何人不起故园情"，则又疲苶无生气，似欲匆匆结煞。（《夕堂永日绪论内编》卷二）

丁谷云曰：意若尽而味无穷，真绝句体也。（《李诗纬》卷四引）

《李诗直解》：此伤今思古而见繁华之易尽也。言吴王之桂苑已旧，苏台已荒，而杨柳犹新。彼时日与西施为水戏，而菱歌清唱，宫妓千人，不胜春矣。只今唯有西江之月，千载流辉，已曾照吴王宫里之人也，而昔日之乐，今安在哉！（卷六）

应时曰：下二句虽与卫万《吴宫怨》同，然各有照应。（《李诗纬》卷四）

王尧衢曰：此"只今唯有"四字，用在转句。又曰：苑已旧，台已荒，惟柳色长年新耳。"新""旧"二字便写感慨。（结句）所谓"今月曾经照古人"也。（《古唐诗合解》卷五）

潘耒曰：前半言苑中春日，宜繁华矣，而不见苏台，但见杨柳菱歌，竟似秋风萧飒者，起下"只今"二字，后半言见此外无一故物矣，无限感慨。（《李太白诗醇》卷四引）

袁枚曰：见繁华易尽之意。求其睹当时之盛者。惟月耳。此二首（指本篇及《越中览古》）首句点题。（《诗学全书》卷一）

黄叔灿曰：吊古情深，语极凄惋。（《唐诗笺注》）

李锳曰：一、二句但写今日苏台之风景，已含起吴宫美人不可复见意，却妙在三、四句不从不得见处写，转从月之曾经照见写，而美人之不可复见，已不胜感慨矣。（《诗法易简录》）

宋宗元曰：（末二句）神韵天然。（《网师园唐诗笺》）

朱宝莹曰：首句言苑已旧，台已荒，惟杨柳年年新。"新""旧"二字便寓感慨。二句言荒台寂然，只有菱歌清唱于春风，不胜怀古之思。三句"只今惟有"四字，用在转句，言只西江月为昔年所有，曾照到夫差时。有了三句，便有四句，两句作一句读。〔品〕凄惋。（《诗式》）

刘拜山曰：末句吴王宫人与次句"菱歌清唱"暗相呼应，妙不着迹。太白每有此种微妙之境。论者不察，遂谓太白豪纵，不屑屑于此，岂其然乎！（《千首唐人绝句》）

[鉴赏]

"览古"，即游览古迹。览古诗一般都有怀古慨今、人事沧桑的感情内容，实际上就是通常所说的怀古诗。但在不同的时代，不同的诗人那里，它们的意蕴、情调往往有明显的区别。这首《苏台览古》和下一首《越中览古》是李白开元中期漫游吴越期间所作，其中虽也有今昔沧桑的感慨，但整个情调却并不伤感低回，而是在凭吊故迹的同时表现出对今昔沧桑、人事变化的从容洒脱态度，以及对眼前美好自然景物和生活的欣赏，体现出盛唐怀古诗的特有风神和诗人年青时代对生活的乐观态度。

首句"旧苑荒台"指昔日姑苏台上的吴宫如今已是一片荒凉残破的废墟。这是诗人"苏台览古"的第一印象，曰"旧"，曰"荒"，在触目苏台旧址的荒废时自然会引起历史沧桑感。但接下来的"杨柳新"三字，却在印证今昔变化的同时写出了诗人面对的现实生活、自然景色欣欣向荣，一派春天的生意。"新"与"旧"的对照，不是让人沉溺在对已经逝去的年代和事物的惋惜追恋上，而是给人一种古今迭代、新陈代谢的启示。

次句承"新"字，进一步渲染苏台登览所闻见的景象。"菱歌清唱", 指采菱女子清脆动人的歌唱;"不胜春", 是说她们的唱歌声中充溢着不尽的春意。这既显示了采菱少女青春的活力和对生活的热爱, 也渗透了诗人目睹耳闻之际心往神驰、为"菱歌清唱"所深深吸引的情状。这里所勾画的是充满生机活力的吴中春意图, 第一句中由于新、旧对照而引发的历史沧桑感, 在这里已经为对眼前美好春色的神往所代替。

三、四两句由眼前的"西江月"将今古打通, 转出自然景物依旧、历史人事沧桑的意蕴。诗人登览的时间是傍晚, 所以可以看到天上的初月。说"西江月", 固然是由于吴地滨江, 也由于"江"和"月"一样, 都具有亘古如斯的不变的自然属性。"只今惟有"四字, 重笔勾勒, 突出显示昔日的姑苏台上一切繁华景象, 均已荡然不存, 只有长江上的一弯明月, 曾经照临过往日吴王宫里的美人西施。对旧苑荒台之上发生过的旧事, 如今只能通过这亘古如斯的西江月去想象了。这里自然包含了人间繁华短暂、自然景象永恒的感慨。但诗人对此并没有发出沉重的叹息和低回不已的伤感, 而是在流转自如、清畅宛转的笔调中表露出一种从容洒脱的态度。一切人间的繁华都将随着时间的消逝成为历史陈迹, 但自然永恒, 明月长在, 杨柳长新, 生活中仍然充满青春的欢乐和春天的生意。一个繁荣昌盛的时代, 一个对前途充满幻想与展望的诗人, 当他面对历史陈迹时, 唤起的正是这种由今昔沧桑引发的对生活的热爱和珍重。"今人不见古时月, 今月曾经照古人。古人今人若流水, 共看明月皆如此。唯愿当歌对酒时, 月光长照金樽里。"《把酒问月》的这几句诗, 或许可以给这首诗的意蕴提供一种参照。

越中览古①

越王句践破吴归②, 义士还乡尽锦衣③。宫女如花满春殿, 只今惟有鹧鸪飞④。

①越中，指会稽，春秋时越国都城，今浙江绍兴市。郁贤皓《李白选集》谓"此诗当是开元十四年（726）初游会稽时所作"。②越王句践（？—前465），春秋末期越国君主。曾被吴王夫差所败，屈服求和，后卧薪尝胆，发愤图强，十年生聚，十年教训，任用贤能，终灭吴。后会诸侯，称霸。事详《国语·越语上》《史记·越王勾践世家》等。③义士，忠义之士，指灭吴之战中有功的将士。乡，宋蜀刻本及诸本多作"家"。④鹧鸪，鸟名。崔豹《古今注》卷中："鹧鸪出南方，鸣常自呼，常向日而飞。畏霜露，早晚希出，有时夜飞，夜则以树叶覆其背上。"按：鹧鸪形似雌雉，头如鹑，胸前有白圆点，如珍珠。背毛有紫赤浪纹，足黄褐色，为南方留鸟。

[笺评]

吴开曰：唐窦巩有《南游感兴》诗："伤心欲问当时事，惟见江流去不回。日暮东风春草绿，鹧鸪飞上越王台。"盖用李太白《览古》诗意也。（《优古堂诗话》）

谢枋得曰：前三句赋昔日豪华之盛，落句犹今日凄凉之景。有抑扬，有开合，真可为吊古之法。（《李太白诗醇》引）

敖英曰：吊古诸作，大得风人之体……《越中览古》诗，前三句赋昔之豪华，末一句咏今日之凄凉。大抵唐人吊古之作，多以今昔盛衰构意，而纵横变化，存乎体裁。（《唐诗绝句类选》）又曰：此与韩退之《游曲江寄白舍人》、元微之《刘阮天台》三诗，皆以落句转合，有抑扬，有开合，此格唐诗中亦不多得。（《唐诗训解》引）

严评本载明人批："鹧鸪飞"只就"春殿"翻意，与"义士""锦衣"无干。前二句则颂越王霸业耳。此应是览越王殿址而作。

唐汝询曰：前三句，状昔之豪华，落句，写目前之寂寞。鹧鸪本

越鸟，采入诗者，因所见也。后人遂以为吊古常谈，有何取义耶？（《唐诗解》卷二十五）

《唐诗广选》：（末句下批）今世反成怀古等题一套子矣。

《李诗直解》：此咏昔日豪华之盛而伤目前之凄凉也。言越王句践，蓄二十年之图谋，一旦灭吴而归，其同仇之义士，奏凯还家，尽着锦衣，以鸣得意。其宫中如花之美女，满于春殿之间，而豪华已极矣。只今春殿之地，唯有鹧鸪之鸟飞鸣其上，而今昔盛衰之感，宁能忘怀耶！

应时曰：上篇（《苏台览古》）言今不见古，此篇言古盛今衰，仅此"只今惟有"四字，各有意理。（《李诗纬》）

查慎行曰：用一句结上三句，章法独创。（《初白诗评》）

潘耒曰：上三句，何等喧热！下一句，何等悲感！但用"只今"一转，真有绘云汉而暖，绘北风而寒之事。（《李太白诗醇》卷四引）

王尧衢曰：此"只今唯有"四字用在合句，各尽其妙。又曰：上三句总以越王之豪华极言之，而以首句为骨，下用一承一转，言春殿废为荒丘，美人尽为黄土，只今所见，惟有鹧鸪飞而已。（《古唐诗合解》卷五）

钱良择曰：三句直下，一句转出，此格奇甚。（《唐音审体》）

沈德潜曰：三句说盛，一句说衰，其格独创。（《重订唐诗别裁集》卷二十）

黄叔灿曰：《苏台览古》以今日之杨柳菱歌，借映当年之歌声舞态，归之西江明月曾照当年，是由今溯古也。此首从越王破吴说起，雄图霸业，奕奕声光，追出"鹧鸪"一句结局，是吊古伤今也。体局各异。古人炼局之法，于此可见。（《唐诗笺注》）

《唐宋诗醇》：前《苏台览古》，通首言其萧索，而末一句兜转其盛；此首从盛时说起，而末句转入荒凉，此立格之异也。

李锳曰：前三句极写其盛，末一句妙用转笔以写其衰，格局奇矫。（《诗法易简录》）

宋顾乐曰：极力振宕一句，感叹怀古，转有馀味。（《唐人万首绝

句选》评)

管世铭曰：杜公"蓬莱宫阙对南山"，六句开，两句合；太白"越王句践破吴归"，三句开，一句合，皆律、绝中创调。(《读雪山房唐诗序例·论文杂言》)

朱宝莹曰：首句冒，二句承，三句转，均言越王之豪华。而三句美女如花，且满春殿，后则寂无所见，惟有鹧鸪飞而已，所谓开与合相关也。而此首"只今惟有"四字，与前首用法大异。前用之于开，而此用之于合也。[品] 悲壮。(《诗式》)

俞陛云曰：咏句践平吴事，据笔疾书，其异于平铺直叙者，以其有古茂之致。且末句以"惟有"二字，力缩全篇，诗格尤高。前二句言平吴归后，越王固粉黛三千，宫花春满；战士亦功成解甲，昼锦荣归。曾几何时，而霸业烟消，所馀者唯三两鹧鸪，飞鸣原野，与夕阳相映耳。(《诗境浅说》续编)

刘永济曰：两诗皆吊古之作。前者从今月说到古宫人，后首从古宫人说到今鹧鸪，皆以见今昔盛衰不同，令人览之而生感慨，而荣华无常之戒即寓其中。(《唐人绝句精华》)

刘拜山曰：七绝多以第三句转折，第四句缴结。此诗末句陡转上缴，语冷节促，盛衰之感倍烈。(《千首唐人绝句》)

[鉴赏]

作为《苏台览古》的姊妹篇，《越中览古》的基本构思(以今昔情景作对照，显示人事沧桑变化)和《苏台览古》是相同的，但结构章法却有明显区别，这一点前人和近人已经讲得很多。但似乎都忽略了两首诗的另一明显不同，这就是《苏台览古》是将古与今融合并置来进行对照的；而《越中览古》则是前三句纯然写古，后一句纯然写今，来进行古与今的对照。这种不同的艺术处理，所造成的艺术效果自然有所区别。

《苏台览古》的头一句便是古今在同一空间背景上交融并置的。"旧苑荒台"是古姑苏台遗迹，"杨柳新"却是今春新抽的绿枝，"旧苑荒台"所显示的"古"正与"杨柳新"所显示的"今"构成鲜明对照，也与下句"菱歌清唱不胜春"所显示的"今"包蕴的生机活力形成鲜明对照。这种对照所产生的直接艺术效果显然是在感慨历史遗迹的同时倍感当前情景的美好。三、四两句中的"西江月"横亘古今，"吴王宫里人"则是古，即用"西江月"融合古今，形成古今的对照，对照中传出的是对自然的永恒与人事的变化的感悟。由于诗人对昔日姑苏台之繁华热闹、轻歌曼舞并未作正面的渲染，仅以"旧苑荒台"及"西江月"曾照吴王宫里人淡淡着笔，因此感慨繁华消逝之意便不显得强烈，而是在古今对照中感到今日生活的美好，对古今的人事沧桑变化持一种从容洒脱的态度。

《越中览古》却不同。它用了四分之三的篇幅来写古时的情景，这在绝句这种短小的体裁中可称得上是极力铺陈渲染了。头一句"越王句践破吴归"是总提，说明诗人所怀的越中之"古"集中在越王句践破吴凯旋这个时段上。这是句践一生事业的高峰，也是越国强盛的顶峰，是最能体现越中之"盛"的节点。从中不难想象句践率领破吴的大军浩浩荡荡、奏凯而归的盛大场面和句践宿仇已报、宿愿已偿的踌躇满志情态。第二句写凯旋，有功将士尽得封赏，衣锦还乡的烜赫热闹场景。"尽"字透出有功受赏将士之众和花团锦簇般的鲜丽风光。第三句"宫女如花满春殿"，则写凯旋后的越王宫殿中，充满了美貌如花的宫女，使整个宫殿充满了骀荡醉人的春意。这是写胜利后的越王句践生活享受之盛，也暗点出诗人登览的地点可能就是越国宫殿的旧址，以上三句都是诗人在越宫旧址上展开的历史想象。

一般的览古诗，总是先从眼前面对的古迹写起，如《苏台览古》之"旧苑荒台杨柳新"即是。《越中览古》却很特别，前三句全写古时场景，一字未及眼前所面对的古迹，仿佛在写一首"越王破吴归"的咏史诗（咏史诗可以不要眼前景的触发），但实际上前三句所写情景全由眼前景触发，这眼前景便是在荒废的越王宫殿旧址上，只见鹧鸪鸟在往来飞翔。但如果按所见眼前景到所思古时景的次序来写，整首诗便索然无味。诗人将它倒过来写，先集中笔墨极力渲染往昔越国之"盛"——凯旋之盛，衣锦还乡之盛，宫女如花之盛，将"盛"意推上顶端，末句突然一笔折转，用"只今惟有鹧鸪飞"的寂寥荒凉与昔时的繁华热闹形成鲜明对比。由于落差巨大，这对比形成的艺术效果便特别强烈，短短七个字起了四两拨千斤的巨大作用。

这样一种先极力渲染昔时之盛，后突转跌今之寥落作收的艺术处理，使诗人要表达的盛衰不常、今昔沧桑之慨变得特别强烈，而在《苏台览古》诗中所蕴含的新陈代谢的思绪和生活常新的内容则隐而不显。如果说，《苏台览古》在感慨"旧苑荒台"的同时对新的生活的美好表现出浓厚的兴趣，那么《越中览古》给人带来的却更多的是对繁华强盛消逝的惋惜和怅惘。至于类似的题材何以有如此明显的区别，也许跟吴、越争霸不同的结局有关吧。不过《越中览古》总的情调并不显得沉重、伤感，这一点仍透露出时代的气息。在对越国盛时情景的渲染中也透露出诗人对它的追慕和歆美。

这类览古诗的内容，不宜将它政治化，更不宜将它与当时的政治现实联系起来，认为其中有寓讽现实政治的意蕴。吴越争霸的政治内容，夫差、句践作为历史上的政治人物的所作所为，以及对他们的政治评价，特别是他们与现实中的政治人物有什么相似之处等等，诗人在登览和写作过程中根本就没有考虑过，诗人的感触只集中在今昔沧桑、盛衰不常这一点上。政治化、现实化的结果，往往会破坏诗的意蕴和情韵。

谢公亭 盖谢朓范云之所游①

谢公离别处②，风景每生愁。客散青天月，山空碧水流。池花春映日，窗竹夜鸣秋③。今古一相接，长歌怀旧游④。

①谢公亭，在安徽宣州市北。《方舆胜览》卷十五宁国府宣城县："谢公亭在宣城县北二里。旧经云：谢玄晖送范云零陵内史之地。"《海录碎事》卷四下："谢公亭在宣城，太守谢玄晖置。范云为零陵内史，谢送别于此，故有《新亭送别》诗。"按：谢朓有《新亭渚别范零陵云》诗。此"新亭"系东吴时所建之亭，名临沧观。晋安帝隆安中丹阳尹司马恢之重修，名新亭，东晋时为京师名士周颐、王导辈游宴之所，即著名的新亭对泣故事发生地。新亭故址在今南京市江宁区南。谢朓送任零陵内史的范云赴任的送别之地即在此。谢朓另有《和徐都曹出新亭渚诗》云："宛洛佳遨游，春色满皇州。"亦可证谢朓送范云赴零陵处在建康。《方舆胜览》引旧图经及《海录碎事》并谓谢公亭为谢朓送范云处，显误。此"新亭"与宣城之谢公亭无涉。诗题下"盖谢朓范云之所游"是否李白之原注，亦颇可疑。或后人附会《新亭渚别范零陵云》诗而加此题注，亦有可能。且题注只言"盖谢朓范云之所游"，并未言此地为谢送范赴任零陵之所，则谢、范二人或曾同游此亭并作别，亦有可能。后人遂名此亭为谢公亭。詹锳《李白诗文系年》系此诗于天宝十二载（753）。②公，宋蜀本作"亭"，咸本、萧本、王本、郭本并同《全唐诗》作"公"。③此联出句言"春"，对句言"秋"，当是对谢亭风景的概括描写，非同时所历。④旧游，指谢朓当年与范云同游的情景。

[笺评]

唐孟庄曰：中四句均是冷落光景，本次句"生愁"来。（《删补唐诗选脉笺释会通评林·盛五律》引）

唐陈彝曰："一相接"三字远，觉谢公后无人，唯我续其游耳。（同上引）

朱谏曰：此李白之咏谢公亭也。言谢公之亭者，乃谢朓与范云离别之处也。今日登亭见风景而生愁，慨古人之不在矣。离别之客散于青天之月，客散而月生也；山空而水流，山水在而客亦不在也。春则有池花之映日，秋则有窗竹之夜鸣，风景萧条，故生愁也。夫谢公者，东晋之古人，我则今时之人也，今古之间一相接耳。于此长歌以怀旧游。安得如谢公者，与我同登于斯亭乎！（《李诗选注》）

唐汝询曰：亭乃谢公送客之处，每对景而生愁者，以水月依然而人非昔也。然花之映日，竹之鸣秋，亦是足美。独恨继谢公者寥寥，与古接者，非我而谁？苟千载一遇，安得不长歌而想其旧游哉！（《唐诗解》卷三十三）

严评曰：（"客散"二句）当此际者，直可澹然无语，不能举似。（"今古"句）说得无前后际，妙。（严评《李太白诗集》）

范德机曰：首二句乃次二句之纲。（《批选李翰林诗》卷四）

严评本载明人批：三、四有无限神情。中二联工妙，皆悬空出句，不似少陵有畦径可求。即首尾四句亦皆寻常意，信笔写出，乃有古澹意。

王夫之曰：五、六不似怀古，乃以怀古，觉杜陵"宝靥""罗裙"之句，犹为貌取。"今古一相接"五字，尽古今人道不得，神理、意致、手腕，三绝也。（《唐诗评选》卷三）

《李诗直解》：此游谢公亭而深怀古之意也。言谢公当日与范云离别之处，每因风景而生愁焉。客散青天之夜月，山空而碧水流矣。池花当春而映日，窗竹至夜而鸣秋。古之视今，犹今之视古，递相接也。长歌以怀旧日之游，而今日之游又有后人怀之矣。

王尧衢曰：（第一联）此处乃谢公送范云之处，今之风景犹昔也。然不免对之而生愁，今昔之感伤也。（第二联）承风景之生愁也，客有聚散，青天之月色常存，山中之碧流如故，而谢公安在哉！（第三联）池花、窗竹，今虽娱目，昔岂无之？但见当春而花之映日，至秋而竹之鸣夜，此亭不知历几春秋矣。（末联）合句便云：今我于亭中，

而想谢公之踪，是今古一相接也。但千古之下，谁知谢公哉？唯有长歌而怀旧游之地而已。(《古唐诗合解》卷七)

吴昌祺曰：昔时之客已散，千秋之水长流，所以生愁也。能无对花、竹而怀谢、范之离别乎！前后完浑。(《删订唐诗解》卷十六)

沈德潜曰："客散青天月，山空碧水流。"言当时。"池花春映日，窗竹夜鸣秋。"言今日。"今古一相接，长歌怀旧游。"收上二联。(《重订唐诗别裁集》卷十)

朱之荆曰：首句点题。中二联正"生愁"处。入自己作结，仍然愁也。谢公送客之处，每对景而生愁者，以水月依然而人非昔也。今对此花色，闻此竹声，意况与谢相同，能无思其旧游而生愁乎？长歌，正所以抒其愁也。"春"对"夜"，"日"对"秋"，变换有趣。曰"春"曰"秋"，见非一时，内藏有"每"字。(《闲园诗抄》) 按：此段评语又见吴修坞选评，朱之荆集注之《唐诗续评》卷一，当为吴氏之评，不知何故又入朱氏《闲园诗抄》。

[鉴赏]

这首五律，写得极清新流畅，潇洒自然，却又空灵含蓄，浑然一体，是李白五律特有的妙境。

谢公亭的得名，据题注，可能和谢朓与范云曾游此并离别而得名。但绝非谢朓送范云赴零陵内史任之地。谢、范都是齐代著名文人，竟陵八友之一。两位著名文人的告别之地，使这座亭在后世成了著名的别地。从这首诗一开头即径称"谢公离别处"及晚唐诗人许浑的《谢亭送别》可以看出，古今相接的不断的离别，使这里的美好风景似乎也染上一层惆怅的色调，令人触目生愁了。"风景每生愁"是人的主观感受。从下两联所写的景物看，它们原是怡悦耳目、愉心娱情的美景，之所以"生愁"，除了上面提到的古今长作别地的原因外，还有一层更内在的原因，这就是诗的题目及首尾所透露的思慕谢公而不得见的遗憾和怅惘。起联紧贴题目，点出"离别"及"风景生愁"作为全篇眼目。"每"字透露出诗人在宣城期间，到谢公亭游宴或送别不止一次，伏下"春""秋"不同之景。

领联紧承"离别"写令人"生愁"的风景：客人散去之后，唯见青天之上，孤月高悬；空山静寂，碧水长流。"客散"二字及"空"字，贯串全联。这境界，既高远寥廓，明净清丽，又带有一种空旷寂寥的神韵，令人神远。写法颇似李商隐的"高阁客竟去，小园花乱飞"（《落花》）、"客去波平槛，蝉休露满枝"（《凉思》），而情调自有潇洒朗爽与感伤怅惘之别。这一联究竟是即目所见的今日之景，还是想象当中的昔时谢、范离别之景？我的理解是，既是当前登临谢公亭时仰望远眺所见之景，也是昔日谢、范别离时之景，或者更准确一点说，是由当前所见触发的对昔时别离情景的想象。谢公亭既为别离之处，则诗人来此亭时，或自己送别友人，或见他人送别，均可目接"客散青天月，山空碧水流"之景；而"谢公亭"之名又使诗人自然联想起昔日谢、范离别的情景，这正是由今而及古，由目寓而神驰，所谓"今古一相接"者是。

"池花春映日，窗竹夜鸣秋。"这一联写到池花、窗竹，自是亭内近处所有景物，但上句言"春"，下句言"秋"，自非同时所见，这就必须联系次句的"每"字来理解。也就是说，这一联乃是诗人在不同季节来谢公亭时所见景物的概括描写。春天，池边的花映日而开放，鲜艳夺目；秋天，窗外的竹迎风摇曳，飒飒作响。猛一看，这一联似乎单纯写春秋佳节亭内的美景，与怀古无涉。实则，它们都要和"离别"和"客散"联系起来，方能体味出其中寓含的意蕴。无论是当前之别或是昔日谢、范之别，"客散"之后，亭内如此美景也只能空自闲置，无知音共赏。是则这一联虽未明出"空"字，却传出了"空"的神韵。如果说上一联的"山空碧水流"令人联想到温庭筠《望江南》词"过尽千帆皆不是，斜晖脉脉水悠悠"的意境或许浑《谢亭送别》"红叶青山水急流"的意境，那么这一联的"池花春映日"就让人联想起王维《辛夷坞》的"涧户寂无人，纷纷开且落"的意蕴了。王夫之极赞此联，正是体味出了其中内在的神韵。同样，这一联也是明写今，实贯通今古。

尾联总收。"今古一相接"是对颔、腹两联由眼前景追溯昔时景的思维活动的概括，即寓目当前而神驰古代，在想象中与古人神游的说明。而"长歌怀旧游"则是对全诗怀慕古人主题的集中揭示。结得既干脆利落，又潇洒从容，从中不难想见诗人的神情风采、高标逸韵。

李白的五律，大都写得清畅流丽，虽有工丽的对仗，但却绝无板重凝滞之弊，而是一气呵成，极富潇洒飘逸之致，此诗的颔联即是典型的例证。腹联以"春映日"对"夜鸣秋"，也明显是要打破过于拘滞的工对格局，交错以对，增流动萧散之趣。至于李白对谢朓的推服追慕，自是此诗内容意蕴的核心，这是不言自明的。

夜泊牛渚怀古^① 此地即谢尚闻袁宏咏史处

牛渚西江夜^②，青天无片云。登舟望秋月，空忆谢将军^③。余亦能高咏，斯人不可闻^④。明朝挂帆席^⑤，枫叶落纷纷^⑥。

[校注]

①牛渚，山名，在今安徽马鞍山市当涂县西北。《元和郡县图志·江南道》：宣州当涂县："牛渚山，在县北三十五里。山突出江中，谓之牛渚圻，津渡处也……晋左卫将军谢尚镇于此。"牛渚山突出于长江中的部分，即采石矶。《世说新语·文学》："袁虎（袁宏小字）少贫，尝为人佣载运租。谢镇西（谢尚曾进号镇西将军）经船行。其夜清风朗月，闻江渚间估客船上有咏诗声，甚有情致。所诵五言，又其所未尝闻，叹美不能已。即遣委曲讯问，乃是袁自咏其所作《咏史诗》，因此相要，大相赏得。"刘孝标注："《续晋阳秋》曰：虎少有逸才，文章绝丽，曾为《咏史诗》，是其风情所寄。少孤而贫，

以运租为业。镇西谢尚时镇牛渚，乘秋风佳月，率尔与左右微服泛江。会虎在运租船中讽咏，声既清会，辞文藻拔，非尚所曾闻，遂住听之。乃遣问讯，答曰：'是袁临汝郎（袁宏父勖，临汝令）诵诗，即其《咏史》之作也。'尚佳其率有胜致，即遣要迎，谈诗申旦。自此名誉日茂。"詹锳《李白诗文系年》系此诗于开元二十七年（739），谓："诗云：'……明朝洞庭去，枫叶落纷纷'，当是去巴陵途中作。"郁贤皓《李白选集》系开元十五年（727），谓"诗云'明朝洞庭去'，疑作于开元十五年秋完成'东涉溟海'，溯江往洞庭云梦途经牛渚时"。②西江，从南京以西至江西九江的一段长江，古称西江。牛渚即位于西江岸。亦有径称长江为西江者。③谢将军，指曾号镇西将军之谢尚。《晋书·谢尚传》，尚累官至建武将军，进号安西将军。永和中拜前将军、镇历阳。入朝，进号镇西将军，镇寿阳。升平初，征拜卫将军，卒于历阳。袁宏后为谢尚引为幕府参军。④斯人，指谢尚。闻，见。⑤挂帆席，宋蜀刻本一作"洞庭去"。挂帆席，指扬帆行船。⑥落，宋蜀刻本一作"正"。

[笺评]

严羽曰：有律诗彻首尾不对者，盛唐诸公有此体。如孟浩然诗："挂席东南望，青山水国遥。舳舻争利涉，来往接风潮。问我今何适？天台访石桥。坐看霞色晚，疑是赤城标。"又"水国无边际"之篇，又太白"牛渚西江夜"之篇，皆文从字顺，音韵铿锵，八句皆无对偶者。（《沧浪诗话·诗体》）

严评曰：凄然。（严评《李太白诗集》）

严评本载明人批：兴致亦佳，只稍嫌率易。五、六换工句，即善。通首清空一气，连环如玉。（同上）

朱谏曰：言牛渚西江之夜，青天皎洁而无片云。登舟望月，空怀古之谢将军也。昔者将军秋夜泛渚，闻袁宏之高咏，邀与同舟，忘其势分而尽欢情。我亦能咏，无忝袁宏，而谢将军者，已久为古人，不可得而遇矣。复有谁人闻我之高咏者乎！既无所遇，则当明日挂帆而他适矣，徒见江上之枫叶纷纷而落也。（《李诗选注》）

唐汝询曰：此以袁宏自况而叹世无谢尚也。言牛渚夜景清绝，正袁宏咏史之时。所以登舟望月而怀谢公者，以我亦能高咏，无减于宏，而谢不可复作，所为空忆也。及且而挂席以去，所睹惟落叶纷纷，盖无复有相邀者矣。（《唐诗解》卷三十三）

王士禛曰：或问"不着一字，尽得风流"之说，答曰：太白诗："牛渚西江夜，青天无片云。登舟望秋月，空忆谢将军。余亦能高咏，斯人不可闻。明朝挂帆席，枫叶落纷纷。"诗至此，色相俱空。正如羚羊挂角，无迹可求，画家所谓逸品是也。（《带经堂诗话》卷三）

吴昌祺曰：《长信》犹用对起，此篇全散，如海鹤凌空，不必鸾凰之苞彩。（《删订唐诗解》卷十六）

田雯曰：严沧浪"羚羊挂角，无迹可寻"，司空表圣"不着一字，尽得风流"之说，唯李太白"牛渚西江夜"、孟襄阳"挂席几千里"二首，与沈云卿《龙池》乐章、崔司勋《黄鹤楼》足以当之，所谓逸品是也。（《西圃诗话》）

王尧衢曰：前解是牛渚怀古，后解自况袁宏，正写怀古之情。此诗以古行律，不拘对偶，盖情胜于词者。（《古唐诗合解》卷七）

沈德潜曰：又有通体俱散者，李太白《夜泊牛渚》……兴到成诗，人力无与，匪垂典则，偶存标格而已。（《说诗晬语》卷上）又曰：不用对偶，一气旋折，律诗中有此一格。（《重订唐诗别裁集》卷十）

屈复曰：先写"无片云"，为月明地，正写"夜泊"兼客怀，望月月愈明，人愈不寐，为"怀古"地。谢将军"牛渚"事，还本题，只一句；却用二句自叹不遇，正写"怀"字。结"叶落纷纷"，止写秋景，有馀味。三句一解，六句两解，五律中奇格，与"户橘为秦树"、少陵《送裴二虬尉永嘉》同法。诗格了然，而人以为怪，不可

解。（《唐诗成法》）

顾安曰：眼前无纤介尘土，胸中无半点障碍，清江明月，大声诵吟，响振川岩矣。又曰：此诗章法最奇。（《唐律消夏录》卷三）

《唐宋诗醇》：白天才超迈，绝去町畦。其论诗以兴寄为主，而不屑屑于排偶声调。当其意合，直能化尽笔墨之迹，迥出尘壒之外。司空图云："不着一字，尽得风流。"严羽云："镜中之花，水中之月。羚羊挂角，无迹可求。"论者以此诗及孟浩然《望庐山》一篇当之，盖有以窥其妙矣。羽又云："味在酸咸之外。"吟此数过，知其善于名状矣。（卷八）

王琦曰：赵宧光曰：律不取对，如太白"牛渚西江夜"云云，孟浩然"挂席东南望"云云。二诗无一句属对，而调则无一字不律。故调律则律，属对非律也。近有诗家窃取古调作近体，自以为高者，终是古诗，非律也。中晚唐之律，第取一贯而下，已自失款，况今日之以古作律乎！杨用修云：五言律八句不对，太白、浩然有之。乃是平仄稳贴古诗也。杨谬以对为律，亦浅之乎观律矣。古诗在格与意义，律诗在调与声韵。如必取对，则六朝全对者正自多也，何不即呼律诗乎？律诗之名起于唐，律诗之法严于唐。未起未严，偶然作对，作者观者勿以此持心，方能得一代作用之旨。（《李太白全集》卷二十二）

黄叔灿曰：不粘不脱，历落情深。（《唐诗笺注》）

李锳曰：通首单行，一气旋折，有神无迹。（《诗法易简录》）

杨成栋曰：举头千古，独往独来，此为佳作。一清如水，无迹可寻。（《精选五七言律耐吟集》）

冒春荣曰：诗有就题便为起句者，如李白"牛渚西江夜"，周朴"湖州安吉县，门与白云齐"，张祜"一到东林寺，春深景致芳"是也。（《葚原诗说》）又曰：偶作散行，亦必有不得不散之势乃佳。苟难以属对，率然放笔，是借散行以文其陋。又有通体俱散者，李白《夜泊牛渚》、孟浩然《晚泊浔阳》、僧皎然《寻陆鸿渐》等作兴到成诗，无与人力。（《葚原诗说》卷一）

陈仅曰：盛唐人古律有两种：其一纯乎律调而通体不对者，如太白"牛渚西江夜"、孟浩然"挂席东南望"是也；其一为变律调而通体有对有不对者，如崔国辅"松雨时复摘"、岑参"昨日山有信"是也。虽古诗仍归律体。故以古诗为律，唯太白能之，岑、王其辅车也；以古文为诗，唯昌黎能之，少陵其先路也。（《竹林答问》）

陈婉俊曰：以谪仙之笔作律，如豢神龙于池沼中，虽勺水无波，而屈伸盘拿，出没变化，自不可遏，须从空灵一气处求之。（《唐诗三百首补注》）

施补华曰：五律有清空一气不可以炼句炼字求者，最为高格。如太白"牛渚西江夜""蜀僧抱绿绮"，襄阳"挂席几千里"，摩诘"中岁颇好道"，刘眘虚"道由白云尽"诸首，所谓"羚羊挂角，无迹可求"。又曰：五言律……有全首不对者，如"挂席几千里""牛渚西江夜"是也。须一气浑洒，妙极自然。初学人当讲究对仗，不能臻此化境。（《岘佣说诗》）

吴汝纶曰：挺起清健，王、孟无此笔。（"余亦"句下批）（《唐宋诗举要》卷四引）

[鉴赏]

这首诗题为"夜泊牛渚怀古"，但和一般的怀古诗多抒今昔沧桑变化之慨、历史兴衰之感不同，它的内容旨意与晋代发生在牛渚的一段佳话密切相关，这就是袁宏遇谢尚得其知赏的故事。诗题下的注"此地即谢尚闻袁宏咏史处"，明确地揭示出诗人所怀之"古"的具体内容。

从南京以西到江西境内的一段长江，古代称西江。首句开门见山，点明"牛渚夜泊"。次句写牛渚夜景，大处落墨，展现出一片碧海青天、万里无云的境界。寥廓空明的天宇，和苍茫浩渺的西江，在夜色中融为一体，越显出境界的空阔渺远，而诗人置身其间时那种悠然神远的感受也就自然融合在里面了。

三、四句由牛渚"望月"过渡到"怀古"。谢尚牛渚乘月泛江遇见袁宏月下朗吟这一富于诗意的故事，和诗人眼前所在之地（牛渚西江）、所接之景（青天朗月）的巧合，固然是诗人由"望月"触发"怀古"之情的主要契机，但之所以如此，还由于这种空阔渺远的境界本身就很容易触发对于古今的悠远联想。空间的无限和时间的永恒之间，在人们的意念活动中往往可以相互引发和转化。陈子昂登幽州台，面对北国苍莽辽阔的天地而涌起"前不见古人，后不见来者"之感，便是显例。而古今长存的明月，更常常成为由今溯古的桥梁，"月下沉吟久不归，古来相接眼中稀"（《金陵城西月下吟》），正可说明这一点。因此，"望"与"忆"之间，虽有很大跳跃，读来却感到非常自然合理。"望"字当中就含有诗人由今及古的联想和没有明言的意念活动。"空忆"的"空"字，暗逗下文。

如果所谓"怀古"，只是对几百年间发生在此地的"谢尚闻袁宏咏史"情事的泛泛追忆，诗意便不免平庸而落套。诗人别有会心，从这桩历史陈迹中发现了一种令人向往追慕的美好人际关系——贵贱的悬隔，丝毫没有妨碍心灵的相通；对文学的爱好和对才能的尊重，可以打破身份地位的壁障。而这，正是诗人在当时现实中求之而不可得的。诗人的思绪，由眼前的牛渚秋夜景色联想到往古，又由往古回到现实，情不自禁地发出"余亦能高咏，斯人不可闻"的感慨。尽管自己也像当年的袁宏那样，富于文学才华，而像谢尚那样激赏文学才能、丝毫没有贵贱地位观念的人物，已经不可复遇了。"不可闻"回应"空忆"，寓含着世无知音的深沉感喟。

"明朝挂帆席，枫叶落纷纷。"末联宕开，想象明朝挂帆离去的情景，在飒飒秋风中，片帆高挂，客舟即将离开停泊的牛渚；枫叶纷纷飘落，像是在无言地送别寂寞离去的行舟。秋色秋声，进一步烘托出因不遇知音而引起的凄清寂寞的情怀。

诗意明朗而单纯，并没有什么深刻复杂的内容，但却有一种令人神远的韵味。清代主神韵的王士禛甚至把这首诗和孟浩然的《晚泊浔阳望香炉峰》誉为"不着一字，尽得风流"的典型，认为"诗至此，色相俱空。正如羚羊挂角，无迹可求，画家所谓逸品是也"。这说法未免有些玄虚。其实，神韵的形成，离不开具体的文字语言和特定的表现手法，并非无迹可求，不可捉摸。像这首诗，写景的疏朗有致，不主刻画，迹近写意；写情的含蓄不露，轻点即止，不道破说尽；用语的自然清新，虚涵概括，力避雕琢；以及寓情于景、以景结情的手法等等，都有助于造成一种空灵悠远的意境和悠然不尽的神韵。

李白的五律，不以锤炼凝重见长，而以自然明丽为主要特色。本篇"无一句属对，而调则无一字不律"（王琦注引赵宧光评），行云流水，纯任天然。这本身就造成一种萧散自然、风流自赏的意趣，适合于表现抒情主人公那种飘逸不群的性格。诗的富于情韵，与这一点也不无关系。

月下独酌四首 (其一)①

花间一壶酒②，独酌无相亲。举杯邀明月，对影成三人。月既不解饮③，影徒随我身④。暂伴月将影⑤，行乐须及春。我歌月徘徊⑥，我舞影零乱。醒时同交欢，醉后各分散。永结无情游⑦，相期邈云汉⑧。

[校注]

①敦煌写本唐人选唐诗题作《月下对影独酌》，将此首与第二首(天若不爱酒)合为一首。《文苑英华》录一、二首，题为《对酒》。詹锳《李白诗文系年》系此四首于天宝三载 (744)，谓："《月下独酌四首》，缪本题下注云：'长安。'按此诗第三首云：'三月咸阳城，千花尽如锦。'当与'咸阳二三月'诗为同时之作……《太平广记》卷二〇一引《本事诗》云：白才行不羁，放旷坦率，乞归故山，玄宗亦以为非廊庙器，优诏许之。尝有醉诗云：'天若不爱酒，酒星不在

天。'即《月下独酌》第二首也。"②间，宋蜀刻本一作"下"。③解，懂得，会。④徒，只（会）。⑤将，与、共。⑥月徘徊，月徐行貌。⑦无情游，指月与影均为无情之物。⑧邈，高远。云汉，云霄银河。句意谓与月及影相约于天汉云霄之上。

[笺评]

吴开曰：太白"举杯邀明月，对影成三人"。又云："独酌劝孤影。"此意亦两用也。然太白本取渊明"挥杯劝孤影"之句。（《优古堂诗话》）

刘辰翁曰：（"对影"句下评）古无此奇。（末句下）凡情俗态终以此，安得不为改观。（《唐诗品汇》卷六引）

朱谏曰：赋也。《独酌》四诗，极具情趣，而文辞清丽，音节铿锵，出于天成。盖自白胸中流出，故言又亲切而有味也。脱然物表，起于万古。但其论道言圣贤处，有所未至耳。推类至义之尽，而失于拘且泥者，非所以评诗人也。又曰：言在月下独酌，与月相对成影，则己与月与影成三人矣。彼二人者，月与影也。本是无情之物，假合交欢，相随相期，永不相忘也。又言：李白此诗，化无为有，浮云生于太虚之中，悠扬变态，倏忽东西，而文彩光辉，自然发越，人皆见之，可仰而不可及也。白之诗，其神矣乎！（《李诗选注》卷十二）

严评曰：饮情之奇，于孤寂时觅此伴侣，更不须下酒物。且一叹一解，若远若近，开开阖阖，极无情，极有情。如此相期，世间岂复有可相亲者耶？（严评《李太白诗集》）

严评本载明人批：此乃太白前无古人者，然亦只可偶一出之，要非大雅。后人类指此种为太白，大误。又曰："成三人"，妙绝。"不解饮"，随身作翻意，好。"零乱"实"徘徊"，略牵强。"交欢""分散""永结"，收拾意完。首尾最为纯净。（同上）

钟惺曰：（"花间"四句）从无可奈何中，却想出佳境、佳事、佳

话。（"月既"二句）似嘲月，实喜之，妙，妙。（"永结无情游"）"无情游"二字近道。（《唐诗归》卷十五）

谭元春曰：奇想、旷想。（"对影成三人"）妙在实作三人算。（"永结无情游，相期邈云汉"）要知实实有情，如此伴侣，尽不寂寞。（同上）

《李诗直解》：此对月独饮，放怀达观以自乐也。言花间酌一壶之酒，却无相亲之人，但邀明月作伴，月照人并人影，居然成三人矣。夫月与影固身外物耳，月既不饮，影徒随身，皆与我暂相为伴，我正宜及春行乐，对月而歌，则月与徘徊；对影而舞，则影随凌乱。饮尚醒时，且可与月、影交欢；饮既醉后，不妨与月、影分散。是我与月、影永结无情之游，而相期于云汉间也，岂不乐哉！（卷二）

黄裳曰：人惟不足，所以有声，始求其言，尤生于不足使然而使者也。及俄而舞，乃出于不知，自然而然者也。泯三不足，混一不知，入乎太德，而为一乐，不亦至乎！谪仙之歌，未尝不继以舞。世俗之见，以为太白牵于纵逸之才思而已，此知谪仙之小者也，故明于诗后。（《书李太白对月诗后》）

沈德潜曰：脱口而出，纯乎天籁，此种诗人不易学。（《重订唐诗别裁集》卷二）

《唐宋诗醇》：千古奇趣，从眼前得之。尔时情景虽复潦倒，终不胜其旷达。陶潜云："挥杯劝孤影。"白意本此。（卷八）

李家瑞曰：李诗"举杯邀明月，对影成三人"，东坡喜其造句之工，屡用之。予读《南史·沈庆之传》："我每履田园，有人时与马成三，无人时则与马成二。"李诗殆本此。然庆之语不及李诗之妙耳。（《停云阁诗话》）

孙洙曰：月下独酌，诗偏幻出三人。月、影伴说，反复推勘，愈形其独。（《唐诗三百首》卷一）

傅庚生曰：花间有酒，独酌无奈；虽则无亲，邀月与影，乃如三人。虽如三人，月不解饮，影徒随身。虽不解饮，聊可为伴；虽徒随身，亦得相将。及时行乐，春光几何？月徘徊，如听歌；影零乱，如伴舞。醒时虽同欢，醉后各分散。聚散似无情，情深得永结，云汉邈相期，相亲慰独酌。此诗一步一转，愈转愈奇，虽奇而不离其宗。青莲奇才，故能尔尔，恐未必苦修能接耳。（《中国文学欣赏举隅》）

[鉴赏]

题曰《月下独酌》，诗中又明说"独酌无相亲"，只能"举杯邀明月，对影成三人"，诗人心中怀有很深的孤独感是无疑的。但整个诗境，却不是沉溺于孤独而不能自拔，而是通过邀月、对影，和月下独酌的场景，在将这种场景美化、诗化的同时，使孤独感得到了消解，使心灵得到了超脱。

起句"花间一壶酒"，点明时值春暖花开的美好佳节，诗人置身花间，手持美酒，正是良辰美景，赏心乐事，共醉花间的大好时节，起得潇洒从容，顾盼自如。次句却突然折转，揭出"独酌无相亲"的孤寂处境，透露出内心的遗憾和惆怅。"无相亲"三字是一篇之骨，下面的一系列转折都由此而生。

正因为"独酌无相亲"，诗人乃忽发奇想，何不举杯邀请天上的明月，连同自己和自己月下的身影，不就成了三人了吗？月本无知，影更虚渺，诗人却把它们都说成是"人"。这儿童式的天真幻想是酒已喝得微醺的情况下产生的。在醉眼蒙眬中，月变得多情而亲切，影也似乎有了灵性和生命。故月如友之可邀，影如友之不离，它们都活起来了。这想象极奇极幻，又极真极美，成为最富李白这位诗仙兼酒仙的个性色彩的名句。

既"对影成三人"，则似可花间对酌，"一杯一杯复一杯"地痛饮了。然月亮既不会喝酒，影子也徒然随身而不解饮。微醺中的诗人似乎突然清醒过来，意识到邀月同饮、挥杯劝影只不过是一厢情愿的幻想。诗情至此又一转，语气中有遗憾，有失望，语调却并不沉重。

月和影虽不解饮，却可作为自己的伴侣。遗憾失望之中，诗人仍然给自己找到与月及影做伴，及春行乐的最佳途径。"暂"字略略透露出一点无奈，"须"字随即表现出强烈的及时行乐的意愿。诗情至此又转而上扬。

"我歌月徘徊，我舞影零乱。"接下来的两句，是对上两句的生动形容与发挥。我边走边唱的时候，月亮也好像在徘徊流动，伴我而行；我起舞的时候月下的身影也随之晃动零乱，形影密合。月与影不但成为诗人"独酌"时的伴侣，而且成为其歌舞行乐时的朋友。

"醒时同交欢，醉后各分散。""醒时"句是对"我歌"二句的总括。说"同交欢"，则月与影虽不解饮，却极有情，故可同相欢乐。"醉后"则既不见月，亦不见月下之影，三位形影不离的好朋友则自然分散。诗人对"同交欢"固兴会淋漓，对"各分散"亦处之泰然，这是从语调口吻上可以体味出来的。上句一扬，下句一抑，但抑是为了引出下两句的扬，暂时分散是为了永久的相约相聚。

"永结无情游，相期邀云汉。"月与影本是无情之物，这里却说要与它们永远结成朋友，这是因为，在"月下独酌"的过程中，诗人已经深切体会到了这两种"无情"之物的缱绻多情。它们使寂寞的诗人身边有"人"做伴，心灵得到慰藉，因此要与它们相期相约，在银汉之上相会。这是诗人月下独酌对月伴影得出的结论，也是诗人的寂寞感得到化解的标志。

读这首诗，可能会使人联想起诗人的《独坐敬亭山》。同样是表现寂寞感的诗，《独坐敬亭山》在强调"相看两不厌，只有敬亭山"的同时，透露出对敬亭山之外的那个世界的决绝态度和彻底失望，情调在闲静中不免有些清冷；而这首《月下独酌》却在寂寞中邀月对影，相互交欢，淋漓尽致，在层层转进中将感情推向高潮，整个情调是潇洒从容、愉悦舒展的。这说明，写这首诗时，诗人虽有孤独感，却并没有被孤独感所压倒，而是使这种孤独在对月伴影中得到诗化，得到消解。这正是不同时期中诗人心态变化的反映。

与史郎中钦听黄鹤楼上吹笛①

一为迁客去长沙②，西望长安不见家③。黄鹤楼中吹玉笛，江城五月落梅花④。

[校注]

①钦，宋蜀刻本作"饮"。瞿蜕园、朱金城《李白集校注》："按卷十一有《江夏使君叔席上赠史郎中》云：'昔放三湘去，今还万死馀。'语意相合，当即一人。"唐尚书省各部皆置郎中，分掌各司事务，为尚书、侍郎之下的高级官员。史钦，事迹不详。作于乾元二年(759)。②迁客，贬谪的官吏。去长沙，赴长沙，用贾谊事。《史记·屈原贾生列传》："于是天子议以为贾生任公卿之位。绛、灌、东阳侯、冯敬之属尽害之，乃短贾生曰：'雒阳之人，年少初学，专欲擅权，纷乱诸事。'于是天子后亦疏之，不用其议，乃以贾生为长沙王太傅。贾生既辞往行，闻长沙卑湿，自以寿不得长，又以谪去，意不自得。"李白流夜郎中途遇赦放还，于江夏遇史郎中，作此诗。迁客当系自指。③西望长安，《后汉书·循吏列传·王景》："先是杜陵杜笃奏上《论都（赋）》，欲令车驾迁还长安。耆老闻者，皆动怀土之心，莫不眷然伫立西望。"此用其语，表达对君国的怀恋。④江城，指江夏（今武汉市）。落梅花，即《梅花落》，因押韵而倒置。《梅花落》系笛曲名。

[笺评]

胡仔曰：《复斋漫录》云："古曲有《落梅花》，非谓吹笛则梅落。诗人用事，不悟其失。"余意不然之。盖诗人因笛中有《落梅花》曲，故言吹笛则梅落，其理甚通，用事殊未为失。（《苕溪渔隐丛话·后集》卷四）

严评曰：凄远堪堕泪。（严评《李太白诗集》）

严评本载明人批：情在西望。《落梅花》，笛曲。五月，时令。总以醒快胜。（同上）

谢榛曰：作诗有三等语：堂上语、堂下语、阶下语。知此三者，可以言诗矣。凡上官临下官，动有昂然气象，开口自别。若李太白"黄鹤楼中吹玉笛，江城五月落梅花"，此堂上语也。（《四溟诗话》卷四）

朱谏曰：白流夜郎，过鄂州，与史郎中会于州之黄鹤楼。五月本无梅花，以笛中所吹，有《落梅》之曲，故云耳。诗人假借用事，化无为有，而无所拘泥也如此，此绝句之妙也。（《李诗选注》）

唐汝询曰：按太白未尝家长安。今云"不见家"者，疑史钦亦同时坐贬，故语及之耳。《落梅》本笛中曲，今于五月听之，旅思所以生也。（《唐诗解》卷二十五）

钟惺曰：无限羁情，笛里吹来，诗中写出。（《唐诗归》）按：《唐诗广选》引此作蒋一葵曰。

《李诗直解》：此与史郎中听笛，而有迁谪思乡之感也。言一为迁客而去长沙之郡，西望长安，杳杳不见家矣。忽听黄鹤楼中有吹笛之声，当此五月之时，而梅花落于江城，则五月与梅花两相左而时过矣。宁得不思家乎！（卷六）

陆时雍曰：此与《观胡人吹笛》一意同。高适《玉门关听吹笛》："胡人吹笛戍楼间，楼上萧条海色（月）闲。借问《落梅》凡几曲，从风一夜满关山。"便调费而格卑矣。（《唐诗镜》卷二十）

潘耒曰：登黄鹤楼，初欲望家而家不见；不期闻笛而笛忽闻。总是思归之情，以厚而掩。（《李太白诗醇》引）

应时曰：旅愁含蓄无尽。（首二句）伏下。（末二句）应上。（《李诗纬》卷四）

丁谷云曰：一片神机。（《李诗纬》引）

黄生曰：前思家，后闻笛，前后两截，不相照顾。而因闻笛益动

乡思，意自联络于言外，与《洛城》作同。此首点题在后，法较老。又曰：（末句）意在言外。（《唐诗摘抄》卷二）

王尧衢曰：史郎中同时坐贬，而为迁徙之客，同赴长沙。望长安而怀故园，旅思凄然，何堪又闻哀响。直叙"听吹笛"题面，用"玉笛"者，意与下"梅花"映带生妍。"五月"是听笛之时候，《落梅》乃笛中曲名《梅花落》也。又《风俗通》云："五月有落梅风，江淮以为信风。"（《古唐诗合解》）

《唐宋诗醇》：凄切之情，见于言外，有含蓄不尽之致。至于《落梅》笛曲，点用入化，论者乃纷纷争梅之落与不落，岂非痴人前说不得梦耶！（卷八）

朱宝莹曰：首句直叙。二句转，旅思凄然，于此可见。三句入吹笛，四句说落梅，以承三句。若非三句将"吹玉笛"三字先见，则四句"落梅花"三字无根矣。且"江城落梅花"，足见笛声从楼上传出，"听"字之神，现于纸上。［品］悲慨。（《诗式》）

高步瀛曰：因笛中《落梅曲》而联想及真梅之落，本无不可。然意谓吹笛则梅落，亦傅会也。复斋说虽稍泥，然考核物理自应有此，不当竟斥为妄。（《唐宋诗举要》卷八）

刘拜山曰：以听笛抒迁谪之感。结句用意双关：飘零之思，迟暮之悲，皆于弦外见之。措语蕴藉，神韵悠然。（《千首唐人绝句》）

[鉴赏]

这首诗作于乾元二年（759）五月，李白长流夜郎中途遇赦东归在江夏停留期间。或有主张作于乾元元年长流途中经江夏时者，当非。按诗人另有《江夏使君叔席上赠史郎中》云："昔放三湘去，今还万死馀。"与此诗显为同时之作，其为遇赦放还途经江夏时作甚明。

题为"与史郎中钦听黄鹤楼上吹笛"，前两句却既不写楼，也不写听笛，而是追溯自己自从被贬以来很长一个时期中的思想感情。

"迁客去长沙"用贾谊贬长沙事以借指自己的迁逐身份，固是习见的熟典，但也自然含有才而见弃、忠而获罪的意蕴。句首的"一为"，意即"自从……以来"，涵盖的是一个很长的时间过程〔即从至德二载（757）十二月至写这首诗的乾元二年五月〕。而"西望长安不见家"则是对这一时期中自己处境与心情的集中概括。"西望长安"虽借用《后汉书·王景传》中语，其意则在表明自己对君国的系念。在首尾长达十八个月的时间中，长安虽已收复，但讨伐安史叛军的战争一直在进行，形势亦常有反复，国家的前途命运仍处于艰危之中，因此"不见家"显然不是指不见自己的家。或因此而疑史郎中亦坐贬，故语及其"不见家"。但细味《江夏使君叔席上赠史郎中》诗中"多惭华省贵，不以逐臣疏"之语，史被贬之猜测显然不能成立。其实，这句中的"家"实即指国家、国都。《文选·张衡〈东京赋〉》："且高既受建家，造我区夏矣。"薛综注："言高祖受上天之命建立国家。"所谓"西望长安不见家"亦即"西望长安而不见""长安不见令人愁"之意。

以上两句，概括了自己自被贬以来长达十八个月的逐臣身份以及在此期间自己对国家前途命运的系念与关切。实际上是为"听吹笛"营造了一个广远的背景。

第三句正面叙写"黄鹤楼上吹笛"，用"玉笛"的字面，盖以唤起对笛声清亮悠扬的联想，也与下句"梅花"之晶莹如雪相谐，共同构成冰清玉洁的美好意境。妙在落句不正面写笛声，而是极富巧思地用"江城五月落梅花"来表达所奏的笛曲和听乐的微妙感受。笛曲有《梅花落》，《乐府诗集》卷二十四所收自刘宋鲍照至盛唐刘方平同题《梅花落》诗，大抵抒飘零之思与离别之情，因此听笛曲《梅花落》而引发的联想也不离此二端。结合诗人的"迁客"身份和经历，在听笛的同时引起的思绪当是迁客的飘零身世和家室分离之悲。但诗人并不明白道出，而是以"江城五月落梅花"之语含蓄出之，因而显得特别蕴藉耐味。将曲奏"梅花落"写成"落梅花"，固有押韵上的因素，但诗人之所以这样写，当更有艺术上的考虑。其一，是因时令季节与物候的不符而造成一种富于诗意的新颖感。梅花之落，通常在春初，五月本非落梅季节，因此"江城五月落梅花"的诗句会给人一种出乎意外的清新感。其二，更重要的是将本来诉之听觉的音乐形象化为诉之视觉的文学形象，仿佛黄鹤楼上吹奏玉笛的声音，那片片音符正化为片片晶莹如雪的梅花，从高处飘落、飘散。这由通感所营造出来的艺术意境，不仅传出"听"字的神韵，而且传出笛声从高处向低处而四周传送的特征，而听者闻笛声而神驰心动的情景也隐然可见。这确实是写听乐的化工之笔，也是抒写自己迁谪之感、离别之情的神来之笔。

正由于三、四两句意境的清新优美，诗的整个情调并不显得沉重凄凉，而是显得悠扬婉转，潇洒脱俗。这和李白豪放不羁的个性、和当时遇赦东归的现实处境有密切的联系。

独坐敬亭山①

众鸟高飞尽，孤云独去闲。相看两不厌，只有敬亭山。

[校注]

①敬亭山，在安徽宣州市城北。《元和郡县图志》卷二十八江南道宣州："敬亭山，州北十二里，即谢朓赋诗之所。"古名昭亭山，又名查山，山高 286 米。东临宛、句二水，南俯城闉，烟市风帆，极目如画。胜迹今存双塔及古昭亭石坊。谢朓、孟浩然、王维、李白、白居易等诗人均曾游此山并赋诗。谢朓《游敬亭山》云："兹山亘百里，合沓与云齐。隐沦既已托，灵异俱然栖。上干蔽白日，下属带回溪。"今辟为敬亭山公园。詹锳《李白诗文系年》系此诗于天宝十二载（753）。李白另有《登敬亭山南望怀古赠窦主簿》，当为同时先后之作。

[笺评]

严评曰：与寒山一片石语，惟山有耳；与敬亭山相看，惟山有目。不怕聋聩杀世上人。古人胸怀眼界，直如此孤旷。（严评《李太白诗集》）

朱谏曰：言我独坐之时，鸟飞云散，有若无情而不相亲者，独有敬亭之山，长相看而不相厌也。（《李诗选注》）

蒋仲舒曰：（上联）便是独坐境界。（《唐诗广选》引）

胡应麟曰：绝句最贵含蓄。青莲"相看两不厌，只有敬亭山"，亦太分晓。钱起"始怜幽竹山窗下，不改清阴待我归"，面目尤觉可憎。宋人以为高作，何也？（《诗薮·内编》卷六）

钟惺曰：胸中无事，眼中无人。又曰：说出矣，说不出。（《唐诗归》卷十六）

谭元春曰："只有"二字，人皆用作萧条零落，沿袭可厌。惟"相看两不厌"之下接以"只有敬亭山"，则此二字竟是意象所结，岂许俗人浪识？（同上）

唐汝询曰：鸟飞云去，似有厌时，求不相厌者，惟此敬亭耳。模写独坐之景，非深知山水趣者不能。（《唐诗解》卷二十一）

郝敬曰：大雅玄冲。（《批选唐诗》）

周敬曰：孤行千古。（《删补唐诗选脉笺释会通评林·盛五绝》）

严评本载明人批："飞""去"皆有厌意。时想有厌之者，故借以归德于山耳。

《李诗直解》：此独坐而有目中无人之景也。游敬亭而有众鸟孤云，不见其为独也。至鸟飞尽，云去闲，而相看不厌者，惟有山而已。不惟摹写独坐之境，无有馀蕴，而目中无人之景，直空一境矣。

应时曰：只论气概，固当首推。（首二句）目中无人。（末二句）虽寄感，却自有乐致。（《李诗纬》卷四）

徐用吾曰：此所谓"天然去雕琢"者。（《精选唐诗分类评释绳尺》）

潘末曰：不同鸟与云之易舍，是人不厌山；不同鸟与云之暂时，是山不厌人。故谓之"两"。然山无情，人有情，止成"独坐"而已。（《李太白诗醇》引）

吴昌祺曰："鸟飞""云去"，正言"独坐"也。（《删订唐诗解》卷十一）

徐增曰："众鸟"，是喻世间名利之徒，今多得意去了。"孤云"，是喻世间高隐之流，尚未脱然而去。"众鸟高飞尽"，打发俗物开来，眼前觉得清净。"孤云独去闲"，虽与世相忘，尚有去来之迹，动我念头，终有厌之之时。独此敬亭山，万古如斯，鸟亦飞得，云亦去得，我总无心，由他自去。李白一眼看定敬亭山，而敬亭山亦若有眼，看定李白。漠然无亲，悠然自远，初不见好，终亦无厌。此时敬亭山上，只有一李白，而李白胸中，亦只有一敬亭山而已。白七言绝佳，而五言绝尤佳。此作于五言绝中，尤其佳者也。（《而庵说唐诗》卷七）

王尧衢曰："众鸟高飞尽"，此为"独"字写照。"众鸟"喻世间名利之辈，今皆得意而去尽，"孤云独去闲"，此"独"字，与上"尽"字应，非题中"独"字也。"孤云"喻世间高隐一流，虽与世相忘，尚有去来之进。"相看两不厌，只有敬亭山。"此二句才是"独"字。鸟飞云去，眼前并无别物，惟看着敬亭山，而敬亭山亦似看着我，两相无厌，悠然清净，心目开朗。于敬亭山之外，尚安有堪为晤对者哉！深得"独坐"之神。（《古唐诗合解》卷四）

吴烶曰：山间之所有者，鸟与云耳，今则"飞尽"矣，"去闲"矣。独坐之际，对之郁然而深秀者，则有此山。陶靖节诗"悠然见南山"，即此意也。加"不厌"二字，方醒得"独坐"神理。言浅意深，人所不能道。（《唐诗选胜直解》）

黄生曰：贤者自表其节，不肯为世推移也。（《唐诗摘抄》卷二）

朱之荆曰：鸟飞云远，言其独坐也。末句"独"字更醒。（《增订

唐诗摘抄》）

黄周星曰：有此一诗，敬亭遂千古矣。（《唐诗快》）

杨逢春曰：首二"鸟飞""云去"，都是烘托"独"字，言在山中之物都已尽去，若厌而之他者，而我独不然也。三、四实写"独"字，偏扯山伴说，转于"独"中说出不独来。"相""两"字下得奇，如云我向山，山亦向我，我不厌山，山亦不厌我也。写爱山之情，十分真挚乃尔。（《唐诗偶评》）

沈德潜曰：传"独坐"之神。（《重订唐诗别裁集》卷十九）

《唐宋诗醇》：宛然"独坐"神理。胡应麟谓"绝句贵含蓄，此诗太分晓"，非善说诗者。（卷八）

袁枚曰：模写"独坐"之景。（《诗学全书》卷一）

黄叔灿曰："尽"字、"闲"字，是"不厌"之魂。"相看"下着"两"字，与敬亭山若对宾主，共为领略，妙。（《唐诗笺注》）

李锳曰：首二句已绘出"独坐"神理。三、四句偏不从"独"处写，偏曰"相看两不厌"，从"不独"处写出"独"字，倍觉警妙异常。即顺笔点出敬亭，是何等法力！（《诗法易简录》）

宋顾乐曰：命意之高不待言，气格亦内外俱作。五绝中有数之作。（《唐人万首绝句选》评）

刘宏煦、李惪举曰：鸟尽天空，孤云独去，青峰历历，兀坐怡然。写得敬亭山竟如好友当前，把臂谈心，安有厌倦？且敬亭以外，又安有投契若此者？然此情写之不尽，妙以"两不厌"三字了之。为"独坐"二字传神，性灵结撰，无复笔墨痕迹。（《唐诗真趣编》）

朱宝莹曰：首句"众鸟"喻世间名利之辈。"高飞尽"言得意去，"尽"为"独"字写照。"孤云"喻世间高隐一流。"独去闲"言虽与世相忘，而尚有往来之迹。"独"字非题中"独"字，应上句"尽"字。三句看曰"相看"，见人因看着山，山亦似看着人；"两不厌"，见人因恋看山，山亦似恋看人。四句"只有"二字，见恋看者唯人，而恋看人者亦似唯山。除却敬亭山外，无足语者。"独坐"二字之神，

跃然纸上。［品］高旷。(《诗式》)

俞陛云曰：前二句以云鸟为喻，言众人皆高取功名，而己独悠然自远。后二句以山为喻，言世既与我相遗，惟敬亭山色，我不厌看，山亦爱我。夫青山漠漠无情，焉知憎爱？而言不厌我者，乃太白愤世之深，愿遗世独立，索知音于无情之物也。(《诗境浅说》续编)

碛久明曰：山上独坐幽寂之际，但鸟与云可爱也，然皆去而不留……鸟、云琐琐之物，何足问焉？二物不相厌者，只有我与敬亭山耳。以山为有情，妙境无极。(《笺注唐诗选》)

刘永济曰：首二句独坐所见，三、四句独坐所感。曰"两不厌"，便觉山亦有情。而太白之风神，有非尘俗所得知者，知者其山灵乎？(《唐人绝句精华》)

［鉴赏］

敬亭山是宣州的名山胜景，《江南通志》言其"东临宛溪，南俯城闉，烟市风帆，极目如画"，可见其风景的优美。以"独坐敬亭山"为题，完全可以写成一首远望近观风景之佳的写景诗，但李白这首诗却将敬亭山一切外物全部舍去，只剩下一座本真状态下的敬亭山，并在与敬亭山的默默相对中深有所感，称得上是"皮毛落尽，精神独存"。这独有的"精神"，就是被诗人主观化了的敬亭山的精神和诗人自己的精神。

诗的前幅，写独坐敬亭山所见。树林蔚然深秀的敬亭山，本是众鸟栖息之地。但在诗人独坐的过程中，原本在此上飞翔嬉戏的鸟群已经逐渐翩然高飞，最后连一只也不剩了。"众"字与"尽"字相应，透露出一个较长的时间过程。这是一个由喧闹到逐渐归于静寂的过程。山峰之上，原本有一片孤云在与它相依相伴，最后连这一片孤云也独自悠闲地飘荡远去，消失得无影无踪，只剩下兀然矗立的山峦。"孤"与"独"相应，"闲"则描写孤云独去的悠悠意态。也透露出云之去和人之独坐静观都有一个较长的时间过程，与上句的"众"字、"尽"字透露的时间过程相应。解者或谓"众鸟""孤云"喻世间名利之徒、高隐之流，不但流于穿凿，而且根本没有注意到诗人的目的不是写鸟、写云，而是借鸟之飞尽、云之远去来写山。当众鸟高飞、孤云远去之后，诗人面前所对的这座敬亭山就显得特别静寂、空旷。①

这样的一座敬亭山岂不是显得太孤单寂寞？是的，诗人所欣赏的正是这孤独的敬亭山。在诗人看来，敬亭山的本真状态，它的精神，它的特有的美，就是这份孤独寂寞的意态和神情。"相看两不厌，只有敬亭山。"在"独坐"凝望、与孤寂的敬亭山默默相对的过程中，诗人将自己内心深处的孤独寂寞之感投影到山上，使敬亭山也具有了人的灵魂和性格。它寂然独处，静默不语，兀然不动，淡泊自守，展示出一种最朴素本真、纯净自然的美。人化的山和诗人在"相看"之间似乎正在进行灵魂的交流。所谓"两不厌"，它的实际含义就是"两相赏"，诗人欣赏山之孤独静寂之美，山也欣赏诗人的孤独寂寞之性。"两不厌"是彼此相赏，永无厌倦、厌足、厌止之时的意思。如果说"相"与"两"突出了欣赏的相互性，那么下句的"只有"便突出了欣赏的排他性，言外则除"相看两不厌"的敬亭山与诗人外，其他一切都无非是俗物浊物罢了。

这是一个身心处于孤独之境的诗人对这种境界的自赏，其中既有自负乃至孤傲的成分，也多少流露出一丝幽冷的意味。这是慨叹"我本不弃世，世人自弃我"的诗人复杂矛盾心绪的自然流露。

忆东山二首 (其一)①

不向东山久②，蔷薇几度花③？白云还自散④，明月落谁家⑤？

---

① 李白《春日独酌二首》（其一）："孤云还空山，众鸟各已归。彼物皆有托，吾生独无依。"虽同样出现孤云和众鸟的形象，但寓意不同，不能以彼证此。

①东山，借指旧隐之地。据《晋书·谢安传》，谢安少有重名，曾寓居会稽之东山，"与王羲之及高阳许询，桑门支遁游处，出则渔弋山水，入则言咏属文，无处世意"。中丞高崧曾戏之曰："卿累违朝旨，高卧东山，诸人每相与言：安石不肯出，将如苍生何！"施宿《会稽志》卷九《山·上虞县》："东山，在县西南四十五里，晋太傅谢安所居也，一名谢安山。肖然特立于众峰间……其巅有谢公调马路，白云、明月二堂址。千嶂林立，下视沧海，天水相接，盖绝景也。下山出微径，为国庆寺，乃太傅之故宅。傍有蔷薇洞，俗传太傅携妓女游宴之所。"詹锳《李白诗文系年》系此诗于天宝三载（744），谓盖遭谤以后将还山时作。按：李白有《秋夜独坐怀故山》二首，其二有"寥落暝霞色，微茫旧壑情。秋山绿萝月，今夕为谁明"之句，亦在长安供奉翰林期间忆故山之作，当作于天宝二年秋。而《忆东山二首》有"蔷薇几度花"之句，或作于三载春暮。②向，往。③几度花，开了几遍花。④南朝梁陶弘景《诏问山中何所有赋诗以答》："山中何所有，岭上多白云。只可自怡悦，不堪持赠君。""白云"用此。陶弘景隐于句曲山（即茅山），梁武帝每有军国大事，常遣人咨询，有"山中宰相"之称。⑤谢灵运《东阳溪中赠答二首》："可怜谁家妇，缘流洒素足。明月在云间，迢迢不可得。""可怜谁家郎，缘流乘素舸。但问情若为，月就云中堕。""明月落谁家"或暗用此二诗语，而有所暗喻。盖谢安有东山携妓之事，此"明月"或指当年之东山妓也。

[笺评]

桂天祥曰：仙意逸语，雕出组绮，不可近。（《批点唐诗正声》）

朱谏曰：言我不到东山，亦已久矣。蔷薇开花，已几度矣。云散

之时，明月复照于谁家乎？言己之不在，月若无所主也。（《李诗选注》）

唐汝询曰：此思慕谢公之东山也。言公既去世，不向此山久矣。吾想花自开，云自散，月自落，将谁复有玩之者？世传白云、明月乃谢安二妓名，不载篇籍，意必学究语耳。且下篇云："开关扫白云"，岂亦扫去妓女耶！（《唐诗解》卷二十一）

严评本载明人批：下三句俱是"忆"意。后首是欲往意。道是快，便真趣宛然。（严评《李太白诗集》）

吴昌祺曰：此太白自言久不至此地。后二句即"明月独举，白云谁侣"之意。（《删订唐诗解》卷十一）

《李诗直解》：此忆东山而不知谁为之主也，言不向东山已久，蔷薇之花，已几度开矣，春秋几易。而东山之白云自来还自散，见聚散之无时也。且东山皎月，必有主者，今皎月落谁人家，而作东山之主也哉！（卷六）

应时曰：总是一"忆"字，却转得清脱。（《李诗纬》）

徐增曰："不向东山久"，言与东山相违之久。"蔷薇几度花"，东山上有蔷薇洞，多蔷薇，故名。"几度花"，承上"不向"之"久"，非以蔷薇来当作东山一件事也。"白云还自散"，山中有云。昔在山时，必徘徊观其起止，今云虽起，亦不过还自散而已。"明月落谁家"，我昔在东山，把杯邀月，对影成三人。今无我玩月，不知落在谁人家里去。太白胸襟高洒，直与云、月为友，东山为家。自既出山，良友寂寞，如之何不忆也！看来蔷薇真不在数内。窃见注诗家，以蔷薇与云、月并举，谪仙岂好蔷薇者哉！（《而庵说唐诗》卷七）

王尧衢曰："不向东山久，蔷薇几度花。"东山有蔷薇洞，多此花，今因不向山中已久，故问其几度花也。"明月落谁家"，山中有月，今无人玩月，不知落到谁家去也。夫空山云月，以无人而寥寂如此，安得不忆？（《古唐诗合解》卷四）

近藤元粹曰：馀韵不尽。（《李太白诗醇》）

[鉴赏]

这首只有二十个字的小诗，写得明白如话，却又极轻灵飘逸，含蓄耐味，称得上是五绝中的仙品。

李白青年时代初出峡后，曾漫游越中。所谓"自爱名山入剡中"，这"名山"除了天姥、天台、赤城等以外，谢安当年栖隐的会稽东山自然也在其中。但这首诗中的"东山"却并非谢安栖隐之东山，而是借指自己的旧隐之地，这从《秋夜独坐怀故山》诗"寥落暝霞色，微茫旧壑情。秋山绿萝月，今夕为谁明"等句中可以得到明证。或引《会稽志》中会稽东山有蔷薇洞及白云、明月二堂来证明诗中所忆系诗人曾游之会稽东山，实则宋人施宿所撰《会稽志》中所载古迹显系误解并附会李白此诗而造成之假古董，且与诗中"还自散"之语绝不相合，不能用后起的记载来解李白此诗之东山指谢安栖隐之东山。《忆东山》之"东山"，即《秋夜独坐怀故山》之"故山""旧壑"，而"秋山绿萝月，今夕为谁明"，亦即"明月落谁家"。李白在天宝初供奉翰林前，曾先后酒隐安陆，偕元丹丘隐嵩山，与孔巢父等会于徂徕山，"东山"具体所指，不易确定。从"蔷薇几度花"之语看，或指此前不久寓家之东鲁。李白被放还后，亦曾回到东鲁可证。

诗的开头以"不向东山久"提起，点出题内"忆"字。这似乎是极普通的叙事，但联系李阳冰《草堂集序》"天宝中，皇祖下诏，征就金马……丑正同列，害能成谤，格言不久，帝用疏之。公乃浪迹纵酒，以自昏秽，咏歌之际，屡称东山"等语，可以看出，作此诗时，诗人已经遭到同列的谗毁而萌去志，这从《秋夜独坐怀故山》诗"庄周空说剑，墨翟耻论兵。拙薄遂疏绝，归闲事耦耕。顾无苍生望，空爱紫芝荣"等句也可得到印证。诗人之所以忆东山，正是由于其"济苍生"的宏愿无法实现引起的。因此，在"不向东山久"这似平稳从容的叙述中，已隐含了夙愿不遂的感慨，这就自然要引出对旧隐之地的深情追忆与怀想。以下三句，便是"忆东山"的具体内容。

次句"蔷薇几度花"，既紧承首句"久"字，又兼绾题内"忆"字，说自己离开"东山"已久，故山的蔷薇不知道已几度开花了。故山当有蔷薇在暮春盛开，给诗人留下深刻印象，故首先忆及。而"蔷薇几度花"的发问则暗示了时间的流逝，其中亦寓含功业无成的感慨。"蔷薇"虽意中所忆，但也可能与诗人当时面对的景物有关，即由眼前景而忆及故山的当时景。因此，这一句既暗示了离故山时间之久，又抒发了对故山春日景物的深情怀想，而岁月蹉跎、志业不成之慨亦寓其中。笔意空灵超妙。

第三句"白云还自散"，表面上的意思是说，故山上的白云，由于自己久未回去，无人伫望观赏，只能悠悠而来，又悠悠而去。但联系"东山"为旧隐之地，便可发现这里实际上用了一个跟归隐有关的典故，即陶弘景的《诏问山中何所有赋诗以答》："山中何所有，岭上多白云。只可自怡悦，不堪持赠君。"白云的意象，在这里成了隐士清高品格和闲逸风神的象征。李白暗用此典，除了忆念旧隐之地的美好景物无人欣赏这层表面的意思之外，也寓含有向往追慕往日隐逸时不受羁束的生活的内在意蕴。白云既是美好的旧山景物的标志，也是自在闲逸的隐逸生活的象征。

末句"明月落谁家"，联系《秋夜独坐怀故山》的末联"秋山绿萝月，今夕为谁明"，意思也比较清楚，是慨叹自己久不回故山，不能欣赏故山的明月，今夜的故山明月不知道落在谁家，为谁人所赏。但联系谢灵运的《东阳溪中赠答二首》，就会发现谢诗中的"明月""谁家""云中堕"和李诗中的"明月落谁家"竟是无一不相吻合。再联系谢安东山携妓的故实，特别是此诗的第二首一开头的"我今携谢妓，长啸绝人群"之语，便不能不产生这样的联想，这句诗可能含有往日隐于旧山时所携之妓，今天不知落向谁家。无论是谢安本人的东山之隐，或是极力追慕谢安的李白的故山之隐，都既有隐居待时、大济苍生的一面，又有追求纵逸、诗酒风流的一面。今人或许觉得携妓遨游之事近于庸俗，但当时人却以为这是一种风流自赏的生活，李白自己在诗中也经常渲染这种生活。

难得的是，这首诗虽然用了"东山""白云""明月"这些典故，但通篇明白如话，一气呵成，几乎看不出用典的痕迹。在轻灵秀逸的笔调中寓含着浓郁的抒情味和隐约的功业不成、岁月蹉跎之情，称得上是五绝中的上乘逸品。

听蜀僧濬弹琴①

蜀僧抱绿绮②，西下峨眉峰③。为我一挥手④，如听万壑松⑤。客心洗流水⑥，馀响入霜钟⑦。不觉碧山暮，秋云暗几重⑧。

[校注]

①蜀僧濬，出生于蜀地的僧人仲濬。李白有《赠宣州灵源寺仲濬公》诗，其中的"仲濬公"当即此诗之蜀僧濬。詹锳《李白诗文系年》系此诗于天宝十二载（753）秋，谓："起句云：'蜀僧抱绿绮，西下峨眉峰。'既言'蜀僧'，则必非作于蜀中。按'蜀僧濬'与'仲濬公'盖是一人。诗云：'不觉碧山暮，秋云暗几重。'此诗与上首（指《赠宣州灵源寺仲濬公》）盖俱为本年秋作也。"郁贤皓《李白选集》入不编年诗。②绿绮，琴名。傅玄《琴赋序》："齐桓公有鸣琴曰号钟，楚庄王有鸣琴曰绕梁，中世司马相如有绿绮，蔡邕有焦尾，皆名器也。"③峨眉峰，即峨眉山，在今四川省境内，为佛教名山。句意谓其从西边的峨眉山下来。④挥手，指弹琴。嵇康《琴赋》："伯牙挥手，子期听琴。"⑤万壑松，千山万谷中的松涛声，琴曲有《风入松》。⑥客，诗人自指。洗流水，谓琴声如高山流水，洗涤了我的心灵。《吕氏春秋·本味》："伯牙鼓琴，钟子期听之。方鼓琴而志在太山，钟子期曰：'善哉乎鼓琴，巍巍乎若太山。'少选之间，而志在流

水，钟子期又曰：'善哉乎鼓琴，汤汤乎若流水。'钟子期死，伯牙破琴绝弦，终身不复鼓琴，以为世无足复为鼓琴者。"⑦霜钟，《山海经·中山经》："丰山……有九钟焉，是知霜鸣。"郭璞注："霜降则钟鸣，故言知也。"此谓琴声的余响与钟声相融合。⑧嵇康《琴赋》："飘馀响于秦云。"按：此形容琴声停歇以后，才发现天色已暗，雾霭笼罩碧山，秋天的暮云已经好几重了。

[笺评]

严评曰：一味清响，真如松风。（严评《李太白诗集》）

严评本载明人批：起三句觉闲叙多，后四句大有蕴藉。

钟惺曰：（"为我"二句）飘然不喧。（"客心"二句）流水事用得好。（《唐诗归》卷十六）

朱谏曰：言蜀僧抱琴自峨眉峰而来，为我一弹，如听万壑之松声也。所弹之操有流水焉，洋洋盈耳，可以洗我之客心，荡涤其烦虑矣。又有馀响散入霜钟，感霜降之气而即鸣也，霜钟之声亦因以清吾之听，不觉坐久而碧山之已暮也。秋云之暗乎碧山者，不知其有几重之深矣。琴声感人而景物凄惨，使吾听者何如而为情乎！又曰：按此听琴之诗，可入清商之调，使善音者奏之于乐音而被之于徽弦之内，则当与《白雪》《阳春》同一律矣。（《李诗选注》）

应时曰：真境而运以逸思。（首联）直叙。（"为我一挥手"句）入手老。（"客心"二句）清隽。（末联）所谓神往。（《李诗纬》）

丁谷云曰：韩昌黎琴诗非不刻画，然乏自然神致。所以咏物诗最忌粘皮带骨，如谓不然，请细读此诗可也。（《李诗纬》引）

《唐宋诗醇》：累累如贯珠，泠泠如叩玉，斯为雅奏清音。（卷八）

宋宗元曰：逸韵铿然，是能得弦外之音者。（《网师园唐诗笺》）

范大士曰：体气高妙。（《历代诗发》）

施补华曰：五律有清空一气不可以炼句炼字求者，最为高格。如太白"牛渚西江夜""蜀僧抱绿绮",襄阳"挂席几千里",摩诘"中岁颇好道",刘眘虚"道由白云尽"诸首,所谓"羚羊挂角,无迹可求"。(《岘佣说诗》)

高步瀛曰:一气挥洒中有凝炼之笔,便不流入轻滑。(《唐宋诗举要》卷四)

富寿荪曰:太白有《赠宣州灵源寺仲濬公》诗,李颀《题濬公山池》及耿沣《濬公院怀旧》均与仲濬为一人。蜀僧濬即是濬公。首二句谓濬公抱琴自峨眉西下,破空而来,有高山坠石之势。三句写弹者,四句写听者,而以"万壑松"喻琴声,因琴曲中有《风入松》调。此二句使笔如风,纯以气行,描绘复落落大方,乃太白所独擅。五句谓闻者如流水洗心,暗用伯牙鼓琴志在流水意。六句谓曲终馀音袅袅。如霜钟之悠然不尽。一结描绘听毕感受,谓听者沉醉于琴声之中,不觉山暮云暗,乃进一步托出濬公琴艺之高妙。宕开一笔,传神空际。四十字中,写出如许层次,而一气挥斥,绝无艰深刻画之态,可见太白天才神力。(《百家唐宋诗新话》第163页)

[鉴赏]

描绘音乐的诗,不难在描摹乐之声音,而难在传达乐之意境;不难在实处见工,而难在虚处传神;不难在渲染演奏者之技艺,而难在传达听乐者内心之感受;不难在借博喻作淋漓尽致的形容,而难在借空灵含蓄之笔法造成悠然不尽的韵致。李白这首只有四联的五律,可以说是集中克服以上所列举的各种困难,举重若轻似的达到了艺术上的最高境界。

诗是在宣城(或蜀地之外的一个地方)写的,开头两句却远从峨眉山着笔,说蜀僧仲濬抱着名贵的绿绮琴,从西边的峨眉峰上下来了。这好像是为了交代题目中的"蜀僧"和"琴",却变静止的叙述交代为生动的描绘,将过去发生的情事化为似乎是当下出现的场景。不仅富于动态感和现场感，而且给人这样的感觉：这位蜀僧唯一擅长的就是弹琴，他这次从峨眉山上下来，似乎就是要给"我"开一场专门的演奏会。这一联起势高远而气度从容，颇像一首长篇五古的开篇。习惯了精练笔法的评家可能认为这样的开头有些词费（所谓"闲叙事"），实际上这正是以古入律的李白五律的特点。它起得潇洒自然，雍容大度，超凡脱俗，与全篇不为琐细的形容刻画风格和谐统一。

接下来一联，立即进入演奏的现场，笔势飘忽而迅疾。"为我"二字，紧承上联之"抱琴""下峰"，造成蜀僧专为诗人一人不远千里而来的印象，大有千里觅知音的意味。如此郑重而虔诚，等到正面写弹琴和琴声，却只用"一挥手"和"如听万壑松"八个字一笔带过。用千山万壑的松涛来形容琴声，与其说是形况它的声响，不如说是传达它的意境。琴曲有《风入松》，诗人当是因此产生联想。但"万壑松"的形容却传出了琴声的急骤、激越、宏大的气势和所体现的广阔恢宏而极富力度动感的艺术意境。尤其是"一挥手"与"万壑松"的对照，更表现出音乐高手一出手便不同凡响，立即展现高潮的神奇手段。不经任何迂回曲折、酝酿准备，立即进入最高潮，这种写法，不但笔墨极省净，而且大有横扫千军如卷席之势。这一联似对非对，语意一贯，如行云流水，极自然亦极潇洒。

正面描绘琴声之所以如此精练，正是为了要腾出有限的篇幅进一步传达听者的心灵感受和琴声的艺术意境。"客心洗流水"的"流水"，虽暗用了伯牙弹琴，志在流水，钟子期会心而赞的故事，但它所体现的却不仅是"知音"这样一层意蕴，而是极其生动传神地传达了诗人的心灵感受。听此琴声，诗人的心灵仿佛经历了一番彻底的洗涤，俗虑尘念顿消。这是写琴声的意境，更是写琴声的感染力。"洗"字用得精妙而又自然。"馀响入霜钟"是形容琴声的余响和山寺秋暮的钟声融合，分不清孰为琴声的余韵，孰为山寺的钟声。钟声在寂寥的环境中显得特别悠长、深永、杳远，这融入钟声的琴声虽歇，而余音犹袅袅在耳，此时适逢山寺暮钟响起，遂生"馀响入霜钟"的错觉。这样来写音乐意境的悠远，较之传统的余音绕梁三日不绝之类的形容，自然更为有神无迹，也更令人神远了。这正是虚处传神的化工之笔。

尾联又进一层，写"馀响"在耳畔消失后如梦初醒的情境。上句写到山寺钟声，暗示时已近暮，但沉浸在音乐余韵中的诗人却浑然不觉。直到钟声停歇，"馀响"随之消失时，这才发现，沉沉暮色，已经笼罩了眼前的碧山，秋云重重，天似乎在不知不觉中就变暗了。这是写乐终声歇的眼前景，更是进一步写音乐意境的吸引力和感染力，"不觉"二字点眼，遂使全诗在不尽的余韵中结束，达到一种虽尽而不尽的艺术效果。这种写法，与钱起《省试湘灵鼓瑟》结尾的"曲终人不见，江上数峰青"，白居易《琵琶行》写琵琶弹奏结束时"东船西舫悄无言，惟见江心秋月白"的神韵可谓神似。

诗虽为律体，却写得一气舒卷，浑然天成，潇洒飘逸。前四句一气直下，略无停顿，五、六两句改用凝练工整之笔，略显顿挫，使之不致一泻无余，尾联复以景结情，含蓄中饶摇曳之致。

劳劳亭①

天下伤心处，劳劳送客亭。春风知别苦，不遣柳条青②。

[校注]

①劳劳亭，又名临沧观，三国时吴国所筑，在南京市西南古新亭之南劳劳山上。为古代金陵送别之地。《舆地志》：秣陵县（今南京）新亭陇有望远楼，又名劳劳楼，宋改为临沧观。行人分别之所。詹锳《李白全集校注汇释集评》、郁贤皓《李白选集》均未系年。②遣，使、让。古代有折柳送别的习俗。诗人想象春风懂得人间的离别之苦，故而不让柳条发青，以免经受折柳送别时的痛苦。

严评曰：情深思巧，却不费些子力，又非浅口所能学。又曰：（首句）一口吸尽。（严评《李太白诗集》）

严评本载明人批：后二句是太白本色。

朱谏曰：此咏金陵之劳劳亭也。言送别伤心在何处乎？在乎劳劳之亭也。凡送别者多于亭边折柳相赠，春风知其离别之苦也，故虽春来不遣柳条之青。预恐行人之伤心也。（《李诗选注》）

唐汝询曰：亭为送客而设，故以劳劳为名，谓心劳莫甚于别也。作诗之时，柳条未青，因托意于春风耳。（《唐诗解》卷二十一）又曰：说"天下"，见非寻常，"伤心处"，妙。（《汇编唐诗十集》）

徐用吾曰：不用经意，自见深沉。（《唐诗评释分类绳尺》）

钟惺曰："知"字、"不遣"字，不见着力之痕。（《唐诗归》卷十六）

谭元春曰："天下伤心处"，古之伤心人，岂是寻常哀乐！（同上）

《李诗直解》：此于送客之亭而伤分别之苦也。言天下伤心之处，惟劳劳送客之亭。人生莫苦于离别，春风亦知别苦，故有意迟迟而不遣柳条青，恐人折之以赠行。夫亭曰劳劳，则人不得安逸。而百年易尽，离别苦多，宁得不伤心耶！（卷六）

应时曰："春风知别苦，不遣柳条青。"二句作意新奇，以巧思见长。（《李诗纬》）

丁谷云曰："春风"二语反结上意，无中生有，千古绝调也。（同上引）

黄生曰：将无知者说得有知，诗人惯弄笔如此。（《唐诗摘抄》卷二）

朱之荆曰：深极巧极，自然之极，太白独步。（《增订唐诗摘抄》）

吴昌祺曰：言风亦厌折柳之苦也。（《删订唐诗解》卷十一）

《唐宋诗醇》：二十字无不刺骨。（卷八）

黄周星曰：春风柳条，想亦同一伤心。（《唐诗快》）

李锳曰：若直写别离之苦，亦嫌平直，借春风以写之，转觉苦语入骨。其妙在"知"字、"不遣"字，奇警无伦。（《诗法易简录》）

吴瑞荣曰：起与"独坐清天下"同一肆境。三、四句视王之涣"近来攀折苦"，更剥进数层。（《唐诗笺要》）

范大士曰：委过春风，用意深曲。（《历代诗发》）

宋宗元曰：无情有情，与前篇（指《渌水曲》）一意。（《网师园唐诗笺》）

马位曰：云溪子曰："杜舍人牧《杨柳》诗：'巫娥庙里低含雨，宋玉堂前斜带风'……俱不言杨柳二字，最为妙也。"如此论诗，诗了无神致矣。诗人写物，在不即不离之间。"昔我往矣，杨柳依依"，只"依依"两字，曲尽态度。太白"春风知别苦，不遣柳条青"，何等含蓄，道破"柳"字益妙。（《秋窗随笔》）

《精选评注五朝诗学津梁》：离别何关于春风！偏说到春风，高一层意思作法。

刘拜山曰：王之涣《送别》"近来攀折苦，应为别离多"，从柳立论，已是进一层写法；此反用其意，烘染"伤心"二字，更进一层。（《千首唐人绝句》）

[鉴赏]

这是一首送别诗或留别诗吗？不像。诗中并没有出现送（留）别的对象和送（留）别者。既看不出诗人自己是否送别的对象或送别者，也看不出是否有其他送者与被送者在场。题称"劳劳亭"，而不称"劳劳亭送别（或留别）"，正透露出这首诗是诗人游劳劳亭时的一种体验。由于劳劳亭是金陵著名的送别之地，这种体验自然密切关含着离别。

劳劳亭的得名，文献阙载。是否因它建在劳劳山上？但我怀疑，山实因亭而得名。"劳劳"二字，形容忧愁伤感貌，语出《古诗为焦仲卿妻作》："举手长劳劳，二情同依依。"原就是用来形容离别时的忧伤的。因此，所谓"劳劳亭"，实即"（离别）伤心亭"。这就难怪李白一上来就大书"天下伤心处，劳劳送客亭"了。李白写诗，好作惊人夸张语，往往一开头就将话说到极致。但径自将劳劳亭封为"天下伤心处"，心目中全无渭城、灞桥、板桥等著名的送别之地的位置，恐怕除了"劳劳亭"这个名字引起的感触以外，当有更具体更直接的眼前景物所引起的感触。这引起感触的景物，就藏在三、四两句当中。

"春风知别苦，不遣柳条青。"诗人游劳劳亭时，季节已是春天。但或许是尚在早春，或许是适遇倒春寒的天气，劳劳亭边的杨柳竟仍未返绿，只看见光秃秃的柳枝在料峭的寒风中摇曳。正是这种景象，触发了诗人的灵感，涌现出这样的奇想：春风大概也懂得并且同情人间的别离之苦，不忍心看到折柳送别、黯然伤魂的场景，因此故意迟迟不肯来到人间，使柳条返青吧？把本来无知的春风说成有知，也许不算新鲜，但将春风想象得那样缠绵多情，体贴入微，委曲备至，却是诗人的独特感悟和体验。这里蕴含着好几层曲折：一是送别必折柳，因别离之多，而柳亦不胜其苦，故而为免其遭受离别攀折之苦，干脆迟迟不让它发青返绿；二是离人在别离时必折柳送别，为免其离别之苦，干脆不让柳条返青泛绿。这想象仿佛无理，却极有情。按诗人的天真逻辑，似乎"不遣柳条青"，无柳枝可送别，也就无别离之苦了。这自然是异想天开，一厢情愿。但诗人的初衷，只是要通过这种奇思妙想来表达对别离之苦的深切体验与同情，至于这种奇想是否合理，奇想即使实现又是否能免除人间离别之苦，他是无暇顾及的。不过从诗中描叙的情景看，现场当无送别的场景，这大概也为他的奇想提供了一点现实依据。

诗人游劳劳亭这个古来著名的送别之地，除了亭边寒风料峭中摇曳的柳枝外，其实什么也没有看见。在几乎是无景物无情事可写的情况下，仅凭寒风摇曳柳枝的景象就发出了这样曲折深至的奇想，抒发了对普泛的别离之苦的深切体验，而且写得那样语直而意曲、语浅而情深、语平易而想新奇，确实达到了超妙入化的境界。而在抒别离之苦的同时，又蕴含着一种令人会心的谐趣，使全篇的情调不致酸苦低沉，则仍是太白本色。

春夜洛城闻笛①

谁家玉笛暗飞声②，散入春风满洛城。此夜曲中闻折柳③，何人不起故园情④！

[校注]

①洛城，唐东都洛阳，今河南洛阳市。詹锳《李白诗文系年》系此诗于开元二十三年（735）李白游洛阳时，郁贤皓《李白选集》则系于开元二十年。②玉笛，对笛子的美称。因笛声从暗夜传出，故曰"暗飞声"。③折柳，即笛曲《折杨柳》之省称，汉横吹曲名。传说张骞从西域传入《德摩诃兜勒曲》，李延年因之作新声二十八解，以为武乐。魏晋时古辞多言兵事劳苦。南朝与唐人多为伤离惜别之辞。如《乐府诗集》所载最早之《折杨柳》辞，为梁元帝作，云："巫山巫峡长，垂柳复垂杨。同心且同折，故人怀故乡。山似蓬花艳，流如明月光。寒夜猿声彻，游子泪沾裳。"即为游子思乡之辞。④故园，故乡。参上注。

[笺评]

胡仔曰：《乐府杂录》云："笛者，羌乐也，古曲有《折杨柳》《落梅花》。"故谪仙《春夜洛城闻笛》云（略）。杜少陵《吹笛》诗："故园杨柳今摇落，何得愁中曲尽生？"王之涣云："羌笛何须怨杨柳，

春风不度玉门关。"皆言《折杨柳》曲也。(《苕溪渔隐丛话·后集》卷四)

朱谏曰:此白在洛城之时,闻笛而思乡也。言谁吹笛声满洛城。笛有《折柳》之曲,乃送别之词也。我之辞家亦已久矣。夜闻此曲,搅动乡思,谁无故园之情乎!又曰:按此诗本夜闻笛,而用"暗飞"字面,贴体亲切而有巧思。(《李诗选注》卷十二)

严评本载明人批:只就浅处略轻点便足,最是高手。

唐汝询曰:不见其人而闻声,故曰"暗"。"满洛城"者,声之远也,折柳所以赠别,今于笛中闻之,则想及故园而伤别矣。(《唐诗解》卷二十五)

敖英曰:唐人作闻笛诗每有韵致,如太白散逸潇洒者不复见。(《唐诗绝句类选》)按:《删补唐诗选脉笺释会通评林·盛七绝中》引作黄家鼎评。而桂天祥《批点唐诗正声》亦有此评。敖英时代较早,当为敖评。

叶羲昂曰:次句不独流逸,且亦稳定,看他下句下字,炉锤工妙。(《唐诗直解》)

周珽曰:意远字精,炉锤巧自天然。(《删补唐诗选脉笺释会通评林·盛七绝中》)

《李诗直解》:此春夜闻笛而动思乡之情也。言谁家之玉笛暗飞声乎?而其声之嘹亮,散入春风之中,以满洛城也。此夜曲中,闻有折柳之腔,而遥思故园,杨柳长条,已堪攀折矣。当此春光逆旅,何人不起故乡之情哉!(卷六)

王尧衢曰:忽然闻笛,不知吹自谁家,因是夜闻,声在暗中飞也。笛声以风声而吹散,风声引笛声以远扬。于是洛城春夜遍闻风声,即遍闻笛声矣。折柳所以赠别,而笛调中有《折杨柳》一曲。闻折柳以伤别,故情切乎故园。本是自我起情,却说闻者"何人不起",岂人人有别情乎?只为散入春风,满城听得耳。(《古唐诗合解》卷五)

黄生曰:前首(指《与史郎中钦听黄鹤楼上吹笛》)倒,此首

李　白 | 395

顺；前首含，此首露。然前首格高，此首调婉。并录之，可以观其变矣。（《唐诗摘抄》卷四）

朱之荆曰："满"从"散"来，"散"从"飞"来，用字细甚。妙在"何人不起"四字，写得万户同感，百倍自伤。《折杨柳》，曲名。其借用之意，与"江城五月落梅花"同。（《增订唐诗摘抄》）

潘耒曰：此与《黄鹤楼》诗（指《与史郎中钦听黄鹤楼上吹笛》）异。黄鹤楼是思归而闻笛，此是闻笛而始思归也。因笛中有折柳之曲，忽记此时柳其堪折，春而未归，能不念故园也！（近藤元粹《李太白诗醇》卷五引）

《唐宋诗醇》：与杜甫《吹笛》七律同意，但彼结句与《黄鹤楼》绝句出以变化，不见用事之迹。此诗并不翻新，而深情自见，亦异曲同工也。（卷八）

应时曰：（"谁家"句）略炼。（"散入"句）秀色。（"此夜"句）转到身上。（"何人"句）又说开，好。总评：只见凄清。（《李诗纬》）

黄叔灿曰："散入"二字妙，领得下二句起。通首总言笛声之动人，"何人不起故园情"，含着自己在内。（《唐诗笺注》）

宋宗元曰："折柳"二字为通首关键。（《网师园唐诗笺》）

宋顾乐曰：下句、下字炉锤工妙，却如信笔直写。后来闻笛诗，谁复出此？真绝调也。（《唐人万首绝句选》评）

朱宝莹曰：此首闻笛与前首听笛（指《与史郎中钦听黄鹤楼上吹笛》）异。听笛者知在黄鹤楼上，故有心听之也；闻笛者不知何处，无意闻知也。开首"谁家"二字起"闻"字，"暗"字起"夜"字，"飞声"二字起"闻"字。二句"散"字、"满"字写足"闻"字之神。三句点"夜"字，便转闻笛感别，有故园之情。四"何人"，即己亦在内，不必定指自己，正诗笔灵活处。[品] 悲慨。（《诗式》）

王闿远曰：似闻笛声。（《手批唐诗选》卷十三）

俞陛云曰：春宵人静，闻笛韵悠扬，已引人幽绪。及聆其曲调，不禁黯然动乡国之思。释贯休诗云："霜夜月徘徊，楼中羌笛催。晓风吹不尽，江上落残梅。"同是风前闻笛，太白诗有磊落之气，贯休诗得蕴藉之神。大家名家之别，正在虚处会之。(《诗境浅说》续编)

刘拜山曰：此与《史郎中钦听黄鹤楼上吹笛》用意相似，而章法各殊。此顺叙，故条畅，着力在前二句；彼倒叙，故含蓄，着力在后二句。(《千首唐人绝句》)

[鉴赏]

这首诗和《与史郎中钦听黄鹤楼上吹笛》不但题材相同，内容相近，体裁亦同为七绝，甚至在利用笛曲名关合引发思绪方面，也有相似之处，但读来毫不感到重复，而觉得它们各擅其胜，不能相互替代。

两首诗的题材，虽同为闻笛而有感，但所感的内容却同中有别。《梅花落》与《折杨柳》这两支笛曲，虽同有表现伤离之情的一面，但《梅花落》曲中所含的凋零之感这一面，却是《折杨柳》中所没有的。故《春夜洛城闻笛》诗因闻《折杨柳》而引起的思绪便单纯是与故乡亲人离别而产生的"故园情"。而《与史郎中钦听黄鹤楼上吹笛》，因听《梅花落》曲而引起的思绪却比较复杂，从前两句"一为迁客去长沙，西望长安不见家"所揭示的背景来看，其中固有思念家乡亲人之情，但更主要的是一种去国恋阙之情和迁谪沦落之感。这是跟这两首诗一作于壮岁仗剑去国、辞亲远游时期，一作于晚年遭贬放还时期密切相关的。可以说，正是不同时期不同的人生经历，决定了这两首诗内容的不同侧重点。而两首诗的风格，一清畅明快，一含蓄蕴藉，实亦与感情内容的单纯集中与复杂多端密切相关。《春夜洛城闻笛》由于闻笛引起的只是"故园情"这一端，故可明白说出；而《与史郎中钦听黄鹤楼上吹笛》则由于听笛所感复杂多端，故只能以"江城五月落梅花"之语浑沦而书，含蓄出之。

两首诗还有一个重要的区别，就是《春夜洛城闻笛》用全部篇幅相当细致地描写了由闻而感的全过程；而《与史郎中钦听黄鹤楼上吹笛》则前两句只叙听笛的生活经历背景，对听笛一字未及，只在后两句概括地写听黄鹤楼上吹笛的情景。这是由于，后诗通过背景的展示和笛曲的名称，读者自能体味出诗人在听笛时引起的复杂思绪，没有必要去细致描写听笛及由听而感的过程。而前诗由闻笛而起情，其间有一个由无意到有意、由聆听欣赏到识曲生感的过程，笛声的传送也有一个由隐至显、由低至高、由点至面的过程，不细致地描写出这个过程，"何人不起故园情"的感慨就失去了依据。下面结合这一点，对这首诗作一些分析。

首句"谁家玉笛暗飞声"，点出夜色朦胧中，不知从哪里（或哪一家）传出了笛子的声音。"谁家"说明诗人只是在偶然的情况下听到有笛声传来，但并不清楚它从哪里传出，这和处于夜间的环境，不辨声音的来源与方向有关。试与《与史郎中钦听黄鹤楼上吹笛》之"黄鹤楼中吹玉笛"对照，便显然可见后者由于时值白天，故清楚知晓有人在黄鹤楼上吹笛；前者则适值夜间，故只闻声而不辨"谁家"。"暗飞声"的"暗"字除了进一步点明这声音是从暗夜中传出，还透露出一开始时这笛声比较低咽，给人一种时断时续，听得不很真切的感觉，而诗人闻声寻踪，侧耳倾听的情态也隐约可见。"飞"字则透露出声音来自较远之处，这和"暗"字所透露的声音较低的情况正相吻合。

第二句"散入春风满洛城"，进一步写笛声的随风远送，这当中已经织入了诗人的想象。"春风"点题内"春"字。随着阵阵春风的吹送，这笛声传向四面八方，布满了整个洛阳城。不说春风传送笛声，而说笛声"散入春风"，似乎让人看见那无形的笛声都化成了一个个有形可见的音符随着春风散布到四面八方，而且每一个音符又都浸透了春的气息。抽象无形的笛声原只可诉之听觉，经诗人诗意的点染，不但似有形可见，且带有春天的气息，似乎可嗅了。"满洛城"是对"散入春风"的进一步想象。这想象明显带有夸张成分，却自然得让人感觉不到它是夸张，关键就在于"春风"是无所不至的，则笛声也就满城可闻了。这一句虽明写笛声随风传送的过程，但也透露出笛声已由开始时较低较弱的"暗飞声"变成高亢嘹亮，具有强烈扩散力、穿透力的音乐境界了。总之，从一开始的"暗飞声"到"散入春风"再到"满洛城"，是一支乐曲由低到高、次第展现的过程，也是诗人由偶尔听到笛声到侧耳倾听，到想象其声满洛城的过程。其间有时间的推移、空间的扩展，更有诗人对笛声的神往与欣赏。

第三句"此夜曲中闻折柳"是全诗的关键。前两句只写笛声之"飞"之"散"之"满"，到这里方点明所奏之曲是充满别情的《折杨柳》。说明在这之前，诗人只是侧耳倾听并欣赏，到这时才恍然明白所奏的曲名，遂油然而触发听曲的联想与感慨。《折杨柳》的笛曲充满了伤离惜别的情绪，折柳又关合送别的传统习俗，使诗人自然联想起故乡的春色，这些因素叠加在一起，遂自然勾起诗人强烈的思念故乡和亲人的感情，水到渠成地引出末句："何人不起故园情！"

本是诗人自己因闻《折杨柳》曲引起"故园情"，却推进一层，说"何人不起故园情"，这"何人"当然不是泛指所有的洛城人，而是指所有跟自己一样的作客他乡的身处洛城者，这里自然包含了一个推己及人的情感判断。诗人这样说，不仅透露了自己所引起的"故园情"之强烈，而且更有力地表现了笛声感染力之强烈。由于前面已有"满洛城"预作铺垫，因此这推想便显得十分自然。全诗也就在情感发展到最高潮时自然收束。充满咏叹情调的诗句，使感情的表达虽明白而直截，但诗的韵味却悠长不尽。

诗人的"故园情"虽强烈而悠长，但全诗的情调却并不低沉凄苦，而是使人在感受笛声在传播过程中显现的美感的同时，对诗人的那种深切的"故园情"同样充满了亲切感。诗中"飞""散""满"等一连串动感鲜明的词语的运用，更使全诗显现出一种潇洒飘逸的韵致和自然流畅的美感。

哭晁卿衡①

日本晁卿辞帝都②，征帆一片绕蓬壶③。明月不归沉碧海④，白云愁色满苍梧⑤。

[校注]

①晁衡（698—770），又作朝衡，日本国人。原名阿倍仲磨吕，唐时音译为仲满。日本奈良时代遣唐留学生。《旧唐书·东夷·日本国传》："开元初，又遣使来朝……其偏使朝臣仲满，慕中国之风，因留不去，改姓名为朝衡，仕历左补阙，仪王友，衡留京师五十年，好书籍，放归乡，逗留不去。天宝十二年，又遣使贡。上元中擢衡为左散骑常侍、镇南都护。"据中日学者考证，晁衡开元五年（717）随遣唐使抵京师长安，入太学。卒业后为司经局校书，寻授左拾遗、左补阙。开元二十二年，以亲老请归，帝不许。天宝十二载（753），任秘书监，兼卫尉卿。是年十月，随遣唐使藤原清河自长安南行至扬州访鉴真于延光寺，邀同东渡归国。十二月船至琉球遇暴风，漂流至安南骧州沿岸，遇盗，同舟死者一百七十余人。独晁衡与藤原幸免于难，后辗转归长安。上元中为左散骑常侍、镇南都护。大历初罢归长安，五年（770）正月卒，年七十三。李白天宝初在长安时与晁衡结识，衡曾送日本裘予白。天宝十三载秋，李白在扬州闻晁衡等人海上遇风失踪，误以为已遇难，故作诗伤悼。晁衡在华期间，与李白、王维、赵骅、包佶等人均有交往，王维有《送秘书晁监还日本国并序》，赵骅有《送晁补阙归日本》，包佶有《送日本国聘贺使晁巨卿东归》，储光羲有《洛中贻朝校书衡诗》。《全唐诗》卷七百三十一录晁衡诗一首。②帝都，指京城长安。③蓬壶，即蓬莱，古代传说中的海上仙山。《拾遗记·高辛》："三壶则海中三山也。一曰方壶，则方丈也；二曰蓬壶，则蓬莱也；三曰瀛壶，则瀛洲也。形如壶器。"④明月，指明

月珠，即夜光珠。喻晁衡。沉碧海，谓其溺海而亡。⑤苍梧，山名。本指九疑山，在今湖南宁远南。此处实指古代传说中东海的一座山。《水经注·淮水》载：东北海中有大洲，谓之郁洲，《山海经》所谓"郁山在海中"者也。言是山自苍梧徙此，山上犹有南方草木。《一统志》：淮安府海州朐山东北海中有大洲，谓之郁洲，一名郁洲山，一名苍梧山。或云昔从苍梧飞来。

[笺评]

近藤元粹曰：是闻安陪仲麻吕覆没讹传时之诗也。而诗词绝调。惨然之情，溢于言表。(《李太白诗醇》卷五)

富寿荪曰：从一片缥缈景色中托出哀悼之情。结句写云山同悲，尤为深挚。(《千首唐人绝句》)

[鉴赏]

这是一首根据误传的消息写成的悼友诗，消息虽假，感情却很真挚。

诗因听说晁衡在归国渡海途中遇险而亡而作，因此一开头就从他离开长安写起。不说别长安而说"辞帝都"，俨然将晁衡这位日本籍的友人看成中华臣民。这固然与晁衡已在唐三十六年，长期担任京职有关，也由于这次归国时，唐玄宗任命其为日本国聘贺使有关。此句直叙其辞阙起行，语气亲切。

次句"征帆一片绕蓬壶"，想象其船行东海所历的情景。传说中的蓬莱三岛在大海中，而日本则在烟涛微茫的海东。将传说中的仙岛与现实的晁衡一行归国行程融合起来，增添了缥缈悠远的情致，也透露出海上行舟不确定的因素。"绕蓬壶"的"绕"字，显示了舟行海上行程的曲折。

第三句写晁衡舟行遇风沉没，却不直叙其事，而是用了一个比喻：

"明月不归沉碧海"。这里的"明月",或谓指月亮。李白虽酷爱明月,诗中屡有生动的描写,但这里的"明月"显然是明月之珠的省称。明月珠又称夜明珠,因珠光晶莹似月光故称。用明月珠喻晁衡,是为了突出其如奇珍异宝,为稀世之才。不归,自指不归日本国。晁衡遇难,正如稀世之珍明月珠沉入碧海,永远不能返回其祖国了。这一句感情虽沉痛,措辞却委婉,意境尤其具有悲剧美。

末句写悼念之情,贴题内"哭"字,却避开正面,撇开自己,用想象中的海上云山苍茫之景烘染悲恸之情。东海中的苍梧山,传说自苍梧飞来,本身就带有神奇色彩。而古代传说中舜南巡不返,葬于苍梧的传说,又给苍梧云愁的意象染上了浓重的悲剧色彩。因此这"白云愁色满苍梧"的诗句便不仅渲染出海上的苍梧山也为惨淡的白云所笼罩,呈现出一片愁色的景象,而且因"苍梧"之名而唤起更丰富的联想。

全诗除首句平起直叙外,其余各句均用虚笔,或融神话传说,或用美好比喻,或以景物烘染,创造出缥缈悠远的意境,以寄寓自己对日本友人的伤悼怀念之情,这是它的一个突出特点。

除了一开头点出"日本"二字,标明晁衡的国籍以外,整首诗中几乎看不出有所悼对象是异邦人士的印象,就像是悼念一位奉使出海不幸亡故的朋友。既无以中华上国自居的倨傲之态,亦无后世虽已沉沦积弱却仍以天朝自居的矜夸之态,更无近世仰视列强的卑微之态。在盛唐那样一个繁荣昌盛、高度开放的时代,不同民族文化之间的交流已成常事。李白可以堂而皇之地穿着晁衡送给他的"日本裘",就鲜明体现出一个开放的时代健康的文化心态。正是这种心态,使李白在诗中将晁衡视同一位普通的老朋友,对他的不幸去世表示了深切的哀悼。这里所体现的正是一种"四海之内皆兄弟也"式的真正意义上的大国心态。

题戴老酒店①

戴老黄泉里②，还应酿大春③。夜台无李白④，沽酒与何人⑤？

[校注]

①题原作《哭宣城善酿纪叟》，诗云："纪叟黄泉里，还应酿老春。夜台无晓日，沽酒与何人？"宋蜀刻本诗末注："一作《题戴老酒店》云：'戴老黄泉下，还应酿大春。夜台无李白，沽酒与何人？'"按：一作是，今从之。詹锳《李白诗文系年》将此诗与《宣城哭蒋征君华》均系于上元二年（761），云："以上二诗疑均上元中太白再游宣城对作，是时戴老与蒋华均已入墓，故太白为诗哭之也。"郁贤皓《李白选集》不编年。按：据诗中口吻，李白此前已与戴老熟悉，且为其酒店常客，故詹氏系年较为合理。且詹氏亦认为"是则一作所据之本反较近古"，今亦从其说。②黄泉，指人死埋于地下。《左传·隐公元年》："不及黄泉，无相见也。"③大春，酒名。唐代名酒，末字多用"春"字。李肇《国史补》卷下："酒则郢州之富水，乌程之若下，荥阳之土窟春，富平之石冻春，剑南之烧春。"此"大春"酒当是戴老所酿制之当地名酒。④夜台，坟墓，亦借指阴间。《文选·陆机〈挽歌〉》："按辔遵长薄，送子长夜台。"李周翰注："谓坟墓一闭，无复见明，故云长夜台。"⑤沽酒，卖酒。"沽"字作"买"义者乃后起义。

[笺评]

刘克庄曰：太白七言近体，如《凤皇台》，五言如《忆贺监》《哭纪叟》之作，皆高妙。（《后村诗话》）

谢枋得曰：古本作"夜台无李白"，绝妙，不但齐一生死，又且

雄视幽明矣。昧者改为"夜台无晓日"，夜台自无晓日，且与下句"何人"字不相应。今正之。(《李太白诗醇》卷五引)

严评曰："大春"不如"老春"。"无李白"，妙。既云"夜台"，何必更云"无晓日"耶！又云：与"稽山无贺老"用意同。狂客、谪仙，饮中并歌。自视世间，惟我与尔。又曰：鬼窟亦居胜地，傲甚！达甚！趣甚！(严评《李太白诗集》)

杨慎曰：《哭宣城善酿纪叟》，予家古本作"夜台无李白"，此句绝妙，不但齐一生死，又且雄视幽明矣。昧者改为"夜台无晓日"，又与下句"何人"字不相干。甚矣！土俗不可医也。（《杨升庵外集》）按：此袭谢枋得评。

钟惺曰：夜台中还占地步。(《唐诗归》卷十六)

应时曰：豪爽之慨，于此可见。(《李诗纬》)

黄周星曰：长安市有酒仙，夜台岂无酒鬼。然酒仙即诗仙，酒鬼非诗鬼也。则老春谁许擅沽？此叟竟打断主顾矣。(《唐诗快》)

富寿荪曰：此诗亦从酒上渲染，而生前交情，身后悼念。皆于言外见之。(《千首唐人绝句》)

[鉴赏]

中国古代诗歌在流播过程中常产生各种不同版本的异文，唐代优秀的诗歌由于流传的广远，这一现象尤为突出。像这首诗，连诗题也有"哭宣城善酿纪叟"与"题戴老酒店"两种迥然不同的版本，诗也因之有第一句中"纪叟"与"戴老"的区别。而第三句中"无晓日"与"无李白"的重大区别，更直接影响到诗的通与否、工与拙，不可不加以考辨。

诗题中的"纪叟"或"戴老"，与诗意及诗的工拙高下无关，但无论是哪一种诗面，都看不出有"哭"的意味；因此题作"哭宣城善酿纪叟"，这"哭"字首先值得怀疑。相反，"题戴老酒店"的题面倒与诗中的"沽酒"十分吻合。可以设想，这位戴老开的酒店，以自酿美酒"大春"闻名，李白天宝十二三载（753、754）游宣城时，是这座酒店的常客。上元二年（761）再度游宣城，戴老已经作古，而酒店犹存，故题诗于酒店。这比较符合唐人作此类诗的情况（试比较崔护的《题都城南庄》可知）。而如题作"哭宣城善酿纪叟"，一则如上所说诗中并无"哭"意，二则在时隔八年之后闻熟悉的善酿纪叟已去世，李白为他作一首诗哭吊，总觉有些超乎常情。尤为重要的是《哭宣城善酿纪叟》的三、四句"夜台无晓日，沽酒与何人"，不仅"夜台"与"无晓日"犯复，而且上下句之间毫无逻辑联系，何以"无晓日"就不能"沽酒"？这是根本说不通的。而题作"题戴老酒店"，第三、四句作"夜台无李白，沽酒与何人"，不但上下句一气贯通，而且具有一种令人解颐的妙趣，透露出戴老与诗人之间亲切的感情，诗之高妙，全在于此。再以他诗参照，其《重忆（贺监）一首》云："欲向江东去，定将谁举杯？稽山无贺老，却棹酒船回。"第三句"稽山无贺老"，与此诗"夜台无李白"句法正同，只不过一是说阳间已无对方，一是说阴间尚无自己而已，可见这是李白特有的一种语言表达方式。总之，无论从诗题与诗语的密合，从三、四两句的逻辑联系，以及李白的语言习惯看，均以题为《题戴老酒店》，诗为"戴老黄泉里，还应酿大春。夜台无李白，沽酒与何人"者为近于李诗原来面目。

这首诗的妙处，全在诗中贯注的一种谐趣。这种谐趣，只有彼此关系亲切随便的老朋友之间才能不拘形迹地表现出来。像这首诗，便完全可以看成阳间的李白对阴间的戴老的一段问话。

"戴老黄泉里，还应酿大春。"可爱的戴老头啊，如今你到了黄泉地下，阴曹地府，究竟在干什么呢？恐怕还是重操旧业，酿制你的大春美酒吧。戴老生前以酿大春著称。像这样一位专精此道、热爱此道的老人，死后又岂能舍弃旧业、舍弃祖传妙艺，改从他业呢？"还应酿大春"是猜度之辞，也是打趣之辞，更是对戴老专精"酿大春"之

李 白 | 405

道的赞美之辞。

　　猜想对方在黄泉地府依然执著于"酿大春"之旧业，固已属奇想，但更具奇趣的是三、四两句："夜台无李白，沽酒与何人？"戴老的酒店，当是前店后坊式的，旋酿旋卖的传统作坊式酒店，酿是为了卖。但诗人却执拗地认为，普天之下，真正懂得品味"大春"酒的只有"自称酒中仙"的我李白，"大春"酿造的专利属您戴老，品味享受"大春"酒的专利则非我莫属。如今，您老虽已入夜台，但独享品味"大春"专利的我却还在阳世，请问您酿出酒来，又能卖给谁呢？美酒本当大家共享，李白却毫不客气地垄断独享之权。这极不合逻辑也极不合情理的设问却透露了在戴老生前，李白不但是酒店的常客，而且是"大春"酒和酿制"大春"的戴老的知音，透露出彼此之间不拘形迹的亲密关系和真挚情谊。

　　一位是名满天下的大诗人，一位是平凡的酿酒卖酒老头。彼此之间不但毫无贵贱的身份地位的俗念，而且像老朋友似的可以相互打趣，"夜台无李白，沽酒与何人"的诗句中，甚至还蕴含着一种高山流水式的知音之感。诗固然写得极平易而又极真挚，极朴素而又极富奇趣，而诗中所折射出的李白的平民化个性与情感，或许更值得珍视。